고전소설의 소통과 교섭

고전소설의 소통과 교섭

한국고소설학회 편

보고사

발간사

『고전소설의 소통과 교섭』은 '고소설과 근·현대 대중장르와의 교섭과 소통'을 기획 주제로 한 한국고소설학회의 2010년 가을 학술대회에서 발표된 논문들과 이 기획과 관련된 주제로 학회 회원들이 학회지『고소설연구』등에 발표한 논문들을 엮은 것입니다.

이 책을 엮으면서 문화산업의 시대, 다중매체의 시대에 고전소설이 어떤 역할을 할 수 있으며, 어떻게 해야 다양한 문화 향유자들과 유의미한 만남을 할 수 있는가에 대한 학회 회원들의 관심이 지대함을 다시 확인할 수 있었습니다. 이는 고전소설이 과거형이 아니라 항상 현재형 내지 미래형으로 존재하기를 바라는 우리 고전소설 연구자들의 마음에서 비롯된 것이라고 하겠습니다.

지난 20세기를 돌이켜보면 고전소설은 근대가 시작된 뒤에도 과거형으로 만 존재하지 않았습니다. 20세기 전반기를 지나서까지 구활자본 고전소설의 출판이 지속되었으며, 근현대 작가들에 의한 재창작과 장르 전환, 그리고 영화와 드라마 등으로의 변용 등이 큰 흐름은 아니나 꾸준히 이루어져왔습니다. 어린이로부터 성인에 이르기까지의 다양한 독자층을 대상으로 한 고전소설 출판이 거듭되었으며, 해방 이후부터는 각 급 학교의 국어 교과에서 고전소설이 교육되어 오고 있습니다.

인쇄 매체와 근대 민족주의에 기반을 둔, 위와 같은 고전소설의 위상은 다중매체와 문화산업의 시대, 그리고 이른바 세계화의 시대에 진입하면서 새로운 변화에 직면하게 되었습니다. 우리는 이 변화에 잘 대처하여 우리 고전소설이 장구한 시기동안 구축해온, 저 우주와 같은 서사의 세계를 세계인이 여행하면서 즐거움을 누리고, 깨달음을 얻을 수 있도록 해야 할 것입니다. 세계문학의 일원으로서 우리의 고전소설이 갖추고 있는 보편성과 특수성을 잘 구현한 다양한 형태의 문학과 예술로 소통한다면 그러한 길이 열릴 것입니다.

이 책에 수록된 논문들은 그러한 길을 모색한 결과물들입니다. 근대에 들어와 고전소설이 다시 창작되거나 출판된 양상과 근대문학 내지 다른 예술과 의 교섭 양상을 점검하고, 현대의 여러 영상예술 및 미디어와 관련을 맺는 양상을 검토하고 나아가 고전소설의 문화콘텐츠로의 가능성을 모색한 소중한 성과들입니다. 물론 여기 수록된 논문들이 다중매체 시대와 문화산업의 시대에 창의적으로 대응하는 고전소설의 소통, 재창조, 장르 변용, 연구, 교육 등을 두루 포괄하지는 못했지만 이들 과제를 해결하는데 유용한 시각과 방향과 방법 등을 많이 제공하리라고 봅니다.

이 책은 권순긍 전임 학회장님을 비롯한 전임 임원 여러분의 노력의 산물입니다. 학회의 공동 주제를 기획하고, 발표자를 섭외하고, 지원금을 확보하여 학술대회를 개최한 결과 이 책에 수록된 대부분의 논문들이 생산될 수 있었습니다. 또한 이 책의 편집과 출간이 현 임원진의 임기가 끝나기 전에 이루어질 수 있었던 것은 출판이사 권혁래 교수의 열성 덕분입니다. 아울러 학회지에 게재된 논문들을 이 책에 수록할 수 있도록 허락해 주신 필자 여러분들의 협조와 고소설학회의 기획 출판 때마다 품격 있는 책을 제작해 주시는 보고사 편집부의 노고 덕분에 이 책이 나올 수 있었습니다. 이 모든 헌신과 도움에 대해 학회 회원 여러분과 함께 박수로 감사를 표하고자 합니다.

2013년 1월
한국고소설학회장 김종철

목차

제3부 _ 고전 콘텐츠, 미디어

제1부

....

총론

- 한국 고소설 텍스트의 존재방식과 소통
- 고전소설 연구의 대중화 방안

한국 고소설 텍스트의 존재방식과 소통

-〈토끼전〉의 경우-

권순긍

1. 문제제기

고소설은 현대소설과는 달리 다양한 형태의 텍스트로 존재해 왔다. '필사본(筆寫本)', '방각본(坊刻本)', '구활자본(舊活字本)'이 그것이다. 게다가 판소리의 경우 소리로 된 텍스트도 존재한다. 이렇게 다양한 텍스트들은 단순한 이본이 아니라 어떤 작품이 당대 매체환경 속에서 생존해 나가는 존재방식인 것이다. 그러기에 이른바 '이본(異本)'으로 불리는 고소설의 각 텍스트들은 선후관계나 영향관계보다는 당대의 매체환경 속에서 왜 그러한 형태의 텍스트로 존재했는가를 파악할 필요가 있다.

필사본은 그 텍스트가 가지고 있는 자유로운 속성 때문에 혼재되지만 다양한 목소리를 담을 수 있었으며, 방각본은 공식화라는 텍스트의 속성으로 인하여 내용이 정리되지만 어느 정도의 수위에서 자기검열이 이루어질 수밖에 없었고, 구활자본은 대중화, 상품화라는 근대 대중출판 텍스트의 속성으로 인하여 당대 독자들의 흥미를 자극하는 방식으로 나아갔던 것이다. 게다가 공연판의 소리는 일회성 공연이라는 점 때문에 판의 상황에 따라 사설의 다양한 출입과 '더늠'이 가능하기도 한 것이다.

이처럼 텍스트의 존재방식에 따라 작품의 내용이 달라질 수 있는 것이다. 일반적으로 내용이 형식을 새롭게 만들기도 하지만 이 경우에는 텍스트의 존재방식이 내용을 규정하게 된다. 실상 고소설의 여러 텍스트들은 대부분 특정 작가에 의해 창작된 부동의 완결체가 아니라 당대 문화의 복잡한 메커니즘 속에서 유동적 실체로 존재해 왔던 것이다. 그러기에 다양한 변모가 언제나 가능했다. 문제는 당대 문화의 소통구조 속에서 어떠한 텍스트의 존재방식이 요구됐냐는 것이다. 그 방식에 따라 텍스트가 소통되고 향유됐던 것이다.

여기서는 모든 텍스트에 두루 존재하는 〈토끼전〉을 택해 그 텍스트가 어떤 방식으로 존재했으며 어떻게 소통했는가를 살펴보고자 한다. 텍스트의 개념을 단순히 문자로 기록된 책만이 아닌 소리와 그림, 영상 등 분석 가능한 다양한 매체로 확산시키고자 한다. 그래야만 작품이 지니고 있는 유동적 실체로서의 본질을 파악할 수 있기 때문이다.

2. 텍스트의 존재방식과 소통

1) 소리 텍스트

소리 텍스트의 가장 주요한 속성은 일회성에 있다. 즉, 한 번의 공연이 하나의 텍스트라는 점이다. 그러기에 각 판의 상황에 따라 사설의 출입이 어느 정도는 자유로울 수 있는 것이다.

인권환은 판소리로 연행됐던 창본의 특징을 사건이 아니라 사설이 중심이 된 것으로 보았으며 그 두드러진 사설을 〈약성가(藥性歌)〉, 〈고기타령〉, 〈짐승타령〉, 〈범타령〉, 〈거 뉘가 날 찾나〉, 〈산림풍월(山林風月)〉, 〈팔난세계(八難世界)〉, 〈수궁풍류(水宮風流)〉, 〈정체확인 사설〉, 〈가자 가자 어서 가자〉, 〈용왕 토끼 문답 사설〉, 〈사람의 손 내력〉 등으로 파악했다.[1] 게다가 이 사설들은 고정된 것이 아니라 어느 정도는 창조적 변용이 허용되어 창자들의 더늠을 가능하게 한 것이다.

정노식이 전하는 역대 명창들의 〈수궁가〉 더늠은 다음과 같다.[2]

申萬葉 ; 토끼가 배를 가르라고 발악하는 대목
宋雨龍 ; 토끼가 간을 육지에 두고 왔다고 꾀부리는 대목
金巨福 ; 용왕이 병이 나서 탄식하는 대목
金壽永 ; 자라가 토끼를 유인하여 가는데 여우가 방해하는 대목
白慶順 ; 토끼가 위기를 벗어나 육지로 돌아오는 대목
金贊業 ; 육지에 가는 자라에게 토끼화상을 그려주는 대목
申鶴俊 ; 용왕이 토끼에게 간을 내 놓으라고 호령하는 대목
劉成俊 ; 육지에 온 자라가 토끼를 처음 만나 문답하는 대목

더늠이야말로 소리 텍스트의 특징을 잘 보여주는 요소이다. 창자에 따라 특정 유파의 바디를 계승하면서도 자기 나름대로의 더늠을 만들었던 것이다. 어느 면에서 문자로 정착된 활자 텍스트가 아니라 소리 텍스트로서 판소리가 지니는 가장 중요한 특징이 바로 이 더늠에 있는

---

1) 인권환, 『토끼전 수궁가 연구』, 고대려대학교 민족문화연구원, 2001, 101~108쪽 참조.
2) 정노식, 『조선창극사』, 조선일보사, 1940, 43~170쪽 참조.

것이다. 소리 텍스트로서 판소리는 결국 더늠의 예술인 것이다. 판소리
는 더늠을 통하여 소리 텍스트가 지니고 있는 유연성과 변이성을 바탕
으로 창조성을 발휘할 수 있는 것이다.

2) 필사 텍스트

유탁일은 필사본의 특징을 유일성(唯一性), 보수성(保守性), 변이성
(變移性)으로 파악했다.3) 필사본은 한 편 한 편이 각 편으로 존재하는
유일본이며 수많은 필사자들에 의해 다양한 변이가 나타난다. 당연히
행문이 길어지며 이 때문에 텍스트가 통일성을 잃고 불안정하게 된다.
하지만 또한 다양한 목소리들이 개입하여 텍스트에 생동감을 불러 넣
기도 한다.

창본과 필사본을 명확히 구분하기는 쉽지 않다. 여기서 다루고자 하
는 가람본 〈별토가〉도 실상 창본의 성격이 강하지만 소리 텍스트와 구
별하여 문자로 정착됐다는 점에서 필사본으로 다루고자 한다. 즉, 원래
의 판소리는 문자가 아닌 소리 텍스트로서 존재하고 그것을 문자로 기
록한 다양한 형태의 문자 텍스트들이 존재하는 것이다.

〈토끼전〉의 대표적인 필사 텍스트는 가람본 〈별토가〉이다. 국한문
혼용 필사본으로 44장 단권이며 매면 16행, 매행 22~26자로 일정치
않다. 대체로 2인의 필치인 듯하고, 후에 첨가된 듯한 부연된 내용이
전체의 행간에 첨가되어 있다. 필사년도는 정해(丁亥)년인 1887년으로
추측된다. 가람본 〈별토가〉는 그 내용이 다양하고 사설이 다수 부연되
어 있으며 유식성과 서민성이 공존하는 양면성을 보여준다고 한다.4)

---

3) 유탁일, 『한국문헌학연구』, 아세아문화사, 1990, 7~8쪽 참조.
4) 가람본 〈별토가〉에 대한 개황은 인권환, 앞의 책, 251쪽 참조.

가람본 〈별토가〉야말로 필사 텍스트의 특징이라는 텍스트의 다양성
과 혼재성을 가장 잘 드러낸 판본이다. 용왕의 병을 얘기하는 데도 무
려 50종이 넘는 병명을 열거하여 "全身을 둘러보니 알난 곳 발여노코
셩흔 곳 바이읍다."5)고 할 정도다. 또한 수궁의 벼슬들이 등장하는데
다른 본에 비해 월등히 많다. 이러한 풍부한 사설 외에도 '약성가(藥性
歌)', '토끼화상', '고고천변', '사랑가' 등 다수의 독립사설이 그 형태를
유지하고 있기도 하다.

사설이 이렇게 다양하고 혼재되다 보니 사건의 진행과 서로 충돌하
거나 어긋나기도 한다. 산중모족회의 부분에서 애초에 짐승들이 모이
기는 도감 포수관 포수가 사냥을 나와 안전한 곳으로 피신하기 위한
것이었다. 그런데 짐승들이 모여 상좌다툼을 하고 그 와중에 토끼를 찾
으러 간 자라는 호랑이와 실랑이를 벌인다. 그러다보니 산중모족회의
는 텍스트의 문맥에서 흐지부지 사라진다. 방각 텍스트들에서는 산중
모족회의의 사건들이 완결성을 보이는데 필사본은 그야말로 난장판이
다. 사설이 사건의 진행을 방해하는가 하면 사건진행과 관계없는 사설
이 이어지기도 한다. 이런 면에서 토끼와 자라부인의 동침 대목, 자라
부인의 죽음과 열녀표창, 자라의 소상강 망명과 자라부인의 자살 등도
텍스트에서의 부연이 가능하게 된다.

필사 텍스트의 특성을 잘 보여주는 가람본 〈별토가〉는 이처럼 정신
없는 슬랩스틱 코미디를 보는 것처럼 뒤죽박죽이며 난장판이다. 각각
의 사건들은 완결되지도 않고 사설에 묻혀 버리는가 하면 딱히 결말을
맺지 않는 것도 있다. 그럼으로써 이 필사 텍스트는 용왕을 비롯한 기

---

5) 자료는 인권환 역주, 『토끼전』, 고대 민족문화연구원, 1993, 252쪽.
　앞으로 이 자료들은 일일이 각주를 달지 않고 괄호 속에 판본과 쪽수만 표시한다.

존 권력 혹은 권위에 대한 희화와 비속화를 가능하게 하는 것이다.

용왕은 온갖 병이 들어 그 형상이 매우 추한데다 "아조 큰 소리로 울"(254쪽) 정도로 형편없는 인물로 그려지며, 조정 중신들도 "世上에 나가면 밥반찬걸리와 술안쥬걸리"(266쪽)로 비하돼 있다. 산군인 호랑이도 자라가 달려드니 물똥을 싸고 달아날 정도로 희화되어 나타난다. 반면 토끼는 용왕과 벗질하고 "여보, 龍魚知"(274쪽)라며 마음껏 희롱한다. 자라부인과의 동침도 이런 연장선상에 있다. 자신에게 가해졌던 수궁의 폭력에 대한 보복으로 수궁의 권력과 질서를 마음껏 조롱하고 뒤집어 놓는 것이다.

이 수습할 수 없는 난장판은 끝없이 부연이 가능한 필사본이기에 실현될 수 있었다. 즉, 필사 텍스트의 변이성과 부연성으로 인하여 사건과 사설의 다양한 출입이 가능해지고 그것이 용궁의 질서를 전복시키며 봉건체제나 이념에 대한 수위 높은 풍자를 가능케 한 것이다.

3) 방각 텍스트

방각본은 판각본 중에서도 상업출판을 목적으로 등장한 복수 텍스트이다. 우선 공식출판으로서 필요 없는 사설이 삭제되거나 축약되어 내용이 정제된다. 경판본 〈토생전〉은 〈노섬상좌기〉와 합본되어 16장 1책으로 되어 있으며, 〈토생전〉은 9장에서 끝난다. 매면 14행으로 해당 자수는 23~26자이니, 오히려 가람본 〈별토가〉보다 면당 2행이 적은 셈이다. 그런데 무려 44장에서 9장으로 되었으니 1/5로 줄어든 셈이다.[6]

반면 완판본 〈퇴별가〉는 21장 1책으로 매면 16행, 매행 27~32자로

---

6) 자료에 대한 개황은 같은 책, 264쪽 참조.

일정치 않다. 이 텍스트는 신재효본을 대본으로 하여 판각한 것으로 내용이 대부분 일치하고 있는데, 다만 단어나 표기법상의 차이만 나타난다고 한다.[7] 분량으로 본다면 필사본에 비해 반으로 줄어든 셈이다.

우선 경판본 〈토생전〉의 첫 부분을 보면 용왕의 병치레와 수궁어전회의의 장황한 사설들이 단 한 장으로 압축되어있다. 장황한 디테일을 삭제하고 사건의 진행만을 그리자니 발화자의 얘기를 서술자가 개입하여 전하는 전달문 구조로 되어있다. 용궁어전회의에서 법석을 떠는 그 장황한 대목을 "제신을 모화 의논 흘시"의 단 한마디로 줄였다. 필사 텍스트들은 다소 혼란스럽고 통일성은 없었지만 다양한 인물들의 목소리들을 담고 있었다. 하지만 방각본이라는 인쇄매체로 공식 출판될 때에는 그 목소리는 정리되어야 했다. 그 방식은 어떤 것이었을까?

이창헌에 의하면 "전체의 사건 가운데 특정한 사건들을 누락시키는 방법을 취하기도 하였지만, 주된 방법은 구체적인 묘사나 설명과 관련된 행문들을 누락시키고 사건의 선조적 진행과 관련된 행문만을 중심으로 축약하는 것이 보통이었다. 따라서 모든 소설이 방각화 될 수 있다기보다는 비교적 선명하고 짧은 사건을 중심으로 구성되어 있으면서 아울러 독자의 흥미를 유발할 수 있는 작품들이 방각의 대상이 되었다."[8] 한다.

경판본 〈토생전〉에서 비교적 사건에 대한 묘사가 자세한 곳은 자라와 토끼가 수궁과 세상에 대해 자랑하는 부분과 토끼가 죽을 고비에서 벗어나는 부분뿐이다. 말하자면 토끼를 용궁으로 유혹하는 장면과 사지에서 벗어나는 장면만 강조되었고 나머지는 간략한 사건전개만 있다.

---

7) 같은 책, 265~266쪽 참조.
8) 이창헌, 『이야기 문학 연구』, 보고사, 2005, 175쪽.

사건을 취사선택하거나 행문을 축약하는 데는 어떤 이데올로기가 작용했고 그것은 당대를 살아가는 사람들이 보편적으로 합의하거나 공감할 수 있는 것이어야 했다. 개개인이 가졌던 생각을 벗어나 공식화할 수 있는 것이어야 했다. 비록 봉건체제나 이념에 대하여 못마땅하게 생각하더라도 그것을 공식화하여 출판하기는 쉽지 않은 일이다. 경판본 〈토생전〉에서 용왕이 충성의 대상으로 절대적 권위가 강조되고, 자라는 충신으로 장렬하게 죽으며, 토끼는 기지로써 사지에서 벗어나는 것으로 그려질 수밖에 없는 이유도 거기에 있다. 당대의 공식적인 이념을 수용할 수밖에 없기에 공식 출판된 방각 텍스트에서 봉건체제나 이념을 심하게 희화하거나 풍자하기는 어려운 일이다.

그런 점에서 신재효본을 판각한 완판본 〈퇴별가〉는 적당한 선에서 타협을 모색하고 있는 작품이다. 용궁어전회의를 통하여 지고의 가치를 지니는 봉건이념인 충(忠)이 희화되고 있지만 결코 용왕의 권위를 실추시키지는 않는다. 그저 형편없는 신하들이 서로 발뺌을 하고 싸울 뿐이다. 작품에서도 "평시의 봉할 제는 다 모도 충신이ᄂ 환난을 당ᄒ오면 충신이 귀헌니다."(58쪽)라고 한다. 이 형편없는 조정중신들, 곧 "의관신야어로향 향ᄂᆡᄀ 날 터인듸 속 뒤집는 비인ᄂᆡᄀ 파시평 웃슈"(56쪽)인 조정중신들이 담당해야 할 역할을 별주부가 홀로 대신한 것이다. 그래서 충(忠)은 현실에서는 희화되고 있지만 지켜져야 할 덕목으로서는 조금도 그 가치가 손상되지 않는다.

대신 왕이나 봉건이념이 아닌 조정중신들이나 지방관리들에 대해서는 신랄한 풍자를 가하고 있다. 용궁어전회의에서 조정중신들의 행태를 자세히 들여다보면 문무의 대립뿐만 아니라 한림학사 깔따구와 간의 대부 모치를 등장시켜 벌열(閥閱)의 권력독점을 비판하기도 한다.

게다가 백의재상 궐어를 내세워 무용지물인 산림(山林)의 존재를 비꼬기도 한다.

산중모족회의는 백성들의 실생활과 연결되기에 더 신랄하다. 산짐승들을 괴롭히는 사냥개를 처치할 방도를 마련하고자 모족회의가 소집되지만 별 뾰족한 대책은 마련되지 않고 오히려 다람쥐와 쥐가 식량을 강탈당하고 멧돼지는 자식을 산 채로 산군에게 바치는 지경에 이른다. 그래서 곰의 입을 빌어 이 정황을 비판하게 한다.

> 오날 우리 모우기는 산중제폐 ᄒᆞᄌᆞ더니, 슌힝기는 업셰라되 포슈 무셔 헐슈 업고, 이즌흔 쥐와 다람쥐 과동지자 다 쎅기여 부모쳐ᄎᆞ 굼길터요, ᄀᆞ셰부족 메도야지 숭명통 보와시니, 오날 져역 쏘지니면 여우 눈의 못 고인 놈 무슨 환을 쏘 당할지, 그 놈의 유슘소리 쎄겨려 못 듯것닉
>
> (〈퇴별가〉, 96면)

그런데 여기서 주목할 것이 있다. 저 유명한 신재효본에만 있는 사설, "시쇽에 비ᄒᆞ면은 슌군은 슈령 갓고 여우난 간물출픠 슌힝기난 세도아젼 너구리 멧돗시며 쥐와 다람이난 굼씨 앗난 빅셩이라"[9]가 완판방각본에 와서는 빠진 것이다. 모든 내용이 다 일치하는데 이 대목만 제외시켰다. 비록 우화의 문맥이라 하더라도 현실의 부패상을 일대일로 대입시키는 것에는 자기검열이 있었던 것 같다. 일회적인 소리판이나 사설의 출입이 자유로운 필사본에서는 비교적 비판과 풍자가 허용되었지만 공식화된 인쇄물인 방각본에서는 자신들이 몸담고 살고 있는

---

9) 김진영·김현준·김동건·이성희 편저, 『토끼전 전집 1』, 박이정, 1997, 19쪽.
   앞으로 이 자료도 일일이 주를 달지 않고 괄호 속에 판본과 쪽수만 적는다. 〈토의간〉도 여기 자료를 활용한다.

세상을 직접 비판하는 것이 쉽지 않은 일이었을 것이다.

조정중신들의 행태와 지방의 통치체제를 신랄하게 풍자하고 있지만 그 정점인 왕이나 봉건이념을 손상시키지 않기 위해서는 자라의 장한 충성이 강조될 수밖에 없다. 자연 토끼는 꾀 많고 구변 좋은 인물로 드러나지만 부차적이다. 자라가 주연이라면 토끼는 조연인 셈이다. 완판본 〈퇴별가〉에서 토끼의 그물위기나 독수리 위기가 제외된 것도 이런 이유에서일 것이다. 자라의 충성을 드러내는 것이 중심이 되기 때문에 소리판이나 필사본에 수 없이 나타나는 토끼의 위기탈출은 텍스트에서 사라지게 되는 것이다.

4) 구활자 텍스트

방각본이 비록 인쇄되어 공적인 성격을 갖는 것이라도 그 앞에 '대중'이라는 수식어를 붙이기는 어렵다. 수공업적인 영세성과 제한된 유통방식으로 인해 근대 자본주의적인 대중상업출판과는 구별되기 때문이다. 하지만 구활자본 소설들은 근대적인 인쇄·출판 방식에 의해 간행됐고 책의 체제 역시 전대(前代)와는 다른 방식을 보여주었으며 60여 개소에 달하는 서적상과 수많은 책장수들에 의한 유통구조를 갖추고 있었다. 게다가 1912년 『매일신보(每日申報)』에 이해조(李海朝, 1869~1927)의 판소리 개작소설이 연재되고 나서 구활자본 소설들이 본격적으로 출판되기 시작했는데, 근대 대중매체인 신문에 실렸고 또 단행본으로 출판되었다는 점에서 '대중출판 텍스트'로의 전환이 일어났다고 보아도 무리가 없겠다. 〈토끼전〉의 신문연재와 구활자본 출판 상황을 정리하면 아래와 같다.

兎의 肝(토끼타령) : 1912.6.9~7.11 연재(총 26회)

不老草(唯一書館, 1912 / 博文書館, 1920 / 世昌書館, 1957)

鱉主簿傳(新舊書林, 1913)

兎의 肝(博文書館, 1916)

토의간-별주부가(朝鮮圖書, 대정 14年)

신문연재로 따지자면 이해조 개작의 〈토의간〉이 앞서지만 단행본으로는 〈불로초〉가 구활자본 고소설 중 첫 작품으로 1912년 8월 19일 간행됐다. 〈토의간〉의 연재가 끝나자마자 바로 출판되었다는 점에서 신문연재소설의 인기에 편승해서 나타났다고 볼 수 있다.

그러면 대중출판 텍스트의 출현에 따라 그 존재방식이 어떻게 바뀌었는가? 첫째, 표지가 아이들의 딱지처럼 울긋불긋하게 채색되어 화려한 장정이 등장했다. 이 때문에 이른바 '딱지본'이라고도 부르게 됐는데 고전소설이 본격적인 대중 독서물로 자리 잡았음을 의미한다. 표지의 그림은 대개 텍스트의 내용 중 가장 흥미로운 대목이거나 일러스트화 하기 적합한 소재를 선정하여 민화식으로 그렸는데 〈토의간〉은 자라와 토끼가 수작하는 형태를, 〈별주부전〉은 토끼가 자라의 등에 올라 망망대해를 떠가는 모습을, 〈불로초〉는 토끼가 동산에서 풀을 뜯는 장면을 각각 표지의 그림으로 선택했다.

둘째, 보기 좋은 4호 활자를 사용하여 호흡단위로 띄어쓰기를 했으며, ( ) 속에 발화자를 표기하고 한자를 병기하는 등 새로운 편집체제를 시도했다. 고전소설 중 처음으로 띄어쓰기가 시도된 것은 신문연재의 경우에도 그렇듯이 이 무렵에 와서다. 띄어쓰기는 시각적으로 보기 편하게 하려는 목적도 있지만 호흡단위로 하여 음독하기 좋게 한 것이다. 발화자를 ( ) 속에 넣은 것도 행문을 읽기 좋게 한 것이다. ( ) 속에 표시

별주부전(한국민족문화대백과)

하지 않았을 때는 한 칸 내려써서 지문과 대화를 구별하고자 했다. 물론 필사본이나 방각본처럼 띄어쓰기, 발화자 표기, 한자병기 없이 붙여 쓴 경우도 있다. 가장 먼저 출판된 〈불로초〉가 그렇다. 뒤에 나온 두 작품 〈별주부전〉, 〈토의간〉은 새로운 편집체제를 선보였다.

셋째, 분량을 100쪽 내외로 하여 방각본은 물론이고 필사본보다 훨씬 긴 내용을 담게 되었다. 〈토의간〉은 88쪽이며 매면 13행, 매행 35자로 하였으며, 〈불로초〉는 새로운 편집체제를 따르지 않고 옛 방식대로 하여 33쪽에 매면 16행, 매행 35자로 하였다. 〈별주부전〉은 109쪽에 비교적 성기게 편집하고 띄어쓰기도 하여 매면 11행, 매행 30자 내외로 하였다. 활자수를 계산해 보면, 완판본 〈퇴별가〉를 기준으로 〈불로초〉는 1.8배 가량이 되며 〈토의간〉과 〈별주부전〉은 거의 3배가량 된다. 이 사실은

고전소설이 이제 짧은 이야기가 아니라 어느 정도 분량의 '이야기책'으로
서 본격적인 대중 독서물로 자리 잡았음을 의미한다.

넷째, 가격이 대부분 20~30전으로 당시 노동자의 하루 임금이 40~90
전인데 비하면10) 그리 싼 가격은 아니었지만 한두 권쯤은 충분히 사
볼 수 있어 독자 확보에 유리하였다. 게다가 글을 잘 읽는 사람이 대표로
읽어 주기에 한글을 읽을 줄 모르더라도 수용에는 문제가 없었다. 묵독
이 아니라 낭독의 형태로 읽기에 많은 사람이 들을 수 있는 것이다. 김기
진도 구활자본의 독서형태를 얘기하면서 "그들은 혼자서만 이 책을 보지
않고 이웃사촌까지 청하였다가 듣게 하면서 굽이굽이 꺾어가며 고성대
독"11) 한다고 한다.

이런 구활자 텍스트로의 전환에 따라 〈토의간〉은 어떤 방식으로 독
자들과 소통했을까? 완판 〈퇴별가〉보다 무려 3배 가까이 내용이 늘어
났으니, 자연 사설이 확장되고 부연되었지만 한 사설이 늘어난 것이 아
니라 사건의 기복에 따라 사설이 조절된 것이다. 용궁어전회의 대목을
보면 토끼 잡으러 가는 신하를 천거하는데 거북, 고래, 새우, 메기, 문
어, 조개, 방게, 도미, 숭어, 전복, 청어 등 무려 11명의 신하들이 거론
된다.

어떤 부분은 확대 됐지만 어떤 부분은 축소되었다. 산중모족회의의
진행과정이나 상좌다툼이나 자라가 토끼를 유인하는 부분은 확대되었
지만 봉건체제나 이념에 대한 부분은 아예 자취를 감추었다.

텍스트 전환의 방식은 이해조의 말처럼 뛰어난 문장재사가 "츙효의
졀의 됴은 취지를 포함ᄒ야 징악챵션ᄒᄂ 큰 긔관으로 져술ᄒᆫ 바"를 복

---

10) 『조선총독부관보』 1912년 7월 17일자 참조.
11) 김기진, 「대중소설론」, 『동아일보』 1929년 4월 17일자.

원시키겠다는 것이다. 충(忠)이라는 주제에 충실하게 이야기를 풀어나 가겠다는 것이니 아무래도 자라가 중심에 올 수밖에 없다. 그래서 〈토 의간〉은 자라와 토끼의 지혜 겨루기에 초점을 맞추고 있다. 〈토의간〉 '예고'에도 유식하고, 재미있고, 신출귀몰하게 이야기를 전개시키겠다 고 했으니 재담과 기지가 중심에 오는 건 당연하다. 소리판이나 필사본 과 완판 〈퇴별가〉에 무수히 등장하는 봉건이념과 체제에 대한 희화나 풍자는 뒷전일 수밖에 없다.

그런데 어떻게 하면 자라의 충성도 빛내고 토끼도 살려낼까? 구활자 본 〈토의간〉은 필사본이나 방각본처럼 골치 아프게 현실 속에서 방법 을 구하지 않았다. 선관이 내려와 선약을 줌으로써 이제까지의 온갖 일 을 한낱 해프닝으로 돌렸다.

> 즈라 ᄒ일 업셔 슈변으로 물너가 곰곰 싱각ᄒ니 츙셩만 허비ᄒ고 아모 실효업시 쳔리 슈궁 엇지 갈고 양구에 드러가 령덕편 압헤 부복ᄒ야 토ᄭ ᄒ던 말을 낫낫치 다 알외니 룡왕이 듯고 탄식ᄒ야 왈 싱은 긔오 스는 귀 라 내 명을 어이ᄒ리 그 ᄭ에 션관도스 ᄂ려와 신약을 ᄂ여쥬며 왕의 말ᄒ 여 왈 **슈궁에 별쥬부가 츙셩이 특이키로 그 츙셩 표쟝 코져** 토ᄭ간을 말홈 이라
>
> (〈토의간〉, 89면, 강조 인용자)

자라와 토끼의 목숨을 건 대결이 기껏 자라의 충성을 알리고자 한 것이니, 마치 〈옥중화(獄中花)〉에서 "남아의 탐화함은 영웅열사 일반 이라 그러나 거현천릉 아니하면 현릉을 뉘가 알며 본관이 아니면 춘향 결행 엇지 아오릿가 본관의 수고함이 얼마 씀 감사하오"[12)라며 목숨을 건 춘향의 저항을 왜곡하는 것과 유사하다. 난데없는 도사가 불쑥 튀어

---

12) 『獄中花』, 博文書館, 1912, 155쪽.

나와 사건을 마무리 짓는 것이니 이야말로 현실적인 문제를 가장 비현
실적인 방식으로 해결한 셈이다.

판소리가 지닌 현실의 고민을 일거에 뒤집어 〈토의간〉은 이해조가
의도한 바대로 그저 재미있는 대중 독서물로 위치하게 된다. 사실 비현
실적 인물이 하늘에서 내려와 선약을 주는 장면은 필사본인 김동욱 소
장 〈토별산수록〉에도 등장한다. 관음보살이 "너에 충심을 ㄱ슝니 여겨
ㅎ 병 감노슈를 쥬ㄴ니 도라가 츙심에 공을 일우라 ㅎ고 좌슈에 옥호를
닉여쥬"13)는 대목이 있어 여기서 차용했으리라고 보인다.

이런 대중 독서물로서의 경향은 1913년 발간된 신구서림본 〈별주부
전〉에 오면 극대화 된다. 〈별주부전〉은 〈토끼전〉의 이본 중에서 아주
특이한 텍스트로 대강의 줄거리는 유사하지만 판소리의 사설은 하나도
없고 완전히 문장체 소설이다. 게다가 토끼와 자라의 대결구도도 보이
지 않는다. 작품의 60% 이상이 토끼를 찾는 내용이다. 처음 용궁어전
에서 토끼 잡으러 갈 신하를 뽑는데도 기껏 문어만이 가겠다고 나서는
정도며, 결국에는 "경의 인군을 위ㅎ는 츙성이 시 줌에 나타낫스니 요
마톡기를 엇어 도라옴을 어이 근심 ㅎ리오"14) 하며 자라를 보낸다. 텍
스트에서 '요마톡기' 혹은 '간샤ㅎ 져톡기'로 드러나듯이 토끼는 포획의
대상일 뿐이며 작품은 오직 자라의 충성을 드러내는데 모아진다.

토끼를 잡으러 가는데 아황과 여영, 굴원, 강태공, 제갈량, 조자룡,
소동파, 악비, 엄자릉, 이태백, 왕상, 조아, 륙수부 등 무려 13명이나
되는 충신열사와 효자를 만나며 지나간다. 자라는 철저한 충성의 화신

13) 김동욱 소장 〈토별산수록〉, 『토끼전 전집 2』, 박이정, 1998, 321쪽.
14) 『별주부전』, 新舊書林, 1913, 24쪽.
   앞으로의 인용은 일일이 각주를 달지 않고 괄호 속에 쪽수만 표시한다.

으로 모두 부르기를 "슈궁츙신 별주부"나 "남히 룡궁 츙신"이라 할 정도
다. 모두가 자라를 격려하고 토끼 잡기를 기원하는데 마지막으로 남송
의 충신 육수부를 만나서는 "그 되는 슈국츙신이라 톡기를 잡으려ᄒᆞ야
불원쳔리ᄒᆞ고 이곳ᄭᆞ지 니르럿스니 그 졍셩이 아름다온지라 즁산이 여
긔셔 멀지 아니ᄒᆞ니 쌜니가 륙디에 ᄂᆞ려 톡기를 차지라"(43~44쪽)고
직접 토끼가 있는 중산을 가리켜 주기까지 한다.

육지에 도착해서도 소, 개, 수달, 사슴, 호랑이, 여우 등을 만나 토끼
의 거처를 묻고 나중에는 여우에게 진주 백매를 뇌물로 주고 토끼를
찾는다. 이 모든 과정이 전체의 60%가 넘는 무려 68쪽에 걸쳐 서술되
는 바, 〈별주부전〉은 그야말로 미로에서 출구를 찾듯이 '토끼 찾기'의
이야기다.

그 뒤에 이어지는 내용은 간략하더라도 어쨌든 토끼가 사지에서 벗
어나는 이야기다. 자라의 충성을 강조하기 위해 토끼를 죽일 수도 없는
노릇이다. 어떻게 해야 할 것인가? 이해조가 〈토의간〉에서 했던 방식,
즉 초월적 인물이 나타나 사태를 해결하는 것이다. 더욱이 〈별주부전〉
은 사건을 보다 극적으로 처리하여 자라가 "내 츙셩이 부죡ᄒᆞ야 톡기의
속인 바히 되엿"(108쪽)다고 바위에 머리를 들이받고 죽으려는 찰나에
화타가 등장하여 "네 졍셩이 지극ᄒᆞ기로 내 텬명을 밧ᄌᆞ와 일립션단을
쥬"(109쪽)어 사태를 해결한다. 경판본 〈토생전〉의 비장함과 〈토의간〉
의 사태해결방식이 결합한 것이다.

〈토끼전〉이 봉건체제와 이념에 대한 희화와 풍자에서 점차 자라를
중심으로 한 충성의 강조와 미화로 바뀌고 문제의 해결을 위해 초월적
인물이 등장한 것은 분명 대중 독서물로서의 텍스트의 변환과 깊은 관
계가 있다. 텍스트의 풍부한 사설들이 사건 중심으로 재편되고, 봉건국

가의 운명과 관련하여 용왕과 토끼, 자라가 벌이는 심각한 대결의 양상
이 자라를 중심으로 정리되는 것이다. 이미 시대가 바뀌었기에 봉건체
제에 대한 첨예하고 심각한 문제들은 흥미를 끌 수 없었다. 자연 단순
한 '충효의절의 좋은 취지'로 그 주제가 모아지며 근대에도 흥미를 끌
수 있는 복잡한 사건의 기지담으로 이야기가 전개될 수밖에 없었다.

5) 동화 텍스트

〈토끼전〉은 그 우화적 성격으로 인해 〈콩쥐팥쥐전〉, 〈흥부전〉과 같이
근대전환기에 일찍부터 동화로 전환되어 주목을 받았다. 1924년 조선총
독부에서 펴낸 최초의 동화집인『조선동화집』에 〈심부름꾼 거북이〉와
〈교활한 토끼〉가 실려 있으나 전자는『삼국사기』에 실린 〈구토지설〉을
아이들에 맞게 개작한 것이고, 후자는 창본에 많이 등장하는 '그물 위기'
와 '독수리 위기'의 삽화를 차용하여 동화로 재구성한 것이다.

1926년대 출판된 심의린의『조선동화대집』에는 동화 〈별주부〉가 실
려 있는데,『조선동화집』과 달리 소설 〈토끼전〉의 온전한 개작이다. 이
본에 두루 나타나는 내용을 취사선택하여 재화한 것으로 보인다. 책의
'서'에도 "적당할 듯한 재료 몇 가지를 취택(取擇)하여 모아서"[15] 동화
를 만들었다고 한다.

그래서 〈구토지설〉처럼 공주가 병이 든 것이 아니라 용왕이 병을 얻
은 것으로 설정되어 있고, 토끼의 간을 구하러 갈 신하를 찾는 데도 저
마다 나서지 않아 별주부가 나서며 "평일에 녹봉만 많이 먹고 권리 다
툼만 하던, 소위 국가 책임을 가진 대관들이 이렇다 말 한마디가 없은

---

15) 심의린 저, 신원기 역해,『조선동화대집』, 보고사, 2009, 69쪽.
앞으로 이 자료의 인용은 일일이 주를 달지 않고 괄호 속에 쪽수만 표시한다.

즉, 참 가통할 일이올시다"(153쪽)라고 신재효본 〈퇴별가〉처럼 조정 중신들을 풍자하는 대목도 보인다.

육지에서 토끼를 만나 유혹하는 데는 이해조의 〈토의간〉에 있는 공주의 부마되기를 청하는 장면이 등장한다. 게다가 반신반의하는 토끼에게 "일국의 대사를 어찌 추호라도 속일 이치가 있습니까? 만일 그와 같이 의심하시고 결단치 못하시면, 어찌 산중호걸이라 하겠습니까? 용왕께 가서 그대로 말씀하와 파혼되게 하겠"(156쪽)다 하는 등 자라의 언변도 만만치 않음을 보여준다.

이처럼 『조선동화대집』의 〈별주부〉는 〈토끼전〉을 토끼와 자라의 속고 속이는 이야기, 즉 기지담으로 재화하였다. 그러기에 나중에 자라가 어떤 행보를 택하고 용왕의 운명이 어떻게 되었는가 등의 봉건체제의 존재에 관한 심각한 문제는 등장하지 않는다. 대신 토끼와 자라와 지혜 겨루기가 두드러진다.

> 육지에 도착하여 거북이 내리라 하매, 토끼는 정신이 반짝 나서 강총 뛰어내리면서
>
> "애고! 이제는 내가 살았구나. 이 흉악하고 괴악한 놈아! 네가 나를 꾀여다가 간을 꺼내려고 한다는 말이냐? 너희들이 아무리 약은 체 하여도 나한테 속았다. 이 곰 같이 미련한 놈들아! 간을 꺼내 놓고 다니는 짐승이 어디 있단 말이냐? 이놈아! 어서 너 갈 데로 가거라. 소행을 생각하면 당장에 때려죽일 터이나, 너도 너의 용왕을 위하여 그와 같이 한 것이니, 너의 충심을 생각하여 용서하여 보낸다."(159쪽)

토끼의 완벽한 승리다. 그리고 그 승자의 여유에서 자라를 용서하여 돌려보낸다. 신재효 본 〈퇴별가〉에서 "분수을 싱각ᄒ면 쳔션이 피요ᄒ

고 게포ᄀ ᄒ죄이요? 각위기군 ᄒ엿기로 십분 짐즉ᄒ여"(150~152쪽)
돌려보낸다는 논리와 같다.

작품의 말미에 "무슨 일이든지 남을 속이려 하면 자기도 속는 법이
오, 정당한 일을 행하면 결코 남이 자기를 속이는 일이 없는 것"(159쪽)
이라 하여 이 작품이 〈토끼전〉을 속고 속이는 기지담의 형태로 재화했
음을 분명히 보여준다.

흥미롭게도 당시 식민지 시대에 〈토끼전〉의 풍자구조를 활용해 만든
송영(宋影, 1903~?)의 〈자라사신〉이 있는 바, "〈자라사신〉은 고전동
화 작품 〈토끼의 간〉(혹은 〈별주부전〉)을 동화극으로 한 것으로 당시
일제와 친일주구들을 세상물정에 어둡고 역사 발전에 근시안이며 우둔
한 자들로 비유했"[16]다고 한다.

작품은 용왕의 딸이 병이 나서 토끼 간을 먹어야 병이 낫는다는 '의
사'의 말을 듣고 자라를 뭍으로 보내 토끼를 잡아왔지만, 토끼는 기지
로써 위기를 모면한다는 기존의 이야기와 별 차이가 없다. 하지만 토끼
가 두드러진 활약을 보이고 상대적으로 용왕과 그 신하들이 우둔한 인
물로 등장한다. 특히 용왕의 어전에서 무슨 죄로 나를 죽이냐고 들이대
는 토끼의 형상은 식민지 민중들의 분노를 대변하는 것처럼 읽힌다.

> 톡기 : 뭐요, 그럼 날 죽인단 말슴에요.
> 룡왕 : 그럿치. 그러나 너를 죽이면 장사는 잘 지내여주지.
> 톡기 : (분이 나는 듯이 자라를 노려보다가 다시 왕을 치다보며) 엇재,
>   나를 죽이세요?
>   무슨 죄에요?
> 룡왕 : 죄야, 잇지. 톡기된 죄, 간 가진 죄, 또 우리 룡녀가 병드신 죄…

---

16) 송영, 「해방 전의 조선아동문학」, 『조선문학』 1956년 8월호, 172쪽 참조.

···허······.

톡기 : 아니, 그게 죄야요(듸리댄다).

룡왕 : (······) 그럼.

톡기 : 그럼 정말 죽이세요.

룡왕 : 물론이지.17)

이 부분은 아무 죄도 없이 간을 내놓아야 했던 토끼처럼 한없는 침탈을 겪어야 했던 식민지 민중들의 분노를 대변하고 있으며, 〈토끼전〉의 어떤 이본에도 없는 대목으로 KAPF의 활동가로서 『별나라』를 중심으로 아동문학운동을 주도했던 송영의 독자적인 개작이다. 자연 토끼의 형상은 어느 이본에서도 찾아볼 수 없을 정도로 강하고 지혜로운 민중적 전형을 보여주며 상대적으로 용왕과 그 신하들은 우둔한 일제와 친일파들의 형상을 하고 있다.

간을 놓고 왔다는 토끼의 말을 곧이듣고 토끼를 보냈다가 "이 천하만물 중에 간을 쩌냇다 넛다 하는 데가 어듸 잇습니까"(47쪽) 라는 의사의 말을 듣고서야 비로소 속은 줄 알고 분해 할 정도로 용왕과 그 신하들은 어리석기 짝이 없다. 게다가 많은 이본, 특히 〈토의간〉을 비롯해 1912년 이후 등장한 숱한 구활자 텍스트들에서 극도로 미화된 자라의 충성이 여기서는 드러나지 않는다는 점도 흥미롭다. 오히려 자라는 충성의 화신이 아니라 우둔하고 미련한 용왕의 하수인으로 등장한다. 봉건체제나 이념을 풍자했던 〈토끼전〉의 풍자구조를 당시의 정황에 맞게 일제·친일파/식민지 민중의 대립항으로 바꾸어 동화극으로 개작한 것이다.

---

17) 송영, 〈자라사신〉, 『별나라』 1927년 10월호, 45쪽.
　　표기는 그대로 두되 띄어쓰기와 문장부호는 현행 맞춤법을 따른다. 앞으로 인용은 괄호 속에 쪽수만 밝힌다.

이렇게 본다면 〈토끼전〉의 동화 텍스트는 현재 확인된 자료로서는 세 종류가 있는데, 첫 작품이 '그물 위기'와 '독수리 위기'의 삽화가 수용된 『조선동화집』의 〈교활한 토끼〉로 토끼의 지혜를 드러내는 삽화가 벌을 받는 것으로 역전된 작품이다. 본격적인 동화 텍스트로 개작된 경우는 심의린의 『조선동화대집』의 〈별주부〉에 와서다. 다양한 〈토끼전〉을 취사선택하여 속고 속이는 기지담으로 동화를 재화하였다. 한편 〈토끼전〉의 풍자구조가 일제와 친일파로 대체되어 〈자라사신〉이라는 동화극에 온전히 수용되기도 했다.

3. 마무리

다양한 형태의 텍스트로 두루 존재하는 〈토끼전〉을 통해 그 존재방식과 소통에 대해 살펴보았다. 판소리 작품인 〈토끼전〉은 소리 텍스트를 비롯하여 필사, 방각, 구활자 텍스트뿐만 아니라 근대 전환기에는 동화 텍스트로도 등장하여 지금까지 읽혀지고 있다. 이들 다양한 방식의 텍스트들은 분명 당대 매체환경의 메커니즘 속에서 의미 있는 실체로 존재했었다. 그것이 어떤 방식으로 존재하는가에 따라 내용이 규정되고 소통되어 온 것이다.

소리 텍스트인 〈수궁가〉는 일회성 텍스트로 무수한 창자들에 의해 소리판을 형성했으며 각 유파의 바디와 개개인의 더늠을 통해 창조성을 발휘할 수 있었다.

필사 텍스트는 유일본이면서 변이성과 부연성을 지닌다는 존재방식으로 인하여 다양한 사건과 사설의 출입이 가능하기에 다소 혼란스럽지만 높은 수위의 풍자가 가능했던 것이다. 대표적 필사본인 가람본 〈별토가〉는 사설과 사건이 뒤엉켜 뒤죽박죽이며 난장판이지만 이를 통하여 용왕을 비롯한 수궁 권력에 대한 희화와 풍자를 가능케 했던 것이다.

방각 텍스트는 공식 출판된 복수의 형태라는 존재방식에 따라 혼란스러운 사건과 사설들이 일정 부분 정리됐지만 당대 사회가 공인할 수 있는 범주 내에서 자기 검열이 이루어지는 소통구조를 갖는다. 경판본 〈토생전〉은 용왕의 절대적 권위가 강조되고, 자라는 충신으로 장렬하게 죽으며, 토끼는 기지로써 사지에서 벗어난다는 방식으로 소통됐으며, 완판본 〈퇴별가〉는 봉건 이념인 충(忠)은 희화되지만 용왕의 권위는 실추되지 않고 대신 조정 관리나 지방관들에게 풍자가 가해지는 방식으로 적당한 선에서 타협을 모색하고 있다.

구활자 텍스트는 대중상업 출판물로서 근대 독자를 대상으로 대중화, 상업화를 추구하는 존재방식을 지니고 있기에 〈토끼전〉을 복잡한 사건의 기지담으로 재구성하였다. 풍부한 사설들이 사건 중심으로 재편되고, 봉건국가의 운명과 관련하여 용왕, 토끼, 자라가 벌이는 심각한 대결양상이 자라를 중심으로 정리되었으며, 자라의 충성을 미화하기 위해 선관이나 화타가 등장해 선약을 주어 용왕을 살리는 방식으로 소통되었다.

동화 텍스트는 동화라는 장르의 특성으로 인하여 〈토끼전〉의 다양한 내용들을 취사선택하여 속고 속이는 지혜겨루기 이야기로 재화하였다. 한편 동화극 〈자라사신〉은 〈토끼전〉의 풍자구조가 당대의 문제의식으로 전환된 작품이다.

고소설의 텍스트가 어떤 방식으로 존재했었는가를 파악하는 것은 이처럼 그 내용의 소통과도 긴밀히 연결되어 있다. 분명 고소설의 텍스트

는 부동의 완결체가 아니라 다양하게 소통되는 가변체로 존재해 왔다
는 점이다. 그래서 이 텍스트의 본질을 밝히는 것이야말로 어쩌면 고유
의 문학성을 해체하는 작업일 수도 있으나 당대 문화의 복잡한 메커니
즘 속에서 문학 텍스트의 실상을 규정하는 것이기도 하다.

위의 글은 『고전문학연구』 30집(한국고전문학회)에 실린 것을 수정·보완하였다.

고전소설 연구의 대중화 방안

- 디지털 매체와의 상관성을 중심으로 -

한길연

1. 머리말

고전소설을 읽기 위해 재산을 탕진할 정도로 고전소설의 마니아층을 형성했던 조선시대의 '열독자(熱讀者)'들은 이미 사라진 지 오래다. 고전소설은 썰물이 빠져나간 백사장처럼 독자들을 잃어버린 채 전시대의 유물로서 황량하게 박제되어 가고 있는 실정이다. 고전소설이 오늘날의 대중적인 독자를 갖는다면, 그것은 고전소설을 전래동화로서 향유하는 어린이들 정도이다.

삼차원 입체영상이 현란하게 펼쳐지는 영화나 게임을 보면서, 고전소설은 더욱 더 구태의연한 것으로 치부되기도 한다. 오늘날 사극 열풍에 힘입어 〈전우치전〉 등의 고전소설이 현대적 시각으로 새롭게 각색됨으로써 대중의 관심을 끌기도 했지만, 여전히 많은 고전소설들이 고전소설 연구자들에게만 읽히는 '그들만의 고전'으로 남아 있다. 그럼에도, 판타지 영화로서 성공을 거둔 〈반지의 제왕〉 시리즈가 북유럽 신화에 원천을 두고 있고, 게임으로서 성공을 거둔 〈삼국지〉 시리즈가 중국 고전소설 〈삼국지연의〉를 전적으로 활용하고 있다는 사실은 고전소설 연구자들을 들뜨게 하기도 한다.

고전소설 연구의 대중화[1]가 최근에 고전소설 연구의 화두로 떠오르고 있는 것은 이런 현실에서 기인한다 할 수 있다. 대중과 소통하지 않는 문학이란 더 이상 그 의미가 없다는 위기위식과 더불어, 리얼리즘 위주의 근대문학에 대한 또 다른 대안을 고전소설이 제시할 수도 있다는 막연한 기대감이 그 근저에 깔려 있다.

그렇다면 오늘날 고전소설 연구의 대중화란 무엇인가? 이는 두 가지 관점에서 접근 가능할 수 있을 것이다. 고전소설의 연구 성과를 오늘날의 대중에게 널리 알리는 방식의 대중화와, 고전소설 연구를 대중의 감성에 부합할 수 있는 방향으로 선회하는 방식의 대중화이다. 전자는 고전소설 연구를 대중들에게 알릴 수 있는 방안을 모색해 보는 것이고, 후자는 고전소설 연구 자체를 대중의 코드에 맞춰 그 방향을 바꾸는 것을 말한다.

그런데 이 둘은 별개의 영역이 아니라 생각한다. 오늘날의 대중들에게 고전소설의 연구 성과를 널리 알리려 해도 대중들의 감성을 자극할 수 없다면 이는 불가능할 것이고, 고전소설에 대한 이해가 전무하다면 고전소설의 매력을 현대적 코드에 맞춰 아무리 이야기해도 대중들이 이를

---

1) 본고에서 논의하는 '고전소설 연구의 대중화'는 '고전소설의 대중화'를 포괄할 수 있는 개념이다. 일례로 고전소설을 고어가 가득한 날 것 그대로 대중화한다는 것은 불가능한 일이다. 고전소설 자체를 대중에게 알리기 위해서는 일차적으로 고전 원문에 대한 정확한 독해와 주석이 뒷받침되어야 하는 것이다. 따라서 고전소설 연구의 대중화란 고전소설에 대한 심도 있는 해석뿐만 아니라 고전소설의 내용을 대중에게 정확하게 알리는 일 또한 포함하는 개념이다. 특히 대중에게 잘 알려지지 않은 좋은 작품들을 발굴해서 알리는 일은 매우 중요하기에 고전소설 연구의 대중화 속에는 이러한 부분들도 포함된다.

인지할 수 없을 것이기 때문이다. 이렇게 볼 때, 고전소설 연구의 대중화
란 오늘날의 대중들과 소통할 수 있는 연계 고리 속에서 고전소설 연구
성과물을 대중들에게 널리 알리는 것이라 정의할 수 있겠다. 이에 따라
고전소설이 대중들과 소통할 수 있는 가능성을 얼마나 담지하고 있는지,
그리고 그 가능성에 대한 연구는 얼마나 이루어졌는지, 또 이런 연구
성과물을 대중들에게 어떤 방식으로 효과적으로 전달할 수 있는지에
대해 고찰하는 것이 고전소설 연구의 대중화의 요체가 된다.

　본고에서는 이러한 연구의 일환으로 고전소설과 디지털 매체[2]와의
상관성을 집중적으로 고찰하고자 한다. 오늘날의 대중매체 중 급부상
하고 있는 디지털 매체와 고전소설이 그 속성상 얼마나 긴밀하게 연결
되어 있으며, 고전소설은 이런 디지털 매체를 어떻게 적극적으로 활용
할 수 있는지, 그리고 이를 통해 고전소설은 현대인들에게 어떤 감동을
전해 줄 수 있는지에 초점을 맞추어 디지털 매체와 고전소설의 상관성
에 대해 고찰해 보고자 하는 것이다.

　물론 기존에도 디지털 매체와 고전소설과의 상관성을 논의한 연구들
이 있었고, 이를 통해 상당한 성과를 거두었다.[3] 그럼에도 여전히 논의

---

2) 본고에서 말하는 '디지털 매체'란 인터넷망, 모바일 등의 디지털 환경과 더불어 이를
　활용한 게임, 디지털 영화, 인터랙티브 드라마, 웹 에듀테인먼트 등의 디지털 텍스트까지
　도 포괄하는 광의의 개념으로 사용한다. 이 중에서도 게임 혹은 영화에 중점을 두어 살펴
　보고자 한다.
3) 김탁환, 「고소설과 이야기 문학의 미래」, 『고소설연구』 17, 한국고소설학회, 2004 ;
　조혜란, 「다매체 환경 속에서의 고소설 전략 연구」, 『고소설연구』 17, 한국고소설학회,
　2004 ; 신선희, 「고전 서사문학과 게임 시나리오」, 『고소설연구』 17, 한국고소설학회,
　2004 ; 양민정, 「디지털콘텐츠 개발을 위한 고전소설의 활용 방안 시론-「숙영낭자전」을
　중심으로」, 『외국문학연구』 19, 한국외국어대학교 외국문화연구소, 2005 ; 서유경, 「디지
　털 스토리텔링을 활용한 고전소설교육 설계」, 『고전문학과 교육』 10, 한국고전문학교육학
　회, 2005 ; 양민정, 「디지털 콘텐츠화를 위한 조선시대 애정소설의 구성요소별 유형화와
　그 원형적 의미 및 현대적 수용에 관한 연구」, 『외국문학연구』 27, 한국외국어대학교 외국

되어야 할 것들이 많이 남아 있다. 오히려 디지털 매체와 고전소설의
상관성에 대한 구체적인 논의는 지금부터 본격화되어야 한다고 생각한
다. 본고에서는 선행연구에 기반을 두면서도 디지털 매체와 고전소설
과의 상관성을 환상성, 공간성, 우연성, 다중성, 쌍방향성의 다섯 가지
속성으로 세분하여 좀 더 면밀히 살펴보고자 한다. 이를 통해 고전소설
이 디지털 매체와 공조하면서 상생할 수 있는 방안들을 다각도로 모색
해 볼 수 있을 것이다.

2. 고전소설 연구의 대중화의 현주소와 제언

　고전소설은 고전문학 가운데 그 서사적인 흥미로움과 교훈적인 내용
으로 인해 오늘날의 독자들에게 많은 감동과 교훈을 줄 수 있는 분야이
다. 이러한 중요성을 연구자들 또한 십분 인식하여 고전소설 연구 성과
물을 대중화하는 방안과 관련한 논의를 적지 않게 전개하였고 이를 통
해 일정 정도의 성과를 거두었다.
　그간 고전소설 연구의 대중화와 관련한 선행연구로는 대중화에 대해
전반적으로 다룬 논의와 특정 항목에 초점을 맞추어 다룬 논의로 나누
어 볼 수 있다. 대중화를 전반적으로 다룬 논의로는 긍정적 매개자와
수용자의 양성 방안,4) 고전소설의 장점을 현대적 매체를 통해 부각시
키는 방안5) 등에 관한 논의가 있었다. 특정 항목에 초점을 맞춘 논의로

　문화연구소, 2007.
　4) 임치균, 「고전소설의 대중화 문제」, 『정신문화연구』 25권 제1호, 한국학중앙연구원,
　　2002.
　5) 김탁환, 앞의 논문.

는 고전소설의 영화 혹은 애니메이션으로의 전환 방안,6) 고전소설 문
화콘텐츠의 구축 방안,7) 고전소설과 텔레비전 드라마와의 관련양상,8)
고전소설과 디지털 매체와의 관련양상,9) 고전소설과 게임과의 관련양
상,10) 고전소설을 활용한 광고 콘텐츠 개발,11) 고전소설 웹 콘텐츠 구
축12) 등의 다양한 논의들이 있었다. 이외에 고전소설을 현대어로 번역
한 현대역본의 고전소설, 고전소설의 내용을 알기 쉽게 풀이한 교양서
가 계속해서 나오고 있는 점 또한 이런 연구의 연장선상에 있다고 할
수 있다.

이러한 대중화 방안과 관련하여 장르별로는 대하소설에 관한 논의가
활기를 띠고 있다. 이는 대하소설의 방대한 스케일, 섬세한 형상화, 총

---

6) 조현설, 「고소설의 영화화 작업을 통해 본 고소설 연구의 과제」, 『고소설연구』 17, 한국
고소설학회, 2004 ; 김풍기, 「고전문학 작품의 정체성과 그 현대적 변용-〈옥루몽〉의 애니
메이션 제작 과정에서의 문제점을 중심으로」, 『고전문학연구』 30, 한국고전문학회, 2006.

7) 구본기·송성욱, 「〈고전문학과 문화콘텐츠의 연계방안〉 사례발표-조선시대 대하소설을
통한 시나리오 창작소재 및 시각자료 개발」, 『고전문학연구』 25, 한국고전문학회, 2004
; 양민정(2005) ; 이지양, 「문화콘텐츠의 시각으로 고전텍스트 읽기-〈춘향전〉의 '춘당대
시과' 대목을 중심으로」, 『고전문학연구』 30, 한국고전문학회, 2006 ; 양민정(2007) ; 김
용범, 「고소설의 문화콘텐츠화 전략-전남 곡성군과 심청전」, 『한국언어문화』 33, 한국언
어문화학회, 2007 ; 정창권, 「대하소설 〈완월회맹연〉을 활용한 문화콘텐츠 개발」, 『어문
논집』 59, 민족어문학회, 2009 ; 이지하, 「대하소설의 문화콘텐츠화에 대한 전망」, 『어문
학』 103, 한국어문학회, 2009 ; 윤종선, 「고전문학과 문화콘텐츠 교육방법론 연구」, 『비평
문학』 35, 한국비평문학회, 2010.

8) 정병설, 「고소설과 텔레비전 드라마의 비교」, 『고소설연구』 18, 한국고소설학회, 2004
; 송성욱, 「고전소설과 TV드라마-TV드라마의 한국적 아이콘 창출을 위한 시론」, 『국어
국문학』 137, 국어국문학회, 2004.

9) 조혜란, 앞의 논문 ; 서유경, 앞의 논문.

10) 신선희, 앞의 논문 ; 고훈, 「게임소설과 영웅소설의 서사구조 연구」, 『연민학지』 14,
연민학회, 2010.

11) 정창권, 「고전을 활용한 광고 콘텐츠 연구」, 『인문콘텐츠』 14, 인문콘텐츠학회, 2009.

12) 김경미·조혜란, 「고전문학의 웹 콘텐츠」, 『한국어문학연구소 정기학술대회 : 국어국문
학과 웹서비스』, 이화여자대학교 한국어문학연구소, 2004.

체적 세계의 구현 그리고 아직까지 대중에게 알려지지 않은 '낯선' 장르로서의 신비감이 오늘날의 대중과 소통할 수 있는 매력으로서 작용하리라 판단한 데서 기인한다. 그리고 이러한 장르적 장점을 활용한다면 〈반지의 제왕〉에 버금갈 한국적 판타지가 창작 가능할 수 있으리라는 기대감도 여기에 실려 있다.

이처럼, 현재 고전소설 연구자들은 고전소설 연구의 대중화와 관련한 전방위적인 노력을 하고 있다 해도 과언이 아닐 정도로, 다양한 분야에서 활발히 연구를 진행하고 있다. 그런데 서글프게도 고전소설의 대중화와 관련한 이러한 연구마저도 고전소설 연구자들만이 공유하는 '그들만의 연구'로 그치는 감이 적지 않다.

이런 연구 성과물에도 불구하고 여전히 고전소설은 대개의 일반인들에게 오늘날의 현실과는 동떨어진 고루하고 박제된 문학, 즉 '화석화된 문학'으로서 자리하고 있는 것이 사실이다. 일반인에게는 물론 국어국문학과 혹은 국어교육과 학생들에게조차 몇 편의 작품을 제외하고는 그 면모가 제대로 알려지지 않은 것이 고전소설 대중화의 현주소이다.[13] 따라서 앞으로 고전소설 연구에서 대중화 방안에 관한 논의가 보다 현실적인 차원에서 진행될 필요가 있다고 생각한다.

우선적으로 고전소설 연구 성과물을 일반 대중들에게 널리 알리는 작업이 필요할 것이다. 고전소설의 현대어 번역, 고전소설의 웹 콘텐츠 구축, 고전소설 교양 강좌의 개설, 다른 분야의 전문가와의 협업 환경

---

13) 물론 대학생들이나 대학원생들의 경우, 제대로 지도한다면 고전소설의 긍정적 매개자와 수용자가 될 수 있다.(임치균, 앞의 논문 참조) 또 이들은 젊은 세대로서 현대적 매체를 잘 활용하기에 고전소설을 현대화하는 작업에도 능숙할 수 있다. 그럼에도 이들이 전공학생에 한정된 소수의 인원이라는 점에서, 그리고 이들 중에도 고전을 좋아하는 학생이 그리 많지 않다는 점에서 한계가 있다.

조성 등 기존에 논의되어 왔던 방안들을 보다 적극적으로 그리고 광범위하게 실행해야 할 것이다.

그런데 이러한 대중화 방안의 하나로 생각해 볼 수 있는 것이 고전소설 연구 성과물을 교과서에 적극 반영하는 방식이 아닌가 생각한다. 교과서는 전래동화 수준으로 고전소설을 향유하던 학생들에게 고전소설의 실체를 제대로 볼 수 있게 하는 중요한 통로이고, 온 국민이 읽게 되는 범국민적 텍스트라는 점에서 고전소설 연구의 대중화에서 매우 중요한 위치를 차지한다. 그런데 교과서에 실린 고전소설 작품들을 보면, 건국 과도기 이래로 몇 작품만이 망부석처럼 부동의 자리를 차지한 채 고정되어 실리고 있다.14) 고전소설을 박제된 문학으로 일반인들이 여기게 하는 중요한 요인 중에 하나가 바로 교과서가 아닌가 생각한다. 〈방한림전〉 등과 같은 혁신적인 내용의 작품들도 학생들이 소화해 낼 수 있기에 실을 수도 있고,15) 고전소설의 대중화와 관련하여 최근 각광받고 있는 대하소설류를 실을 수도 있다. 교과서의 변모는 고전소설 연구의 대중화와 직결된다 할 수 있다.

다음으로 생각해 볼 수 있는 것은 학회 차원의 변모가 아닌가 생각한다. 일례로 '고소설학회'의 경우, 고전소설 전공자 외에 대중적인 회원들도 받아들일 수 있을 만큼 열려 있어야 하며, 그들을 끌어들일 수 있는 다양한 토론거리를 생산할 필요가 있다. 아니면 '고소설학회'라는 딱딱한 학회명 대신 '고전소설 대중화 학회' 혹은 '고전소설과 디지털 매체 학회' 등의 이름을 가진 포용력 있는 학회가 설립될 필요도 있을

---

14) 조정희, 「고전 정전의 재검토」, 『정전(문학교육총서 2)』, 역락, 2010, 199~200쪽 참조.
15) 노윤영, 「여성영웅소설의 교육적 가치 및 교재화 연구─〈방한림전〉을 중심으로」, 영남대 교육대학원 석사학위논문, 2010.

것이다. 교양강좌 외에도 일반 대중 혹은 드라마작가, 영화감독, 게임 제작자 등 여타 직종의 전문가들과 소통할 수 있는 근본적인 소통 공간이 필요한데, 여기에 학회의 변화가 한 몫을 담당할 수 있으리라 생각한다.

그런데 이런 대중화 방안은 연구의 영역이기보다는 주로 실천의 영역에 속한다 할 수 있다. 이는 고전소설 연구자들 대개가 이에 대한 필요성을 공감하면서도 적극적으로 나서지 못하는 문제들로, 보다 과감한 실천이 필요한 부분이다. 또 이러한 실천은 개인적으로는 쉽지 않기에 좀 더 제도적으로 구축할 필요가 있다. 이에 대한 구체적인 실현이 가능하도록 고전소설 연구자 모두가 좀 더 힘을 모아야 할 때다.

한편, 이런 실천적 문제와 함께 고려해야 할 것이 바로 고전소설의 본질에 대한 심층적 탐구가 아닌가 생각한다. 이는 바로 고전소설 연구를 현대인의 감수성에 맞게 선회하는 방식으로의 연구와 관련되는 문제이다. 이러한 방향의 연구는 단순히 대중들의 감수성에 고전소설을 맞추는 식의 수동적인 방식만을 의미하지는 않는다. 고전소설이 오늘날 대중들의 감수성에 부합하는가의 문제 외에 고전소설이 과연 오늘날의 대중문화를 선도할 수 있는가의 문제도 함께 고려해야 한다.

이와 관련하여 "고소설의 여러 상상력과 특징들이 현대 드라마나 영화 등의 매체에서 흔히 사용되고 있다는 것을 확인하는 정도로는 고소설의 독자적인 가치와 경쟁력을 확보할 수 없다"고 보고, "근대와는 전혀 다른 중세적 상상력"을 가지고 "근대적 상상력"을 파괴해야 한다고 피력한 논의[16]에 주목할 필요가 있다. 이는 오늘날의 매체들과 소통할 수 있으면서도 오늘날의 문화를 뛰어넘는 새로운 가능성을 열어주는

---

16) 김탁환, 앞의 논문, 17쪽.

것이 고전소설 연구의 대중화의 목표가 되어야 한다는 주장이다.

이런 논의는 매우 합당하며 고전소설 연구의 대중화가 궁극적으로 지향해야 할 가치이다. 그럼에도 현실적으로는 고전소설을 널리 알리는 것만도 벅찬 것 또한 사실이다. 일차적으로는 대중들의 감수성에 부합할 만한 고전소설의 특성들을 개발하는 일, 이를 오늘날의 매체환경을 활용하여 적극적으로 살려내는 일이 시급하다. 이런 작업이 충실히 수행되어 고전소설이 현대적 매체를 통해 되살아난다면, 고전소설 속에 담겨있는 상상력의 원천들, 혹은 존재론적인 철학들도 그 속에 함께 녹아들 수 있기에 오늘날의 문화에 새로운 반향을 줄 수 있는 길도 자연스레 열릴 가능성이 높다.[17] 현재로서는 대중과의 소통지점을 찾는 방법을 가장 우선적으로 모색할 필요가 있다.

최근에 『기재기이』에 관한 논문을 인상적으로 읽은 적이 있다. 이 논문에서는 〈안빙몽유록〉 등의 작품에 대해 모호한 채 중심이 없이 산란되는 구조를 '리좀'의 형태로 파악하면서, 여기에는 신광한의 혼란한 자아 정체성이 반영되어 있다고 보았다.[18] 그간의 『기재기이』가 『금오신화』에 비해 구성이 산만하고 문제의식이 떨어진다고 보았던 평가와는 사뭇 다른 분석이다. 이런 연구는 고전소설 연구자 스스로가 고전소설의 가능성을 닫아버리고 일정한 한계 안에 위치 지우려는 경향에 대한 반성적 준거를 제공한다.

물론 고전소설을 무조건 현대적 감수성과 결부시키려는 것도 문제일

---

17) 이를 위해, 고전소설 속에 내재된 현대적 감수성 분석, 고전소설과 현대 텍스트와의 비교 분석, 고전소설과 현대 매체와의 상관성 분석 등을 중점적으로 진행할 필요가 있다.

18) 윤채근, 「중세 동아시아 소설에 나타나는 방황과 미로의 유형들과 그 의미」, 『한문학논집』 21, 근역한문학회, 2003 ; 윤채근, 「『기재기이』의 창작방법과 그 소설적 의미」, 『고전문학연구』 29, 한국고전문학회, 2006.

수 있다. 하지만 고전소설 연구자마저도 습관적으로 고전소설을 과거의 것으로 가두어 버리려 해서는 안 될 것이다. "손자는 할아버지를 닮는다."라는 말이 있듯, 중세적 상상력은 근대적 상상력을 뛰어넘어 탈근대 이후의 새로운 시대를 선도해 갈 상상력의 원천이 될 수 있다는 점을 계속적으로 상기할 필요가 있다. 고전소설 연구자 스스로 고전소설 연구가 단순히 과거의 문학에 대한 연구가 아니라, 현재 나아가 미래의 문학에 대한 연구가 되어야 한다는 사실을 각인할 필요가 있는 것이다. 본고에서는 이런 취지에서 고전소설의 가능성들을 최대한 열어보고자 한다. 본인이 설득당하지 않는다면, 남을 설득할 수 없기 때문이다. 본고에서 고전소설과 디지털 매체와의 상관성을 다루는 논의 또한 이러한 생각의 연장선상에 있다.

3. 디지털 매체와 관련한 고전소설 연구의 대중화 방안

고전소설의 특성 가운데 디지털 매체와 관련지어 생각해 볼 수 있는 주요한 속성으로는 환상성, 공간성, 우연성, 다중성, 쌍방향성을 들 수 있다. 이러한 특성들은 최근에 디지털 매체와 관련한 논의들에서 언급되었던 주요한 속성들을 정리하여 추출한 것으로,19) 고전소설 속에도

---

19) 디지털 매체와 관련한 논의들은 많으나 그 중 서사물과 관련한 주요 저서들을 참조하여 위의 특성들을 추출하였다. 게임 창작과 관련한 스토리텔링을 주로 논의한 '디지털 스토리텔링'에서는 게임 등의 디지털 매체에서 허구적 공간의 구축과 관련하여 환상성이 중요시되고 있고, 극적인 상황의 설정을 위해 우연성을 증대시키는 공간의 스토리텔링이 부각되고 있으며, 단선적인 사건 구성이 아닌 다선적인 사건 구성이 주로 이루어지고, 이용자들의 참여를 유도하는 쌍방향적인 특성들이 주요하게 나타난다는 점을 논의한 바 있다.(이인화 외, 『디지털 스토리텔링』, 살림, 2005) 한편, 디지털 매체와 관련한 스토리텔링을 다룬 『인터랙티브 스토리텔링』에서는 디지털 환경의 주요한 속성으로 과정추론적(procedural),

이러한 속성이 존재하거나 잠재되어 있다.[20] 디지털 매체와 고전소설과의 상관성에 관한 논의들이 기존에도 없었던 것은 아니지만, 좀 더 다양한 사례를 통해 본격적으로 논의될 필요가 있다고 생각한다. 기존의 논의를 바탕으로 하면서도 고전소설이 오늘날의 디지털 환경에서 가질 수 있는 특장(特長)에 대해 좀 더 집중적으로 검토하기로 한다. 이를 통해 고전소설이 오늘날의 디지털 환경에서도 충분히 그 매력을 발산할 수 있는 장르임을, 오히려 디지털 매체의 장점을 전유(轉有)하여 그 빛을 더욱 더 발할 수 있는 장르임을 고찰하고자 한다.

1) 환상성

디지털 영화, 게임 등의 디지털 매체와 관련하여 '환상성'은 그 존재 자체를 규정한다 할 만큼, 그 중요성이 커지고 있다. '매직 리얼리즘' 등의 환상문학이 오늘날 문학의 새로운 화두로 떠오르고 있는 가운데, 발달된 컴퓨터 그래픽 기술을 통해 영화, 게임 등에서 환상적 장면을 재현해내는 것이 점점 더 손쉬워지고 있기에 이러한 경향은 더욱 가속화될 것으로 보인다. 환상성에의 경도는 단순한 호기심의 차원을 넘어서 현상 위주로 세상을 설명하려는 근대적 시각에 대한 반성적 성격도 지니고 있다. 이처럼 환상성이 새롭게 부각되고 있는 요즘, 고전소설의

참여적(participatory), 공간적(spatial), 백과사전적(encyclopedic) 속성을 논의한 바 있다.(자넷 머레이, 『인터랙티브 스토리텔링』(한용환·변지연 옮김), 안그라픽스, 2001) 본고에서는 이러한 논의들을 정리하여 디지털 매체의 주요한 속성으로 환상성, 공간성, 우연성, 다중성, 쌍방향성의 다섯 가지 항목을 추출하였으며, 필요한 경우 그 아래에 세부항목을 두었다. 이들은 매우 밀접하게 관련되어 있기에 서로 간에 겹치는 부분도 존재하나, 각각의 속성에서 중점적으로 언급해야 할 내용을 중심으로 다섯 가지 항목으로 나누었다.

20) 환상성, 공간성, 우연성, 다중성은 고전소설 자체에서 드러나는 속성이고, 쌍방향성은 디지털 매체를 매개로 발현될 수 있는 잠재적 속성이라 할 수 있다.

환상성에 대해서도 새로운 조명이 이루어지고 있다.

고전소설을 비롯한 한국 고유의 환상성에 대한 조명에 무게감이 실리는 것은 「반지의 제왕」에 필적하는 한국적 판타지 장르를 개척하려면 디지털 CG 기술의 개발만으로는 부족하며 전통 문화에 대한 섬세한 해석과 탄탄한 이야기의 개발이 필수적이기 때문이다.21) 신화, 전설 등 여타의 서사문학에서도 한국적 판타지와 관련한 많은 소스를 제공받을 수 있을 터이지만, 고전소설 또한 이에 못지않은 풍부한 소스를 제공할 수 있을 것이라 생각한다. 그간 고전소설의 환상성에 대한 논의들이 활발히 진행된 것도 이런 사실과 밀접하게 맞물려 있다.

그럼에도 고전소설의 환상성에 다시금 주목해야 하는 이유는 이에 대해 제대로 알려지지 않은 것이 많다는 사실에서 기인한다. "환상은 동아시아 서사문학의 출발이며 우리나라 서사문학의 핵심 미학"22)이라는 논의대로, 환상성은 고전소설 연구에서 중요한 부분을 차지한다. 그럼에도 일반인들에게는 진지하게 말하기도 전에 이미 식상해진 부분이 바로 고전소설의 환상성에 관한 부분이 아닌가 생각한다. 이는 일반인들이 고전소설에 대해 제대로 알기도 전에 고전소설의 환상성을 고리타분한 것으로 치부해 버리는 경향과 결부되어 있다.

대중들이 흔히 생각하는 고전소설의 환상성이란, 『금오신화』 등에서의 인귀교환(人鬼交歡), 〈홍길동전〉에서의 변신술, 〈심청전〉에서의 용궁체험 등으로 주로 단편류에 한정되어 있는 것이 사실이다. 장편으로는 〈구운몽〉의 환몽담(幻夢譚) 정도만 알고 있을 뿐이고, 그것도 교과서에 실려 있는 서두 부분의 환생 체험과 말미 부분의 각몽 대목만을

---

21) 한혜원, 「천마의 꿈」, 『디지털 스토리텔링』, 살림, 2003, 51쪽.
22) 김성룡, 「고소설의 환상성」, 『고소설연구』 15, 한국고소설학회, 2003, 6~7쪽.

기억하는 정도로 〈구운몽〉에 함유된 다채로운 환상양식에 대해 제대로 알지 못하는 것이 현실이다. 이런저런 이유로 고전소설은 환상성과 관련하여 일반 대중에게 귀신, 여우 이야기가 나오는 '전설의 고향'의 아류 내지는 확대판 정도로 여겨지는 경향이 있다.

이런 국면에서 집중적으로 조명할 필요가 있는 것이 대하소설의 환상성이라 생각한다. 중·단편 소설 가운데도 환상성과 관련한 중요한 작품들이 재조명되어야 할 필요가 있겠지만, 오늘날 일반인들에게 신선한 충격을 줄 수 있는 부분은 바로 대하소설의 환상성이라 할 수 있다. 기존에 고전소설의 대중화와 관련하여 대하소설을 집중 조명한 논의들에서도 대하소설의 환상성에 관해서는 크게 주목하지 않았다. 고전소설 연구자들 간에도 대하소설 전공자가 아니면 이에 대해 알지 못할 만큼 소통이 되고 있지 않기에 적극적인 발굴과 소개가 필요하다.[23]

일단 대하소설에서는 선악의 이분법적인 구도에 의해 환상계가 양분됨으로써 오늘날 〈반지의 제왕〉 등의 판타지물에서 볼 수 있는 환상세계의 선악 대립 구조가 탄탄히 구축되어 있다. 사악한 도사, 수천 년 묵은 요도들이 악인들과 한 편이 되고 신비로운 능력을 지닌 신선, 도사 등이 선인들과 한 편이 되는 가운데, 대하소설에서는 역천적(逆天的) 환상성과 천명적(天命的) 환상성이 선명하게 구분되고 있는 것이다.[24] 물론, 영웅소설에서도 이와 유사한 선악구도가 나타나지만 매우 소략하게 형상화되는 데 반해, 대하소설에서는 하나하나의 장면이 구체적이고 섬세하다.

---

23) 최근에 나온 조재현, 『고전소설의 환상세계』, 월인, 2009에서도 주로 단편을 대상으로 하였고, 장편으로는 〈구운몽〉 정도를 분석하고 있다.

24) 이에 대해서는 한길연, 「대하소설의 환상성의 특징과 의미」, 『고전문학과 교육』 20, 한국고전문학교육학회, 2010에서 상론한 바 있다.

이러한 선악구도는 게임이나 영화 등에서 긴장감을 배가시키는 중요한 요소이다. 대하소설에서는 작품의 처음부터 끝까지 환상세계의 이분법적 구도를 견지하고 있는데, 이러한 환상세계의 이분법적 구도 아래 주인공과 그 적대세력이 각각 한 그룹을 형성하면서 점차 그 갈등이 고조되는 양상을 띠고 있기에 더욱 흥미롭다.

세상과는 절연한 깊고 깊은 명산에 거주하는 신령스런 도사(道士)·신승(神僧)·여선(女仙), 높고 높은 산 암혈에 천상의 궁궐처럼 웅거지를 구축하고 사는 수천 년 묵은 요도(妖道)·요승(妖僧)·요물(妖物), 조롱박만한 작은 크기지만 한 번 펼치면 큰 배가 되는 신기한 도구, 어린 아이의 심장과 온갖 독초를 섞어 만든 개용단(改容丹)·미혼단(迷魂丹) 등의 요약(妖藥),25) 구름을 타고 흑무(黑霧)를 일으키며 사람을 납치해 가는 요괴들, 요괴들의 계책을 짐작하고 선인들을 구해내어 구름에 태워 돌아가는 여선, 수백 길의 큰 용으로 변한 바다의 용왕을 제압하는 남주인공, 철마(鐵馬)를 타고 하늘을 날면서 화살을 쏘아 선한 인물들을 공격하는 낭자군, 온갖 요괴들의 무리와 인간들이 벌이는 한 판의 대결 장면 등 중·단편소설에서는 좀처럼 볼 수 없었던 환상적 요소들이 다량으로 등장한다.

이런 설정들은 별다른 변형 없이 그대로 영화 혹은 게임화해도 될 만큼 생동감 있다. 이 중 한두 장면을 제시하면 다음과 같다.

---

25) 개용단은 자신이 원하는 모습으로 자신의 얼굴을 바꾸는 약이고, 미혼단은 다른 사람의 마음을 자신이 원하는 방식으로 바꾸는 약이다. 이러한 요약 모티프는 대하소설에서만 나오는 것으로 상당히 흥미롭게 구현되어 있다.(이에 대해서는 한길연, 「대하소설의 '요약(妖藥)' 모티프 연구」, 『고소설연구』 24, 한국고소설학회, 2008에서 상론한 바 있다.)

옥비요정이 뒤로흐여 입으로 음운을 토흐여 부작을 날려 져 요슐을 힝
흐니 경긱간의 음뮈 스식흐여 흑무 즁 슈업는 요정이 본형을 닉니 스갈과
독스 비암과 녀오 …… 사슴과 승녕 꼬기리며 고이흔 즘싱이라 쥬홍 갓튼
입을 버리고 독기를 쏨으며 흉악흔 긔계를 발흐여 명군을 향흐여 물여 흐
드니 문득 쥬영 즁의셔 한 줄 화광이 시로 이러느며 쳔션 갓튼 냥위 딕쟝이
닉다르니 촉노지흐의 념광이 쇄락흐고 풍위 당당흐니 이는 임원슈 냥인니
라 자미룰 거느려 녀셩딕호 왈 "요정이 금야의 죽을 줄을 아지 못흐고 져근
요슐을 미더 감이 위지의 드러와 나의 위엄을 범흐는요 당당이 슘쳐 용쳔
검의 요측의 더러운 피를 뭇치리라" 셜파의 옥슈의 산호편을 드러 두루 치
니 문득 음운 흑뮈 스라지고 스면팔방으로 딕병이 겹겹밀밀흐여 쟝츙딕도
를 드러셔미 빗치 이난 곳의 요정과 호쟐의 머리 츄풍낙녑갓치 써러지니
…… (〈쌍성봉효록〉 14권, 4~5장)

위의 장면은 〈쌍성봉효록〉에서 옥비요정 등의 요물과 악인형 인물
교씨 그리고 온갖 짐승들이 한 무리가 되어 주인공이 이끄는 명나라
군대와 대적하는 대목이다. 옥비요정을 비롯한 요물들은 인형(人形)을
이루어 본형을 감추고 명군과 대결한다. 그러나 자신들이 수세에 몰리
는 급박한 상황이 되자 옥비요정이 부적을 날리고 음운(陰雲)을 뿜어내
며 요술을 부린다. 이에 요물들은 사갈, 독사, 여우, 승냥이, 코끼리 등
의 본모습을 드러내고 붉은 입을 벌리며 독기를 뿜어내게 된다. 한편,
월청도사 등의 이인(異人)의 비호를 받는 임창연 등의 남주인공은 용천
검(龍泉劍)을 휘두르면서 정대한 기운으로 이에 맞선다. 이는 〈반지의
제왕〉에서 온갖 괴물들과 선인형 인물들이 한 판 승부를 벌이는 대목과
비교해도 전혀 손색이 없을 정도로 스펙터클한 무대를 선사할 수 있을
것이라 생각한다.

지상에서의 싸움뿐만이 아니라 공중에서의 싸움까지 결부시킨다면 더욱 스릴 넘치는 장면이 연출될 수 있을 것이다. 그 중에서도 주목해 볼 것은 낭자군이다. 요악한 도사의 수하인 이들 낭자군은 외모는 어여쁘기 그지없지만 요악한 술법을 배워 철마를 탄 채로 공중을 날면서 화살을 쏘고 검극(劍戟)을 휘두르며 선한 주인공들을 공격한다. 그들이 날아오자 수많은 철마와 화살이 뒤섞여 천지가 새까맣게 되고 달빛이 사라질 정도로 순식간에 위협적인 존재로 돌변한다. 이런 국면들 또한 전쟁 장면에서 재현해 볼 수 있는 대목이다.[26]

이처럼, 대하소설은 환상성의 보고(寶庫)라 할 정도로 소재 차원에서도 독특하고, 스케일이 방대할 뿐만 아니라, 형상화에 있어서 퍽 구체적이다. 본고에서 살펴본 것은 극히 일부분에 지나지 않을 정도로 그 양상이 다채롭게 전개된다.[27] 이런 대목들은 그 자체로도 오늘날의 대중들에게 많은 감흥을 줄 수 있을 뿐만 아니라, 디지털 매체를 통해 현대인의 감성에 맞게 약간의 변형을 가미한다면 더욱 생동감 넘치는 장면으로 재구될 수 있을 것이다. 〈반지의 제왕〉에 버금갈 한국적 판타지물 혹은 동양적 판타지물의 출현이 그리 멀지 않았다.

---

26) 츠야의 삼경 종겸이 동ᄒ며 살풍이 디긔ᄒ고 황뮈 즈옥ᄒ여 형빅 영중으로 부러 십여 리 디경 사람이 다 풍무를 당ᄒ여 눈을 쓰지 못ᄒ고 디척을 분변치 못ᄒ더니 홀연 반공 중으로죠ᄎ 철마의 드레미 이시니 졍신니 각별ᄒ고 안녁이 비상키로 즈허ᄒ던 지 잠간 우러러 보건디 운무 중 무슈ᄒ 낭ᄌ군이 션연 아용으로 궁시와 검극을 잡ᄋ 의긔을 치빙ᄒ더니 믄득 억니의 엄슈ᄒ 바 쇼화산 슈빅 격군을 국인 아오로 공중으로 운무을 쎠 붓드러 가는 바의 시셕이 비 ᄌ툿니 스름이 감히 다시 치와다 보지 못ᄒ고 천지 혼혹ᄒ여 달 빗츤 업고 별 빗치 흐미ᄒ니 그 ᄋ모 곳으로 향ᄒᄂ 바를 ᄋ디 못ᄒᄂ러라(〈완월회맹연〉 80권, 6책 : 99~100쪽)

27) 대하소설의 환상성과 관련하여 주목해야 할 중요한 작품으로는 〈삼한습유〉가 있다. 이 작품에서는 지상과 천상을 통틀어 마군(魔軍)과 천군(天軍)의 일생일대의 대격전이 펼쳐짐으로써 한국적 환상문학의 극치를 보여주고 있다.(〈삼한습유〉에 대해서는 조혜란, 앞의 논문에서 논의한 바 있다.)

그런데 환상성에 대한 경도는 앞서 언급한 바 있듯, 단순히 흥미를 유발하는 차원에서 끝나는 것이 아니라 인식의 지평을 확장케 한다는 점에서도 의미가 있다. 한때 환상성은 우연성이 남발되었다거나 황당무계하다는 등의 꼬리표를 달고 하찮은 것으로 치부되기도 했으나, 최근 '매직 리얼리즘' 혹은 '환상문학'의 조명과 더불어 새로운 시대의 문학을 열어갈 대안적 서사의 한 축으로 인정받고 있다. 리얼리즘의 '허무주의'를 뛰어넘어 '대통합 이론(Grand Unified Theory)'을 추구하는 작품들이 환상의 형식에 근거하고 있는 것을 볼 때,[28] 근대 문학을 넘어서는 미래 문학의 단초를 고전소설에서 찾을 수도 있을 것이다. 천상과 지상, 전생과 이생을 넘나드는 거대한 오케스트라를 구현하면서 삶에 대한 근원적 성찰을 가능케 하는 고전소설의 환상성 특히 대하소설의 환상성은 이러한 가능성을 담지하고 있는 가운데,[29] 그 소재 자체만으로도 대중들을 매혹시킬 요소를 충분히 확보하고 있다.

2) 공간성

자넷 머레이는 새로운 표현 양식을 가능하게 하는 디지털 환경의 특징을 과정추론적(procedural), 참여적(participatory), 공간적(spatial), 백과사전적(encyclopedic) 속성으로 정리한 바 있다.[30] 머레이가 말한 디지털 매체의 특징 중 하나가 바로 '공간성'이다.

디지털 매체와 관련한 스토리텔링에서는 우연성을 증대시키는 공간

---

28) 캐스린 흄, 한창엽 옮김, 『환상과 미메시스』, 푸른나무, 2000, 67~99쪽 참조.
29) 이상택, 「명주보월빙 연구 : 그 구조와 존재론적 특성」, 서울대학교 박사학위논문, 1981, 1~131쪽 참조.
30) 자넷 머레이, 앞의 책, 80~102쪽.

의 스토리텔링, 즉 상상력의 공간적 전개가 중요하다. 시간의식이 경험을 자아로 되돌리는 통합 작용을 한다면, 공간의식은 자아를 세계 속에 위치지우는 표상 작용을 한다. 이러한 공간의 스토리텔링은 상황에서 출발해서 시작과 중간과 끝으로 전개되는 것이 아니라, 상황에서 출발해서 완벽한 허구적 공간에 이르게 된다.[31]

이런 공간성과 관련하여 일상적인 사건들을 중심으로 선형적으로 펼쳐지는 현대소설은 이질적이고 다양한 공간을 펼쳐 보이는데 어려움이 많은 데 반해, 천상계로부터 지상계 그리고 지하계에 이르기까지 광대하고 다층적인 공간을 하나의 작품 안에 총체적으로 펼쳐 보이고 있는 고전소설은 공간적 전개와 관련하여 유리한 지점을 확보하고 있다.

선행연구에서도 중원 대륙의 지도를 펼쳐놓고 등장인물들이 움직일 장소를 지정하면서 공간을 압축시키거나 확장하는 방식으로 이야기를 전개하고 있는 〈완월회맹연〉 등의 대하소설은 오늘날 디지털 매체를 통해 새롭게 태어날 수 있다고 논의한 바 있고,[32] 천상계의 개입을 통해 개연성을 확보하면서도 생생한 공간 전개를 통해 임팩트를 주는 고전소설은 공간의 우연성을 통해 오늘날 디지털 매체와의 접점을 마련할 수 있다고 분석하기도 하였다.[33]

한편, 한국 고전 서사문학에서는 서구의 판타지 문학에서와는 달리 순환론적 인식기반에 근거하여 이승/저승, 전생/차생을 넘나드는 세계 이동과 재생, 환생을 통한 삶과 죽음의 경계 넘기가 등장한다는 점이 특징적이라는 논의가 제출되기도 하였다. 이 논의에서는 문학에서의

31) 이인화, 「디지털 스토리텔링 창작론」, 『디지털 스토리텔링』, 살림, 2003, 26~27쪽.
32) 김탁환, 앞의 논문, 22~24쪽 ; 이지하, 앞의 논문, 207쪽.
33) 조혜란, 앞의 논문, 35~36쪽.

이러한 차이를 판타지 게임에도 적용하여 요정과 마법의 세계를 표현하지만 저승, 전생 등을 다루지 않는 서구의 판타지 게임과는 차별되는, 저승 혹은 전생의 재현이 구체적인 한국적 판타지 게임을 창출해 낼 수 있다고 보았다.[34]

이런 논의들은 고전소설의 공간성과 관련하여 많은 생각거리를 제공해 준다. 일차적으로는 고전소설에서 형상화해 낼 수 있는 공간이 무궁하다는 점이다. 먼저, 천상, 지상, 지하, 그리고 저승, 현세, 내세 등으로 그려낼 수 있다. 다음으로는 지상세계만 해도 현실계, 선계(仙界), 현실계와 선계의 경계, 수궁계(水宮界) 등으로 나뉘고, 선계만 해도 방장산, 봉래산, 남악 형산, 오방산, 삼신산, 옥류동, 요지 등으로 세분화된다.[35] 이처럼, 고전소설에서는 형상화할 수 있는 공간이 다채롭다는 점에서 공간성을 중시하는 디지털 매체와 관련하여 유리한 위치를 확보할 수 있다.

다음으로 생각해 볼 수 있는 것이 고전소설에서는 공간의 공간적인 확장뿐만 아니라 시간의 공간화도 함께 나타나고 있으며, 이 둘이 결합되어 공간화 되는 양상이 매우 다채롭다는 점이다. 예를 들어, 고전소설에서 신선 혹은 선녀를 만나 전생의 일을 듣고 미래의 일을 예언 받는 대목이 나온다. 이 때 현재의 공간 속에 있던 주인공은 또 다른 시공간으로 이동하여 그곳에서 자신의 전생 혹은 미래의 이야기를 듣게 된다. 그곳은 현세의 공간 안에 겹쳐져 있지만, 천상계에서의 자신의 옛 친구를 해후하는 과거의 공간이고, 앞으로 다시 만날 곳을 예언 받는 미래의 공간이기도 하다. 현재의 공간 안에 전생의 공간, 그리고 내세

---

34) 신선희, 앞의 논문, 99~100쪽.
35) 세부적인 공간의 명칭은 조재현, 앞의 책, 59~60쪽을 참조하였다.

의 공간이 겹쳐지고 있는 것이다.

〈숙향전〉을 보면, 숙향은 현세에서 온갖 고난을 겪다가 저승세계로 가 후토부인을 만나 천상 선녀였던 자신의 전생사를 들으면서 앞일을 예언 받기도 하고, 현세의 꿈속에서 전생의 선녀 모습으로 요지연에 참석하여 태을선의 모습을 하고 있는 전생의 이선과 만나기도 하며, 다시금 현세로 돌아와서는 요지연의 광경을 수놓아 이를 매개로 현세의 이선과의 인연을 이루기도 한다. 이선의 경우에도 구약(救藥) 여행 과정에서 전생의 벗이었던 선관(仙官)들이 사는 선계 공간을 지나가면서 전생의 일들을 상기하기도 하고, 그들로부터 다시 몇 해 뒤에 재회할 것을 예언받기도 한다.

이처럼 고전소설에서는 공간 자체의 공간화도 중요하지만 시간이 공간화되는 양상도 다채롭다. 전생과 이생 그리고 내세도 하나의 작품 안에 공간화하여 펼쳐낼 수 있고, 그 속에서 과거, 현재, 그리고 미래가 확연히 구분되는 공간으로서 구획되는 것이 아니라 상호 침투되어 긴밀히 연관되어 있다는 점이 특징적이다. 또 현세의 공간에서 전생의 공간으로, 전생의 공간에서 현세의 공간으로 소통이 자유롭다는 점도 주목할 만하다. 지상과 천상, 전생과 이생을 아우르는 시공간의 교직을 통해 방대하고 다차원적인 공간화가 가능하다는 점이 고전소설의 매력인 것이다. 이와 같은 공간의 다채로운 구축은 디지털 매체에서의 공간 중심의 이야기 전개에서 특장을 발휘할 수 있을 것이다.

한편, 고전소설의 공간성과 관련하여 생각해 볼 수 있는 것은 오늘날 디지털 매체에서 주목받고 있는 가상현실의 형상화이다. 고전소설에서는 초월계와 현실계, 전생과 이생의 병치 현상이 나타나는데, 이는 오늘날 판타지 영화 등에서 볼 수 있는 가상과 현실의 병치 현상과 연관지어 생각해 볼 수 있다.

최근에 〈구운몽〉의 '현실-꿈-현실'의 3단 구조를 폴 버호벤 감독의 SF 대작인 〈토탈리콜〉의 '현실-게임의 가상현실-현실'의 3단 구조와 관련시켜 조명한 논의가 있었다. 이 논의에서는 자아를 분리하고 서로 다른 세계를 보여줄 수 있는 이야기 방식은 포스트모던 시대나 SF 작품 시대에 시작된 것이 아니라 꿈 이야기를 중심으로 한 신화시대부터 이어져 내려온 것이라는 점, 그리하여 〈구운몽〉 등의 작품을 조금만 각색하여 현대적 옷을 입히면 새로운 포스트모던 예술품으로의 재창조가 가능하다는 점을 피력하고 있다.[36]

〈구운몽〉 외에도 여러 고전소설에서 현실과 가상현실과의 관련을 생각해 볼 수 있다. 일례로 〈숙향전〉에서 초월계와 현실계가 빈번히 교섭하는 장면에 초점을 맞추면, 가상과 현실의 관계를 다룬 〈매트릭스〉와의 비교가 가능하리라 생각한다. 마치 컴퓨터 게임에서 클릭 하나로 배경화면이 전혀 달라지듯, 일상적이었던 공간에서 한 부분을 터치했을 때, 전혀 다른 세계로 들어가는 문이 열리게 된다. 길가의 노인도, 술파는 할미도, 삽살개도 매우 일상적으로 존재하던 대상이었는데 숙향이 도움을 요청하면 그들은 곧바로 새로운 세계로 인도해 준다. 그 가운데 평범한 이화정도 숙향이 그곳을 인지하는 순간 마고할미가 사는 성역(聖域)으로 바뀐다. 커튼 하나를 벗기면 전혀 다른 세상이 펼쳐져 있듯, 평범해 보이는 시공간도 순식간에 그 베일이 벗겨지면서 초월계로 변모되거나 초월계로의 길이 열리는 것이다.[37]

이처럼 고전소설 속 현실계와 초월계의 양분 구도는 오늘날의 현실/

---

36) 김탁환, 앞의 논문, 18~21쪽.
37) 앞으로 〈숙향전〉과 〈매트릭스〉를 비교하는 논문을 본격적으로 쓸 계획이다.

가상현실의 구도와 닮아 있다. 고전소설 속 현실계와 초월계의 양분 구
도는 오늘날 현실과 가상의 구도로 치환됨으로써, 현대인들에게도 충
분히 감성을 자극할 수 있는 요소로 변형될 수 있는 것이다. 더욱이 고
전소설에는 단순히 현실계와 초월계의 관계가 배타적인 것이 아니라,
그 둘이 상호 소통할 수 있는 그리하여 그 둘을 아우르는 총체적인 구
조 속에서 현재의 자신을 되돌아보게 하는 요소를 담지하고 있기에,
〈매트릭스〉 부류의 SF물과는 또 다른 메시지를 현대인에게 던져줄 수
있으리라 생각한다.

3) 우연성

디지털 매체의 주요한 특징으로는 '우연성'을 들 수 있는데, 이는 게
임 등에서 특징적으로 나타난다. 이인화는 소설이 '필연성'을 증대시키
는 '시간의 스토리텔링'을 진행하는 데 반해, 게임은 '우연성'을 증대시
키는 '공간의 스토리텔링'을 진행한다고 하면서 우연성이 지니는 흥미
성에 대해 다음과 같이 그 의의를 부여하고 있다.

> 이 공간의 스토리텔링은 상황에서 출발해서 시작과 중간과 끝으로 전개
> 되는 것이 아니라 상황에서 출발해서 완벽한 허구적 공간에 이른다. 이러
> 한 공간의 스토리텔링은 시간의 스토리텔링보다 더 많은 우연성이 개입하
> 기 때문에 오히려 더 실감나는 재미와 강도 높은 감동을 창출할 수도 있다.
> 만약 독자의 예상을 뛰어넘는 돌발적이고 흥미진진한 이야기 전개가 스토
> 리텔링의 본질적인 힘이라고 생각한다면 모든 스토리텔링은 본질적으로
> 우연성에서 기초한다고 말할 수 있다.[38]

---

38) 이인화, 앞의 논문, 26쪽.

예측할 수 없는 방향에서 예측할 수 없는 속도와 방법으로 각양각색의 괴물들이 공격해 올 때 게이머들은 더 큰 충격과 공포와 박진감을 느끼기에, 우연성은 더 핍진한 재미와 절박한 실감과 강한 감동을 창출할 수 있다고 본 것이다.

이런 대목은 고전소설 연구자들에게 매우 흥기한 대목이다. 고전소설의 주요한 특성 가운데 하나가 바로 '우연성'이다. 빠르게는 초등학교 시절에, 늦게는 중·고등학교 시절에 현대소설의 '필연성'에 대비되는 고전소설의 주요한 특징 가운데 하나로 '우연성'에 대해 교육받는다. 이 때 고전소설의 우연성은 현대소설의 필연성에 비해 열등한 요인으로서 인식되는 경향이 있음은 주지의 사실이다. 그런데 게임 등의 디지털 서사에서는 오히려 우연성이 게이머들에게 더 큰 재미를 선사하고 있다는 점은 시사하는 바가 크다.

고전소설에서도 남주인공의 외유(外乳) 서사에서 공간이 바뀔 때마다 만나게 되는 각종 귀신, 도깨비, 요물들은 그 존재를 드러내지 않다가 순식간에 남주인공을 기습하며, 여주인공이 위기를 피해 남장(男裝)하고 달아날 때도 도적, 탕자, 비구니 등을 갑자기 맞닥뜨린다. 이러한 사건의 우연성을 통해 긴박감은 고조된다. 디지털 환경에서 긴박감을 창출해 내는 데 효과적인 우연성은 이제 열등한 것이 아니라 우등한 것으로 그 의미가 역전될 수 있는 가능성을 내포하고 있다.

이런 시점에서 자넷 머레이의 의견 또한 주목할 필요가 있다. 자넷 머레이는 컴퓨터 게임의 주요한 구성요소들 가운데 하나로 "예측할 수 없는 위험한 세계에 의해 끊임없이 도전을 받지만 그것을 극복한다."라는 항목을 설정한 뒤, 예측 불가능성 즉 우연성과 관련하여 다음과 같은 논의를 펼치고 있다.

순전히 요행에 맡겨진 게임이란 그 자체로 충분히 매혹적인 것이다. 그
러한 게임은 우주 속에서 인간이 느끼는 근본적인 무력감, 예견할 수 없는
것들에 대한 의타심 그리고 절망감 등을 다시금 모방해 내기 때문이다. 복
권을 사기 위해 편의점 앞에 줄을 지어 서 있는 사람들은, 인간의 능력을
벗어난 은혜로운 힘이 존재하고 있다는 믿음으로 놀이에 참여하고 있는 사
람들이다.[39]

이 논의를 보면 우연성이 지니는 매혹적인 속성이란, 긴장감과 흥미
를 제공한다는 사실뿐만 아니라, 거대한 우주 속에서 느끼는 인간의 근
본적인 무력감, 그리고 그러한 예측 불가능한 상황 속에서 그 누군가가
자신을 돕고 있다는 신비스러움까지 경험케 하는 존재론적인 속성에서
기인한다 할 수 있다.

기실 고전소설의 우연성은 현재의 시공간에 한정해 보았을 때만 우
연적인 것일 뿐, 전생과 이생 그리고 천상과 지상을 아우르는 드넓은
시공간 속에서 고찰하면 필연적인 것으로서 그려지는 중층성을 띠고
있다.[40] 그리하여 현재의 시공간 안에서 겪게 되는 온갖 불가항력적이
고 예측 불가능한 역경들 속에서 주인공은 자신의 미약함을 느끼면서
도, 그 속에서 순간순간 느껴지는 신의 손길에 자신이 구원받고 있다는
안도감을 동시에 경험한다. 그런데 오늘날 가장 신종서사라 할 수 있는
게임 등이 이러한 우연적 속성들과 긴밀하게 연관되어 있다는 점은 주
목할 만하다.

---

39) 자넷 머레이, 앞의 책, 167쪽.
40) 이와 관련해서 조동일(『신소설의 문학사적 성격』, 서울대학교 출판부, 1994(6쇄), 18쪽)
은 "천상계의 원리를 깨달은 자리에서 보면 만사가 필연인데, 깨닫지 못한 자리에서 보면
만사가 우연"이라고 논한 바 있다. 따라서 고전소설의 우연성을 순전한 우연성이라고만은
할 수 없다. 그럼에도 현실세계에서는 그것이 우연적인 것으로 전개된다는 점에서는 게임
이나 현대소설에서의 우연성과 닮아 있다.

우연성이 강조되는 국면에는 단지 흥미성의 창출뿐만 아니라 현대인
들이 느끼는 불안감, 이성적 합리성으로는 설명할 수 없는 세계의 본질
에 대한 두려움 등이 깔려 있는 것이다. 이런 두려움은 현대의 파편화
된 세계에서는 더욱 커져갈 수 있다. 이런 현실에서 고전소설 속 주인
공들이 우연적으로 밀어닥치는 사건들의 소용돌이 속에서 두려움을 느
끼면서도 현세를 넘어서는 거시적 시공간 속에서 자신들의 삶을 성찰
해나가는 모습을 참고한다면 오늘날의 삶에 대한 또 다른 해법을 제시
받을 수 있을 것이다. 이를 전근대적인 사고로의 회귀라고 생각할 수도
있겠지만, 고전소설의 우연성이란 '지금-여기'만을 고집하는 좁은 시
야에서 벗어나 '전생-현세-내세'를 아우르는 확장된 시공간 속에서 자
신을 조망하면서 삶을 성찰케 하는 하나의 방편으로 기능할 수 있는
것이다.[41]

또 한편으로 필연성은 선택과 배제를 주요한 속성으로 하는 데 반해,
우연성은 이런 차등적인 서열화에서 벗어나 모든 것을 포용하는 속성과
긴밀하게 관련되어 있다는 의견에 대해서도 귀를 기울일 필요가 있다.

> 필연성 속에는 선택과 배제가 있다. 그러나 우연성 속에는 배제란 없다.
> 존재하는 것은 존재하는 것을 이끌어내며 필연성 없이도 존재하는 것을 이
> 끌어낸다. 그들 사이의 관계는 그만큼 우연적이다. 존재하는 두 사실의 관
> 계는 질서와 원리의 관계로도, 목적과 수단의 관계로도 될 수가 없다.[42]

---

41) 이와 관련된 내용은 한길연, 「대하소설 속 독특한 여성공간의 탐색을 통한 문학치료」,
『문학치료연구』 19, 한국문학치료학회, 2011에서 상론한 바 있다.

42) J-P. Sartre, *La Nausée, in ders, Oeuvers romanesques*, Paris, Galli-mard
(Pléiade), S.1685(서영상·김창주 옮김, 『소설과 이데올로기』), 문예출판사, 1996, 190쪽
에서 재인용)

선택과 배제를 통해 서열화 되고 구획화 되는 필연성과는 달리, 우연
성은 관계들 사이에 존재하는 현상들을 배제 없이 담아내는 포용성 속
에서 모든 가능성들을 타진한다. 캐서린 흄이 환상적인 우연성에 대해
독자의 긴장을 증폭시키는 것은 물론 해방감과 만족을 준다고 말한 것
도 모든 것을 포용해내면서 무한한 가능성을 펼쳐 보이는 우연성의 세
계에 대한 매혹 때문이라 할 수 있을 것이다.[43]

이처럼, 고전소설의 우연성이란 현대의 디지털 환경에서 매우 매력
적인 요소로 활용될 가능성이 크다. 단지 흥미를 높이는 수단으로 활용
될 뿐만 아니라, 삶에 대한 철학적 성찰을 가능케 하는 요소가 될 수
있는 것이다.

오늘날 문학에서도 필연성에 대한 집착에서 벗어나 우연성으로 선회
하고 있는 양상을 볼 수 있는데, 고전소설과는 달리 불확실성을 강조하
면서 파편화된 삶의 모습을 그려내려는 경향을 주로 보인다. 그런데 고
전소설의 우연성은 개인의 불안한 내면을 그려내면서도 드넓은 시공간
속에서 이를 뛰어넘을 수 있는 성찰의 계기를 제공하고 있다는 점에서
의미가 크다. 고전소설의 우연성은 현대인의 감성에 부합할 만한 속성을
함유하고 있으면서도 그것을 뛰어넘는 총체성을 담지하면서 현대인의
삶을 치유해 줄 수 있는 거시적 시야를 확보하고 있는 것이다.

4) 다중성

다중성이란 일관된 선형적 서사구조와는 대비되는 다양한 대상물로
이루어지는 계열체적인 구조, 다선적이고 다원적인 의미망으로 포진되

---

43) 캐서린 흄, 앞의 책, 55~83쪽.

는 구조와 관련되는 특성이라 정의할 수 있다. 이런 다중성은 디지털 환경과 관련해서는 좀 더 특별한 의미를 지닌다. 컴퓨터 공간에서 펼쳐지는 텍스트 자체가 단선적인 구조를 벗어나 다중적인 스펙트럼을 형성하고 있을 뿐만 아니라, 이 텍스트에서 저 텍스트로의 이동이 자유로운 하이퍼텍스트(hypertext)[44]적인 성향을 지니는 것까지도 내포하는 포괄적인 개념이라 할 수 있다. 즉, 디지털 매체와 관련해서는 텍스트 자체의 다중성과 더불어 텍스트를 구성하고 있는 환경 자체의 다중성까지도 함께 고려할 필요가 있다. 이러한 다중성은 컴퓨터 공간에서는 사용자의 참여를 유도하는 상호작용성 즉, 쌍방향성과도 밀접하게 연관되어 있다.

이런 다중성은 고전소설과 별반 관련이 없을 것 같지만, 조금만 방향을 돌려 생각하면 고전소설과 닮은 점이 상당히 많다. 이에 대해 구체적으로 살펴보기로 한다.

(1) 텍스톤, 스크립톤

디지털 매체의 계열체적 특징과 관련하여 컴퓨터 게임을 보면, 이야기 요소들은 이용자의 조합을 기다리는 상태로 제시됨으로써 이야기를 구성할 수 있는 일련의 가능성으로만 존재하며, 이를 이야기로 구체화하는 것은 이용자의 상호 작용 행위이다. 이와 관련하여 전자는 '텍스톤(texton)', 후자는 '스크립톤(scripton)'이라는 개념으로 설명되고 있

---

44) 하이퍼텍스트(hypertext)는 하이퍼링크를 통해 독자가 한 문서에서 다른 문서로 즉시 접근할 수 있는 텍스트이다. 'hyper(건너편의)'와 'text'를 합성하여 만든 컴퓨터 및 인터넷 관련 용어로서, 파생텍스트라고도 한다. 기존의 문서가 순차적이면서 서열형 구조라면, 하이퍼텍스트는 링크에 따라 그 차례가 바뀌는 임의적이면서 나열형인 구조를 가진다.(유현주, 『하이퍼 텍스트 : 디지털미학의 키워드』, 연세대학교 출판부, 2003)

다. 텍스톤은 심층 구조이자 이용자에게 선택될 수 있는 텍스트의 기본
원료이며, 스크립톤은 개별적인 이용자들에 의해 선택된 텍스톤들의
모든 가능한 조합 혹은 이용자에 의해 생성된 텍스트인 것이다.[45]

　이처럼 디지털 스토리텔링에서는 기존의 서사물과는 다른 텍스톤,
스크립톤이라는 새로운 개념들이 등장하고 있다. 그런데 가장 전통적
인 서사물이라 할 수 있는 고전소설은 이런 신개념의 서사적 요건과는
관련이 없을 듯하지만, 오히려 흡사한 부분을 발견할 수 있어 주목된
다. 최근에 고전소설에서 텍스톤, 스크립톤과 관련한 개념을 추출하여
밝힌 논의가 제출된 바 있다. 이 논의에서는 영웅소설에서 주인공이 해
결해야 할 과제 즉 나라를 구하거나, 가족, 연인 등을 찾는 임무가 존재
하는데, 이런 사건들의 전개가 반드시 선후 관계나 인과관계의 필연성
으로 묶일 필요가 없기 때문에 그 자체로 텍스톤으로 존재하며, 그것이
게이머들에 의해 선택되어 실현될 때 스크립톤화 될 수 있다고 보았
다.[46] 즉, 고전소설의 느슨한 서사구조 형태는 오히려 오늘날의 게임
의 서사구조와 호응될 수 있음을 밝히고 있는 것이다.

　이는 단순히 영웅소설뿐만 아니라 대하소설 등 여타의 장르에도 적
용될 수 있다고 생각한다. 예를 들어 〈소현성록〉에는 소운성의 외유(外
遊) 대목에서 그가 다양한 요물들을 퇴치하거나, 그곳 사람들과 힘겨루
기를 하기도 하고, 위기에 처한 사람을 구해내는 등의 대목이 등장한
다. 그는 집채만 한 쌍호(雙虎)를 죽이고, 요물로 변한 산계(山鷄), 여
우, 뱀, 거북, 사자 등의 다섯 요괴를 처치하며, 씨름판에서 기세등등한
오악신을 이겨 물리치고, 도적에 잡혀가는 세 여자를 구해 주기도 한

---

45) 전경란, 「컴퓨터 게임 스토리의 이해와 분석」, 『디지털 스토리텔링』, 살림, 2003, 63쪽.
46) 조혜란, 앞의 논문, 37~39쪽 참조.

다. 이런 사건들은 순서가 바뀌어도 서사 진행에서 별다른 문제가 없기에 그 자체로 텍스톤으로 존재할 수 있고, 텍스톤으로 존재하는 이들 사건은 게이머들의 선택에 의해 스크립톤화 될 수 있는 것이다.

이처럼 고전소설 전반에서 텍스톤을 추출해 내는 것은 어렵지 않다. 고전소설은 느슨하게 사건이 전개되고 삽화를 다량 함유하고 있기에 손쉽게 텍스톤의 형태로 구축됨으로써 스크립톤화 될 수 있는 가능성을 지니고 있는 것이다.

(2) 다중 형식 스토리

디지털 서사의 다중적 형식과 관련하여 텍스톤, 스크립톤 외에도 다양한 요소들이 존재한다. 이와 관련하여 먼저 주목해 보아야 할 것이 '다중 형식 스토리(the multiform story)'이다. 다중 형식 스토리란, "하나의 상황이나 줄거리를 일상 경험 속에서 서로 배치되는 여러 가지 변형을 보여주는, 글로 쓰이거나 극으로 된 서사"를 말한다. 이런 예들로는 보르헤스의 소설 『갈랫길의 정원』, 구로자와 감독의 영화 『라쇼몽』에서부터 SF 영화인 『백 투 더 퓨처』 그리고 『머드』라는 게임에 이르기까지 다양하다.

여기에서 디지털 매체의 특징을 잘 반영하는 『머드』라는 게임에 대해 짚고 넘어가면, 이 게임에서는 인터넷상의 참여자들에게 실시간 채팅을 즐길 수 있는 가상공간을 공유하게 해 줌으로써 참여자들에 의해 집단적으로 허구 세계가 창조된다. 이를 통해 단순히 보고 듣기 위한 스토리가 아니라 참여자들 모두가 함께 하는 대안적 리얼리티를 공유하는 스토리로 변모된다.[47]

---

47) 다중 형식 스토리에 대해서는 자넷 머레이, 앞의 책, 34~49쪽을 참조하였다.

이처럼, 하나의 인물 혹은 상황과 관련하여 하나로 고정되지 않고 서로 배치될 수 있는 다양한 가능성들이 열려져 있는 형식이 바로 다중 형식 스토리라 할 수 있다. 이런 다중 형식 스토리는 게임 등의 디지털 환경에서 게이머들에게 하나의 인물 혹은 상황과 관련한 다채로운 체험을 가능케 하기도 하고, 그들이 원하는 상황을 스스로 창조해 내게도 한다는 점에서 중요하다.

이와 관련해서 고전소설을 들여다보면, 고전소설에서도 이러한 다중 형식 스토리로 전환될 수 있는 요소들이 존재한다. 일례로 한 인물의 삶이 성진과 양소유로 대비되어 펼쳐지는 〈구운몽〉은 그 자체로도 충분히 다중 형식 스토리의 자격을 갖추고 있다. 그런데 좀 더 긴박감 있는 사건 진행을 위해 두 인물의 삶을 통합하여 이중 플롯형태로서 구축한다면 또 다른 형태의 다중 형식 스토리로의 전환이 가능할 수 있으리라 생각한다. 즉, 〈구운몽〉에서처럼 성진-양소유-성진의 순차적인 구조가 아니라 성진으로서의 삶과 양소유로서의 삶이 계속해서 교차될 수 있는, 그리하여 게이머들에게 그 둘의 삶을 계속적으로 선택할 수 있는 방식으로 재편된다면 더욱 흥미로울 것이다. 특정 상황에서의 성진식 혹은 양소유식의 대비되는 삶의 방식을 통해 여러 가지로 변형이 가능한 양태를 보여줄 수 있기 때문이다.

또 생각해 볼 수 있는 것이 반대되는 성향의 복수주인공을 한 인물로 통합하여 다중 서사 형식으로 전환시키는 방식이다. 예를 들면 〈현씨양웅쌍린기〉에서는 단중(端重)한 성품의 현경문과 호방한 성품의 현수문이 등장하여 각기 부부간에 갈등을 일으킨다.[48] 이 두 개의 부부 갈

---

48) 현경문, 현수문의 인물형에 대해서는 이지하, 「〈현씨양웅쌍린기〉 연작 연구」, 서울대학교 석사학위논문, 1992에서 상론한 바 있다.

등은 작품의 핵심사건으로, 작품의 처음부터 끝까지 교차 서술되어 있다. 그런데 두 명의 캐릭터로 나뉜 이 두 인물을 하나의 인물형으로 통합하여 재창조해냄으로써 하나의 상황 속에서의 상이한 다양한 변수들을 게이머들에게 선택할 수 있게 한다면, 이 또한 다중 형식 스토리로의 전환이 가능할 수 있으리라 생각한다. 특정 상황에 처했을 때 이 인물이 택할 수 있는 다양한 선택의 변수들이 존재할 수 있고, 이러한 선택에 따라 다층적인 서사가 펼쳐질 수 있다. 여기에는 순간순간의 선택뿐만 아니라 이 인물이 현경문의 삶의 방식으로 살다가 어느 날 이에 회환을 느껴 다시 과거로 돌아가 같은 상황에서 현수문의 삶의 방식으로 살아가는 등 방향을 아예 선회하는 방식도 가능하다. 즉, 특정 상황의 길목에서 다양한 선택을 하는 방식으로 연출이 가능할 수도 있고, 하나의 선택을 한 뒤에 다시 과거로 돌아가 또 다른 선택을 하는 방식 등의 연출도 가능할 수 있는 등 다양한 방식으로 활용될 수 있다.

〈현씨양웅쌍린기〉 외에 대조적인 캐릭터가 등장하는 예는 고전소설에서 흔히 볼 수 있다. 따라서 고전소설 속 이러한 대비적 성격을 지닌 인물형들을 잘 통합해내면 다중 형식 스토리로의 전환이 가능할 것이다. 물론 대비되는 성격을 지닌 여러 인물을 하나의 인물로 통합하여 그 인물 안에 잠재되어 있는 다양성을 표출하게끔 하는 방식은 고도의 노력을 요하는 작업이며, 컴퓨터 게임에 대한 보다 전문적인 지식이 필요한 작업이기에 세심한 주의를 기울일 필요가 있을 것이다.

요컨대, 꿈과 현실의 이원적 구조의 통합 혹은 대비적 인물형의 통합을 통해 한 인물과 관련한 다채로운 변형이 가능한 구조를 구축한다면, 고전소설의 스토리는 디지털 매체를 통해 다중 형식 스토리로 거듭날 수 있을 것이다.

(3) 만화경적 서사 49)

디지털 서사의 다중성과 관련하여 또 생각해 볼 수 있는 것은 '만화경적 서사'이다. 만화경적 서사는 다양한 사건들이 동시에 모자이크처럼 편집되는 서사이다. 컴퓨터와 같은 디지털 매체에서는 각각의 분편들을 몇 번이고 재배열시킬 수 있는 다차원적인 장면들을 제공해 주며 번갈아 나오는 모자이크적 구성 패턴들의 이동을 손쉽게 해 주는 특성을 지니고 있기에, 이러한 만화경적 서사가 더욱 편리하게 구축된다.50)

이러한 만화경적 서사와 관련해서 고전소설 가운데 특히 대하소설을 주목할 필요가 있다. 대하소설은 한 가문의 삼대 혹은 사대에 걸쳐 혹은 두서너 가문의 연계를 통해 무한히 확장되는 구조를 지니고 있다. 이에 따라 인생에서 겪을 수 있는 다양한 사건들이 폭넓게 포진되어 있다. 주요한 사건들 외에도 삽화들이 곳곳에 산재되어 있기에 인생의 만화경을 보여준다 할 수 있다. 현존 최장편 소설인 〈완월회맹연〉에 대해 선행연구에서 '인생총서'라 평가한 것도51) 대하소설이 만화경적 서사의 특징을 지니고 있음을 단적으로 보여준다.

기존에 대하소설에 관한 선행연구에서 대하소설은 복수주인공이 등장하고 각각의 주인공마다의 단위담이 교차 서술되는 방식을 취하고 있음을 규명한 바 있다. 이러한 단위담에는 부부대립담, 옹서갈등담, 탕녀개입담, 탕남개입담, 계모박대담 등 당대인들이 삶의 국면에서 겪

---

49) '만화경적 서사'는 바로 뒤에서 다룰 '백과전서적 속성'과 다양성, 복합성을 주된 속성으로 한다는 점에서 흡사한 측면이 많다. 그런데 이 만화경적 서사는 주로 하나의 텍스트 안에서의 복합적 사건들의 조합을 이야기하는 측면이 강하다면, 백과전서적 속성은 디지털 환경에서 다양한 장르 혹은 정보의 텍스트들이 종합적으로 담겨 있는 양상과 관련이 깊기에 나누어서 설명하고자 한다.
50) 만화경적 서사에 관한 내용은 자넷 머레이, 앞의 책, 183~189쪽을 참조하였다.
51) 이병기, 「조선어문학명저해제」, 『문장』 19, 1940.

을 수 있는 사건들이 거의 총체적으로 등장한다.[52] 이런 단위담뿐만
아니라 인물 또한 다채로운데, 여성인물에만 한정해 보아도 요조숙녀
형, 여군자형, 여협객형, 영웅호걸형 등으로 세분화된다.

디지털 매체를 통해 수많은 사건들과 인물들이 등장하는 고전 대하
소설의 만화경적 서사를 더욱 효과적으로 담아낼 수 있을 것이다. 〈삼
국지〉가 최근에 게임으로서 큰 성공을 거둔 이유 중의 하나도 만화경적
서사—전쟁과 관련한—가 가지는 특징과 관련이 깊다.[53] 수많은 인물들
과 사건들을 게임의 구조 속에 적절히 녹여내어 성공을 거두었듯이, 대
하소설을 영화화 혹은 게임화한다면 〈삼국지〉에 버금갈 한국적 영화
혹은 게임이 산출될 수 있지 않을까 기대해 본다.

(4) 백과전서적 속성

마지막으로 디지털 매체의 다중성과 관련하여 생각해 볼 수 있는 것
은 '백과전서적(encyclopedic) 속성'이다.[54] 이는 자넷 머레이가 제시
한 디지털 환경의 특징 중 하나로, 디지털 매체의 다중적인 성향을 잘
보여준다.

백과전서적 속성이란, 컴퓨터를 통해 모든 표현 양식이 전자적 형태
로 액세스할 가능성을 갖게 되면서 그림, 영화, 책, 신문, 데이터베이스
등을 하나로 묶는, 그리하여 전 세계 어디서나 액세스할 수 있는 '세계
종합 도서관'을 구축 가능케 하는 현상과 관련되는 속성이다.[55] 이러한

---

52) 단위담에 관한 내용은 송성욱, 「혼사장애형 대하소설의 서사문법 연구」, 서울대학교
   박사학위논문, 1997을 참조하였다.
53) 김유중, 「『삼국지』와 컴퓨터 게임」, 『한중인문학연구』 16, 한중인문학회, 2005, 92쪽.
54) 자넷 머레이, 앞의 책, 95~102쪽.
55) 위의 책, 96쪽.

백과전서적 특성은 하나의 글을 읽다가 한 단어를 클릭하면 그와 관련된 다른 텍스트들로 넘어가고 또 메일을 쓰다가 블로그에 접속하는 등의 다채로운 이동을 할 수 있는 등의 하이퍼텍스트적 성향과도 밀접하게 연관되어 있다.

이러한 백과전서적 특성은 작가로 하여금 혁신적일 만큼 폭넓고 깊이 있는 서사 세계를 표출해 낼 수 있는 가능성을 열어놓는다. "온종일 암송하는 음유시인이나 세 권짜리 빅토리아 왕조풍의 소설처럼 기가바이트(gigabytes)로 무한히 확장되는 컴퓨터의 공간은, 작가를 향하여 삶의 온갖 소재들로 채워달라고 아우성치는 거대한 백지"로 전환되는 것이다.[56]

이러한 백과전서적 특성은 고전소설과 무관할 것 같지만, 고전소설에서도 이런 백과전서적인 성향이 나타난다. 비록 오늘날 컴퓨터에서의 백과전서적 향연에 비하면 퍽 약소할지 모르지만, 당대로서는 백과전서적 지식들의 총체라 할 만한 내용이 고전소설 속에는 들어있다. 그것은 바로 고전소설 곳곳에 산재해 있는 수많은 전고(典故)들이다. 고전소설 한 문장을 읽기 위해서는 전고를 적어도 두서너 개는 알아야 원문을 제대로 이해할 수 있을 만큼,[57] 고전소설은 전고의 다발들로 빼곡히 채워져 있다. 이러한 전고들은 신화, 전설, 역사, 시, 소설, 경전 등에서 끌어온 것들로서 당대 백과전서적인 지식들의 총체라 할 수 있을 만큼 다양한 장르들로 포진되어 있다. 당대 독자들에게 이런 전고는 하나의 텍스트를 읽으면서 수십 편의 텍스트들을 함께 향유하게 함

---

56) 위의 책, 96~97쪽.
57) 기실 고전소설은 문장이 끊어지지 않고 계속 이어지기 때문에 하나의 문장으로 나누는 것이 쉽지 않다. 오늘날의 문장 기준으로 대략적으로 통산해 보았을 때 이렇게 볼 수 있다는 것이다.

으로써 즐거움을 선사하는 글 읽기 방편이 되었을 터이다.

그런데 이러한 전고들은 오늘날 일반인은 물론 고전소설 전공자에게
도 작품읽기를 방해하는 불편한 요소로 인식되는 측면이 강하다. 현재
수많은 고전소설의 원문 혹은 번역본에서 주석으로 처리되는 이들 전
고는 글 읽기의 즐거움을 선사하는 것이 아니라 글 읽기의 고통을 안겨
주는, 그리하여 고전소설을 대중으로부터 점점 멀어지게 하는 요소로
까지 전락하고 말았다.58) 오죽하면 출판사에서 주를 좀 줄여달라는 요
청이 들어오겠는가?

그런데 발상을 전환하면 이러한 전고는 단지 고전소설을 대중으로부
터 멀어지게 하는 애물단지로 그치지 않는다고 생각한다. 오히려 이들
전고는 디지털 환경과 관련하여 대중들을 고전소설로 끌어들일 수 있
는 방편으로 활용될 수 있다. 현대의 디지털 매체의 기술을 빌린다면
이들 전고는 새로운 흥미소와 교양소로서 거듭날 수 있는 것이다. 특히
게임 등에서 고전소설을 읽어가면서 이러한 전고들이 나왔을 경우 전
고와 관련한 또 다른 창으로 옮겨가 그 전고와 관련한 상황을 게이머들
이 경험하게 하거나, 작은 말풍선이 뜨면서 이런 전고에 관한 정보를
알아맞혔을 때 다음 단계로 나아가는 상황을 그려낸다면, 지식을 습득
하면서도 또 다른 체험을 가능케 함으로써 흥미로운 구성요소로 부각
될 수 있지 않을까 생각한다.

예를 들어 노래자(老萊子)의 효행에 관한 대목이 나온다면 그 당시의
공간으로 옮겨가 노래자가 칠십 살의 나이에도 불구하고 늙은 부모를
위해 색동옷을 입고 춤을 추는 장면을 체험케 하고, 서왕모의 요지연에

---

58) 실제로 중·고등학교 현장에서 교사들이 이런 전고들을 본인 스스로도 힘들게 여길 뿐만
아니라, 학생들은 더욱 더 어려워한다고 토로하는 것을 종종 들었다.

관한 전고가 나온다면 서왕모의 요지연에 참여하여 그곳을 경험케 하며, 『시경』의 한 구절이 나온다면 그 시가 지어진 배경화면으로 옮겨가 그 시를 읊는 장면을 직접 보게 하는 등의 또 다른 창으로 전환할 수 있는 것이다. 혹은 각각의 전고가 나오는 대목에서 약간의 힌트와 함께 말풍선이 뜨면서 노래자는 과연 누구인지, 서왕모의 요지연이란 무엇인지, 『시경』의 시는 무슨 내용인지를 맞출 수 있는 퀴즈가 나오는 창이 뜨고, 이 퀴즈를 맞히면 다음 단계로 나아가게 된다거나 보너스가 주어지는 방식으로 전고를 활용하는 방식도 충분히 고려해 볼 수 있다.

꼭 게임이 아니더라도 앞으로 고도로 발달될 가상현실 기술을 활용하여 고전소설 뮤지엄을 설치할 경우에, 고전소설 줄거리 자체를 대중들로 하여금 실제로 주인공이 되어 가상체험하게 하면서도 전고에 관해서는 또 다른 가상현실로 옮겨갈 수 있도록 함으로써 즉, 가상현실 속의 또 다른 가상현실을 설정함으로써 전고는 다시 생동하는 텍스트로 살아날 수 있을 것이다.

물론 작품 속에 등장하는 모든 전고들을 다 이렇게 활성화시킬 수는 없겠지만 주요한 전고들을 추출하여 새로운 창으로 이동할 수 있도록 설정한다면 다채로운 다중적 시스템이 가능할 수 있을 것이라 생각한다. 즉, 클릭 한 번으로 하나의 웹에서 또 다른 웹으로 손쉽게 오갈 수 있는 디지털 매체의 속성을 통해 이들 전고들은 새로운 텍스트로 살아나 고전소설의 맛을 더하는 요소로 부각될 수 있는 것이다. 이런 장치들은 아주 노련하게 기획되지 않는다면 게이머들에게 또 다른 짐으로 다가갈 수도 있기에 고도의 세련된 기획이 필요할 것이다.[59]

---

59) 이런 부분들에 힘써야 하는 까닭은 아직까지도 일반인들에게는 '재미'와 더불어 '교양'을 쌓으려는 욕구가 함께 존재한다는 사실에 기인한다. 최근 인문서로 각광받는 것은 역사서

이처럼, 고전소설의 전고를 게임, 에듀테인먼트 식으로 재탄생시켜 당대 문화 전반, 나아가 동양 문화 전반에 대한 교양을 함께 습득할 수 있게 한다면, 일반 대중들로 하여금 흥미와 교양이라는 두 마리 토끼를 잡게 하는 일이 그리 어렵지 않을 것이다. 당대의 백과전서적 지식들의 집합소라 할 수 있는 고전소설 속 전고들은 오늘날 백과전서적 속성을 지닌 디지털 매체의 힘을 빌림으로써, 다차원적인 구조를 선보이면서도 그 자체로 전경화(前景化)되어 생동하게 될 것이다.

5) 쌍방향성

쌍방향성은 '상호 작용성' 혹은 '참여적 속성'이라고도 부르는 것으로, 디지털 매체의 가장 특징적인 요소로 인정받고 있다. 앞서 논의한 다중성 등의 속성도 쌍방향성과 밀접히 관련되어 있기에 앞에서도 쌍방향성에 대한 논의들이 일정 정도 진행되었지만, 이 장에서는 특히 사용자들의 참여를 직접적으로 유도해내는 요소들에 초점을 맞추어 쌍방향성을 살펴보고자 한다. 그리고 이를 고전소설에 적용하여 고전소설 속에 잠재되어 있는 쌍방향성의 단초들을 추출해 냄으로써 게임 등에 활용할 수 있는 구체적인 방안에 대해 고찰해 보기로 한다.

'하이퍼텍스트 유형 서사에서의 상호 작용'이란, "서사의 전개 과정에서 이용자에게 이야기의 분기점을 통해 일련의 선택들을 제공함으로써 서사의 내용을 통제할 수 있는 가능성"을 말한다.[60] 이를 고전소설

들이다. 이들 역사서는 소위 미시사나 문화사로 불리는 역사연구방법을 취하여 왕조중심의 역사에서 제외되었던 인간들의 삶을 '이야기' 형식으로 섬세하게 그려낸 것들이다.(이와 관련해서는 김탁환, 앞의 논문, 12~13쪽에서 상론한 바 있다.) 고전소설에서도 디지털 매체를 활용하여 전고를 생동하게 함으로써 소설적 재미와 교양적 지식을 함께 얻을 수 있는 길을 모색해 보자는 것이다.

에도 적용시켜 보면, 고전소설을 게임 등으로 전환시켰을 때 이용자의 참여를 유도하면서도 서사의 내용을 통제할 수 있는 가능성들을 여러 군데서 확인할 수 있다.

자넷 머레이는 디지털 매체의 특징 중 하나로 참여적 속성 즉 쌍방향성을 강조하면서, 컴퓨터가 참여적인 환경을 조성하는 구체적인 사례를 들고 있다. 〈조크〉 게임 등에서 '책을 읽으시오', '칼을 드시오', '마법의 약을 마시시오' 등의 명령어를 통해 사람들로 하여금 자신의 힘으로 다룰 수 있는 목표물을 찾아내게도 하고, 수수께끼를 풀게 하기도 하고, 사악한 난쟁이들과 싸워 나가게 하기도 하는 것이 그 예들이다. 특히 게이머로 하여금 자동적으로 참여를 유도하게 하는 요소들로 마법의 칼은 위험이 다가오면 저절로 빛나기 시작하며, 살금살금 기어 다니는 도둑들은 나타났다 사라지기를 반복하고, 난쟁이 전투원은 '공격하라'는 메시지와 함께 탐험자를 갑자기 공격하는 등의 장치가 구축되어 있음을 상세히 설명하고 있다. 이러한 장치 덕분에 게이머들은 게임의 맥락을 추측하면서 게임에 적극적으로 참여하게 된다는 것이다.[61]

고전소설에서 쌍방향성을 직접적으로 확인하는 것은 불가능하지만 게임으로 환원시켰을 때 쌍방향성을 유도할 수 있는 요소들이 다량 존재하는데, 그 예의 하나로 먼저 주인공을 보조하는 신물(神物)을 들 수 있다. 〈유충렬전〉의 경우, 유충렬이 정한담 일파에 의해 불에 타 죽는 위기에 처했을 때는 이전에 도사가 주고 간 부채가 나풀거린다든가, 유충렬의 모친이 마철에게 납치되어 갔을 때 마철의 집에 있는 보검(寶劍)이 담긴 상자가 반짝반짝 빛난다든가 하는 식으로 사물이 움직일 수

---

60) 전경란, 앞의 논문, 62쪽.
61) 자넷 머레이, 앞의 책, 84~90쪽.

도 있고, 각각의 상황에서 '부채를 드시오' 혹은 '보검을 꺼내시오' 등의
메시지가 뜰 수도 있다. 이러한 사례들은 단지 〈유충렬전〉뿐만 아니라
여타의 작품에서도 유사하게 보이기에 고전소설 전반에서 활용할 수
있다.

다음으로 디지털 매체의 쌍방향적 특성과 관련하여 고전소설에서 추
출해 볼 수 있는 것으로는 예언에 관한 모티프를 들 수 있다. 이와 관련
하여 먼저 〈지하 감옥과 용〉이라는 게임의 활용방식에 주목할 필요가
있다. 이 게임에서는 매혹적인 서사세계를 만들어 나가기 위한 첫 단계
가 인터랙션(interaction) 행위의 대본을 쓰는 일이라는 전제하에, 게
임에 들어가기 전 게이머들이 기억해 두어야 할 행위목록들을 제공함
으로써 게이머들을 게임 환경에 친숙하게 만들고 그들의 행동방향을
예측하여 명령어들을 추출해 낸다. 이를 통해 한정된 명령어만으로도
게이머들의 행동을 적절하게 규제하면서도 다양한 상황들을 연출해 낼
수 있게 된다.[62]

게임에서의 인터랙션 행위의 대본과 관련해서 고전소설에서 주목해
보아야 할 것은 인물과 관련한 예언담이다. 대부분의 소설에서 주인공
의 운명 전체에 대한 예언이 현몽(現夢) 혹은 도사나 선녀의 현신(現身)
을 통해 제시된다. 이는 앞으로 펼쳐질 사건들의 조감도라 할 수 있는
것으로, 이런 예언에는 주인공이 차후에 어떻게 대처해야 하는가에 대
한 암시적인 메시지도 담겨져 있다. 게이머들이 본격적인 게임에 들어
가기 전 이런 예언을 제시받는다면, 게이머들로 하여금 고전소설의 독
특한 내용에 친숙해지게 만드는 한편 그들의 행동방향을 예측할 수 있
기에 그와 관련한 다양한 명령어들을 추출해 낼 수 있을 것이다. 때로

62) 위의 책, 90쪽.

는 그들이 이런 예언들을 기억하고 있는지 테스트해 봄으로써 더욱 긴장감 있게 서사세계에 몰입하게 할 수 있다.

예를 들면, 〈숙향전〉의 경우 숙향에게 다섯 번의 죽을 위기가 어떻게 닥쳐오게 될 것인가에 대해 후토부인이 예언하는 대목이 앞부분에 설정되어 있다. 게이머들로 하여금 이러한 예언을 미리 듣게 한 후 본격적인 게임에 들어가게 한다면, 게이머들은 위기에 닥쳤을 때 어떻게 헤쳐 나가야 할 것인가에 대한 방향성을 제시받을 수 있게 될 것이다. 이에 따라 그들이 행동하게 될 목록들을 미리 예상함으로써 적당한 명령어의 조합을 추출해 내는 것도 가능해진다. 또 게이머들로 하여금 예언들을 기억하면서 임무를 하나하나 수행해 가는 과정을 통해 쾌감을 느끼게 할 수도 있다.

한편, 고전소설에는 작품 서두에 한 인물의 삶 전반에 관한 예언이 제시된다면, 작품의 중간 중간에 동일한 혹은 또 다른 예언자에 의한 예언이 등장한다. 중간 중간에 나타나는 예언자와 관련하여 게이머가 위기에 닥쳤을 때 '도움을 요청하라'는 메시지를 클릭하면, 예언자가 나타나 게이머에게 적당한 암시를 주는 방식을 설정할 수도 있다. 물론 이 때 예언자가 쉽게 답을 주기보다는 앞의 예언 목록들을 제대로 이해하고 있는지를 점검하고 그것을 활용하여 답할 수 있을 때 한 단계 더 나아가게 하는 방식으로 꾸려진다면, 더욱 긴장감 넘치는 게임이 될 것이다. 이는 앞서 수수께끼를 풀게 하는 참여적 속성과도 관련되는 대목이다.

이처럼, 고전소설 속에는 조금만 손보면 쌍방향적 소통을 가능케 하는 요소들이 다량 존재한다. 디지털 매체를 통해 고전소설에 잠재된 이러한 가능성을 현실화시킬 필요가 있고, 고전소설의 열린 가능성을 통해 디지털 매체를 더욱 다채롭게 할 필요가 있다.

4. 맺음말

본고에서는 고전소설과 디지털 매체와의 상관성을 분석함으로써, 고전소설이 디지털 매체와 어떤 점에서 상통할 수 있고, 디지털 매체를 어떤 방식으로 활용하여 재탄생할 수 있는지, 그리고 이를 통해 현대의 디지털 문화와는 다른 어떤 메시지를 전달할 수 있는지에 대해 살펴보았다. 이를 위해 '환상성', '공간성', '우연성', '다중성', '쌍방향성'의 다섯 가지 항목으로 세분하여 고전소설과 디지털 매체가 긴밀히 조응함으로써 새로운 흥미와 의미를 창출할 수 있는 구체적인 방안들에 대해 검토하였다.

그런데 이러한 논의들은 디지털 매체에 대한 전문가가 아닌 입장에서 생각해본 것이기에 퍽 성글 수 있다. 이들 분야의 전문가와 협업해야 할 필요성을 다시금 절실히 느낀다. 이러한 협업에는 기술적인 측면의 협업뿐만 아니라 내용적인 측면에서의 협업도 중요할 것이다. 고전소설 연구자들에게는 익숙하지만 일반인들에게는 생경하기만 한 부분은 어디인지 고전소설 연구자의 눈으로는 가늠할 수 없기에 고전소설 연구자 이외의 다른 분야의 전공자 혹은 일반인의 도움이 반드시 필요하다 하겠다.

중요한 것은 고전소설이 디지털 환경에서 장점으로 부각될 수 있는 속성들을 다량 함유하고 있고, 이를 현재의 디지털 매체를 통해 재창조해내는 것이 가능하다는 사실이다. 이런 가능성들이 한 번도 제대로 실험된 적이 없으나, "시작이 반이다."라는 말이 있듯 고전소설 중 한 작품이라도 디지털 매체를 통해 제대로 거듭나게 된다면 고전소설에 대한 사람들의 인식이 달라지지 않을까 생각한다. 이러한 작업의 도화선을 당기는 일이 중요한데, 이를 위해서는 고전소설 연구의 대중화와 관련한 한두 편의 논문으로 이를 단편적으로 언급하는 연구자가 아니라, 사명감을 가지고 평생의 업으로서 이를 연구하고 실천하는 고전소설 연구자가 필요할 것이다.

물론 이러한 대중화 연구에서 고전소설이 단순히 현대의 문화 논리에 복속되는 것으로 귀결되는 것은 지양해야 한다. 고전소설이 오늘날의 디지털 매체를 활용하면서도 현대의 문화 자체에 복속되는 것이 아니라 오늘날의 문화를 한 단계 업그레이드시킬 수 있는 자양분을 제공해 줄 수 있다면 더욱 바람직할 것이다. 이와 관련하여 다음의 상반된 두 주장을 상기할 필요가 있다. 디지털 매체와 관련하여 마샬 맥루한은 "인간의 오감을 확장시켜 주는 매체는 새로운 비전과 인식을 제공해 준다."라고 호평한 반면, 세븐 바거트는 "다양한 매체의 발전은 토대가 된 그 인식 기능의 쇠퇴를 가져올 뿐만 아니라 인간의 근본적인 위상을 해체시키는 작업도 한다."라고 혹평하였다.[63] 고전소설이 디지털 매체로 거듭나 '인간의 오감을 확장시켜 주면서도 오늘날의 대중들에게 새로운 비전과 인식적 전환을 제공해 주는 원천'이 될 수 있기를 기대해 본다. 이를 통해 사막화된 고전소설의 영토에 새로운 부활의 밀물이 밀려오기를 기대해본다.

위의 글은 『어문학』 115집(한국어문학회)에 실린 논문을 수정·보완하였다.

---

[63] 각각의 인용대목은 위의 책, 1쪽에서 재인용함.

제2부

근대화 시기의
교섭과 전파

「서한연의」의 전래와 향유 양상

장경남

1. 머리말

「서한연의」는 고대 중국의 전국시대를 통일한 진시황의 출신 내력과 진나라의 흥망, 항우와 유방을 중심으로 한 초나라와 한나라의 전쟁, 유방의 천하통일, 유방의 한고조 등극과 죽음, 그리고 한고조의 뒤를 이은 혜제의 등극 등과 관련된 한나라 초기의 역사를 그린 중국 연의소설이다.

항우와 유방으로 대변되는 초한의 다툼은 '초한고사'로 기록되었다. 초한고사는 진한 교체기의 역사 현장에서 연유한 것으로 사마천의『사기』, 사마광의『자치통감』, 이를 절록한 강지의『통감절요』, 증선지의『십팔사략』등 수많은 사서에 기록되어 있다. 통감이나 사략은 조선 초부터 초학 아동들이 경서에 들어가기 전에 반드시 읽어야 하는 기본 교과서였다. 고려시대 이래로 사대부의 의론류나 시문에서, 또는 국정을 논의하는 정치 마당에서도 초한고사의 인용은 다반사였을 정도로 상식적 차원의 이야기였다. 따라서 초한고사에 등장하는 역사 인물의 이야기는 계층을 막론하고 웬 만큼의 문식이 있는 사람이라면 상식화된 것이다. 이를 더욱 증폭시킨 데에는 「서한연의」의 영향력을 무시할 수 없다.1)

「서한연의」는 원대와 명대에 판본으로 나왔고, 국내에 유입되어 향유되었다. 국내에 유입됨과 동시에 한문으로 필사되는가 하면, 국문으로 번역되어 널리 독자층을 형성하였다. 번역본은 필사본의 형태는 물론이고 판각본으로도 제작되어 유통되었다. 애국계몽기에는 활자본으로도 제작되기도 했다. 이러한 과정을 거치면서 '서한연의'라는 제명보다는 '초한전' 또는 '초한지'로 더 잘 알려지게 되었다. 광복 이후에는 여러 소설가에 의해서 '초한지'가 제작되었는데, 이들 작품은 번역본이라기보다는 소설가의 상상력을 바탕으로 해서 이루어진 완전 개작본으로 보는 것이 옳을 것이다.

「서한연의」는 수많은 소설독자에게 애호를 받아왔다. 그러나 이 작품에 대한 연구는 아주 적은 편이다. 국내에 유입된 상황이나 국문필사본의 번역 양상에 대한 연구가 대부분이다. 이 글은 「서한연의」의 한국 전래와 향유 양상을 살펴보는 것을 목적으로 한다.2) 이를 위해 관련 기록을 중심으로 한국에 전래된 양상을 정리해 보기로 한다. 아울러 조선조에 이루어진 한문필사본, 국문필사본, 판각본, 활자본 가운데 대표적인 작품을 택해 제작 양상 및 특성을 밝혀 향유 양상을 구체적으로

---

1) 이형대, 「초한고사 소재 시조의 창작 동인과 시적 인식」, 『한국시가연구』 3집, 1998, 한국시가학회, 380쪽.
2) 「서한연의」의 수용과 전래에 '초한고사'의 영향은 무시할 수 없다. 그러나 이 글은 소설 「서한연의」의 국내 전래 양상과 유통양상을 살피는 것이기에 초한고사와의 관련양상은 부득불 생략할 수밖에 없음을 밝혀둔다.

살펴보기로 한다.3)

2. 「서한연의」의 전래와 「초한연의」

「서한연의」가 국내에 전래된 양상을 살피기에 앞서, 먼저 중국에서 간행된 판본을 살펴보기로 한다. 우리에게 잘 알려진 『서한연의』는 명대 만력 40년(1612)에 견위가 지은 「서한연의전」(서한통속연의)으로, 8권 101칙으로 구성되어 있으며 대업당에서 간행한 것이다.4) 이 작품이 간행되기 이전의 판본으로는 원대 영종 지치연간(1321~1323)에 간행된 것으로 전상평화 5종 가운데 하나인 「속전한서평화」(전칭은 「전상속전한서평화—여후참한신」 혹은 「신간전상평화전한서속집」)이다. 3권으로 구성되어 있는데, 현재 일본의 내각문고에 소장되어 있다. 그 다음에 나온 것이 명대 만력 16년(1588)에 웅대목이 간행한 「전한지전」이다. 12권(서한 부분 6권 61칙, 동한 부분 6권 57칙으로 구성)으로 구성되었으며 청백당에서 간행했다. 그리고 명대 만력 33년(1605)에 간행된 「양한개국중흥전지」는 6권 42회(서한 부분 4권 28회, 동한 부분 2권 14회)로 구성되었다.5)

한편, 견위의 「서한연의전」과 비슷한 시기에 대업당에서 간행된 것으로 사조가 쓴 「동한십이제통속연의」(일명 동한연의전, 10권 146칙)

---

3) 한문필사본은 이헌조 소장 53장본을, 국문필사본은 국립중앙도서관 소장 16권 16책 본을, 판각본은 완판본으로 정미본(1907)을, 구활자본은 『장자방실기』(조선서관, 1913), 『홍문연』(회동서관, 1916), 『초패왕전』(이문당, 1918)을 대상으로 한다.

4) 민관동, 『중국 고전소설의 전파와 수용』, 아세아문화사, 2007, 322쪽.

5) 이재홍, 「국립중앙도서관소장 번역필사본 중국역사소설 연구」, 연세대학교 박사학위논문, 2007, 79~84쪽.

가 있다. 그리고 명말 검소각에서 간행한 것으로『동서한통속연의』(일명 양한연의전, 18권 225칙)가 있다. 이것은 견위의「서한통속연의」와 사조의「동한십이제통속연의」를 재편집한 합간본이다. 권두에 "신각검소각비평서한통속연의"라고 이름 하였기에 흔히 '검소각비평본'이라고 한다. 이후에 청대에 등장한 것은 거의 모두 이 검소각본을 모본으로 한 것이다.[6)]

중국에서 간행된 작품명을 보면「전한서」,「전한지전」,「양한개국중흥지전」,「서한연의전」,「동한통속연의」,「서한통속연의」,「동서한통속연의」로 되어 있다. 그러나 한국에서 한문으로 필사되거나 국문으로 번역되어 유통된 작품을 보면 대개가 '초한연의'라는 서명을 하고 있어 흥미롭다.

「서한연의」와 관련된 기록 가운데 처음으로 보이는 것은『선조실록』2년(1569) 6월 임진조에 기록된 다음의 글이다.

　　상이 문정전 석강에 나아갔다.『근사록(近思錄)』제2권을 진강하였다. 기대승이 나아가 아뢰기를, "지난번 장필무(張弼武)를 인견하실 때 전교하시기를 '장비(張飛)의 고함에 만군(萬軍)이 달아났다고 한 말은 정사(正史)에는 보이지 아니하는데「삼국지연의(三國志衍義)」에 있다고 들었다.' 하였습니다. 이 책이 나온 지가 오래 되지 아니하여 소신은 아직 보지 못하였으나, 간혹 친구들에게 들으니 허망하고 터무니없는 말이 매우 많았다고 하였습니다. …… 위에서 혹시 이 책의 근본을 모르시는 것은 아닐까 하여 감히 아룁니다. 이 책은「초한연의(楚漢衍義)」등과 같은 책일 뿐 아니라 이와 같은 종류가 하나뿐이 아닌데 모두가 의리를 심히 해치는 것들입니다. 시문(詩文)·사화(詞華)도 중하게 여기지 않는데, 더구나「전등신화(剪

---

6) 민관동, 앞의 책, 323쪽.

燈新話)」나 「태평광기(太平廣記)」와 같은 사람의 심지(心志)를 오도하는
책들이겠습니까. 위에서 무망(誣罔)함을 아시고 경계하시면 학문의 공부에
절실(切實)할 것입니다."했다.[7]

위 인용문은 기대승(1527~1572)이 강론 자리에서 「삼국지연의」와
함께 「초한연의」에 대해 언급한 것이다. 기대승은 「초한연의」를 「삼국
지연의」와 함께 의리를 해치는 책이라고 평가하였다. 그런데 흥미로운
것은 책의 이름을 '초한연의'라고 한 점이다.

기대승과 동시대인인 오희문(1539~1613)의 『쇄미록』에는 다음과 같
은 기록이 있다.

> 초3일. 종일 집에 있자니 너무 심심하던 차에 딸의 부탁으로 초한연의를
> 번역하여 둘째 딸을 시켜 쓰도록 했다.[8]

『쇄미록』은 오희문의 일기로 임진왜란 체험을 기록한 것이다. 위 인
용문은 1595년 1월의 일기이다. 오희문은 딸의 부탁으로 '초한연의'를
번역했고, 이를 또 다른 딸에게 쓰도록 했다고 하니, 국문 번역임에 틀
림없다. 여성들에게 이 소설이 흥미롭게 읽혔던 사정을 짐작할 수 있음
과 동시에 이른 시기에 국문으로 번역된 사실도 알게 해 주는 기록이
다. 오희문도 기대승처럼 '초한연의'라 하고 있다.

기대승과 오희문의 언급 이전에 중국에서 간행된 책은 원대 지치년
간(1321~1323)에 간행된 「속전한서평화」와 명대 만력 16년(1588)에 간
행된 「전한지전」이다. 이 이후에 중국에서 간행된 책도 모두 '양한', '西

---

7) CD-ROM『선조실록』권3, 선조 2년 6월, 임진.
8) 오희문, 「을미일록」, 『쇄미록』, 1595년 1월.

한', '동한', '동서한' 등이라 했지 '초한연의'라고 한 적은 없다.

기대승이 보았던 책과 오희문이 번역한 책 '초한연의'는 어떤 책을 말하는 것일까. 기대승과 오희문의 시대에, 또는 그 앞 시기에 중국에서 간행된 책 가운에 '초한연의'라는 서명은 보이지 않는데, 이들은 어떤 책을 가지고 '초한연의'라고 했는지 의문이다.

이들보다 한 세대 뒤에 살았던 황중윤(1577~1648)의 『동명선조유고』에는 다음과 같은 기록이 있다.

> 어떤 이가 나에게 "「천군기」를 왜 지었는가?"고 묻기에, 나는 "나의 반생이 목표를 상실한 채 길을 잃으매 고삐를 돌려 길을 돌아오고자 하는 말이라."라고 대답하였다. 또 그가 묻기를 "그렇다면 그것을 '逸史'라고 각각 나누어 제목을 정했음은 왜 그러한가?"라고 물으니, 나는 "이것은 사가의 연의의 방법을 본뜬 것이다. 「열국지연의」, 「초한연의」, 「동한연의」, 「삼국지연의」, 「당서연의」, 「송사연의」, 「황명영렬전연의」 등을 보면 다 목록을 만들어 제목을 구별하였는데, 그 뜻은 대개 눈으로 보기가 쉽고 다른 사람이 즐겁도록 힘썼고, 또 보는 이로 하여금 싫증나지 않도록 하고자 함이다."라고 대답하였다.[9]

황중윤도 '초한연의'라 지칭하고 있다. 그런데 '초한연의'와 나란히 '동한연의'를 언급하고 있는 것으로 보아 '초한연의'는 '서한연의'를 일컫는 것임이 틀림없다.

온양 정씨(1725~1799)가 1786~1790년 사이에 필사한 것으로 알려진 「옥원재합기연」의 14권, 15권 표지 안쪽에는 소설 목록이 적혀 있다. 14권에는 주로 국문창작소설이, 15권에는 중국번역소설과 국문창

---

9) 황중윤, 「逸史目錄解」, 『동명선조유고』 8.

작소설이 섞여 있다.

> 제15권: 개벽연의 타녹연의 서쥬연의 녈국지 초한연의 동한연의 당진연
> 의 삼국지 남송연의 북송연의 오대됴사연의 남계연의 쇼현셩녹
> 옥소긔봉 셕듕옥 소시명행녹 뉴시삼대록 님하뎡문녹 옥인몽 서
> 유긔 튱의슈호지 셩탄슈호지 구운몽 남졍긔

이처럼 「초한연의」와 「동한연의」가 나란히 기록되어 있다. 이와 같은
기록을 통해서 '초한연의'는 '서한연의'를 말하는 것임이 분명해졌다.

그렇다면 왜 「서한연의」를 '초한연의'라고 했을까. 앞에서 살펴본 대
로 '초한연의'라는 소설 이름이 분명히 언급된 정황으로 보아 당시에
중국에서 「초한연의」가 간행되었으나 일실되어 현전하지 않는 것으로
보는 시각도 있다.10)

허균(1569~1618)의 『성소부부고』에 기록된 다음의 글을 보자.

> 내가 희가의 소설 수십 종을 얻어 보니 「삼국」과 「수당」을 제외하고, 「양
> 한」은 앞뒤가 맞지 않고, 「제위」는 졸렬하며, 「오대」와 「잔당」은 거칠고,
> 「북송」은 소략하며, 「수호」는 간사한 속임수에 기교를 부렸다. 이것들은
> 모두 독자를 교훈하기에는 충분하지 못하며, 한 사람의 손에서 저술된 것
> 으로, 나관중의 자손이 삼대가 벙어리가 된 것은 당연하다.11)

허균이 언급한 '양한'은 어떤 책을 지칭하는 것일까. 이 '양한'을 중국
에서 1605년에 간행한 「양한개국중흥전지」로 보기도 한다.12) 그러나

---

10) 민관동, 앞의 책, 338~339쪽.
11) 허균, 「서유록발」, 『성소부부고』, 권13.
12) 민관동은 허균이 언급한 '양한'은 명대 만력 33년(1605년)에 간행된 「양한개국중흥전지」

인용문 가운데 "兩漢齬", 즉 양한은 앞뒤가 맞지 않는다는 표현에 주목해 보면, 굳이 앞뒤가 맞지 않는다고 한 것은 '서한' 부분과 '동한' 부분 둘을 말하는 것이 아닌가 싶다. 따라서 「양한개국중흥전지」를 말하는 것이 아니라 1588년에 간행된 「전한지전」으로 볼 여지도 충분히 있다. 「전한지전」은 서한 부분, 동한 부분으로 구성되어 있기에 이 둘을 합쳐 '양한'이라고 했을 가능성도 있다고 본다.[13]

'초한연의'는 「서한연의」가 우리나라에 전래되면서 새롭게 붙여진 명칭으로 해석해야 할 것이다. 당시 문인들이나 소설에 흥미를 갖고 있었던 독서가들은 어떠한 경로로든 중국에서 가장 이른 시기에 간행된 「속전한서평화」를 구입해서 읽고 내용을 충분히 파악했을 것이다. 그런데 이 책의 내용은 사마천의 『사기』를 통해 이미 알려진 것으로 그리 신선한 이야기는 아니었을 것이다. 그래서 이야기의 주된 내용인 초와 한의 대결 구도에 주목하여 '초한'으로 해서 구체성을 띠게 하고, 「삼국지통속연의」의 경우를 참고하여 '연의'를 붙인 것으로 보아야 할 것이다.[14]

국내 독자들은 「서한연의」의 핵심 서사를 항우와 유방의 대결, 즉 초

로 보는 것이 가장 타당하다고 했다. 왜냐하면 이 작품이 나오기 전에는 「전한지전」이 1588년에 간행되었지만 구태여 '전한'을 '양한'으로 고쳐 기록했을 리는 없을 것이고, 검소각본의 「양한연의전」은 간행 시기가 이보다 후대이기 때문이라는 것이다.(민관동, 앞의 책, 330쪽) 그리고, 이재홍도 「전한지전」을 완전히 배제할 수는 없지만 「전한지전」이 나온 해가 허균의 나이 19세로 좀 이른 감이 없지 않다고 보아 「양한개국중흥지전」으로 보고 있다(이재홍(2007a), 「국립중앙도서관 소장 한글 필사본 「서한연의」에 대하여」, 박재연·이재홍 교주, 『셔한연의』, 학고방, 404쪽).

13) 허균은 1594년에 요동에 다녀왔고, 1597년 정유재란 때에는 원군을 청하는 사신의 수행원으로 중국에 다녀왔으며, 1598년에는 중국 문인 오명제가 「조선시선」을 엮는데 도움을 주었고, 「난설헌집」 초고도 주었다. 허균의 중국 사행이나 중국 문인과의 교류가 「양한개국중흥전지」가 간행된 1605년 이전에도 이루어졌다는 사실은 '양한'을 「양한개국중흥전지」를 일컫는 것으로 단정 지을 수 없게 한다.

14) 이재홍(2007b), 「국립중앙도서관소장 번역필사본 중국역사소설 연구」, 연세대학교 박사학위논문, 93쪽.

나라와 한나라의 대결로 보려고 했던 것 같다. 서한의 건국 과정보다는 초나라와 한나라의 대결 구도에 더욱 더 흥미를 가졌던 것이다.

이상의 논의를 토대로 다음과 같은 추정이 가능하다. '전한', '양한', '서한', '동한', '동서한' 등을 서명으로 한 작품은 중국에서 간행된 간행본을 일컫는 것이고, '초한연의'라 한 것은 국내에 들어온 「서한연의」를 필사하거나 번역하는 가운데 붙여진 서명이라 할 수 있다.

윤덕희가 『자학세월』(1744)에서 역사소설의 서명을 열거하는 가운데 「서한기」, 「동한기」라 하거나, 『소설경람자』(1762)에서 역시 역사소설을 열거하면서 「동한기(동한연의)」와 「서한기(서한연의)」라고 한 것, 그리고 완산 이씨의 『중국소설회모본』(1762) 서문에서 수십 종의 중국소설을 언급하는 가운데 「서한연의」, 「동한연의」라고 하였는데, 한결같이 '서한', '동한'이라 하고 있다. 이것은 국내에 유입된 중국 간행본을 언급한 것이기 때문에 이렇게 불렀던 것이다.

반면에 한문필사본과 국문번역본, 그리고 판각본, 활자본 등은 서명을 대부분 '초한'으로 하고 있다. 국내에 유입된 중국 간행본이 아닌 국내 간행본은 '초한'을 서명으로 한 것이다. 20세기 초에 간행된 완판본이나 활자본에서도 대부분 '초한'이라는 서명을 사용하고 있다. 완판본은 '초한전'으로, 활자본은 '초한전'이나 '초한전쟁실기'로 서명을 삼았다. 광복 이후에 등장한 작품은 대체적으로 '초한지'라 하고 있다. '서한'보다는 '초한'을 즐겨 활용한 것인데, 이는 작품의 주요 내용을 서한이라는 국가의 건설에 초점을 둔 것이 아니라 항우와 유방, 즉 초나라와 한나라의 대립 갈등을 서사의 주 내용으로 보고자 한 결과이며, 실제로 이를 내세우는 것이 흥미를 끌 수 있는 요인으로 작용했기 때문이다.

3. 「서한연의」의 향유 양상

앞에서도 살펴보았듯이 「서한연의」의 국내 유입과 전래는 여러 가지
형태로 진행되었다. 중국에서 간행된 간행본이 그대로 유입되어 유통
되었는가 하면, 중국 간행본을 구입할 여력이 없는 독자들은 이를 필사
하여 읽기도 하였다. 한문을 독해할 능력이 없는 독자들을 위한 국문
번역본이 등장하여 유통되기도 하였다.

국내에 유입된 중국 간행본의 판본은 대략 10여 종으로 알려져 있다.
이들 대부분이 청대의 검소각비평본 「서한연의」이거나 검소각본을 모
본으로 삼아 후인 된 판본들이 주종을 이루는데, 책 수에 있어서는 4권
4책, 6권 6책, 8권 4책, 8권 6책, 10권 8책, 16권 14책, 18권 6책 등
다양한 것으로 보고되어 있다.[15]

1) 한문 필사본의 제작 양상

중국에서 간행된 「서한연의」의 국내 유입과 더불어 한문필사본으로
도 제작되어 유통되었다. 한문필사본에 대한 현황이 보고된 바는 없지
만 상당히 많이 제작 유통되었을 것으로 짐작된다.[16] 현전하는 작품을
대상으로 내용을 검토해 본 결과 한문필사본은 내용상 몇 가지 계열로
나누어 볼 수 있다. 우선 101회로 구성된 견위의 「서한연의전」을 기준

---

15) 중국 간행본에 대한 자세한 정리는 민관동(2007)의 앞의 책(323~327쪽)과 이재홍
   (2007b)의 앞의 논문(86~87쪽)에서 이루어져 본고에서는 생략하기로 한다.

16) 국내에서 제작된 한문 필사본의 전반적인 존재 양상에 대해서는 밝혀진 바가 없다. 국립
   중앙도서관에서 운용 중인 한국고전적종합목록시스템으로 검색해 본 결과 20여 종이 각
   대학 도서관에 소장되어 있음을 알 수 있다. 그리고 필자가 입수한 자료 가운데 광주광역
   시에 거주하는 이현조 씨 소장 자료가 9종이 있다. 열람 가능한 자료를 대상으로 하여
   필사 양상을 정리하였다.

으로 해서 거의 같은 회목으로 구성된 작품 계열과 이에서 벗어난 작품
계열로 대별할 수 있다. 그리고 부분을 필사한 작품군은 끝나는 장면이
어디냐에 따라 다시 세분해 볼 수 있다. 편의상 이름을 붙여 계열을 나
누면 아래와 같다.

　　① 서한의 건국 전 과정을 다룬 작품군
　　② 항우와 우미인의 이별 장면까지를 다룬 작품군
　　③ 한신의 초왕 등극 장면까지를 다룬 작품군
　　④ 기타 작품군

　①의 계열은 진나라 황손 이인이 조나라의 인질이 되고, 여불위가 이
인의 위인 됨을 한 눈에 알아보고 가산을 기울여 이인을 조나라로부터
탈출시켜 진나라로 돌아온 후 왕으로 앉히는 이야기로 시작해서 항우
의 초나라와 유방의 한나라의 패권 전쟁에서 항우가 패하여 우미인과
이별한 후 오강에서 자살하고, 초를 멸한 유방은 잔여 세력을 소탕하
고, 여후가 공신들을 죽이고, 유방이 죽은 후 혜제가 왕위에 오르는 것
으로 대미를 삼은 작품 계열이다.
　나머지 계열은 ①의 계열과 달리 전체 내용을 필사하지 않은 작품군
인데, 시작은 같으나 마지막 장면에서 차이를 보인다. 즉 ②의 계열은
진나라 황손 이인이 조나라의 인질이 된 이야기로 시작해서 항우와 우
미인의 이별 장면을 마지막 장면으로 삼은 작품군이며, ③의 계열은 이
에서 한두 회 더하여 항우의 오강 투신과 한신이 초왕에 봉해지는 장면
까지를 다룬 작품군이다. 그리고 ④의 계열은 유방의 등장에서 이야기
를 시작해서 우미인과 이별하는 장면까지를 필사한 작품이다.

이렇게 각 계열별로 내용상 차이를 보이는 이유는 여러 가지를 상정해 볼 수 있겠으나 일차적으로는 필사자의 기호에 따라 흥미 있는 장면을 선택했기 때문으로 볼 수 있다. 특히 ②, ③, ④ 계열에 해당 하는 작품은 다른 장면보다는 항우와 우미인의 이별 장면을 장황하게 서술하고 있다. 이는 필사자들이 이 장면을 작품의 명장면으로 보았기 때문일 것이다. 그럼에도 불구하고 ①의 계열에 해당하는 작품이 수적으로 절대적인 우위를 보이고 있는 점도 흥미로운 점이다. 각 계열의 작품은 내용상 차이와 함께 서명도 '초한연의', '초한전', '서한연의'로 다양하나 대부분이 '초한연의'로 되어 있다. 그리고 장회 제목도 전반적으로 동일하나 자구간의 출입이 보이기도 한다.

이 가운데 ①의 계열에 속하는 이현조 소장 53장본을 중심으로 필사 양상을 살펴보면, 한문필사본은 주요 사건 중심의 간략한 서술 양상을 보이고 있다. 작품의 전체 내용을 포함하고 있고, 장회 제목도 별 차이가 없으나 장회별 내용은 아주 간략하게 처리한 것이다. 유방이 봉기하는 장면을 담은 장을 옮겨 보면 아래와 같다.

> 芒碭山劉季斬蛇
> 二世欲盡蒙氏 子嬰諫不聽 恬聞之飲鴆而死 乃徒蒙氏于蜀郡 單父人呂公以女與劉季 有一壯士來訪刈 季乃樊噲也 又以其次女與之 季送徒驪山 而多道亡者 季解徒之因以逃走 斬蛇于道 人多附者 蕭何曹參等 初使附書于沛城中 沛人開門而降之

진시황의 신하였던 이사 조고에 의해 황제에 오른 이세가 몽념을 죽이려고 한 내용, 단부인 여문이 유방과 번쾌에게 딸을 시집보낸 내용, 유방이 여산에 도주하다가 뱀을 베어내자 많은 사람이 따른 내용, 소하

조참에 의해 패성을 공략한 내용 등이 줄거리 중심으로 간략하게 서술
되었다.

본래 이 장은 이세의 계략에 따른 몽념의 죽음, 몽씨 형제의 촉군 이
주, 이세의 폭정과 이로 인한 각처의 봉기, 유방의 탄생, 여공의 두 딸
과 유방·번쾌의 혼인, 유방이 여산으로 가다가 도주하여 길가에서 뱀
을 베어버리고 망탕산에 은거, 소하와 조참이 유방을 도와 패성에 편지
를 보내어 패성을 공략한 사건 등이 서술된 부분이다. 그런데 위의 인
용문에서 보는 바와 같이 사건의 주요 내용만 간략하게 서술되었음을
볼 수 있다. 특히 유방의 탄생담과 뱀을 죽여 출신하는 과정이 흥미로
운 부분인데 탄생담은 아예 서술되지 않았으며 나머지도 간략하게 서
술되어 있다. 거의 모든 장회 내용이 이와 같이 줄거리 중심으로 전개
되고 있다. 줄거리 중심으로 간략하게 내용을 전개하는 것은 ①의 계열
뿐만 아니라 다른 계열의 작품에도 공통적으로 보이는 현상이다.

위의 인용문과 같이 주요 사건 중심의 전개는 적어도 서한의 성립
과정이나 항우, 유방의 사적을 잘 알고 있는 독자여야 이해가 가능했을
것이다. 따라서 한문필사본의 향유층은 상당한 역사지식을 갖추고 있
는 식자층이었을 개연성이 높다. 그리고 이들은 이 작품을 허구적인
'소설'로 보기 보다는 역사적인 '연의'로 보고자 했던 것 같다. 『사기』
「고조본기」에는 유방의 어머니인 온이 교룡과 사통해서 유방이 잉태한
것으로 기록하고 있다. 이는 중국 간행본이나 국내에서 간행된 판각본,
구활자본에도 들어 있는 내용이다. 유독 한문필사본에서만 유방의 탄
생담이 생략되어 있다. 허구성보다는 역사성을 강조하려는 의도에 허
구적 표현을 삭제한 것으로 볼 수 있다. 한문필사본은 역사성이 강한
'연의' 소설의 성격을 많이 지니고 있다고 하겠다.

2) 국문 번역본의 제작과 유통

한문을 해독할 능력이 없는 독자를 위해서 국문번역본이 등장했다는 것은 이 작품의 독자층이 그만큼 두터웠다는 것을 의미한다. 앞에서 본 대로 오희문의 일기를 통해 이미 16세기 중엽에 국문으로 번역된 작품이 등장했다. 국문본 유통과 관련해서는 『승정원일기』에 기록된 다음의 내용도 주목할 수 있다.

> 또 아룁니다. "대통관이 전하기를 칙사가 분부하여 언역 서한연의 한 질을 찾아 들이라고 해서 들여보내겠다는 뜻을 전달했으므로 감히 아룁니다." 왕이 말하길, "알았노라" 했다.(현종 13년)

『승정원일기』의 기록은 현종 13년, 즉 1672년의 일이다. 중국 사신이 국문으로 번역된 「서한연의」가 유통된 사실을 알고 이를 보고자 했던 것이다. 중국 사신에게도 관심의 대상이 되었을 정도로 당대에 많이 유통되었음을 알 수 있다.

(1) 국문 필사본

현전하는 번역본은 필사본, 판각본, 활자본 등으로 제작되었다.[17] 국문 필사본은 30여 종에 이른다. 이 가운데 '셔한연의'라고 이름을 한 작품은 규장각 소장본(29권 10책), 고려대 소장본(16권 16책), 국립중앙도서관 소장본(16권 16책), 성균관대존경각 소장본(16권 16책), 이화여대 소장본(12권 12책) 등이 대표적인 것이다. 이들은 완역 계열에 속

---

17) 국문으로 번역된 작품에 대한 전반적인 소개는 조희웅의 『고전소설 이본목록』(집문당, 1999, 255~261쪽)과 『고전소설 연구보정』(집문당, 2006, 418~421쪽)에서 이루어졌다.

하는 작품이다. 그리고 '초한연의'라고 이름하거나, '초한전', '쵸한뎐', '초한지'라고 이름을 한 작품은 대체적으로 1권으로 이루어졌는데, 대폭 축약한 작품으로 볼 수 있다.[18) 완역 계열 작품 가운데 가장 선본(善本)으로 평가받는 작품은 국립중앙도서관 소장본이다.

국립중앙도서관 소장본 「셔한연의」는 중국 명나라 견위의 101회본 역사소설 「서한통속연의」(서한연의전이라고도 함)를 번역한 것으로 알려졌다.[19) 번역 양상을 보면, 대체적으로 원문을 상당히 충실하게 번역해 놓고 있다. 직역이 가장 주종을 이루고 있고, 중간에 몇 글자 또는 한두 구절씩 뛰어넘고 번역한 축역과 의역이 있으며, 원문의 뜻과는 다소 거리가 있게 옮겨놓은 약간의 오역이 있으며, 시구 같은 것은 거의 번역하지 않고 넘어간 생략형 등이 있다. 필사 시기는 정확히 알 수 없으나 표기와 어휘 등 전반적으로 미루어 볼 때 약 19세기 초에 필사된 것으로 추정된다.[20)

「셔한연의」는 전국시대 말기부터 시작하여 서한 초기까지 100 여 년간 벌어졌던 사건을 다루고 있다. 총 101회 가운데 1회에서 9회까지는 진나라와 조나라의 전쟁이 주요 내용이다. 진 소왕이 조를 공격하였으나 대패하여 황손 이인은 포로가 되어 인질로 잡힌다. 조나라의 거상 여불위가 황손 이인을 진의 화양부인에게 양자로 삼게 하고, 또 아이를 잉태한 자신의 첩 주희를 이인과 혼인하게 하여 나중에 아이를 낳자 이름을 정이라고 한다. 이인이 진나라로 돌아온 후 소왕은 안국군에게 자리를 물려주고, 안국군은 다시 이인에게 물려준다. 여불위는 승상이

---

18) '초한전'으로 제명을 한 작품은 판각본과 내용이 같은 것이 대부분이다. 대개 필사시기가 19세기 중엽이나 20세기 초로 되어 있는 것으로 보아 판각본을 필사한 것으로 볼 수 있다.
19) 이재홍, 앞의 논문, 102쪽.
20) 이재홍, 앞의 논문, 106~121쪽.

되어 권력을 장악한다. 이인의 아들 정이 즉위하여 여불위를 폐하고 죽음을 내린다. 정은 중국을 통일한 후 진의 시황제가 되어 태평성대를 누리나 사치한 생활로 민심은 이반된다. 진시황이 죽자 조고가 이사와 함께 모략하여 진시황이 내세운 부소를 죽이고, 호해를 황제로 앉히고 이세라 칭한다.

10회부터 84회까지는 이 작품의 핵심 이야기로, 항우와 유방의 패권 전쟁이 주요 서사이다. 이세의 폭정으로 인해 각지에서 봉기가 일어나는데, 항우와 유방의 세력이 가장 강대하다. 항우의 백부 항량은 범증의 계책대로 초회왕을 세워 민심을 수습하고 진을 공격하다 죽는다. 항우가 대신하여 진을 멸한다. 초회왕은 유방과 항우에게 동서 양쪽으로 나누어 함양을 공격하도록 하고, 아울러 먼저 관중에 들어가는 자를 왕으로 삼겠다고 한다. 이후로 항우와 유방은 초패왕과 한왕이 되어 각축을 벌인다. 초패왕 항우는 역발산기개세의 용장으로, 한왕 유방은 관인후덕의 덕장으로 전쟁을 이끈다. 수차례의 격돌 끝에 결국엔 구리산 전투에서 패한 항우가 자결함으로써 한왕 유방이 승리한다.

85회부터 101회까지는 한이 천하의 패권을 차지하는 과정이다. 황제에 오른 유방은 한신을 초왕으로 봉한다. 번왕이 모반하자 황제는 진희에게 평정하게 하나 진희는 한신과 연합하여 번왕 토벌 후에 자립할 것을 모의한다. 황제가 친정을 나간 사이 여후가 소하와 의논해 한신을 불러 들여 죽인다. 황제는 주변을 평정하고 척희를 총애하여 척희의 아들 여의를 태자로 삼으려 하나 군신들에게 저지당하자 여의를 조왕에 봉하고 여후 소생을 태자로 삼는다. 황제가 병사하니 고황제로 칭하고 혜제가 즉위해 천하가 무사하며 만국이 안락한 시절을 보낸다.

이상의 내용으로 보아 알 수 있듯이 「서한연의」는 서한의 건립 과정을 서사화한 소설이다. 핵심 서사는 항우와 유방의 대결 구도로 볼 수 있으나 진시황의 출생 내력과 진의 멸망, 그리고 한왕의 승리와 한나라의 천하통일 과정을 소설의 처음과 끝에 배치하고 있어 서한에 대한 '연의' 소설임을 표방하고 있다고 하겠다.

(2) 판각본

판각본으로 등장한 「초한전」은 「서한연의」와 내용을 달리하고 있어 흥미롭다. 서명도 '초한전'으로 하고 있지만, 서사 전개도 초와 한의 대결 구도를 중심으로 하고 있다. 판각본은 수십 종이 전하는데 '초한전'이라고 표제를 한 것이 가장 많다.[21] 이 가운데 완판본은 두 종류가 있다.

  ① 「쵸한젼」, 완남구석리신간, 1907.
  ② 「쵸한젼」, 완서계신간, 1908.

①은 2권 1책으로 이루어져 있으며, 겉표지에 '초한전'이란 서명이 한문으로 필사되어 있다. 그런데 상권의 내제는 '초한젼권지상이라'로, 하권의 내제는 '셔한연의권지하라'로 되어 있다. 상권 42장, 하권 44장, 도합 86장 172쪽으로 이루어져 있다. 한 면은 13행, 1행은 20자로 되어 있다. "丁未孟夏完南龜石里新刊"이라는 간기가 있어 1907년에 간행되었음을 알 수 있다. 정미년에 간행되어 정미본이라고 한다. 상권 본문 첫면에 "초한젼권지상이라"로 되어 있고 하권 본문 첫 면에 "셔한연의권지하라"로 되어 있다. 판권지에는 다가서포에서 조선총독부 경무국

---

21) 조희웅(1999)의 『고전소설 이본 목록』에는 방각본 35종이 소개되었다.

장의 허가를 받아서 사용한 것으로 되어 있다. 다가서포는 전라북도 전
주군 전주면 다가정 123번지에 위치하고 있었으며 저작 겸 발행자는
양진태이다.

②도 2권 1책 본으로 ①과 같은 내용을 담고 있다. "隆熙二年戊申秋
七月 西漢記完西溪新刊"이란 간기가 있어, ①보다 한 해 뒤인 융희 2
년(1908)에 간행된 것임을 알 수 있다. 무신년에 간행되었기에 무신 본
으로 불린다. 상하 각 44장으로 도합 88장으로 이루어져 있다. 두 이본
간에는 상권 앞부분의 판형이 약간 다르고 일부 어휘의 표기 차이가
있으나 같은 내용을 담고 있다.

「초한전」은 진시황의 출신 내력에서 시작하여 진시황의 천하통일,
진시황의 아방궁, 만리장성, 분서갱유 등에 대한 약술과 진시황 사후에
조고와 이사가 조서를 고쳐 호해를 천자로 삼아 이세황제를 만들었으
나, 조고가 전횡을 일삼아 신민이 도탄에 빠지게 되었다는 것을 간략하
게 서술한 후에 항우와 유방의 대결을 본격적으로 이끌고 있다. 아무래
도 이 작품의 중심은 초와 한의 대결구도로 놓은 것이다. 하지만 분량
의 제약으로 인한 것인지 주요 장면만 서술하고 있다. 즉, 항우의 장감
회유, 홍문연, 항우의 진시황 무덤 파굴, 한왕의 파촉 입성, 장자방의
참요, 장자방의 한신 천거, 한신 대장군 임명 과정, 한신과 장감의 대
결, 한신의 조나라 공략, 항우와 유방의 관문 대전, 성고전투, 이좌거의
항우 유인, 장자방의 사면초가, 항우의 최후, 한신의 토사구팽 장면 등
이 그것이다. 그리고 작품의 마지막 장면은 한신의 최후를 압축해서 서
술하고 있다. 마지막 장면은 아래와 같다.

차셜 딕상국 진히 반흔다 흐거날 상이 친이 치러가시던니 그 신여 한신의
집 사름이 고흐되 한신이 진히로 더부려 반흐기를 쇠흔다 흐거날 여후 소하
로 더부러 쇠흐여 간사이 말흐되 진히 이무 죽어시니 한신이 드러와 사려흐
라 한딕 한신이 드려 오거날 인하여 무사로 흐여금 한신을 자버 벼히라 흐신
딕 한신이 왈 닉 괴쳘의 쇠을 씨지 안이흐여짜가 이계 안여자의 손에 죽으니
엇지 쳔명이 안이랴 흐거날 딕〃여 한신을 죽기더라 잇딕 한나라 도읍 사빅
연에 틱평흐다가 중분에 왕망이 협졍흐믹 한실리 미약흐고 동틱이 작난흐믹
쳔하이 요동흐고 즁신이 망흐더니 왕망이 찬역흐야 다시 흥복흐여더니 유헨
덕의게 일르러 분삼국 풍진이 되엿더라   (정미본 하권, 43~44쪽)

한신의 최후 장면을 제시하고 한나라의 사백년 태평시절과 패망을
간략히 서술하였다. 한신의 최후로 작품을 마무리함으로써 한신에 대
한 여운이 남게 하였다. 사실 이 작품은 항우와 유방의 대결을 핵심 서
사로 하고 있으나 한신의 서사도 적지 않은 분량을 차지하고 있다. 그
리고 항우의 최후 장면도 비교적 많은 분량을 할애하고 있다. 특히 항
우와 우미인의 이별 장면과 항우의 최후 장면은 비교적 상세하게 서술
하고 있는데, 우미인과 이별 장면을 들어 보기로 한다.

우미인 거동 보소 월틱화용 고흔 틱도 칠보단장으로 옥수을 곱게 드러
이미을 나직흐고 옥빈홍안 양귀 밋틱 구실갓턴 져 눈물이 녹의홍상 다 젹
시며 쳬읍 양구의 흐난 마리 신쳡이 펴흐을 모시고 장즁의 동힝흐와 평싱
을 으탁흐고 후은을 입어 딕위을 바릭옵더니 국운이 불힝흐와 딕환을 당흐
믹 쳘이 젼장 험한 고딕 무졍이 바릴진틴 쳥춘 소쳡 혈〃단신 뉘을 위흐야
보젼흐리요 구곡간장 다 녹난다 셤〃옥수 게우 드러 픽왕의 오슬 잡고 목
이 며여 말을 못흐고 옥안의 눈믈리 가득흐며 연〃한 그 거동은 차마 보지
못할네라 눈물을 금치 못흐야 좌을 분별치 못흐고 쳬량한 이원셩 신세을

자탄하니 듯고 보난 사람들도 자연이 감심되야 뉘가 안이 체읍하리 차마
보지 못할네라(하권, 35쪽)

항우의 이별 선언에 대한 우미인의 반응이다. 마치 판소리 사설을 읽
고 있는 듯한 어조를 느낄 수 있다. 당대에 크게 유행하였던 판소리가
이 작품의 서술에도 영향을 미친 듯하다. 우미인에 대한 정서적 공감대
는 판소리에서 느낄 수 있었던 비극적 정조와 결합해 이러한 표현이
가능하게 된 것이다.

항우와 우미인의 이별 장면은 판소리 허두가인 「초한가」나 가사 「우미
인가」, 「초한가」, 그리고 시조 작품에서도 주요 소재로 사용되었다.[22]
「우미인가」는 주로 영남 지방의 규방에서 향유되었던 것이다.[23] 우미인
이 절개를 지켜 항우를 따라 자결한 것을 높이 평가했기에 많은 작품이
생산된 것이 아닌가 싶다. 어쨌든 이 장면을 소재로 시가 작품이 다량
생산되었다는 것은 대중적 인기를 얻었다는 것을 반증하는 것이다. 「서
한연의」 가운데 가장 흥미롭게 여겼던 장면도 이 장면임은 「초한전」에서
이 부분이 상세히 서술된 것을 보면 짐작할 수 있다.

항우의 최후 장면이 비교적 상세히 서술되고 서술의 양에서도 많은
부분을 차지하는 것은 항우에 대한 연민의 감정이 작용한 것으로 볼
수 있다. 이는 한신의 서술 분량과 마찬가지 경우로 볼 수 있는 바, 승
자인 유방의 입장보다는 패자와 약자에게 정서적 공감대가 전해졌기
때문일 것이다. 초한고사를 소재로 한 시조 작품 가운데 가장 많이 등

---

22) 이형대, 「초한고사 소재 시조의 창작 동인과 시적 인식」, 『한국시가연구』 제3집, 한국시
    가학회, 1998, 377~395쪽 ; 정한기, 「초한가와 우미인가의 작품내적 특징과 역사적 전개」,
    『배달말』 36, 배달말학회, 2005, 256~284쪽.
23) 권영철, 『규방가사각론』, 형설출판사, 1986.

장한 인물이 항우인데, 이는 유가적 이념으로 조형된 완벽한 인간형보
다 패배한 영웅의 그늘진 뒷모습에 연민의 시선을 보내려는 의식이 작
용한 결과이기 때문이라고 한다.24) 「초한전」에서 보여준 항우에 대한
서술시각도 이와 맥을 같이 하는 것으로 여길 수 있다.

「초한전」은 「서한연의」에서 보았던 사건 가운데, 흥미 있는 장면 위주
로 사건을 재편성하고 있음을 볼 수 있다. 다분히 독자들의 흥미를 고려
한 결과이다. 작품의 끝부분에서 한신이 최후를 맞이하는 장면 직전에
'다다익선'과 관련된 고사를 삽입한 것이 그 한 예이다. 소설의 전체 서술
맥락에서 보아 꼭 필요한 부분인지 생각하게 하는 장면을 굳이 삽입한
것은 대중적 인지와 흥미를 고려한 때문인 것이다. 독자층의 관심과 흥
미를 고려한 작품의 생산은 활자본 소설에 이르면 더욱 구체화된다.

(3) 활자본

활자본은 1913년에 조선서관에서 간행한 「장자방실기」와 1915년에
경성서적조합에서 간행한 「초한전」25) 이후로 30여 종이 등장하였다.
서명도 「초한연의」나 「서한연의」 외에, 「초한전」, 「장자방실기」, 「초패
왕전」, 「초패왕」, 「항우전」, 「항장무」, 「홍문연」, 「초한전쟁실기」, 「홍
문연회 항장무」 등으로 다양하다.26) 대표적인 몇 작품만 거론하여 제작
양상 및 특성을 살펴보기로 한다.

활자본 중에 가장 이른 시기에 간행된 것이 「장자방실기」이다. 이 작

---

24) 이형대, 앞의 논문, 1998, 394쪽.
25) 1915년에 경성서적조합에서 간행한 「초한전」은 완판 「초한전」과 시작 부분 10행 정도만
다를 뿐 똑같은 내용이다. 아마도 처음 시작 부분만 수정한 채 간행한 것으로 보인다.
26) 활자본으로 간행된 작품은 이홍란, 「구활자본 초한전의 서사구조와 의미」(『우리문학연
구』 30집, 우리문학회, 2010), 167~195쪽.

품은 1913년 조선서관에서 간행한 것으로 표지에는 작은 글씨로 "舊구小소說셜 楚초漢한乾건坤곤"이라 하고 큰 글씨로 "張장子조房방實실記긔"라 하였다. 상하 2권 2책에 총 31회(상권 1~13회, 하권 14~31회)로 구성되어 있다. 상권은 목차 포함하여 106쪽, 하권은 113쪽이다. 국문 표기에 한자를 병기하였으며, 번역자는 "쾌재 박건회"로 되어 있다.

이 작품은 표제를 '장자방실기'로 하고 있으나 작품의 내용 대부분은 항우와 유방의 각축인 초한 전쟁이다. 장자방은 유방의 모사로 초한 전쟁을 승리로 이끈 인물이다. 장자방의 지략을 흥미 요소로 끌어들여 제명을 삼은 것이다. '장자방'을 표제로 삼았기에 작품의 시작과 끝도 장자방의 행적으로 갈무리하였다.

> 화셜 륙국시절에 한나라의 흔 현시 잇스되 셩은 쟝이오 명은 량이오 조는 조방이니 본듸 잠영거족으로 오딕 한나라 정승이라 량이 어려셔붓터 총명이 영오호여 호나흘 드로믹 열닐을 통호는 직죠러라 일즉 진인을 만나 학업이 셩취호믹 제셰안민지칙을 품엇더라(상권, 1쪽)

> 일일은 조방이 곡셩산하의 느아가 홀연 황셕 일편을 보고 탄왈 셕일 이교에셔 늬 스승말슴이 타일 곡셩산하 황셕이 곳 늬라 호더니 과연이로다 호고 나아가 졀호고 드듸여 스당 지어 졔호니라 션시에 조방이 상산 스호를 나라에 쳔거호여 틱조를 보호호엿더니 이에 일으러 스호로 더부러 인간 공명을 하직호고 젹숑조를 초조 쳥산으로 표연이 가니라(하권, 112~113쪽)

고소설의 주인공을 소개하는 방식으로 시작을 한 후에 주인공이 신선이 되어 청산으로 들어간 것으로 마무리하고 있다. 주인공 소개 이후에는 진시황의 내력과 폭정, 진시황을 처치하려다 실패 한 후에 한 노인을 만나 비책을 얻는 과정, 진시황 사후 조고에 의한 호해의 등극,

각 지역의 봉기, 장자방과 유방의 만남, 항우와 유방의 각축, 유방의 승리로 이야기가 전개된다. 주요 사건을 중심으로 전개되는 내용은 「서한연의」의 내용을 압축하여 놓은 것이다. 어쨌든 초한 전쟁에서 유방을 도와 천하를 평정했던, 뚜렷한 활약을 펼친 장자방에 대한 기억은 「장자방실기」로 서사화 되었다고 할 수 있다.

「초패왕전」의 표제는 "초픽왕실긔일명항우전"으로 되어 있으나, 내제에는 "팔년풍진 초픽왕 일명항우전"이라고 세로로 쓰여 있고, 작품 내용 위에는 "초픽왕전"이라고 제명을 달았다. 작품 끝에도 "초픽왕전 종"이라 했기에 '초패왕전'으로 일컫는다. 현재 영인본만 전하기에 정확한 출판년도와 출판지가 정확하지는 않으나, 영인본 목차에는 이문당에서 1918년에 간행한 것으로 기록해 놓았다. 1책으로 총 134쪽이다.

이 작품도 초패왕을 표제로 내세웠기 때문에 주인공인 항우를 소개하는 것에서 시작된다.

> 화셜 쥬ㄴ라 말년에 진시황이 륙국을 병탄ᄒᆞ미 이쩌 초나라 하향 ᄯᅡ에 흔 영웅이 잇스되 셩은 항이오 일홈은 젹이오 ᄌᆞᄂᆞ 우라 일즉이 부모를 여희고 유리기걸ᄒᆞ야 동가에 가 밥을 빌고 셔가에 가 잠을 ᄌᆞ니 영웅이 셰상에 나미 일시 곤궁ᄒᆞ미 잇ᄂᆞ니라 그 슘촌 항양이 우를 다려다 교육홀ᄉᆡ 셰월이 여류ᄒᆞ야 우에 년광이 십ᄉᆞ셰라 긔골이 장딕ᄒᆞ며 신장이 팔쳑이오 힘은 산을 쎅고 구뎡을 들너라 흔번 소리 지르면 벽력ᄀᆞᆺᄒᆞ여 산쳔이 진동ᄒᆞᄂᆞ지라 일ᄴ 은 항양이 우다려 일너 왈 남ᄌᆡ 셰상에 ᄂᆞ미 공부를 힘써 ᄒᆞ야 입신양명흔 후 츙셩을 다ᄒᆞ야 나라를 셩기고 효도로 부모를 셩기미 올커늘 네 글익기를 실여ᄒᆞ니 엇지흔 연괴뇨 항양이 ᄃᆡ로ᄒᆞ거늘 항위 황송ᄒᆞ야 다시 엿ᄌᆞ오딕 글은 임의 긔셩명홀 ᄯᆞ름이요 칼은 흔 ᄉᆞ람 딕뎍홈이니 항상 싱각ᄒᆞ건딕 만인 딕젹홀 글을 비우고ᄌᆞ ᄒᆞᄂᆞ이다 ᄒᆞ거늘 항양이 딕희ᄒᆞ야 병셔와 륙도 슘약을 가르치ᄆᆡ 총명이 영이ᄒᆞ야 문일지십ᄒᆞ미 의긔 활달ᄒᆞ도ᄒᆞ고 긔상이

당〃ᄒ고 풍치 늠〃ᄒ니 셰상에 읍두홀 사람이 업ᄂᆞᆫ지라(1쪽)

　항우를 영웅으로 소개하고 어린 시절 곤궁하게 지낸 사실을 영웅이 겪어야 할 고난으로 처리하고 있는 점이 흥미롭다. 영웅의 모습에 걸맞게 외모와 힘은 비범한 인물로 형상화하고 있다. 글보다는 칼 쓰기에 흥미를 보여 항량이 병서와 육도삼략을 가르친다는 서술과, 이를 배우는 항우가 총명하고 문일지십하며 의기가 활달대도하고 기상이 당당하고 풍채가 늠름하여 세상에 당할 자가 없다는 서술은 주인공의 영웅성을 드러내려는 의도적 표현이다. 특히 무장으로서의 면모를 부각시키고자 병서와 육도삼략을 익히는 것으로 설정해 놓았다.

　이후의 이야기 전개는 「서한연의」의 내용 가운데 항우를 중심으로 한 사건을 서술하고 있다. 초한전쟁을 다룬 다른 작품에서 흔히 보이는 유방의 탄생과 봉기과정은 "이 스람은 다른 이 아니오 픠군에 잇ᄂᆞᆫ 류방이니 망당산에셔 비음을 버히고 풍셔틱에셔 긔병ᄒᆞ야 군ᄉᆞ십여만을 조발ᄒᆞ엿더라"는 식으로 압축하여 제시할 뿐이다. 마지막 장면은 구리산에서 한왕의 군사에게 포위되어 우희와 이별하는 장면으로 마무리하고 있다.

　픠왕이 우희로 더부러 시로 화답ᄒᆞ더니 썩 임의 오경이라 환쵸 쥬란이 창 밧긔셔 지쵹 왈 하늘이 장찻 발가오니 급히 힝ᄒᆞᄉᆞ이다 픠왕이 다시 울며 우희를 이별ᄒᆞ야 왈 늬 오강의 가 긔병ᄒᆞ야 텬하를 평정흔 후 빅년을 히로코져 ᄒᆞ더라 항우의 후ᄉᆞ 엇지된 일은 셰상이 거의 다 아실 듯ᄒᆞ와 그만 긋치노라

　우희가 죽은 후에 항우도 자결하는 것이 항우의 최후 장면인데, 이

작품에서는 우희와 이별하며 후일을 기약하는 것으로 마무리 하고 있다. 작자의 의도는 항우와 우희의 행복한 결말로 마무리하려고 했던 것 같다. 그러나 초한 전쟁에 대한 이야기와 항우의 고사가 너무나 잘 알려진 탓에 작자의 의도대로 이야기를 끌고 갈 수가 없었다. 그래서 "세상이 거의 다 아실 듯하여 그만 그치노라"고 하며 성급히 마무리 한 것이다. 「초패왕전」에서 드러난 작자의식은 비극적 영웅에 대한 연민으로 볼 수 있다.

「홍문연」은 표제를 "楚漢風塵 鴻門宴홍문연"이라 하고, 1책 95쪽에 20회로 구성되어 있다. 1916년 회동서관에서 간행하였으며, 저작자는 이규용이다.

이 작품은 「서한연의」 가운데 항우가 유방을 불러들여 제거하려고 했던 홍문의 잔치를 제명으로 삼은 것이다. 작품의 내용은 진시황이 천하를 통일한 후에 불사약 구약, 만리장성 축성, 아방궁 건축, 시서를 불 지르는 등 폭정을 일삼는 행위를 서술하는 것으로 시작한다. 이어 장량이 진시황을 제거하려다 실패하고, 진시황 사후 조고가 계략을 펴 호해를 등극하게 하는 등 전횡을 일삼고, 이에 유방과 항량이 기병하고, 항량이 초회왕을 세워 진나라를 정벌하는 과정이 전개된다. 이 과정에서 항량의 조카 항우가 진나라 장수 장감을 죽이고, 이때부터 회왕의 언약대로 항우와 유방은 함양에 먼저 들어가 중원을 차지하려는 경쟁을 펼친다. 결국 유방이 먼저 함양을 점령하여 조고가 왕으로 세운 자영을 항복시키고 수비를 굳혀 항우를 배제하려 한다. 이에 항우는 유방을 홍문의 잔치에 불러 제거하려고 하지만 유방의 모사 장량의 꾀로 실패한다. 주도권을 잡은 항우는 함양을 불사르고 자영까지 죽여 진을 멸하고, 스스로 초패왕으로 등극한 후에 유방을 한왕으로 봉한다. 유방은 항우의 모사 범증이 끊임없이 죽이려고 하는 사실을 알고 한중으로 떠나는 것으로 이야기는 끝이 난다.

> 패왕의 위권이 텬하에 항명홀 지 업는 고로 스스로 회왕의 명을 쳔즈이 ᄒᆞ야 뎡영흔 언약을 빈반ᄒᆞ고 패공으로 한왕에 봉ᄒᆞ야 한즁에셔 늘거 죽도록 계교홈이나 텬명이 소소히 졍흠이 잇는 고로 쵸한이 징투ᄒᆞ야 팔년 풍진을 격고 필경은 패공이 ᄉᆞ빅년 뎨업을 창건흔 ᄉᆞ실이 장황ᄒᆞ기로 이졔 붓을 긋치노라(95쪽)

초한이 쟁투하여 패공 유방이 한나라를 창건한 사실은 장황하므로 끝을 맺는다고 하면서 이렇게 이야기를 마무리 하였다. 실제로 흥미로운 사건은 이후에 벌어지는 항우와 유방의 대결이다. 제명을 '홍문연'으로 하고 진나라 멸망까지의 사건을 서사화한 것은 「서한연의」 또는 초한고사의 대중적 인기에 편승함으로써 판매 이익을 올리려는 의도 때문으로 볼 수 있다.

이처럼 활자본은 독자들의 흥미를 끌 수 있는 인물이나 사건으로 제목을 삼아 제작한 것임을 알 수 있다. 이와 동시에 작품의 내용도 흥미 있는 부분만을 발췌하여 독자들의 흥미에 맞게 각각 번역 또는 개작되었다. 「서한연의」가 이렇게 다양하게 번역 또는 개작된 것은 일차적으로는 이 작품이 갖고 있는 대중적 인기 때문이다.

16세기에 국내에 유입된 「서한연의」는 원문 그대로, 또는 국문번역본으로 제작되어 지속적으로 유통되었음을 알 수 있다. 그런데 판각본이나 활자본으로 제작되면서는 작품의 일부분이나 흥미로운 부분만 번역되거나 개작되었다. 흥미로운 것은 초한 전쟁에서 승자는 분명 한왕 유방인데, 독자들에게 더 다가갔던 인물은 항우였다는 점이다. 패자인

항우를 주목한 것은 비극적 영웅에 대한 연민의 정서가 독자층에게 공
감대를 형성했기 때문일 것이다.

3) 현대 개작본, 「초한지」

「서한연의」는 광복 이후에 「초한지」로 더 유명해졌다. 1958년에 김
기진의 「통일천하」가 등장한 이후 최근의 이문열의 「초한지」에 이르기
까지 당대의 유명 작가들의 힘을 빌려 탄생한 「초한지」는 번역본이 아
닌 새로 개작된 역사소설이다. 우선, 목록을 들면 다음과 같다.

> 김팔봉, 「통일천하」(4권), 형설문화사, 1954.[27]
>
> 김팔봉, 「통일천하」(3권), 계몽사, 1965.
>
> 정공채, 「대초한지」(3권), 대가, 1980.
>
> 김팔봉, 「초한지」(3권), 어문각, 1984.(1986년 13판)
>
> 정비석, 「소설 초한지」(5권), 고려원, 1984.(1992년 23판) / 범우사,
> 2003.
>
> 김상국, 「신설 초한지」(5권), 명문당, 1986.(1992년 중판)
>
> 김기진, 「초한지」(2권), 어문각, 1988.
>
> 장도명, 「소설 초한지」, 은광사, 1988.
>
> 오찬식, 「사설 초한지」, 문성출판사, 1991.
>
> 최용진, 「통일천하(西漢演義)」(3권), 박우사, 1992.
>
> 김홍신, 「소설 초한지」(5권), 대산출판사, 1999.(2003년) / 「초한지 7」,
> 아리샘, 2007.

---

27) 형설문화사(1954), 계몽사(1965), 어문각(1986년 13판), 어문각(1988)은 팔봉 김기진
   (1903~1985)의 동일 작품이다. 즉 김기진이 「통일천하」라는 제명으로 『동아일보』에 연재
   한 것을 1954년에 4권으로 엮었고, 이를 다시 3권으로 엮었다가, 제명을 「초한지」로 바꾸
   어 3권으로, 다시 2권으로 엮은 것이다.

고우영 글 그림, 「초한지」(8권), 우석출판사, 1999. / 자음과 모음,
　　2003.(2008 중판)
이언호, 『한 권으로 보는 초한지』, 큰방, 2001.
문정후 글 그림, 「영웅초한지」(5권), 아이세움, 2003.
유재주, 「초한지」(5권), 랜덤하우스코리아, 2005. / 「영웅 3」, 돋을새
　　김, 2007.
최근덕, 『한 손에 잡히는 초한지』, 느낌이있는책, 2007.
이문열, 「초한지」(10권), 민음사, 2008.
유　빈, 『단숨에 읽는 초한지』, 해누리, 2008.
차평일, 「초한지」, 동해출판, 2008.
신동준, 『한권으로 읽는 실록 초한지』, 살림출판사, 2009.
김영진, 『한 권으로 읽는 난세 영웅들의 지략, 초한지』, 삶과벗, 2010.
조병덕, 『하룻밤에 읽는 초한지』, 발해그후, 2010.

　광복 이후에 나온 「초한지」 가운데 김기진, 정비석, 김홍신, 이문열의
작품이 주목할 만하다. 김기진과 정비석의 소설은 작가가 머리말에서
밝히고 있듯이 초한 전쟁 또는 주요 등장인물인 항우나 유방, 한신에
대해서 단편적이고 피상적으로만 알고 있어서 널리 알리려는 의도를
가지고 지은 것이다.28) 김홍신은 흥미 본위의 고전소설이라기보다는
당시의 역사성을 음미하고 영웅호걸들의 기개와 지모·책략 등을 배울
수 있는 처세서로 읽어 주기를 바란다고29) 하였지만, 구세력을 대표하
는 초의 귀족 출신 항우와 신세력을 대표하는 평민 출신인 유방의 대결
구도로 서사를 진행시키고 있다. 이문열은 명에서 전래된 「서한연의」가

---

28) 김팔봉, 『초한지』, 어문각, 1984, 1권 3쪽 ; 정비석, 『소설 초한지』, 고려원, 1984, 1권
　9쪽.
29) 김홍신, 『소설 초한지』, 대산출판사. 1999, 1권 14쪽.

사실을 지나치게 뒤틀고 엇바꿔 연의의 본령에서 너무 멀리 벗어났다는 문제를 제기하며, 『사기』를 원전으로 하고 『자치통감』과 『한서』 등을 보조 자료로 삼아 새로 써 보았다고 하였다.[30]

당대 유명 작가에 의해 개작된 작품들은 작품의 분량 차이도 있고 서사의 내용에서도 각기 차이를 보이고 있어 꼼꼼히 분석해 보아야 이들 작품의 의의가 드러나겠으나, 우선 작자의 머리말을 통해 드러난 것은 역사적 사실에 대한 몰이해를 가장 큰 불만으로 삼고, 이를 바로 잡으려는 노력을 기울여 왔음을 알 수 있다.

이 외에 12와 14는 만화 형식을 빌려 이루어진 작품이다. 특히 고우영의 「초한지」는 세간의 관심을 끌었던 작품으로 고전소설 작품을 만화로 재생산해 내 독자들에게 고전에 대한 인식을 새롭게 했다. "한 권으로", "한 손으로", "하룻밤에"라는 수식어가 붙은 책들은 소설로 보기보다는 역사서로, 또는 이들 작품에 등장하는 인물의 성격을 바탕으로한 처세서의 성격이 짙은 작품이다.

이렇게 현대에 와서 「서한연의」는 소설로, 역사서로, 만화로, 처세서로 재생산되면서 그 생명력을 유지하고 있음을 알 수 있다. 「삼국지연의」만큼이나 우리 문학사에 끼친 영향이 큰 작품인 것이다.

4. 맺음말

초나라와 한나라, 또는 항우와 유방의 대결을 서사화한 「서한연의」는 한국에 전래된 이후 끊임없이 독자층을 형성해 왔다. 조선시대에는 명나

---

30) 이문열, 『초한지』, 민음사, 2008, 1권 22쪽.

라와 청나라에서 간행된 간행본이 들어왔는가 하면, 한문필사본으로도 유통이 되었다. 한문 독해 능력이 없는 독자층을 위한 국문번역본의 등장과 함께 독자층은 더욱 더 확대되었다. 작품명도 '서한연의'가 아닌 '초한연의'로 더 널리 알려지게 되었고, 현대에는 '초한지'로 정착되었다.

「삼국지연의」만큼이나 많은 독자층을 형성하면서 우리 문학사에 적지 않은 영향을 미친 「서한연의」에 대한 그동안의 논의는 국내 전래 양상에 대한 개괄적인 검토에 그쳤다. 수많은 종류의 이본이 만들어졌음에도 불구하고 향유 양상에 대한 체계적인 연구가 미흡했다고 볼 수 있다. 이 논문은 이러한 문제제기에서 작성되었다. 국내에 유입된 양상과 더불어 그 성격은 어떠한지를 밝히려고 했다. 그 결과 이 작품이 국내에 유입되면서 우선 제명에 변화가 일어났다. '서한'의 형성 과정에 대한 관심보다는 초와 한을 대표하는 항우와 유방의 대결 구도에 관심을 두어 작품명에서도 '초한연의' 또는 '초한지'로 더 널리 알려지게 되었다.

「서한연의」의 향유 양상은 아주 다양한데, 중국 간행본을 직접 들여온 경우도 있지만, 국내에서 다른 형태로 간행된 것이 많음을 알 수 있었다. 우선 한문필사본은 허구적인 '소설'이라기보다는 역사적인 '연의'의 성격을 지니고 유통되었음을 밝혔다. 간략한 줄거리 중심의 사건 전개의 서술 양상과 허구적 서술을 지양하고 있음을 통해 이를 알 수 있었다. 국문번역본의 경우에는 아주 다양한 유통 양상을 보이고 있다. 중국 간행본을 들여와 거의 직역 수준의 번역을 통해 독자층을 형성한 작품이 있는가 하면, 압축된 번역을 통하여 판각본으로, 또는 활자본으로 유통되었다. 판각본의 경우에는 흥미 있는 장면 위주로 사건을 재편성하고 있음을 볼 수 있었다. 다분히 독자들의 흥미를 고려한 결과이다. 활자본은 독자들의 흥미를 끌 수 있는 인물이나 사건으로 제목을

삼아 제작되었다. 동시에 작품의 내용도 흥미 있는 부분만을 발췌하여
독자들의 흥미에 맞게 각각 번역 또는 개작되었다. 국내에서 간행된 작
품 가운데 흥미로운 것은 초한 전쟁에서 승자는 분명 한왕 유방인데,
독자들에게 더 다가갔던 인물은 항우였다는 점이다. 패자인 항우를 주
목한 것은 비극적 영웅에 대한 연민의 정서가 독자층에게 공감대를 형
성했기 때문일 것이다.

「서한연의」는 광복 이후에 「초한지」로 더 유명해졌다. 1958년에 김
기진의 「통일천하」가 등장한 이후 최근의 이문열의 「초한지」에 이르기
까지 당대의 유명 작가들의 힘을 빌려 탄생한 「초한지」는 번역본이 아
닌 새로 개작된 역사소설이다. 그런데 현대에 와서 「서한연의」는 소설
로, 역사서로, 만화로, 처세서로까지 재생산되면서 그 생명력을 유지하
고 있어, 우리 문학사 또는 문화사에 그 영향이 결코 작지 않음을 확인
할 수 있다.

이 글에서는 「서한연의」의 전래 과정과 함께 전반적인 유통의 과정,
향유 과정에서의 변화 등을 살펴보았다. 더욱더 많은 작품을 수집하여
계통을 세울 필요성도 제기된다. 무엇보다 이 글을 계기로 활발한 논
의를 기대한다. 아울러 현대에 이루어진 작품에 대해서는 분량의 제약
에 따라 자세히 다루지 못하고 개략적인 서술에 머물고 있어 미진한
생각이 든다.

위의 글은 『어문연구』 제39권 제1호(한국어문교육연구회)에 실린 논문을 수정·
보완하였다.

이해조의 〈소양정〉과 고전소설의 교섭 양상 연구

서혜은

1. 서론

　고전소설과 변별되는 특성을 드러내면서 신소설이 출현했다는 점을 고려한다면 그 발생의 토대는 고전소설일 수밖에 없으며 신소설은 고전소설의 연장선에 놓여있다는 역설이 성립된다.[1] 따라서 신소설의 작가들이 고전소설과 변별되는 특성을 부각시키려 했겠으나, 고전소설의 직·간접적인 영향을 피할 수는 없었을 것이다. 더구나 신소설과 고전소설이 함께 출판되고 유통되었다는 점을 고려한다면 더욱 그러하다.

　신소설의 여러 작가 가운데 이해조는 고전소설을 신랄하게 비판하기도 했지만, 고전소설과 적극적으로 교섭하면서 대중성을 확보한 작품을

---

1) 조동일, 『신소설의 문학사적 성격』, 서울대학교 출판부, 1973, 7~156쪽 ; 송민호, 『한국 개화기소설의 사적 연구』, 일지사, 1975, 9~229쪽 ; 류우선·김춘섭, 「개화기소설에 수용된 고대소설의 구조 유형」, 『용봉논총』 12, 전남대학교 인문과학연구소, 1982, 199~216쪽 ; 최원식, 「이해조 문학 연구」, 서울대학교 대학원 박사학위논문, 1986, 1~176쪽 ; 오윤선, 「고소설과 신소설의 관련성-계모형 가정소설을 중심으로-」, 『한국학연구』 25, 고려대학교 한국학연구소, 2006, 349~373쪽.

양산한 작가로 보인다. 그의 작품은 단행본으로 출간되기도 했지만 『소년한반도』의 잡지와 『제국신문』, 『대한민보』, 『매일신보』와 같은 신문에 연재되는 경우가 대부분이었는데, 『매일신보』에 연재한 작품이 가장 많은 수를 차지한다.2) 이해조가 『매일신보』에 연재한 작품들 중에는 고전소설과의 연관성이 두드러지는 작품의 수가 많다. 이는 이해조가 신소설을 연재하면서 고전소설과 적극적으로 교섭한 결과로 생각된다. 이해조가 『매일신보』에 연재한 작품 가운데, 판소리를 개작한 〈옥중화〉, 〈강상련〉, 〈연의각〉, 〈토의간〉은 각각 〈춘향전〉, 〈심청전〉, 〈흥부전〉, 〈토끼전〉의 이본으로서 위상을 굳건히 하고 있으며, 〈화의혈〉은 〈춘향전〉,3) 〈구의산〉은 〈김씨열행록〉, 〈조생원전〉, 〈사명당전〉,4) 〈소양정〉은 〈소대성전〉,5) 〈탄금대〉는 〈김학공전〉, 〈신계후전〉,6) 〈봉

---

2) 『소년한반도』에는 〈잠상태〉와 『대한민보』에는 〈박정화〉를 각각 연재했다. 그리고 『제국신문』에는 1907년 6월 5일부터 〈고목화〉를 시작으로 하여 〈빈상설〉, 〈원앙도〉, 〈구마검〉, 〈홍도화〉, 〈만월대〉, 〈쌍옥적〉, 〈모란병〉의 8작품을, 『매일신보』에는 1910년 10월 12일부터 1913년 5월 11일까지 〈화세계〉, 〈월하가인〉, 〈화의혈〉, 〈구의산〉, 〈소양정〉, 〈춘외춘〉, 〈옥중화〉, 〈탄금대〉, 〈강상련〉, 〈연의각〉, 〈소학령〉, 〈토의간〉, 〈봉선화〉, 〈비파성〉, 〈우중행인〉의 15작품을 연재했다.

3) 박일용, 「조선 후기 애정소설의 개화기적 변이양상」, 『조선시대의 애정소설-사실과 낭만의 소설사적 전개양상』, 집문당, 2000, 359~368쪽.

4) 김명식, 「〈김씨열행록〉과 〈구의산〉-고전소설의 개작 양상-」, 『한국문학연구』 8, 동국대학교 한국문학연구소, 1985, 239~257쪽 ; 이정은, 「〈김씨열행록〉 연구」, 『한민족어문학』 15, 한민족어문학회, 1988, 401~423쪽 ; 최운식, 「〈김씨열행록〉연구」, 『국제어문』 11, 국제어문학연구회, 1990, 47~76쪽 ; 전용문, 「〈조생원전〉과 〈김씨열행록〉의 상관성」, 『어문연구』 51, 어문연구학회, 2006, 411~438쪽 ; 김영권, 「'첫날밤 신랑 피살담'의 서사적 양상과 의미」, 『한국문학논총』 44, 한국문학회, 2006, 189~218쪽.

5) 이은숙, 「신작 구소설 〈昭陽亭〉, 〈소양명긔〉, 〈逢仙樓〉에 나타난 신·구소설의 관련양상」, 『신작 구소설 연구』, 국학자료원, 2000, 378~416쪽.

6) 최운식, 「〈김학공전〉 연구」, 『국어국문학』 74, 국어국문학회, 1977, 75~93쪽 ; 강진옥, 「〈신계후전〉의 예비적 검토-삽화결합양상을 통한 이야기 구성원리 규명을 위한 시론-」, 『이화어문논집』 9, 이화어문학회, 1987, 171~205쪽 ; 정준식, 「추노계 서사문학의 전개양상과 사회적 의미」, 부산대 박사학위논문, 1998, 1~177쪽.

선화〉는 〈장화홍련전〉[7]과 연관된 작품이라는 점이 선행 연구에서 논의되었기 때문이다.[8]

이해조의 『매일신보』 연재소설 가운데, 판소리를 개작한 작품을 제외하고 고전소설과의 교섭 양상을 가장 직접적으로 드러내고 있는 작품은 〈소양정〉이다. 그는 〈소양정〉을 본격적으로 연재하기 전인 1911년 9월 29일 『매일신보』의 '소셜예고(小說豫告)'에서 '구쇼셜의 허탄밍랑흠은 ᄇ리고 정대흔 문법만 취ᄒ며 신쇼셜의 쳔근 각삭흠은 ᄇ리고 정밀한 의취'만 선별하여 〈소양정〉을 저술했다고 언급했다. 이 부분에서 고전소설의 서사구조와 신소설의 개화의식을 수용하고자 했던 이해조의 저술의도를 짐작할 수 있다. 그로 인해 선행 연구에서는 〈소양정〉을 고전소설의 범주에 포함시켜도 될 만큼 서술 방법이나 문체가 고전소설과 유사한 작품으로 논의하거나[9] 고전소설과 신파조 복수담을 절충한 작품으로 평가했다.[10] 그리고 이러한 선행 연구에 근거하여 〈소양정기〉, 〈봉선루〉와 함께 〈소양정〉을 신작 구소설로 규정짓고, 세 작품 상호간의 연관성 및 〈소대성전〉와 연관성을 밝힌 구체적인 논의가 이루어졌다.[11]

〈소양정〉은 정혼했던 봉조와 채란이 봉조 부모와 채란 부친의 갑작

7) 임화, 「조선신문학사론 서설-이인직으로부터 최서해까지」, 『임화문학예술전집2-문학사』, 2009, 소명, 345쪽 ; 오윤선, 「고소설과 신소설의 관련성-계모형 가정소설을 중심으로-」, 『한국학연구』 25, 고려대학교 한국학연구소, 2006, 356쪽.
8) 특정 작품과의 직접적인 연관성은 논의되지는 않았지만 〈소학령〉 역시 고전소설의 서사 및 인물 유형과 유사하다고 논의되었다(최수일, 「〈소학령〉 연구-통속성의 서사내적 원리」, 『반교어문연구』 10, 반교어문학회, 1999, 263~264쪽 ; 정종현, 「딱지본 대중소설에 나타난 '만주'의 표상」, 『한국문학연구』 33, 동국대학교 한국문학연구소, 2007, 64쪽).
9) 전광용, 『신소설 연구』, 새문사, 1986, 237~242쪽 ; 함태영, 「1910년대 『매일신보』 소설 연구」, 연세대학교 박사학위논문, 2008, 70쪽.
10) 최원식, 앞의 논문, 131쪽.
11) 이은숙, 앞의 책, 378~416쪽.

스런 죽음으로 봉조가 채란 모친의 구박과 음해를 견디지 못하고 가출하여 온갖 시련을 극복하고 채란과 혼인하게 되는 내용은 분명 〈소대성전〉과 유사하다. 그러나 최영세의 음모로 억울하게 죽은 부친의 원수를 갚는 봉조의 모습은 간신의 모해로 자결한 부친의 원수를 갚는 조웅의 모습과도 유사하며, 〈소양정〉의 채란이 신씨로부터 도망가서 소양강에서 자결하려는 모습과 〈조웅전〉의 강소저가 강호자사를 피해 강가에 이르는 모습과도 유사하다. 더구나 〈소대성전〉과 〈조웅전〉은 귀족적 영웅소설 또는 군담소설의 유형에 속하는 작품으로, 부모가 일찍 죽은 주인공이 온갖 시련을 겪다가 조력자의 도움과 스스로의 노력으로 적대자와 대결하여 효와 충을 실현하고 애정을 성취하는 공통된 내용으로 구성되어 있다. 따라서 본 논문에서는 〈소양정〉을 〈소대성전〉과 〈조웅전〉의 서사구조를 수용한 작품으로 간주하고자 한다.

〈소양정〉의 연재 이후에 출현한 필사본 〈소양정기〉와 활자본 〈봉선루〉는 〈소양정〉의 인기와 함께 〈소양정〉이 고전소설과 교섭하는 양상을 드러내는 또 하나의 면모로 생각된다. 〈소양정기〉의 정확한 필사 연대는 확인할 수 없지만 결말에 봉조와 채란, 너구리와 금단의 후일담이 추가된 것으로 보아[12] 선행 연구에서 지적한 바와 같이 〈소양정〉이 단행본으로 출간된 이후에 필사되었을 것으로 추정된다.[13] 〈봉선루〉는

---

[12] 〈소양정기〉는 〈소양정〉의 내용과 거의 동일하게 전개되지만, 〈소양정기〉의 결말에는 〈소양정〉에 없는 내용이 일부 추가되어 있는데, 아래 인용문의 밑줄 친 부분이 그것이다.
　　또 이번의도 젼후쥬션을 모다ᄒᆞ야 최영세의 죄상을 발각ᄒᆞ얏다는걸 최가죽이는날이 언졔인고 …… 우리들이 열일빅일을다졔치고 구경을 가세 이씌웅스가 불공딕쳔지심슈를 죽인후 강원도 일경을 춘힝ᄒᆞᆫ후 즉시 예궐복병ᄒᆞ되 샹이 가상히 역이스 벼살을 도ッ와 니죠참판을 졔슈ᄒᆞ시니 오참판이 사은숙빈ᄒᆞ고 퇴궐후 즉시박어스를가 보고 무슈치스ᄒᆞ고 집으로 도라와 졍씨□□과 반가히 인사ᄒᆞ후 그후의는 가화만시셩ᄒᆞ야 정부인이 삼ᄌ일녀를 싱ᄒᆞ고 금단도 이ᄌ이녀를 나셔 졈ッ즈라 출가를 ᄒᆞ엿더라(고려대학교 소장본 〈소양뎡긔〉, 129~130쪽.)

1923년에 출간되었고 〈소양정〉은 단행본으로 1920년까지 지속적으로
간행된 점을 고려한다면14) 필사본 〈소양정기〉과 활자본 〈봉선루〉는
〈소양정〉이 단행본으로 간행된 이후에 출현했을 가능성이 농후하다.
〈소양정〉보다 후대에 출현했을 〈소양정기〉가 후일담이 추가된 필사본
의 형태로 현전한다는 것은 〈소양정〉의 독자이기도 한 〈소양정기〉의
필사자가 〈소양정〉을 고전소설의 형태로 향유한 것을 보여주는 현상일
것이다.15) 또한 〈소양정〉을 개작한 〈봉선루〉는 표제에 '신구소설(新舊
小說)'이라는 점을 내세우고 있어 〈봉선루〉의 개작자 역시 〈소양정기〉
의 필사자와 같이 〈소양정〉을 고전소설에 가깝게 인식하고 있었던 것
으로 생각된다.

　이러한 고전소설의 형식과 유사한 〈소양정〉의 특성으로 인해 선행
연구에서는 〈소양정〉을 신작 구소설로 규정지었다.16) 그러나 〈소양
정〉은 『매일신보』의 신소설(新小說)란에 연재되었고,17) 연재 이후 출
간된 단행본에서도 모두 제목에 '신소설 소양정(新小說 昭陽亭)'이라고
명시하고 있다. 이로 보아 이해조와 출판업자들 모두 〈소양정〉을 신소

---

13) 김기현은 〈소양정기〉가 〈소양정〉보다 선행했을 것이라고 주장했으나, 이은숙은 사재동
　　소장 59장본의 경우 제목이 〈소양졍우산지ᄉ〉로 되어 있기 때문에 활자본 〈소양정〉을 저
　　본으로 했을 가능성이 높다는 이유에서 〈소양정기〉가 〈소양정〉을 전사했을 가능성을 주장
　　했다(김기현, 『한국문학논고』, 일조각, 1972, 104쪽 ; 이은숙, 앞의 책, 387쪽).
14) 新舊小說 逢仙褸 上下合編 大正十二年三月十九日 發行, 昭陽亭 大正十年十日月十五日
　　六版 發行(〈봉선루〉, 〈소양정〉 판권지 참조).
15) 이해조가 『매일신보』에 연재한 〈화세계〉와 〈화의혈〉 또한 필사본이 존재하는데, 같은
　　맥락에서 이해할 수 있을 것으로 생각된다(국립중앙도서관 소장 〈화세계〉, 단국대학교
　　율곡기념도서관 소장 〈화의혈전〉 참조).
16) 이은숙, 앞의 책, 379~381쪽.
17) 〈소양정〉은 1911년 11월 11일부터 18일, 25일부터 29일은 『매일신보』의 4쪽, 12월 23일
　　은 3쪽에 연재되었지만 그 외에는 모두 1쪽에 연재되었다. 그러나 『매일신보』의 연재된
　　쪽의 쪽수에 상관없이 〈소양정〉의 제목 앞에는 모두 '新小說'이라고 분명하게 명시되어
　　있다.

설로 인식하고 있었던 것으로 생각된다.[18] 따라서 〈소양정〉이 고전소설과 유사한 측면이 많지만, '신작 구소설'의 범주에까지 포함시키기는 것은 무리가 있다고 본다.[19] 더구나 〈소대성전〉이나 〈조웅전〉의 서사구조와 유사한 측면을 고려한다면 신작(新作)보다는 오히려 개작(改作)으로 보는 것이 더욱 적합할 것으로 생각된다.

이해조는 귀족적인 주인공의 시련과 행운을 다룬 영웅소설을 계승한 작가로 알려져 있지만, 이러한 맥락에서 〈소양정〉이 본격적인 논의의 대상이 된 적은 없다.[20] 따라서 본 논문에서는 〈소양정〉을 신작이 아닌 고전소설을 개작한 신소설로 간주하고, 〈소양정〉과 귀족적 영웅소설인 〈소대성전〉, 〈조웅전〉의 교섭 양상과 소설사적 의미를 고찰하는 것을 연구의 목적으로 삼고자 한다.[21]

---

18) 연구자들 또한 〈소양정〉을 신소설의 범주에서 논의하고 있는 실정이다. 〈소양정〉을 신소설의 범주에서 논의하고 있는 연구 업적은 다음과 같다(이용남, 「이해조와 그의 작품세계-신소설의 갈등 양상 연구」, 동성사, 1988, 1~167쪽 ; 한기형, 「신소설의 양식 특질」, 『한국근대소설사의 시각』, 소명, 1999, 51~76쪽 ; 오종호, 「개화기 소설의 대중화 과정 연구」, 대구가톨릭대 박사학위논문, 1999, 60~76쪽 ; 오윤선, 「신소설 서지 데이터베이스의 분석과 그 의미」, 『우리어문연구』 25, 우리어문학회, 2005, 565쪽 ; 이영아, 「1910년대 『매일신보』 연재소설의 대중성 획득 과정 연구」, 『한국현대문학연구』 23, 한국현대문학회, 2007, 43~81쪽).

19) 이해조는 신소설 〈화의혈〉, 〈구의산〉이 연재 이후에 〈소양정〉을 연재했고, 〈소양정〉 연재 이후에 〈춘외춘〉, 〈탄금대〉, 〈소학령〉, 〈봉선화〉, 〈비파성〉, 〈우중행인〉과 같은 신소설을 연재되었다. 〈홍장군전〉과 〈한씨보응록〉과 같은 작품을 창작하기도 했지만, 이해조는 분명 신소설 작가이다. 〈소양정〉은 이해조가 〈화의혈〉이나 〈구의산〉, 〈탄금대〉 같이 고전소설을 개작한 신소설을 본격적으로 연재하던 시기에 출현한 작품이다.

20) 조동일, 앞의 책, 1973, 77~105쪽 ; 조동일, 『한국문학통사』 4, 지식산업사, 2005, 375쪽.

21) 〈소양정기〉는 결말에 후일담이 추가되어 있기는 하지만, 〈소양정〉의 내용과 거의 유사하게 전개되기 때문에 본격적인 논의의 대상에서는 제외하기로 한다.

2. 이해조의 〈소양정〉과 고전소설의 교섭 배경

이해조의 〈소양정〉은 1911년 9월 30일부터 12월 17일까지 『매일신보』
에 연재된 작품이다. 대중 매체의 성격이 대부분 그러하듯이 『매일신보』
역시 상업성을 표방하고 있었기에 대중 독자를 의식할 수밖에 없었고[22]
이해조 또한 대중 독자층의 확보하기 위해 독자층의 취향과 견해를 상당
히 수용했던 것으로 보인다.[23] 이러한 이해조의 의도는 새로운 작품을
연재하기 전·후에 독자층을 의식하면서 언급한 『매일신보』에 게재된
여러 글을 통해 확인할 수 있다.

〈표 1〉 『매일신보』 소재 이해조 소설에 대한 독자 관련 내용

관련 작품	게재 날짜	독자 관련 내용
〈화의혈〉	1911.4.6.	(상략) 그러나 그 죄료가 미양 녯사룸의 지나간쟈최어나 가탁의 혈질업는것이 열이면 팔구는되되 근일에 져슐흔 박졍화 화세계 월하가인등 수삼죵 쇼셜은 모다 현금에잇는사룸의 실디ㅅ적이 라 독쟈졔군의 신긔히 녁이는 고평을 임의만히엇엇거니와 이졔 또 그와ㅈ흔 현금사룸의 실젹으로 화의혈(花의血)이라는쇼셜을 시로 져슐홀시 허언랑셜은 한구졀도 그록지안이ᄒ고 명녕히잇 는 일동 일셩을 일호 차착업시 편즙ᄒ노니 긔쟈의 죄료가 민텹 지못흠으로 문쟝의 광치는 황홀치못홀지언뎡 ㅅ실은 젹확ᄒ야

---

22) 연구자에 따라 논의되는 시기는 미세한 차이가 있지만 이러한 『매일신보』의 정책상 만
들어진 것이 1911년 또는 1912년부터 등장한 소설에 대한 독자들의 반응을 드러내는 '독자
투고'라고 논의되고 있는 실정이다. 『매일신보』에서 〈독자투고란〉이 처음 등장한 시기를
함태영은 1911년 8월, 전은경은 1912년으로 보고 있다(함태영, 앞의 논문, 11쪽 ; 전은경,
『근대계몽기 문학과 독자의 발견』, 역락, 2009, 217~245쪽).

23) 이해조가 한자의 사용이 많았던 『매일신보』에 소설을 연재할 때는 드물게 한자를 사용
한 〈옥중화〉를 제외하고는 모두 국문을 사용한 것은 보다 많은 독자층을 확보하기 위한
전략으로 생각된다. 또한 〈옥중화〉, 〈강상련〉, 〈연의각〉, 〈토의간〉을 제외하고 〈춘외춘〉
을 연재하면서부터는 삽화가 함께 실리는 것도 대중성을 확보하기 위한 방법으로 선행
연구에서 논의된 바 있다(이영아, 「1910년대 『매일신보』 연재소설의 대중성 획득 과정 연
구」, 『한국현대문학연구』 23, 한국현대문학회, 2007, 53~64쪽).

		눈으로 그 샤름을보고 긔로 그사정을 듯ᄂᆞᆫ듯ᄒᆞ야 션악간 족히 밝은거울이 될만홀가ᄒᆞ노라 〈花의 血〉(一)
〈구의산〉	1911.6.22.	多數愛讀者彦의 喝采를 博ᄒᆞ던 前小說 「花의 血」은 昨日로써 擱筆ᄒᆞ고 本日브터 家庭의 喜劇悲劇과 壯絕快絕ᄒᆞᆫ(九疑山)이라ᄒᆞᄂᆞ 小說을 揭載ᄒᆞ야 愛讀者의 興味를 添ᄒᆞ오니 一層愛讀ᄒᆞ시면 家庭整理上에 一大好材料가되겠슴
〈소양정〉	1911.9.29.	(상략) 본긔쟈가 십여년 광음을 쇼셜에 죵ᄉᆞᄒᆞᆯ시 구쇼셜의 부패ᄒᆞᆫ 언론이 지금 이십셰긔 시ᄃᆡ에 맛지 안임을 ᄭᅢ닷고 한번 변ᄒᆞ기를 위쥬ᄒᆞ야 신쇼셜 례식를 발명ᄒᆞ야 임의 이삽십죵의 쇼셜을 져슐ᄒᆞᆫ바 인독ᄒᆞ시ᄂᆞᆫ 강호졔군의 격졀탄샹ᄒᆞ심을 엇엇ᄉᆞ오나 쇽인에 됴흔 노리도 오릭 부르면 듯기실타ᄂᆞᆫ것과ᄀᆞ치 신쇼셜도 여러히를 날마다 ᄃᆡᄒᆞ면지리ᄒᆞᆫ싱각이 ᄌᆞ연 싱기리니 이는 독쟈졔군만 그러실ᄲᅮᆫ안이라 져슐쟈도 날로 붓을 잡음이 지리ᄒᆞᆫ싱각을 금치못ᄒᆞ니(하략)
〈춘외춘〉	1911.12.19 ~26.	本紙小說은 旣히江湖 諸彦의 批評을 多蒙ᄒᆞ얏거니와 一般愛讀者의 趣味를 一層助應키 위ᄒᆞ야 新年第一葉에ᄂᆞᆫ特히本記者의 多月硏究ᄒᆞᆫ 聖世化育에 涵養ᄒᆞ야 內外人民의 相愛相恤ᄒᆞᄂᆞ 狀態를 畵出ᄒᆞ야 大光彩를發홀만ᄒᆞᆫ 價値가 有ᄒᆞᆫ 春外春이라ᄒᆞᄂᆞ 新小說을 揭載홀터이오니 愛讀 諸彦은 唐常홀 稗說로 浪視치勿ᄒᆞ시고 性情의 陶鑄와 風化의 改易홀 一部頂針으로 思維ᄒᆞ야 多數愛賞ᄒᆞ심을望홈
〈연의각〉	1912.4.27	(상략)이럼으로, 본긔쟈가명챵광ᄃᆡ등으로ᄒᆞ야곰, 구슐케ᄒᆞ고, 츙조산졍ᄒᆞ야, 임의춘향가(獄中花)와, 심청가(江上蓮)ᄂᆞᆫ, 인독ᄒᆞ시ᄂᆞᆫ, 긔부인신ᄉᆞ, 졈쟈하의, 박슈갈치ᄒᆞ심을밧엇거니와, 차호브터ᄂᆞᆫ, 박타령(燕의脚)을, 산명계지홀터인ᄃᆡ(하략)
〈탄금대〉	1912.5.1.	(상략)사름의 칠졍에 감측될만ᄒᆞᆫ 공젼졀후의 신쇼셜을 져슐코져ᄒᆞ나 민양붓을들고 조회에림ᄒᆞᆷ이 싱각이삭막ᄒᆞ고 문견이 고루ᄒᆞ야 마음과글이 ᄀᆞ치못ᄒᆞᆷ으로 인독졔씨의 진〃ᄒᆞᆫ취미를돕지못ᄒᆞ엿스니 이ᄂᆞᆫ긔쟈의 비쳑ᄃᆡ업시 붓그러온바이로다 …… 민양허탄무지ᄒᆞ고 후분을다말ᄒᆞ쟈안이ᄒᆞᄂᆞᆫ 두가지 결뎜이 잇다ᄒᆞ나 이ᄂᆞᆫ결코 싱각지못ᄒᆞᆫ 언?이라ᄒᆞ노니 엇지ᄒᆞ야 그러ᄒᆞ냐ᄒᆞ면 쇼셜의 셩질이 눈에빗이고 귀에들니ᄂᆞᆫ 실젹만드러긔록ᄒᆞ면 취미도업슬ᄲᅮᆫ안이라 한긔ᄉᆞ에지나지나못홀터인즉 쇼셜이라 명칭홀것이업고 ᄯᅩᄂᆞᆫ긔쟈의 져슐ᄒᆞᆫ쇼셜삼십여죵이 확실ᄒᆞᆫ 쇼력ᄉᆞ(小歷史)가 업ᄂᆞᆫ쟈ᄂᆞᆫ 별로업스니 볼지어다 뎌슈호지, 삼

		국지, 셔양긔등의 유명흔중국쇼셜이며 불여귀 곡간잉 혈루등의
		긔?흔늬디쇼셜이 모다후분을 력 〃 히말흔바이잇느가 이는 쥬역
		계ᄉ합이볼슈(周易係辭閣而不逢)의뜻과 일반이라 꼿출보미 이
		울기에 이르지말나는말이안이잇는가 <u>비록결ᄉ를후분신지 지</u>
		<u>리히긔록자안이흔듸도 이독졔군의 츄샹으로 그다음일은 죡히</u>
		<u>요히흐줄로밋는바이로라</u>(하략) 〈彈琴臺〉(三八)

위 〈표 1〉의 밑줄 친 부분에서도 드러나듯이 이해조는『매일신보』에
서 독자의 의견을 많이 참조하여 〈화의혈〉을 연재했고, 독자들의 흥미
를 배가하기 위해 〈구의산〉을 연재했으며, 독자에게 보다 참신한 내용
을 전달하기 위해 〈소양정〉을 저술했다고 밝혔다. 또한 〈춘외춘〉이 독
자들의 의견과 취향을 반영한 작품이라는 점을 강조했고, 〈옥중화〉와
〈강상련〉의 꾸준한 인기로 〈연의각〉을 연재한다고 했으며, 〈탄금대〉
의 연재를 마치고 〈소학령〉의 연재를 시작하기 전에는 독자들이 비판
한 부분에 대한 변론을 하기에까지 이르렀다. 이러한『매일신보』에 게
재된 글의 내용으로 보아,『매일신보』에 소설을 연재하면서 대중성을
확보하고자 했던 이해조의 의도를 짐작할 수 있다.

특히 〈소양정〉 직전에 발표했던 〈구의산〉에 대한 독자층의 반응은
이해조가 〈소양정〉을 연재하게 되는 결정적인 영향력을 작용했을 것으
로 생각된다. 〈구의산〉에서 오복이 죽은 것처럼 사건이 전개되다가 갑
작스런 칠성의 행동 변화로 오복이 일본 유학을 가는 사건의 반전은
연재 기간을 연장하기 위한 의도적인 방법으로 보이기 때문이다.[24) 작

---

24) 〈구의산〉의 중반부까지는 분명 이동집의 명령으로 칠성이 오복을 죽인 것처럼 사건이
전개된다. 김씨 부인이 죽은 오복의 시체를 안장하는 장면까지 등장한다. 그러다가 1911년
8월 31일자의『매일신보』에 연재된 58회에서는 갑자기 칠성이 다른 사람을 죽이고 그 시
체를 들고는 오복이의 옷과 바꿔치기를 하고 죽인 총각의 머리를 이동집에게 가져다주는
장면이 등장하여, 오복이 죽지 않은 것으로 반전되면서 사건은 더욱 확장된다.

품의 연재 기간이 늘어나는 것은 작품의 인기로 인한 독자층의 지속적인 요구가 있을 때 가능한 것으로 〈구의산〉이 대중성을 확보하고 있었다는 간접적인 근거가 된다.[25]

〈구의산〉이 〈조생원전〉, 〈김씨열행록〉 등의 고전소설과 연관된 작품이라는 선행 연구를 고려한다면 〈구의산〉이 획득한 대중성은 고전소설과의 교섭으로 인한 결과로 보인다. 고전소설과의 교섭으로 출현한 〈구의산〉에 대한 독자층의 반응은 이해조가 〈소대성전〉과 〈조웅전〉의 기본적인 서사구조를 차용한 〈소양정〉을 연재하는 직접적인 계기가 되었을 것으로 생각된다. 〈조웅전〉과 〈소대성전〉은 〈춘향전〉 다음으로 방각본과 활자본의 수가 많은 작품으로 출판물로도 상업적인 성공을 거둔 작품이라는 것을 확인할 수 있기 때문이다.[26]

특히 〈소대성전〉은 조수삼의 『추제집(秋齊集)』에서 드러나 있듯이

"어츠 어피에 하인되야 샹뎐죽이는 일은 만〃 불가ᄒ니 내가 슈단ㅅ것 불상ᄒ 셔방님을 감쪽ᄀ치 살니고 이동마〃 님을 속여넘기리라"(〈九疑山(五十八)〉, 『매일신보』 1911년 8월 31일)

25) 〈구의산〉은 이해조가 철저히 대중성 내지 통속성을 추구하기 시작한 작품으로 논의된다 (김영민, 「1910년대 신문의 역할과 근대소설의 정착과정」, 『한국 근대소설의 형성과정』, 2005, 소명, 159~160쪽).
〈소양정〉의 연재가 끝난 이후의 반응이지만, 〈구의산〉의 연재가 끝난 이후에 출간된 단행본이 1912년 초판 발행 이후 1922년까지 7번이나 지속적으로 간행된 것도 독자층의 지속적인 수요가 있었기에 가능했던 현상으로 〈구의산〉이 대중성을 확보한 작품으로 간주할 수 있는 또 하나의 근거로 생각된다.
26) 조동일, 「영웅소설 작품구조의 시대적 성격」, 『한국소설의 이론』, 지식산업사, 1977, 286쪽.
이해조는 〈소양정〉보다 먼저 『매일신보』에 〈춘향전〉과의 연관성이 두드러지는 〈화세계〉, 〈화의혈〉을 연재했고, 〈소양정〉의 연재가 끝난 이후에 판소리 〈춘향가〉를 개작한 〈옥중화〉를 연재했다. 〈옥중화〉는 본 논문의 〈표 2〉에서도 제시되어 있듯이 『매일신보』 연재 이후 상당히 많은 독자층을 확보한 대중적인 작품이 되었다. 이해조가 『매일신보』에 〈화세계〉와 〈화의혈〉을 초기에 연재하고 〈옥중화〉가 대중성을 획득한 것은 이미 〈춘향전〉에 대한 독자층의 호응과 상업적인 성공으로 인한 결과로 생각된다.

전기수가 낭독하는 소설의 목록에 언급되고 있는 것으로 보아 이미 18~19세기에 많은 독자층을 형성했던 작품이라는 것을 알 수 있다.[27] 이해조 또한 〈소대성전〉에 대한 독자들의 선호도를 감지하고 있었던 것으로 보이는데, 이는 〈소양정〉보다 앞서 1907년 『제국신문』에 연재된 〈고목화〉에서 간접적인 확인이 가능하다. 〈고목화〉에 권진사의 하인으로 등장하는 갑동이가 길가에서 열쇠 꾸러미를 줍는데, 그것이 엽전인 줄 착각하고 그 돈으로 '〈소대성전〉이나 사서 마님께 드리겠다'고 생각하는 장면이 등장한다. 이 장면을 통해서 신소설이 본격적으로 출간되던 시기에도 고전소설의 독자층은 형성되어 있었고, 〈소대성전〉은 독자층이 선호하던 작품이었다는 것을 추정할 수 있다.

(상략)올타 무거운것보니가 정령돈인가보다 이것이 돈갓흐면 엽전댓량은 되겟스니진ᄉ님을 못만나면 돈이어딧잇나 이것으로 로즈나 좀쓰고 쏘 주머니 허리쎡나 사가지고 남아지ᄂ **소ᄃᆡ셩젼**이ᄂᆞ사다가 우리딕 마님게 드리겠다ᄒᆞ고 법당압흐로 도라가ᄂᆞ딕(하략)[28]

그러나 〈소양정〉은 〈소대성전〉뿐만 아니라 〈조웅전〉의 서사 구조도 차용하고 있다. 〈조웅전〉은 〈소대성전〉보다 방각본이나 활자본의 수가 훨씬 많고, 영웅소설 가운데 출간 횟수가 가장 많은 작품이다.[29] 〈소대성전〉에서 소양 부부가 갑자기 득병하여 숨을 거두는 것과는 달리 〈소양

---

27) 傳奇叟 叟居東門外 口誦諺課稗說 如淑香 **蘇大成** 沈淸 薛人貴等 傳奇也 月初一日 坐第一橋下 二日坐 第二橋下 三日坐梨峴 四日坐校洞口 五日坐大寺洞口 六日坐鐘樓前 上旣自七日沒而下下而上 上而又下 其月也 改月亦如之 而以善讀故傍觀匝圍 夫至最喫緊甚可聽之句節 忽默而無聲 人慾聽其下回 爭以錢投之 曰此乃邀錢法云(조수삼, 〈傳奇叟〉, 『秋齊集』 第七, 유탁일, 『한국고소설비평자료집성』, 아세아문화사, 1994, 121쪽.)

28) 〈고목화〉, 『신소설·번안(역)소설』 6, 아세아문화사, 1978, 21~22쪽.

29) 조동일, 앞의 책(1977), 316쪽 ; 김일렬, 『고전소설신론』, 새문사, 2001, 92~93쪽.

정〉에서 봉조의 부친은 문서를 조작하여 재물을 모은 최영세를 징치하려 던 중에 최영세의 모해로 죽는다. 그렇기 때문에 작품의 후반부는 봉조 가 암행어사가 되어 부친의 원수를 갚는 내용으로 전개되는데, 이 부분 은 〈소대성전〉보다는 오히려 〈조웅전〉과의 연관성이 두드러지는 것으 로 생각된다. 소대성의 부친 또한 벼슬에서 물러난 인물로 그려지지만, 조웅의 부친과 같이 간신과의 직접적인 대립은 작품에 드러나지 않는다. 그러나 조웅의 부친은 간신 이두병의 모해로 자살을 했고 조웅의 행위는 작품의 처음부터 끝까지 부친의 원수를 갚는 데 초점이 맞춰져 있다. 특히 〈소양정〉에서 봉조의 부친을 죽인 최영세가 봉조가 암행어사가 되어 강원도로 온다는 소식을 접하고는 죽일 계책을 마련하는 부분은 〈조웅전〉에서 이두병이 조웅을 견제하고 대립하는 부분과 유사하다.

〈소대성전〉과 〈조웅전〉 모두 군담이 많은 비중을 차지하며 소대성과 조웅은 부모의 부재로 인해 고난을 겪고 스스로의 노력과 초월적 존재 의 지속적인 도움으로 영웅적인 능력을 획득하고, 애정을 성취하고 효 와 충을 동시에 실현한다는 점에서 귀족적 영웅소설의 유형에 포함되 는 작품이다. 이러한 〈소대성전〉과 〈조웅전〉의 공통된 면모 또한 이해 조가 이 두 작품의 기본적인 서사 구조를 변용하여 〈소양정〉을 저술하 게 되는 직접적인 동기로 작용했을 것으로 생각된다.

3. 이해조의 〈소양정〉과 고전소설의 교섭 양상

이해조는 〈소양정〉의 본격적인 연재를 시작하기 전에 '구쇼설의 허탄 밍랑홈'을 버리겠다고 밝혔고, 〈소양정〉보다 먼저 저술한 〈자유종〉에서 는 고전소설의 내용들이 괴괴하고 망측하다고 구체적으로 비판했다.

(상략)그나그쌘이오 혹긔도ㅎ면 아히를낫는다 혹산신이 강림ㅎ야 복을
준다 혹면례를잘ㅎ여 부귀를엇는다 혹불공ㅎ야 직익을막낫다 혹돌구멍에
셔 룡마가 낫다 혹 신션이 학을타고 논다 혹최판관이 붓을 들고 안젓다ㅎ
는 제반악징의 괴괴망칙ㅎ 말을 다국문으로 긔록ㅎ야 츌판ㅎ판칙도 만코
등츌ㅎ셰칙도만아 경향 각쳐에 불똥 쐬여빅이듯 업는집이업스니 그것도
오거셔라 평싱을보아도 못다 보오[30]

위 인용문에서 이해조가 비판한 고전소설의 특성은 주로 초경험적인
현상의 개입으로 사건이 전개되는 부분일 것으로 판단된다. 〈소양정〉
은 〈소대성전〉과 〈조웅전〉의 서사구조를 차용하고 있지만 이해조가 고
전소설의 특성으로 비판했던 초경험적 현상이 개입하여 사건이 전개되
는 내용은 전혀 드러나지 않는다.[31] 따라서 이해조는 〈소대성전〉과
〈조웅전〉과 같은 고전소설의 서사구조를 차용하되 사실성 및 현실성을
부각시키고자 했다는 것을 짐작할 수 있다.[32] 이러한 이해조의 저술
의도에 초점에 맞추어 본 장에서는 〈소대성전〉, 〈조웅전〉과 〈소양정〉
의 후대 개작인 〈봉선루〉와의 비교·대조를 통해 이해조의 〈소양정〉과
고전소설이 교섭하는 구체적인 양상을 논의하고자 한다.

---

30) 〈토론소설 즈유종〉, 『신소설·번안(역)소설』 4, 아세아문화사, 1978, 11~12쪽.
31) 그러나 1911년 4월 6일부터 6월 21일까지 『매일신보』에 연재한 〈화의혈〉에서는 죽은
    선초의 영혼이 동생 모란의 몸에 들어와서 이시찰에게 복수하는 초경험적 현상이 개입하
    는 장면을 확인할 수 있다. 이해조는 〈화의혈〉보다 먼저 저술한 〈자유종〉에서 고전소설에
    등장하는 이러한 비현실적인 측면을 비판하고도 초경험적 현상이 개입하는 내용을 서술한
    것을 보면 이해조에게 끼친 고전소설의 영향력은 실로 막대했던 것으로 짐작된다.
32) 앞의 인용문에서 드러난 바와 같이 이해조는 『매일신보』에 〈화의혈〉을 연재하면서 〈화
    의혈〉을 포함하여 이전에 그가 저술한 〈박정화〉, 〈화세계〉, 〈월하가인〉이 모두 실제 있었
    던 일이라고 언급했다. 그리고 그의 작품 활동 후반기에 실제 역사를 바탕으로 한 〈홍장군
    전〉과 〈한씨보응록〉과 실존 인물과 사건을 다룬 〈강명화실기〉와 같은 작품을 저술한 것으
    로 보아 사실성을 확보한 작품을 쓰고자 했던 그의 의도를 엿볼 수 있다. 이러한 이해조의
    저술 의도 또한 대중성을 확보하기 위한 방편으로 생각된다.

1) 초경험적 현상의 탈피와 보수성의 약화

이해조가 『매일신보』에 연재한 〈소양정〉은 〈소대성전〉과 〈조웅전〉의 서사구조를 차용한 작품이다. 그러나 그가 〈자유종〉에서 고전소설에 등장하는 초경험적인 현상을 비판한 바와 같이 〈소양정〉에서 초경험적인 현상이 등장하는 부분은 전혀 드러나지 않는다. 이로 보아 이해조는 〈소양정〉을 연재하는 과정에서 〈소대성전〉과 〈조웅전〉의 기본적인 서사구조를 차용하되 초경험적 현상이 개입하는 부분은 모두 삭제한 것으로 보인다.

개별 작품마다 그 역할을 다르겠으나 고전소설에서 초경험적인 현상은 경험적인 현실에 개입하여 갈등을 조성하고 사건을 전개해 나가는 역할을 한다.[33] 〈소대성전〉과 〈조웅전〉에서도 초경험적인 현상의 개입은 빈번하게 이루어지는데, 두 작품에서 초경험적인 현상은 주인공의 영웅적인 능력을 부각시키는 역할을 한다. 따라서 소대성과 조웅의 영웅적인 능력은 결국 봉건 지배 체제를 긍정하는 방향으로 나아가 작품의 성격을 보수적으로 만든다.

〈소대성전〉과 〈조웅전〉에서 초경험적인 현상이 개입하는 부분은 주인공의 신이한 출생담과 적대자와의 군담이다. 소대성의 기이한 출생담과 둔갑술은 비록 그가 처가 식구에게 박대 받고 있는 처지이나 잠재된 영웅적인 능력을 암시하는 역할을 한다. 또한 소대성과 조웅이 조력자에게 받은 칼, 말, 갑주를 이용하여 적대자와 대응하여 승리하는 군담도 주인공의 영웅적인 능력을 부각시키기 위한 장치의 일종으로 볼 수 있다.

---

33) 김일렬, 『숙영낭자전 연구』, 역락, 1999, 48~61쪽 참조.

그러나 〈소양정〉에서는 이러한 장면들이 모두 삭제되어 있어 소대성이나 조웅과 비교했을 때, 봉조에게서 영웅의 형상은 거의 찾아볼 수 없을 정도로 약화되어 있다. 더구나 〈소양정〉의 후대 개작본인 〈봉선루〉에서는 석영이 부친의 원수를 갚는 내용마저 삭제되어 주인공의 영웅적인 능력은 전혀 찾아볼 수 없다.34) 따라서 〈소대성전〉, 〈조웅전〉과 비교했을 때 〈소양정〉과 〈봉선루〉는 사건 전개의 범주가 가정 내로 축소되며 귀족적 영웅소설 특유의 이상적이고 보수적인 성향을 부각시키는 효(孝)와 충(忠)과 같은 유교 이념이 실현되는 정도가 약화된 것으로 생각된다.

〈소양정〉과 〈봉선루〉에서는 봉조와 석영의 영웅적인 능력은 찾아볼 수 없는 대신 여주인공의 적극적인 행동 방식은 오히려 상당히 부각되어 있다.35) 〈소대성전〉의 채봉과 〈소양정〉의 채란, 〈봉선루〉의 옥련은 친정 식구의 박대와 모해를 받고 가출하는 남편을 둔 인물이라는 점에서는 공통적이지만, 가출한 남편과 재회하는 과정은 상당히 이질적이다. 채봉은 소대성이 노국의 왕이 되어 찾아올 때까지 일방적으로 수절

---

34) 〈봉선루〉에서 석영이 부친인 박군수의 원수를 갚는 장면이 온전히 삭제된 것은 〈봉선루〉의 개작자가 이 부분을 독립된 하나의 서사로 인정하고 있었던 것으로 짐작되기에 〈봉선루〉는 〈조웅전〉과 연관된 서사를 삭제하면서 〈소대성전〉과의 연관성을 부각시킨 작품으로 보인다. 〈소대성전〉과 〈조웅전〉은 현전하는 이본의 수에 비해서 그 내용상의 편차는 크지 않은 작품이지만, 〈조웅전〉과 달리 〈소대성전〉은 개작본인 〈낙성비룡〉과 후속작인 〈용문전〉이 현전한다. 이러한 작품의 존재는 〈소대성전〉에 대한 독자들의 지속적이고 적극적인 반응을 보여주는 것으로, 〈소양정〉의 출현 이후 개작본인 〈봉선루〉가 출현하는 또 하나의 계기로 작용했을 것으로 짐작된다.

35) 이은숙의 선행 연구에서도 〈소대성전〉과 〈소양정〉을 비교했을 때, 서술의 주체가 여성이며 봉조의 출생담이 없는 점과 봉조가 신씨의 계략에 적극적으로 대응하는 점과 채란과 혼인 이후에 봉조가 과거에 급제하는 점을 들어 봉조의 능력은 약화되고 채란의 능력이 강화된 점을 지적하고 있다. 그러나 〈소대성전〉에서 대성의 영웅적인 능력이 부각되는 장면은 적대자와 대결할 때 드러나는 둔갑술 및 군담과 같은 이해조가 비판한 초경험적 현상이라는 점은 간과되어 있다(이은숙, 앞의 책, 397~400쪽).

하면서 기다리지만, 채란과 옥련은 봉조와 석영을 모해하려는 모친의 행동에 분개하여 남장을 하고 적극적으로 가출한 봉조와 석영을 찾아 나선다. 또한 채봉과 달리 채란과 옥련은 각각 신씨와 장가의 모해로 봉조와 석영과 또 다시 헤어지지만 이때에도 채란과 옥련이 남장을 하고 봉조와 석영을 찾아 나서고 재회하게 된다.36) 이러한 채란과 옥련의 행동은 작고한 부친의 결정을 따르는 것이기도 하지만, 한편으로는 모친의 의사에 대항하여 자신의 의지를 관철시키는 면모로도 볼 수 있다. 따라서 동일한 서사 구조를 취하고 있는 〈소대성전〉이나 여러 명의 처를 거느리는 것으로 결말이 나는 〈조웅전〉에 드러나는 보수적인 성향은 〈소양정〉에 이르러서는 상당히 약화된 것으로 보인다.37)

2) 물질 중심의 세태 비판 의식 반영

〈소양정〉의 서사 구조는 처가 식구의 구박과 모해를 견디지 못한 주인공이 가출하여 아내와 헤어졌다가 다시 만나게 되는 〈소대성전〉의 서사 구조와 동일하게 전개된다. 그러나 〈소양정〉과 〈소대성전〉에서 사윗감을 반대하는 원인에는 근본적인 차이가 있다. 〈소대성전〉에서 소대성을 채봉의 사윗감으로 불만을 삼는 근본적인 원인은 입신양명을

---

36) 〈소양정〉과 〈봉선루〉에 드러나는 여성 인물들의 적극성은 채란의 시비 금단과 옥련의 시비 계월을 통해서도 살펴볼 수 있는데, 이는 각각 채란과 옥련의 적극적인 역할과 행동 방식에서 기인한 것으로 생각된다.

37) 〈소대성전〉이나 〈조웅전〉보다 〈소양정〉과 〈봉선루〉에서 여성 인물의 적극성이 부각되기는 했지만, 채란과 옥련의 부친이 아들을 얻지 못하고 딸을 낳은 것을 한탄하는 장면에서는 여성에 대한 차별적인 시각을 확인할 수 있기에 완전히 보수적인 성격에서 벗어난 작품이라고는 보기는 어렵다. 또한 〈소양정〉에서는 여성의 적극적인 행동 방식이 부각되어 있지만, 이해조의 『매일신보』 연재소설에 드러나는 여성의 행동 방식은 〈화의혈〉, 〈화세계〉, 〈옥중화〉, 〈봉선화〉 등 여성을 '花'로 표기하는 제목에서도 드러나듯이 상당히 소극적이며 보수적이고 극단적이기까지 하다.

위해 노력하지 않는 소대성의 게으름 때문이다. 이승상은 소대성의 인물됨을 알아보고 사윗감으로 삼았지만, 이승상이 죽고 난 뒤에 대성은 서책을 전폐하고 잠만 자기만을 일삼았기에 왕부인은 이러한 대성의 태도로 공명을 얻기는 힘들 것이라 판단하고는 대성을 처단하고자 다짐한다.

> 왕부인이 일가의 존로 의논ᄒ며왈 소싱의 거동이 등징ᄒ도다 학업을 전폐ᄒ고 쥬야의 잠ᄌ기만 슝상ᄒ니 일어코 엇지 공명을 바라리요 여아의 혼ᄉ을 거졀코져 ᄒᄂ이 너의등은 소견이 엇더하요 …… 니싱이 셔당의 나가니 소싱이 잠을 집피 들어거늘 이싱이 흔들어 쎠와 좌졍 후의 이싱등이 왈 션비 학업을 젼폐ᄒ고 잠ᄌ기을 슝상ᄒ니 엇지 공명을 바라리요 소싱왈 공명은 호화로운 ᄉ룸의일이라 션딕인의 인혜을 입ᄉ와 됸문의 의퇵ᄒ여쎠나 수문 수심이 잇기로 ᄌ연 공명의 ᄠᅳ지 업ᄂᆞ이다[38]

그러나 〈소양정〉에서 조씨는 처음에는 채란과 봉조의 혼인을 반대하지 않다가 봉조의 부모가 모두 죽고 집안이 몰락하자 채란과 봉조의 혼인을 반대하기에 이른다. 〈소대성전〉과 달리 〈소양정〉에서 채란의 부친인 정공은 봉조의 글 읽는 소리를 듣고 탄복하지만 조씨는 지금 당장 봉조의 경제적 능력이 미약하기 때문에 채란과의 혼인을 반대한다. 이러한 양상은 채란의 부친이 조씨에게 혼인은 재물로 하는 것이 아니라고 언급하는 다음의 인용문에서 확인할 수 있다.

> 첩의 마음에ᄂᆞ 도동이 아모랴도 합당치 안이흔것이 졔 인물이라던지 지됴가 아름답지 안이흔바ᄂᆞ 안이오나 이다음에ᄂᆞ 삼공 오경을 다지닉딕도

---

38) 완판 43장본 〈쇼딕셩젼이라〉, 『영인고소설판각본전집』 1, 국학자료원, 1996, 578쪽.

당장 무밋동 굿흔 혈 〃 단신으로 집한구석 변변치 안이흐디 혼인을 지닉노
으면 아모 경난못흐고 자라는 우리 치란의 고싱흐는 양을 엇지 참아 보오
며 또는 우리 닉외가 나이 졈 〃 쇠경에 니르러가니 닉후년에 죽씨 팔구년
후에 죽을씨 오늘 죽을씨 닉일 죽을씨 사람의 압일을 엇지 츄측흐오릿가
우리 업스면 그것은 더구나 싄써러진 뒤웅이가 될디경이오니 아모려도 그
혼인을 퇴각흐고 다시 극가흘 랑지를 듯보아 우리 치란을 츌가식이는 것이
샹칙일싸 흐느이다 …… 부인의 말삼이 용혹무괴오나 그는 다만 흔가지만
알고 두가지는 모름이로소이다 오동이 물을일은 룡과 일테로 아쥬 곤난흠
이 비흘디 업스오나 만일 미구 불원흐야 물을 엇고 구름을 만느면 무궁흔
조화가 잇슬지라 엇지 록록흔 속비에 비할바이며 또 혼인에 직물을 의론흠
은 오랑키의 풍쇽일쑨더러 사름의 웃쯤 힝실은 신과 의어늘 긔왕 오동의
부친과 면약을 뎡녕히흔 혼인을 무단히 즁로에 기혼을 흐면 이는 하등 야
미흔 무리의 안이흘일이라[39]

---

39) 〈昭陽亭〉(十), 『매일신보』, 1911년 10월 11일.
　　이와 동일한 내용이 〈소양정〉의 개작본인 〈봉선루〉에서도 그대로 확인된다.
　　첩의 싱각에는 박동이 아모랴도 합당치 아니흔 것이 졔인물이나 직질이 불미흐다는것이
아니오라 이 다음에 삼공륙경을 다지닌다 할지라도 당장 무우 밋동갓흔혈 〃 단신으로 집하
나 변 〃 치 아니흔데다 혼인을 지닉노으면 아모 경난못흐고 자라난 우리 옥련의 고싱흐는
양을 엇지 참으보오며 또는 우리 닉외가 나히 졈 〃 쇠경에 이르러 가니 오날죽을지 닉일죽
일지 명에 죽을지 후년에 죽을지 사람의 압일을 츄측지 못흐는 것이 온즉 만일 우리
곳 업스면 그것은 더구나 싄써러진 뒤웅이가 될 모양이오니 오모리싱각흐여도 그혼인은
퇴각흐고 다시 극가흔 낭자를 듯보으 우리 옥련을 츌가식이는 것이 샹칙일가흐나이다 …
… 부인의 말삼이 용혹무괴오나 그는 다만 지기일이오 미지기라 박동이 지금 물일은
용과 일쳬로 곤란흠이 비할디 업스나 만일 물도 잇고 구름을 맛나면 무궁흔 조화가 잇슬지
라 엇지 록 〃 흔 쇽비에게 비흘바이며 또혼인에 직물의 의론흠은 오랑키의 풍쇽일쑨아니라
사람의 웃등힝실은 신의어늘 긔왕박승이좌 면약을 졍녕히흔 혼인을 무단이 즁로에 기혼흐
면 이는 하등야미흔무리의 으니흘일이라 지하에 도라간들 무삼낫흐로 박공을 보리오 퇴혼
지사는 결단코 흐지 못흘일이오니 부인은 부즈럽슨 뜻을 두지말고 박동에 결복흐기를 기
다려 임의졍흐엿든지로 셩례를 식이게 흐사이다(연세대학교 도서관 소장 〈봉선루〉, 동양
대학당, 1923, 15~16쪽).

이해조는 〈소대성전〉의 전반부를 〈소양정〉으로 개작하는 과정에서
주인공이 겪는 혼사 갈등의 원인을 재물과 관련된 문제로 변경해 놓았
는데, 이는 혼인의 조건으로 재물이 과도하게 관여하는 당대의 시대 현
실을 그대로 반영한 것으로 보인다. 『매일신보』는 1910년 11월 9일부터
13일까지 5회에 걸쳐 '경제(經濟)의 요설(要說)'이라는 제목의 사설을
통해 경제 문제에 악영향을 미치는 원인들을 분석했다. 이 가운데 혼인
의 조건으로 재물이 관여하는 당대 현실을 비판한 사설에서 위 인용문
의 정공이 발언한 내용과 동일한 구절을 확인할 수 있다.

(상략)又曰 婚姻에 財를 論홈은 夷狄의 道라 ᄒᆞ얏스니 是로 由ᄒᆞ야 觀ᄒᆞ
면 古來로 婚姻에 財를 論 홈은 不可ᄒᆞ도다 …… 大凡婚姻의 利害가 此와
如ᄒᆞ거니와 且或兩家의 貧富가 相敵ᄒᆞ야 婚禮를 成홀지라도 其儀式이 過度
ᄒᆞ야 經濟界의 病根이 不少ᄒᆞ도다 俗語에 「馬頭納采」라홈은 輕便을 稱홈
이오 「酌水成禮」라홈은 簡率을 稱홈이라 若是히 輕便簡率ᄒᆞ야도 足히 富貴
도 致ᄒᆞ며 足히 和樂도 亨ᄒᆞ며 足히 賢子良孫도 生홀지어날 何必巨金을 浪
擲한 然後에 吉慶이 愈大홀가 富豪家ᄂᆞᆫ 勿論이어니와 雖貧窮殘戶라도 婚姻
을 行ᄒᆞ면 瘠土單犢을 賣盡不願ᄒᆞ야 今日의 他人見美로 來日의 擧家飢餓
를 不思ᄒᆞ니 此가 엇지 聖人制禮의 本意리오 如此ᄒᆞᆫ 慣習을 卒改키 難ᄒᆞ나
幾許分만 減ᄒᆞ야도 其総益이 巨大할지라 現今同胞의 幼年에 在ᄒᆞᆫ 者ᄂᆞᆫ 一
次婚禮를 皆經ᄒᆞ리니 萬金에 千金을 減ᄒᆞ고 千金에 百金을 減ᄒᆞ고 十金에
一金을 減홈은 儀式에도 過損이 無홀지오40)

이러한 재물이 관여하는 혼인의 병폐는 가족 제도의 개선을 위해서
도 반드시 필요하다는 것이 '가족제도의 개선'이라는 『매일신보』의 또

40) 〈經濟의 要說, 二ᄂᆞᆫ 婚姻의 經濟〉, 『매일신보』, 1910년 11월 10일.

다른 사설을 통해서도 확인할 수 있다. '가족제도의 개선'은 1911년 1월 14일과 2월 15일 두 번에 걸쳐 게재되었는데, 가족 사이의 소송 사건이 빈번하게 발생하고 개인주의가 만연해지는 당대의 현실을 비판하면서 이러한 가족 제도의 개선을 위해서는 재물을 조건으로 하는 혼인의 병폐가 시급하게 사라져야 함을 역설했다.[41] 『매일신보』의 사설에서 이러한 내용이 언급되었다는 것은 1910~1911년 당시 물질 중심의 가치관의 팽배로 부부, 부자, 형제 등 가족 관계를 붕괴하는 병폐가 사회적 문제로 대두되고 있었다는 것을 보여준다.

〈소양정〉에서 채란의 외숙인 학균의 행동을 통해서도 이러한 시대적 현실을 반영하려는 이해조의 의도를 엿볼 수 있다. 〈소대성전〉에서 왕부인이 자객을 불러 대성을 쫓아낼 계책을 마련하는 것과 달리 〈소양정〉에서는 조씨의 동생이자 채란의 외숙인 학균이 조씨의 재산을 차지할 목적으로 봉조를 모해하여 쫓아낸다. 게다가 채란을 염좌수의 아들과 혼인시키고자 통혼하다가 채란이 사라지자 채란이 부정한 행실을 한 것처럼 꾸며놓는다. 학균은 자신의 경제적 이익을 위해 조카와 사위를 모해하고 살인까지 단행하려고 하는 물질 중심적 사고관을 가진 극악한 인물이다. 이러한 〈소양정〉의 학균과 조씨의 언행을 통해 이해조는 〈소대성전〉 전반부의 서사 구조를 수용하되 혼인의 조건으로 인성보다 재물을 우선시하는 당대의 세태를 비판하는 의식을 반영하여 사

---

41) (상략)今日 家族의 制度를 改善코져홀진딕 夫婦의 關係를 先後ㅎ면 其他千百事는 綱擧目張ㅎ고 鍾落響應의 功效를 得홀지니 幸히 有子有女호 同胞는 婚姻을 定홀 時에 地閥을 勿論ㅎ며 財貨를 勿取ㅎ고 夫婦의 賢愚美醜를 相當히 求ㅎ야 幾分間夫婦其人의 自由도 與ㅎ면 엇지 怨悔의 恨을 抱ㅎ며 窮愁의 歎을 發ㅎ리오 怨悔의 恨이 無ㅎ면 浹洽의 情이 日生홀지오 窮愁의 歎이 無ㅎ면 快樂의 氣가 日生홀지니 其情이 浹洽ㅎ고 其氣가 快樂ㅎ면 何事를 不成이며 何業을 不圖ㅎ리오(하략)(〈家族制度의 改善(續)〉, 『매일신보』, 1911년 2월 15일).

실성 및 현실성을 부각시키고자 했던 것으로 생각된다.42)

4. 이해조의 〈소양정〉과 고전소설 교섭의 소설사적 의미

1) 대중성을 확보한 소설 유형의 변모

이해조는 1906년 『소년한반도』에 연재한 〈잠상태〉를 시작으로 하여 『대한민보』, 『제국신문』에도 소설을 연재했으며, 잡지와 신문 외에도 단행본으로도 여러 작품을 출간하여 1925년에 출간된 〈강명화실기〉에 이르기까지 총 34편의 작품을 남긴 '신소설 시대의 최대 작가'로 평가받고 있다.43) 더구나 『제국신문』과 『매일신보』에 연재된 작품들은 대부분이 연재가 끝난 이후에 단행본으로 출간되었고 몇몇 작품들은 동시에 여러 출판사에서 출판이 지속적으로 반복된 것으로 보아 이해조의 작품들은 상당히 많은 독자층을 확보한 것으로 짐작된다.

『제국신문』에는 이해조의 작품이 총 8편이 연재되었는데, 단행본으로 출간되면서 〈빈상설〉, 〈원앙도〉, 〈홍도화〉는 재판되었고 〈쌍옥적〉은 유일하게 3판까지 출간된 것으로 확인된다.44) 『매일신보』에는 총

---

42) 물질적인 측면과 거리는 있지만, 〈소양정〉의 세태 비판 의식은 신씨의 행동을 통해서도 드러난다. 신씨는 봉조 부친의 죽마고우였으나 채란에게 야욕을 품고 봉조에게 거짓말을 하여 춘천으로 보내고 채란에게는 봉조가 강도짓을 하여 죽을 위기에 처했다는 거짓 편지를 보여준다. 이해조는 병든 아내와 함께 살고 있으면서 친구의 아들을 죽이고 그의 아내를 범하려는 신씨의 행위를 통해 도덕과 윤리가 무시되는 인간성 상실의 세태를 비판한 것으로 보인다.

43) 최원식, 앞의 논문(1986), 25쪽.

44) 明治四十四年九月**再版發行**(동양서원, 〈빈상설〉판권지), 大正二年三月五日**再版發行**(동양서원, 〈원앙도〉판권지), 大正十二年三月五日**再版發行**(보급서관·동양서원 〈원앙도〉판권지), 明治四十四年十月二十日**再版發行**(동양서원, 〈홍도화〉판권지), 大正六年四月十日**三版發行**(동일서관, 〈쌍옥적〉판권지)

15편이 연재되었으며, 〈월하가인〉, 〈구의산〉, 〈소양정〉, 〈옥중화〉, 〈강상련〉, 〈연의각〉 등 상당히 많은 수의 작품들이 적게는 再版에서 많게는 17판까지 반복적으로 출간되었다. 이해조가 『매일신보』에 연재한 작품과 연재 이후 단행본으로 출간된 횟수를 표로 제시하면 다음과 같다.

〈표 2〉 이해조의 『매일신보』 연재 작품과 단행본 출간 횟수

연번	작품명	연재 기간	출판사(출판년도)	단행본 출간 횟수
1	〈화세계〉	1910.10.12 ~1911.1.17	동양서원(1911)	
2	〈월하가인〉	1911.1.18 ~4.5.	보급서관 (1911, 1913, 1914)	大正三年二月五日三版發行
			박문서관 (1911, 1913, 1914, 1916, 1917)	大正六年三月六日五版發行
3	〈화의혈〉	1911.4.6 ~6.21	오거서창 (1912, 1918)	大正七年三月十日再版印刷
4	〈구의산〉	1911.6.22 ~9.28	신구서림 (1912, 1914, 1916, 1917, 1919 1920, 1922)	大正十一年八月二十八日七版發行
5	〈소양정〉	1911.9.30 ~12.17	신구서림 (1912, 1916, 1921)	大正十年十日月十五日六版發行
6	〈춘외춘〉	1912.1.1 ~3.14.	신구서림 (1912, 1918)	大正七年三月十五日再版發行
7	〈옥중화〉	1912.1.1. ~3.16.	박문서관 (1912, 1917, 1921)	大正十年十二月二十日十七版發行
			보급서관 (1912, 1913, 1914)	大正三年二月五日六版發行
			대창서원, 보급서관(1923)	大正十二年一月二十五日

8	〈탄금대〉	1912.3.15 ~5.1	신구서림(1912)	
9	〈강상련〉	1912.3.17 ~4.26.	신구서림 (1912, 1913, 1914, 1916, 1917, 1918, 1922)	大正十一年二月卄八日**十一版發行**
			광동서국(1912)	大正元年十日月二十五日發行
10	〈연의각〉	1912.4.29 ~6.7.	신구서림 (1913, 1916, 1917, 1922)	大正十一年二月卄五日**五版發行**
			경성서적업조합 (1925, 1926)	大正十五年十二月十日**再版發行**
11	〈소학령〉	1912.5.2~7.6	신구서림(1913)	
12	〈토의간〉	1912.6.9 ~7.11.	박문서관(1916)	
13	〈봉선화〉	1912.7.7 ~11.29	신구서림(1913)	
14	〈비파성〉	1912.11.30 ~1913.2.23	신구서림(1913, 1918)	大正七年四月十五日**再版發行**
15	〈우중행인〉	1913.2.25 ~5.11	신구서림(1913)	大正二年九月二十二日發行

위의〈표 2〉에서도 확인할 수 있듯이 이해조가 『매일신보』에 연재한 작품들은 모두 연재가 끝난 이후에 단행본으로 출간되었다. 또한 판권지를 확인할 수 없는 작품들을 제외하고는 여러 출판사에서 반복적으로 출간했던 흔적을 발견할 수 있어, 이해조가 『매일신보』에 연재한 작품들은 대체로 대중성을 확보하는 데 성공했다는 것을 확인할 수 있다.[45] 이들 작품이 대중성을 확보할 수 있었던 것은 이미 많은 독자층

---

45) 그러나 이해조의 작품이 모두 대중성을 확보한 것은 아니다. 『소년한반도』에 한문으로 연재한 〈잠상태〉는 단행본으로 출간조차 되지 않았으며, 〈화성돈전〉, 〈철세계〉, 〈자유종〉

을 확보한 몇몇 고전소설과의 적극적인 교섭을 통해 이루어진 것으로, 〈소양정〉 역시 고전소설과의 적극적인 교섭을 통해 대중성을 확보할 수 있었던 것으로 생각된다.

이해조는 『매일신보』에 〈소양정〉을 연재하면서 〈소대성전〉과 〈조웅전〉의 기본적인 서사 구조를 차용했다. 그러나 이 두 작품에서 많은 비중을 차지하는 군담이 〈소양정〉에서는 전혀 드러나지 않는다. 그로 인해 봉조에게서는 소대성이나 조웅과 같은 영웅적인 면모는 거의 찾아볼 수 없는 반면, 봉조를 찾아 나서고 죽을 위기에 처한 봉조를 구해내는 데 결정적인 역할을 하는 여주인공인 채란의 적극적인 행동방식은 부각되어 있다. 따라서 〈소대성전〉이나 〈조웅전〉은 사건 전개의 범위가 가정에서 국가 또는 사회로 확장되는 것과는 달리 〈소양정〉은 오히려 사건 전개의 범주가 가정 내로 좁혀진다. 〈소양정〉의 후대 개작본인 〈봉선루〉에서는 간신의 모함으로 억울하게 죽은 부친의 원수를 갚는 내용까지 삭제되어 있어 사건 전개의 범주가 철저히 가정 내로 국한된다.[46]

〈소양정〉과 〈봉선루〉의 봉조와 석영은 모두 처가 식구의 모해로 가출하여 부친의 죽마고우로 인해 각각 채란 및 옥련과 헤어지고 죽을 위기를 겪는다. 그러나 〈소대성전〉이나 〈조웅전〉과 달리 〈소양정〉과 〈봉선루〉에서 겪는 이러한 주인공의 위기는 가정 내 사건의 연속일 뿐

은 금서 처분을 받기도 했다. 〈화성돈전〉은 1910년 11월 16일에, 〈자유종〉은 1913년 7월 3일에, 〈철세계〉는 1913년 7월 19일에 각각 금서 처분을 받은 것으로 알려져 있다(『日政下의 禁書』33권 『신동아』1977년 1월호 별책부록, 257쪽과 259쪽, 최원식, 「〈화성돈전〉연구—애국계몽기의 조지 워싱턴 수용」, 『민족문학사연구』18, 민족문학사학회, 2001, 275쪽에서 재인용).

46) 귀족적 영웅소설은 국가적인 차원의 문제가 제기되고 정권의 다툼이 빈번히 등장하는 소재가 사용되었지만, 신소설은 가정문제를 개화기의 것으로 꾸며 놓고 가정적이고 개인적인 문제에서 흥미를 구현하고 있다(조동일, 앞의 책(1973), 119, 146~147쪽).

이다. 따라서 이해조의 〈소양정〉과 개작본 〈봉선루〉는 가정소설의 유
형에 근접한 작품으로 볼 수 있다. 〈소양정〉 외에도 『매일신보』에 연재
된 이해조의 작품들은 가정 내의 불화 및 가족과의 이별과 재회의 과정
을 드러낸 가정 소설의 유형이 대부분을 차지한다. 〈구의산〉과 〈춘외
춘〉은 전형적인 계모형 가정소설의 유형에 해당되며, 〈소양정〉과 〈봉
선화〉는 그 대상이 각각 사위와 며느리로 되어 있지만 계모형 가정소설
의 유형과 거의 유사하다.

　〈소양정〉과 〈봉선루〉가 출간되던 1910~1920년대의 신소설 가운데
는 가정소설이 가장 많은 비중을 차지하는데, 그 가운데서도 계모형 가
정소설이 많은 비중을 차지했던 것으로 알려져 있다.[47] 특정 유형의
소설이 많은 비중을 차지하며 지속적으로 출간되었다는 것을 대중성을
확보했기에 가능한 현상이다. 이러한 현상을 감지한 이해조는 『매일신
보』에 〈소양정〉을 연재하면서 보다 많은 독자층을 확보하기 위한 전략
으로 조선 후기 이미 대중성을 확보하는 데 성공한 〈소대성전〉, 〈조웅
전〉과 같은 귀족적 영웅소설의 기본적인 서사구조를 차용하되 혼인을
중심으로 한 가정 내의 문제를 부각시켜 가정소설 유형으로 변모시킨
것으로 보인다.[48] 그러므로 이해조가 〈소대성전〉, 〈조웅전〉과 같은 귀

---

47) 가정소설 가운데서도 계모형 가정소설이 신소설에서 압도적인 비중을 차지했던 것으로
　　선행연구에서 논의된 바 있다(이원수, 「계모형 소설의 형성과 변모」, 『고전소설 작품세계
　　의 실상』, 경남대학교 출판부, 1996, 386쪽 ; 오윤선, 앞의 논문, 351쪽).
48) 이해조가 이러한 방식으로 〈소양정〉을 연재하게 된 데에는 바로 앞서 『매일신보』에 연
　　재한 〈구의산〉에 대한 독자층의 반응이 크게 작용했을 것으로 생각된다. 앞서도 언급했지
　　만, 분명 〈구의산〉은 대중성을 확보하는 데 성공한 작품이다. 〈구의산〉이 계모의 악행으
　　로 인한 가정 내의 문제를 다룬 〈조생원전〉이나 〈김씨열행록〉과 같은 고전소설과 연관된
　　작품이기 때문이다. 이러한 가정소설 유형을 개작한 〈구의산〉이 독자층의 적극적인 지지
　　를 받았기 때문에 이해조는 조선 후기 이미 많은 독자층을 확보했던 〈소대성전〉, 〈조웅전〉
　　과 같은 귀족적 영웅소설 유형을 가정소설 유형으로 변모시킨 〈소양정〉과 같은 작품을
　　연재했던 것으로 생각된다.

족적 영웅소설 유형의 서사구조를 개작하여 가정소설 유형으로 개작한 〈소양정〉은 조선 후기에서 근대 계몽기로 이르는 시대의 흐름 및 소설 양식의 변화와 함께 대중성을 확보한 소설의 유형이 영웅소설에서 가정소설로 변모해가는 소설사의 흐름을 드러낸 작품으로 규정할 수 있을 것으로 생각된다.[49]

2) 1910년대 고전소설 대중화의 동인

3장에서도 언급했듯이 이해조가 〈자유종〉에서 고전소설의 가치를 폄하했다는 것은 이미 알려져 있다. 그러나 〈자유종〉을 면밀히 검토해 보면, 고전소설을 찾는 독자층이 상당수에 이를 정도로 고전소설이 대중적이었고 그로 인해 이해조 자신 또한 상당수의 고전소설을 읽었다는 사실을 인정하는 대목을 확인할 수 있다.

> 혹 발명ㅎ랴면 츈향젼을 누가 가르쳣나 심쳥젼을 누가 빈오라다 홍길동 젼을 누가 읽으라나 비록 읽으라홀지라도 다 졔게 달녓지훌터이나 이것이 ㄹ친것보다 더ㅎ지 휘문의숙갓흔 슈츙양옥과 보셩학교갓흔 너른교장에 칠판 괘종 칙상 걸상을 벌여노코 고명ㅎ교수를 월급쥬어 가라치ᄂ것보다 더 심ㅎ오 그것은 구역과 시간이나 잇거니와 이것은 구역도업고 시간도업시 젼국남녀들이 자유권으로 틈틈이보고 곳곳이읽으니 그됴흔 몃빅만 쳥년을 음탕ㅎ고쳐량ㅎ고 허황ㅎ구멍에 쓰러뭇ᄂ단 말이오 …… 다국문으로 긔록 ㅎ야 츌판ㅎ판칙도 만코 등츌ㅎ셰칙도만아경향 각쳐에 불쏫 쒸여빅이듯 업ᄂ 집이업스니 그것도 오거셔라 평싱을보아도 못다보오 그칙을 나도 여 간보앗거니와 됴흔죠희에 쥬옥 갓흔 글시로 셰셰셩문ㅎ야 혹이슴권 혹슈

---

49) 신소설이 출현하기 이전 작품 수가 많고 대중성을 확보한 유형은 흥미 본위의 상업적 소설인 영웅소설이다(조동일, 앞의 책, 1977, 272~275쪽).

십여권되는 것이만코 빅권니외되는것도잇스니 그즌본은적으며 그셰월은
얼마나 허미ᄒ양겟소50)

〈자유종〉이 1910년 7월 광학서포에서 출간된 것을 염두에 둔다면 위
인용문은 1910년 당시 고전소설이 상당히 많은 독자층을 확보하고 있
었다는 것을 제시하는 또 하나의 근거가 된다.51) 따라서 이해조는 고전
소설의 비현실적인 측면을 비판하기도 했지만, 고전소설과의 적극적인
교섭을 통해서 대중성을 확보한 작품들을 양산할 수 있었던 것이다.
〈소양정〉은 『매일신보』의 연재가 끝난 이후 단행본으로 6번씩이나 출
간된 것으로 보아 대중성을 지향한 이해조의 의도에 부합하여 많은 독
자들 확보하는데 성공했던 것으로 짐작되는데, 필사본 〈소양정기〉와
활자본 〈봉선루〉의 출현은 〈소양정〉의 인기를 더욱 명확히 보여준다.
〈소양정〉의 연재가 끝난 1912년부터 이해조는 『매일신보』에 판소리
를 개작한 소설 〈옥중화〉, 〈강상련〉, 〈연의각〉, 〈토의간〉과 〈춘외춘〉,
〈탄금대〉, 〈소학령〉, 〈봉선화〉의 신소설을 함께 연재하여 소설의 연재
범위를 넓혔다. 이해조가 〈소양정〉의 연재를 끝내고 『매일신보』에 소설
의 연재 범위를 넓히기 시작했던 1912년은 활자본 고전소설이 처음 출현
한 시기이기도 하다. 활자본 고전소설의 대부분이 1912년부터 1918년
사이에 집중적으로 간행되었는데,52) 〈옥루몽〉, 〈옥련몽〉, 〈옥린몽〉,
〈서한연의〉 등의 장편소설을 포함하여 방각본으로 간행되지 않았던 작

---

50) 〈토론소셜 ᄌ유종〉, 앞의 책, 11~12쪽.
51) 더구나 신소설이 성행하던 1910년대에도 여전히 고전소설은 활자본의 형태로 많은 독자
   층을 확보하여 신소설을 능가하는 대중성을 확보하고 있었다(권순긍, 「1910년대 활자본
   고소설 연구」, 『활자본 고소설의 편폭과 지향』, 보고사, 2000, 9~10쪽 ; 이주영, 『구활자
   본 고전소설 연구』, 월인, 1998, 163~178쪽 참조).
52) 권순긍, 앞의 책, 23쪽 참조.

품들까지 활자본으로 간행된 것은 고전소설의 독자층이 급격하게 증가했기에 가능했던 것으로 고전소설의 대중화가 가속화되던 시기로 볼 수 있다.[53)]

〈소양정〉은 이러한 1910년대 고전소설의 대중화를 가속화한 촉매제의 역할을 단행했던 것으로 생각된다.[54)] 〈소양정〉의 연재가 끝난 이후 이해조는 『매일신보』의 소설 연재 범위를 본격적으로 넓혔으며, 이때 연재된 판소리 개작 소설은 연재가 끝난 이후 즉시 단행본으로 출간되었고 지속적으로 간행되어 고전소설 이본의 한 부류를 형성했다. 더구나 구비 전승되던 판소리를 『매일신보』에 문자화시켰기에 그 파급력은 상당했을 것으로 짐작된다. 또한 〈소양정〉 서사의 근간을 이루었던 〈소대성전〉과 〈조웅전〉이 1910년대 완판본과 활자본으로 지속적인 출간된 점도 〈소양정〉이 1910년대 고전소설의 대중화를 촉진한 근거로 생각된다.[55)]

---

53) 또한 이 시기는 완판 방각소설이 집중적으로 간행되던 시기이기도 하다. 완판 방각소설은 19세기 후반에 출현하기 시작하여 20세기 초까지 지속적으로 출간되는데, 1910년대에 서계서포와 다가서포에서 영웅소설과 판소리계 소설을 중심으로 간행하기에 이른다. 그러나 19세기 중·후반에 활발하게 출간되었던 경판 방각소설은 1910년대에 이르러 뜸해진다. 이러한 현상은 서울 지역의 방각소에서 간행되던 경판 방각소설의 자리를 활자본 고전소설이 대신한 것으로 보인다. 활자본 고전소설의 출판사 및 서적상 역시 서울에 집중적으로 분포되었기에 활자본 고전소설이 전성기를 이루었던 1910년대에는 경판 방각소설은 전혀 출현하지 못하다가 1920년대에 이르러 한남서림을 중심으로 다시 간행되기에 이른다.

54) 이해조가 『매일신보』에 연재한 판소리 개작소설이 고전소설의 대중적인 인기를 조장했으며, 당시 일제의 검열 제도에 의해 침체에 빠져있던 서적상들에게 고전소설이 새로운 대안일 수 있다는 점일 인식하게 한 계기가 되기도 했을 것으로 이해조의 신문연재 소설이 활자본 고전소설의 출현에 영향을 미쳤을 가능성에 대해서는 이미 선행 연구에서 논의된 바 있다(권순긍, 앞의 책, 22쪽 ; 이주영, 앞의 책, 164~165쪽).

55) 완판본으로는 〈소대성전〉은 1911년 서계서포, 1913년 한남서림, 1916년 다가서포에서 간행되었고 〈조웅전〉은 1911년에는 서계서포와 문명서포에서, 1916년에는 다가서포에서 간행되었다.
　활자본으로 〈소대성전〉은 1914년 광문서시와 동미서시에서, 1916년 평양광문책사에서,

이해조는 〈우중행인〉을 마지막으로『매일신보』의 연재를 그만두지
만, 그 이후에도 〈홍장군전〉이나 〈한씨보응록〉과 같은 고전소설의 형
식에 근접한 작품을 남겼다. 이 두 작품이 1918년에 출판된 점을 감안
한다면 이해조는『매일신보』의 연재를 그만둔 이후에도 고전소설과 연
관된 작품을 저술했다는 것을 확인할 수 있는데, 이 또한 1910년대 고
전소설의 대중화와 연관된 것으로 보인다. 따라서 〈소양정〉은 이해조
가『매일신보』에 소설의 연재 범위를 넓히면서 고전소설과 연관된 작
품을 양산하고 1910년대 고전소설이 대중성을 확보하는 본격적인 계기
를 마련한 작품으로 생각된다.

5. 결론

이해조는 '신소설 시대의 최대 작가'로 평가받을 만큼 총 34편의 많
은 작품을 남겼다. 이해조의 작품들은 대체로 많은 독자층을 확보했지
만, 그가 남긴 작품이 모두 대중성을 확보했다고 보기는 어렵다.『소년
한반도』에 한문으로 연재한 〈잠상태〉는 미완에다가 단행본으로 출간
조차 되지 않았고, 〈화성돈전〉, 〈철세계〉, 〈자유종〉은 금서로 처분되
기도 했기 때문이다.

이해조의 작품들 가운데 대중성 확보에 성공한 작품들은 주로『제국
신문』과『매일신보』에 연재된 작품들이다.『제국신문』과『매일신보』
모두 상업성을 표방하고 있었지만 두 신문에 연재된 이해조의 소설 양

1917년 공진서관과 신구서림에서 간행되었고 〈조웅전〉은 1914년에서 1917년까지 덕흥서
림에서, 1916년 박문서관에서 간행되었다(권순긍, 앞의 책, 325~340쪽 ; 이주영, 위의
책, 216, 228쪽).

식은 변별된다. 이해조가 『제국신문』에 연재한 소설들은 기존의 소설 양식과 변별되는 특성을 드러냈다면 『매일신보』에 연재한 작품들은 고 전소설을 개작한 작품들이 대부분을 차지한다. 판소리를 개작한 소설 또한 고전소설의 이본으로 그 위상을 굳건하게 자리매김하고 있는 실 정이다. 이해조가 『제국신문』에 연재한 작품과 『매일신보』에 연재된 작품들은 연재 이후 거의 대부분이 단행본으로 출간되었지만, 『제국신 문』에 연재된 작품들보다 『매일신보』에 연재된 작품들의 출간 횟수가 훨씬 많은 편이다. 따라서 이해조의 신소설 가운데 고전소설과 적극적 으로 교섭한 작품이 대중성을 확보하는 데 성공했다는 것과 함께 이해 조가 대중성을 확보하기 위한 전략으로 고전소설과 적극적으로 교섭하 고 소통했다는 것을 확인할 수 있다.

　신소설 작가인 이해조가 대중성을 확보하기 위해 고전소설과 적극적 으로 교섭하고 소통한 것은 신소설이 출현하고 독자층을 확보해 가던 시기에도 고전소설이 대중성을 확보하고 있었기에 가능했다. 이해조의 작품 활동 후반기에 남긴 〈홍장군전〉과 〈한씨보응록〉이 고전소설로 평 가받고 있다는 점을 감안한다면, 이해조는 고전소설을 비판하기도 했 지만 결국에는 고전소설의 가치를 인정했다는 것을 확인할 수 있다. 신 소설의 최대 작가로 평가받는 이해조가 고전소설의 가치를 인정했다는 것은 신소설이 고전소설과 변별되는 특성을 드러내면서 출현했지만 여 전히 고전소설의 연장선에 위치하고 있다는 것을 재확인하는 근거가 된다.

위의 글은 『고소설연구』 30집(한국고소설학회)에 실린 논문을 수정·보완하였다.

〈춘향전〉 소설어의 재편과정과 번역

- 게일(James Scarth Gale) 〈춘향전〉 영역본(1917) 출현과 그 의미 -

이상현

1. 논의의 초점

1) 〈춘향전〉의 언어와 김태준의 학술어

김태준(金台俊, 1905~1949)의 「춘향전의 현대적 해석」(『동아일보』, 1935.1.1~1.8)은 "일제시대의 국문학 연구 전체를 통틀어 보더라도 유물변증법적 방법론에 입각한 문학연구의 최고수준을 보여"준 사례이며 "문예사회학적 문학연구의 뚜렷한 출발점"으로 평가받는다.[1] 이 글에서 주목하고자 하는 바는 김태준의 논문에서 점하고 있는 〈춘향전〉이란 작품 속 언어의 정체성이다. 그의 논문에서 〈춘향전〉을 구성하고 있는 문학어는 한국 고소설사의 한 시기를 가늠할 수 있는 중요한 기념비로 기능한다.

---

[1] 박희병, 「천태산인의 국문학연구(上)」, 『민족문학사연구』 3, 민족문학사연구소, 1993, 269쪽.

〈춘향전〉에는 그 시대의 모든 사회층이 모두 무대에 오르는 만큼 각층의 생활의 단면을 명백하게 보여준다. 거기에는 우선 간간이 보이는 物産名을 보아도 …… 세간으로 龍欌, …… 요리와 과실명으로 가리찜 · 제육찜 …… 酒類로 포도주 · 자하주 …… 蓮葉酒 등이요, 장신구류로 한산세저 …… 옥지환 등 실로 놀라운 種別에 미쳐 …… 다한 시민들의 손에 근대적 소유관계의 맹아를 보게 되는 것이요, 이러한 의식 기완(器玩)다소 종래보다 개량된 기계로 다소 상품적 전제하에 가공하는 수공업의 맹아를 보게 된 것이다. 화폐와 상품에 지배 권력을 잡지 못하였다 할지라도 봉건적 구권력으로는 제한하기 어려운 신세력을 이루는 것이니 이것이 시민 곧 中人들이요, 그들의 오락용인 연극문학도 반드시 그 비위에 맞게 하는 것으로 스스로 봉건적 구세력에 대립한 의식을 띠고 나온다.2)

여기서 〈춘향전〉의 언어는 전근대 한국의 구체제, 구사회 내부에서 신세력과 신사상이 등장했다는 역사적 준거, 신흥계급 문학의 발생(시대성)을 증빙해 주는 언어였다. 또한 그 "문장의 美"는 "前古에 없는 진보"를 보여주는 것으로 엄연한 문학적 형식을 지닌 언어로 규정된다. 김태준에게 〈춘향전〉의 언어는 "「서상기」, 「삼국지연의」, 「구운몽」", 송강의 「권주가」, "이조의 12가사"와 같은 문학을 계승한 작가의 창조적인 언어예술이었다. 또한 그에게 〈춘향전〉의 작가는 한국어가 지닌 내재적 특질을 잘 알아 도처에 기교적 경구(警句)와 미언(謎言)을 나열하는 "전례 없이 유창한" 한국어를 구가하는 인물이었다.(200~201쪽)

그러나 이처럼 〈춘향전〉을 근대문학 이전 과거의 문학(고전문학)정전으로 규정하고, 그 속의 언어를 한국의 과거 역사 속 문학어로 인식

---

2) 김태준, 박희병 교주, 『증보 조선소설사』, 한길사, 1990, 192쪽.(『조선소설사』, 淸進書館, 1933 ; 증보판 : 學藝社, 1939)

하는 담론 그 자체는 지극히 근대적이며 역사적인 것이었다. 김태준의 논문은 근대적 문학 관념과 이에 수반된 국문학사 담론이 출현한 이후 등장한 것이었다. 그는 이광수의 근대적 문학개념을 깊이 공감했으며, 문학연구의 외부에 놓이며 동일한 위상을 지닌 '인종학·지리학', '민속학', '사학', '종교학', 한국'어학'과 같은 당시 근대적인 분과학문의 존재들을 분명히 알고 있었다.[3] 그에게 근대적 지식 중 하나인 문학은 한국민족 생활의 발달(진보)을 파악할 중요한 심급이었다. 왜냐하면 그에게 문학 발달의 역사는 곧, 한국민족 생활에 있어서도 발달의 역사를 의미했기 때문이다.

김태준이 말하는 한국고소설의 정전, 〈춘향전〉이란 걸작의 성립과 관련하여 우리는 작품을 구성하고 있는 문학어 그 자체와 함께 〈춘향전〉의 언어를 문학어로 규정해 주는 또 다른 층위의 언어를 주목할 필요가 있다. 그것은 "사회층", "시민", "근대적 소유관계", "기계", "수공업", "화폐", "상품" 등의 작품 그 자체에는 존재하지 않는 어휘들이다. 이는 〈춘향전〉의 외부에서 작품의 의미를 규정 / 번역하는 김태준의 언어라고 말할 수 있다. 그의 논문은 작품 속의 언어(〈춘향전〉의 언어)와 작품 밖의 언어(김태준의 언어)가 함께 구성되어 있다. 양자의 관계는 넓은 의미로 보았을 때 '번역적 관계'라고도 말할 수 있다.

〈춘향전〉의 언어와 김태준의 학술어를 번역이란 관점으로 사유할 때, 「춘향전의 현대적 해석」에 대한 전사(前史)이자 그 성립의 기반들은 비단 안확의 문학사론이나 이광수의 문학비평으로 제한되지 않는다. 왜냐하면 우리는 한국이란 하나의 국적으로 환원할 수 없는 다양한 주체들, 외국인들의 〈춘향전〉에 관한 번역과 비평들을 대면하게 되기

---

3) 天台山人, 「古曲涉獵隨感」, 『東亞日報』, 1935.2.9.~2.16.

때문이다. 이를 범박하게 말한다면, 그것은 김태준 이전에 있었던 〈춘향전〉 번역의 역사이다.

2) 1910년대 〈춘향전〉 번역의 역사

1912년 『매일신보』에 연재된 이해조의 『옥중화』는 통속성이란 측면에서 당시 신문독자들의 대중적인 독서물로 규정된다. 『매일신보』 연재 이후 출판된 단행본이 이후 판소리계 고소설의 가장 유력한 판본으로 그 영향력을 발휘하게 된다는 측면과 당시 문학장에 대한 술회들을 보면 이러한 지적은 지극히 타당한 것이다.[4] 하지만 그 영향력의 파급이 대중적인 인기와 함께 향후 파생된 한국어 이본들에만 초점이 맞춰질 경우 보이지 않는 사각(死角)이 존재하게 된다. 그것은 『옥중화』를 전후로 등장한 〈춘향전〉 번역본들의 역사이다. 이는 비단 〈춘향전〉의 외국어 번역사례로만 국한되는 것이 아니라, 당대 한국의 다언어적 상황, 한국의 서기체계(書記體系, écriture), 근대 고소설 비평 혹은 한국 고소설론의 등장이란 문제와 밀접하게 관련되어 있다는 것이 이 글의 문제의식이다. 기존논의들에서 중요한 번역사례들은 이미 충분히 검토되었는데, 그 서지사항과 저본을 정리해 보면 다음과 같다.[5]

---

4) 권순긍, 『활자본 고소설의 편폭과 지향』, 보고사, 2000 ; 이주영, 『구활자본 고전소설 연구』, 월인, 1999.

5) 춘향전 영역본에 관해서는 오윤선(「춘향전 영역본의 고찰」, 『판소리연구』 23, 판소리학회, 2004 ; 『한국고소설 영역본으로의 초대』, 지문당, 2008), 이상현(「근대 조선어, 조선문학의 혼종적 기원-「朝鮮人의 心意」(1947)에 내재된 세 줄기의 역사」, 『사이』 8, 국제한국문화/문학회, 2010.5)의 연구를 참조. 〈춘향전〉 일역본에 대해서는 정대성(「『춘향전』 일본어 번안 텍스트(1882~1945)의 계통학적 연구-〈원전〉의 전이양상과 다성적(多聲的) 얽힘새」, 『일본학보』 43, 한국일본학보, 1999), 니시오카 켄지(西岡健治)(「일본에서의 『춘향전』 번역의 초기양상」, 『어문논총』 41, 한국문학언어학회, 2004), 권혁래(「다카하시(高橋) 본 춘향전의 특징과 의의」, 『고소설연구』 24, 한국고소설학회, 2007)의 연구를 참조.

	작품명 및 서지사항	배치 양상 및 특징
A 다카하시 도루 (高橋亨)	『春香傳』 (『朝鮮の物語集 附俚諺』, 日韓書房, 1910)	· 설화와 함께 배치 · 현존〈춘향전〉 이본군으로는 분명한 하나의 저본을 확정할 수 없음.
B 이해조(李海朝)	『獄中花』 (『매일신보』 1면, 1912.1.1.~3.16.)	· 신문 연재소설 · 개별단행본 출판
C 게일 (James Scarth Gale)	Choonyang (The Korea Magazine 1917.9.~1918.4.)	· 월간 잡지연재 · 『옥중화』에 대한 완역
D 호소이 하지메 (細井肇)	『春香傳』(역자명 없음, 『朝鮮文學傑作集』, 奉公會, 1924) = 趙鏡夏 譯, 島中雄三 潤色, 「廣寒樓記」, 『通俗朝鮮文庫』第4集, 自由 討究社, 1921	· 한국문학전집 속에 배치 · 『옥중화』에 대한 축역

　도표에서 〈춘향전〉 번역본 그 자체보다 더욱 주목되는 측면은 1910년대 이후 〈춘향전〉 번역본이 배치되는 문맥의 전환이다. '설화집'에서 '문학텍스트'(문학작품)로 종국적으로는 '한국문학전집'(정전)에 배치되는 〈춘향전〉의 모습이 의미하는 바는 무엇일까? 우리는 이 문맥을 근대 〈춘향전〉의 정전화 과정이라고 규정할 수 있을 것이다.

　그렇지만 이러한 규정으로는 해결되지 않는 몇 가지의 질문들이 존재한다. 상기도표의 〈춘향전〉들은 과연 동일한 것이었을까? 또한 왜 〈춘향전〉은 지속해서 재번역 되어야 했을까? 이 재번역 사이에 놓인 『옥중화』의 의미는 무엇일까? 이러한 질문들과 관련하여 이 글에서는 〈춘향

<hr>

조선연구회와 자유토구사의 고소설 번역과 관련해서는 박상석(「추풍감별곡 연구 : 작품의 대중성을 중심으로」, 연세대학교 석사학위논문, 2007), 서신혜(「일제시대 일본인의 古書 刊行과 호소이 하지메의 활동-고소설 분야를 중심으로」, 『온지논총』 16, 온지학회, 2007), 최혜주(「한말 일제하 재조일본인의 조선고서간행사업」, 『최남선 다시 읽기-최남선으로 바라본 근대 한국학의 탄생』, 현실문화, 2009), 박상현(「제국일본과 번역-호소이 하지메의 조선 고소설 번역을 중심으로」, 『일어일문학연구』 제71집 2권, 한국일어일문학회, 2009)의 연구를 참조.

전)이 번역적 대상으로 소환되며, 번역을 통하여 새로운 가치가 재생산
되는 양상을 살펴보려고 한다. 특히 상대적으로 검토되지 않은 게일의
〈춘향전〉영역본을 주목할 것이다. 그 이유는 이 영역본 출현에 놓인
두 가지 맥락 - "근대적 문학 관념의 출현과 〈춘향전〉번역사에서 있어
서 직역관념의 출현이란 사건"은 주목되는 표지이기 때문이다.6)

2. 한국 구어의 발견과 〈춘향전〉이라는 민족지

"周時經과 美人 奇一(인용자 - 게일) 法人 安神父 日人 高橋亭(인용자 -
다카하시 도루)이 韓語研究會를 組織하다" (『매일신보』, 1909.12.29.)

게일(James Scarth Gale, 1863~1937), 다카하시 도루(高橋亭, 1877
~1967) 한국학의 출발은, 한국의 말의 세계 즉, 한국어에 관한 탐구였
다. 두 사람 모두 '한국어문법서'와 '한국의 설화집'을 발행했다는 공통점
을 지닌다.7) 1910년대 편찬된 설화집과 달리 게일, 다카하시 문법서의

---

6) 춘원의 근대문학관념에 대한 논의들을 이곳에 거론하는 것은 생략한다. 다른 〈춘향전〉
번역본에 비해 게일의 영역본이 주목받지 못했다는 측면도 물론 중심 대상으로 선정한
이유이기도 하다. 이에 대한 논의는 리처드 러트의 평이 거의 유일한 것이라고 말할 수
있다. 리처드 러트는 게일 영역본의 특징을 그 저본이 이해조의 『옥중화』이며 번안 / 축약
이 아니라 번역이라고 말할 수 있는 '완역의 수준'에 이른 것으로 평가한 바 있다.(R. Rutt
& Kim Chong-un trans., "The Song of Faithful Wife, Ch'un-hyang", Virtuous
women : three masterpieces of traditional Korean fiction, [Seoul] : Korean Na-
tional Commission for Unesco, 1974, p.238) 게일 영역본의 서지사항은 다음과 같다.
J. S. Gale, "Choonyang", The Korea Magazine, 1917.9~1918.7(소장처 : 국회도서관
자료형태 : 1microfilm; 35mm)

7) 게일이 주시경에 관한 언급한 것으로 추론되는 글이 한 편 있으며(이만열, 류대영, 옥성
득, 『대한성서공회사』 II, 대한성서공회, 1994, 115~116쪽), 로스 킹은 개신교 선교사의
정서법 논쟁과 한국 근대지식인의 정서법 재정을 비교 검토하여 관련성을 추론한 바 있

발행 시기는 상대적으로 큰 차이를 보여준다.[8] 하지만 다카하시의 언급
(「自書」 2쪽)처럼, 한국어는 일본인, 서구인 나아가 한국인에게도 학술
적으로 여전히 미지의 대상이었다. 그 이유는 축적된 선행연구의 부족도
있었지만 한국어 그 자체가 생성과정 중인 미정형의 언어였기 때문이다.
다카하시의 문법서에 배치된 한국어는 한국인의 "口語"(「例言」 1쪽)로
규정된다. 한국의 유학사상이나 종교에 관한 탐구와 대비해 본다면 다카
하시의 고소설 번역은 한국의 구어에 대한 연구와 일련의 연속선을 지닌
실천이었다.

　다카하시, 게일을 비롯한 근대 지식인들의 한국어 연구는 자연 상태
에 놓여 있던 구어(口語)를 수집, 기록하는 작업이었다. 즉, 서기(書記)
언어로 재편된 새로운 언문일치의 문어를 예비하는 작업이었다. 물론
그들의 한국어학 연구보다는, 실제로 한국어를 사용했던 다양한 근대
한국 미디어가 더 큰 역할을 담당했을 터이다. 하지만 외국인들의 이중
어사전에는 그 변모과정의 흔적이 오롯이 남겨져 있다. '諺文' 혹은 '國

다.("Western Missionaries and the Origins and the Origins of Korean Language
Modernization." *Journal of international and area studies* 11 (3): 7~38, Seoul:
Institute of International Affairs, Graduate School of International Studies, Seoul
National University, 2005, pp.26~33) ; 황호덕은(「번역가의 왼손, 이중어사전의 통국
가적 생산과 유통-언어정리 사업으로 본 근대 한국(어문)학의 생성」, 『상허학보』 28, 상
허학회, 2010) 조선인, 서양인 선교사, 총독부, 일본 민간 한국학단체의 상호협업을 통해
발행한 이중어사전의 상호참조의 역사를 개괄함으로 조선학의 통국가적인 성립과정을 제
시한 바 있다.

8) 게일은 『천예록』과 『청파극담』을 기반으로 한 설화집을 1913년에 출판했다.(*Korean
Folk Tales : imps, ghost and fairies*, New York : J. M. Dent & Sons., 1913) 다카하시
도루(高橋亨), 『韓語文典』, 東京 : 大橋新太郎, 1909(김민수·하동호·고영근 편, 『歷代韓
國文法大系』 第2部 第14冊, 탑출판사, 1979) ; James Scarth Gale, 『辭課指南』(*Korean
Grammatical Forms*), Seoul : Trilingual Press 1894(初版), Seoul : Methodist Press
1903(再版), Seoul : The Korean Religious Tract Society, 1916(改訂版)(김민수, 하동
호, 고영근 편, 第2部 第4冊, 탑출판사, 1979)

文', '國語'란 어휘가 표상해 주는 한국어에 대한 외국어 풀이는 이 점
을 여실히 보여준다.

1911년판 게일의 사전에서 비로소 '國語'란 어휘(개념)를 발견할 수
있다. 이는 19세기 말~20세기 초 '國語'보다는 '國文'이란 어휘가 더욱
일반화되어 쓰였던 당시의 정황을 잘 반영하고 있던 셈이다[9] 하지만
'國文'이란 어휘보다 외국인이 많이 사용한 한국어를 범칭하는 대표적
인 어휘는, 과거 한국에서 전래되던 諺文(Underwood, 1890)이었다.
언더우드, 게일로 이어지는 한영이중어사전 속에서 '諺文'은 개념상의
변주를 보여준다.

> 諺文 The common Korean alphabet(Underwood, 1890), The native
> Korean writing; Ünmun See. 국문(Gale, 1897~1911), The native
> Korean writing; oral and written languages(Gale, 1931)

언문은 언더우드의 사전 속에서 '한국의 표음문자, 하나의 표기(정서
법)'라는 개념을 지니고 있었다. 언더우드가 그의 문법서(1891)에서 잘
말해 주었듯이 '말(speech)=언문'이란 도식은 서구인들이 지닌 오해였
던 것이며, '언문'이란 개념은 결코 구어와 등치(言文一致)되는 것이 아
니었다. 하지만 이후 '언문'은 '한국인의 말과 글'을 통칭하는 개념으로
변모(Gale, 1931)된다.[10] 그 변모는 1897년 게일의 사전에서 유사어로

---

9) 이하 이중어사전의 서지는 [첨부자료]의 약호에 의거하도록 한다. '國語'는 "The national
tongue ; the language of a country"(Gale 1911~1931)라고 풀이된다. 당시 '국어', '국문'
관념에 대한 분석은 이병근, 「근대 국어학의 형성에 관련된 국어관―대한제국 시기를 중심
으로」, 『한국 근대 초기의 언어와 문학』, 서울대학교 출판부, 2005를 참조.
10) 그 중요한 계기는 '文學', '國語', '言文一致' 등 표제항(개념)의 등장과 긴밀히 관련된다.
언문일치(言文一致) The oneness of the oral and written languages(Gale 1911), The
unification of the oral and written languages(Gale 1931) ; 국어(國語) The national

배치된 국문(國文)이란 어휘에서도 발견할 수 있다. 1897~1911년까지 국자(國字) 차원의 의미("The national character-Ünmun")에서 1931년 사전에서 국문학이란 어휘와 유사한 의미를 지니게 되기 때문이다.(The national literature. Korean Ünmun)

서구인들에게 한국어는 크게 구어와 두 층위의 문어(한글문어 / 한문문어)로 나뉘어 인식되고 있었다.[11] 주지하다시피 이 세 층위 한국어의 관계망은 복잡한 것이라 말할 수 있는 데 가장 큰 이유는 한글문어의 역사적 변천과정 – 한글문어를 지칭하는 국문 개념이 정서법, 표기법, 문자체계의 의미에서 글쓰기 그리고 종국적으로는 국문학을 내포한 개념으로 큰 변모를 보인 점과 관련되는 것이다. 이렇듯 언문(국문) 개념의 변동과 함께 〈춘향전〉에 새겨진 언문을 보는 관점 역시 달라졌을 가능성을 염두에 두어야 한다.

즉, 다카하시에게 한국인의 구어, 고소설 속의 언문은 언문일치란 가정 속에서 인쇄된 문헌에 새겨지며, 정서법의 확립을 통해 균질화된 국어의 형상을 지닌 근대어와는 다른 성격의 것이었다. 다카하시는 〈춘향전〉이 "가나문(假名文)으로 쓰였으며 …… 서림(書林)에서 판매된다"고 말했다. 즉, 그는 〈춘향전〉의 언어가 책 속의 언문이란 사실을 분명히 알고 있었다. 하지만 그의 저술 속에는 기록물과 구전물이란 구분이 별도로 없이 한국의 구어란 맥락에서 속담, 설화, 고소설이 공존한다. 다카하시의 단행본에 배치된 〈춘향전〉의 언어는 문헌 속에 배치된 '문

---

tongue ; the language of a country(Gale 1911~1931) ; 문학(文學) literature ; literary, philosophical, or political studies; belles-lettres(Gale 1911). literature ; belles-lettres(Gale 1931).

11) 이에 대한 구체적인 양상은 이상현, 「언더우드의 이중어사전 간행과 초기 한국어의 재편과정」, 『동방학지』 151, 연세대학교 국학연구소, 2010을 참조.

학어'(문학정전의 언어)라기보다는 함께 배치된 설화, 속담에 근접한 언어(설화)로 인식되었다는 가설을 던져볼 수 있다. 이는 게일을 비롯한 서구인들의 초기 한국고소설에 대한 인식과도 잘 부합되는 것이었다.[12] 더욱이 〈춘향전〉이 연행되었던 사정은 구어와 문어의 경계를 한층 더 모호하게 만드는 데 일조했을 것이다.[13]

이 점과 관련하여 다카하시에게 번역적 대상, 〈춘향전〉 텍스트의 언어가 어떤 의미였는지를 살펴볼 필요가 있다. 즉, 다카하시의 한국어에 대한 인식이 〈춘향전〉 번역에 어떻게 작용했는지를 면밀히 살펴봐야 하는 것이다. 다카하시의 일역본 역시 과거의 〈춘향전〉 번역본과는 다른 차이점을 지니고 있다.[14] '경판 30장본 이하 계열'의 저본이라 추정되는 나카라이 도스이(半井桃水, 1860~?)나 알렌(H. N. Allen, 1858~1932)의 번역본들과 달리, 다카하시의 번역본은 완판본 계열 저본의 영향력이 나타나기 때문이다. 나아가 방각본뿐만 아니라 판소리 연행 자체의 영향력도 엿보인다(권혁래, 385쪽). 이로 말미암아 단일한 저본을 추정할 수 없을 정도로 다양하며 복합적인 이본적 특성을 지닌 텍스트라는 평가를 받는다.[15]

하지만 현존 〈춘향전〉 이본들로는 하나의 분명한 저본을 추적할 수

---

12) 조희웅의 연구는 비록 서구인들의 설화연구에 대한 것이지만, 실상 초기 서구인의 고소설 연구 전반에 관한 연구이기도 하다. 초기 그들의 설화연구에 있어서 고소설은 결코 구전설화와 분리되어 있지 않았기 때문이다.(「서구어로 씌어진 한국설화·한국설화론」, 『이야기 문학 모꼬지』, 박이정, 1995, 409~425쪽)

13) 다카하시는 일본인 독자를 위해서 "조루리(淨瑠璃)", "시바이(芝居)"를 빗대어 표현했으며, 전문적인 연행형태 이외에도 널리 구전되며 공연된다는 사실을 지적했다.(201쪽)

14) 니시오카 켄지(西岡健治), 「일본에서의『춘향전』번역의 초기양상」, 『어문논총』 41, 한국문학언어학회, 2004 ; 김신중·김용의·신해진, 「나카라이 도스이 역『鷄林情話 春香傳』연구」, 『일본어문학』 17, 한국일본어문학회, 2003.

15) 권혁래, 앞의 글 참조.

없는 부분들이 다수 보인다는 점에서는 이후 고찰하게 될 게일의 영역본과는 현격하게 변별된다. 비록 다카하시가 참조했을 현존하지 않는 〈춘향전〉이본의 가능성을 배제할 수 없지만, 개작 즉, 번역이라기보다는 '번안'에 근접한 부분들이 번역된 작품 속에 상당량 존재한다고 보는 편이 한결 더 생산적인 관점이다.16) 이 속에서 발견할 수 있는 다카하시의 인식은 당시 방각본이란 저본으로 유통되던 〈춘향전〉의 언어를 문어로 인정하여, 직역을 통해 보존할 필요가 없다는 관점이다. 즉, 원본 〈춘향전〉을 구성하는 언어는 다카하시에게 결코 하나의 단행본에 놓인 제한된 문학어는 아니었던 셈이다.

상당한 시간이 경과한 1917년 『일본사회학원연보(日本社會學院年報)』에 게재된 논문이기도 했던 다카하시 도루의 『조선인』(1921)에서 〈춘향전〉을 포괄하는 당시 한국어와 한국문학의 실상은 다음과 같이 거론된다.

> 언문으로 된 문학이 없고 언문의 기원과 법칙을 연구한 학자도 없다 ……… 자랑스러운 문자도 한국의 문학사, 사상사에서는 중요한 가치가 없으니 오로지 한문만 읽을 수 있으면 한국의 문학과 철학은 대체로 유감없이 연구할 수 있는 것이다. …… 문학 또한 그러하다. 1천 수백 년 동안 단지 한문만을 문장과 시로 여겨 한국 국문체를 만들어 내지 못했다. 일본의 국문에 해당하는 문체가 없고 철두철미하게 한문만으로 문학을 이루었다. 조선 중엽에 이르러 비로소 언문의 소설이 많이 나타나나, 田夫·野人이나 내방의 부녀자의 읽을거리였을 뿐이다. 다만 그러한 소설조차 중국소설을 표절한

---

16) 알렌, 나카라이 도스이, 다카하시의 〈춘향전〉 번역본을 일종의 개작된 번안으로 보는 관점은 합의가 이루어졌다. 알렌의 번역본에 대해서는 사재구, 전상욱, 「춘향전 이본 연구에 대한 반성적 고찰」, 설성경 편, 『춘향전 연구의 과제와 전망』, 국학자료원, 2004, 184~187쪽 ; 나카라이 도스케의 번역본에 대해서는 김신중, 앞의 글 참조.

것이거나 환골탈태한 데에 불과한 것이 많다. 유명한 〈춘향전〉과 같은 것
은 『西廂記』를 모방 …….17)

〈춘향전〉을 구성하는 國文[언문]이 표기의 수단을 넘어 한문문어의
학술, 문예적 위상을 지니지 못했다는 그의 인식이 의당 〈춘향전〉 번역
에 반영된 셈이다. 즉, 다카하시에게 한국의 고소설과 〈문학〉은 인쇄된
문헌 속의 모든 언어를 보존해야 할 언어예술이라는 의미를 지니지 못
했다. 그의 인식 상에서 〈춘향전〉은 한국민족의 정신과 독자적인 민족
성을 드러내지 못하는 근대국민문학으로는 '미달된 문학'이었다.

다카하시는 『조선인』에서 한국인의 민족성을 규명하기 위해, "지리,
지질, 인종, 언어, 사회, 역사, 정치, 문학·예술, 철학, 종교, 풍속 습
속"이라는 11가지의 근대적 학제를 제시했다. 『朝鮮の物語集附俚諺』
의 서문은 어디까지나 이 책이 문학이 아니라 한국인의 "풍속과 습속"
을 규명하기 위한 것임을 명백히 밝혔다.18) 즉, 〈춘향전〉의 언어는 언
어 그 자체를 익히기 위한 회화(어학)의 영역도 아니었으며, 언어 그
자체를 온전히 재현해서 보존해야 하는 문학의 분과학문에 부합되는
성격도 아니었다. 다카하시에게 〈춘향전〉을 비롯한 한국의 고소설은
한국인의 언어 속에 반영된 원시적인 사고와 풍습을 읽어야 하는 "민족
지적 탐구의 대상"에 근접한 것이었다.

---

17) 다카하시 도루(구인모 역), 『식민지 조선인을 논하다-다카하시 도루가 쓰고 조선총독부
　가 펴낸 책, 『조선인』』, 동국대학교 출판부, 2010, 76~78쪽.
18) 다카하시 도루(박미경 편역) 『다카하시 도루의 조선 속담집』, 어문학사, 2006, 18쪽 ;
　『조선인』에서 "조선시대에 이르러서 풍속, 습속의 특색이라고 볼만 한 것은 유교 교양의
　실현"(54쪽)이라고 결론을 짓는다. 이러한 그의 시각은 원한경의 「서목」(1931)의 분류항목
　인 〈민족학, 사회생활과 풍습〉과 겹쳐지는 측면이 존재한다.(H. H. Underwood, "A
　Partial Bibliography of Occidental Literature on Korea", *Transactions of the Korea
　Branch of the Royal Asiatic Society* 20, Seoul : Korea, 1931.)

3. 『옥중화』의 출현과 〈춘향전〉 번역지평의 전환

다카하시는『朝鮮の俚諺集附物語』(1914)에서 한국인의 민족성을 "사상의 고착성, 사상의 무창견(無創見), 무사태평, 문약(文弱), 당파심, 형식주의"라고 규정했다. 물론 그가 연구를 통해 발견했던 한국인의 민족성을 무용한 것으로 결론짓지는 않았다. 하지만 그는 현재의 조선사회는 그가 발견한 민족성들이 마치 소멸되는 것처럼 보인다고 말했다. "도로와 토지의 소유권 발생, 사회적 계급의 타파, 직업의 귀천 소멸, 수입(收入)에 대한 숭상"이라는 한국사회의 변동 때문이었다. 그러나 이러한 변동 속에는 "한국 국문체"의 새로운 형태, 〈춘향전〉(그리고 그 속의 언어)을 고소설(고전어)로 환원시키는 한국의 근대어, 근대문학이 생성되는 과정이 놓여있었다.[19]

즉, 한국사회의 변동과 더불어 한국의 언어질서 역시도 큰 전환점이 있었던 것이다. 이러한 한국어의 변동에 관해 다카하시가 말한 글이「조선의 문화정치와 사상문제」(1923)이다.[20] 다카하시는 "최근 몇 년 사이 일부 조선인 가운데에서 갑자기 조선어를 존중하고, 조선어를 보다 발전시켜 국어로 삼고자 하는 노력이 두드러지게 나타나는 데에 놀랐다"고 말했다. 빈약한 어휘수와 문법이 부재하며 복잡한 사고를 한문으로 표현하는 것이 관행이었던 한국의 "학자와 지식인들이" 한국어로 "사상을 표현"하기 시작한 것이다. 다카하시에게 이러한 현상은 과거 상상조차 할 수 없는 것이었다.(143쪽)

---

19) 이상현,「근대 조선어·조선문학의 혼종적 기원-「조선인의 심의」(1947)에 내재된 세 줄기의 역사」,『사이間SAI』 8, 국제한국문학문화학회, 2010.

20) 다카하시 도루,「조선의 문화정치와 사상문제」, 구인모 역,『식민지 조선인을 논하다-다카하시 도루가 쓰고 조선총독부가 펴낸 책,『조선인』』, 동국대학교 출판부, 2010(「朝鮮の文化政治と思想問題」,『太陽』第29卷 第5號, 東京 : 博文館, 1923.5.).

"언문저술"의 왕성한 출판, 한국어 자체에 대한 연구의 유행보다 다
카하시를 더욱 놀랍게 한 것은 1923년에 이르러 "어떠한 일본어라도
번역에 거의 지장이 없을 정도가" 된 한국어의 새로운 모습이었다. 다
카하시는 이를 "마치 일본어 문장이나 담화가 영어, 불어, 독일어를 통
해 메이지 시기 동안 대단히 진보, 발전했던 것과 같은 경로를 거쳐 조
선어도 일본어를 통해 크게 발달하게 된 것"이라고 평가했다. 3·1운동
이후 공론장 속 언어질서의 변동은 한국인, 외국인 모두 간과할 수 없
는 중요한 사건이었던 것처럼 보인다. 다카하시가 지적한 1920년대 한
국어의 변모를 서구인들의 기록 속에도 그리 어렵지 않게 발견할 수
있기 때문이다.[21]

일본어와 한국어의 번역가능성이 증대되고 이 시기 한국 근대어를
일본어의 번역문으로 인식하는 동일한 모습을 『개벽』을 위시한 한국의
근대잡지를 논평한 커(William C. Kerr)의 언급 속에서 발견할 수 있다.
그 변모양상은 급격한 것이었으며 당시 외국인들이 대면하고 대처해야
할 한국의 현실이었다. 게일, 원한경의 영한사전(Gale, 1924/Under-
wood, 1925) 발간, *Korea Bookman*에서 진행된 언어정리 사업은 그들
이 대면했던 곤경을 암시해 주는 중요한 증거이다.[22] 이 새로운 한국의
근대어는 외국인의 눈에는 일본어에 대한 번역문으로 보이는 낯선 것이
었다. 하지만 한국의 근대지식인에게 결코 한국식 한자음이라는 음가를
지닌 동일한 한국어로 인식되는 것이기도 했다.[23] 근대 한국어의 재편

---

21) 이하의 진술은 황호덕·이상현의 「번역과 정통성, 제국의 언어들과 근대 한국어」(『아세
    아연구』 145, 2011)의 내용을 요약한 것이다.
22) *Korea Bookman*에 수록된 서구인들의 언어정리사업 관련기사와 대역어휘 목록은 황호
    덕·이상현 역, 『개념과 역사, 근대 한국의 이중어사전 : 외국인들의 사전편찬사업으로
    본 한국어의 근대』 2(박문사, 2012)의 3부를 참조.
23) "일본어 문장을 번역하는 것은 그들[인용자 : 한국인]의 자유이지만, 동시에 원문의 저자

이라는 이러한 흐름이 1910년대부터 이미 내재되어 있었고 과거의 고전 텍스트에도 영향력을 끼치고 있었다. 그 중요한 사례가『옥중화』를 기반으로 한 〈춘향전〉의 새로운 이본 계통이었다.

『옥중화』의 등장은 〈춘향전〉의 번역장과 번역지평 역시도 크게 변모시켰다.[24] 1917년 이후 〈춘향전〉의 재번역에는『옥중화』의 출현이라는 사건이 크게 개입되어 있다.『옥중화』의 출현은 번역저본 텍스트가 '방각본'에서 **활자본** 고소설로 확대된다는 점을 의미한다. "만고열녀 춘향의 사적은 세상에서 책과 노래로 전하였으나 책은 모두 간략하고 노래난 너무 음탕할 새 지금 소설에 유명한 대가가 그 사적을 조사하여 유명한 노래와 참조하여 써 옥중화가 되었으니"란 광고 문구(『杜鵑聲』, 普及書館, 1912, 뒤표지)는 과거 〈춘향전〉과『옥중화』를 구별하는 당시 출판계의 전략을 보여준다. 과거에 간략했던 책의 분량을 상당히 보강한 시각화된 독서물로 재편했음을 강조했으며, 이곳에는 광대의 구연(노래)을 기록한다는 기술(technology), 즉, 작가(대가)의 필요성이 전제되어 있다.[25]

『옥중화』의 성립조건이라고 할 수 있는 **작자성이 존재하는 "인쇄"된 단행본**이란 조건이 내면화되어감에 따라 〈춘향전〉은 하나의 단행본으로 상상되는 작품, '닫혀진 텍스트'로 변모된다. (초기 서구인에 의한)

에 대해서 상당한 경의를 표하여, 그 이름을 밝히는 것이 문단의 예의라고 생각한다 ”(145쪽)는 다카하시의 진술은 당시 한국의 근대어에 관한 그의 소견을 잘 보여준다.

24) '번역장' 및 '번역지평' 개념은 조재룡, 「"번역문학"의 정치성에 관한 고찰-직역과 의역의 이분법을 넘어서」(『비교한국학』 17권 1호, 국제비교한국학회, 2009)를 참조.

25) 여기서 작가의 역할은 음란한 장면을 소거함으로 〈춘향전〉의 사랑을 이상화했다고 평가되는『옥중화』가 보여준 개작의 논리가 전제되어 있었다. 이는 최남선, 이광수 등의 근대 〈춘향전〉 개작의 논리이기도 했다. 강진모, 「〈고본 춘향전〉의 성립과 그에 따른 고소설의 위상 변화」, 연세대학교 석사학위논문, 2003 ; 최재우, 「이광수 〈일설 춘향전〉의 특성연구」, 설성경 편, 『춘향전 연구의 과제와 전망』, 국학자료원, 2004.

사전 속에 등재된 어휘, 확정된 문법 및 철자법을 지니지 않았던 과거 〈춘향전〉은 구술성(광대의 노래)이 더 강하게 작동하는 텍스트, 즉 상대적으로『옥중화』에 비해 번역에 있어서는 열린 텍스트였다고 말할 수 있다.[26] 하지만 향후 〈춘향전〉 이본들은『옥중화』계열이라 명명된 판본들이 중심에 서게 되며『옥중화』는 게일, 호소이가 편찬한 새로운 〈춘향전〉 번역본의 저본이 된다.

게일의 〈춘향전〉 번역본은 과거 방각본보다 풍부한 분량을 갖춘『옥중화』에 대한 완역본이었다. 편집자의 논평은『옥중화』출현 이후 등장한 게일의 영역본이 지닌 의미를 함축해서 보여주고 있다.

"편집자들에게 이 연재물이 〈춘향전〉의 직역(a literal translation of Choon-yang)이냐고 묻는다면, '그렇다'라고 대답할 것이다. 〈춘향전〉과 같은 이야기는 외국인에 의하여 첨가 혹은 축약될 경우 그 매력을 완전히 잃어버릴 것이다. 이 연재물은 한국인 사고의 모습들을 독자에게 예시해 주기 위한 제공된 것이다. 따라서 완벽하며 충실한 번역이 절대적으로 요청되었다.[27]

게일의 번역본은 "저본을 확정할 수 있는 완역본"이며 그 근간에는 직역이란 번역관이 놓여있다. 이러한 지향점은 게일의 영역본 자체에도 충실이 반영되어 있다. 그의 영역본은 저본『옥중화』텍스트와 대응 관계를 비교해 보면, 행 단위를 기준으로 누락되거나 큰 변용을 보인

---

26) 월터 J. 옹, 이기우·임명진 옮김,『구술문화와 문자문화』, 문예출판사, 1995, 5장 참조.
27) The Editors have been asked if this is a literal translation of Choon-yang, and they answer, Yes! A story like Choon-yang to be added to by a foreigner, or subtracted from, would entirely lose its charm. It is given to illustrate to the reader phases of Korean thought, and so a perfectly faithful translation is absolutely required.("Choonyang", *The Korea Magazine*, 1918.1.)

장면들은 극히 일부이다.([첨부자료 2]) 그 일례로 도입부를 펼쳐보면 다음과 같다.

When specially beautiful women are born into the world, it is due to influence of the mountains and streams. Sosee (주1) the loveliest woman of ancient China (+) sprung from the banks of the Yakya River at the foot of the Chosa Mountain; Wang Sogun(주2), another great marvel(+), grew up where the waters rush by and the hills circle round (一); and because the Keum torrent was clear and sweet, and the Amee hills were unsurpassed, Soldo(주3)! and Tak Mungun(주4) came into being. Namwun District of East Chulla, Chosen, lies to the west of the Chiri Mountains, and to the east of the Red City River. The spirits of the hills and streams meet there, and on that spot Choonyang was born.(絕對佳人 삼겨날 제 江山精氣 타셔난ᄃ 苧蘿山下若耶溪 西施가 鍾出ᄒ고 群山萬壑赴荊門에 王昭君이 生長ᄒ고 **雙角山이 秀麗ᄒ야 綠珠가 삼겻스며(누락)** 錦江滑膩蛾嵋秀 薛濤 文君 幻出이라 湖南左道 南原府ᄂ 東으로 智異山, 西으로 赤城江 山水情神 이 어리어셔 春香이가 삼겨있다)

(주1) Sosee, who lived about 450 B.C., was born of humble parents, but by her beauty advanced step till the gained complete control of the Empire, and finally wrought its ruin. She is the ne plus ultra of beautiful Chinese women.

(주2) Wang Sogun. This marvellous woman by her beauty brought on a war between the fierce babaria Huns of the north and China Proper in 88 B.C. She was finally captured and carried away, but rather then yield herself to her savage conqueror, she plunged into the Amur River and was drowned. Her tomb on the bank is said to be marked by undying verdure. The history of Wang Sogun forms the basis of a drama translated by Sir John Davis and entitled the "Sorrow of Han."

(주3) Soldo. A famous woman of China who lived about 900 A. D. Excelling as a wit and verse writer, her name was given by her admirers to the paper on which the productions of her pen where inscribed, till at last it became a synonym for superfine notepaper.

(주4) Tak Mugun. A Chinese lady of the 2nd century B. C. famed in verse and story and associated with the charms and delights of sweet music.

전반적인 양상을 보면 '서시(西施)', '왕소군(王昭君)', '설도문군(薛濤文君)'에 관하여 주석을 통해 부연 설명했고, 본문 중에서도 수식어를 통해 간략하게 소개하고 있다. 행 자체만으로는 전달될 수 없는 의미를 서구의 독자에게 게일이 전달하고자 했던 의도를 보여준다. 인용문의 (+)표시부분을 보면 '서시(西施)', '왕소군(王昭君)'에 대하여 각각 "고대 중국에서 가장 사랑스러운 여성", "또 다른 위대한 보석(옥)"이란 원본에 없던 어구를 게일이 첨가했다. 이러한 인물일화에 대한 지식을 게일은 중요한 것으로 여겼다. 『옥중화』 속 한문통사구조의 표현들역시 충실하게 직역해 주고 있음을 발견할 수 있다. "西施가 …… **鐘出**ㅎ고 …… 王昭君이 **生長**ㅎ고 …… 說道文君이 **幻出**이라"를 보면, 각 동사에 대하여 각기 다른 역어를 통해 번역을 했음을 알 수 있다. 즉, 원문 문어가 주는 생동감 있는 변주를 최대한 반영한 셈이다.[28]

---

28) 예외적인 지점은 두 곳이다. "群山萬壑赴荊門에 王昭君이 生長ㅎ고"에서 群山萬壑赴荊門("많은 산과 골짜기들이 형문에 다다른다"(杜甫 「詠懷古跡」))에서 荊門이란 지명을 배제한 채 그 풍경을 간략히 기술하는 방식으로 번역하였다. "雙角山이 秀麗ㅎ야 綠珠가 삼겻스며"란 구절, 즉 중국 晉나라 石崇의 애첩 綠珠에 대한 번역을 생략했다. 綠珠는 『옥중화』속에서 이 부분 이외에도 다음과 같은 곳에서 등장한다.
① 綠珠의 色과 薛濤의 文章 木蘭의 禮節을 胸中에 품엇스니 萬古女中君子옵고
The beauty and fidelity of China's most famous women(축약) surely never surpassed her.(Ⅱ-2)
② 여보게 春香이 즈네 나를 엇지 알니 나는 누구인고 ㅎ니 十斛明珠로 샤던 石崇의 小艾 綠珠로다 不側흔 趙王倫이 나와 무슴 冤讐런가 樓前却似分紅雪ㅎ니 正是花飛玉碎時라 洛花猶似墮樓人은 나의 冤魂 그 아닌가.

게일에게 『옥중화』의 언어는 충실한 직역을 통해 전사(轉寫)해야 될 대상이었다. 즉, 게일은 설화와 분리된 문학 작품(책 속에 놓인 언문)이라는 관점에서 〈춘향전〉을 번역하려고 했다. 『옥중화』를 번역하여 연재하기 이전에, 한국문학의 연구목적과 방법을 제시한 서설적인 2편의 글을 그는 먼저 게재하였다. 향후 그의 한국문학관련 논저에서 여기서 그가 제기한 논리는 일관되게 나타나며 고소설은 한국문학의 중요한 연구대상으로 포괄된다. 가장 대표적인 글의 일부를 발췌해 보면 다음과 같다.

로마인의 격언에 나오듯 "Verba volant, scripta manent" 즉, **"말해진 것은 사라지지만, 쓰여진 것은 남는다."** 우리는 여기에서 더 나아가 다음과 같은 말을 덧붙일 수 있을 것이다. **말해진 것은 외면을 건드릴 뿐이지만, 쓰여진 것은 심정을 드러낸다.** 동양에서 이 말은 얼마나 진실 된 것인가! 만약 당신이 어떤 이의 말만을 들었다면, 당신은 결코 그를 진실로 알고 있는 것이 아니다. 내면의 생각이란 오직 아무도 옆에서 볼 수 없을 때에만 기록된다. 공개된 자리에서라면, 그는 그것이 무엇이 되었건 간에 그 자리에서 요구되는 격식form에 맞춰 말하는 법이다. 하지만 말에 있어서는, 즉 '살아있는 소리viva voice'로는 마음속에 있는 내면의 비밀은 절대로 발설되지 않는다. 우리가 그의 어깨 너머를 훔쳐보고 있다는 사실을 그가 꿈에

"You are Choonyang, I know, but how could you know who I am. I am Nokjoo, wife of Soksung, for whom he gave ten grain-measures of jewels. The awful Chowan-yoon, out of hatred toward me, threw me out of the pavilion into the trampled snow. But flowers have their time to fall, and jewels their time to crumble into dust, so beautiful women, too, who have lived and died for virtue, fade and disappear."(XIV-2)

①에서 게일은 일관되게 생략하는 축약을 시켰다고 볼 수 있으며 ②는 이 일관성과 별도로 번역을 생략하지 않았다. 전자의 진술이 춘향에 관한 인물평에 국한되나 후자는 내용전개에 있어서 일어나는 사건이기에 그 중요성 때문에 번역을 누락시키지 않았을 수도 있다.

도 눈치 채지 못할 그런 순간, 즉 그를 어떤 부지불식의 상태로 만들어야 하는 것이다. 그가 쓴 것을 읽을 때에야 우리는 그를 참으로 알 수 있는데, 왜냐하면 문학은 실로 모든 중요한 장소를 내면생활의 사진 기록처럼 점유하고 있기 때문이다. 그것이야말로 실로 한 민족을 이해하고, **한국의 영혼을 이해하고, 그리고 한국의 마음의 내밀한 방으로 이르는 열쇠이다.** 오직 한국인의 문학을 관통하며 서성일 때에야 그가 누구인지, 그가 무엇을 생각하는지, 그가 무엇이 되기를 염원하는 지를 발견해 낼 수 있을 것이다.[29]

인쇄문화가 내면화된 게일에게 문학은 엄연히 '기록성'을 전제로 인식될 수밖에 없었다. 즉, 게일에게 있어서 쓰인 것(문자)과 말해진 것(구술)은 완연히 변별되는 것이었으며, 후자는 문명론적 시각이 견지되는 한 열등한 것이었다. 전자에는 한국인의 영혼과 마음이 놓여있으며 그것이 진정한 한국인의 정체성이라는 인식이 이곳에 존재한다. 그에게 〈춘향전〉은 어디까지나 문학작품이었으며, 한국인의 생활상을 파악할 수 있을 뿐만 아니라 작품을 쓴 작가의 응축된 사고관, 드러나지 않는 마음을 파악할 수 있는 언어예술(문자문화의 산물)이었다.[30] 하지만 이러한 시각은 결코 돌출된 것이 아니었다. 그 형성의 내적 계기가 분명히 존재했다. 즉, 한국인의 마음을 읽기 위해서는 〈춘향전〉의 소설어를 직역해야 하며, 〈춘향전〉의 번역에는 한 권의 단행본으로 상상되는 저본이 존재해야한다는 이 두 가지 전제가 성립되는 과정을 가정해

---

29) J. S. Gale, "Korean Literature", *The Christian Movement in Japan, Korea, and Formosa*, Kobe, 1923("말 : 글 = 외면 : 내면"이란 그의 인식은 「한국문학-왜 한국문학을 읽어야 하는가」("Korean Literature(2)-Why Read Korean Literature?", *The Korea Magazine*, 1917.8.)에서 제시되었다.)

30) 비단 이러한 인식은 게일의 영역본에만 국한되는 것이 아니었다. 다카하시 〈춘향전〉 일역본 이후 호소이 편찬 〈춘향전〉 역본도 동일하기 때문이다.(이에 대해서는 박상현, 앞의 글 참조)

보아야 한다.

그것은 다카하시, 게일의 번역관 및 번역양상이 보여주는 차이를 설명할 수 있는 맥락으로, 그 단초는 〈춘향전〉을 책으로 인식했던 흔적에서 찾아야 한다. 구전설화와 구별 없이 번역한 흔적들이 아니라 어디까지나 〈춘향전〉의 언문을 책 속에 쓰인 것으로 전제할 수밖에 없었던 시도들, 외국인들이 고소설을 한 권의 서적(이야기 책)으로 규정하고 살폈던 사례를 〈춘향전〉 번역본들과 함께 살펴보아야 한다. 오구라 치카오(小倉親雄, 1913~1991)가 말했던 한국 문헌학의 계보-쿠랑의 『한국서지』(1894~1896, 1901), 조선고서간행회의 『조선고서목록』(1911), 조선총독부의 『조선도서해제』(1915, 1919)로 이어지는 계보에 따라 그 변모과정을 추적해 보도록 한다.[31]

4. 〈춘향전〉 직역본 출현의 문헌학적 맥락

1) 열린 텍스트로서의 〈춘향전〉 번역과 그 지평

쿠랑의 『한국서지』 각론 부분을 보면, "한국인을 다룬 한글소설"에서 〈춘향전〉은 서지사항(1책, 4절판, 30장), 간략한 소개(판소리로도 불리는 19C 초 한국의 매우 유명한 소설)와 함께 알렌의 영역본(1889)을 참

---

31) Maurice Courant, 李姬載 옮김, 『韓國書誌-修訂飜譯版』一潮閣, 1997(Bibliographie Coréenene, 3tomes, 1894~1896, 1901, Supplément, 1901) ; モーリスクーラン(小倉親雄 譯註), 「(モーリスクーラン)朝鮮書誌序論」, 『挿畵』, 1941, 2쪽. 오쿠라의 『한국서지』 설 번역 이전에 물론 일역본은 존재했다. 그러나 그것이 逸失되었는지 그는 쿠랑의 업적을 남기기 위해 다시 번역을 수행했음을 말해 주었다. 그의 이 번역본은 『한국서지』 설에 대한 영역본에 대한 중역이다.(Mrs. W. Massy Royds, "Introduction to Courant's "Bibilio- grapie Coreene", *Transactions of the Korea Branch of the Royal Asiatic Society* 25, 1936.)

조한 줄거리가 제시된다.(287~288쪽)[32] 알렌의 영역본은 번개가 심한 편이라 구체적인 저본을 확정할 수는 없지만, 현존 〈춘향전〉 이본들 중에는 "30장본 이하의 경판본 계열"이라고 이미 추론된 바 있다. 쿠랑의 서지 목록에는 세책본 『남원고사』와 30장본 경판본 〈춘향전〉이 수록되어 있다. 여기서 알렌의 번역저본, 경판본 계열 〈춘향전〉은 세밀한 디테일이 생략되어 "표현"보다는 "사건 중심"의 판본이라고 말할 수 있다.[33] 〈춘향전〉 언어 속에서 언어예술로서의 측면을 발견하기보다는 사건의 전개(줄거리)만을 주목한 쿠랑의 해제는 이와 잘 조응된다.

또한 그에게 〈춘향전〉을 구성하는 한글문어는 결코 과거의 문학어가 아니라 오히려 동시대적인 것이었다. 그는 "저자명"이 없고 "연대 표시"가 없는 서적들(70쪽)의 특성을 그대로 받아들였다. 즉, 고소설 작품들 상호간의 연대기와 위계를 결코 상정하지 않았다. 이 서적들은 한문이란 서기 체계를 지닌 한국의 지식인들에게 무시 받는 "대중 문학"(69쪽)이었던 것이다. 즉, 〈춘향전〉은 한문으로 된 고급문학(Polite literature)에 대응되는 일종의 통속적이며 저속한 문학(Popular literature)이었다. 〈춘향전〉은 '비현실적인 소설 속 시공간', '몰개성적인 인물', '단순한 줄거리', '서투른 결말', '상투적인 표현', '개연성 없는 반전'을 지닌 것으로, 그들의 "아동용 우화 중 가장 볼품없는 것보다"도 못한 작품들(70쪽)이라고 규정한 쿠랑의 고소설 일반에 대한 평가에서 벗어난 예외적인 작품은 아니었다.

---

32) 알렌 영역본과 쿠랑의 고소설 비평 및 번역비평의 관계는 이상현, 「알렌 〈백학선전〉 영역본 연구—모리스 쿠랑의 고소설 비평을 통해본 알렌 고소설영역본의 의미」, 『비교한국학』 17권 1호, 국제비교한국학회, 2012를 참조.

33) 이창헌, 『경판방각소설 춘향전과 필사본 남원고사의 독자층에 대한 연구』, 보고사, 2004.

물론 다카하시의의 한국고소설론 역시 이러한 양상을 크게 벗어난 것은 아니었다. 하지만『朝鮮の物語集附俚諺』(1910)에서 다카하시는 〈춘향전〉을 "중류 이상의 부녀가 서로 모여", "열독하여 그 주인공을 동정하"여 "여덕을 닦는 한 방편으로 삼는" 작품이라고 규정했다. 다카하시의 이러한 지적은 한국에서 고소설 작품의 교화적인 효과에 주목한 일종의 **효용론적 관점**을 보여준다. 이는 호소이에게도 어느 정도 공통사항이다. 호소이는『조선문화사론』(1911)「敍說」에서 문학을 "人情의 極致를", "蒸溜"한 "水晶玉"과 같은 "結晶"이며, 단순히 당시의 시대정신을 알 수 있는 것일 뿐만 아니라 "古今을 橫斷하여 영원히 국민의 성정을 지배시키며 감화시키는 것"이라고 규정했다. 이는 고소설을 근대적 문예물과 대비해 열등한 것으로 규정하기보다는 고소설 작품이 한국인에게 준 영향력에 주목한 것이라고 할 수 있다. 즉, 한국에서 대중적인 인기를 지니지만 그들의 문학에 비해 저급한 문학이란 규정과는 미묘한 차이점을 보여준다.

다카하시 이후 한국의 고소설은 쿠랑보다는 더 심층적인 민족성을 발견해야 하는 대상으로 변모된 셈이다. 언어와 소설 속 등장인물 및 지명을 표지로 '한국적'이라고 판단되는 소설의 유형을 선별하는 쿠랑의 유형화와는 달리, '한국적'이라는 특성을 규명하는 차원을 지향하고 있었기 때문이다. 쿠랑이 한국의 유학관련 한문문헌들을 통해 도출해 내려고 했던 측면(한국의 정신)에 대해 다카하시는 고소설(설화, 속담)을 통해서 말하고 있는 셈이었다. 다카하시는『朝鮮の物語集附俚諺』에서 "그 풍속, 습관에 일관된 정신"을 밝혀내고 "그 사회를 통제하는 이상"으로 귀납해야 한다고 지적했다. 여기서 고소설텍스트는 비록 문학작품이란 지평에서 탐구된 것은 아니지만, '깊이'(심층)를 지닌 연구

대상으로 인식된다.

물론 다카하시 역시 쿠랑과 마찬가지로 중국과 분리된 독자적인 한국의 민족성을 말하지는 않았다. 전술했던 다카하시의 『조선인』(1917)에서 〈춘향전〉 역시 중국 『서상기(西廂記)』의 모방형태로 규정된 곳에서 보이듯, 그가 『춘향전』을 통해 도출하여 규정한 것은 "사상의 종속성"이란 한국의 민족성이었기 때문이다. 하지만 한국의 고소설이 한국의 한문문헌과 동등한 차원에 중요한 학지(學知)로 인식되는 방향성을 보여주고 있는 것만은 분명했다. 즉, 한문과 한국의 구어(한글문어)의 위계는 분명히 변하고 있었다. 다카하시의 한국어학서, 설화, 속담, 고소설과 관련 저술의 초점인 구어인 점은 이와 긴밀히 관련되는 것이다. 후일 다카하시가 한국문화가 중국에 종속되어졌다는 예로 일상회화의 구어 속에 침투한 한자어에서 찾았다는 점은 이 시기 강하게 부각된 한국 구어의 재발견을 반증해 주는 것이다.

『조선문화사론』(1911)에서 호소이는 축역적 지향을 지닌 다카하시 〈춘향전〉의 번역문체가 "매우 流麗"한 것이어서, 일반 독자는 이 번역서만을 보아도 충분히 "原書의 내용"을 모두 알 수 있다고 평가했다.[34] 호소이가 다카하시의 고소설 번역 중 〈흥부전〉을 제외한 3작품을 자신의 저서에서 소개했다는 점은 〈춘향전〉을 문헌으로 된 한국의 소설로 인정했다는 점을 보여주는 것이며, 이는 다카하시의 의도가 비교적 잘 반영된 셈이었다.[35] 다카하시가 참조했을 〈춘향전〉의 언어는 개작이

---

34) 이에 따라 호소이는 줄거리 제시와 부분발췌만으로도 이 소설에 대한 설명이 충분할 것으로 판단하여 간략히 마무리했다.(627쪽)

35) 다카하시의 고소설 작품 배치의 의도는 권혁래의 지적(「근대 초기 설화·고전소설집 『조선물어집』의 성격과 문학사적 의의」, 『한국언어문학』 64, 한국언어문학회, 2008, 232쪽)처럼 〈흥부전〉을 상대적으로 더욱 설화에 가까운 것으로 파악했기 때문이다.

개입되며 축약된 '번역'으로도 대체가 가능한 한국어였다고 할 수 있다. 여기서 원문의 병기가 불필요한 형태라는 점, 번역 그 자체로 제시되어도 큰 문제가 없다는 측면은 번역에 있어서 원본(저본)의 중요성을 상대적으로 약화시키게 된다.

물론 〈춘향전〉 판본 중 정본을 굳이 선정할 필요가 없었던 당시의 고소설 향유도 일부분 영향력을 발휘했을 것이다. 이본 중에서 정본을 선정하고 그 계통을 점검하는 문헌학적인 행위 자체의 불필요 그것은 사실 전근대의 열린 텍스트로서의 〈춘향전〉 향유와도 일맥상통하는 것이기 때문이다. 그러나 고소설 텍스트는 여전히 1890년에 이를 접한 아스톤(W. G. Aston, 1841~1911)의 다음과 같은 진술처럼 번역적 대상으로는 결핍된 것이었다.

> 띄어쓰기, 표제지, 인쇄 혹은 출판자의 이름, 발행 시기, 발행처, 심지어는 작가의 이름마저도 없다. 인쇄자들의 오류도 셀 수 없으며, 철자법의 혼란으로 인하여 그들의 혼란은 가중된다. 정서법이란 말은 한국에서는 의미가 없다. 400년 전의 영국 이상으로 말이다……36)

이러한 근대적 인쇄물에 이르지 못한 결핍들이 재조 일본의 민간단체 및 총독부의 문헌정리사업에 의해 보충되게 된다. 그리고 아스톤이 고소설의 언문에 한자를 병기해 보라고 그의 한국인 어학 선생에게 부탁을 해 보았더니 반 이상을 해결하지 못하고 치명적인 오류를 보여주는 모습 속에서 또 다른 결핍의 지점을 발견할 수 있다.(106쪽)『조선어사전』(1920)을 편찬하는 과정을 담은 공문서 속(『서류철〈4〉』〈奎 22004〉)에

---

36) W. G. Aston. "On Corean popular literature", *Transactions of the Asiatic Society of Japan* vol. XVIII, 1890, pp.104~105.

〈춘향전〉이 사전의 어휘를 구성하는 중요한 참조서적으로 배치되었
다.[37] 즉, 문헌학과 사전편찬은 분리된 작업이 아니었다. 어떻게 본다면
이 점은 당연한 사실이기도 했다. 왜냐하면 문헌 속의 언어를 번역한다
는 행위 그 자체는 해당 한국어 어휘를 사전 속에서 등가성을 지닌 외국
어 어휘와 함께 배치하는 실천과 동일한 것이기 때문이다.

2) 문학작품으로서의 〈춘향전〉 번역과 그 지평

재조 일본인 민간학술단체의 한국고서 간행사업은 조선고서간행회,
조선연구회, 자유토구사에 의해 이루어졌다. 출판된 저술목록과 함께
이 단체들의 출판양상은 상당히 큰 차이점을 보여준다. 고서의 원문을
그대로 출판한 형태(조선고서간행회), 원문과 번역을 병행한 형태(조선
연구회), 일본어로 번역한 형태(자유토구사)가 그것이다.[38] 이 중 호소
이 하지메가 중심적으로 관여했으며, 고소설 일역본의 출판과 관련하
여 주목해야 될 단체가 자유토구사이다. 자유토구사는 일본인 독자를
위한 통속적인 언문일치체를 지향하며, 『광한루기』란 제명으로 〈춘향
전〉 일역본을 출판했다.[39]

---

37) 이 점에 대해서는 황호덕·이상현 역, 『개념과 역사, 근대 한국의 이중어사전 : 외국인들
   의 사전편찬사업으로 본 한국어의 근대』 2, 박문사, 2012, 120~141쪽을 참조.

38) 재조일본인의 고서간행사업에 대한 고찰은 최혜주의 논문(「한말 일제하 재조일본인의
   조선고서간행사업」, 『최남선 다시 읽기 - 최남선으로 바라본 근대 한국학의 탄생』, 현실문
   화, 2009)을 참조.

39) 趙鏡夏 譯, 島中雄三 潤色, 『廣寒樓記』(細井肇 編, 『通俗朝鮮文庫』第4集, 自由討究
   社, 1921) 서신혜, 「일제시대 일본인의 古書刊行과 호소이 하지메의 활동 - 고소설 분야를
   중심으로」, 『온지논총』 16, 온지학회, 2007 ; 박상현, 「제국 일본과 번역 - 호소이 하지메
   의 조선고소설 번역을 중심으로」, 『일어일문학연구』, 71, 한국일어일문학회, 2009 ; 「번역
   으로 발견된 '조선(인)' - 자유토구사의 조선 고서 번역을 중심으로」, 『일본문화학보』 46,
   한국일본문화학회, 2010.

민간 학술단체들의 사업 이면에는 조선총독부 등 식민지 지배에 직접적으로 관여하는 고위관리들의 활발한 지원이 존재했다. 자유토구사가 출판한 〈춘향전〉의 내력은 이 점을 잘 보여주는 사례이다. 〈춘향전〉이 일본인의 서지목록에 해제와 함께 저본을 명시하며 등장한 것은 조선총독부가 편찬한 『조선도서해제』 1919년 개정판이었다.[40] 『조선도서해제』의 자부(子部) '소설류' 항목을 보면, 여규형(呂圭亨, 1848~1921)이 저술한 필사본 〈춘향전〉과 별도의 저자 표기가 없는 『광한루기(廣寒樓記)』 즉, 한문본 〈춘향전〉 2편이 제시된다.[41]

『조선도서해제』는 1910년대 조선총독부의 산하기관인 취조국(1910.9. ~1911), 참사관실(1912), 중추원(1915)으로 이어진 규장각 장서들에 대한 정리사업의 부산물이었다. 1910년 이전 총독부에 있어 한국의 문헌자료는 "포괄적인 수집과 보존의 대상"이라기보다는 "관습조사사업 중 전적 조사의 일환"이었을 뿐이다. 하지만 병합이란 사건 이후 조선총독부는 방대한 양의 대한제국 기록물을 관리하게 됨으로 그 의미는 변모된다. 참사관분실의 문헌해제작업의 결과물이 『조선도서해제』였다.[42] 〈춘향전〉은 1,400여 종의 도서에 대한 해제작업(1915)에 1,300여 종의

---

40) 〈화사〉, 〈사씨남정기〉, 〈구운몽〉, 〈창선감의록〉, 〈유악구감〉, 〈운영전〉, **〈춘향전〉(여규형 한문본), 〈광한루기〉**, 〈왕랑반혼전〉, 〈기담수록〉, 〈선언편〉, 〈파수록〉이 수록되어 있다. 이러한 목록상의 변화와 관련해서는 이상현, 「『조선문학사』(1922) 출현의 안과 밖-재조 일본인 고소설론의 근대 학술사적 의미」, 『일본문화연구』 40, 2011을 참조.
41) 朝鮮古書刊行會 編, 『朝鮮古書目錄』, 京城 : 朝鮮古書刊行會, 1911; 朝鮮總督府 編 『朝鮮圖書解題』, 京城 : 朝鮮總督府, 1915, 1919(증보).
42) 조선총독부의 조선고서 정리과정에 대한 전반적인 검토는 김태웅의 논문(「1910년대 전반 조선총독부의 취조국·참사관실과 舊慣制度調査事業」, 『규장각』 16, 1993, 「일제 강점 초기의 규장각 도서정리사업」, 『규장각』 18, 서울대학교 규장각 한국학 연구원, 1995)을 참조했으며, 『朝鮮圖書解題』에 관해서는 박윤희, 「『朝鮮圖書解題』의 수록도서에 대한 서지학적 고찰」, 이화여자대학교 석사학위논문, 1992 ; 도태현, 「『朝鮮圖書解題』의 목록적 특성에 관한 연구」, 『한국도서관 정보학회지』 34권 2호, 2003을 참조.

추가도서해제작업(1919)이 증보됨에 따라 비로소 등장하게 된 셈이다.

『조선도서해제』는 쿠랑이 제시했던 것과는 다른 형상의 〈춘향전〉을 만들어 주었다. 그들의 작업은 저자 및 발행처 불명에 상응하는 서적의 정보와 해제를 보충해 주는 셈이기 때문이다. 물론 이러한 〈춘향전〉의 새로운 형상은 모리스 쿠랑의 『한국서지』도 동일하다고 하겠지만, 여기서 〈춘향전〉은 한문본이지만 작자성을 지닌 하나의 단행본으로 형상화된다는 차별성을 지니고 있었다. 즉, 여러 이본 중 하나의 정본이 선정된 것이었다. 〈춘향전〉 한문본 텍스트가 저본으로 선정된 계기는 분명히 한문을 구사하거나 읽을 수 있었던 일본인 독자를 염두에 둔 것이라고 가정할 수 있다.[43] 하지만 그것은 비단 일본인에 국한되는 사항은 아니었다. 총독부의 한문전적 및 언어정리사업에 있어 그 주담당층은 사실 한국의 한학적 지식인들이었다.

즉, 한학을 기반으로 한 세대와 함께 한문의 영향력과 위상이 여전히 잔존했던 까닭이기도 했다. 나아가 한자·한문뿐만이 아니라 한문이 파생시킨 언어와 문체, 사고와 감각, 문화적 번역의 문제를 내포한 "한자와 한시문을 핵으로 전개된 말의 세계", "한문맥"이란 관점에 의거할 때, 그 영향력은 더욱 더 지대한 것이었다.[44] '서구인들의 이중어사전 출판사'라는 맥락에서 본다면, 서구인들은 1897년까지도 한국 구어의 철자법에 대한 고민을 하고 있었다. 철자법이 부재하며 개념화가 이루어지지 못한 한국어 어휘들을 위한 길잡이는 **한자**였다.[45] 그것은 게일

---

43) 김종철, 「한문본 〈춘향전〉 연구」, 『인문논총』 6, 아주대학교 인문과학연구소, 1995.

44) 사이토 마레시(齋藤希史), 황호덕·임상석·류충희 역, 『근대어의 탄생과 한문─한문맥과 근대 일본』, 현실문화연구, 2010, 1장을 참조.

45) 『전운옥편(全韻玉篇)』과 기존에 나온 『한불ᄌ뎐』이 철자법에 있어 기준이었다는 언더우드 사전(1881)의 기술을 감안할 필요가 있다. 또한 어휘의 수집과정에 있어서도 이는 동일한 조건이었다. 게일은 1900년 한 논문 속에서 대다수의 한글 어휘들은 한자의 훈에서

이 〈춘향전〉을 번역한 시기(1917~1918)에도 동일한 양상이었다. 즉, 게일에게는 한자가 병기된 형태가 아닌 방각본보다 『조선도서해제』의 한문본이 오히려 번역 및 해독에 적합한 언어였다.

게일은 한국의 문학을 공부하려는 이는 한자(Chinese Character)의 매개를 거칠 수밖에 없다고 지적했다.46) 그 이유는 첫째 국문(Eunmun, 언문)으로 쓰인 문학이 거의 없다는 사실, 둘째, 설령 간혹 있는 경우에도 이곳에 배치된 한자와 한자들의 조합은 어떻게 본다면 순수한 중국어(Chinese) 즉, 한문 그 자체보다 읽기가 어렵기 때문이다. 또한 실상 가장 큰 어려움은 한국문학에 배치된 표의문자(ideograph)라고 할 수 있는 한자 혹은 한자의 조합을 축어적으로 읽고 해석하는 것이 아니었다. 오히려 더 어려운 일은 전고(典故)라고 할 수 있는 중국의 역사와 신화를 끊임없이 참조하여 한국문학을 이해하는 일이다. 이는 동양에서 어린 시절부터 공부를 시작해 중년에 이르기까지 지속하지 않은 이상 외국인에게는 불가능한 일이라고 말했다.

그러나 한자, 한문을 공부하는 것이 반드시 한국 한학자의 수준까지 되어야 한다고 게일은 결코 주장하지 않았다. 게일이 제시한 서구인으로서 한국문학에 접근하는 차선책은 본고와 관련하여 더욱 중요한 의미를 지닌다. 게일은 한국의 구어(일상어)에 관한 지식이 있고 그가 할 수 있는 만큼의 노력을 기울인다면, 전문가(한국의 한학적 지식인)의 도움을 통해 한국문학의 심층(근간)에 놓인 사상(thought)을 붙잡을 수

채집한 어휘들이었음을 밝힌 바 있다. 1914년까지 게일의 이중어사전에는 한자—영어의 번역적 관계를 다룬 2부가 존재했다. 이에 대해서는 졸고, 「언더우드의 이중어사전 간행과 한국어의 재편과정」을 참조.

46) 이하의 서술은 "Korean Literature(1)—How to approach it", *The Korea Magazine*, 1917.7, pp.297~8을 참조한 것이다.

있다고 말했다. 즉, 한국의 고전을 연구하거나 번역함에 있어 기본적 전제는 외국인과 한국인의 공동 작업과 대화의 현장이었던 것이다.

또한 게일의 언급 속에서 전근대 한문(한학적 지식)에 이르는 매개항, 한국의 구어는 과거와는 다른 형상이었다. 구어의 층위에서 등가관계가 성립된 한국인－서구인의 언어를 통해서 한문고전의 세계가 해독/해석되기 때문이다. 외국어와의 등가관계가 성립되어 있었으며, 한국의 구어 그 자체도 한자를 매개로 새로운 문어이자 문학어로 변모되고 있었다. 『옥중화』역시 그 중요한 증거물이었다. 왜냐하면『옥중화』는 개념파악이 불가하며 철자법이 규정되지 않은 한글로 표기된 어휘들을, '한자'라는 시각화된 문자로 재편함으로 가독성을 높여 준 텍스트였기 때문이다. 한학적 지식을 지녔던 이해조가 산정(刪正)한 고소설들은 게일의 완역을 가능하게 한 중요한 전제조건이 될 수 있었다.[47]

이는 비단 게일의 〈춘향전〉 번역에만 해당되는 사항은 아니었다. 실제 자유토구사가 발행한 「광한루기(廣寒樓記)」 일역본의 저본은 이해조의 『옥중화』였기 때문이다.[48] 이러한 양상들을 잘 보여주는 또 다른 사례가 자유토구사의 〈춘향전〉 일역본이었던 셈이다. 『조선도서해제』의 〈춘향전〉 이본 2편은 『通俗朝鮮文庫』의 발간예정목록에도 반영되

---

47) 사실 이는 오윤선(「『옥중화』를 통해 본 '이해조 개작 판소리'의 양상과 그 의미」, 『판소리 연구』 21, 판소리학회, 2006)에서 지적된 최소단위의 이해조의 개작양상이라고 할 수 있다. 하지만 이 최소단위의 개작 역시 당대로서는 상당히 큰 의미를 지니고 있었던 것이라고 말할 수 있다.

48) 선행연구에서는 여규형본의 출판이 생략된 채, 「廣寒樓記」만이 출판된 것으로 추론되었다. 이 점에 대해서는 이미 정대성의 연구(「『춘향전』 일본어 번안 텍스트(1882~1945)의 계통학적 연구－〈원전〉의 전이양상과 다성적(多聲的) 얽힘새」, 『일본학보』 43, 한국일본학보, 1999)에서 밝혀졌음에도 국문학 연구에서는 간과된 셈이다. 실제 이를 살펴보면 규장각 소장 「廣寒樓記」 나아가 다른 이본들의 중요한 특성들이 실질적으로는 반영되어 있지 않으며 오히려 『옥중화』와 거의 동일하며 단지 한문어구가 배제된 축역의 형태에 근접하다.

어 있었다.49)『통속조선문고』 4집(1921)「광한루기」50) 권말에 수록된
호소이의 글(「廣寒樓記の卷末に」)을 보면, 이 일역본은 조경하(趙鏡
夏)가 구어체로 역술한 것을 시마나카 유조(島中雄三)가 한층 더 통속
적인 구어체로 윤색한 것이라고 말하고 있다.(77쪽) 게일이 언급한 한
국문학연구를 위한 한국인과 외국인의 협업관계는 일역본의 창출에도
반영되어 있었다. 여기서 한문은 서구어 / 일본어와 등가 교환의 관계
가 성립한 한국의 구어를 통해 풀이되어야 하는 존재이다. 1917년 한영
(韓英)의 대응관계뿐만이 아니라 한일의 대응관계 속에서『옥중화』에
대한 번역본이 등장했다는 측면은,『옥중화』의 언어가 일본어로 충분
히 번역 가능한 언어가 되었다는 사실을 암시해 준다.51)

이는 〈춘향전〉 재번역의 가장 중요한 계기였다. 이와 관련하여 〈춘
향전〉 개별 이본들을 일원화할 수 있는 〈춘향전〉의 탄생에 주목할 필요
가 있다. 여기서 번역적 대상으로서의 〈춘향전〉은 사건의 줄거리만을
제시해서 얻게 되는 차원이 아니었다. 소설을 구성하는 어휘들이 모인
보다 세밀한 서사단위를 지닌 총체적인 형상이었다.『옥중화』는 이 점

---

49) 물론 자유토구사의 발간예정목록에 배치된 〈춘향전〉은 번역적 대상이었으며 또한 통속
역이라는 그 번역지향점은『조선도서해제』와는 다른 것이었다. 〈춘향전〉은 일본어로 번역
되어 그들 역시도 읽어야 할 '독서물'이라는 점에서 변별되는 것이었기 때문이다. 〈춘향
전〉이 공연물이 아니라 문학텍스트(독서물)로 성격이 변모된다는 측면은 여규형 본 〈춘향
전〉의 등장에 이미 배태되어 있던 문제이며,『옥중화』역시 궤를 같이하는 것이었다. 이
점은 송경미,「여규형본 〈춘향전〉 각본의 형성과 독서물로의 수용전환」(『판소리연구』28,
판소리학회, 2009)에서 충분히 잘 논의되었다. 그러나 여규형본 〈춘향전〉이『通俗朝鮮文
庫』출판을 염두에 두고 각본으로 창작되었다는 논자의 추론에 대해서는 동의하지 않는다.
『通俗朝鮮文庫』출판과 별도로 다카하시, 여규형, 이해조가 〈춘향전〉을 하나의 시각화된
독서물로 재편하려고 한 흐름으로 파악하는 것이 더욱 적절할 듯하다.

50) 細井肇 編,「廣寒樓記」,『通俗朝鮮文庫』第4輯, 京城 : 自由討究社, 1921.

51) 남궁설 편,『萬古烈女 日鮮文 春香傳』, 漢城·唯一書館, 1917(이 저본에 대해서는 정대
성, 앞의 글, 199~200쪽 참조).

을 충족시켜 주는 작품, 광범위하게 유포된 〈춘향전〉을 대표하는 당시의 정전이었다고 말할 수 있다. 〈옥중화〉 계열의 〈춘향전〉은 수많은 이본들을 획일화하는 대표적인 〈춘향전〉을 표상했던 것이다. 그리고 이 저본은 한문문어로 구성된 「광한루기」와 대등한 차원 즉, 구술적인 것이 아니라 원본의 내용을 훼손할 수 없는 기록성을 지닌 산물로 인식되었던 것이다.

「광한루기」가 〈춘향전〉으로 제명이 변경되어 수록된 『조선문학걸작집』은 "개별작가의 상상력의 산물", "시가와 소설이라는 장르론적 표지"(언어예술)라는 협의의 문학개념으로 구성된 한국문학전집이라고 말할 수 있다. 이 문학전집에서는 〈춘향전〉, 〈심청전〉, 〈흥부전〉 즉, 판소리계 소설이 우선순위로 배치되어 있다. 이러한 배치의 논리적 근거는 『通俗朝鮮文庫』 4집(1921)에서 발견할 수 있다. 『조선도서해제』(1919)와 달리 "중국 소설인 「서상기(西廂記)」의 형식을 모방"했다는 설명이 생략되어 있다. 호소이는 한국 "소설"은 "인륜"의 "삼강", 효(孝), 열(烈), 우(友)를 골자로 하는 것이 많다고 했으며, 〈심청전〉, 〈흥부전〉, 〈춘향전〉을 이에 대한 대표적인 작품으로 규정했다. 그리고 그 속에서 일순위의 작품은 〈춘향전〉이었다.(77쪽)

이는 오늘날 판소리계 고소설이 한국고소설의 대표적인 정전으로 배치된 측면과도 동일하며, 쿠랑, 다카하시, 호소이, 조선총독부, 자유토구사의 초기 고소설 목록과는 완연히 변별되는 양상이다. 이 점에 있어서 게일 역시 동일했다. 그것은 〈춘향전〉 이외의 그의 미간행 판소리계 소설 영역본을 보면 알 수 있다.52) 이 목록을 보면 〈춘향전〉 영역본

---

52) 1987년 게일의 아들 조지 게일은 자신이 소장하고 있던 게일의 유물들을 토론토대학교 기증했으며, 그것은 토마스 피셔 희귀본 장서실(Thomas Fisher Rare Book Library)에

이외에도 〈심청전〉과 〈토끼전〉으로 추정되는 작품이 보인다. 비록 게일은 충, 효, 열이란 가치에 더욱 주목했다는 변별성이 존재하지만 게일의 번역고소설 목록, 그리고 호소이 『조선문학걸작집』의 작품 배치 순서는 이해조가 산정한 판소리계 소설 작품군이 이후 정전화된 측면을 여실히 보여준 셈이다. 물론 이러한 정전화 과정은 이해조의 작품 출현 당시에 어느 정도 진행된 것이라고 말할 수 있다. 그러나 그것은 실체화되지 않은 잠재력의 의미였다.

또한 호소이, 다카하시, 재조 일본인 민간 학술단체에게 〈춘향전〉은 고전이 아니라 어디까지나 한국인의 동시대적인 향유물이었다. 즉, 근대적 문학개념을 〈춘향전〉에 투사시키며 〈춘향전〉을 근대 인쇄물로 변모시키는 것만으로는 해결되지 않는 지점이 존재했던 것이다. 그것은 〈춘향전〉을 과거의 문학으로 인식할 수 있게 해주는 역사적인 계기와 시각이 관련된다. 〈춘향전〉을 한국의 '문학'이 아니라 한국 '문학사'의 대상으로 소환해 줄 관점과 입장이 전제되어야 했던 것이다. 즉, 〈춘향전〉의 언어는 한문문헌의 언어처럼 풀이되어야 할 대상이자 동시에 과거의 언어가 되어야 했다. 이를 재편해 줄 새로운 언어와 문학이 필요했다.[53] 이 새로운 한국어는 한국의 고소설과 그 작품을 풀이해 주는

보관 중이다. 총 24개의 상자로 나누어 보관 중인 이 자료집에 대한 총목록이 온라인상으로 토론토대학교 도서관에서 공개되었다. 토론토대학 도서관(http://www.library.utoronto.ca/)에서 "Gale, James Scarth"로 검색하면 본 자료(MS Col 245 James Scarth Gale Papers[manuscript])와 자료의 소장처를 알 수 있다. 필자는 방문조사를 통해 그가 번역 출판할 고소설 목록이 더욱 많다는 사실을 발견했다. 그러나 게일이 우선적으로 가장 먼저 번역하여 출판하고자 한 작품은 〈심청전〉, 〈토끼전〉, 〈춘향전〉이었음을 알 수 있었다.

53) 이는 "The Korean Language", *The Korea Magazine*, 1918.2.에서 중국고전이 조선인의 삶에서 소멸되고, 구어(colloquial)의 힘이 증대되었으며, 일본을 통해 옛 조선인이 꿈조차 꿀 수 없었던 근대 세계의 사상과 표현들의 등장이라고 말한 한국어의 변모와 긴밀히 관련된다.

서구어(일본어)의 위치를 대신해 주는 언어였다.

5. 직역의 논리와 은폐된 번역의 구도

안자산 문학사 서술의 전사(前史)라고 할 수 있는 「조선의 문학」(『학지광』 6, 1915.7)에서 한국의 고소설이 거론되는 내용은 아주 소략한 편이다.[54] 『조선문학사』(1922) 역시 서술의 중심을 점하고 있는 장르는 소설보다는 시가라고 평가할 수 있다. 하지만 문학 담당층을 중심으로 전개되는 이조시대(李朝時代)의 귀착점, 평민문학(平民文學)을 가능하게 한 장르로 "소설(희곡)"은 그 역할을 담당하고 있다. 또한 여기서 〈춘향전〉의 언어는 어디까지나 문학어로 표상된다.[55] 무엇보다도 1910년대 문학사적 현장에 관한 "文學的 觀念은 七八年前보다 進步되야 漸次 小說을 愛讀하는 風이 盛하얏나니"(138쪽)란 언급은 고소설과 관련된 안자산의 진술부분을 결코 등한시 여길 수 없게 해 준다.

안자산의 이 짧은 언급은 서구인 이중어 사전의 "fiction"과 "소설"이란 어휘의 등재양상에도 잘 반영되어 있다. 언더우드, 스콧의 영한사전

---

54) 李朝世宗이 諺文을 發布한 後에 至하야 비로소 文學이 大發達의 曙光을 見하니 小說家로는 金萬重가튼 이 …… 가 繼踵而出하매 九雲夢 謝氏南征記 白鶴傳 春香傳 …… 小說等을 見하면 此는 特히 漢文學에 陷한 民性을 鼓吹함이 明白하니 何如한 이야기冊이던지 玉童子女를 生하야 早 失父母로 苦楚를 經하다가 戰勝의 功名을 立하고 富貴하였다는 趣旨가 多하니 此는 卽 我朝鮮上古 數千年의 固有한 武力精神을 感銘케 하야 隱隱中 漢文學을 擊退하고 배달혼을 發揮코쟈 함에 在하니라.(『自山安廓國學論著集』 4, 여강출판사, 1994, 222쪽)

55) "風采 容貌 衣服 器具로부터 人物의 居止態度의 觀察은 極히 精細에 入하얏고 期談話行動의 形態를 寫함에는 主觀客觀으로 各其事情을 極美하게 寫出하얏스며"(안자산, 『朝鮮文學史』, 韓一書店, 1922, 114쪽.(『自山安廓國學論著集』 2, 여강출판사, 1994))란 언급을 보면, 이 점을 알 수 있다.

(1890~1891)에서, "fiction"은 등재되지 않은 영어어휘였다. 즉, 굳이 해당되는 한국어 대역어를 찾을 필요가 없던 어휘(개념)였던 것이다. 'fable'이나 'story' 그리고 이와 대응관계로 놓인 이야기(古談)만이 등재되어 있다. 게일의 『한영ᄌ뎐』(1897~1911년)에서 이 점은 역시 동일했다.56) 비록 "novel" 혹은 "fiction"에 부응되는 어휘인 "小說"이란 한국어 표제항이 존재했지만 그 의미는 '사소한 이야기', '잡담, 한담' 정도의 의미를 지칭했으며, 유사어로 비공식적인 역사인 '野史'가 배치되어 있었다.

게일에게 "소설 = Novel, Fiction"이란 대응 쌍이 등장한 것은 1924년이었지만, 이 대응관계는 1914년 존스의 사전에 이미 등장한 바 있다. 게일 『옥중화』 영역본의 등장에는 근대적인 소설개념을 지칭하는 이러한 한영 대응관계가 전제되어 있었다. 물론 이곳에는 서구와 한국(동양)이라는 분리가 전제되어 있었지만, 여기서 고소설을 지칭하는 "소설"이란 어휘는 "novel", "fiction"과 등가교환의 관계가 성립된 언어였다. 게일의 『옥중화』 영역본은 이러한 대응관계를 기반으로 출현한 것이었다.

즉, 〈춘향전〉은 서구인 독자 역시 감동을 느끼며 읽어야 할 한 편의 소설작품이었다. 게일의 서문을 보면, "춘향의 형상"은 『동국여지승람(東國輿地勝覽)』에서 소개되는 열녀비가 지칭하는 여성들의 삶에 있어서의 한 전형이며 "서구인에게도 감동을 줄 수 있는" 동양의 이상이라고 진술되고 있다.57) "한문 = 문어 = 지배층"과 "국문 = 설화 = 피지배

---

56) 小說 Small talk ; gossip. A story book – in the character See. 야ᄉ cf) 野史 Private written comments on the government dynasty etc. Opp. 국ᄉ.

57) "춘향의 이야기는 1623~1649년 사이 보위에 있었던 인조 시대를 배경으로 한 한국에서 가장 유명한 것들 중 하나이다. 주인공은 서구인들은 이해할 수 없는 중세의 위험과 어려

충"이라는 이분화 된 시각이 이 속에는 존재하지 않는다. 〈춘향전〉은 한국민족의 상하를 아우를 수 있는 작품(국민문학)이며 여기서 춘향은 과거로부터 이어온 한국여성의 전형으로 제시된다.[58] 게일에게 작품의 중심은 춘향이었다. 또한 신분과 관습을 초월한 저항이라기보다는 춘향의 고결한 열(烈) 실천이란 직역의 의미에 근접한 것이었다. 여기서 직역된 열은 분명히 그가 비판했던 다음과 같은 근대의 문화현상, 연애와는 변별되는 것이었다.

젊은 여성이 매일 술을 마시고, 그렇게 매일 밤 그녀가 보는 영화에서나 나올 법한 남녀 사이의 스캔들과 같은 가르침에 의해 그녀의 무결한 영혼은 아버지가 잘못되었다고 꾸짖었던 것, 공자가 하지 말라고 깨우쳤던 것, 그리고 찬송가가 가장 어두운 죄로써 제지했던 것들을 좇아 그 주위를 배

움 속에서 그녀의 원칙에 충실했다. 그녀와 같은 많은 여성들은 자신의 권리를 포기하기보다는 가엽게 죽었으며 기억되지 못한 채 잊혀 갔다. 그러나 조선의 공식적인 지리지인 『輿地勝覽』에서 이 싸움에서 이긴 여성들에게 그녀들의 고결한 기억을 기념하기 위한 붉은 문(인용자-열녀문)이 곳곳마다 세워졌음을 발견할 수 있다. 많은 이에게 생명 그 자체보다 더 귀하게 여겨졌던 이 **동양의 이상(Ideal)**은 대중들 혹은 인류를 감동시키며 동양에 대한 한층 더 높은 차원의 감상을 제공할 것이다. / 1년 전(인용자-1916년) 즈음에 조선호텔에서 열린 벨기에를 후원하기 위한 공연에서 세 명의 한국인 가수들이 청중들로부터 진심어린 박수갈채를 받으며 특별한 상을 받았다. 그들의 노래는 춘향의 이야기였다"(J. S. Gale, "Preface", *The Korea Magazine*, 1917.9.)

58) 〈춘향전〉은 서구의 문예물과 차이 속에 동등한 문예물이었다. 그의 영역본은 단행본 출판이 아니었기에, 원한경이 엄선한 50권의 한국 관련 도서에 포함되지는 못하며, 현재까지 서구에서 유통되는 그의 『구운몽』 영역본과 대비해본다면 소멸되어버린 번역본이라고 할 수 있다. 여기에 배치된 저술들을 묶는 항목명(Fairy tales, Legends, and Stories)과 달리, 원한경의 서지목록 상에 〈춘향전〉은 서구인들이 한국에서 창작한 시, 소설 작품들과 함께 "Fiction"이란 항목에 배치되어있다는 점은 이 점을 잘 보여준다. 김태준이 "시극(詩劇)으로 꾸몄는데 구상과 번역이 전연 엉터리지만 〈춘향전〉을 외국어로 옮겼다는 데 의의가 있다"고 평했고, 역자 본인 스스로도 온전한 번역을 지향한 것이 아니라고 말한 1929년 출판된 어쿼드의 영역본 역시 동일한 항목에 배치되어 있다.(E. J. Urquhart, *The Fragrance of Spring*, Seoul : Korea 時兆社, 1929(국립중앙도서관 소장본) 이에 대한 서지사항 및 거론은 오윤선, 「『춘향전』 영역본의 고찰」, 『판소리연구』 23, 2007을 참조)

회하고 있다. 지금 세대들은 여성을 위한 기사도를 거의 갖고 있지 않다. 오늘날의 정신은 차라리 그녀를 기다리기 위해 덫을 놓고, 거짓을 말하는 것이라 하는 편이 적절하다. 이러한 것들이 한국이 가지고 있는 소위 20세기의 문명화라 일컬어지는 것들이다. 세계의 모든 선교적 노력에도 불구하고, 우리는 태평양으로부터 밀려오는 조류에 손을 들고 있는 마을 아이들마냥 무력하다. 조선의 여성들에게는 어떠한 기준도 남겨져 있지 않으며, 그녀들의 유일한 문학적 즐거움의 원천은 근대적 사랑 이야기인 '연애소설'(Yon-ai So-sul)이다.[59]

烈과 연애의 분리는 안자산이 "新舊對立의 文藝"라고 표명한 전근대 / 근대란 역사적 구분에 부응한다. 안자산이 말했던 당시 조선의 문학사적 현장은, 다카하시와 게일에게 있어서도 동일한 조건이었다.[60] 그들의 글을 구성해 주는 주제이자 제명, 조선의 "Literature(게일) = 文學(다카하시) = 문학(안자산)" 역시 등가성이 서로에게 전제된 개념이었다. 하지만 "Literature", "文學", "문학"을 통해 재현되는 한국문학의 전체상은 결코 동일하지 않았다는 점을 주목할 필요가 있다.

1927년 다카하시의 논문에서 고소설은 설화와 분리되어 있으며, 전술했던 그의 저술들과 달리 문학이란 항목으로 분명히 기술되고 있다. 이본군, 원작자 및 형성연원, 판소리 창자, 일본문학과의 비교란 측면에서 지극히 학술적인 차원에서 논의되고 있었기 때문이다. 또한 그가

---

59) J. S, Gale, "What Korea Has Lost", *The Christian movement in Japan Korea and Formosa*, Kobe, 1926, p.380.

60) 高橋亨, 「朝鮮文學硏究－朝鮮の小說」, 『日本文學講座』 15, 東京; 新潮社, 1927 ; 다카하시의 이 논문에 대한 검토는 이상현·류충희, 「다카하시 조선문학론의 근대학술사적 함의－다카하시 도루의 「朝鮮文學硏究－朝鮮の小說」(1932)을 중심으로」, 『일본문화연구』 42, 동아시아일본학회, 2012를 참조. J. S. Gale, "Korean Literature", *The Christian Movement in Japan, Korea, and Formosa*. Kobe, 1923; "Fiction", *The Korea Bookman*, 1923, 3.

제시하는 고소설의 전체얼개와 윤곽은 '방각본'이라는 고소설의 판본
만으로는 규명할 수 없는 실체였다. 하지만 그는 한국문학의 주류를 주
자학과 관련된 저술들로 파악했다. 이로 인해 한국은 순문학과 고소설
이 발달하지 못한 장소로 묘사되며 여전히 한국의 민족성은 "문화적 고
착성과 종속성"으로 규정된다.

　그가 고소설(古代小說)을 "아직 현대 일본과 서양의 문학에 영향을
받지 않던 시대의 조선인"이 쓴 "소설"(1쪽)이라고 지적한 곳에서 알 수
있듯이, 다카하시는 한국의 고소설이 근대의 인쇄문화와 문학적 관념에
의해 변모되는 양상 그리고 한국의 근대문학작품을 이 글 속에서는 배제
했다. 이와는 달리, 게일의 경우 그 당시 근대문학에 관한 단편적인 언급
을 발견할 수 있지만, 그에게 한국문학의 진수는 여전히 한문학이었다.
근대문학은 과거 한국문학의 골수가 상실된 것이었다. 즉 그는 전근대
와 근대문학의 관계를 오염이며 퇴락으로 판단했다. 두 사람 모두 한국
의 전근대와 근대 문학의 연속선을 상정하지 않았다. 다카하시는 "근대
조선문학"에 대한 배제를 통해 조선을 지속적인 "정체의 공간"으로 규정
했으며, 게일은 "근대 조선문학"을 전근대 조선문학에 대한 불연속적이
며 서구에 오염된 현재의 조선을 보여주는 사례로 기술했다.

　다카하시, 게일과 비교해볼 때 안자산은 "舊小說"의 성행과 함께 동시
에 진행되는 1910년 근대 소설의 "조류를" 긍정했다고 볼 수 있다.(138
~139쪽) 비록 고소설과 근대소설 사이의 연속선을 규정하지는 않았지만
양자의 관계는 엄연한 진보(발전)였다. 문학사라는 학술 체계, 이를 구성
할 개념이란 보편적 단위 그 자체의 출처가 비록 서구적 개념 혹은 일본
을 통한 중역적 개념일지라도, 동일한 장소 그리고 동일한 계열의 고소
설들을 통해 구현하고자 안자산의 이러한 변별성은 분명한 독자성이라

고는 평가할 수 있을 것이다.

이러한 세 사람이 보이는 시선의 차이는 〈춘향전〉에 동일하게 투사된다. 다카하시는 여규형의 한문본〈춘향전〉이 원문에 충실하며 문장이 가장 좋기에 일본인에게 추천한다고 말했다.(23~24쪽) 그에게 〈춘향전〉은 여전히 중국 『서상기』의 모방작이었을 뿐이다. 이와 변별되는 게일의 〈춘향전〉 독법은 안자산의 문학사 속의 서술과 배치할 때 더욱 선명한 특색을 드러내 준다. 안자산은 〈춘향전〉을 "妓女의 貞節的 戀愛의 情事를 記述"한 것이라고 규정하며, 춘향은 문학 속에서 그 몸을 연애에 바치니 〈춘향전〉은 "戀愛神聖과 人權平等의 精神"에서 나온 것이라고 지적했다.(104~105쪽) 전술했듯이 게일에게 있어 서구와 대등한 관계로 배치시킬 수 있는 〈춘향전〉의 사랑은 결코 근대의 문화현상인 연애를 지칭하는 것이 아니었다. 오히려 게일에게 연애라는 문화현상은 전술했던 인용문처럼 〈춘향전〉 속 여성형상과 대비되는 일종의 병리학적인 풍경이었다. 그것은 한국의 근대와 전근대의 관계를 '진보'로 규정하지 못하는 그의 시각을 여실히 보여주는 것이기도 했다.

그러나 게일의 직역이란 번역의 과정 속에, 이 여성들과 춘향을 규정하는 'Ideal'은 "理想"이란 등가어의 마련 이전에는 '열(烈)'을 비롯한 『옥중화』 텍스트를 구성하고 있는 언어들이 지칭하는 전근대의 유교적 덕목들로는 사실 표현될 수 없는 어휘였다. 한국어와 영어 사이 등가성 (춘향의 烈 실천 = Ideal)을 주목하지 않고 양자를 분리된 '대응관계'란 관점(烈+Ideal)에 본다면 게일의 번역은 사실 새로운 것이었다. 이러한 직역이란 번역의 논리가 원본과 번역본 사이의 분리를 은폐하는 모습에 주목해 보자.

〈춘향전〉을 풀이하는 안자산의 언어 역시 결코 〈춘향전〉 텍스트 내부에 한정된 작품 속의 언어는 아니었다. 이 언어는『조선문학사』뿐만이 아니라 부록으로 되어 있는 한국어, 한국의 민족성도 풀이해 주는 언어였다. 그리고 이 한국어는 서구어 / 일본어와의 등가관계를 내포하고 있는 언어이기도 했다. 즉, 안자산 역시 직역의 논리에 의해 은폐된 번역적 관계를 지니고 있었다. 그것은 "전근대 한국"과 "근대 서양 / 일본"이라는 역사, 지정학적인 대응 쌍과는 차별화된 번역적 관계, "전근대 한국"과 "근대 한국"이라는 새로운 관계망이었다. 양자는 한국이라는 민족성 그리고 "진보"라는 역사서술의 내러티브에 의해 지역 / 역사적 차이가 소멸되며 자기동일성이 보장된다.

그렇지만 〈춘향전〉의 언어와 문학성을 기술하는 그의 언어는 결코 〈춘향전〉 텍스트 내부의 언어가 아니란 사실을 주목해야 한다. 〈춘향전〉의 '烈'은 게일의 Ideal과 같이 '열'이 아니라 "戀愛神聖과 人權平等의 精神"이란 새로운 어휘를 통해 의미화 되어야 했기 때문이다. 그럼에도 그의 언어는 과거의 언어에 대한 직역, 보다 더 엄밀히 말한다면 동일한 한국어로 인식된다. 안자산은 '고대소설의 유행'과 이광수를 비롯한 신문학의 연속적인 계기를 결코 규명하지 않았다. 즉, 그의 표제 "新舊對立의 文藝"에 부응되게 사실 양자는 공통된 장소에서 동시에 진행된 '병렬'적인 관계였던 것이다.

또한 〈춘향전〉 텍스트의 외부에 놓인 그의 언어는 〈춘향전〉을 풀이/번역하는 '서구(일본)'의 언어를 대체한다. 그 대체가 가능해지는 까닭은 그들의 학술어와 등가성이 확보됨과 동시에 서구인 / 일본인의 번역이라는 행위에 전제된 '내부자이자 외부자라는 시각'을 그가 확보할 수 있었기 때문이다. 서구(일본)와 한국이라는 번역적 관계를 안자산은 "진보"란 개념으로 묶여지는 '근대 한국'(과거)과 '전근대의 한국'(현재)

이라는 근대 국경개념에 의해 은폐된 번역적 관계로 보완했다. 이 점
에서 게일, 다카하시와 안자산의 언어는 등가교환의 관계이며 공유되
는 것이기도 했다. 그러나 번역적 관계로 인식되지 않는 "춘향전 소설
어"와 "안자산의 학술문어"라는 동일한 한국어로 묶여지는 이 새로운
구도는 〈춘향전〉 소설어를 현재와 연속되면서도 분절된 "과거의 언어"
로 치환하며 민족의 고전 〈춘향전〉을 성립하게 하는 가장 중요한 기반
이자 전제조건이었다.

위의 글은 『고소설연구』 31집(한국고소설학회)에 실린 논문을 수정·보완하였다.

[첨부자료 1] 이중어사전 약호 및 서지사항

1. Ridel 1880: Les Missionnaires de Corée, de la Société des Missions Étrangères de Paris, "Préface", 『한불ㅈ뎐韓佛字典』(*Dictionnaire Coréen-Français*), Yokohama : C. Lévy Imprimeur-Libraire, 1880

2. Underwood 1890: Horace Grant Underwood, 『韓英字典한영ㅈ뎐』(*A Concise Dictionary of the Korean Language*), Yokohama: Kelly & Walsh; London: Trubner & Co., 1890.

3. Scott 1891: James Scott, *English-Corean dictionary: being a vocabulary of Corean colloquial words in common use*, Corea: Church of England Mission Press, 1891.

4. Gale 1897: James Scarth Gale, 『韓英字典한영ㅈ뎐』(*A Korean-English Dictionary*), Yokohama: Kelly & Walsh, 1897.

5. Gale 1911: James Scarth Gale, 『韓英字典』(*A Korean-English Dictionary*), Yokohama: The Fukuin Printing CO., L'T., 1911.

6. Jones 1914: George Heber Jones, 『英韓字典영한ㅈ뎐』(*An English-Korean dictionary*), Tokyo, Japan: Kyo Bun Kwan, 1914.

7. Gale 1914: James Scarth Gale, 『韓英字典』(*A Korean-English dictionary(The Chinese Character)*), Yokohama: The Fukuin Printing CO., L'T., 1914.

8. 조선총독부 1920: 朝鮮總督府 編, 『朝鮮語辭典』, 朝鮮總督府, 1920.

9. Gale 1924: James Scarth Gale, 『三千字典』(*Present day English-Korean: three thousand words*), 京城: 朝鮮耶蘇教書會, 1924.

10. Underwood 1925: Horace Grant Underwood & Horace Horton Underwood, 『英鮮字典』(An English-Korean Dictionary), 京城: 朝鮮耶蘇教書會, 1925.

11. 김동성 1928: 金東成 著, 權悳奎 校閱, 『最新鮮英辭典』(*The New Korean-English Dictionary*), 京城: 博文書館, 1928

12. Gale 1931: James Scarth Gale, 『韓英大字典』(*The Unabridged Korean-English Dictionary*), 京城: 朝鮮耶蘇教書會, 1931

[첨부자료 2] 게일 〈춘향전〉 번역본의 누락 및 변용양상*

Choonyang		옥중화	누락 및 변용 양상
시기 (연재분량)	소제목 (소제목譯, 연재면)		
1917.9 (12쪽)	Preface (게일의 서문, p.392) I. Rivers and Moun -tains(江山, pp.392 ~397)	1. 서사허두 2. 춘향의 출생내력 3. 춘향소개 4. 이한림의 부임 5. 이몽룡 소개 6. 몽룡, 방자를 불러 勝地 찾음 7. 방자의 남원승지 소개 8. 이몽룡의 광한루행 9. 광한루의 주변경계 10. 후배사령과 술	1. "雙角山이 秀麗흐야 綠珠가 삼겻스며"(누락) 5. 이몽룡의 나이를 16세에서 18세로 변용.(Ⓐ)
	II. The Vision of Choonyang(춘향의 모습, pp.397~400)	1. 추천하는 춘향발견 2. 몽룡, 방자와 수작 3. **방자춘향과 수작** 4. 춘향, 방자에게 한문어 구 건넴	3. (房) 世上이 엇지 되야 열더여섯살 먹은 계집ㅇ히가 落胎란 말이 웬말이냐 (春) 밋친 여럭이로구나 내 언제 落胎라 흐더냐 落傷흘 번흐얏다 흐엿지 (房) 그난 우슴의 말이로되(누락, Ⓑ)
	III. The Limitations of Home(집의 제한, pp.400~403)	1. 몽룡, 춘향이 건네준 어 구의미 확인 2. 책방에서 '보고지고' 소리 지름 3. 이한림, 놀라고 도령의 거짓말에 속음 4. **몽룡의 서책타령** (천자뒤풀이 포함)	4. "道슈님 쵸 밧아 늬 던지며 心術을 내다가"(누락 Ⓔ) - "關關雎鳩 在河之洲로다 窈窕淑女 논 君子好逑로다"에 대하여 원본에 없는 출천(『詩經』)을 제시 (몽룡)"이놈 내가 千字 속을 알니오 쯧을 삿삿이 쇡여 읽으면 쯩을 졀로 쓸이라."에서 "쯩을 졀로 쓸이라"(누락 Ⓔ) - "그러면 千字 뒤푸리 말이요~草家 三間 집 宇"(방자가 한 천자 뒤풀

*이 도표 속 『옥중화』의 서사분절은 서유석, 「20세기 초반 활자본 춘향전의 변모양상과 그 의미-〈옥중화〉계통본을 중심으로」(『판소리연구』 24, 판소리학회, 2007)에 의거한 것 이다.

Choonyang		옥중화	누락 및 변용 양상
시기 (연재분량)	소제목 (소제목譯, 연재면)		
			이 부분을 이몽룡이 읽는 것으로 전 환하고 그것이 천자문의 표면만 읽 은 것이라고 말함) - 宙자 이후의 천자뒤풀이(누락)
1917.10 (11쪽)	Ⅳ. Love's Venture (사랑의 모험, pp.440 ~444)	1. 춘향의 집 도착 2. 월매, 춘향에게 꿈 이 야기를 함	1. "花間에 푸른 버들 몃번이나 써써스며 …… 夜入靑樓 흐얏스니"(누락 ⑧) - "春香을 꼭 붓잡고 실컨 마음듸로 才 操듸로 히보시구려"를 춘향에게 인 사하란 의미로 변용(⑧) 2. (월매) "아이고 뎌리 쉬 풀이질 줄 알엇더면 際을 조곰 만이 흘 걸"(누 락 ⑥) - "越西施 態度 긋고 淑娘子의 體格이 라"(누락) (몽룡) "늬 늙으니에게 흘 말이 잇스 나 드를는지 즛늬 쫄과 나와 百年期 約흠이 엇더흔가"를 정중한 표현으 로 변용
	Ⅴ. An Oriental We- dding(동양의 결혼식, pp.445~447)	1. 월매, 춘향의 내력설명 2. 몽룡, 월매에게 사정하 여 증서를 써주고 혼인 승락 3. 몽룡, 춘향과 합환주	1. (월매) "늙은 나를 守廳키 흐시니"에 서 守廳을 결혼으로 변용(⑧) - "離別흔 그 달브터 져 것 빈 줄 짐작흐 고 緣由로 告目 흐니 졋줄 썰만흐게 되면 다려간다 흐시더니"를 아이를 난 후 연락을 하여 성참판이 알게 되었다 고 변용 - "그 듸 運數 不吉흐야"를 월매의 운수 가 불행한 것으로 변용 - "上下不及 婚姻 느껴"(누락 ⓐ) 3. (월매) "술이나 많이 잡스시오"(누 락 ⑩) "아가 春香아 붓그러히 알지 말고 술부어라"에서 "술부어라"를 "정성 을 다해 남편에게 봉사해라"로 변 용.(누락 ⑩) (월매) "令監 生覺이 懇切흐여"(누락)

Choonyang		옥중화	누락 및 변용 양상
시기 (연재분량)	소제목 (소제목譯, 연재면)		
			(춘향) "술이나 잡스시오"를 '원기회 복하시오'로 (번역 ⓓ)
	Ⅵ. It Never Did run Smooth(그것(인용자 -두 사람의 사랑)은 결코 순조로운 것이 아니다, pp.447~450)	1. 초야 2. 몽룡, 매일밤 춘향을 찾음(사랑가) 3. 한림의 내직승차	**- 이에셔 더ᄒ소나 네가 먼저 버셔 라~깁흔 밤에 滋味잇게 잘 놀앗더 라(누락 ⓑ)**
1917.11 (10쪽)	Ⅶ. Partings Are Sad (이별은 슬프다, pp.496 ~500)	몽룡, 춘향에게 이별통고 (춘향과 월매의 발악)	(춘향) "名妓名唱 風流 속에 晝夜浪遊 노실 적에"을 인기가 많아질 적에 정 도로 (변용 ⓒ) (월매) "계집兒孩 열댓살 먹으며는 書 房인지 南方인지 이고지고 스랑싸흠 눈이시여 볼 수 업다"(누락 ⓐ) (월매) "말ᄒ여라 웬일이냐"(누락) (월매) "慾心 만은 盜賊년"(누락 ⓔ) - "道令任을 쏙 미여서 네 고름에 취워 쥬랴"(누락) - "나는 한창 少年時에 하로밤 書房 離 別 쉰도 ᄒ고 빅도 ᄒ되 能幹能手 잇 는고로 個個히 다 싯쳐서 돈을 쥬다 乾達되면 神主신지 갓다쥬니 各 집 神主 모아 노은 게 아마 열섬 턱은 되 지"(누락 ⓑ)
	Ⅷ. Resignation (체념, pp.500~505)	1. 월매를 보낸 후 춘향과 대화 2. **몽룡, 다시 춘향의 집 으로 감(신물교환)** 3. 이한림부부, 춘향과 월매에게 돈과 쌀을 보냄.	2. "內衙에 얼풋 단녀 冊房으로 나와" (누락) - (춘향) 楚歌四面萬營月ᄒ니 楚伯王의 美人離別(누락) - **(춘향) 淫淚辭丹鳳~兄弟離別(누락)** - 道令任은 당나귀 우름을 듯 울름보가 터지는 듸 열두 마듸를 쑥 썩거 울고 (누락)
1917.12 (8쪽)	Ⅸ. The Glories of Office(관아의 장관, pp.551~555)	1. 신관도임 2. 춘향의 기다림(상사곡) 3. 다시 신관도임 4. 변학도 신연맞이부터 춘향을 찾음	

Choonyang		옥중화	누락 및 변용 양상
시기 (연재분량)	소제목 (소제목譯, 연재면)		
	Ⅹ. The World of The Dancing Girl(기생의 세계, pp.555~558)	1. **변학도, 기생점고 후 춘향** 2. 행수기생, 춘향을 부르러 감	1. "가진 吹打行樂聲은 年豐을 즈랑ㅎ고 勸馬聲은 前導홀 제 物色과 威嚴이 一邑에 가득ㅎ니 上下男女老少 人民이 左右 구경홀 제"(누락) - 기생점고 중 杏花~竹葉까지를(누락) - "使道가 香字만 드르면 궁둥이가 짱에 붓게 들먹듸며"(누락 ⓔ)
1918.1 (8쪽)	Note (편집자 논평, p.21) Ⅺ. The Man-Eater (먹는남자(군노사령), pp.21~26)	1. 군노사령 춘향을 부르러 감 2. 춘향, 이몽룡의 편지를 받고 슬퍼함 3. 춘향, 군노사령에게 술과 재물 대접	
	Ⅶ. Into The Jaws of Death(죽음의 문턱으로, pp.26~28)	1. 춘향, 다시 찾아온 군노사령에게 이끌려 변학도 현신 2. 춘향, 수청거부	
1918.2 (7쪽)	XⅢ. Under the Paddle(태형, pp.69~73)	변학도, 춘향에게 태형 (십장가)	- (춘향)"二君不事 忠信이오 二夫不更 烈女로다",(누락) - "八百諸侯 歸順ㅎ 들 누락 八字雙眉 春情曲 八分이나 굽히릿가",(누락) - (변학도) 압다 그 년 싸져 죽일 년 어셔 쓰려라"(누락 ⓔ) - (춘향)"九月霜楓 搖落ㅎ들 九月黃花 아우릿가", "二十度로 알리외다 二十 文章 子長갓치"(누락) - 춘향의 나이를 지칭하는 '二八青春(16세)'를 18세로 변용(ⓐ)
	XⅣ. In the Shades (冥界로, pp.73~75)	1. 춘향의 하옥, 월매와 노인과부 안타까워함 2. 춘향의 꿈	1. (월매)"童便을 밧어라 童便을 못밧으면 늬가 누마 크다ㅎ 함지롤 되고 와르르 오줌 누어 그 오줌에다 약을 기여"(누락 ⓔ) 2. "青樓出身所生으로 뎌런 節行 싱겻도다"(누락)

Choonyang		옥중화	누락 및 변용 양상
시기 (연재분량)	소제목 (소제목譯, 연재면)		
1918.3 (9쪽)	ⅩⅤ. Honours of the Kwago(Examina-tion) (과거의 영광, pp.122~127)	1. 춘향, 사령의 권유로 몽룡에게 편지 **2. 몽룡, 과거시험** 3. 몽룡, 장원급제후 부수찬, 호남어사 제수	2. "李道令 龍硯에 먹을 가라 …… 春塘臺가 쩌ᄂ간다"(누락)
	ⅩⅥ. Incognito (암행, pp.127~130)	몽룡, 볼짝쇠를 만나 춘향의 편지를 봄	
1918.4 (8쪽)	ⅩⅦ. Before the Buddha (부처 앞에서, pp.169~170)	1. 몽룡, 볼짝쇠와 만덕사행 2. 몽룡, 볼짝쇠를 운봉옥에 가둠	
	ⅩⅧ. The Blind Sor-cerer (장님 점술사, pp.170~173)	춘향, 허봉사에게 해몽	
	ⅩⅨ. At the Hand of Farmers(농부들의 곁에서, pp.173~176)	1. 몽룡, 농부들을 만남 2. 몽룡, 춘향을 비방했다 혼쭐	농부들의 〈사업대장부가〉 중 "社會에 領袖되야 法律範圍 違越말고~改量風俗ᄒ는 것도 大丈夫의 일이로다"를(누락)
1918.5 (11쪽)	ⅩⅩ. The Mother-in-law(장모, pp.213~218)	1. 몽룡, 암상에서 미인이 불 속에 빠진 꿈을 꿈 2. 몽룡, 남원고사 춘향 집으로 감 3. 월매, 몽룡의 거지꼴을 나무람	
	ⅩⅩⅠ. The Prisoner (수감자, pp.218~223)	몽룡, 춘향을 옥중면회	(춘향)"寃痛코 셜운 冤情 玉皇任이 알으시고 求하려고 날 찾나"(누락) – "富春山 嚴子陵 諫議大夫 마다ᄒ고~ 訪梅次 날 찻나"(누락) – "道理ᄂ 아니오나 긴이 말 付託홀 일 잇나이다."(누락)
1918.6 (6쪽)	ⅩⅩⅡ. Feast (잔치, pp.267~272)	변학도, 생일잔치에 몽룡 거지차림으로 참석	– "御使道가 갈비를 뜻든 아니ᄒ고 앞뒤로 침만 담북 뭇쳐 갈비에 침이 쭉쭉 흐르ᄂ듸"를 "먹던 것을 준다" 정도로 (번역 Ⓔ)

Choonyang		옥중화	누락 및 변용 양상
시기 (연재분량)	소제목 (소제목譯, 연재면)		
			– "本官'이 韻字를 내엿스되 놉흘 高 기름 高 두 字를 불으거늘"에서 운자를 영시번역에 맞추어 'sweet'와 'strain'으로 변용 – "大夫人이 落胎를 ᄒᆞ엿다고 곳 긔별이 왓소~落傷을 하엿다ᄂᆞᆫ 것을 겁결에 잘못ᄒᆞᆫ 말이오"를 落胎관련 행을 落傷의 의미로 (변용 Ⓑ)
1918.7 (11쪽)	ⅩⅩⅢ. Judgment (심판, pp.326~333)	1. 몽룡, 어사출두 2. 몽룡, 죄인방송 후 춘향을 부름 3. 노소과부, 춘향의 무사 방송을 어사에게 요구. 4. 춘향, 몽룡과 상봉.	1. (변학도) "어 무섭다 御使 보아라 문 드러온다 바람 닷아라 요강 마렵다 오좀 드려라"(누락 Ⓔ) – "雲峰營將 말을 걱구로 타고~말 목아지를 이리 갓다 이리 갓다 박아라"雲峰이 아니라 말이 소란을 피우는 것으로 (번역)
	ⅩⅩⅣ. The Laurel Wreath (월계관, pp.333~336)	1. 월매, 노소과부 기뻐함. 2. 월매, 변학도 변호 3. 볼짝쇠, 도망나와 몽룡에게 인사. 4. 몽룡, 변학도에게 관대한 처분 5. 몽룡, 춘향의 집으로 감. 6. 몽룡, 춘향을 먼저 상경시킴. 7. 몽룡, 동부승지 대사성을 지내고 춘향, 충렬부인에 제수.	1. (월매) "흔 틔줄에 너 다셧식 쏙쏙 쏩아 너쓰리소"(누락 Ⓔ) "이년의 입 씨일나네 찟면 아마 압흘걸 압흘테니 못 찟겟네"아장아장 드러가며(누락 Ⓔ)

(행 단위 이상의 변개는 진한 표시로, 행단위의 유형화할 수 있는 변개양상은 기호를 표기)
Ⓐ미성년의 주인공을 성년으로 전환, Ⓑ서구인의 결혼관 및 애정관에 불일치, Ⓒ~Ⓓ사대부 기방풍류에 대한 부정적인 인식, Ⓔ혐오감을 주거나 비속한 표현.

제3부

고전 콘텐츠, 미디어

고전소설의 다시쓰기 출판물 연구 시론

권혁래

1. 머리말

고전은 현대의 바탕이요, 그리고 이 현대는 다시 미래를 계시해 주는 것이다. 따라서 고전에 무식할 때 현대는 우매해지고, 따라서 미래를 기대할 수 없다. 고전의 '생명(生命)'과 '가치(價値)'는 바로 여기에 있다.

고전을 읽자! 우리의 고전소설들은 이조 일대에 걸치는 선조들의 흥분과 감각이 아롱지게 서려 있는 주옥같은 작품들이다. 이것들을 읽을 때, 우리는 선인들의 감정세계를 소요하게 되고, 또 그들의 숨결을 가까이 느끼게 된다. 이 얼마나 즐겁고 고상한 시간의 산책이랴!

고전소설은 야담이나 옛날이야기에 그치는 것은 절대 아니다. 이는 문학이기 때문에, 문학이 지니는 향훈(香薰)과 불멸(不滅)의 광채(光彩)를 간직하고 있다. 따라서 이것이 현대의 맥박 속에 살고 있는 한, 우리는 단명한 유행성 문학사조나 팜플렛 식의 단편적인 문학상식에서 탈출할 수 있을 것이다. 다시 일러두거니와, '우리는 고전을 읽자! 고전을 읽어야 한다!'

〈古典은 現代에서 살아야한다〉 중에서)[1]

---

1) 장덕순·이가원 외, 『한국고전문학전집』(전5권) 1, 희망출판사, 1965, 5쪽.

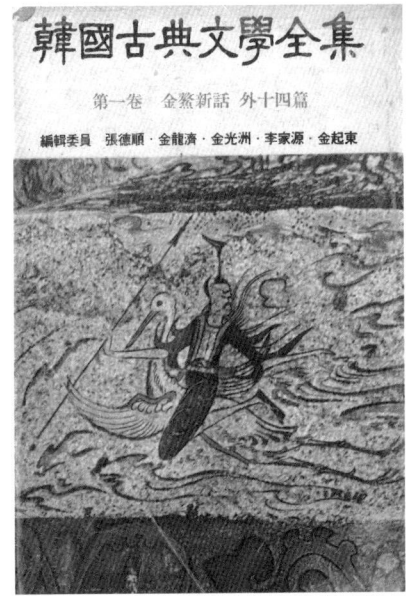

〈그림 1〉『한국고전문학전집』(희망출판사)

위 인용문은 1965년 희망출판사에서 간행된 『한국고전문학전집』의 서문의 일부분이다. 이 전집은 가장 이른 시기에 주요 대학의 현직교수들이 중심이 되어 널리 고전을 보급하기 위해 대중출판물을 간행한 사례이다. 위 글에서 장덕순, 이가원 교수 등의 편집위원들은 우리 고전이 선인들의 감정세계와 숨결을 느끼게 해주며, 현대와 미래를 계시해 주는 생명력이 있다고 하였다. 이들은 고전문학에 대한 열정을 드러내며, "고전을 읽어야 한다!"고 일반 독서대중들에게 호소하였다. 그리하여 46종의 고전소설을 다시쓰기하여 서민대중의 벗이 되기를 희망하였다. 이를 시작으로 2010년대에 이르기까지 고전소설의 다시쓰기 출판물 간행은 맥락을 달리하며 활발하게 이루어지고 있다.

이 글은 1990년대 이후 고전소설의 다시쓰기 출판물2)에 대한 학문적 접근을 목적으로 한다. '고전소설의 다시쓰기(rewriting) 작업'은 고전소설 원문을 현대역하여 일반 독서대중들이 쉽게 읽을 수 있도록 문장

---

2) 고전소설의 다시쓰기 출판물의 장르적 성격에 대해서는 좀 더 생각해볼 필요가 있다. 원작은 고전소설이지만, 대중출판물은 다시쓰기 작가의 의도에 따라 '동화', 또는 '소년소설' 등으로도 변모하기 때문에 장르적 성격을 일률적으로 규정하기는 힘들다.

을 다듬는 작업으로 정의할 수 있다. 다시쓰기의 범주에는 독자를 고려한 첨가·부연, 생략·축소, 단어 및 문장 표현의 고처쓰기 등이 있다. 그리고 대중 출판물을 간행하는 과정에서 일어나는 해설, 그림·사진·정보 등의 부가·편집 작업도 다시쓰기 출판물 작업의 한 과정으로 보는 것이 좋을 듯하다. 원칙적으로 (한문소설의) '번역'은 다시쓰기의 전(前) 단계이다. 하지만 한문소설의 경우, 대체로 번역서로 출판된 것을 다듬고 편집하여 대중 출판물로 간행하므로 다시쓰기의 영역에 포함시키는 것이 일반적이다.

한편 신선희 교수는 『우리 고전 다시쓰기-고전 서사의 현대적 계승과 장르적 변용』에서 장르 변용과 매체 변환까지 고려하여 다시쓰기의 개념을 '고전의 수용·변용·재창조'라는 의미로 제시한 바 있다.3) 저자는 이 저서에서 고전설화와 소설이 시, 소설, 동화, 연극, 마당극, 영화, 애니메이션 등으로 변환된 양상을 고찰하였다. 신선희 교수의 다시쓰기 개념은 '현대적 수용과 변용'이라는 의미이며, 넓은 의미에서 기존 작품에 대한 다르게 보기, 새롭게 읽기, 다시 쓰기의 작업이다.4) 이는 좀 더 엄밀히 말하면, '개작, 재창작, 패러디'라는 창작의 다양한 방식이 포괄된 개념이다. 이에 비하면, 필자의 다시쓰기 개념은 '고전의 현대역 및 대중출판물 작업'이라는 한정된 의미임을 밝힌다.5)

---

3) 신선희, 『우리고전 다시쓰기-고전 서사의 현대적 계승과 장르적 변용』, 삼영사, 2005, 1~496쪽.

4) 신선희, 「〈심청전〉의 현대적 수용과 변용」, 『고소설연구』 9집, 한국고소설학회, 2000, 240쪽.

5) 필자가 사용하는 다시쓰기 개념에 대해 좀 더 부연설명을 한다면, 원작의 정신, 주제, 플롯, 인물 설정 및 성격 등을 대부분 그대로 따르면서 문장 및 문맥 차원에서 고르고 다듬는다는 뜻이다. 다시쓰기 작업은 원작과 일정한 비평적 거리를 두려고 하는 패러디나, 재창작 작업과는 달리, 원작의 정보를 해치지 않았다는 믿음을 얻으려고 애쓴다. 권혁래, 「고전소설의 현재적 독자와 다시 쓰기의 문제」, 『동화와 번역』 9집, 건국대 동화와 번역

고전소설의 다시쓰기 작업은 해방 이전인 1910~30년대의 시기에 활자본 소설의 간행을 통해 왕성하게 이루어진 적이 있다. 그리고 해방 이후에는 1960~90년대 고전문학전집의 간행 작업, 1990~2010년대의 아동·청소년용 출판물의 간행 작업 등으로 이어지고 있다. 해방 이후의 시기에 이른바 '고전소설의 다시쓰기 출판물 시리즈'[6]는 확인되는 것만 해도 50여 종이 넘는다.

이 출판물들은 학문적 성과라기보다는 대중 출판물에 가까운 것인데, 필자는 이제 이러한 작업들을 학문적으로 접근해야 할 필요성을 제기한다. 왜냐하면 이는 첫째, 고전소설의 현재적 독자, 독서 및 유통 과정을 연구할 수 있는 매우 유용하고 실질적인 현상이기 때문이다. 오늘날 고전소설의 다시쓰기 출판물의 본질은 '문화산업의 상품'이라는 데 있다. 이러한 상품을 제작하기 위해서는 먼저 대학의 전문 연구자를 비롯하여, 초·중·고등학교 교사, 출판사, 일러스트레이터 등의 관련 직업 종사자들이 종합적인 작업을 해야 한다. 그리고 이 출판물은 대학입시, 교과서 제작, 학교 교육 등의 과정과도 밀접히 연관되어 있다. 이러한 과정을 연구하면서 고전소설의 의미에 대한 좀 더 실질적인 논의가 가능해질 것이다. 둘째, 이 책들 중에는 자료적 가치가 큰 것도 많이 있으나, 그것들에 대한 정리·분류·분석 작업이 제대로 이루어지지 않고 있기 때문이다. 대학 도서관에서는 대중출판물인 이러한 책들을 잘 구입하지 않는다. 그리고 어린이도서관이나 시군의 지역 도서관에서는 어린이 독자들을 위해 얼마간의 자료를 구입, 열람 서비스를 제

연구소, 2005, 121쪽.
6) 여기서 고전소설의 다시쓰기 출판물은 전문 연구자를 위한 번역·주석서가 아닌, 일반 교양독자들을 대상으로 한 대중 출판물이면서, 시리즈·전집으로 간행된 것만을 조사 대상으로 하였다.

공하더라도 일정한 시간(보통 10여 년이라고 한다)이 지나면 낡은 텍스트는 폐기처분을 하고 목록에서도 삭제해버리는 일이 흔하다. 그러므로 더 늦기 전에 자료를 수집 분석하는 것이 필요하다.

오늘날 고전소설의 독자는 누구이며, 수요는 무엇인가? 누가 고전소설의 다시쓰기 출판물의 글을 쓰고 책을 만드는가? 어떤 작품들이 주로 출판되었으며, 인기가 있는가? 필자는 이런 질문들에 대해서 1990년대 이후 출간된 고전소설의 다시쓰기 출판물을 조사·분석하여 답할 것이다. 특히 작가(편집자)의 의도 및 편집원칙 등이 자세히 밝혀진 서문 내용, 작가(편집자), 수록 작품, 다시쓰기의 양상 등을 분석할 것이다.

2. 고전소설의 다시쓰기 출판 현황

필자가 파악한 결과로는 고전소설의 다시쓰기 출판물 간행은 1965년 희망출판사의 『한국고전문학전집』에서부터 시작되며, 본격적으로 나오기 시작한 것은 1990년대 이후이다. 그리고 대학 도서관에는 주로 성인 독자들을 대상으로 한 『한국고전문학전집』 종류만 소장되어 있기 때문에 1990년대 중반 이전의 아동, 청소년용 출판물에 대해서는 솔직히 잘 알 수 없다. 필자가 조사한 시리즈는 약 40종이다.[7] 목록을 제시하면 다음과 같다.

---

7) 위 목록은 2010년 상반기까지 교보문고, 영풍문고의 매장 및 온라인 서점, 국립중앙도서관, 대학 도서관들 등을 조사한 결과이다.

번호	시리즈 이름	출판사	출판년도	고전소설 책 수	독자층
1	소년소녀고전문학	대일출판사	1990	3권	아동
2	만화로 보는 우리고전	능인	1992~1994	수십여 종	아동
3	새롭게 읽는 좋은 우리고전 시리즈 20선	청솔	1994	15권 20종	아동
4	우리나라 고전 시리즈 30권 (뒤에 금잔디에서 재발행)	가정교육사	1994	30권	아동
5	책동네 고전동화 모음	책동네	1996	6권 12종	아동
6	은하수문고 명작·고전(100권)	계림문고	1994	12권 14종	아동
7	(수학능력 향상을 위한 필독서) 우리 고전문학(20권)	지경사	1996	14권 17종	아동
8	교양고전(전 28권)	대일출판사	1996	4권 9종	아동
9	혜원 월드베스트(전88권)	혜원출판사	1997~2006	5권 8종	성인
10	초등권장 우리 고전 시리즈	예림당	1999~	10권 12종	아동
11	만화고전	지경사	1999	10여 종	아동
12	소설만화 한국고전 시리즈(15권)	문공사	2000 (개정판)	15권 17종	아동
13	웃음보따리 만화우리고전	지경사	2000	10여 종	아동
14	사르비아 총서(600여 권)	범우사	2000	7권	성인
15	우리가 정말 알아야 할 우리 고전 시리즈	현암사	2000~	16권 18종	청소년
16	국어시간에 고전 읽기 시리즈	나라말	2002~	18권	청소년
17	우리고전 다시읽기 시리즈 전 50권	신원	2002~2005	32권	성인
18	세계문학전집(236권)	민음사	2003~	4권	성인
19	베스트셀러 고전문학선 10권	소담출판사	2003~2004	6권 11종	성인
20	재미있다 우리고전 시리즈 20권	창비	2003~2008	20권	청소년
21	이야기 고전(수학 능력 향상을 위한 필독서) 시리즈(30권)	지경사	2003~2006	20권 28종	아동
21	이야기 고전(수학 능력 향상을 위한 필독서) 시리즈(30권)	지경사	2003~2006	20권 28종	아동

22	책세상문고 -세계문학(41권)	책세상	2003~2005	3권	성인
23	한겨레 옛이야기 시리즈(30편)	한겨레 아이들	2004~2007	12권	아동
24	하서명작선(100권)	하서	2004	6권 십 여종	아동
25	푸른담쟁이 우리문학(40권)	웅진씽크빅	2005	20권 21편	아동
26	찾아 읽는 우리 옛이야기 시리즈	대교출판	2005~2008	10권	아동
27	우리가 읽어야 할 고전 시리즈 20권	푸른생각	2005~2008	10권 16종	성인
28	꼭 제대로 읽어야 할 우리고전	종문화사	2005	3권+3	청소년
29	초등학생이 꼭 읽어야 할 논술 대비 한국고전문학 대표작 (논술 한국고전 특선집)(20권)	홍진미디어	2005	15권	아동
30	중학생이 되기 전에 꼭 읽어야 할 우리고전 시리즈	영림카디널	2006~	24권	아동
31	샘깊은 우리고전(12권)	알마	2006~	5권	아동
32	참좋은 우리고전 시리즈	두산동아	2006	35권	아동
33	논술세대를 위한 우리고전문학 강의 시리즈 20권	계림	2007	18권	아동
34	천년의 우리소설	돌베개	2007~	6권 45종	성인
35	나의 고전책꽂이	깊은책속 옹달샘	2007~8	3권	아동
36	교과서에서 쏙쏙 뽑은 우리고전	생각의 나무	2008	20권	아동
37	국어과 선생님이 뽑은 한국고전 읽기 시리즈	북앤북	2008	6권	청소년
38	우리 겨레 좋은 고전	꿈소담이	2008~9	14권	아동
39	지만지 고전선집(625권)	지만지 출판사	2008~	10여 종	성인
40	한국고전문학전집(1차분 10권)	문학동네	2010~	5권 8종	성인

3. 2000년대 이전의 출판물

1) 1960~90년대 고전문학전집 간행의 의의

대중 독자들을 대상으로 한 고전소설의 다시쓰기 출판물은 고전문학전집의 간행으로부터 시작된다. 1960~90년대에 이루어진 고전문학전집의 간행은 고전문학을 국민들에게 널리 보급하여 '민족 고전'[8]으로서의 인식을 높이는 데 일정한 기여를 하였다. 이 기간 동안 출판된 주요 전집 목록은 다음과 같다.

> 1) 장덕순·이가원·김기동 외 편, 『한국고전문학전집』(전5권), 희망출판사, 1965.
> 2) 전규태 편, 『한국고전문학전집』(전7권), 세종출판사, 1970.
> 3) 김기동·박성의·양주동·이가원·장덕순, 『한국고전문학전집』(전8권), 省音社, 1970~1972.
> 4) 정병욱·이태극·이응백·조두현 편, 『정선 한국고전문학전집』(전12권), 서영출판사, 1978.
> 5) 김기동·전규태 편, 『한국고전문학전집 100』(전32권), 서문당, 1984.
> 6) 정재호·소재영·조동일·이동환 외 편, 『한국고전문학전집』(전40권), 고려대 민족문화연구원, 1993~2006.

일반 독서대중을 대상으로 하여 출판된 고전문학전집은 위 목록을 포함하여 15종 가량 된다. 1)희망출판사의 『한국고전문학전집』이 발간된 1960년대만 해도, 아직까지 고전문학이 일반 독서대중들에게 제대

---

8) 고전소설이 1960~90년대에는 '민족 고전', 2000년대 이후에는 '고전 콘텐츠'라는 개념으로 인식되었을 것이라는 생각은 김현양, 고운기 선생님과 토론하면서 얻을 수 있었다. 이 지면을 빌어 감사의 마음을 밝힌다.

로 소개되지 않았던 시기이다. 장덕순·이가원·김기동 외 편집위원들
은 이 전집의 출판 의미를 고전문학이 서민대중과 호흡을 같이 하는
계기를 만든다는 점에서 찾았다. 이 전집은 한국고전문학전집이라고
하였지만, 고전소설 46종만이 수록되어 있다. 2)전규태의『한국고전문
학전집』은 전7권 중 1~5권에 49종의 고전소설을 수록하였다. 전규태
는 서문에서, 문학적 교양을 얻기 위하여 고전을 읽을 필요가 있으며,
또 우리 민족이 가장 강인하고 고결한 민족이므로 고전문학을 존중하
게 되면 바로 그러한 정신을 이어받을 수 있다고 하였다. 성음사에서
간행된 3)『한국고전문학전집』에는 4~8권에 45종의 고전소설이 수록
되었다. 편집자 김기동 등은 근대문학과의 관련성을 모색하면서 민족
문학으로서의 고전문학을 강조하였다. 또 고전문학은 국민들이 자신을
돌아볼 수 있는 거울이라는 '거울론'을 제기하며, 이 거울을 보며 국민
들이 민족 공동체의 역사와 전통에 녹아들 수 있다고 하였다. 2)와 3)의
전집은 서강출판사, 금강출판사, 삼양출판사, 세인문화사, 양우당 등
에서 중판(重版)이 간행되었다.

　4)의『정선 한국고전문학전집』은 일반 독서대중들을 대상으로 하였
지만, 주석의 비중이 상당히 높다. 설화, 시가, 가사, 시조, 한시, 수필,
평론, 삼국사기 열전 등과 가전, 전, 한문소설을 포함한 고전소설 78종
을 소개하였다. 5)의『한국고전문학전집 100』시리즈는 1차분 32권만
이 간행되었으며, 여기에는 95종의 다양한 고전소설이 수록되었다. 이
작품에서 와서 처음으로 가로쓰기 편집이 선을 보였으며, 1~4종정도의
비교적 소량의 작품만 한 권에 수록함으로써 가독성을 높였다. 이 전집
은 2000년대 전반까지 고전소설의 대표적인 대중 출판물 역할을 하였
다고 판단된다.

6)의『한국고전문학전집』은 2006년도까지 40권이 간행되었으며, 여기에는 시가, 구비문학, 소설, 문집을 비롯한 한문학 등 이전까지 시도되지 않았던 다양한 장르와 작품들이 포함되어 있다. 고전소설은 이 가운데 21권에 40여 종이 수록되었다. 이 전집은 각 작품마다 해당 작품의 전문 연구자들에게 집필을 위탁하여 작업하였다는 점, 고전문학 원문과 현대역·주석을 동시에 제공하여 자료적 가치와 작품 감상 텍스트로의 가치를 보여주었다는 점 등이 새롭다. 이러한 작업의 방향은 고전을 발굴하여, 연구자 및 일반 독서대중들에게 신뢰 있는 텍스트를 제공하였다는 점에서 의미가 크다.

1960~90년대에 걸쳐 간행된 고전문학전집의 간행 작업은 고전소설을 '민족 고전'의 자리에 올려놓는 한편, 고전소설의 대중화를 가능케한 토대가 되었다. 각 전집마다 작게는 40여 종, 많게는 90여 종의 작품을 현대어로 옮겨 놓으면서 〈춘향전〉, 〈구운몽〉, 〈홍길동전〉, 〈허생〉, 〈사씨남정기〉 등 대중들에게 호응이 높은 수십여 종 작품들의 목록이 확인되었고, 또한 고전소설의 정전화 작업이 진행되었다. 1990년대 이후 활발하게 이루어진 초등학생용 출판물이나, 2000년대 이후의 중고등학생용 출판물은 바로 이러한 고전문학전집의 간행이라는 토대위에서 탄생할 수 있었다.

2) 초등학생들을 대상으로 한 출판물의 간행

1990년대 이후, 서울 지역 대학의 고전문학 전공 교수들이 중심이되어 고전문학전집을 간행하는 한편에서는, 아동문학가들이 중심이 되어 어린이들을 대상으로 한 고전소설의 상업적 출판물들을 발간하였다. 주요 출판사는 청솔, 계림, 대일출판사, 능인, 책동네, 예림당, 가정교육사, 지경사 등이다.

(1) 대일출판사, 〈소년소녀고전문학〉 시리즈, 1990.

1990년에 대일출판사에서는 〈소년소녀고전문학〉 시리즈를 간행하였는데, 이중에서 88권 〈춘향전·심청전〉, 89권 〈박씨전·허생전〉, 90권 〈홍길동전〉을 간행한 것이 확인된다.

(2) 가정교육사, 〈우리나라 고전〉 시리즈, 1994.

1994년에는 가정교육사에서 〈우리나라 고전〉 시리즈 30권을 간행하였다. 목록에는 〈춘향전〉, 〈사씨남정기〉, 〈홍길동전〉 등 대표적인 고전소설이 포함되어 있는데, 이 중에서 〈어사 박문수〉, 〈방랑시인 김삿갓〉, 〈의적 일지매〉, 〈임꺽정〉, 〈오성과 한음〉 등은 고전소설 목록에 없는 작품들이라는 점에서 작품 선정의 엄밀함에 의문점이 생긴다. 이 시리즈는 아동문학가들이 주로 집필을 담당하였는데, 원전에 대한 고증, 다시쓰기에 대한 원칙 등이 현저하게 부족해 보인다. 특히 어려운 내용을 쉽게 고치면서 원문을 자의적으로 축약·생략하거나, 새로운 표현 및 내용을 첨가·부연하는 일들이 무원칙하게 행해진 점이 발견된다.

도서출판 금잔디는 뒤에 가정교육사를 인수하여 2000~2002년 사이에 위 시리즈를 '고전문학' 시리즈로 재발간 하였다. 하지만 2000년대 중후반에 들어 유사한 책들이 새롭게 기획되어 출판되면서 경쟁력을 잃게 되자 이 시리즈를 절판하였다.

(3) 청솔, 〈새롭게 읽는 좋은 우리고전〉 시리즈, 1994.

초등학생들을 대상으로 한 다시쓰기 출판물에서 가장 주목되는 시리

즈는 청솔에서 1994년도에 간행한 〈새롭게 읽는 좋은 우리고전〉 시리
즈일 것이다. 이 시리즈는 전20권으로, 아동문학가 및 교사들이 중심
이 된 초록글연구회에서 글을 쓰고, 전문 일러스트레이터들이 그림을
맡았다. 1994년에 간행하여 꾸준히 발행되어 2000년에 재판을 찍었고,
2003~2007년에는 표지 장정을 새롭게 하여 재간행할 만큼 오랜 시간
영향력을 미치고 있다. 청솔은 학문적 엄밀성을 추구하지는 않았지만,
과감한 그림과 간략한 글을 특징으로 하여 어린이 책으로서 개성을 드
러내었다.

이 시리즈의 특징은 원문을 그대로 옮기지 않고, 초등학교 저학년들
도 무리 없이 읽을 수 있도록 전체적으로 생략·축약 방식을 사용했다
는 점이다. 그리고 이 전집에서는 1990년대에 출간된 어떠한 책들보다
화려하고 짜임새 있는 그림 구성이 주목된다. 전문 화가들의 그림 작업
을 통해 그림책에 버금가는 수준의, 고전소설의 어린이 출판물이 가능
하게 되었다. 이러한 점들이 2010년도까지 16년 넘게 경쟁력을 유지할
수 있었던 이유라고 생각한다.

시리즈에는 〈장화홍련전·흥부전〉, 〈허생전·양반전〉, 〈심청전·춘향
전〉, 〈사씨남정기〉, 〈박씨전·인현왕후전〉, 〈홍길동전〉, 〈구운몽〉, 〈금
오신화〉, 〈운영전〉, 〈한중록〉, 〈임경업전〉, 〈금방울전〉 등 15권 20종의
작품이 수록되어 있다.

(4) 책동네, 〈책동네 고전동화 모음〉 시리즈, 1996.

1996년 책동네에서는 〈책동네 고전동화 모음〉이라는 6권 12종의 아
동 시리즈를 발간하였는데, 작품은 1권 〈심청전·금방울전〉, 2권 〈옹고
집전·장화홍련전〉, 3권 〈홍길동전·토끼전〉, 4권 〈두꺼비전·박씨부인

전〉, 5권 〈임경업전·춘향전〉, 6권 〈허생전·구운몽〉이다. 이때 작가 (옮긴이)들은 이효성, 조장희, 박경용, 윤사섭 등인데, 특히 이효성이 라는 이름은 그 이후에도 지속적으로 등장하는 주요 작가임을 기억할 필요가 있다.

(5) 만화고전 시리즈

한편 만화, 또는 소설과 만화와 혼합된 형태의 출판물도 발견된다. 능인에서 1992~1994년까지 간행한 〈만화로 보는 우리 고전〉은 수십 종의 고전을 만화로 발간하였고, 지경사에서는 1999년 〈만화고전〉 시 리즈, 2000년 〈웃음보따리 만화 우리고전〉 시리즈를 간행하면서 〈춘 향전〉, 〈이춘풍전〉, 〈심청전〉, 〈양반전〉, 〈호질〉, 〈구운몽〉, 〈옹고집 전〉 등을 코믹하게 재해석하였다.

(6) 예림당, 〈초등권장 우리 고전〉 시리즈, 1999.

예림당에서는 1999년 〈초등권장 우리 고전〉 시리즈 10권을 간행하였 는데, 주옥같은 우리 고전을 문장의 멋과 해학을 살려 누구나 부담 없 이 읽을 수 있도록 하기 위해 시리즈를 간행한다고 하였다. 초등학교 저학년 학생들이 읽을 수 있도록 편집하고 글을 쉽게 풀어쓰고, 해학적 인 그림을 더했다. 이광웅, 오세발, 정영애 등의 아동문학가들이 다시 쓰기를, 김용철, 이현미, 황성혜 등의 화가들이 그림을 담당하였다.

출간목록은 〈옹고집전〉, 〈효녀 심청〉, 〈흥부전〉, 〈콩쥐팥쥐〉, 〈별주 부전〉, 〈구운몽〉, 〈사씨남정기〉, 〈허생전〉, 〈박씨전·양반전〉, 〈장끼 전·두껍전〉 등 12종이다.

1990년대에는 이외에도 적지 않은 출판사에서 고전문학, 또는 고전소설의 다시쓰기 출판물을 간행하였으나, 2000년대 와서는 대부분 서점에서 사라진 지 오래고, 도서관에서도 찾아보기 힘들다. 이상의 작업들은 고전소설을 초등학교 아동들에게 흥미 있는 읽을거리로 인식시키고 보급하는 긍정적인 역할을 했다. 하지만 아동문학가들이 중심이 된 다시쓰기 작가들은 원작에 대한 깊이 있는 해석이 부족하거나, 원작을 자의적으로 변개하는 등의 문제점을 드러내었다.

4. 2000년대 이후의 출판물

2000년대 들어서는 새로운 스타일의 고전소설의 다시쓰기 시리즈가 출간되기 시작하는데, 2000년대 초반의 시기에 빅4는 현암사, 창비, 나라말, 한겨레아이들이다. 이 네 출판사의 작업을 주목할 필요가 있는 것은 첫째 기획의 새로움으로, 각 출판사의 편집·기획부는 해당 시리즈의 성격을 분명히 하여 기획하고 내용을 편집하였다. 둘째, 원고 집필 시, 원작에 대한 조사 및 다시쓰기의 원칙을 강화하였고, 셋째, 이전 시기와 비교하여 그림(일러스트)의 비중을 확연히 강화하였다. 이러한 점에서 네 출판사의 결과물은 공통점이 있다.

한편 독자층을 기준으로 다시쓰기 출판물의 작업의 방향을 구분해 보면, 크게 세 가지의 경향이 발견된다. 첫 번째로는 초등학교 고학년부터 중고등학생까지를 커버하려는 청소년용 독서물의 출판 작업으로, 이는 2000년대에 들어서 새롭게 나타난 경향이다. 두 번째로, 초등학생들을 주 독자층으로 한 것으로, 이는 2000년 이후 다시쓰기 출판물

의 대세를 차지한다. 세 번째로는 대학생 및 일반인들을 대상으로 한
다시쓰기 독서물이다.

1) 중고등학생을 대상으로 한 출판물의 간행

(1) 현암사, 〈우리가 정말 알아야 할 우리 고전〉 시리즈, 2000~

중고등학생용 출판물 작업의 대표적인 것으로는 현암사, 나라말, 창
비 등의 것이 있는데, 그중의 시작은 현암사의 몫이었다. 현암사는
2000년부터 〈우리가 정말 알아야 할 우리 고전〉 시리즈를 25권 간행하
였는데, 이 중에 고전소설은 총 16권에 18종이 수록되어 있다. 김영,
고운기, 김성재, 김현양 등 기획위원들은 2000년대 이전까지 고전소설
의 대중출판물이 원전에 대한 고찰 없이 마구잡이로 출판된 것을 반성
하고, 원전을 최대한 살리면서 가독성을 높이는 데 주안점을 두었다.

기획 원칙 면에서, 첫째 작품 선정에서 한글, 한문 작품을 가리지 않
고, 초중고 교과서에 수록된 작품을 우선하되 새롭게 발굴한 것이고,
지금의 학생들에게 의미 있고 재미있는 작품을 포함시키고자 하였다.
둘째, 김선아, 김성재, 최기숙, 이대형, 장경남, 김현양 등 해당 작품의
젊은 전공 연구자들을 다시쓰기 작가로 참여시키면서 텍스트 선정과
내용 고증을 엄정하게 하려고 하였다. 셋째, 원전의 내용과 언어 감각
을 훼손하지 않는 바탕에서 글맛을 살리기 위한 윤문 작업을 충실하게
하였다. 마지막으로 시각 효과를 높이기 위해 순수 화가를 영입하여 이
전과는 색다른 그림을 구성하였다는 점도 달라진 점이다.

수록 작품은 〈구운몽〉, 〈춘향전〉, 〈심청전〉, 〈홍길동전〉, 〈호질 외
연암소설〉, 〈남염부주지 외 금오신화〉, 〈숙향전〉, 〈심생전·운영전〉,

〈사씨남정기〉, 〈조웅전〉, 〈흥부전〉, 〈최척전·김영철전〉, 〈박씨전〉, 〈유충렬전〉, 〈장화홍련전〉, 〈창선감의록〉 등 18종이다. 한국의 대표적인 고전소설들을 빠짐없이 실었고, 여기에 〈심생전〉, 〈김영철전〉 등은 기존의 목록에 새롭게 추가된 작품이라 할 수 있다.

(2) 나라말, 〈국어시간에 고전 읽기〉 시리즈, 2002~

나라말에서는 2002년 〈국어시간에 고전 읽기〉 시리즈를 출판하기 시작하여 2009년까지 17종의 소설을 출판하였다. 출간 목록은 〈운영전〉, 〈춘향전〉, 〈홍길동전〉, 〈박씨전〉, 〈채봉감별곡〉, 〈심청전〉, 〈최척전〉, 〈구운몽〉, 〈유충렬전〉, 〈윤지경전〉, 〈임진록〉, 〈사씨남정기〉 등이다.

전국국어교사모임이 기획을 담당하였고, 글쓰기 작가로는 조현설, 류수열, 장재화, 권순긍, 정출헌, 황혜진 교수 등 3~40대의 젊은 연구자 및 중고등학교 교사가 참여하였다. 조현설의 〈운영전〉을 첫 권으로 한 시리즈는 〈춘향전〉, 〈홍길동전〉, 〈박씨전〉 등을 각각 22쇄, 13쇄, 16쇄, 14쇄나 찍을 정도로 독자들의 호응을 얻었다. 나라말본의 인기 비결은 좀 더 주목해서 분석해볼 필요가 있다. 작품 선정에서는 특별한 점을 찾기 어려우나, 시리즈 첫 권에 〈운영전〉을 놓은 것이 특이하다. 이 작품은 꽤 큰 성공을 거두었고, 이 작품으로 나라말은 인지도를 단번에 높일 수 있었다.

나라말의 시리즈는 일선 중고등학교 교사들과 학생들을 주 독자층으로 설정한 듯하다. 나라말 시리즈의 저자는 주로 전문 연구자 및 현직 중고교 교사들이다. 따라서 전문성 및 학교 현장의 요구를 잘 살려 글을 쓰고 편집한 것이 강점이 되었으리라 생각된다. 한편 이 시리즈는 고전 원작을 잘 살리면서도 학습적 요소를 가미하여 정보란, 깊이 있는 작품 해설, 창의적인 논술문제 등이 강화된, 참고서 성격이 강하다고도 할 수 있다. 이러한 점들이 일선 학교 현장에서 교사와 학생들에게 호응을 입은 것으로 생각한다.

(3) 창비, 〈재미있다 우리고전〉 시리즈, 2003~2008.

창비는 2000년에 기획을 시작하여 2003년에 〈재미있다 우리고전〉 시리즈 첫 세 권을 출판하였다. 창비는 현암사나 나라말과는 달리, 전문 작가들을 섭외하였다. 원작을 현대어로 잘 옮기는 일에 주력하여 이혜숙, 장철문, 정종목, 김별아, 고운기, 하성란 등의 시인·소설가들에게 그 일을 맡겼고, 청소년 독자들이 고전을 문학 텍스트로서 재미있게 읽는 것을 목적으로 하였다. 2000년대 이전까지는 고전을 현대적 어법에 맞게 고치는 정도이거나, 아니면 완전 축약해서 쉽게 고치는 것이 관행이었다. 그러던 것을 현직 작가들이 원작에 대한 자료 조사를 강화하여 고전 원작을 살리면서도 초등학생들이 재미있게 읽을 수 있도록 문장을 재창조하였다. 처음 출판된 1~3권은 10만 부 이상씩 팔리기도 하였고, 적게 나간 책들도 2~3만 부씩의 판매량을 기록하였다.

수록 작품은 〈토끼전〉, 〈심청전〉, 〈홍길동전〉, 〈박씨부인전〉, 〈장화홍련전〉, 〈북경거지〉, 〈도깨비 손님〉, 〈춘향전〉, 〈전우치전〉, 〈금방울전〉, 〈최고운전〉, 〈사씨남정기〉, 〈계축일기〉, 〈박문수전〉, 〈임진록〉), 〈최척전〉이다.

대부분 대중적 인지도가 높은 작품들이 수록되어 있는데, 대표적인 고전 목록 가운데, 〈금오신화〉와 〈구운몽〉을 과감하게 누락시킨 점이 특징적이다. 아동 독자들에게 대중성이 없다고 판단한 까닭으로 보인다. 이와 대조적으로 시리즈의 첫 1~3권을 가장 대중적이며 흥미성이 높은 작품(〈토끼전〉, 〈심청전〉, 〈홍길동전〉)으로 선정한 것도 인상적이다. 한편으로 〈북경거지〉, 〈도깨비 손님〉과 같은 작품은 새롭게 선정한 경우이며, 〈계축일기〉, 〈박문수전〉 같은 경우엔 좀 구태의연한 작품 선정이 아닌가 한다.

(4) 북앤북, 〈국어과 선생님이 뽑은 한국고전 읽기〉 시리즈, 2008.

도서출판 북앤북에서는 〈국어과 선생님이 뽑은 한국고전 읽기 시리즈〉 6권을 간행하였다. 수록 작품은 〈구운몽〉, 〈운영전〉, 〈춘향전〉, 〈홍길동전〉, 〈금오신화〉, 〈호질·양반전·허생전〉 등이다. 국어교사들이 중심이 되어 기획한 책이라고 하였는데, 기획자나 다시쓰기 작가 등에 대한 정보가 거의 나타나 있지 않다. 원작의 본문을 쉽게 풀어쓰고 고사성어 등의 한문을 노출하였으며, 책의 첫머리에 작품의 '미리보기', '핵심보기' 이외에는 일체의 학습란, 정보란이 없는 것 등이 특징이다.

이상 2000년대의 중고등학생들을 대상으로 한 출판물은 그 이전에 간행된 고전문학전집보다 편집이 시각적으로 화려하고 고급스러워졌고, 초등학생 출판물보다 원전에 충실하고 정보·학습적 요소가 강화된 대중출판물의 양상을 보여주었다는 점에서 의의가 있다.

2) 초등학생을 대상으로 한 출판물의 간행

2000년대 이후 초등학생들을 대상으로 한 아동용 다시쓰기 출판물에서 가장 대표적인 것으로는 한겨레아이들, 두산동아, 생각의나무들 등의 것이 있다.

(1) 한겨레아이들, 〈한겨레옛이야기〉 시리즈, 2004~2007.

한겨레옛이야기 시리즈는 전 30편으로, 신화편, 인물설화편, 전설편, 민담편, 고전소설편으로 구성되어 있다. 이중에 고전소설편은 〈허생전〉, 〈이춘풍전〉, 〈춘향전〉, 〈이생규장전〉, 〈최척전〉, 〈토끼전〉, 〈장끼전〉, 〈한중록〉, 〈구운몽〉, 〈조선의 여걸 박씨 부인〉, 〈숙향〉 등 15작품이 수록되어 있다. 초등학교 3~4학년 학생들을 주 독자층으로 설정하고, 글의 내용을 줄이고 난이도를 쉽게 하는 한편, 과감하게 그림의 비중을 높였다. 소설을 구연하듯 문체를 대부분 구어체로 옮긴 점이 특징이다. 본문을 풀어쓴 뒤에는 간략한 작품 해설을 첨부하였다. 작가로는 신동흔, 장주식, 백승남, 송재찬, 임정자, 김예선 등 대부분 동화작가, 아동문학가들이 참여하였다.

(2) 지경사, 〈수학 능력 향상을 위한 필독서, 이야기 고전〉 시리즈, 2003~2007.

〈수학 능력 향상을 위한 필독서, 이야기 고전〉 시리즈는 전30권으로, 초등학생들이 읽을 수 있도록 내용이 쉽게 정리되고 예쁜 삽화가 포함되어 있다. 고전소설은 25종 안팎인데, 〈홍길동전〉, 〈구운몽〉, 〈춘향전〉, 〈금오신화〉, 〈토끼전〉, 〈심청전·흥부전〉, 〈장화홍련전·콩쥐팥쥐전〉, 〈허생전〉 등 흥미성 높은 작품 위주로 작품을 선정하였다. 하지만 〈어사 박문수〉, 〈임꺽정〉, 〈봉이 김선달〉과 같이 족보에도 없는 작품들이 여전히 포함되어 있어, 작품 선정에서 시대에 뒤처진 인상을 준다. 1990년대의 출판물을 재간행한 것으로 보인다.

작가로는 김진섭, 송재찬, 이규희, 이준연 등 중견 아동문학가들이 참여하였다. 대부분 원작의 내용을 길게 풀어쓰며 윤색하는 방식으로 다시쓰기를 하여 글의 양이 많다. 책은 대부분 본문과 작품 해설란으로 구성되어 있는데, 〈임경업전〉의 경우에는 본문 뒤에 "고전으로 배우는 똑똑한 논술-내용 바로알기, 생각 키우기, 작품 해설란"을 두어 객관식 문제, 논술 문제 등을 자세하게 수록하기도 하였다.

(3) 웅진씽크빅, 〈푸른담쟁이 우리문학〉 시리즈, 2005.

〈푸른담쟁이 우리문학〉 시리즈는 모두 40권인데, 이중에 고전소설은 〈토끼전〉, 〈흥부전〉, 〈심청전〉, 〈춘향전〉, 〈최치원전〉, 〈구운몽〉, 〈금오신화〉 등 모두 20권 21종이다. 작가로는 장철문, 이명랑, 조현설, 이강엽, 안도현, 정지아 등 연구자, 시인, 소설가 등이 고루 참여하였다.

이 시리즈는 온라인, 오프라인서점에서는 전혀 유통되지 않으며, 오로지 '방문판매'라는 방식으로만 유통되고 있다. 이 시리즈의 특징은 한자와 주석란을 전혀 사용하지 않으면서 원작에 충실하면서도 쉽게 풀어썼다는 점이다. 설명이 필요한 낱말은 괄호 안에 간단한 풀이를 덧붙였다. 분량이나 줄거리 면에서도 원작의 형태를 유지하였고, 과도한 축약은 하지 않았다. 본문 뒤에 '즐거운 작품 읽기'란을 두어 작가 소개, 문학 갈래, 작품의 주제와 배경 등 작품의 이해와 관련한 다양한 형식의 도움말을 제공하였다.

(4) 대교출판사, 〈찾아 읽는 우리 옛이야기〉 시리즈, 2005~2008.

〈찾아 읽는 우리 옛이야기〉 시리즈 10권은 구비설화 〈바리공주〉를 제외하고는, 모두 〈박씨전〉, 〈바리공주〉, 〈운영전〉, 〈금오신화〉, 〈춘향전〉, 〈양반전〉, 〈구운몽〉. 〈홍길동전〉, 〈장화홍련전〉, 〈흥부전〉와 같은 한국의 대표적인 고전소설로 채워졌다. 초등학생을 대상으로 한

이 시리즈는 손연자, 최창숙, 박윤규, 박상재, 고정욱, 김은숙 등 중견 아동문학가들이 다시쓰기를 맡았다. 원작의 내용을 살리면서도 문장 표현의 구체적인 부분들을 다듬고 부연하여 마치 한 편의 동화나 현대 소설과 같은 느낌을 주었다. 바로 이 점이 이 시리즈의 특징인데, 아무 리 생각해도 원작의 여백과 문장의 느낌을 삭제한 것을 칭찬하기는 힘 들지 않을까 생각한다. 책의 맨 앞에 작가가 작품을 소개하는 글을 제 외하고는 일체의 학습적 요소, 정보란이 없어 책의 기획의도가 고전작 품을 학습용이 아닌, 순수한 감상을 주목적으로 하였음을 나타내었다.

(5) 두산동아, 〈참좋은 우리고전 시리즈〉, 2006.

〈참좋은 우리고전 시리즈〉 35권은 정우봉, 조현설, 김기형, 조문현 이 기획을 맡았고, 대학의 전문 연구자들이 중심이 되어 집필을 맡았 다. 기획의 핵심 개념은 "전공자가 쉽게 풀어 쓴, 논술 대비 필독 교양 서"로서 초등학생들을 주 독자층으로 잡았다. 해당 작품의 선정 기준으 로, "교과서에 수록된 모든 우리 고전, 대학에서 추천하는 반드시 읽어 야 할 우리 고전, 수능에 빈번하게 등장, 교과 과정에서 중요시되고 있 는 우리 고전, 교육청 추천 도서 목록에 있는 우리 고전" 등을 들었다.

서문에서는 우리 고전에 조상들의 번뜩이는 지혜와 웃음, 깊은 생각 과 눈물겨운 삶이 담겨 있다며, 우리 옛이야기들을 솜씨 있게 다듬어 새롭게 재해석할 필요가 있다고 하였다. 〈홍길동전〉, 〈토끼전〉, 〈흥부 전〉, 〈춘향전〉, 〈운영전〉, 〈구운몽〉, 〈적성의전〉, 〈홍계월전〉 등 대표 적인 30여 종의 고전소설들을 수록하였다. 초등학생들이 읽을 수 있는 쉬운 문장으로 본문을 썼으며, 각주나 한문을 거의 쓰지 않은 것이 특 징이다. 본문 앞에는 작가의 말을 넣었고, 마지막에는 '고전 속의 또 다른 고전', '대비하여 읽기', '교과서 연계하여 읽기' 항목을 넣어 비슷한 주제나 소재를 다루고 있는 다른 작품을 비교해서 논하고 작품을 제시하는 방식을 취한 것이 편집상의 특징이다. 글쓰기 작가로는 강상순, 정출헌, 신동흔, 조현설, 조혜란, 이양옥, 정환국, 김기형 등 전문 연구자들이 대부분이며, 아동문학가·시인들도 일부 참여하였다.

(6) 계림, 〈논술세대를 위한 우리고전문학 강의〉 시리즈, 2007.

〈논술세대를 위한 우리고전문학 강의〉 시리즈(전20권)는 한국고전문학교육학회가 참여하였는데, 기획과 집필 등에서 일정한 역할을 한 것으로 보인다. 이 시리즈의 서문을 보면, 우리 고전의 읽기를 통해 청소년들이 창의력과 비판력을 기르는 것을 목적으로 하였음을 알 수 있다. 우리 고전의 의미를 추상적인 민족정신의 이해에 두지 않고 창의적 사고력의 향상에 둔다는 사고는 이전에 없던 것이다. 이 점에서 분명한 새로움이 있다.

본문에서는 고전 원작의 내용을 살리면서 가능한 대로 문장표현을 평이하고 쉽게 하여 초등학생 독자들이 무리 없이 읽을 수 있게 하였다. 그리고 본문에는 각주나 한문 노출을 일체 하지 않았다. 한 가지 특징은 학습적 요소를 강화한 점인데, 작품에 대한 이해를 돕기 위해 '논술세대를 위한 우리고전문학 강의'를 책마다 3~4회씩 곁들였다. 그리고 책 뒤에는 꽤 상세하게 준비한 논술 문제들을 첨부하였다. 수록 작품은 〈금오신화〉, 〈박씨부인전〉, 〈흥부전〉, 〈콩쥐팥쥐전〉, 〈박지원 단편집〉, 〈숙향전〉, 〈홍길동전〉, 〈토끼전〉, 〈최고운전〉, 〈숙영낭자전·영영전〉, 〈임진록〉, 〈춘향전〉, 〈사씨남정기〉,〈구운몽〉, 〈우리나라의 신화〉 등 18권의 고전소설과 두 권의 설화 자료이다. 글 작가는 대부분 소장

연구자들이다.

(7) 생각의 나무, 〈교과서에서 쏙쏙 뽑은 우리고전〉 시리즈, 2008~2009.

〈교과서에서 쏙쏙 뽑은 우리고전〉 시리즈(전20권)는 한국고전번역원에서 제공한 원전을 한교원, 권정현, 이민희, 신승철, 박민호 등 현직 소설가, 시인, 아동문학가들이 참여하여 다시쓰기를 하였다. 원전의 내용과 표현을 살리면서도 초등학생들이 쉽게 읽을 수 있도록 문장을 다듬은 것이 특징이다.

작품 선정에서는 초중고 교과서에 수록된 고전 작품을 총망라하고, 최근 10년간 수능시험에 출제된 고전소설 리스트를 모두 포함하여 목록을 작성하였다고 했다. 거기에 〈삼국유사〉, 〈삼국사기〉, 〈고려사〉, 〈조선왕조실록〉 등의 역사서를 간략히 하여 수록하였다.

고전소설에서는 금오신화, 서동지전, 연암소설, 홍길동전 등 대표적인 작품들을 17종 수록하였다. 한편 이 시리즈는 학습 효과를 높이기 위해 〈원전에 대해 종알종알〉, 〈작품에 대해 미주알고주알〉, 〈생각거리〉, 〈이야기 뒤집어 읽기〉, 〈이야기 속 고사성어〉 등 다양한 학습란을 만들어 놓았다는 점도 특징이다.

이외에도 〈샘깊은 우리고전〉(알마), 〈중학생이 되기 전에 꼭 읽어야 할 우리 고전〉(영림카디널), 〈하서명작선〉(하서), 〈우리겨레 좋은 고전 시리즈〉(꿈소담이) 등의 출판물이 있지만 지면 관계상 생략한다. 이처럼 2000년대 이후에 초등학생을 대상으로 한 고전소설의 다시쓰기 출판물은 다른 어떤 연령대 책보다 활발하게 간행되었다. 하지만 각 시리

즈마다 기획의 방향이나 질적인 면에서는 적지 않은 차이를 보였다. 중
고등학생 독자나 성인 독자를 대상으로 한 다시쓰기 출판물들은 원작
에 가깝게 하는 것을 최우선하여 문장 표현을 다듬는 선에서 다시쓰기
작업을 시도하였다. 이에 비해서, 초등학생을 대상으로 한 책들은 아동
들의 눈높이에 맞춘다는 콘셉트 아래 원작의 내용을 대폭 생략하기도
하고, 원작에서 소략했던 특정 내용을 부연하고, 새롭게 사건을 만들어
첨가하기도 하면서 적지 않은 변이를 보여주었다. 이러한 변이를 어떻
게 평가해야 할지는 좀 더 숙고해야 할 것 같다.

3) 성인 독자를 대상으로 한 출판물의 간행

(1) 신원, 〈우리고전 다시읽기〉 시리즈, 2002~2005.

2000년대 들어 대학생, 일반인 독자들에게 고전소설을 폭넓게 보급하
는 데 기여한 시리즈는 신원의 〈우리고전 다시읽기〉 시리즈이다. 이 시
리즈는 일반인 및 대학생들을 독자층으로 설정한 것인데, 그림은 일체
없이 글로만 지면을 채웠다. 전 50권으로, 고전소설을 비롯하여 설화,
일기, 문집, 전 등 다양한 산문집이 포함되어 있다. 이중에서 고전소설은
32권이다. 그런데 전50권의 옮긴이가 모두 구인환 교수라고 되어 있는
데, 실질적으로는 편집부가 다시쓰기를 담당한 것으로 보인다. 2000년
대 들어 다시쓰기 시리즈의 작가 선정은 한 작품마다 전공자를 내세워
작품의 다시쓰기 및 해설, 편집의 전문성을 높이는 방향으로 나아갔는
데, 신원의 이러한 저자 설정 방식은 시대의 추세를 역행하는 것이다.

〈한중록〉, 〈춘향전〉, 〈창선감의록〉, 〈삼국유사〉, 〈사씨남정기〉, 〈심
청전·흥부전〉, 〈구운몽〉, 〈인현왕후전〉, 〈홍길동전〉, 〈금오신화〉, 〈삼

설기·화사〉등 대표적인 고전소설로 꼽히던 작품들이 대부분 소개되어
있고, 거기에 다양한 고전문학 자료들을 포함시켜 손쉽게 읽을 수 있도
록 한 점이 이 시리즈의 공이다. 하지만 이 작품들의 엄밀함은 누가 보증
할 수 있을지 알 수 없다.

(2) 책세상, 〈책세상문고 세계문학〉 시리즈, 2003~2009.

〈책세상문고 세계문학〉 시리즈는 모두 41권 출간되었는데, 이 중에
서 고전소설은 세 권으로, 〈구운몽〉(설성경), 〈홍길동전〉(허경진), 〈춘
향전〉(설성경)이 출판되었다. 〈홍길동전〉이나 〈구운몽〉은 일반적으로
알려진 텍스트가 아닌 새로운 이본을 저본으로 삼은 것이 특징이다.

(3) 민음사, 〈세계문학전집〉, 2003~2010.

민음사의 〈세계문학전집〉은 236권이 출판되었는데, 그중 한국 고전
소설은 4권이다. 〈구운몽〉(송성욱), 〈춘향전〉(송성욱), 〈홍길동전〉(김
탁환), 〈금오신화〉(이지하)가 그것이다. 책들은 각각 현대역과 고어,
영인본, 작품해설 등으로 구성되어 있다. 작품 수는 적지만, 성인 독자
들이 가장 많이 찾는 책으로 알려져 있다.

(4) 소담출판사, 〈베스트셀러고전문학선〉, 2003~2004.

〈베스트셀러고전문학선〉은 전 10권인데, 비소설문학으로 〈삼국유
사〉, 〈열하일기〉, 〈난중일기〉 등이 있고, 소설문학으로는 〈금오신화〉,
〈사씨남정기〉, 〈홍길동전〉, 〈조웅전〉, 〈흥부전〉, 〈배비장전〉, 〈춘향
전〉, 〈심청전〉, 〈옥단춘전〉, 〈구운몽〉, 〈한중록〉 등 6권 11종이 수록되
어 있다. 원작의 내용과 표현을 거의 그대로 살려 쓰되, 쉽게 읽을 수

있도록 평이하게 문장을 옮겼다. 그리고 인명, 지명, 고사성어 등은 각
주를 달아 자세히 뜻풀이를 하였다. 편집자 설중환 교수는 고전이 "오
염되지 않은 지혜의 보고"이며 고전을 통해 현대인들이 한국인의 정체
성을 되찾을 수 있을 것이라며, 민족문학으로서의 고전문학에 큰 정신
적 가치를 부여하였다.

(5) 돌베개, 〈천년의 우리소설〉 시리즈, 2007~2010.

돌베개는 2007년도부터 〈천년의 우리소설〉 시리즈 여섯 권을 출판
하였는데, 역자는 박희병, 정길수 교수이다. 이 시리즈는 조선조의 중
단편 한문소설 중에서 선집한 45종을 번역한 것인데, 초역된 작품도
있고, 그동안 잘 알려지지 않은 작품들을 소개한 점이 특징이다. 이 시
리즈는 한문소설의 번역과 번역본의 다시쓰기가 혼재되어 있다.

(6) 지만지 출판사, 〈지만지 고전선집〉, 2008~2010.

〈지만지 고전선집〉은 문학·철학·역사·과학 등의 분야에서 동서양,
한국 고전들을 현대어로 출간한 것이다. 가급적 원전을 저본으로 하여
번역 및 현대역을 한 것이며, 한국 고전소설은 〈임장군전〉, 〈게우사/이
춘풍전〉, 〈소대성전〉, 〈숙향전〉, 〈장풍운전〉, 〈서동지전〉, 〈유충렬전〉
등 10여 종이 포함되어 있다. 이복규, 신해진, 최혜진, 김창진, 이상구
등의 전문연구자들이 다시쓰기 작업에 참여하였다.

(7) 문학동네, 『한국고전문학전집』, 2010~

문학동네에서는 2010년 8월 『한국고전문학전집』 1차분 10권을 간행
하였다. 5년간의 준비 작업을 거쳐 새롭고도 좀 더 엄밀하게 기획된 고

전문학전집물이라는 점에서 의미가 있다. 심경호, 장효현, 정병설, 류
보선 교수가 이 전집의 편집위원으로 참여하였는데, 한국의 대표적인
고전 작품을 선정하여 대중독자용 및 전문 연구자용을 별도로 출간하
는 방식을 택하였다. 이를 위해 전집의 모든 시리즈를 '현대어역'과 '원
본'으로 나누어 두 가지 버전으로 출간하였다.

'현대어역'은 요즘의 언어로 최대한 쉽게 풀어쓰면서도 옛날의 말맛과
문체를 살리려고 문장을 적지 않게 다듬었다. 또한 다양한 화보와 관련
사진, 지도 등을 넣었고, 깊이 있는 역사적 해설을 덧붙이면서 독자들의
이해를 높이고자 한 점이 이전의 고전문학전집과 차별된다. 한편 '원본'
에서는 각 작품마다 대표적인 저본을 정해 이를 다른 이본들과 비교분석
하여 교감하였으며 주석과 해설 작업을 강화하였다. 소설로는 〈숙향전
·숙영낭자전〉(이상구), 〈홍길동전·전우치전〉(김현양), 〈흥보전·흥보
가·옹고집전〉(정충권), 〈창선감의록〉(이지영)이 간행되었다.

이외에도 〈우리가 읽어야 할 고전 시리즈〉(푸른생각), 〈하서 명작
선〉(하서출판사) 등이 있다. 이상 대학생 및 일반인들을 대상으로 한
고전문학 시리즈는 전문 연구자가 중심이 되어 번역 및 다시쓰기를 한
것이다. 가장 고전적인 작품으로 꼽히는 것은 〈춘향전〉, 〈구운몽〉, 〈홍
길동전〉, 〈금오신화〉 등이었다. 청소년층을 대상으로 한 학습서 성격
이 강한 출판물, 아동들을 대상으로 한 흥미로운 이야깃거리로서의 출
판물이 쏟아져 나오는 상황에서, 대학생·성인 독자들을 대상으로 한
교양 독서물로서의 고전소설 시리즈가 꾸준하게 출판되는 것은 의미
있는 현상이라 할 수 있다.

5. 다시쓰기 출판물의 작가·독자·작품

1) 고전소설의 독자층과 수요

조선시대에 소설은 성인 대중 독자들을 위한 거의 유일한 오락 독서물이었다. 20세기가 되면서 조선시대의 소설은 구소설로 인식되었으나, 여전히 적지 않은 성인 독자층이 찾는 오락 독서물로 1930년대까지 독서시장에서 활발하게 유통되고 있었다. 1930년대 이후가 되면 독서시장에서 구소설은 근·현대소설에 거의 확실하게 밀리게 되었다. 하지만 그러는 중에도 구소설 독자들이 존재하여 60년대까지는 필사본과 딱지본(활자본)의 형태로 독서 시장에서 유통되고 있었다.

1960~90년대에는 고전문학전집이 꾸준히 간행되었다. 이 시기는 민족 이념을 강조하던 시기였고, 고전소설 및 고전문학은 '민족 고전'의 성격을 띠고 활발하게 간행되었다. 이때의 독자들은 대중 독자, 성인 독자들이었다.

1990년대 이후 독서시장에서 고전소설의 비중은 매우 미미하다. 그리고 성인 독자들이 읽는 경우는 거의 없다. 이제 고전소설은 청소년 독자들을 확고한 독자층으로 하는 책이 되었다. 그렇다고 청소년들이 좋아하고 재미있게 읽는 대중소설, 교양소설이 되었다는 것은 아니다. 단지 보조학습 교재로서 읽히게 되었을 뿐이다.

오늘날 고전소설은 주로 초등학생과 중고등학생을 대상으로 하여 수능과 논술대비용으로 읽히고 있다. 90년대까지 '민족 고전'으로 인식되었던 고전소설이 학습용 '고전 콘텐츠'로 변모한 시대, 이것이 21세기의 오늘날에 고전소설이 처한 상황이다. 20세기 초 이전에는 주로 성인 독자들이 읽던 고소설을 이제는 12~16세 안팎의 초등학생 및 중학생들이 학습용으로 가장 많이 읽는다는 사실은 매우 아이러니한 일이다. 하지만 이러한 현실을 인정하고 초등학생, 중고생, 이른바 아동·청소년들이 제대로 고전소설을 감상하고 창의성을 계발할 수 있도록 작품 선정, 정전의 선별, 텍스트의 다시쓰기 및 학습지도 방향을 제시하는 것이 필요하다고 생각한다.

또한 대학생층을 새로운 독자층으로 끌어들이는 것도 매우 중요한 일이다. 대학생들의 감성과 지성을 자극하고 연마할 수 있는 교양도서로서, 또 멀티미디어 환경 하에서 문학·문화예술 창작에 영감을 불어넣는 콘텐츠로서 한국고전소설을 읽고, 활용할 수 있도록 대학에서 전공 및 교양 강좌를 개발하여 지도하는 일이 필요하다고 생각한다.

2) 글 작가와 그림 작가

고전소설을 현대 독자들에게 맞게 다시쓰기하는 사람은 어떤 사람들인가? 편의상 이들을 작가라고 지칭하고 논의를 하기로 한다. 다시쓰기 출판물의 작가는 누구인가? 앞서 보았지만, 80년대까지만 해도 다시쓰기 작가는 주로 대학의 국문과 현직 교수들이 겸직하는 경향을 보였다. 그리고 90년대 아동들을 대상으로 하는 출판물에는 이효성 등의 아동문학가들이 담당하였다. 2000년대에 오면, 3~40대의 젊은 연구자들과 전문 작가들, 그리고 아동문학가, 세 그룹이 정립하며 각각의 기획 의도에 따라 작가로 참여하고 있다.

젊은 국문학 연구자 그룹과 전문 작가 그룹, 아동문학가 그룹은 고전소설의 다시쓰기 작가로서 어떠한 성향 차이를 보이는가? 각각의 강점과 한계는 어떠한가? 이를 출판 결과물을 대상으로 좀 더 세심하게 검토할 필요가 있다.

한편 2000년대를 전후한 시기로 다시쓰기 출판물에서 좀 더 명확한 변화를 보이는 것이 그림, 곧 일러스트이다. 2000년 이전의 출판물에서는 일러스트가 대부분 그야말로 조잡한 삽화 수준으로 유아적, 만화적, 단선적이다. 하지만 2000년 이후의 출판물은 대학에서 한국화, 또는 서양화를 전공으로 한 화가들이 그림 작가로 참여하면서 그림의 성격, 질적 수준이 확연히 변화된다. 화려하고 개성 있는 그림들이 페이지 전면을 차지하면서 일부 아동, 청소년 책들은 그림책 버금가는 정도로 그림의 비중이 커지기도 한다. 그림 작가는 글 작가가 서술한 내용의 인상을 최초 독자의 입장에서 그림으로 장면화하는 역할을 하고 있다. 하지만 아직까지 일러스트레이터, 또는 그림작가에 대해서는 체계적으로 조사, 연구된 바가 없다. 그들의 그림이 어떻게 이루어지며, 책의 감상에 어떤 영향을 미치는지, 그리고 시대에 따라 어떠한 변화를 겪어 왔는지도 앞으로 연구가 필요할 것이다.

3) 주요 작품 목록

그동안 다시쓰기된 주요 작품의 목록을 16개 출판사에서 간행된 시리즈를 대상으로 분석해 보면 다음과 같다.

번호	작품명	출판사(16)																빈도수
		창비	현암	나라말	두산	북앤북	한겨레	생각의	영림카	계림	예림당	꿈소담	청솔	대교	민음사	책세상	신원	
1	춘향전	O	O	O	O	O	O	O	O	O			O	O	O	O	O	14
2	홍길동전	O	O	O	O	O		O	O	O		O	O	O	O	O	O	14
3	구운몽		O	O	O	O	O	O	O	O		O	O	O	O	O	O	14
4	양반전/호질/허생	O	O	O	O	O	O	O			O	O	O	O			O	13

번호	작품명	출판사(16)																빈도수
		창비	현암	나라말	두산	북앤북	한겨레	생각의	영림카	계림	예림당	꿈소담	청솔	대교	민음사	책세상	신원	
5	금오신화		○	○	○	○	○	○	○	○			○	○	○		○	12
6	홍부전	○	○	○	○			○		○	○	○	○	○			○	11
7	사씨남정기	○	○	○	○			○	○	○	○	○					○	11
8	박씨전	○	○	○	○		○			○	○	○	○	○				11
9	심청전	○	○	○	○		○			○	○		○				○	10
10	운영전		○	○	○	○		○		○	○		○	○			○	10
11	장화홍련전	○	○		○		○			○	○		○				○	9
12	전우치전	○			○		○	○		○		○	○				○	8
13	토끼전	○		○	○		○			○		○	○				○	8
14	숙향전		○		○		○	○		○			○				○	7
15	유충렬전		○	○			○		○	○							○	6
16	임진록	○		○	○					○		○					○	6
17	임경업전				○			○		○			○	○			○	5
18	조웅전	○	○						○				○				○	5
19	금방울전	○			○		○						○	○				5
20	옹고집전	○			○			○			○						○	5
21	최척전	○	○	○	○													4
22	콩쥐팥쥐전				○					○	○	○						4
23	배비장전			○	○								○				○	4
24	한중록				○		○						○				○	4
25	최고운전	○			○					○								3
26	창선감의록		○					○									○	3
27	채봉감별곡			○	○												○	3
28	인현왕후전												○	○			○	3
29	두꺼비전				○						○	○						3
30	장끼전							○			○		○					3
31	계축일기	○											○				○	3
32	박문수전	○						○										2
33	윤지경전			○													○	2
34	홍계월전				○												○	2
35	숙영낭자전							○		○								2
36	서동지전				○			○										2
37	심생전		○															1
38	김영철전		○															1

번호	작품명	출판사(16)																빈도수
		창비	현암	나라말	두산	북앤북	한겨레	생각의	영림카	계림	예림당	꿈소담	청솔	대교	민음사	책세상	신원	
39	적성의전				○													1
40	검녀이야기							○										1
41	봉이 김선달											○						1
42	김평장행군기							○										1
43	도깨비 손님	○																1
44	북경거지	○																1
45	삼설기																○	1
46	화사																○	1
47	옥루몽																○	1
48	최생원전																○	1
49	국순전 외																○	1
50	진이전																○	1
51	옥단춘전																○	1
52	낙성비룡																○	1
53	김씨열행록																○	1
54	금우태자전																○	1
		창비	현암	나라	두산	북앤	한겨	생각	영림	계림	예림	꿈소	청솔	대교	민음	책세	신원	
		20	18	17	28	6	12	19	12	16	11	16	20	9	4	3	36	

가장 많이 출판된 작품 상위 10종은 〈춘향전〉, 〈홍길동전〉, 〈구운몽〉, 〈허생전〉 등의 연암소설, 〈금오신화〉, 〈흥부전〉, 〈사씨남정기〉, 〈박씨전〉, 〈심청전〉, 〈운영전〉이다. 〈춘향전〉을 비롯한 〈흥부전〉, 〈심청전〉 등의 판소리계 소설이 단연 인기가 있다는 점이 증명된다. 또 허균, 김만중, 박지원, 김시습 등 지식인 작가의 작품들 또한 수준과 명성을 유지하고 있음을 알 수 있다.

위의 작품들에는 고전소설의 중요한 유형이 거의 다 포함되어 있다. 특히 판소리계 소설, 군담소설, 이상소설, 전기소설 등 고전소설사에서 중요한 비중을 차지하는 유형 및 작품들이 대부분 다 포함되어 있다. 이는 위의 작품들이 작품의 문학사적 비중이나 작품적 가치를 적절하게 지니고 있음을 보여준다. 이를 통해 작품 선정이 단순 흥미가 아닌, 학계의 연구 성과나 문학사적 비중을 반영하여 선별 기준을 작성하였을 것이라는 추측을 하게 된다.

그런데 이보다 선행하며, 더 명확한 작품 선별 기준이 있다면, 그것은 교과서 수록 및 대입 수능문제 출제라는 기준이다. 7차 교육과정에 입각해 제작된 국어 및 문학 교과서에 수록된 작품들은 고전소설의 다시쓰기 출판물 목록에 거의 다 포함되어 있다. 그리고 이 작품들은 수능 모의고사나 본 시험문제에 자주 출제되는 것이기도 하다. 〈최척전〉과 〈심생전〉 등 몇몇 작품들은 교과서에는 수록되어 있지 않지만, 수능 문제에 출제됨으로써 출판사의 목록에 오를 수 있었다.

6. 맺음말

1960~90년대까지 '민족 고전'으로 인식되던 고전소설은 21세기 이후의 시점에서는 '고전 콘텐츠'라는 개념으로 인식되고 있다. 특히 고전소설의 다시쓰기 출판물은 철저하게 중고등 학교 교육 및 수능 출제에 의해 좌우되고 있음을 확인할 수 있었다. 이것은 양면적인 측면이 있다. 첫째, 출판 독서 시장에서 고전소설 텍스트 발간은 철저하게 학교 교육 및 대입 수능에 의해 좌우된다는 점, 둘째, 그럼에도 불구하고 역설적으로 이것이 전 국민을 대상으로 고전소설 독서 및 교육을 활성화할 수 있는 적극적인 기회라는 점이다. 이것은 1960~70년대 고전문학

의 불모지 같은 토대에서 고전문학전집을 간행하던 교수들이 그토록 원하던, 청소년들이 어린 시절에 고전을 접할 수 있는[9] 훌륭한 토대가 실현된 것이기 때문이다. 단편소설이 아닌 대부분의 중편 이상의 작품들은 교과서에는 작품의 일부만이 수록되어 있다. 따라서 고전소설의 올바른 독서 및 이해를 위해서는 작품 전문을 완독하고, 효율적인 독서 이해 수업이 필요하다. 그리고 고전소설의 다시쓰기 출판물들은 학교 교육 및 대입 입시 준비, 그리고 고전소설의 충분한 독서 및 이해를 위해서 매우 긴요한 존재라는 점을 알 수 있다.

그렇다면 고전소설의 다시쓰기 출판물을 텍스트로 하여 텍스트의 서지사항, 문학사적 위치와 쟁점, 문학적 본령, 또는 감동의 원천이 무엇인지, 또 학생과 교사 간에 무엇을, 어떻게 가르치고 배우고 토의할 것인가를 심도 있게 논의할 필요가 있다. 무엇보다 고전소설의 감상 및 소통을 위해 완성도 높은 다시쓰기 출판물을 만드는 것이 필요하다.

또한 앞에서도 언급하였지만, 대학생층을 새로운 독자층으로 끌어들이는 것도 매우 중요한 일이다. 대학생들이 교양 독서물로서 고전소설을 읽고 창의적인 감상 및 토론을 하며, 감성을 풍부하게 하고 지성을 자극할 수 있도록 책을 만들고 지도하는 일이 필요하다. 또 고전소설을 문학·영화·드라마·게임 등의 문화예술 창작에 영감을 불어넣는 콘텐츠로서 활용할 수 있도록 대학에서 강좌를 개발하여 지도하는 일이 필

---

9) "말할 것도 없이 그 나라의 문학은 그 나라 국민생활의 거울이다. 국민사의 과거와 현재와 미래가 그 속에 있다. 그것은 마술의 거울이 아니라 우리가 생활한 공동의 기억이다. 이 거울이 버려지거나 녹이 슬면 우리는 자기를 알 수 없게 된다. 때문에 고전은 생애의 이른 시절에 읽는 것이 보다 좋다. 그의 생애에 있어서 끊임없는 거울이 되기 때문이다. 어른이 된 독자도 읽는 것이 좋다. 늦어서라도 빠른 길을 찾는 것이 행복이기 때문이다."(김기동·박성의 외 편, 〈서문〉, 『한국고전문학전집』, 성음사, 1970)(밑줄은 인용자 강조)

요하다고 생각한다. 이러한 것들이 다시쓰기 출판물을 둘러싼 연구자들의 과제라고 생각한다.

위의 글은 『고소설연구』 30집(한국고소설학회)에 실린 논문을 수정·보완하였다.

한국 패러디 소설의 현재성 고찰
: 고전 담론의 현재적 전용

— 김영하의 『아랑은 왜』, 황석영의 『심청』을 중심으로 —

오태호

1. 패러디 소설의 정의와 범주

'패러디(parody)'란 원작에 대해 재창조 수준에서의 새로운 해석을 덧붙이는 작업을 말한다. 사전적 의미를 보면 '문학 작품의 한 형식'으로 '어떤 저명 작가의 시구나 문체를 모방하여 풍자적으로 꾸민 익살스러운 시문(詩文)'[1]이라고 정의되어 있지만, 현대에 이르러 패러디는 문학에만 국한되는 것이 아니라 음악, 미술, 건축, 만화, 영화, 사진, TV 등 거의 모든 예술 영역에 걸쳐 확산되고 있으며, 인터넷 사용자의 급속한 확산과 함께 디지털 시대를 읽어내는 하나의 중요한 사회문화적 현상이 되고 있다.

린다 허천에 의하면 패러디란 '비평적 거리를 둔 반복'으로서 '유사성'보다는 '상이성'을 강조하는, '아이러닉한 전도에 의한 모방'의 한 형식이다. 따라서 기존의 예술작품을 재편집·재구성하면서 형식과 내용을 전

---

1) 이기문 감수, 『새국어사전』, 동아출판, 1989(1994 개정판) 참조.

도시키고 '초맥락화(trans-contextualizing)'하는 통합된 구조적 모방
의 과정을 중요시하면서, '상호텍스트성'과 '상호주관성'의 교차가 지니
는 복합성 속에서 '초맥락성'과 '전도(顚倒, inversion)'를 내장하는 것을
'패러디'라고 강조한다. 그는 '패러디'가 패스티쉬(혼성모방, pastiche),
벌레스크(戱作, burlesque), 트라베스티(서툰 모방, travesty), 표절
(plagiarism), 인용, 인유(allusion) 등과 연관되지만 구별되는 장르 개
념이라고 설명한다. 또한 풍자가 패러디와 복잡한 상호작용을 하는 경우
가 많기는 하지만, 그 목표가 '권외적(사회적·도덕적)'이라는 점에서 '권
내적'인 패러디와의 차이를 구별한다.[2] 결국, 모든 패러디는 명백한 합
성물이라는 점에서 바흐찐적인 의미에서의 대화성(dialogoisme, 다성
성(polyglossia), 언어적 다양성(heteroglossia), 이중의 목소리)[3]을 지
니게 되는 것이다.

패러디는 '대응노래(counter-song)'를 뜻하는 희랍어 명사인 paradia
에 어원을 두고 있다. 기존의 패러디 이론가들은 접두사인 'para'의 두
가지 의미 중 하나인 '대응하는(counter)/반하는(against)'에만 초점을
맞추어 '텍스트간의 대비나 대조'의 측면을 주목하여 원작에 대한 조롱과
우스꽝스런 효과를 강조해왔다. 하지만 허천은 'para'에는 '이외에'라는
뜻도 있기 때문에 '일치와 친밀성'의 의미도 지니고 있음을 주목하면서
'차이를 가진 반복'의 중요성을 설명한다.[4] '동일성과 차이'에 주목하는
허천의 관점은 '아이러니'에 대한 인식으로 이어지는데, 원작과 신작 간
에 발생되는 비평적 거리가 독자의 개입 정도에 따라 아이러니에 의해

---

2) 린다 허천, 『패러디 이론』, 김상구·윤여복 옮김, 문예출판사, 1992, 7~83쪽 참조.
3) 미하일 바흐찐, 『장편소설과 민중언어』, 전승희·서경희·박유미 옮김, 창작과비평사,
   1988, 3~257쪽 참조.
4) 린다 허천, 위의 책, 55쪽 참조.

표시된다고 설명한다. 따라서 패러디는 '모방(imitation)'과 '전용(ap-propriation)'이 중요한 문제로 대두된다.

'패러디'란 결국 원작이 내포한 과거의 패러다임과 신작이 표현하려는 현재의 패러다임을 대립시켜, 두 텍스트에 대한 독자의 기대를 전환시켜 전통과 관습에 근거한 독자의 선입관을 교정함으로써 텍스트의 불확실성을 탐구하는 방법을 말한다.5) 따라서 패러디란 과거의 내용과 형식을 빌려와 과거와 현재의 담론에 깃든 권력을 되돌아보게 하는 반성적 양식6)이 됨으로써 과거의 텍스트와 현재의 텍스트가 서로 대화적 관계를 형성하게 만드는 것이다.

본고에서는 '패러디'의 개념을 원작과의 분명한 거리감을 저자와 독자가 숙지함으로써 과거의 문학 담론과 현재의 담론적 전용을 읽어낼 수 있는 작품의 경우에 한정하여 사용하고자 한다. 따라서 '반복'이나 '모방'에 초점을 두는 것이 아니라 원작과의 길항 관계를 통해 '재창조'의 수준에서 '차이'의 문학사적 의미를 검토할 수 있는 소설이 '패러디 소설'이라고 할 수 있을 것이다. 본고에서는 김영하의 『아랑은 왜』(문학과지성사, 2001)와 황석영의 『심청-연꽃의 길』(문학동네, 2003, 이하 『심청』)을 고전 담론의 현재적 전용이라는 전제 하에 원작에 대한 전혀 다른 의미의 재창조라는 관점에서 '패러디 소설'로 고찰하고자 한다.

2. 한국 패러디 소설의 전개 양상 고찰

한국 문학에서의 패러디 소설에 대한 고찰은 1990년대 이후 활발하게

---

5) 퍼트리샤 워, 『메타픽션』, 김상구 옮김, 열음사, 1989, 93쪽 참조.
6) 권택영, 「패러디, 패스티쉬, 그리고 독창성」, 『현대시사상』, 1992년 겨울.

연구가 지속되고 있기는 하지만, 아직까지 그 연구 내용의 축적이 미비한 실정이다. 1990년대에 들어와서 1990년대 문학을 이해하려는 기획으로 이루어진 문학잡지의 '특집' 글들[7]은 '자기 반영성(self-reflexivity)'으로서 '패러디'의 개념 정의를 중심으로 포스트모더니즘에 대한 관심을 촉발하게 된다. 그 후 90년대 중반부터 공저와 단독 저서가 출간되면서 '패러디 소설'에 대한 연구가 좀 더 활발하게 진행되고 있다.

우선 김현실 외 4인이 함께 쓴 『한국 패러디 소설 연구』는 고전의 이야기들이 현대문학에 어떻게 투영되고 다시 쓰이고 있는지를 주목하면서 6편의 글을 싣고 있다. '온달과 평강공주' 이야기를 변용한 최인훈의 희곡 「어디서 무엇이 되어 다시 만나랴」와 김지원의 「바보언달과 편강공주」를 분석한 글[8], '처용' 이야기를 변용한 김춘수의 시 「처용」과 윤후명의 「처용나무를 향하여」, 윤대녕의 「신라의 푸른 길」, 김소진의 「처용단장」 등의 소설을 분석한 글[9], 고소설 『춘향전』을 변용한 최인훈의 「춘향전」과 임철우의 「옥중가」를 분석한 두 편의 글[10], '흥부와 놀부 이야기'를 변용한 채만식의 「흥보씨」와 최인훈의 「놀부뎐」을 분석한 글[11], 박지원의 「허생전」을 변용한 최시한의 「허생전을 읽는 시

7) 김경복, 「자기 반영성, 혹은 새로운 문학 형식의 예고-90년대 시의 패러디/패스티쉬를 중심으로」; 문선영, 「현대문학의 정체성 재고-표절/패러디/패스티쉬의 문예학적 고찰을 중심으로」; 황순재, 「90년대 소설의 표절과 패스티쉬의 양상」(이상 『오늘의 문예비평』, 1993년 여름호, 특집 「표절이냐, 문학기법이냐」) 김진석, 「패러디냐 자살이냐」; 장경렬, 「작가의 죽음과 독자의 탄생」; 이형식, 「이질적 장르의 합성과 패러디」; 이형철, 「새로운 사진 활동에 대한 비평적 소고」; 홍승찬, 「음악에서의 창조와 모방」(이상 『문학과 사회』, 1993년 가을호, 특집 「패러디, 모방에서 창조로」).
8) 김현실, 「운명적 사랑과 자아성취에 대한 현대적 물음」, 김현실 외, 『한국 패러디 소설 연구』, 국학자료원, 1996
9) 황도경, 「우리 시대의 처용-처용의 소설적 수용과 변용」, 김현실 외, 위의 책.
10) 한혜선, 「최인훈의 「춘향전」을 읽는다-다시 읽기의 즐거움」, 김현실 외, 위의 책 ; 한혜선, 「춘향이의 두려움-임철우 「옥중가」」, 김현실 외, 위의 책.

간」과 이남희의 「허생의 처」를 분석한 글12) 등에서 드러나듯, 이 책의
저자들은 '온달과 평강공주, 처용, 춘향, 흥부, 허생' 등 다섯 편의 이야
기를 패러디한 소설들에 착목하여 패러디 소설의 분석을 구체적으로
전개하고 있다.

장양수는 『한국 패러디 소설 연구』13)에서 패러디가 어떤 원천 텍스트
를 모방하면서 변환하는 것이므로 현대문학에서의 고전문학 패러디는
문학의 연속성과 지속성을 발견하는 방법이 될 수 있다고 설명한다. 구
체적으로 '심청전'과 채만식의 「童話」·「병이 낫거든」, 박지원의 「허생」
과 채만식의 「명일」·「레디메이드 인생」, 「柳西崖成龍」 전설과 채만식
의 「치숙」, 김승옥의 「서울 1964년 겨울」과 전진우의 「서울 1986년 여
름」, 카프카의 「변신」과 김영현의 「벌레」, 이상의 「날개」와 김석희의
「이상의 날개」, 프로메테우스 신화와 김성한의 「오분간」, 신선류 서사
물과 안서우의 「金剛誕遊錄」, 박태원의 『소설가 구보씨의 일일』과 최
인훈의 『소설가 구보씨의 일일』, 박지원의 「허생」과 오효진의 「장씨녀
전」, 이광수의 『단종애사』와 김동인의 『대수양』, 박지원의 「허생」과 이
남희의 「허생의 처」, 양귀자의 『나는 소망한다 내게 금지된 것을』과 김
용의 「나는 실천한다 내가 책에서 읽은 것을」(1993), '나무꾼과 선녀'
설화와 심상대의 「나무꾼의 뜻」 등을 원작과 패러디 소설의 관계로 분
석하고 있는 저서이다. 이상에서 확인할 수 있듯 장양수는 심청전, 허생
전, '나무꾼과 선녀' 등 독자들에게 익숙한 우리의 고전 원작부터 이상,
김승옥, 카프카, 박태원, 이광수, 양귀자 등의 현대 소설 원작에 이르기

---

11) 한혜경, 「익숙한 이야기 다르게 읽기-채만식의 「홍보씨」와 최인훈의 「놀부뎐」」, 김현실
　　외, 위의 책.
12) 박혜주, 「글 읽기와 글 쓰기-다시 쓰는 「허생전」」, 김현실 외, 위의 책.
13) 장양수, 『한국 패러디소설 연구』, 이회문화사, 1997.

까지 다양한 원작들과 패러디 소설의 관계를 분석한다. 하지만 이광수의 『단종애사』와 김동인의 『대수양』을 원작과 패러디 소설의 관계로 분석한 글과 '신선류 서사물'을 원작으로 하는 패러디 소설과의 관계를 분석한 글은 본고의 방법론에 기댄다면 지나치게 '패러디 소설'의 외연을 확장한 것이라고 볼 수 있다.

이미란14)은 원작인 박지원의 「허생전」과 패러디 소설인 '이광수의 「허생전」, 채만식의 「허생전」, 이남희의 「허생의 처」' 등의 관계를 설명하면서, 패러디 소설의 서사 구조, 인물구성, 초점화와 서술 양상, 패러디 소설의 정치성 등을 세목화하여 한국 현대 패러디소설의 범주를 고찰하고 있다. 송경빈15)은 패러디가 "하나의 장르 자체로 다뤄지는 동시에 어느 하나의 장르에 중추적인 장치의 역할을 하기도 한다"면서 현대소설에 나타난 패러디를 주제 의식의 관점에서 '몽유구조의 계승, 주체적 문학관 확립, 글쓰기 인식의 계승과 심화, 여성 정체성 확인' 등으로 나누어 구체적인 연구를 진행한다. 하나의 원작을 중심으로 다양한 패러디 소설을 점검하고 있는 이미란의 저서와 소설 주제를 드러내는 핵심 기법으로 패러디를 파악하고 있는 송경빈의 저서는 패러디 소설 연구가 보다 확장되고 있음을 보여주는 중요한 성과라고 할 수 있다.

이외에도 채만식의 고전소설 패러디를 분석하고 있는 최원식의 글16), 이남희의 「허생의 처」(1989)와 은희경의 「빈처」(1996), 김연경의 「다시 쓰는 「날개」」 등의 패러디 소설에 나타난 여성의식의 네 가지 공통점을 전제로 남성 작가들의 원 텍스트와의 긴장관계 속에서 여성

---

14) 이미란, 『한국 현대소설과 패러디』, 국학자료원, 1999.
15) 송경빈, 『패로디와 현대소설의 세계』, 국학자료원, 1999.
16) 최원식, 「채만식의 고전소설 패러디에 대하여」, 『민족문학의 논리』, 창작과비평사, 1982.

정체성을 분석한 김미현의 글[17], 패러디의 시학적 정의에서부터 한국 현대시 전반에 나타난 패러디 분석을 통해 '모방적 패러디(1920~30년 대) → 비판적 패러디(1960년대 전후) → 혼성모방적 패러디(1980년대 중반)' 유형으로 현대시사가 전개되어 왔음을 세밀하게 분석하고 있는 정끝별의 책[18]은 중요하게 검토해야 될 대상이다.

이상에서 살펴보았듯, 단편 위주의 패러디 소설에 대한 접근은 현재 다양한 사회문화 현상으로 확산되고 있는 '패러디'에 대한 이해를 높이고 있다. 하지만 장편소설에 대한 연구는 아직까지 미흡한 실정이다. 따라서 장르 간의 경계가 무너지고 이종 교배 양상이 광범위해지고 있는 2000년대에 장편소설에 나타난 패러디의 특성을 고찰하는 것은 패러디 소설의 현재성과 방향성을 진지하게 성찰하는 작업이 될 수 있을 것이다.

3. 원작[定本]을 해체·재구성하는 현재적 이본(異本)의 확장 – 김영하의 『아랑은 왜』

김영하의 『아랑은 왜』는 아랑 전설이 배태된 시대를 주목하면서 이본이 지닐 수 있는 판본의 상이함을 토대로 추리기법을 동원하여 현대적 소설화 작업을 진행한다. 이 작업은 이전의 이야기인 '아랑 전설'에 대해 새롭게 이야기 걸기라는 방식을 취하고 있다는 점에서 메타 픽션, 기존의 역사적 사실에 대한 현대적 재해석이라는 점에서 역사소설, 소

---

17) 김미현, 「다시 쓰는 소설, 덧칠하는 언어–패러디소설에 나타난 여성의식」, 『현대소설연구』, 한국현대소설학회 제10회 발표, 1998.
18) 정끝별, 『패러디 시학』, 문학세계사, 1997.

설화 방식에 대한 고민이 드러난다는 점에서 자의식적 글쓰기 혹은 소설가 소설, 과거와 현재를 넘나들면서 대화적 글쓰기를 진행하고 있다는 점에서 하이퍼텍스트 소설 등으로 분류될 수도 있다.

『아랑은 왜』에 대한 기존의 긍정적 평가를 보자면 박철화[19]는 전통설화의 재해석으로서 창작기법으로서의 '키치'를 활용한 좋은 예라고 설명하고, 김영성[20]은 '추리소설'적 관점에서 근대성과 문학적 가능성을 검토하고 있으며, 장수익[21]은 '메타 픽션 기법'을 통해 허구의 본질을 드러내고 있는 수작으로 평가하고, 김태환[22]은 "소설쓰기에 관한 소설 혹은 자기 지시적·재귀적 소설"이라면서 '전근대적-근대적-탈근대적 의식'의 길항 관계를 통해 "자아에서 타자로, 그리고 이 타자를 매개로 다시 자아로 귀환하는 의식의 전개 과정"을 다룬 작품이라고 평가하며, 김병익[23]은 해체적 수법을 통해 "소설쓰기를 하나의 게임으로, 그래서 PC문학에서의 이른바 복합 줄거리 소설의 양식으로 짜여 있"는 소설이라고 평가한다.

반면에 서영인[24]은 '추리소설의 틀'을 빌려 아랑전설을 재구성하는 과정 자체를 소설적 틀로 삼고 있지만, "이야기의 허구성을 현재의 삶에 무리하게 대입시키기 때문에 문제가 된다"고 비판하고, 고명철[25]은 '메타 소설'의 영역을 확장하고 있다는 전제 하에 "자신(김영하)의 글쓰

---

19) 박철화, 「우리 문학의 새로운 미학」, 『우리 문학에 대한 질문』, 생각의나무, 2002.
20) 김영성, 「추리소설의 근대성과 문학적 가능성-김영하의 『아랑은 왜』를 중심으로」, 『한국언어문화』 21권, 한국언어문화학회, 2002.
21) 장수익, 「최근 소설에 대한 비평적 접근」, 『한국 현대소설의 시각』, 역락, 2003.
22) 김태환, 「이미지와 실체 또는 소설과 현실」, 『문학과사회』, 2001년 봄.
23) 김병익, 「소설가는 왜 소설을 쓰는가」, 『문학과사회』, 2001년 겨울.
24) 서영인, 「삶의 진실을 보는 몇 가지 이견」, 『창작과비평』, 2001년 여름.
25) 고명철, 「서사의 갱신, 멀고도 험난한 도정」, 「쓰다」의 정치학』, 새움, 2001.

기를 정당화하고자 하는 인정투쟁의 맥락으로 읽힐 수 있는 혐의"에 대
해 지적하면서 서사의 정치성이 결핍되어 있다는 점을 비판하며, 홍기
돈26)은 "자기 자신마저도 속아 어느덧 작가는 신의 자리에 올라 있기
때문"에 "『아랑은 왜』의 실패를 보며", "혹세무민의 위험성"을 깨달았
다며 『아랑은 왜』를 비판한다.

  하지만 본고에서는 이러한 긍정과 부정의 평가를 바탕으로 하여, 원
작을 해체하고 재창조 수준에서 재해석하려는 패러디 소설의 관점에서
원작의 기표와 서사 구조, 주제 의식 등이 소설 속에서 어떻게 패러디
되고 있는지를 살펴보고자 한다.

1) 기표의 패러디

  '아랑'이라는 기표는 귀신신원설화의 한 갈래인 '아랑 전설'에 등장하
는 주인공이다. 이 전설의 얼개는 '관사에 원귀가 항상 출현하여 횡사사
건과 재앙이 일어난다는 것→담력 있는 최후의 한 사람이 원녀(冤女)를
위하여 복수나 설원(雪冤)을 해 준다는 것→이후 원귀가 다시 출현하지
않아 평화가 지속된다는 것'27)을 기본 축으로 한다. '아랑형 설화'에 넣
을 수 있는 설화는 약 40종에 달하며, 『청구야담』 등에 실린 '아랑전설'의
기본형은 죽음으로써 여성의 정절을 지킨 아랑 전설이 가장 많다.28)

  '아랑 전설'에 공통적으로 등장하는 인물로는 '밀양부사 딸 아랑(윤정
옥), 유모, 통인(관노), 신임부사(이상사), 나비(붉은 깃발)' 등이 있는데,
김영하는 여기에 어사, 어사의 수행원인 서얼 출신의 '김억균', 현대에서

---

26) 홍기돈, 「심우도를 보며 문학권력 논쟁을 말하다」, 『비평과전망』 7호, 2003년 하반기.
27) 김기현, 「아랑형설화 재론」, 박용식 외, 『고전산문의 계보적 연구』, 국학자료원, 2001,
   66쪽 참조.
28) 김기현, 위의 글, 72~74쪽 참조.

번역가로 일하는 '박'과 미용실 스텝 영주, 선운사에서 만난 '박제된 나비'와 '진짜 여우발'을 팔고 다니는 소녀 '아랑' 등의 주요 인물을 덧붙인다. 이러한 덧붙이기[29]는 허구적 딱지본 『정옥낭자전』을 기입하여 "아랑의 전설에서 어떤 틈을 발견"(21쪽)하고자 하는 것에서도 확인된다.

김영하가 '새로 쓰는 아랑 전설'의 핵심인물인 김억균은 작중 화자에 의하면 "근대적인 의미의 작가적 자의식을 보유하고 있었던 저자"(21쪽)의 『정옥낭자전』에서 "셜록 홈스나 포와로 같은 근대적 의미의 탐정들의 그림자"(130쪽)를 내포한 인물이다. 하지만 독자는 작품 맨 끝 '도움 받은 책과 논문' 아래에 "소설 속에서 인용된 『왕조실록』의 일부와 『정옥낭자전』은 허구다"(287쪽)라는 문장에서야 비로소 이 인물이 가공의 인물이었음을 확인하게 된다.

『아랑은 왜』에서 '아랑'의 기표는 여러 층위에서 발견된다. 이본(異本) 속에 나타나는 '아랑 전설'의 여러 '아랑(윤정옥)', 가공의 근대소설인 『정옥낭자전』의 기생 아랑, '박'과 '영주' 이야기 속 몽환적 공간에서 만나는 나비 박제를 파는 '아랑'과 진짜 여우발을 파는 '아랑' 등이 그것이고, 현대 이야기 속 박이 살해했다고 추정되는 '영주'도 '아랑'의 기표에 포섭된다고 볼 수 있다.

2) 서사 구조의 패러디

김기현은 '아랑형 설화'를 비교·분석하면서 그 공통점을 대체로 '주인공은 미모의 처녀로 부사의 딸이며, 통인(관노)에게 피살되고 몽달귀

---

29) 원작에 이야기를 덧붙여서 새롭게 패러디를 진행하는 이야기 구성방식은 홍명희의 『임꺽정』에 현대적 덧붙이기를 시도한 조해일의 『임꺽정에 관한 일곱 개의 이야기』(책세상, 1986)에서 확인할 수 있다.

가 공청에 나타나 재임부사를 변사케 하거나 마을에 큰 재앙을 입힌다. 최후의 1인이 부사를 자원하고 원귀는 죽을 때의 형상 그대로 야반에 나타나 설원(雪冤)해 주거나 위령(慰靈)하면 다시 나타나지 않는다. 그런 다음에 풍년을 맞고, 이후 망령을 위한 사당, 봉물, 미화한 소설 등이 생겨나고 살풀이굿도 유행하게 된다'30)고 설명한다.

김영하는 "'익숙한' 이야기를 '다르게' 쓴다는 것은, 만만찮은 일"(23쪽)임을 알고 있지만, "다 아는 이야기를 다르게 말하기" 위해 "이야기꾼이라는 작자들이 과거나 지금이나 밥 먹고 하는 일이 그거 아닌가"(23쪽)라며, 자신의 패러디적 글쓰기가 '다르게 말하려는' 작가의 자의식적 글쓰기의 산물임을 피력한다. 뿐만 아니라 "나비 박제를 파는, 스스로를 아랑이라 주장하는 여자 아이를 현실과 꿈에서 각각 만나는 장면을 통해 이 이야기가 아랑 전설을 토대로 현실과 환상을 넘나들게 될 것임을 예고"(64쪽)하면서 "실패하면 불협화음을 빚어내겠지만", "현대와 과거를 이렇게 대위법적으로 나란히, 일정한 거리를 두고 배치하는 구성에는 상당히 매력이 있"기 때문에, "A-B-A-B-A-B-A-B. 이런 식으로 이어지게 될 과거와 현대는 대체로 느슨한 의미상의 연결을 유지하면서 서사적 화음을 구축하게 될 것"(65쪽)이라고 작품의 구조를 시사한다.

이렇듯 과거 이야기에 현재 이야기를 덧붙이려는 작가의 시도 속에서 『아랑은 왜』의 서술 층위는 세 가지로 나누어볼 수 있다. 김태환은 '1) '아랑 전설' 텍스트, 2) '아랑 전설'을 소재로 쓰인 소설 텍스트(+'박'이 쓰는 이야기), 3) 소설 구상 및 쓰기 과정에 대한 소설가 자신의 논평'31) 등으로 층위를 세부적으로 구분한다. 하지만 필자가 보기에 2)

---

30) 김기현, 앞의 글, 84쪽 참조.

항목은 '새로 쓰는 아랑 전설'과 '박과 영주의 이야기'로 다시 나누는 것이 타당하다고 판단된다. 왜냐하면 '아랑 전설'과 '새로 쓰는 아랑 전설', '박과 영주의 이야기' 등에 작중 화자(소설을 쓰는 주체)가 '나' 혹은 '우리'라는 표현으로 끊임없이 개입하고 있기 때문이다.

『아랑은 왜』의 서술자가 파악하는 '아랑 전설'의 서사구조는 "1)아랑이라는 처자가 살았다. 2)어느 날 아랑이 사라진다. 3)아비는 죽거나 고을을 떠난다. 4)고을에 새로 부임하는 사또들이 줄줄이 죽는다. 5)용감한 사내가 자원하여 사또로 부임한다. 6)사또는 아랑의 혼백을 만나 억울한 사연을 듣는다. 7)다음날 사또는 범인을 밝혀내고 세상은 안정을 되찾는다"(24~25쪽)이다.

하지만 작가가 지어낸 『정옥낭자전』에 근거하면 '아랑 사건'은 "두 명의 수령과 아랑과 용의자 안국, 이렇게 네 명이 죽고 아랑의 아비인 전임 수령은 달아난 사건"(130쪽)이다. 그리하여 근대적 이야기꾼인 탐정 김억균에 의하면, 사건의 개요는 다음과 같다. 먼저 제방이 무너졌고, 윤관과 아전들이 한양에 알리지 않고 제방을 복구하기로 마음을 먹는다. 하지만 밀양부사 윤관은 관기인 아랑을 양녀로 삼아 희롱했으며, 관노인 안국이와 아랑은 정분이 있는 사이였고, 윤관 혹은 아비인 호장이 아랑을 죽이고 안국이를 옥에 가두었으며, 윤관이 밀양 땅을 떠나자 호장과 아전들이 제방 축조의 시간을 벌기 위해 후임 수령들을 반묘(독약)를 써서 살해했던 것이다.(231쪽 요약) 그러나 사건의 전말을 밝혀낸 근대적 탐정 '김억균'은 어사에 의해 "첫째 요설로서 민심을 흉흉하게 한 죄. 둘째 근거 없는 망발로 백성들의 아비인 수령을 능멸하고 그의 직무 수행에 해악을 끼친 죄. 셋째 뚜렷한 증거도 없이 여러 백성을

---

31) 김태환, 앞의 글, 220쪽 참조.

무고한 죄. 넷째 어명을 받아 움직이는 자로서 경망되게 행동함으로써 주상께 누를 끼친 죄"(236쪽)로 장 28대를 맞고 혼절하게 된다. 근대적 이야기꾼이 전근대적 담론의 신봉자에 의해 희생되는 구조인 것이다.

액자형 소설인『아랑은 왜』는 '새로 쓰는 아랑 전설'을 중심 이야기로 하여 번역가 '박'과 미용실 스텝 '영주'의 현재 이야기를 작품의 앞과 뒤, 그리고 중간 중간에 삽입하는 형식을 취한다. 영주가 사라진(살해된) 지 1년이 지난 뒤 '박'이 아랑을 만나면서, 작가는 "그의 욕망과 죄의식을 암시하면서 소설을 두루뭉술하게 끝내"(279쪽)게 될 것임을 암시한다. 결국『아랑은 왜』결말 부분에서 '박'은 "사람들이 가짜인 줄 알고 사가지만", "진짜 여우발을 파"(281쪽)는 아랑을 만나고, '박'이 쓰고 있었다는 소설의 첫머리는『아랑은 왜』의 시작 부분이 된다.『아랑은 왜』의 첫 머리를 기술한 뒤 '박'은 영주의 속옷과 머리카락을 태우며, "영주가 죽었다는 게, 이제서야 실감이 난다. 좋다"(286쪽)라는 독백을 하며『아랑은 왜』는 무책임하게 종결된다.

결국『아랑은 왜』의 서사 구조는 '아랑 전설', '새로 쓰는 아랑 전설 +『정옥낭자전』', 박과 영주의 현대 이야기 등의 표층적 세 층위의 이야기가 얽히고설키면서, '우리'라는 구술문화적 대명사를 활용하는 작중 화자의 소설 쓰는 과정 이야기가 심층에 자리하고 있는 형국을 띤다고 할 수 있다. 이것이 '아랑 전설'을 토대로 "어떤 이야기를 새롭게 쓸 수 있을까를, 단지 탐색하고 있을 뿐"(203쪽)인 작가의 서사화 방식인 것이다.

3) 주제 의식의 패러디

'아랑 전설'의 주제는 귀신신원설화라는 점에서 '원한의 해소'라는 권선징악적 요소를 내포한다. 하지만 첫 문장에서부터 "아랑은 나비가 되

었다고 한다"라는 말 건넴 어투로 시작되는 『아랑은 왜』는 이야기가 지
닌 허구성에 착목하여 이본적 글쓰기를 확장하는 소설이다. 그러므로
권선징악적 요소를 과감히 탈피하여 소설쓰기에 대한 자의식을 드러내
는 과정 자체가 이 작품의 주제 의식이 된다. 따라서 『아랑은 왜』의 제
목에서 생략된 의문형 서술어를 '(아랑은 왜) 출몰하는가/주목받는가/
쓰여지는가/죽는가'라는 식으로 짐작해 보면서, '작가는 왜 이렇게 쓰
고 있는가'에 대해 독자가 고민하도록 만드는 것이 김영하의 작가적 전
략인 것이다.

　이본적 글쓰기의 확장은 디지털 시대 안에서 원본의 아우라(벤야민)
는 이미 존재하지 않는다는 사실을 확인하게 하면서 진본보다 더 진본
같은 시뮬라크르(보드리야르)들의 세계에 대해 질문하는 방식 중의 하
나이다. 이렇듯 진본 이상의 복제품이 디지털 방식으로 확산되는 시대
에, 김영하는 아랑 전설을 현대적 허구로 해체시켜 패러디 소설로 색다
르게 복제해냄으로써 독자들을 서사적 상상력이 확장된 가상공간으로
인도한다. 틈의 해체적 확장에 무게를 두고 있는 김영하의 『아랑은 왜』
는 어떻게 다르게 쓸 것인가라는 글쓰기 형식의 문제와 과거의 사실을
어떻게 현대적으로 변용시킬 수 있을 것인가라는 글쓰기 내용의 문제
가 맞물린 작품인 것이다.

　　이쯤에서 짚고 넘어갈 것이 있는데, 그것은 우리가 아랑의 전설을 토대
　로 어떤 이야기를 새롭게 쓸 수 있을까를, 단지 탐색하고 있을 뿐이라는
　것이다. 우리는 이 책의 끝까지 여러 자료들을 검토하고 그것을 통해 이야
　기를 구성하는, 일종의 퍼즐게임을 계속하게 될 것이다. 누군가는 우리의
　책을 바탕으로 새로운 아랑의 이야기를 쓰게 되겠지만 적어도 우리의 책
　안에서 이야기의 종결은 없다.(203쪽)

작중 화자가 끊임없이 사용하는 '우리'라는 대명사는 '우리' 바깥의 타자를 배제하면서 동질 집단의 논리를 강조하는 단어이다. 그리하여 '우리' 안에 포섭되는 주체들(독자)은 동질 집단이라는 착각에 의해 감정이입적 사유를 진행하게 된다. 하지만 '우리'라는 단어 활용의 단점은 독자가 그 의미망 안에 끼이지 못하면 소설 속 타자가 됨으로써 이야기의 흐름에 동참하기가 힘들어진다는 것이다. 이렇듯 문자 언어로 쓰인 소설에서 구술 문화적 글쓰기가 도입되고 있는 것은 독자를 청자의 지위에 올려놓아 서사의 진행과 해독에 동참하도록 만듦으로써 주체적 글 읽기를 강요하는 방식 중의 하나이다.[32] 즉 구어적 문체의 활용은 허구적 사실에 대한 독자의 무의식적 몰입을 이끌어내는 방편인 것이다.

이렇듯 소설 형식에 대한 고민의 문자적 토로가 구어적 활용을 토대로 작품 속에 매끄럽게 진술되고 있다면, 현대적 인물인 '박과 영주의 이야기'는 결말 부분에서 박이 쓰는 〈아랑은 왜〉가 도입부의 시작과 뫼비우스의 띠처럼 겹친다는 점을 제외하면 불화적으로 존재한다. "실패하면 불협화음을 빚어내겠지만"(65쪽)이라는 작중 화자의 우려가 현실로 드러나는 것이다. 그리하여 독자는 아랑 전설의 재해석을 진행하는 이야기 흐름에서는 화자의 고민을 따라가지만, 현대적 공간의 '박'과 '영주'에 대한 이야기에서는 화자의 이야기에 동참하기 어렵게 된다.

결국 김영하의 『아랑은 왜』는 디지털 문화의 공간 속에서 문자적 글쓰기가 시도할 수 있는 소설화의 한 방식으로서 메타 픽션이라는 글쓰기를 감행함으로써 패러디 소설의 새로운 가능성을 보여준다. 김영하의 이 작업은 닫힌 텍스트가 아니라 독자를 청자의 수준에 놓아 끊임없

---

32) 월터 J 옹, 『구술문화와 문자문화』, 이기우·임명진 역, 문예출판사, 1995 참조.

이 대화하도록 만드는 서사적 기법을 활용함으로써 열린 텍스트로서의 새로운 소설 형식을 예감케 한다. 리얼리즘적 현실을 무시한 채 과감하게 역사적 공간을 넘나들면서 "21세기에 권선징악의 스토리를 쓰는 것은 온당한가의 문제"를 고민하고 "현실에서 이뤄지지 않는 권선징악을 이야기 속에서 기대하는 것은 과연 옳은 일일까"(219쪽)를 자문하며, 자유롭게 탈주하는 작품이 바로 『아랑은 왜』인 것이다. 김영하에 의해 '아랑'은 고전의 무덤 속에서 걸어 나와 현재적 패러디의 대상으로 출몰할 수 있었던 것이다.

4. '효'의 상징에서 관음보살적 '성녀(聖女+性女)'의 화신으로 – 황석영의 『심청』

황석영의 『심청』에서 '심청'은 근대적 격랑기에 남성들의 성적 착취의 노예가 되어 밑바닥 체험을 할 수밖에 없는 매춘 여성에서 영주의 부인이라는 신분 상승에 이르기까지 계급적 신분이 변화되기는 해도 자신이 자신의 삶과 운명의 주인임을 결코 포기하려 들지 않는다. 부조리한 현실 세계 속에서도 기표로서의 '심청'은 '심청 → 렌화 → 로터스 → 렌카 → 심청'으로 미끄러지지만, 원초적·기의적 명명으로서의 '심청'은 정체성에 대한 분열적 회의 속에서도 자기 동일성을 견지하는 것이다. 황석영은 남성 중심 서사에서 희생을 강요당해온 여성의 역사를 전통적 공간의 기표인 '심청'을 호출하여 새롭게 육화해낸다.

『심청』에 대한 기존의 긍정적 평가를 보자면 류보선33)은 "심청이라

---

33) 류보선, 「모성의 시간, 혹은 모더니티의 거울」, 황석영 『심청』 해설, 문학동네, 2003.

는 여성의 성장과 해탈을 통하여 서구적인 것, 근대적인 것, 자본주의적인 것과 충돌하며 극심한 혼란의 양상으로 전개된 동아시아 근대화 과정을 재현하고 그를 통해 한계에 직면한 모더니티의 어떤 가능성을 탐색하고자 한 소설"이라고 평가하면서, 『심청』이 심청 개인의 수난사이자 '상품화된 인간과 모더니티의 역설', '근대성의 타자로서의 모성의 경험', '전통의 현대적 계승과 재해석' 등을 보여주는 소설이라고 분석한다. 이러한 긍정적 평가는 서영채[34], 김경수[35], 김종회[36], 오태호[37], 최영석[38] 등의 논의에서도 맥락을 같이하고 있다.

반면에 정문순[39]은 '1.몸, 피해자에서 주체로'에서 청이의 모습에 대해 "성적 대상화를 뒤집어 성적 주체화로 수용한 '과감한' 여성의 형상화는 수긍하기 힘든 남성 중심적 태도의 노출로 볼 수 있"으며, '2.어미의 몸, 그 참을 수 없는 퇴행성'에서 "성이 배제된, 성을 소외시킨 대가로 가능할 수 있는 모성이라면 퇴행적이라는 혐의에서 더욱 벗어나기 힘들 것"이라고 비판하고, '3.근대 반성의 실험, 그리고 다시 그네들의 몸 위에서'에서 "작가는 여성의 어깨에 놓인 세상의 질곡을 담담하게 얘기하지만 역설적으로 내가 텍스트에서 읽는 것은 여성의 한 몸에 역사의 암흑이 천형처럼 짐 지워진 현실을 당연한 듯이 지나치는 무심한 작가의 시선"이라면서 "어떤 폭력에도 꿈쩍도 하지 않을 것 같은 사물

---

34) 서영채, 「창녀 심청과 세 개의 진혼제-황석영의 『심청』 읽기」, 『문학동네』, 2004년 봄.
35) 김경수, 「근대와 젠더, 그리고 해한 이야기의 발견-황석영의 근업에 대하여」, 『작가세계』, 2004년 봄.
36) 김종회, 「황석영의 소설과 근대성, 또는 그 극복의 서사」, 『작가세계』, 2004년 봄.
37) 오태호, 「서사의 진화, 작가의 시선과 평론가의 응시가 빚어낸 풍경-황석영 문학 해석의 역사」, 『작가세계』, 2004년 봄.
38) 최영석, 「강신과 축귀-동아시아론의 서사화」, 『작가세계』, 2004년 봄.
39) 정문순, 「포주의 시선에 포획된 여성의 몸-황석영의 『심청』」, 『비평과전망』 8호, 2004년 상반기.

화 되어버린 청이의 몸은 작가의 시선이 포주의 것"을 닮아 있다고 비
판한다. 고명철40)의 논의도 정문순의 비판적 평가에 맥이 닿아 있다.

　이러한 긍정과 부정의 평가를 토대로 하여, 본고는 고전소설인『심청
전』과의 상관관계를 중심으로『심청』을 패러디 소설로 검토하여, 원작
의 기표, 서사구조, 주제 의식 등이 새로 쓰인 소설 속에서 어떻게 패러
디되고 있는지를 살펴보고자 한다.

1) 기표의 패러디

　'심청'이라는 기표는 한국인에게 춘향(몽룡), 흥부(놀부) 등의 기표와
함께 단순히 고전소설 속 주인공의 하나에 머무는 것이 아니라 우리
민족의 원형적 상징의 하나로 표상된다. 즉 '심청'은 부친을 위해 자신
의 육신을 희생하는 효의 대명사로 인식되고 있는 것이다.41) 그런 '심
청'을 황석영은 21세기적 방식으로 호명해내고 19세기의 동아시아를
떠도는 매춘 여성의 상징으로 그려내면서『심청』을 빚어낸다.

　'심청'42)은 15세에 처음으로 중국의 첸대인에게 팔려가면서 '롄화'로

---

40) 고명철,「환골탈태하는 리얼리즘의 '물건들'–황석영의 20세기 3부작 읽기」,『비평과전
　　망』 8호, 2004년 상반기.

41) 김진영·김현주는 고전소설『심청전』에서 핵심 이야기가 되는 효행의 문제는 모든 종교
　　나 사상과 공통분모를 갖고 있다는 점에서 인류 보편적인 작품이라고 진단한다. 구체적으
　　로 도교적인 측면(옥황상제의 등장, 용궁), 불교적 측면(화주승, 부처님의 영험, 심봉사의
　　개안), 유교적 측면(심봉사의 집안, 공자의 인, 효), 무교적 측면(푸닥거리, 정화수) 등에서
　　구원의 문제와 관련하여 다양하게 녹아든 소설이『심청전』이라고 분석한다.(김진영·김현
　　주 역주,「심청전과 구원의 문제」,『심청전』, 박이정, 1997, 9~29쪽 참조)

42) '심청'은 기존 황석영 소설에 드러난 여성의 이미지가 집적된 양상을 보여준다. 즉「아우
　　를 위하여」의 여교생,「삼포 가는 길」의 술집 작부 백화(점례),「잡초」의 태금이 누나,
　　「돼지꿈」의 미순이,「장사의 꿈」의 포르노 배우 애자,「몰개월의 새」의 술집 작부 미자,
　　『장길산』의 묘옥,『무기의 그늘』의 오혜정,『오래된 정원』의 한윤희 등의 이미지가 모이고
　　섞여서 해체와 재구성을 거쳐, '심청'이라는 새로운 이미지로 집적·총화되고 있는 것이다.

이름이 바뀐 뒤, 제임스의 부인으로 싱가포르로 갈 때는 '로터스'로, 일 본으로 갈 때는 '렌카'로, 다시 조선으로 돌아와서는 '심청'으로 그 기표 를 달리하게 된다. 황해도 장연에서부터 중국 상하이, 진장, 난징, 푸저 우, 타이완 지룽, 단수이, 싱가포르, 일본 류큐, 가고시마, 나가사키 등 을 거쳐 제물포(인천)의 연화암에서 생을 마감하기까지 심청이 "제불보 살 석가님이 온몸을 던져 세상을 공양하라"(14쪽, 상)고 보낸 관음보살 의 현신이라는 의미에서 '연꽃'이라는 기의적 본질은 변화하지 않지만, 그 의미내용을 규정하는 기표들은 계속 바뀌게 된다. 이러한 다의적 기 표[43]는 남성 중심의 근대 서사가 여성적 정체성을 왜곡하고 여성의 몸 을 억압해온 역사를 상징적으로 보여준다.

　청이는 "네 이름은 지금부터 심청이가 아니"(상, 10쪽)라는 조선 장사 치의 말을 듣고 중국옷으로 갈아입으며 "내가 심청이 아니라면 그럼 나 는 누구야?"(상, 11쪽)라며 자신의 분열적 정체성에 대한 질문을 던진 다. 그 속에서 어머니가 '어지러운 세상의 남녀상열지사의 죄를 씻어내

　이들 여성들은 조금씩 상이한 방식으로 드러나긴 하지만, 부조리한 모순으로 점철된 소외 의 비극적 현실 속에서도 희망과 전망을 잃지 않고 정체성을 회복하려고 시도하거나 능동 적 주체성의 인물로 형상화되어 있다는 점에서 '심청'과 가깝다.
43) 라캉은 「「도난당한 편지」에 관한 세미나」에서 프로이트의 견해를 빌려와 '기표의 자리바 꿈(연쇄)이 주체를 규정(형성)한다'고 주장한다. 즉 기표는 주체들의 행위나 운명, 거부, 맹목, 목적, 파멸(죽음) 속에서 또한 그들이 타고난 재능이나 사회적 관습 속에서 그리고 성격이나 성별에 관계없이 주체들을 규정한다고 분석한다. 따라서 도둑맞은 편지가 고통 받는 편지라면 그 고통을 감수해야 하는 것은 주체들이며, 주체가 편지의 그늘 아래 들어 오게 되면 그들은 편지와 꼭 닮은 것이 되어버리며, 편지를 소유하게 된다는 것은 언어의 경탄할 만한 모호성 속으로 들어가는 것을 뜻하는데, 이것은 곧 편지가 주체들을 소유하고 있다는 것을 의미한다고 주장한다. 『심청』에서 '심청→렌화→로터스→렌카→심청'으 로 기표의 연쇄작용이 발생하여 '심청'이라는 주체를 규정(형성)한다는 점에서 '심청'은 기 표가 되며, 중첩된 기표가 '심청'의 몸에 새겨진다는 점에서 '심청'은 '다의적 기표'가 된다 고 볼 수 있다.(자크 라캉, 민승기·이미선·권택영 옮김, 『욕망이론』, 문예출판사, 1994, 96~134쪽 참조)

기 위해 여자로 현신하여 세간을 깨우치라'는 '남해관음'의 태몽을 꾸었
던 것을 기억해내며 자신의 원형적 상징을 의식한다. 하지만 팔순이 넘
은 첸 대인의 양생술을 위해 첩으로 팔려간 심청은 이제 '렌화'라는 기
표를 강요받게 된다. 타자에 의해 강요된 가면 쓰기는 자기 동일성을
해체시켜 심청으로 하여금 "태어나서 처음으로 자신의 벌거벗은 몸을
남의 것처럼 바라보"(36쪽, 상)게 만들며, '거울 속의 렌화'가 "너는 내
가 아니야"(36쪽, 상)라고 건네는 말 속에서 분열적 시선을 느끼게 만
든다. 렌화의 기표를 둘러쓴 청이의 내면에서는 분열적 목소리[44]의 계
집아이 둘이 서로 자신의 몸이라며 세력 다툼을 하게 된다. '낮고 높은'
차이만이 있을 뿐 같은 소리임에도 불구하고 청이가 자신의 정체성을
확인하려 하지만, 이국의 기표인 렌화는 청이를 "예전에 벌써 죽은 귀
신"(42쪽, 상)이라고 치부하며 자신이 새로운 몸의 주인임을 강조한다.

청이는 첸대인의 막내아들인 구앙의 기루 복락루에서 감옥에 갇힌
구앙의 형 '춘'을 나오게 하기 위해 관리에게 자신의 몸을 접대하면서,
몸이 자본으로 매매되는 현실 속에서 몸의 이물감을 느낀다. 화지아(花

---

44) 신현준은 들뢰즈/가타리의 이론을 분석하면서 자본주의 공리계의 두 극은 분열증과 편
집증이며, 자본주의의 탈코드화되고 탈영토화된 플로(flow, 흐름)는 분열증적이지만, 이
흐름이 자본주의의 틀을 넘어 탈주하는 것을 억제하는 재영토화의 조작은 편집증적이라
고 설명한다. 따라서 자본주의 사회에서 생활하는 모든 개인들이 많든 적든 분열증 증상
을 보이는 것은 '정상적'이며, 상징계의 인식론적 제약뿐만 아니라 사회의 정치적 제약으
로부터도 탈주하는 주체, 즉 분열적 주체(schizo-subject)를 생산해야 하는 것이 '분열증
분석'이 된다. 나아가 들뢰즈/가타리가 말하는 분열적 주체는 모든 표상체계로부터의 해
방을 도모하는 생성의 운동을 수행하며, 나아가 어떠한 고정된 존재도 거부할 뿐만 아니
라 상징계로부터도 탈주한다고 설명한다. 따라서 '청이'는 분열적 주체이며, 청이를 분열
적 주체로 만드는 것은 19세기 근대로의 이행기에 '렌화, 로터스, 렌카' 등의 기표를 강제
하는 사회의 재영토화 전략에 의한 것이다. 따라서 '분열적 목소리'란 사회화·재영토화의
과정에서 자신의 목소리를 견지하며 탈영토화 전략을 수행하려는 분열적 주체의 저항의
몸짓이라고 볼 수 있다.(신현준, 「들뢰즈/가타리 : 존재의 균열과 생성의 탈주」, 『철학의
탈주』, 이진경·신현준 외, 새길, 1995, 247~302쪽 참조)

家)가 되려는 청이는 혼(魂, 마음)과 백(魄, 몸)의 분리 현상 속에서 "나
를 팔았어!"(117쪽, 상)라고 독백하며 자본에 의해 팔린 존재임을 자각
하는 것이다. 분열적 정체성 속에서도 남성과 자본과 권력의 삼위일체
적 관계를 어렴풋이 확인하는 심청은 광대인 동유와 함께 달아나서 장
사를 시작할 부푼 꿈에 젖지만, 부녀자를 유괴해 팔아먹는 슈마지아에
의해 인신매매를 당하게 된다. 그리고 네 명의 남자들로부터 '잡아온
여자의 부끄러움을 없애고 무력하게 만들려는 미에치(滅恥)'라는 집단
성폭행을 당하게 된다.[45] 집단 강간[46]이 끝난 후 떠나려는 사내들에게
청이는 "세상에 공짜가 어딨냐구", "너희들 모두 화대 내란 말이야"(175
쪽, 상)라는 말을 하며 당당한 서글픔의 비명을 지른다.[47]

---

45) 비가렐로는 프랑스에서 자행된 강간의 역사를 고찰하면서, 19세기 후반에 와서야 강간
   과 모욕과 침해가 구별되고, 침해행위들 사이에 서열이 매겨지며, 희생자의 연령에 따라
   범죄의 경계가 이동하고, 침해행위의 대상에 남성희생자도 포함되었다고 진단한다. 그 속
   에서 강간의 결과는 정체성의 균열이자 희생자에게 깊이 새겨진 상처라고 보면서, 성폭력
   은 1급 폭력, 순수성의 이상으로 여겨지는 한 존재를 침해하는 것이기에 더욱더 잔혹한
   범죄로 자리매김 된다고 분석한다. 이렇게 볼 때 19세기에 강간을 당한 후 인신매매범으로
   팔려가는 심청의 모습은 동서를 막론하고 남성들이 여성의 몸을 어떠한 방식으로 인식하
   고 있는지를 여실하게 보여주는 상징이 된다.(조르쥬 비가렐로, 『강간의 역사』, 이상해
   옮김, 당대, 2002, 341~345쪽 참조)
46) 캐서린 맥키넌은 페미니즘 분석에서 보면 강간은 고립된 사건이나 도덕적 일탈 혹은
   개인적 차원의 잘못된 관계가 아니라, 마치 개인적 형벌처럼 체계적·집단적 종속의 맥락
   안에서 행해지는 테러요 고문이라고 설명한다. 또한 법은 일반적으로 강간을 '강요·강제
   에 의해, 동의 없이 이루어진 성교'라고 정의하는데, 이러한 정의는 성에 대한 가학·피학
   적 정의, 곧 강요·강제에 의한 성교가 교감적일 수 있음을 가정한다고 비판한다. 나아가
   강간 범죄를 남성 성기의 삽입에 중심을 두고 있는 법률은 남성 중심의 성 패러다임에
   초점이 맞추어져 있는 것이라고 비판한다.(캐서린 맥키넌, 「강간 : 강요와 동의에 대하여」,
   『여성의 몸, 어떻게 읽을 것인가』, 케티 콘보이 외 엮음, 조애리 외 편역, 한울, 2001,
   56~57쪽 참조)
47) 정문순은 『손님』의 여교사의 논의와 함께 사물화된 청이의 몸을 묘사하는 여러 곳에서
   작가의 시선이 포주의 시선처럼 겹쳐져 읽힐 수 있다는 점을 비판한다.(정문순, 앞의 글,
   214쪽 참조)

하지만 첸대인의 "시체를 곁에 두고 탄생에서 죽음까지를 꿈처럼 보고 나서 다시는 사내들을 무서워하지 않게"(174쪽, 상) 된 청이는 스스로 '어디서든 살아내야 한다'는 삶의 의지를 다지게 된다. 타이완으로 팔려가는 배에서 청이는 렌화의 꿈(굴 속의 거대한 구렁이 다섯 마리가 몸속에 가득 차 오다가 온몸이 터져 뱀의 허물과 피가 강물처럼 발치에 흘러내려가는 꿈48))과 청이의 꿈(벌거벗은 청이가 벌거벗은 남자의 생식기를 붙잡고 늘어지던 중 아버지를 보고 달아나다가 자신의 다리 사이에 '죽음 짐승처럼 늘어진 자지'가 걸리적거리는 것을 보며 첸 대인과 구앙, 동유가 쫓아오는 꿈49))을 번갈아 꾸면서 사물화 된 자신의 몸을 응시함으로써 근대적 남성 권력의 폭력성을 체감한다.50)

이러한 인식은 타이완 지룽의 남풍(南風)이라는 사창가로 간 청이에게 불단에 "사내들 그것을 닮은 용머리를 밟고 서 있는 관음보살"(208쪽, 상)을 보면서 남성 중심적 근대에 대한 전복적인 상상을 꾀하도록 만든다. 그러나 인식만이 그러할 뿐, 빚을 갚기 위해 청이는 하룻밤에 열세 명의 손님을 받으면서, 좋은 사람 따위는 없으며 "온 세상이 돈에

---

48) 렌화의 꿈을 해석해 보면, 거대한 구렁이 다섯 마리는 청이를 팔아넘긴 노파와 집단 강간을 한 네 명의 남자라고 볼 수 있으며, 온몸이 터져 뱀의 허물과 피가 낭자하게 흐르는 모습은 렌화의 인신매매범들에 대한 살해욕망이 외화된 것이라고 볼 수 있다.

49) 서영채는 '매춘 남성의 시선과 창녀의 응시 : 전복되는 누이 콤플렉스'에서 이 꿈이 심청의 남근(라캉) 소유이며 창녀 생활을 버틸 수 있는 무기가 된다고 진술한다.(서영채, 앞의 글, 290쪽 참조) 하지만 렌화가 바라보는 청이의 꿈 내용에서 '늘어진 자지'가 다리 사이에서 걸리적 거리고 있다고 진술하고 있기 때문에 청이의 꿈은 청이를 거쳐간 '자지'를 몸에 달고 있는 남성들에 대한 청이의 실망과 염증, 분노를 보여준다고 볼 수 있다. '다리 사이에서 걸리적 거리고 있는, 죽은 짐승처럼 늘어진 자지'는 청이의 남성 혐오적 시선을 확인하게 한다.

50) 프로이트는 꿈이 소원을 성취시켜 묘사한다고 보면서 꿈 작업의 중요한 네 가지 요인으로 압축, 전위, 묘사 가능성, 이차 가공 등을 들어 설명한다. 따라서 청이의 꿈은 자신의 육체를 팔아버린 인신매매범들로부터 당한 성폭력의 기억을 인식론적으로 극복하기 위한 내용이라고 볼 수 있다.(프로이트, 『꿈의 해석 상·하』, 김인순 옮김, 열린 책들, 1997)

미쳐 있"고, 밤에 온 "그 남자들 모두 꿈에 찾아온 허깨비나 마찬가지"(235쪽, 상)라며 스스로를 위무한다. 그리고 지룽 사창가에서 벗어나기 위해 "힘 있는 자가 아니면 절대로 정인을 삼지 않으리라"(241쪽, 상) 작정한다.

영국 동인도회사의 부지사장인 제임스가 청이의 남은 몸값과 빚을 갚아주자 청이는 양인 첩으로 싱가포르에 가면서 이제 렌화에서 '로터스'로 기표를 달리 하게 된다. 거울 속 타자인 서양의 로터스가 분열적 정체성을 지닌 렌화와 청이를 향해 거울 속에서 '푸후후' 웃음을 짓는 것(11~12쪽, 하)은 낯선 실재로서의 미개한 동양인을 향해 보내는 근대화된 서양인의 우월적 시선을 상징적으로 보여준다. 싱가포르의 제임스의 집에 도착한 뒤, "세계는 넓다. 그리고 우리는 그걸 우리 시장으로 만들 거야. 나도 당신을 새사람으로 만들 작정"(21쪽, 하)이라고 말하는 제임스는 제국주의적 시선으로 세계를 자신들의 시장화하고 싶은 계획과 야심을 드러내면서, 동양적 타자이자 여성인 청이를 새사람으로 만들고 싶은 이중적 계몽의 시선을 보낸다.[51] 서양인 남성에게 동양인 여성은 개화·계몽되어야 할 대상으로 존재하는 것이다. 더구나 성병을 겁내면서 청이로 하여금 소독수로 아랫도리를 씻게 한 뒤에 성관계를 맺고, 가죽 줄을 손목에 묶고 가죽 띠로 때려달라는 마조히스트 제임스는 청이에게 어처구니없는 섭섭함 속에 이질적인 타자로 존재할 수밖에 없다.

싱가포르에서 4년을 지낸 뒤 제임스와의 계약을 끝내고 단수이로 돌아온 청이는 유자오를 데리고 웬지(文子, 후미코) 부인과 함께 일본 사츠마번의 속국인 류큐(오키나와)에 가면서 일본식으로 '렌카'로 호칭을 바꾸

---

51) 에드워드 사이드, 박홍규 역, 『오리엔탈리즘』, 교보문고, 1991 참조.

면서 "전 아무래도 상관없"(76쪽, 하)다고 진술한다. 청이에서 렌화와 로터스로의 개명이 타자에 의해 강요된 호명이었다면, '렌카'로의 개명은 거부감 없이 받아들여지고 있다는 점에서 류큐에서부터의 삶이 능동적이고 주체적인 삶이 될 수 있음을 암시한다. 청이는 요정 용궁(龍宮)을 차린 뒤, 미야코 섬의 왕자인 가즈토시와 정분을 나누다 미륵사에서 혼인을 하게 된다. 그 후 왕후가 된 청이는 미야코 섬의 문제를 알기 위해 노인잔치를 벌이고, 정처가 죽은 뒤 심청은 정처가 된다.

하지만 가즈토시가 역적으로 몰려 투옥되고, 감옥에서 "미야코 사람이 죽어서 간다는 '아우시마 다우시마'[52]"(215쪽, 하)에서 다시 만나자는 말을 나눈 며칠 뒤, 사형이 집행되자 장례를 치르고 나가사키로 와서 '렌카야(蓮花屋)'라는 요정을 경영하게 된다. 중국 상인인 '탕'이 표현한 대로 개화가 지닌 파르마콘(독/약)의 양가성을 공유함에도 불구하고, 청이는 "강한 자들은 잘 살아나가지만, 난세에는 안쓰러운 것들이 많"(253쪽, 하)다며, 그것이 강한 자들을 위한 처세의 논리임을 꿰뚫어 본다. 그러한 인식은 매춘여성의 삶을 통해 근대화 격랑기의 동아시아를 떠돌았기 때문에 가능한 것이다.

혼혈인 기리와 아라이 부부가 "조선에 나가면 신천지에서 돈을 많이 벌 수 있다"(302쪽, 하)며 조선으로 나가려 하자 청이는 나가사키의 생활을 정리한다. 결국 청이는 환갑이 넘어 제물포가 일제에 의해 개항된 지 2년 뒤에 귀국하여 제물포에 있는 문학산 남쪽 골짜기에 '연화암'이

---

52) "아우시마 다우시마는 죽은 혼이 용궁으로 돌아가기 전에 머무른다는 섬의 이름이었다. 아우 섬과 다우 섬은 해가 떠오르는 동방에 있는데 고기를 잡으러 나갔던 어부가 저어 머나먼 수평선 끝의 아롱거리는 안개 위로 보았다던 쌍둥이 섬이었다. 살아 있는 사람이 다가가면 갈수록 섬은 멀어지고 바닷물 밑으로 사라져버린다고 했다"(160쪽, 하)는 표현에서 알 수 있듯이 '아우시마 다우시마'는 『오래된 정원』에서의 '유토피아', '오래된 정원', '윤희가 사라진 갈뫼' 같은 이상향의 이미지로 활용되었다고 볼 수 있다.

라는 암자를 짓고 '연화보살'이라고 불리며 생활하게 된다. 달포 정도 고향에 갔다 온 뒤로 이곳에서 생활하다가 팔순이 넘은 청이는 조용히 생을 마감하게 된다.

결국 『심청』에서 고전소설 속 효의 대명사였던 '심청'은 '렌화→로터스→렌카' 등의 기표로 미끄러지면서 19세기 동아시아의 남성 중심적 근대화 격랑기의 파고를 헤쳐 나온 매춘 여성으로 패러디되고 있는 것이다.

2) 서사 구조의 패러디

고전소설 『심청전』의 서사구조를 심청의 일생을 중심으로 요약하면 다음과 같다.

> 가. 심청의 출생 : 고귀한 가계의 만득독녀(晩得獨女)로 선인하강의 태몽을 꾸고 잉태되어 출생한다.
> 나. 심청의 성장과 효행 : 심청은 일찍 모친을 잃고 봉사인 부친의 양육을 받는데, 자라면서 비범성이 나타나고 동냥·품팔이를 하며 부친을 봉양하다가 아버지의 눈을 뜨게 하려고 공양미 300석에 몸을 판다.
> 다. 심청의 죽음과 재생 : 심청이 물에 몸을 던지고 용궁에 갔다가 용왕의 도움으로 꽃을 타고 돌아온다.
> 라. 부녀상봉과 개안 : 심청이 황후가 되어 부친을 만나기 위해 맹인잔치를 소청하여 부녀가 상봉하고 심봉사는 개안한다.
> 마. (천상계로의 환원)[53]

---

53) 최운식, 『심청전연구』, 집문당, 1982, 184쪽 참조.

　　반면에 황석영의『심청』의 서사 구조를『심청전』의 서사구조와 비교
해 보면 다음과 같다.

> 가. 심청의 출생 : 황해도 장연에서 어머니가 '남해관음'의 태몽을 꾸고
> 　　태어난다.
> 나. 심청의 성장과 효행 : 동냥 생활을 하다가 생활고로 인해 중국 장사
> 　　치에게 은자 삼백 냥에 팔려간다.
> 다. 심청의 죽음과 재생 : 형식적으로 조선 바다와 중국 바다에서 굿과
> 　　제사를 지내고 첸대인의 첩으로 간다.(이후 중국 상
> 　　하이, 진장, 난징, 푸저우, 타이완 지룽, 단수이, 싱
> 　　가포르, 일본 류큐에까지 이름)
> 라. 부녀상봉과 개안 : 굿의 넋두리로 모녀 상봉을 이루는 것으로 변형되
> 　　고, 류큐에서 요정 용궁을 차리고 미야코 섬의 왕자인
> 　　도요미오야 가즈토시와 혼인을 하여 왕후에 올라 노
> 　　인잔치를 벌인다.(이후 가고시마와 나가사키 등을 거
> 　　쳐 제물포(인천)의 연화암에 은거, 고향에 달포 정도
> 　　갔다 옴).
> 마. 천상계로의 환원 : 죽음(제물포 문학산 연화암에서 생을 마감함.)

　　이렇게 보았을 때, 출생에서 죽음까지『심청』이 고전소설『심청전』
과 유사한 서사구조를 보이는 것 같지만, '가와 나'가 상권 앞부분에서
회상 형식으로 짧게 처리되고 '다와 라'의 내용이 소설의 주조를 이루며
'마'가 짧게 처리된다는 점에서 다르다고 볼 수 있다. 소설 내적 순서로
보면 '다→(가와 나 회상)→라→마'식으로 전개되고 있으며, 그 중에
서 가장 많은 서사의 분량을 차지하고 있는 부분이 '다와 라'임을 알
수 있다.

패러디 소설인 『심청』은 심청의 일대기라는 이야기의 골격만 빌어 왔을 뿐, 19세기 동아시아의 근대화 격랑기를 매매춘 여성의 삶을 통해 그려낸 전혀 새로운 소설의 내용을 갖고 있다고 볼 수 있다. 즉 심청이 "정분의 허망함과 살림의 덧없음"(하, 307쪽)을 깨우치려는 관음보살의 현신이라는 점, 매매춘 여성으로서 '렌화→로터스→렌카' 등의 분열적 정체성을 유지하면서도 싱가포르에서 매춘 여성이 낳은 아이들을 기르기 위해 '소보원(小宝園)'을 만들고, 나가사키에서도 싱가포르에서처럼 매춘 여성들에 의해 버려진 기아와 혼혈아들을 위해 기아보호소를 설립하는 점 등은 가장 밑바닥에서 가장 고귀한 실천을 행하는 '성녀(性女+聖女)'적 실천으로서 고전소설 『심청전』의 서사 구조가 패러디되고 있음을 드러낸다.

3) 주제 의식의 패러디

작가는 '매춘의 오디세이아'[54)라는 말로 『심청』에 대한 자신의 글쓰기를 함축적으로 요약한다. 즉 『심청』은 고대소설에서 아버지 심봉사의 눈을 뜨게 하기 위해 인신공양으로 팔려가 인당수에 빠져죽었다가 용왕의 도움으로 되살아난 효녀 심청이를 모티프로 하고 있긴 하지만[55), 전혀 다른 의미의 19세기 동아시아를 떠돌 수밖에 없었던 매춘 여성의 상징으로 심청을 되살려낸다. 고대소설의 심청과 황석영의 심

---

54) 황석영, 「작가의 말」, 『심청』 하, 문학동네, 2003, 330쪽 참조.
55) 최운식은 고대소설 『심청전』의 주제는 '효'라는 것이 가장 지배적인데, 그 효는 유교적인 효, 불교적인 효, 무속·유교·도교 등의 습합으로 이루어진 속신(俗信)적 가치체계에 의한 '속신적인 효', 보편적 심성으로서의 지순한 효 등 다양한 주제로 나누어진다고 분석한다. 하지만 황석영의 『심청』은 '몸 팔려가는 존재'라는 모티프에 주목하여, 19세기 매매춘 여성의 삶을 추적함으로써 고대소설 『심청전』의 '효'라는 주제를 전복적으로 사유하면서 여성성과 모성, 근대성에 대한 성찰을 진행하는 작품이다.(최운식, 앞의 책, 11~15쪽 참조)

청이 '물에 빠진다'는 상징적 죽음으로 삶을 지속할 수 있었다는 공통점을 제외한다면, 황석영의 심청은 19세기의 공간을 빌어 근대화 초기에 자본과 권력, 남성에 의해 지배와 착취의 대상으로 전락한 매매춘 여성의 삶을 그리고 있다는 점에서 이질성을 담보하는 패러디 소설이다.

『심청』에서 청이는 동아시아의 근대화 이행기 속에서 자본과 권력을 추구하려는 근대적 주체와 욕망의 덧없음을 체화한 관음보살의 현신으로서의 탈근대적 주체의 모습을 한 몸에 새긴 존재로 그려진다. 그 속에서 청이가 첸 대인의 아들 구앙의 복락루에서 링지아인 키우에게 "나는 힘이 좋아. 힘을 가지고 싶어요", "힘 있는 것을 꾀어서 가지면 되잖아요", "나는 유혹할 거예요. 그러다가 내 맘대로 그만두면 지들이 어쩔 거야"(상, 94쪽)라며 힘에 대한 소유욕을 드러내는 대목은 남성 권력을 욕망하는 청이의 모습을 그림으로써 근대 초기에 권력과 육욕적 성의 밀착 관계를 암시적으로 드러낸다.

> "참 길은 멀기두 하다. 남들 해치지 말구 살거라." / 그네는 품속에서 뭔가 꺼내어 기리에게 내밀었다. 그건 오래 전에 그네가 고향 황주에 갔다가 절에서 찾아온 자신의 위패였다. 아직도 흐릿하게 심청지신위(沈淸之神位)라는 글씨가 보였다. 청은 간신히 속삭였다. / "나 가거든 화장하여 바다에 뿌려다우. 그것도 함께 태워버리고 ……" / 심청은 눈을 감고는 한번 빙긋이 웃었다. 오물조물한 입이 조금 움직였을 뿐, 실컷 울고 난 사람의 웃음처럼 그건 아주 희미했다.(하, 307쪽)

심청이 15세 이후 첸 대인, 구앙, 랑중, 이동유, 성폭행범들, 매매춘 남성들, 롱싼, 제임스, 가즈토시, 하시모토 등의 사내를 육체적으로 거치면서, '청이 → 렌화 → 로터스 → 렌카 → 청이'로 기표를 달리하며 동

아시아를 떠돌다가 '실컷 울고 난 사람의 웃음' 같은 희미한 미소를 짓
는 것으로 작품은 종결된다. 또한 실컷 운 '긴 울음'이 다의적 기표를
지닌 매매춘 여성으로서의 고단한 삶을 상징적으로 보여준다면, '짧은
웃음'은 온몸으로 세상을 공양한 뒤에 얻은 관음보살의 미소라고 할 수
있다.

『심청』은 분열적 목소리를 지닌 청이가 다의적 기표로서의 삶을 떠
돌면서도 자신의 삶에 대한 적극적·능동적 개척 의지를 놓치지 않고
있다는 점에서 21세기적 새로운 여성성·모성성의 가능성56)을 드러낸
패러디 소설이라고 볼 수 있다. 작가는 '심청'을 '렌화·로터스·렌카' 등
으로 기표를 달리하는 분열적 주체이자 '관음보살의 현신'으로 그리면
서 여성의 몸을 상품화·물신화하는 19세기 남성 중심의 근대화·서구
화·자본주의화를 비판한다. 이것이 '심청'을 고전 담론에서 호출하여
현재적으로 전용한 작가의 의도인 것이다.

'서구적·근대적·자본제적 질서'의 이식화가 강제된 동아시아의 19
세기를 능동적으로 살아낸 '심청'에게서 우리는 억압과 희생을 강요하
는 분열적 가면이 기표적 허상에 불과한 것임을 확인하게 된다. 황석영
이 19세기를 응시하며 빚어낸 21세기적 정체성·주체성으로서의 여성
성과 모성성, 근대의 폭력성 비판이 『심청』을 재창조 수준에서의 패러
디 소설로 읽을 수 있게 만드는 주제의식인 것이다.

---

56) 류보선은 황석영의 『심청』이 심청전에 가한 세 가지의 변화를 '하나는 심청전의 무시간
성의 공간에 시간성(전근대와 근대의 이행기로 설정)을 부여한 것, 다른 하나는 심청의
활동공간을 중국, 대만, 싱가포르, 일본 등 동아시아 지역으로 확대한 것, 마지막은 심청의
삶에 탈향과 귀향, 타락과 정화, 타락과 승화, 성장과 해탈의 인생역정 드라마를 부여하고
있다는 점'이라고 평가한다.(류보선, 앞의 글, 312쪽 참조)

5. 한국 문학에서의 패러디 소설의 방향성

원작에 대한 재창조 수준에서의 현재적 전용인 '패러디 소설'은 원작에 대해 저자와 독자가 어느 정도 공명할 수 있는지가 관건이라고 할 수 있다. '패러디 소설'을 읽으며 원작에 대한 거리감을 독자가 인지하지 못한다면, 그 소설은 실패한 패러디 소설일 가능성이 크다. 소설 속에서 패러디의 핵심인 '원작에 대한 저자의 패러디 의식'을 읽어내지 못한 것이기 때문이다. 따라서 독자에게 익숙한 신화, 전설, 민담 등의 고전 담론은 끊임없이 새로운 현재적 전용의 대상으로 패러디될 가능성이 농후하다고 볼 수 있다.

고전 담론의 현재적 전용이라는 전제 속에 김영하의 『아랑은 왜』와 황석영의 『심청』을 살펴보았다. 『아랑은 왜』는 세 가지 표층적 이야기('아랑 전설', '새로 쓰는 아랑 전설', '박과 영주의 이야기')를 토대로 소설 쓰기에 대한 작가의 자의식적 고민을 투영함으로써 다양한 장르적 개방의 가능성을 실험하고 있는 작품이다. 특히 '아랑 전설'이 작품의 중핵으로 기능하고 있다는 점에서 본고에서는 '아랑 전설'의 현재적 전용과 재해석이라는 측면에서 패러디 소설로 검토하였다. 황석영의 『심청』은 의심 없이 전통적 공간에서 효의 상징으로 받아들여지는 '심청'을 '렌화, 로터스, 렌카'의 다의적 가면을 쓸 수밖에 없었던 매춘 여성으로 형상화하여, 전근대와 근대, 탈근대적 기획이 종횡으로 함께 이루어지고 있던 19세기 동아시아 근대화 격랑기의 공간을 활보하게 한다. 황해도 장연에서부터 시작된 관음보살의 현신으로서의 청이의 고행은 중국, 타이완, 싱가포르, 일본 등을 거쳐 제물포에 이르러 마감되지만, 그것은 21세기적 담론을 향한 새로운 전용의 육화인 것이다.

'패러디 소설'이 하나의 장르적 개념으로 명확히 설정될 수 있으려면, 김영하와 황석영의 작업처럼 현재적 문제의식이 보다 첨예하게 원작을 향해 놓여 있어야 한다고 볼 수 있다. 현재적 전용이 잘못 되었을 경우에는 모작이나 표절의 수준에 머물 수밖에 없기 때문이다. 따라서 '패러디 소설'의 가능성은 현재적 전용에 대한 작가의 문제의식이 얼마만큼 집요하고 적절하게 문제적으로 표현될 수 있느냐에 달려 있다고 해도 과언이 아니다.

위의 글은 『한국언어문화』 제27집(한국언어문화학회)에 실린 논문을 재수록 한 것이다.

고전대하소설과의 연계성을 통해 본
TV드라마의 서사 전략과 주제

- 겹사돈 구성을 지닌
〈며느리전성시대〉와 〈황금신부〉를 중심으로 -

조광국

1. 문제제기

우리나라의 대표적인 공중파 두 곳에서 방영한 드라마 〈며느리전성시대〉와 〈황금신부〉가 있다. 〈며느리전성시대〉는 KBS2에서 2007년 7월 28일부터 이듬해 1월 20일까지 6개월 동안 총 52회 방영되었고, 〈황금신부〉는 SBS에서 2007년 6월 23일부터 다음해 2월 3일까지 7개월 동안 총 64회 방영되었다.[1] KBS와 SBS 양사가 경쟁 체제에 돌입해서 그런지, 아니면 우연의 일치인지는 몰라도, 두 드라마가 모두 배우자와 관련된 여성들을 제목으로 표방한 점, 게다가 첫 방영과 종영의 시기가 비슷하고 둘 다 반년이 넘는 긴 기간 동안 주말연속극으로 방영된 장편 드라마였다는 점이 새삼 호기심을 자아낸다. 무엇보다도 관심을 끄는 것은 사랑하는 남녀가 집안의 반대를 물리치고 결혼하는 내용을 근간으로 하되,

---

1) 〈며느리전성시대〉, 정해룡 연출, 조정선 극본(http://kbs.co.kr/drama/age) ; 〈황금신부〉, 윤군일·백수찬 연출, 박현주 극본(http://tv.sbs.co.kr/goldbride).

그 이야기가 겹사돈 구성 방식을 채택하고 있다는 점이다.

흥미롭게도 필자의 최근 연구 결과를 놓고 볼 때, 그런 겹사돈 구성은 우리 고전대하소설에서 흔히 확인되는 서사구조의 하나라고 할 수 있다.2) 그렇다면 겹사돈 구성을 통해, 어쩌면 시공을 뛰어 넘어 조선시대와 현재를 관통하는 서사구조의 연속성, 그리고 장르를 뛰어 넘어 고전대하소설과 TV드라마를 관통하는 서사구조상의 연속성을 포착할 수도 있다는 기대감이 생기기도 한다.

TV드라마와 고전대하소설은 서로 장르 성격, 매체 성격, 그리고 역사적·사회적 상황에 따른 문화 특성 등이 매우 다름에도 불구하고, 몇 년 전에 고전대하소설과 TV드라마의 접점에 대한 심도 있는 연구가 이루어지기도 했다. 정병설에 의해 고소설과 TV드라마 사이에 통속문화, 대중문화로서의 공통점, 그리고 '유형성', '중층적 서사전개', '열린 구조', '보편적 가치의 강조' 등의 유사성이 있음이 밝혀졌다.3) 또 송성욱에 의해 두 장르 사이에 정형성과 보편적 정서구조의 유사성이 있음이 확인되었다.4) 그밖에 백민정에 의해 두 장르의 유사성으로 유통에서의 대중성, 수용에서의 여성 중심적 성향이 밝혀지기도 했다.5)

---

2) 고전대하소설의 '겹사돈'에 대해서는 조광국, 「다중결연구조의 양상과 의미 : 〈창란호연록〉·〈청백운〉·〈임화정연〉을 중심으로」(『국어교육』, 121, 한국어교육학회, 2006)에서 밝힌 바 있다. 이 선행 논문에서는 겹사돈 외에 삼각혼, 1부 3처혼을 아울러 살펴보면서, 차례대로 2중 결연구조, 3중 결연구조, 4중 결연구조을 제시하고 이를 통괄하여 다중결연구조라는 개념을 도출하였다. 이제 본 논문에서는 겹사돈 구성을 따로 분리해 내고 이 구성이 고전대하소설에서 흔히 나타나는 서사구조의 하나임을 제시하고자 한다. 〈유이양문록〉에 대해서는 조광국, 「〈유이양문록〉의 작품 세계」(『한국고소설학회 제82차 정기학술대회』, 원광대학교, 2008.7.2.) 169~182쪽을 참조.

3) 정병설, 「고소설과 텔레비전 드라마의 비교」, 『고소설연구』, 18, 한국고소설학회, 2004, 221~246쪽.

4) 송성욱, 「고소설과 TV드라마」, 『국어국문학』, 137, 국어국문학회, 2004, 91~108쪽.

5) 백민정, 「담화 욕구의 문학 양식적 파생 양상 고찰」, 『어문연구』 46, 어문연구학회,

이렇게 고소설과 TV드라마 사이에 시대와 장르를 뛰어넘는 문화적
유사성이 있음이 밝혀지면서 TV드라마 분석과 비평, 그리고 콘텐츠 창
출에 있어서 고전소설 전공자의 역할이 강조되기도 했다. 과연 "고소설
은 조선시대의 텔레비전 드라마이고, 텔레비전 드라마는 오늘날의 고
소설"(정병설)이라고 말할 수 있을 정도여서, "고소설 전공자가 TV드라
마에 관심을 기울이게 된 것은 예견된 일"(송성욱)이라 할 수 있다.6)
"문학의 장은 죽고 TV의 장이 열리는 시대에"7) 역설적으로 고소설이
TV에서 부활하고 있다고나 할까? 고전대하소설을 통한 시나리오 창작
소재 및 시각자료를 개발하는 사례가 발표된 적이 있는데,8) 그리 놀랍
지도 않고 오히려 당연하게 여길 만하다.

이 시점에서 선행 연구자들에 의해 촉발된, 고전서사물과 TV드라마
의 접점에 대한 연구 결과를 바탕으로 하되, TV드라마의 창출 쪽으로
논의 방향을 틀어보는 것도 의미 있는 작업이라 생각한다. 곧바로 TV
드라마의 방향이나 주제 등을 다룰 수도 있겠지만, 아직은 그 전 단계
에서 고전서사물의 어떤 특징적인 면들이 TV드라마에 계승되고 있는
지, 그러면서도 TV드라마가 고전서사물의 요소들과 어떤 점에서 다르
게 창출되고 있는지에 대한 세밀한 논의가 필요한 것으로 보인다.

고전서사물이 TV드라마로 창출되는 양상을 밝히기 위해서 관련 작
품을 선정해야 할 텐데 우선적으로 소재 차원이나 리메이크(remake)
차원에서 눈에 뜨이는 작품들을 선정할 수 있겠고,9) 한편으로 외견상

2004, 149~169쪽.

6) 정병설, 앞의 논문, 241~242쪽 ; 송성욱, 앞의 논문, 92쪽.

7) 앨빈 커넌/최인자(역), 『문학의 죽음』, 문학동네, 1999, 176~196쪽.

8) 구본기·송성욱, 「신문명 사회에 있어서 국문학과의 제도적 개혁과 학문적 쇄신 문제
〈고전문학과 문화콘텐츠의 연계방안〉 사례발표 : 조선시대 대하소설을 통한 시나리오
창작소재 및 시각자료 개발」, 『고전문학연구』, 25, 한국고전문학회, 2004, 53~75쪽.

관련이 없어 보이지만 심층적으로는 관련이 있는 작품들을 선정할 수 있을 것이다. 본고에서는 뒤쪽에 초점을 맞추어 '고전대하소설과의 연계성을 통해 본 TV드라마의 서사 전략과 주제'에 대해 논의하고자 한다. 구체적으로는 겹사돈 구성을 지니는 TV드라마 〈며느리 길들이기〉와 〈황금신부〉의 서사 전략과 주제에 대해 고찰해 보고자 한다.

본 논문은 다음과 같은 순서를 따른다. 고전대하소설의 겹사돈 구성이 TV드라마로 새롭게 계승되고 있는 것으로 보이는데, 먼저 서사구조 차원의 겹사돈 구성에 초점을 맞추어 고전대하소설과 TV드라마의 유사점과 차이점을 살펴보고자 한다. 이에 해당하는 고전대하소설로는 〈부장양문열효록〉, 〈창란호연록〉, 〈유이양문록〉 등을 주요 대상으로 한다.

다음으로 앞에서 논의한 것을 바탕으로 TV드라마에서 겹사돈 구성을 택하면서 얻는 서사 전략이 무엇인지를 검토하고자 한다. 첫째, TV드라마에서는 겹사돈 구성을 택하되 겹사돈을 '금기-금기 위반'에 기대는 것을 서사 전략으로 하는데, 이는 고전대하소설과는 구별되는 것으로 보인다. 둘째, TV드라마에서는 겹사돈 구성을 택하면서 다양한 커플을 조합하는 것을 서사 전략으로 하는데, 이는 고전대하소설의 서사 전략과 거의 일치하는 것으로 보인다.

마지막으로 TV드라마에서 겹사돈 구성을 통해 어떤 주제를 모색하였는지를 고찰하고자 한다. 고전대하소설에서는 겹사돈이 '가문의 창달'이라는 큰 주제를 지향한다면, TV드라마에서는 그 자리를 대신하여 '가족 간의 사랑 회복'이라는 주제를 담아냄을 알아볼 것이다. 나아가

---

9) 고소설에 초점을 맞추지 않고 설화에 초점을 맞춘 한소진의 논문이 있다. 한소진, 「텔레비전 드라마의 설화수용양상 연구」, 중앙대학교 박사학위논문, 2003.

그런 '가족 간의 사랑 회복'이 〈며느리전성시대〉와 〈황금신부〉에서 나름의 개별 주제를 지향하고 있는바, 그 개별 주제가 무엇인지를 살펴보고자 한다.

2. 겹사돈 구성에서 본 두 장르 간 유사점과 차이점

고전대하소설과 TV드라마는 서사 구조 차원의 겹사돈 구성에서 유사점을 지니며, 한편 세부적으로는 서사 전개 과정에서 문화적 차이에 의한 차이점을 지니기도 한다.

1) 겹사돈 구성에서의 유사점

먼저 겹사돈 구성을 지닌 고전대하소설로 〈부장양문열효록〉(5권5책), 〈유이양문록〉(77권77책), 〈창란호연록〉 등이 있다.[10] 〈부장양문열효록〉에서는 부계와 장벽계가 혼인하고 부월혜와 장원홍이 혼인함으로써 부씨가문과 장씨가문이 겹사돈을 맺는다. 〈창란호연록〉에서는 장희·한현희 커플과 장난희·한창영 커플로 장씨가문과 한씨가문이 겹사돈을 맺는다. 각 작품에서 겹사돈을 맺는 인물들은 주인공으로 설정되며, 그에 상응하여 겹사돈 구성은 남녀 결연의 서사구조에서 핵심적인 자리를 차지한다.

---

10) 〈부장양문열효록〉(5권 5책) ; 〈유이양문록〉(장서각 소장 77권 77책. 권6과 권74의 2권 2책 缺, 현존권 75책); 〈창란호연록〉(『필사본고전소설전집(9·10)』, 아세아출판사, 1980).

〈부장양문열효록〉의 겹사돈 구성

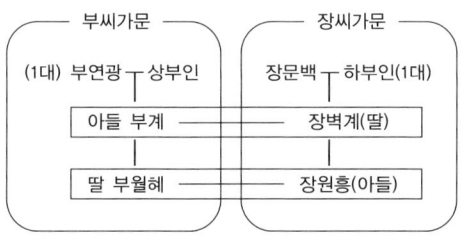

〈창란호연록〉의 겹사돈 구성

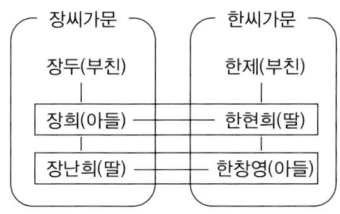

한편 〈유이양문록〉에서는 겹사돈 구성이 2대와 3대에 걸쳐 반복적으로 설정된다. 2대에서는 유진·이초염 커플과 유필염·이연기 커플로 유씨가문과 이씨가문(1)이 겹사돈을 맺는다. 양쪽 가문의 아들들인 유진과 이연기가 가문과 국가에서 크게 활약하는 중심인물로 설정되고 이에 상응하여 2대의 겹사돈 구성은 핵심적인 결연구조로 자리를 잡는다. 그리고 유진은 이초염과 혼인할 뿐 아니라, 또 하나의 처인 이소저를 맞이하여[11] 쌍둥이 유세행·세운을 낳는데, 그 쌍둥이 형제가 최옥의 쌍둥이 딸인 최일벽·차벽 자매와 혼인함으로써, 3대에서 한 차례 더 겹사돈을 맺는다. 이처럼 〈유이양문록〉의 겹사돈 구성은 앞의 두 작품에 비해 확대되는 양상을 보여준다.[12]

---

11) 이소저는 이씨가문(2)의 가부장인 이진후의 딸이다. 이씨가문(1)은 다른 가문이다.

〈유이양문록〉의 겹사돈 구성

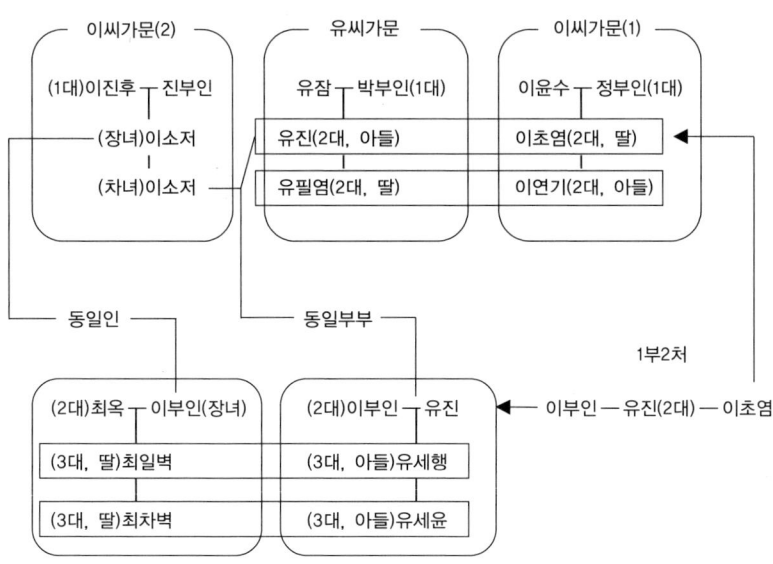

이외에도 〈소현성록〉은 소씨가문의 남매와 성씨가문의 남매 사이의 겹혼을 보여주고, 〈유씨삼대록〉은 유씨가문의 자매와 소씨가문의 형제 사이의 겹혼을 보여준다.13) 그런데 〈소현성록〉과 〈유씨삼대록〉에서 겹

---

12) 〈유이양문록〉에는 이밖에 4쌍의 겹사돈이 더 있다. 총 6쌍의 겹사돈이 나온다. 조광국, 앞의 논문(2008), 174쪽 참조.

13) 〈소현성록〉과 〈유씨삼대록〉의 겹사돈 구성을 도식화하면 아래와 같다.

〈소현성록〉의 겹사돈 구성   〈유씨삼대록〉의 겹사돈 구성

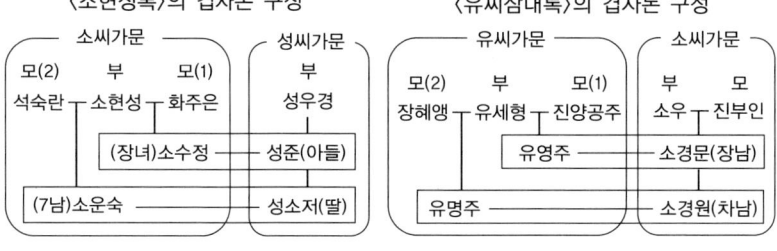

혼을 이루는 인물들이 주인공격인 인물들은 아니어서 겹사돈 구성이 작품에서 부차적인 결연구조로 자리를 잡는다. 요컨대 겹사돈 구성은 우리 고전대하소설에서 널리 자리 잡고 있는 정형화된 결연구조라 할 수 있다. 그런 토양에서 〈소현성록〉이나 〈유씨삼대록〉에서는 부차적인 결연구조로 자리를 잡기도 했고, 〈부장양문열효록〉, 〈창란호연록〉, 〈유이양문록〉에서는 핵심적인 결연구조로 자리를 잡기도 했던 것이다.

다음으로 TV드라마 〈며느리전성시대〉와 〈황금신부〉의 겹사돈 구성을 도식화하면 다음과 같다.

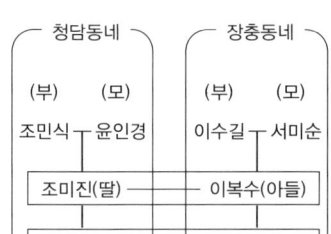

〈며느리전성시대〉의 겹사돈 구성

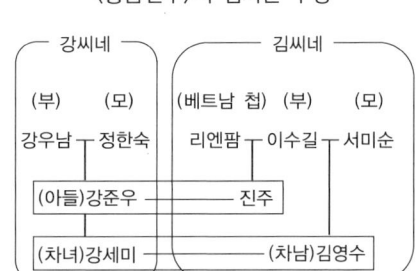

〈황금신부〉의 겹사돈 구성

〈며느리전성시대〉에서 조미진·이복수 커플이 혼인하고, 그 후에 사돈 관계에 있는 이복남·조인우 커플이 혼인함으로써, 청담동 조씨네와 장충동 이씨네가 겹사돈을 맺는다. 〈황금신부〉에서는 강씨네와 김씨네, 두 집안에서 강준우·진주와 강세미·김영수가 각각 짝을 맺는 겹사돈 이야기가 펼쳐진다. 두 드라마에서 겹혼을 맺는 커플들이 중심인물들로 설정되면서 겹사돈 구성이 드라마의 핵심 구조로 자리를 잡는다.

한편 〈황금신부〉의 겹사돈 구성은 〈며느리전성시대〉와는 달리 김씨네 남매인 진주와 영수가 이복 남매 사이로 설정된다. 즉 진주(리엔 진주)는 아버지 김성일이 베트남에서 머무는 동안 베트남 여성인 리엔 팜에게서 낳은 딸이고, 영수는 한국의 본처인 양옥경에게서 낳은 둘째 아들로 설정된다. 〈황금신부〉의 이러한 겹사돈 구성은 고전대하소설 〈소현성록〉, 〈유씨삼대록〉의 겹사돈 구성에서 한쪽 가문의 자녀들이 이복남매로 설정된 것과 흡사하다.

이상, 겹사돈 구성은 〈창난호연록〉, 〈부장양문열효록〉, 〈유이양문록〉, 〈소현성록〉, 〈유씨삼대록〉과 같은 고전대하소설에서 정형화되어 있는 서사구조의 하나이며, 시공을 뛰어 넘어 TV드라마 〈며느리전성시대〉와 〈황금신부〉를 관통하고 있음을 알 수 있다.

2) 겹사돈 구성에서의 차이점

고전대하소설과 TV드라마가 공히 겹사돈 구성을 지니지만, 세부적으로는 차이점이 있다. 그 차이점에는 여러 가지가 있겠지만, 무엇보다도 겹사돈에 대한 인식의 차이가 두드러진다.

고전대하소설에서는 가문 구성원들이 애초부터 겹사돈을 긍정적으로 인식하는 것으로 되어 있다. 〈부장양문열효록〉의 경우에 겹사돈은 양가의 절친한 가부장들이 주도하는데 부계와 장벽계가 갓 태어난 상황에서 혼약하는가 하면, 심지어 부월혜와 장원홍은 아직 태어나지도 않은 태아의 상태에서 정혼하기도 한다.

〈창란호연록〉의 경우에도 겹사돈이 가문 구성원의 동조와 지지 속에서 이루어진다. 먼저 장희와 한현희의 혼약은 친분 있는 가부장들의 주도로 이루어진다. 그 과정에서 장씨가문의 가부장인 장두가 귀양길에 오르자, 한씨가문의 가부장인 한제가 장두와의 혼약을 깨뜨림으로써 파혼에 봉착하기도 한다. 그렇지만 딸 한현희가 절의를 지키기 위해 가

출했다가 결국 정혼자인 장희와 혼인하고, 아들 한창영은 여동생의 혼인에 대한 부친의 파혼·배약 행위를 속죄하고 의리를 지키는 일환으로 장난희를 아내로 맞이하기에 이른다. 마침내 양가의 가부장들이 신뢰를 회복함으로써 양가의 겹사돈 맺기가 온전하게 이루어진다.[14]

〈유이양문록〉의 경우에도 비슷한 양상을 보인다. 2대의 겹혼(유진·이초염의 혼인과 이연기·유필염의 혼인)이 양쪽 가문의 가부장들의 친분과 신뢰에 의해서 성사된다. 또한 3대에서 유진의 아들쌍둥이(세행·세윤)와 최씨가문의 딸 쌍둥이(일벽·차벽)의 겹혼은, 이들이 한왕의 반란 때 억울하게 죽은 유진의 두 형과 형수들이 환생하여 이생에서 재결합하는 것으로 설정될 만큼 긍정적으로 형상화된다. 물론 이들의 겹혼이 부정적으로 비춰지기도 하는데, 그 이유는 구성원들이 겹혼 자체를 부정해서가 아니라, 혼인하는 쌍둥이들이 이종사촌 간이어서 그 혼인을 꺼렸기 때문이다. 그것조차도 외할아버지의 지지로 극복되기에 이른다.

반면에 TV드라마에서는 처음부터 양쪽 집안 모두 겹사돈을 부정적으로 생각한다. 〈며느리전성시대〉에서 이복수·조미진 커플이 맺어진 후에 맺어지는 조인우·이복남 커플에 대한 부정적인 시선이 매우 강하게 표출된다. 당사자인 조인우·이복남 커플은 사랑을 성취할 것인지 혼인을 포기할 것인지를 놓고 심각하게 고민하고 갈등한다. 그 이유는 당사자들이 겹사돈 맺는 것을 부정적으로 여기기 때문이다. 겹사돈 문제로 고민해오던 이복남·조인우 커플은 만취 상태에서 혼인을 요청하러 갔다가 텅 빈 집안에서 곯아떨어지는데, 뒤늦게 들어온 족발집 식구들이 이 광경을 보고 한바탕 북새통이 벌어진다. 이 사건 이후로 양가

---

14) 〈창란호연록〉의 겹사돈 구조에 대해서는 조광국, 앞의 논문(2006), 505쪽 참조.

의 부모들은 그들대로 겹사돈을 반대하는 입장을 천명한다. 당사자인 이복남은 조인우를 불러내어 사랑하지만 겹혼을 맺을 수 없다며 헤어지자고 말하는가 하면, 인우는 인우대로 어머니의 강요로 미국행 비행기를 탈 다급한 처지에 놓이기도 한다.

〈황금신부〉에서도 강준우·진주 커플과 강세미·김영수 커플의 겹혼에 대한 부정적인 입장이 드러난다. 김씨네 가장인 김성일이 강세미·김영수의 혼인을 극력 반대하는데 그것은 진주가 자신의 딸임을 알게 된 후로 겹사돈을 맺는 것을 꺼렸기 때문이다. 처음에 이들의 혼인을 적극 반대한 사람들은 젊은 시절에 좋지 않은 인연을 맺었던 모친들이었지만 자식들이 '헤어지면 죽고 못 사는' 사이가 되자 이들의 혼인을 인정하기에 이른다. 정작 김성일이 이들의 혼사를 적극 반대하자 의아하게 여기다가도, 정작 진주가 김성일의 딸이라는 사실을 알게 되면서 이들은 그 혼인을 다시 반대하는 쪽으로 입장을 바꾼다. 그동안 강세미와 '죽고 못 사는' 사이였던 김영수가 너무 고통스러워하며 혼인을 포기하려고 했음은 물론이고 주변 인물들도 더욱 심한 고통 속으로 빠져든다. 이런 소용돌이는 겹사돈에 대한 부정적인 시각 때문임은 물론이다.

이상, 〈부장양문열효록〉, 〈창란호연록〉, 〈유이양문록〉, 〈소현성록〉, 〈유씨삼대록〉 등 고전대하소설에서는 작품 별로 약간의 편차는 있으나, 겹사돈이 양쪽 가문의 구성원들의 지지와 동조를 얻는 것이 일반적이라 할 수 있다. 반면에 TV드라마 〈며느리전성시대〉, 〈황금신부〉에서는 겹사돈이 부정적으로 받아들여진다.

고전대하소설과 TV드라마 간에 겹사돈에 대한 인식의 차이는, 두 장르가 출현한 역사적·사회적으로 다른 문화의 차이에서 기인하는 것으로 보인다. 조선시대에 특히 당시의 상층 사대부에서는 가문의 존립과 창달을 중요하게 여겼으며, 다른 가문과의 혼인을 통한 가문연대를 중요하게 여겼다. 이에 따라 고전대하소설에서는 가문연대를 형상화해 내는 서사적 장치로 겹사돈 구성을 채택하고 자중 인물들이 겹사돈을 긍정적으로 수용하는 것으로 형상화했던 것이다.15)

현대 사회에 와서 겹사돈에 대한 부정적인 인식이 왜 자리를 잡게 되었는지 명확하게 밝힐 수는 없다. 아마도 조선시대에 비해 오늘날 자녀들의 혼인을 주도하는 가부장의 통제력과 영향력이 약해진 데서 그 원인을 찾아볼 수 있다. 주지하다시피 조선시대에 가문 관계가 중시되었다면, 현대 사회에서는 과거의 가문 관계를 대신하여 직장 관계나 업무 관계가 중시되고, 또한 조선시대에는 남녀 결연에 있어서 가부장의 의사가 절대적이었다면, 오늘날에는 혼인 당사자들의 감정, 생각, 주장이 중시된다. 〈며느리전성시대〉와 〈황금신부〉에서 남녀 커플들의 혼사가 직장이나 업무 관계에서 맺어지고 있으며, 가부장의 영향력보다 혼인 당사자들의 애정과 판단력이 중시되고 있음을 쉽게 찾아볼 수 있다.

더욱이 조선시대에는 두 가문 사이에 겹사돈 맺기가 가문 간 결속력을 추구하는 가부장의 절대적인 영향력 없이는 불가능했다. 그런 겹사돈이, 점차 자녀의 의사와 선택에 따라 자유로운 혼인을 선호하는 시대로 접어들면서, 억압성과 폐쇄성을 지닌 구태(舊態)로 인식되기에 이르고, 그러는 중에 알게 모르게 겹사돈을 꺼리는 분위기가 확대되었을 것으로 보인다. 오늘날 TV드라마에서 겹사돈에 대한 부정적인 인식은 이

---

15) 필자는 겹사돈을 2중 결연, 삼각혼을 3중 결연, 1부3처를 4중 결연이라 했고, 이를 총괄적으로 다중결연이라 했다. 고전대하소설에서 보이는 다중결연구조는 17세기 이후 조선 후기에 부상한, 유력 가문들 사이의 집단적 연대라는 사회구조를 작품세계로 수용하되, 가문연대와 다양한 갈등들을 융합하여 형태적·내용적으로 대조적 균형성을 획득한 소설 형식이라는 결론을 내린 적이 있다. 조광국, 앞의 논문(2006), 524쪽.

런 문화적 상황을 담아낸 것이라 할 수 있다.

3. TV드라마에서 겹사돈 구성을 통한 서사 전략

앞항에서 살펴보았듯이, 겹사돈에 대한 인식이 고전대하소설에서 긍정적이었던 것이 TV드라마에서는 부정적으로 바뀌었다. 그런데도 오늘날 TV드라마에서 겹사돈 구성을 왜 채택하고 있는지를 알아볼 차례다.

1) '금기-금기 위반'에 기대기

TV드라마 〈며느리전성시대〉와 〈황금신부〉에서는 겹사돈 맺기를 '금기-금기 위반'에 기대는 서사 전략을 펼친다.[16] '금기-금기의 위반'의 서사는 금지된 것에 대한 인간의 욕망을 들춰내는 까닭에 심리학적, 사회학적으로 중시됨은 물론이고, 문학적으로 작품 세계를 펼쳐내는 데 유의미한 전략이 되기도 한다.

먼저 겹사돈 맺기를 '금기-금기 위반'에 기댐으로써 심리학적으로 인간의 본연적 호기심을 충족시킬 수 있다. 금단의 열매에 대한 호기심, 그 호기심을 충족하려는 인간의 욕망은 그 자체로 관심을 끈다.[17] 겹사돈이 금기 사항으로 설정되었을 때, 겹사돈 관계에 놓인 남녀의 사랑은 그만큼 인간 심리와 욕망에 묘한 반응을 일으키기에 충분하다.

---

16) 필자가 주의를 요청하는 바는, 겹사돈이 사전적 의미에서 '금기 사항'에 부합하는지 아닌지를 판별하자는 것이 아니다. 필자는 TV드라마에서 겹사돈을 풀어나갈 때 '금기-금기 위반'에 기대는 서사 전략을 펼치고 있음에 주목하고자 한다.

17) 조희웅은 '금지-위반'의 모티프는 탐색의 모티프와 함께 인간의 근본 성향에서 비롯된 것이라고 말했다. 조희웅, 『한국설화의 유형』, 일조각, 1983, 121쪽.

이에 호응하여 겹사돈을 금기 사항에 기댐으로써 문학 작품 세계에
서 당사자들의 갈등을 드러내는 효과를 얻을 수 있다. 〈며느리전성시
대〉에서 조인우와 이복남은 서로 사랑하는 사이가 되지만, 그 사랑의
결실이 겹사돈으로 인해 결국 좌절될 위기에 처하면서 당사자들의 고
통과 갈등이 심화되기에 이른다.[18] 이런 설정은 〈며느리전성시대〉에
서 여러 번 반복 심화된다. 〈황금신부〉에서도 마찬가지이다. 두 드라마
에서 겹사돈 맺게 되는 당사자들의 사랑이 깊어질수록 그에 상응하여
겹사돈이 지니는 금기의 속성도 강해진다 할 것인데, 그럴수록 당사자
들의 내적 갈등이나 당사자들끼리의 갈등이 매우 심각해지는 양상을
보인다.

나아가 겹사돈을 금기 사항에 기댐으로써 가족 간의 복잡한 갈등을
일으키는 효과를 낸다. 〈며느리전성시대〉에서 겹사돈 커플들은 각각
소속 집안의 심한 반대에 부딪치면서 커플 당사자들을 넘어서서 부모
자식갈등, 남매갈등, 시누이올케갈등 등 여러 갈등을 일으키게 된다.
〈황금신부〉에서도 진주가 김성일의 딸임이 밝혀지면서, 이내 가족 간
의 갈등이 발생함은 물론이고, 양쪽 집안 사이의 갈등이 심화되기에 이
른다. 이렇듯 겹사돈 구성은 단순한 틀을 넘어서서 작품의 핵심 구조가
될 만큼 큰 비중을 차지한다.

그리고 겹사돈 맺기를 '금기-금기 위반'에 기대는 서사 전략은 시청
자들의 관심과 흥미를 끄는 효과를 내기도 한다. 이와 병행하여 금기

---

18) 씬13(놀이터/밤) / 복남; 우리 헤어지자구요. / 인우; 그럼 헤어져야죠.(놀라 벌떡 일어
나며) 네? 지금 뭐라고 했어요? / …… / 복남; 난 이대로도 행복해요, 인우 씨. 인우 씨
안 거 짧은 기간이었지만 인우 씨랑 만났던 거 그거 하나만으로도 난 좋아요. 그러니까,
여기서 가족들 힘들게 하지 말고 우리 헤어져요. / 인우; 난 그렇게 못해요(〈며느리전성시
대〉 제37부).

위반의 결과가 어떤 식으로 될 것인가, 이런 호기심이 커지면서 시청자들의 관심과 흥미는 더 높아지기 마련이다. 신화와 설화에서는 일반적으로 인간이 신이 정한 금기를 어겨서 불행이 닥치는 것으로 되어 있지만, 한편으로 설화 가운데에는 행운을 얻는 것으로 연계되는 것도 있다.19) 뒤쪽의 전통 속에서 TV드라마 〈며느리전성시대〉와 〈황금신부〉에서는 '금기-금기 위반'의 서사를 '금기 극복-해피엔딩'으로 연계함으로써 시청률을 한껏 끌어 올릴 수 있었다. 예컨대 〈며느리전성시대〉에서 겹사돈 문제를 둘러싸고 커플과 가족 간 갈등을 부여하는 가운데, 2007년 11월 18일 방영분의 시청률은 31.2%(TNS미디어)에 달했고, 11월 25일 것은 30.5%(AGB닐슨 미디어 리서치)를 기록했을 정도다.20)

한편 두 드라마는 겹사돈 맺기를 '금기-금기 위반'에 기대는 서사 전략을 비슷하게 구사하지만, 그것을 풀어내는 방식에서는 경쾌함과 진중함의 차이를 드러낸다. 〈며느리전성시대〉는 겹사돈 문제를 가볍고 유쾌하게 끌고 감에 비해 〈황금신부〉에서는 겹사돈 문제를 무겁고 진중하게 끌고 간다. 요컨대 TV드라마에서는 겹사돈 맺기를 '금기-금기 위반'에 기대는 서사 전략을 쓰며, 물론 작품별로는 그 맛을 다르게 펼쳐내지만, 공히 '금기 극복-해피엔딩'으로 연계함으로써 시청자들에게 행복함과 즐거움을 제공한다고 할 수 있다.

---

19) 〈구렁덩덩신선비〉, 〈목신금기설화〉, 〈장자못전설〉을 대상으로 '금기-금기 위반' 이후가 하강형, 상승형, 중복형이 있다는 분석 결과를 참조할 만하다. 하강형은 불행으로 끝나는 것으로 설화의 기본을 이루고 있고, 흥미, 오락, 교훈성이 덧붙여져서 상승형, 중복형의 구조가 나온다고 했다. 장장식, 「금기설화 연구」, 『한국민속학』, 17, 한국민속학회, 1984, 87~92쪽.

20) 진영주, 「인우의 박력 넘치는 프로포즈, 여심 사로잡아」(2007.11.19) ; 하수나, 「인우-복남 관심 폭주」(2007.11.26)(http://www.kbs.co.kr/drama/age/report/dmz/index.1. list.5.html).

2) 다양한 커플 조합하기

한편 TV드라마는 겹사돈 구성이라는 정형화된 구조를 바탕으로 '다양한 커플 조합하기'의 서사 전략을 꾀하는데, 이러한 서사 전략은 고전대하소설에서 흔히 채택하는 서사 전략이기도 하다. 겹사돈 구성이 예나 지금이나 다양한 부부조합을 펼쳐내는 데 적합한 서사 전략으로 자리를 잡고 있는 것으로 보인다.

(1) 고전대하소설의 경우

먼저 〈부장양문열효록〉의 경우, 장씨가문과 부씨가문 사이의 겹사돈인 장벽계·부계 커플, 부월혜·장원홍 커플 이외에, 윤성강을 부계의 제2처로 설정하여, 겹사돈 커플 중에 한 커플을 1부 2처 관계로 확대함으로써, 겹사돈 구성에 흥미를 더한다. 먼저 겹사돈 커플에서, 장벽계·부계 커플은 혼인을 싫어하는 여성영웅과 그녀의 기세를 꺾으려는 부계 사이의 심각한 부부갈등을 그려내고, 반면에 부월혜·장원홍 커플은 가부장에 의해 이루어진 정혼자를 끝까지 따르려는 절개와 부덕(婦德)을 지닌 부월혜와 그런 정혼자를 사랑하는 장원홍 사이의 결합을 그려냄으로써 두 커플의 대조적인 모습을 엮어낸다. 그 과정에서 윤성강이 남장차림의 장벽계를 흠모하여 정혼하는가 하면, 나중에 장벽계가 여성임을 알고 의자매를 맺기에 이르고, 마침내 두 여성이 한 남편인 부계와 혼인하는 일련의 과정이 겹사돈 커플 이야기를 보다 풍요롭게 한다.

〈창란호연록〉의 경우, 겹사돈 구성을 이루는 장희·한현희 커플과 한창영·장난희 커플이 서로 대조성을 획득한다. 앞 커플이 심각한 부부갈등을 겪음에 반해, 뒤 커플은 사랑하며 화목을 누린다. 여기에 더해 장우·이운혜 부부가 또 하나의 결연축(結緣軸)으로 설정되어, 세 커플

이야기가 다양하게 펼쳐진다. 그런데 이들 세 커플 이야기는 다양성을 확보하면서도 서로가 대조적 정형성을 유지한다. 세 커플 이야기에서 나타나는 대조적 정형성은 장인사위관계, 부부관계, 시부자부관계(媤父子婦關係)에서 잘 드러난다.21)

〈유이양문록〉의 경우, 2대와 3대에서 각각 보이는 겹사돈 부부 이외에 양쪽 가문의 구성원들의 다양한 부부 이야기가 장대하게 펼쳐진다. 몇 가지 예를 들어보면, 이연기·유필염·한난혜·연부인의 경우 투기와 악행을 일삼는 한난혜와 부덕(婦德)을 갖춘 2처(유필염·연부인)를 대조적으로 그려내고, 이창원·위군주·윤운빙·보옥화의 경우 투기, 음행, 악행을 일삼는 윤운빙과 부덕(婦德)을 갖춘 2처(위군주·보옥화)를 대조적으로 그려낸다. 설영문·이차염·위부인의 경우 이차염이 처음에는 투기를 일삼다가 회심하여 위부인과 화목을 이루는 것으로 그려낸다.22) 그밖에도 많은 부부 이야기들을 복합적으로 보여주되, 한 세대의 부부 이야기가 끝나면 다음 세대의 부부 이야기로 이어내면서, 그리고 한 가문 내의 부부 이야기에서 다른 가문의 부부 이야기로 옮기면서 다양한 부부 이야기를 보여준다.

요컨대 〈부장양문열효록〉, 〈창란호연록〉, 〈유이양문록〉 등 고전대하소설에서는 겹사돈 구성을 바탕으로 다양한 부부 이야기를 펼쳐내되, 커플 사이의 대조성, 인물 사이의 대조성을 획득하고 한편으로 다양성을 확보한다.

---

21) 세 커플 사이의 대조적 정형성성에 대해서는 조광국, 앞의 논문(2006), 511~513쪽 참조.
22) 한난혜, 윤운빙에 의한 결연장애는 조광국, 앞의 논문(2008), 176~177쪽 참조.

(2) TV드라마의 경우

〈며느리전성시대〉는 조미진·이복수 커플, 이복남·조민우 커플의 겹사돈 구성을 택하고, 여기에 고준명·차수현 커플의 대조적인 이야기와, 윤인경·조민식 커플, 서미순·이수길 커플, 이명희·고연중 커플 등 1대의 흥미로운 이야기들을 집어넣어 커플 조합의 다양성을 획득한다. 먼저 겹사돈을 이루는 조미진·이복수 커플의 경우, 이들은 같은 의류회사의 사내 커플로 사소한 일로 자주 티격태격하면서도 사랑하는 사이이다. 여기에 경제적으로 부유한 청담동네 어머니인 윤인경(조미진의 母)이 남자쪽 족발집의 재산 정도를 얕잡아 보고 혼사를 반대하고, 이로 인해 양가의 집안 갈등이 벌어지다가, 이런 저런 과정을 거쳐 결국 이들 커플이 혼인하기에 이른다. 그 뒤를 이어 이복남·조인우 커플이 겨우 '겹사돈 금지'를 극복하고 결혼을 앞두게 되는데, 양가의 경제적 차이가 재차 거론됨으로써 심각한 난관들을 더 거친다. 그 과정에서 경제적 차이보다 당사자들의 사랑이 소중하다는 것이 겹사돈 맺기와 상응하여 반복적으로 형상화된다.

〈며느리전성시대〉 인물관계도 및 혼인도

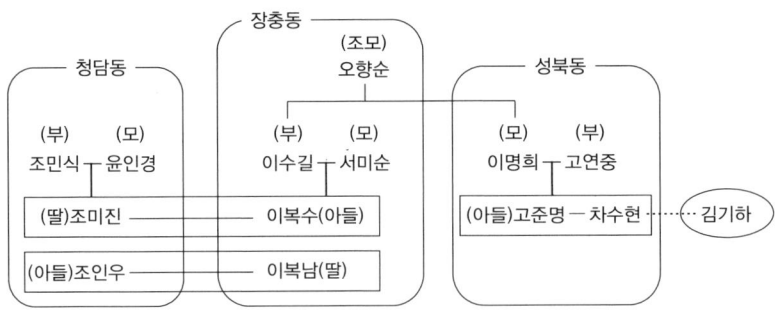

다음 차수현·고준명 커플의 경우, 차수현은 의류회사 실장이고 고준명은 아버지 병원의 의사로 겉보기에 남부러울 것 없는 커플이다. 시어머니는 며느리 차수현이 가정적이지 않다는 이유를 들어 고부갈등을 일으키며, 아들 고준명은 아내 차수현과 애정 없는 부부관계를 유지할 뿐이다. 차수현 또한 업무로 만난 사진작가 김기하와 함께 일하는 중에 서로 사랑하게 된다. 이렇듯 이 커플을 통해 부부갈등, 고부갈등과 불륜문제가 다루어지는데, 이들 커플은 겹사돈 커플과는 달리 경제적으로 넉넉하지만 사랑이 없는 부부의 위기를 그려냄으로써 앞의 겹사돈 커플과 대조성을 획득한다.

여기에 부수적으로 1대의 커플들의 이야기가 흥미를 높여준다. 윤인경·조민식 커플의 경우, 윤인경이 경제력을 바탕으로 장충동 집안을 깔봄으로써 겹사돈 과정에서 장모와 사위의 갈등, 고부갈등을 일으키고, 양가 집안 사이의 갈등을 일으키는 축으로 설정된다. 서미순·이수길 커플의 경우, 서미순은 며느리와 시어머니의 두 모습을 보여주는 인물인바, 족발집에 시집와서 시어머니 밑에서 호되게 고생한, 우리 주변의 전형적인 며느리 모습을 구현하고 한편으로 며느리를 들이면서 며느리 길들이기를 시도했다가 시어머니와 남편이 자기편을 들어주지 않아서 섭섭해질 수밖에 없는 시어머니의 모습을 보여준다. 이명희·고연중 커플의 경우, 남편 고연중이 병원 원장이고 아들이 그 병원의 의사이며, 아내 이명희는 친정이 장충동 족발집인 것을 숨기고 고고한 삶을 내세우는 성향의 인물인데, 여기에서 이명희는 자신의 마음에 들지 않은 며느리를 멸시함으로써 고부갈등을 일으키는 시어머니로 그려진다. 이렇듯 1대 커플들의 이야기는 커플 조합의 다양성을 확대하는 데 기여하는 것으로 보인다.

다음으로 〈황금신부〉는 진주·강준우 커플, 강세미·김영수 커플의 겹사돈 커플에다 옥지영·김영민 커플, 강원미·허동구 커플, 강군자·차벽수 커플을 더해서 총 5커플 이야기를 다룬다. 각 커플마다 고유의 갈등, 정황, 문제들을 담아내면서 다양성을 확보함은 물론이다.

〈황금신부〉 인물관계도 및 혼인도

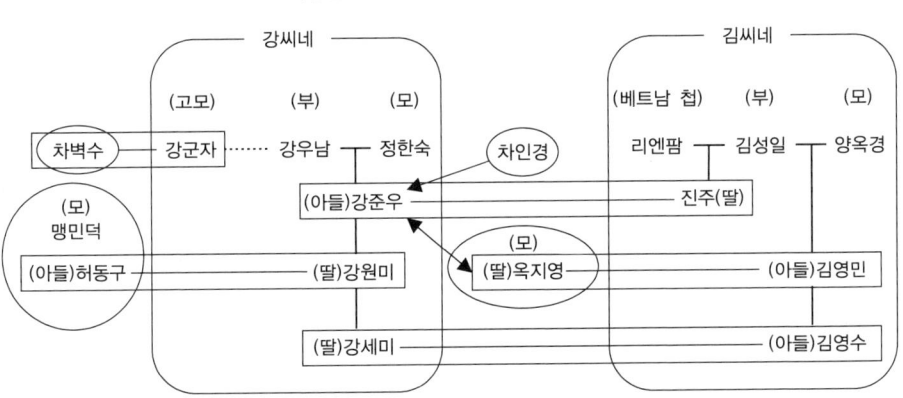

이 드라마의 핵심 커플은 진주·강준우 커플이다. 진주는 베트남 여성(리엔 팜)과 한국인 남성(김성일) 사이에서 태어난 혼혈 여성이다. 아버지를 찾아 한국에 왔다가 강준우와 정략적으로 결혼하기에 이르고, 준우 또한 사랑했던 옥지영에 의한 배신의 상처를 잊기 위해 어머니 정한숙의 강요로 진주와 결혼을 하게 된다. 이들 커플은 애정이 전혀 없는 계약 결혼에서 출발하지만 나중에는 서로의 상처를 안아주며 진실하게 사랑하는 사이로 성숙해가는 모습을 보여준다. 한편 강세미·김영수 커플이 있다. 김영수는 부유한 집안의 둘째 아들로 한 여자에 만족하지 못하는 철딱서니 없는 대학생이다. 그는 우연히 강세미를 만나 서로 순수하게 사랑하는 사이가 된다. 그 사랑이 전체적으로 가볍

고 코믹하게 그려진다.23) 이로써 겹사돈 관계에 있는 진주·강준우 커플과 강세미·김영수 커플은 서로 진지함과 경쾌함이라는 대조성을 획득한다.

여기에 옥지영·김영민 커플이 더해진다. 원래 옥지영은 강준우를 사랑했지만 큰 사업체를 운영하고자 하는 욕망과 야심이 너무 큰 나머지, 강준우를 버리고 재벌 2세인 김영민과 혼인한다. 그 후에도 그녀는 부잣집 며느리로 만족하지 않고 큰 사업을 경영해 보려는 야심을 누그러뜨리지 않다가, 남편과 심각한 갈등을 일으키기까지 한다. 그리고 사업상 강준우와 얽히면서 자신의 과거사가 밝혀질까 두려워하고, 강준우와 얽히기 싫어서 시동생 김영수와 강준우의 여동생인 세미의 사랑을 훼방하는 악역을 맡는다. 결국 옥지영·김영민 커플은 파국으로 치닫는 바, 이들 커플은 진주·강준우 커플의 '순수한 사랑 추구'에 대하여 '과도한 욕망 추구'라는 대조성을 획득한다.

다음으로 강원미·허동구 커플의 이야기는 웃음을 제공한다. 양가의 반대에 맞서 혼인하기 위해 시도한 거짓 임신 사건, 그 이후의 허니문 베이비 잉태 시도와 불발, 거짓 임신의 고백 등 일련의 사건들, 그리고 며느리를 길들이려 했다가 시어머니가 뒤집어쓰는 일련의 사건들이 에피소드 별로 해학적이고 코믹하게 제시된다.24) 그리고 강군자·차벽수

---

23) 이 커플의 사랑이 익어가는 과정은 크게 세 단계를 거친다. 처음 사랑하는 단계에서는 어린 대학생들의 사랑을 경쾌하고 코믹하게 그려내고, 그 다음 단계에서는 커플의 혼인을 방해하는 요소를 양가 어머니들의 반대, 부친 김성일의 반대, 형수 옥지영의 반대 등 3중으로 설정하여 무겁고 진중하게 그려낸다. 마지막으로 이들 커플의 최후 선택을 철딱서니 없는 도피 행각으로 설정하면서 다시 가볍고 코믹하게 그려낸다.

24) 혼인 전에 며느릿감을 애지중지했던 시어머니가 혼인 후에 하루아침에 돌변하여 며느리에게 땔감을 모으고 그 땔감을 지게에 올려 지도록 하는가 하면, 많은 김장거리를 준비하여 며느리를 시키려고 하기도 하고, 수돗물 대신에 우물물을 긷게 한다. 그런데 그때마다 며느리의 우연한 실수 혹은 고의적인 실수로 시어머니는 자신이 시킨 일을 하게 됨으로써

커플은 40대에 맺어진, 준우와 세미의 고모·고모부로서 촌수나 나이에 맞지 않게 철없는 모습을 보임으로써 드라마 진행 과정에서 웃음과 훈훈한 정을 보태주곤 한다. 이렇듯 가벼운 웃음을 자아내는 두 커플은 비록 작품적 비중이 크지는 않지만, 작품적 비중이 큰 겹사돈 커플과 옥지영·김영민 커플에 의해 작품의 맛이 진중함과 무거움 쪽으로 편향되는 것을 적절히 보완함으로써 작품의 미학적 균형성을 확보한다.

4. TV드라마에서 겹사돈 구성을 통한 주제 모색

겹사돈 구성을 바탕으로 하는 다양한 남녀 커플의 조합 방식에서 나타나는 대조성과 다양성은 주제를 드러내는 데 기여한다. 고전대하소설에서는 그 대조성과 다양성이 가문 창달이라는 큰 주제를 드러내는 데 기여함에 비해, TV드라마에서는 '가족 간의 사랑 회복'이라는 주제를 드러내는 데 기여한다.

1) 경제적 조건보다는 순수한 사랑 지향

〈며느리전성시대〉는 청담동 조씨네 자식 남매가 장충동 이씨네 자식 남매와 겹사돈을 맺는 것이 중심적인 스토리를 이루는데, 여기에서 두 커플들은 'ⓐ연인 사이 → ⓑ집안의 반대 → ⓒ남녀의 혼인'이라는, 일종의 정형화된 서사문법을 따른다. 'ⓑ집안의 반대'가 두 커플들에게 공통적으로 주어지는 이유는 앞항에서 시사한 대로 경제력의 차이 때문이다. 윤인경은 딸 조미진의 사윗감으로 학벌 좋고 집안 좋은 아들

시청자들의 웃음을 자아낸다.

친구인 재용을 점찍어 놓았는데, 정작 딸이 학벌이나 집안이 뒤처지는 장충동 족발집 아들인 이복수를 데려오자 이들 사이를 적극 반대했으며, 훗날 아들 조인우가 또 다시 족발집 딸을 며느릿감으로 데려오자 재차 반대한 것이었다. 그렇지만 이런저런 과정을 거쳐서 순수한 사랑을 추구하는 자식들이 결국 경제적 여건을 중시하는 모친의 가치관을 극복하는 것으로 결말이 난다.

차수현·고준명 커플이 앞의 겹사돈 커플과는 달리 경제적으로 넉넉하지만 사랑이 없는 부부의 위기를 그려냄으로써 앞의 겹사돈 커플과 대조성을 획득함을 앞항에서 살펴보았다. 그런데 이 커플은 아내가 의류회사 실장이고 남편이 의사이며, 시아버지가 병원장이어서 경제적으로 남부럽지 않은 조건을 갖추고 있지만, 그 경제적 조건이 부부 사이의 행복을 보장해 주지 않는다는 것을 보여줌으로써, 역으로 순수한 사랑을 추구하는 겹사돈 커플을 지지해 주는 기능과 역할을 한다. 이상, 〈며느리전성시대〉는 경제적 조건을 넘어서는 순수한 사랑의 성취를 주제로 내세우고 있다 할 것이다.

이런 점은 〈황금신부〉의 옥지영·김영민 커플에서도 확인된다. 앞항에서 살펴본 대로 옥지영이 혼인 전에는 강준우와 사랑하는 사이였지만, 그녀의 '과도한 욕망'으로 김영민과 사랑 없는 혼인을 감행한다. 이러한 옥지영의 '과도한 욕망'은 사랑보다는 경제적 조건을 중시하는 그녀의 가치관에서 나온 것이다. 이러한 가치관이 그녀가 어렸을 때 겪었던 홀어머니 아래에서의 가난과 불안에서 형성된 것이긴 하지만, 재벌 2세와 혼인한 이후에도 그런 가치관은 바뀌지 않는다. 〈며느리전성시대〉에서 차수현·고준명 커플의 파국에서처럼, 옥지영·김영민 커플의 위기는 역으로 진주·강준의 커플의 '순수한 사랑'을 강조하는 효과를 낸다.

또한 강세미·김영수 커플이 겹사돈임이 밝혀지기 전에 이들 사이의 사랑이 순수한 사랑으로 그려진다. 바람기가 잦았던 김영수가 강세미를 만나면서 순수하게 강세미만을 사랑하게 되며, 그 과정에서 지난 시절 어머니들끼리 사이가 좋지 않았던 관계와, 상대적으로 열세인 강씨네의 경제적 여건으로, 자식들의 혼인이 난관에 부딪치게 되지만 결국 둘 사이의 순수한 사랑으로 그런 난관을 극복하는 모습을 보인다. 그후에 발생하는 겹사돈의 난관도 당사자들이 순수한 사랑으로 극복함은 물론이다. 그리고 고모·고모부인 차벽수·강군자 커플은 경제적으로 그리 넉넉하지 않으면서도 부부 사이에 소박하지만 순수한 사랑을 드러내는 보조적인 커플의 역할을 하기도 한다. 요컨대 〈며느리전성시대〉와 마찬가지로 〈황금신부〉는 커플 사이의 행복이 경제적 조건보다 순수한 사랑에 있다는 것을 보여준다.

2) 한국에서 동아시아로 휴머니티 확대

한편 〈황금신부〉에서는 그 순수한 사랑이 한국인으로 한정되지 않고 동아시아인으로 확대된다는 점에서 주목을 끈다. 〈황금신부〉에서 베트남 첩과 한국인 아버지 사이에서 태어난 진주는 어머니의 실명 위기에 직면해서 얼굴도 모르는 아버지를 찾아 어머니에게 한 번만이라도 보여주기 위해 한국행을 감행하고, 한국에 와서는 베트남으로 귀국 당하지 않기 위해 억지로 준우와 혼인한다. 그러다가 실연으로 정신적 상처를 입은 계약 남편 준우를 진실로 사랑하게 된다.

진주는 하루도 빠짐없이 준우에 대한 관찰 일지를 써서 치료에 도움이 되도록 노력하여 그가 정상인으로 회복하는 데 결정적으로 기여하고, 그러던 중에 준우를 진심으로 이해하고 사랑하기에 이른다. 진주의 보호와 사랑을 받으면서 회복한 준우는 또한 진주를 진심으로 사랑하게 된다. 이제 준우는 자진해서 진주에게 덧씌워진 '베트남 여자, 돈에 팔려 결혼한 여자'라는 사회적 편견을 벗겨버리고, 아버지를 꼭 한 번만이라도 만나고 싶어 하는 진주의 소망을 들어주기 위해 노력하는 남편으로 바뀐다. 또한 평소 준우를 흠모하며 아내 진주를 베트남 여성이라고 깔보는 차인경을 대하면서 그녀의 유혹에 넘어가지 않고 오히려 진주를 진심으로 사랑하며 진주의 자존심을 세워주는 태도를 취한다. 그 과정에서 베트남 출신에다가 대학도 나오지 못한 여성이라는 진주의 열등감을 극복할 수 있도록 돕는다. 결국 진주는 자신의 노력과 남편의 도움으로 가난한 베트남 여성이라는 사회적 편견을 극복하고 당당히 '황금신부'가 된다.

강준우의 진주에 대한 사랑은 베트남 혼혈 여성에 대해 우월감을 지닌 차인경이나 옥지영 같은 인물들의 왜곡된 시각을 극복하며, 순수하고 진정한 사랑을 지향하는 그런 사랑이다. 범박하게 말하자면, 진주는 가난하지만 순수한 사랑을 간직한 베트남인을 대변하고, 차인경과 옥지영은 1960년대 이후 빈곤한 처지를 막 벗어나 경제적 부를 이룬 한국인을 대변한다고 할 수 있다. 이렇게 보면 옥지영·김영민 커플은 경제적인 부를 성취하고, 그 상태에서 순수한 사랑을 추구하지만, 더 많은 부를 획득하려는 욕망을 과도하게 충족시키려다가 순수한 사랑을 놓치고 마는 한국인의 자화상을 보여주는 것이라고도 할 수 있다.

요컨대 〈황금신부〉는 과거 한국 남성의 잘못을 반성함과 동시에 요즘 동아시아 여성과 혼인하는 한국 남성의 현실을 돌이켜보고 동아시아 여성에 대한 편견을 극복함하고, 다문화 사회를 맞이하여 휴머니티를 동아시아로 확대하는 비전을 보여준 수작(秀作)이라 할 수 있다.

5. 결론

TV드라마 〈며느리전성시대〉와 〈황금신부〉는 드라마 작가들이 알았든지 혹은 전혀 몰랐든지 〈부장양문열효록〉, 〈창란호연록〉, 〈유이양문록〉 등의 고전대하소설이 지니는 겹사돈 구성을 계승한다. 그런데 고전대하소설에서는 겹사돈을 긍정적으로 그려냈지만, TV드라마에서는 부정적으로 그려냈다. 조선시대에 비해 현대 사회에서 혼인을 주도하는 가부장의 영향력이 약해지고, 그런 중에 겹사돈을 꺼리는 인식이 팽배해진 데서 그 원인을 찾을 수 있다.

〈며느리전성시대〉와 〈황금신부〉에서는 겹사돈 구성을 계승하되, 이전의 고전대하소설과는 달리 겹사돈을 '금기-금기 위반'에 기대는 새로운 서사 전략을 선택함으로써, 당사자들의 심리 갈등의 편폭을 넓히고, 인물 간의 다양한 갈등을 유도해 내며, 작품에 긴장감을 불어 넣는다. 나아가 '금기-금기 위반' 이후를 '금기 극복-행복'으로 설정하여, 금기의 극복 과정을 통해 그 이전 단계와는 다른 변화와 거듭남의 모습을 구현함으로써 '가족 간의 사랑 회복'이라는 주제를 모색한다. 그리고 TV드라마는 고전대하소설에서 겹사돈 구성을 바탕으로 다양한 커플을 조합하는 서사 전략을 계승하는데, 이는 겹사돈 구성이 다양한 커플을 조합하는 서사 방식으로 여전히 유효하기 때문으로 보인다.

한편 고전대하소설에서 겹사돈 구성을 바탕으로 다양한 커플을 조합하는 서사 전략을 선택함으로써 궁극적으로는 '가문의 창달'이라는 큰 주제를 담아냈다면, 그와는 달리 TV드라마에서는 '가족 간의 사랑 회복'이라는 주제를 담아낸다. 그 주제는 가정의 위기가 팽배한 현대 사회에서 의미 있는 주제라 할 수 있다. 그리고 '가족 간의 사랑 회복'은 각 드라마에 따라 개별 주제로 세분화되는데, 〈며느리전성시대〉가 '경제적 조건보다는 순수한 사랑'을 지향한다면, 〈황금신부〉는 그 주제에서 한 걸음 더 나아가 베트남 혼혈 여성에 대한 편견, 나아가 동아시아 여성에 대한 편견을 극복하여 휴머니티를 동아시아로 확대하는 비전을 보여준다.

겹사돈 구성은 고전대하소설과 TV드라마를 관통하는 서사전개의 틀이자, 장편화의 틀이다. 나아가 겹사돈 구성은 우리 문화의 저변에 깔려 있는 서사 방식이다. 〈며느리전성시대〉와 〈황금신부〉는 고전대하소설을 계승하되, 단순 모방에 머무르지 않고 현대 사회에 맞게 흥미를 고취하고 주제를 창출해낸 성공작이라 평가할 만하다. 이러한 서사구조의 유사성이 밝혀진 현 시점에서 TV드라마 작가나 PD 등 TV드라마 관련자들의 고전대하소설에 대한 관심이 보다 커져야 하겠고, 고전대하소설의 현대적 창출에 관한 논의가 학계에서 더욱 활발히 일어나야 할 것이다.

위의 글은 『정신문화연구』 2008년 가을호, 제31권 제3호(통권 112호)(한국학중앙연구원)에 실린 논문을 수정·보완한 것이다.

대하소설의 문화콘텐츠화에 대한 전망

이지하

1. 들어가며

멀티미디어 환경이 더 이상 낯설고 새로운 것이 아니라 매우 친숙한 삶의 일부가 되어감에 따라 사회 각 분야를 통해 기존의 아날로그적 방식을 새로운 환경에 맞게 변환하고자 하는 노력들이 지속되고 있다. 고전문학 연구 분야도 예외는 아니어서 그간 새로운 변화에 적응하고자 하는 시도들이 이어져 왔다. 특히 고전문학은 이러한 매체 환경의 변화 속에서 자칫하면 현실의 삶과 유리된 채 과거의 흔적으로서만 의미를 인정받는 대상으로 전락할 수도 있다는 위기감을 안고 있다.

그러나 한편으로는 이러한 멀티미디어 환경 속에서 고전문학이 새롭게 향유될 수 있는 방법을 모색하여 보다 적극적인 대중화의 기회로 삼으려는 시도들이 활발해지고 있다. 더 나아가 멀티미디어와 결합한 문화산업의 중요성이 부각되는 가운데 최근 각광받고 있는 문화콘텐츠1) 개발의 핵심 대상으로서 우리의 고전을 재인식하고 적극 활용하기 위한 탐색들이 이어지고 있다.

이 논문 역시 그러한 시대적 동향을 주시하는 가운데 마련되었다. 즉 고전소설이 능동적으로 새로운 환경에 적응하여 대중들에게 친숙하게 향유되고 더 나아가 문화적 부가 가치까지 창출할 수 있는 대상임을 재확인하고 그 가능성을 모색해 보고자 하는 것이다. 한편 현재까지 산발적으로 진행되어온 문화콘텐츠화 시도들이 결실을 맺기 위해 필요한 과제가 무엇인지에 대해서도 고민해 보는 자리를 마련하고자 한다. 이러한 논의를 통해 현재의 시점에서 고전소설의 정체성을 재확인하는 가운데 이를 화석화된 유물이 아니라 현재에도 우리의 삶에 지속적으로 관여하며 영향을 미치는 대상으로 자리매김하기 위한 단서들을 포착할 수 있으리라 기대한다.

본 논문에서 주요 대상으로 삼는 것은 고전소설 중에서도 장편의 국문 대하소설들이다. 방대한 서사 속에 다양한 인물 군상이 엮어내는 이야기들과 당대 삶의 구체적 양상들이 다기하게 펼쳐지는 대하소설은 문화콘텐츠화를 위한 주요 대상으로서 충분히 주목받을 만하다. 그럼에도 불구하고 그 방대함이 오히려 대중에의 접근과 문화산업적 시도들을 가로막는 장애로 작용하여 그 가치에 비해 아직 본격적으로 문화콘텐츠화 가능성이 논의되지 못한 것으로 보인다. 따라서 본 논의를 통해 대하소설의 특징들을 어떻게 적극적으로 문화콘텐츠화 작업에 응용할 수 있을지를 살펴봄으로써 그 가치를 재확인하고 활발한 후속 작업들이 이루어질 수 있는 계기를 마련하고자 한다. 그러나 이 글이 감당

---

1) '문화콘텐츠'란 디지털미디어에 의해 예술의 개념이 바뀌고 문화환경이 달라지는 가운데 새롭게 등장한 용어로서 '디지털콘텐츠에 의해 유통되는 것 중 영화, 방송, 애니메이션, 게임, 음반, 캐릭터, 전자책 등과 같은 미디어를 이용하여 저장, 유통하는 문화예술의 내용물을 일컫는 것'이다.(우정권 편, 『한국문학콘텐츠』, 청동거울, 2005, 21~22쪽)

할 수 있는 영역은 시론적인 차원에서 그 가능성을 점검하는 것까지임을 미리 밝혀둔다. 실제 대하소설을 문화콘텐츠화하는 작업은 이 분야의 전공자들만이 아니라 다양한 분야의 전문가들이 오랜 시간에 걸쳐 협업체제를 유지함으로써 가능한 일로 필자 개인의 역량을 넘어서는 것이기 때문이다.

2. 고전소설의 문화콘텐츠화 동향

최근 고전문학의 현대적 소통에 대한 문제의식과 더불어 '문화론적 관점'에서 고전문학을 연구하거나 고전문학의 '문화콘텐츠화'에 관심을 기울이는 경향이 짙다. 그러나 아직도 문화콘텐츠의 개념 자체가 생성 중인 상태에 있기 때문에 그 전체적 방향성이 뚜렷하게 설정되지 못한 상태이다. 텍스트의 구체적 변환 과정 등에 대해서도 다양한 논의가 도출되고 있기는 하되 아직 두드러진 결실은 부족한 과도기적 상태에 있는 것으로 파악된다.

그간 문화콘텐츠화의 차원에서 가장 많은 관심을 받으며 활용되어 온 고전문학 분야는 설화인 듯하다. 설화를 통해 우리 민족의 문화원형을 추출할 수 있을 뿐만 아니라 소재적인 차원에서도 다양한 자료를 얻을 수 있기 때문일 것이다. 고전소설 역시 설화보다 복잡한 이야기 구조를 갖추고 있으면서 보다 상세한 내용들을 제공하기 때문에 일찍부터 관심의 대상이 되어 왔다. 특히 고전소설은 당대의 대표적 대중문화로서 인기를 끌었으므로 그 대중성이 현대의 대중문화 코드와 어떻게 소통되도록 할 수 있을 것인지에 대한 관심이 컸다. 이러한 관점에서 현대 대중매체에서 드라마가 지니는 위상이 조선 후기의 고전소설과 유사한 측면이 크다고 보고 양자를 비교하는 연구들이 이루어진 바 있다.[2] 한편 고전소설의 특성인 환상성과 공간중심의 서사 전개를 디지털 스토리텔링에 활용함으로써 고전소설의 비근대적 상상력을 문화 콘텐츠화에 적극적으로 활용할 수 있으리라는 제언도 있었다.[3]

이처럼 고전소설의 문화산업화에 대한 관심이 고조되면서 개인적, 혹은 집단적 차원에서 실제적인 작업들이 이루어지고 있다. 우선 최근 가장 두드러지는 작업은 고전소설 원문의 DB화이다. 소수의 작품을 제외하고는 대다수의 고전소설이 전문가 이외의 사람들에게는 생소하기 때문에 작품 원전의 입력과 이에 대한 주석, 현대어역 등을 통해 이에 대한 접근가능성을 높이는 것이 고전소설을 문화콘텐츠화하기 위한 최우선의 선결 과제라 하겠다. 그러나 그러한 기초 작업이 여러 사업을 통해 진행되고 있음에도 불구하고 실제적으로 활용도가 떨어진다는 비판에 귀 기울일 필요가 있다. 물론 〈춘향전〉이나 〈홍길동전〉 등을 영화화하거나 드라마화하는 것처럼 한 작품의 원형을 유지하면서 이를 현대 매체로 재탄생시키는 작업을 염두에 둔다면 일차적 자료의 제공만으로도 유의미한 도움을 줄 수 있다. 특히 아직 대중에게 잘 알려지지 않았던 작품의 경우 원천자료의 현대어역을 통해 그 면모를 파악하게 하는 것만으로도 일정한 의미를 지닌다.

그러나 현재 문화산업 현장에서 요구되는 바를 충족시키면서 보다 적극적으로 고전소설을 활용할 수 있도록 하기 위해서는 이를 넘어서

---

2) 송성욱, 「고전소설과 TV드라마-TV드라마의 한국적 아이콘 창출을 위한 시론」, 『국어국문학』 137, 국어국문학회, 2004.9.
　정병설, 「고소설과 텔레비전 드라마의 비교」, 『고소설연구』 18, 한국고소설학회, 2004.12.
3) 김탁환, 「고소설과 이야기문학의 미래」, 『고소설연구』 17, 한국고소설학회, 2004.6.

는 2차 단계의 가공이 필요하다. 즉 원천자료를 다양한 항목으로 분류하여 사용자들이 다각적으로 활용할 수 있도록 메타데이터4)를 구축할 필요가 있는데 이 부분의 작업에는 원천자료를 제대로 파악하고 있는 전공자들의 역할이 필수적이다. 메타데이터화를 위해서는 인물, 사건, 배경, 주제, 소품 등의 범주별로 자료를 정리하고 이를 다시 세부 항목으로 나누어 구체적인 콘텐츠를 제공할 필요가 있다. 그 결과 키워드의 검색만으로 이와 관련된 스토리, 사건, 인물 등의 정보가 단위별로 또는 종합적으로 추출될 수 있도록 체제가 정비되어야 어렵게 구축한 원천자료의 활용도를 제고할 수 있을 것이다.

최근 이러한 작업들이 시도된 예로 '〈옥루몽〉의 애니메이션화'5), '조선시대 대하소설을 통한 시나리오 창작소재 및 시각자료 개발'6) 등을 들 수 있다. 이와 더불어 개별 작품의 차원을 넘어서서 고전소설 일반을 대상으로 하여 인물별, 사건별 사전 등을 제작하려는 움직임들도 활발해지고 있다. 요컨대 고전소설의 문화콘텐츠화 작업이 양적 측면에서 대상작을 넓혀가는 것만 아니라 이 자료들을 좀 더 세밀하게 재가공함으로써 실질적 활용도를 높이고자 노력하는 단계에 와 있다고 하겠다. 이를 위해서는 자료에 대한 분석 능력만이 아니라 이를 배열하고 가공해내는 기술적 지원이 필요하므로 학제간 협업이 매우 필수적이다.

---

4) 메타데이터는 자원에 대한 정보를 제공하는 데이터를 말하는데 문화콘텐츠 기획을 위해서는 세 가지 정도의 메타데이터 포맷이 필요하다. 모든 자료를 포괄할 수 있는 메타데이터 기준표와 단위별로 저장된 정보를 한 눈에 볼 수 있도록 재정리한 메타데이터 라인, 개별 자료에 대한 정보만을 단위별로 저장한 메타데이터 필드 등이 그것이다.(함복희, 『한국문학의 문화콘텐츠화 방안』, 북스힐, 2007, 27~32쪽 참조)

5) 김풍기, 「고전문학 작품의 정체성과 그 현대적 변용—〈옥루몽〉의 애니메이션 제작 과정에서의 문제점을 중심으로」, 『고전문학연구』 30, 한국고전문학회, 2006.12.

6) 우정권 편, 『한국문학콘텐츠』, 청동거울, 2005, 92쪽 참조.

3. 대하소설의 문화콘텐츠화 가능성

위에서 살펴본 것처럼 문화콘텐츠화 작업 과정에서 고전 텍스트의 단순 각색이나 소재 제공, 매체의 변환 등에 머물지 않고 이를 다각적으로 활용할 수 있도록 재창조하기 위해서는 다층적인 관점에서의 텍스트 분석과 접근이 필수적이다. 이 경우 스토리라인 등의 중심 요소뿐 아니라 인간 삶의 구체적 양상을 드러내주는 주변적이고 부수적인 요소들 역시 매우 중요하게 취급된다. 때로는 그러한 부수적 요소들의 다양성을 확보하는 것이 디지털 스토리텔링7)에 있어 더 긴요한 역할을 하기도 한다.

이러한 점에서 인간 삶의 보편적인 양상과 더불어 구체적이고 개별적인 요소들을 가장 풍부하게 담아내고 있는 대하소설은 고전의 문화콘텐츠화에 여러 가지 시사점을 던져주는 주요 연구대상이라고 할 수 있다. 이미 대하소설을 대상으로 한 콘텐츠화 작업이 이루어지고 있기는 하나 아직도 그에 대한 인식은 미미한 편이며, 그 활용도 또한 만족할 만한 형편은 아닌 것으로 보인다. 이에 원론적인 차원에서 대하소설의 문화콘텐츠화 가능성을 재검토함으로써 이에 대한 인식 기반을 확보하고자 한다. 그러한 바탕 위에서야 비로소 보다 적극적인 활용 방안의 모색 역시 가능할 것이기 때문이다.

1) 대하소설과 문화콘텐츠의 친연성

대하소설은 다양한 인문학 자료 중에서도 여러 가지 면에서 문화콘

---

7) 디지털 스토리텔링은 디지털기술을 사용하여 이야기를 전개하는 것으로 게임과 영화, 애니메이션, 인터랙티브 드라마, 웹 애드, 웹 에듀테인먼트 등을 모두 포함하는 개념이다. 디지털 스토리텔링에서는 수많은 사용자들이 자신들의 취향에 맞는 사람들과 연대하여 함께 새로운 스토리를 창조할 수 있다.

텐츠화하기에 좋은 조건을 갖추고 있다. 이를 구조적, 소재적, 인식적
차원으로 나누어 살펴보기로 하자.8)

　먼저 **구조적 차원**에서 보자면 대하소설은 문화콘텐츠를 스토리텔링
화하는 데 매우 적합한 특징을 구비하고 있다. 서사학에서 이야기의 내
용을 뜻하는 '스토리'와 이야기를 서술하는 방식을 뜻하는 '담화'를 구
분하는 것처럼 문화콘텐츠의 활용에 있어서도 '스토리'와 '스토리텔링'
이 구분된다. 문화산업에서 중시하는 스토리텔링은 이야기의 내용뿐만
아니라 이야기를 구성하는 서술 행위에 큰 무게를 둔다.9)
　특히 매체의 활용을 통해 이루어지는 디지털 스토리텔링은 작가 1인
에 의해 구성되던 기존의 스토리텔링과 비교할 때 큰 차이점을 지닌다.
디지털 스토리텔링은 폐쇄적이고 선형적인 이야기 구조가 아닌, 에피
소드적이고 다변수적인 이야기 구조를 추구하며, 네트워크를 통해 상
호작용하는 쌍방향성을 특징으로 한다. 이처럼 이야기가 고정된 것이
아니라 해체와 재조합을 통해 변환 가능한 것으로 인식되기 때문에 디
지털 스토리텔링에서는 이용자들에 의해 선택, 조작될 수 있는 이야기
단위들이 필요하다.10) 이 경우 꽉 짜인 필연적 인과관계의 서사보다는

---

8) 이에 앞서 미리 밝혀둘 것은 대하소설 역시 고전소설의 하위 장르로서 그 일반적인 특
　징을 공유하고 있기 때문에 이 장에서 논하는바가 오직 대하소설만의 특징이라고 하기
　는 어렵다는 것이다. 그러나 대하소설의 경우 고전소설 일반의 경향을 극대화하였다고
　할 만큼 풍부하고 구체적인 내용을 담고 있고, 중층적 서사구조나 복합적 소재의 활용
　등에서는 타 소설 장르에 비해 뚜렷한 특징을 보이기 때문에 고전소설의 문화콘텐츠화
　에 선진적 역할을 할 수 있다고 여겨 대하소설을 중심으로 이와 같은 논의를 전개하는
　것이다.
9) 최용호, 「인문학 기반 스토리 뱅크 구축을 위한 서사 모델 비교 연구」, 『인문콘텐츠』
　11, 인문콘텐츠 학회, 2008.6, 81~82쪽 참조.
10) 이처럼 이야기의 심층 구조이자 이용자에게 선택될 수 있는 기본 원료를 '텍스톤'이라고

어느 정도 필연성의 구속으로부터 자유로운, 우연적이면서도 에피소드
적인 서사가 유용하다.

이 점에서 대하소설의 서사 구조는 매우 시사적이다. 우선 구조적 반
복 원리로 대표되는 대하소설의 특징에 주목할 필요가 있다. 대하소설
은 일대기적 구조가 반복적으로 제시되는 누대기적 구성 방식을 지니
고 있다. 이 때문에 속편을 거느리는 연작형 소설이 많다. 이처럼 서사
가 지속적으로 확장 가능한 형태를 지닌 채 열려 있는 경우 무한한 이
야기의 증식이 가능하다. 즉 비슷한 구조적 틀 속에서 세부 사항을 교
체해가며 새로운 이야기들을 끊임없이 창출해낼 수 있는 것이다. 이처
럼 대하소설 속의 이야기는 일대기적 구성을 통해 자체 완결성을 지니
면서도 언제나 다음 세대를 향해 열려 있다는 점에서 폐쇄성을 지양하
는 디지털 스토리텔링과 상동성을 지닌다.

또한 대하소설은 한 작품 내에서 복수의 주인공을 내세워 중층적 서
사를 구성하는 경우가 대부분인데 이러한 복식 구성은 다변적인 서사
를 지향하는 디지털 스토리텔링 방식과 유사하다. 이 경우 다양하고도
이질적인 삽화가 혼재되는 것이 보통인데 때로는 이 부분이 대하소설
의 이해를 저해하는 요소로 지적되기도 하지만 다른 각도에서 바라보
면 여러 인물들을 등장시켜 다층적 이야기를 전개함으로써 세계의 다
양성을 반영하는 가운데 이야기의 장형화를 자연스럽게 추동한다는 점
에서 장점으로 파악될 수도 있다. 특히 필연적 인과 관계로부터 자유로
운 다수의 에피소드들은 자체 독립적으로 분리되어 또 다른 텍스트를
구성할 수 있는 자율성을 확보하고 있다.

한다.(조혜란, 「다매체 환경 속에서의 고소설 연구 전략」, 『고소설연구』 17, 한국고소설학
회, 2004.12, 34~35쪽 참조)

〈현씨양웅쌍린기〉의 예를 들어보자면 일관된 갈등을 지속, 심화시켜 나가는 현경문-주소저의 이야기와 일회성 삽화들로 구성되는 현수문-윤소저의 이야기가 교차 서술되고 있는데 전자를 통해 위기를 심화시키면서 서사의 긴장도를 높이는 반면 후자를 통해 희극적 재미를 유발함으로써 고조된 긴장을 이완시켜 주기도 한다.[11] 이 경우 두 가지 갈등을 분리하여 각기 독자적 이야기로 재구성할 수 있는 가능성이 열려 있다. 특히 수문부부의 이야기들은 속고 속이기와 도망과 추격 등과 관련된 작은 에피소드들로 구성되어 있어 크게는 수문부부의 갈등이라는 사건 축과 관련이 되면서도 개별 사건들이 독립적 성격을 지녀 변용, 생략, 추가 등이 자유로운 편이다. 즉 이야기들이 필연성에 의해 구속력을 지니지 않기 때문에 텍스트의 활용이 용이한 편인데 대하소설의 구조적 특징으로 인해 거의 모든 작품에서 이런 예를 발견할 수 있다.

다음으로 대하소설이 지니는 유형성에 주목할 필요가 있다. 대중문학이 강한 유형성을 보이는 것은 상호 합의된 서사적 구도 안에서 관습화된 기대치를 충족시킴으로써 대리만족을 얻고자 하는 대중문화 수용자들의 욕구가 반영된 것이다.[12] 그러므로 이러한 합의에 의해 짜인 서사가 유형성을 띠는 것은 대중적인 코드의 지향성과도 일정 관련을 가지는 것이며 이로 인해 동서양을 막론하고 인기리에 반복되는 로맨스 스토리, 영웅 스토리, 희생제물 스토리 등의 서사구조에는 결핍이나 갈등 요인의 해소를 통한 행복의 추구라는 보편적 요인이 자리를 잡고 있는 것이다. 이와 관련하여 대하소설의 대표적 유형 구조인 여성의 수

---

11) 이지하, 「현씨양웅쌍린기 연작 연구」, 서울대학교 석사학위논문, 1992.8, 16~18쪽.
12) 송성욱, 앞의 글에서는 이러한 성격을 정형성이라 칭하면서 정형성이 소설을 식상하게 할 수도 있지만 역으로 독자들에게 예측 가능한 방향을 제시하는 가운데 세부 항목에서의 변화를 가함으로써 흥미를 배가시키는 역할을 하였다고 지적하고 있다.

난사나 남녀의 이별과 재회, 처첩(妻妾)갈등, 계후(繼後)갈등, 부자(父子)갈등 등은 인류의 보편적인 관심사로서 현재까지도 지속적으로 활용되고 있다. 특히 대하소설의 경우 방대함과 다양함을 그 특징으로 하는바 추상화된 구조적 골격은 동일하나 그 안에서 변주되는 세부적 이야기들은 각기 다른 다양한 텍스톤들을 제공할 수 있다는 점에서 문화콘텐츠 내용의 다양성 확보에 기여하는 바가 크리라고 생각된다.13)

마지막으로 대하소설의 이원적 구조가 현대의 문화콘텐츠에 시사하는 바를 지적하고자 한다. 이원론적 구조란 세계를 천상계와 지상계로 나누고 지상에서의 삶이 천상적 질서에 의해 지속적인 영향을 받는 것으로 그리는 것을 말한다. 이러한 사고는 운명론의 거부를 통해 지상적 삶의 독자성과 인간중심주의를 표방하며 일원론적 구조만을 인정한 근대적 의식에 밀려 한동안 전근대적인 것으로 치부되었다. 그러나 상상과 현실, 천상과 지상의 이분법적 경계 자체를 무화시키며 무한한 상상력을 동원하여 총체적 세계를 구현하고자 하는 최근의 동향을 고려할 때 고전소설 중에서도 대표적인 이원 구조를 드러내며 천상의 삶과 지상의 삶을 자연스레 연결시키고 있는 대하소설의 경우 현실주의적 세계관에 입각한 일원론적 구조의 작품들에 비해 문화콘텐츠화에 더욱

---

13) 이와 관련하여 서사 골격이나 내용이 꽉 짜인 대하소설과 서사의 빈 공간이 많은 단편영웅소설류의 작품 중 어느 것이 디지털 스토리텔링에 더 적합할지에 대해서도 생각해볼 수 있다. 전자의 경우가 디지털 스토리텔링 방식과 강한 친연성을 보이는 가운데 풍부한 소스를 제공할 수 있다는 장점을 가진다면, 후자의 경우에는 빈 공간들을 자유롭게 채워넣으며 재창조할 수 있는 가능성이 더 크다는 장점을 가진다. 양자가 나름대로의 특장점을 지니고 있음은 부인할 수 없으나 문화콘텐츠 관련 작업에서 일차적으로 요구되는 것이 다양하고 풍부한 내용을 확보하는 것이라는 점을 감안하면 구체적이면서도 다채로운 콘텐츠 소재를 제공할 수 있는 대하소설의 활용 가능성에 주목할 필요가 있겠다. 특히 방대한 서사로 이루어졌으면서도 폐쇄적 완결성을 지니고 있지 않아 구조적 분절이 상대적으로 자유로워 다양한 이야기의 분화를 꾀할 수 있다는 점은 대하소설의 활용가능성을 높여주는 중요한 요소라 생각된다.

친연성을 발휘할 수 있을 것이다.

다음으로는 **소재적 차원**에서 대하소설이 지니는 특징을 살펴보고 그것이 문화콘텐츠화에 기여할 수 있는 바를 확인해 보도록 하겠다. 대하소설은 방대한 분량 속에 다양한 인간 군상의 모습을 담아낸다는 점에서 다른 어떤 장르보다도 다수의 콘텐츠 소스를 제공할 수 있는 여건을 갖추고 있다.

우선 인물의 경우를 살펴보자. 대하소설 작품에 따라서는 백여 명이 훌쩍 넘어서는 인물들이 등장하는 가운데 주인공들만 해도 수십 명에 이르는 경우가 있다. 대개의 주인공들이 영웅군자, 혹은 요조숙녀의 전형으로 그려지고 있기는 하지만 그 구체적 행동 방식이나 성격을 분석해 보면 매우 세부적인 분류가 가능하다. 예를 들어 군자형의 인물 중에서도 외향적/내성적 기질, 문인적/무인적 기질, 다혈질/침착, 여색에 대한 관심도, 적극적/소극적, 활동형/사고형, 청운지향/백운지향, 다정다감/냉정 등의 다양한 기준들이 어떻게 조합되느냐에 따라 헤아릴 수 없을 만큼 많은 경우의 수가 제시될 수 있다. 게다가 주인공들뿐 아니라 각계각층의 부수적 인물군까지 포함하면 대하소설은 그야말로 다채로운 인물군상의 전시장이라고 할 수 있다.

이는 다양한 성격의 인물을 창조하여 캐릭터화하는 것이 문화콘텐츠화의 성패를 좌우하는 주요 요건임을 고려할 때 매우 고무적인 것이다. 그간 캐릭터를 염두에 둔 고전소설 등장인물 연구가 진행되기는 했지만 아직은 국한된 자료를 바탕으로 주인공과 주변 인물, 악인형, 선인형 인물 및 매개자 등 몇 가지 방향에 한정하여 분석하는 작업이 주를 이룬 듯하다. 고전소설의 인물들은 유형화되어 있고 평면적인 특성을 지닌다는 통념을 반성케 할 정도로 각기 다른 개성을 지닌 다양한 인물들을 통해 총체적 인간상을 구현하고 있는 대하소설은 고전인물 창조의 어려움을 극복할 수 있는 좋은 자료가 될 수 있다. 대하소설을 적극적으로 활용하여 분류 기준을 세분화함과 동시에 각 인물이 지니는 외모, 성격, 능력 등의 특징을 분석한 메타데이터가 작성되면 새로운 캐릭터의 창출에 큰 도움이 될 것이다. 특히 캐릭터의 개발에 있어서 캐릭터 서사가 캐릭터의 정체성 형성에 매우 중요하게 작용하는 점을 감안할 때[14] 대하소설의 인물들은 구체적인 서사적 맥락 안에 존재하므로 구체성과 사회성을 획득하고 있다는 점에서 지속적인 생명력을 지니는 캐릭터 개발에 유용하게 쓰일 수 있다.

다음으로 관심의 대상이 되는 것이 공간이다. 이야기의 전개를 위해서는 구체적 공간배경이 필수적이며 특히 디지털 스토리텔링에서 유용한 것은 시간적 질서에 의해서만이 아니라 공간적 배치에 의해 사건이 확장 가능해지는 것이다. 초월계나 이인(異人) 등 우연적 요소의 개입에 의해 이질적인 공간의 설정이 자유자재로 이루어지는 대하소설의 경우 공간의 현실적 범주를 뛰어넘음으로써 기존의 사고 속에서는 쉽게 상상하지 못했던 영역으로의 확장이 가능하다. 더불어 중층 구조 속에서 다양한 인물들이 동시간대에 각기 다른 공간을 점유한 채 이야기들을 엮어나가기 때문에 공간을 중심으로 한 사건의 전개가 순조로운 편이다. 예를 들어 〈완월회맹연〉의 경우 주인공 가족의 구성원들과 이들과 혼인 관계로 얽힌 인물들이 사고로 중국 전역에 흩어진 채 각기 다른 장소에서 겪는 사건들이 병치되어 전개된다. 때문에 각각의 공간을 중심으로 한 작은 사건들이 사슬처럼 엮이면서 서사가 횡적으로 펴

---

14) 함복희, 『한국문학의 문화콘텐츠화 방안』, 북스힐, 2007, 42쪽.

져나가는 구조를 보이는데 이러한 방식은 선형의 필연적 인과관계보다
는 공간 단위의 모험담을 중심으로 이야기를 확장시켜나가는 게임의
서사진행 방식과 매우 유사하다. 이와 같은 공간의 확장을 가능케 하기
위해서는 다양한 공간의 확보와 이를 자연스레 연결시킬 수 있는 구조
적 뒷받침이 필요한데 대하소설의 경우 이 두 가지 요건을 모두 충족시
키고 있다 하겠다.

또한 대하소설의 주생활공간인 벌열 집안의 공간 배치는 디지털 스
토리텔링에서 중세시기 한국의 구체적인 공간을 재구성하는 데 중요한
참고가 된다.15) 안채와 바깥채의 엄격한 분리, 재성각, 취성각 등의 이
름을 지닌 부부별 침실 공간, 집안에 자리 잡은 연못과 누대, 담장을
공유하는 근거리에 위치한 친지들의 가옥 등에 대한 기술이 디지털 공
간 창출에 구체성을 부여해 줄 것이다.

이 외에도 대하소설이 소재적인 차원에서 문화콘텐츠화에 기여할 수
있는 것은 무엇보다 풍부하고 다채로운 사건과 사물에 대해 새로운 정
보를 제공한다는 점이다. 대하소설 속에는 현재의 관점에서 보자면 새
롭고 신선한 소재이면서도 당대인의 삶을 잘 반영하고 있기 때문에 문
화원형으로서의 역할을 할 수 있는 요소들이 상당하다. 가보(家寶)로
전해오는 신물(信物)과 이를 매개로 한 남녀의 운명적 만남, 아침저녁

---

15) 이 경우 미리 염두에 두어야 할 점은 대하소설의 시공간적 배경이 중국으로 되어 있다는
점과 이들이 상당부분 관념적인 차원에서 그려진 것이라는 점이다. 비록 중국을 배경으로
하고 있기는 하지만 구체적 사실들이 중국의 것과 일치하는 것이 아니고, 조선의 현실을
반영하고 있기는 하되 온전히 조선의 사실과 일치하는 것으로도 보기 어렵다는 게 대하소
설 시공간의 특징인 만큼 대하소설에서 추출할 수 있는 구체적 공간의 모습이 중세시기
조선의 현실에 그대로 부합한다고는 할 수 없다. 그러나 이러한 내용이 역사적 사실의
정확한 재현과는 거리가 있다고 하더라도 인물이 활동하는 구체적 시공간의 상황을 제공
하므로 콘텐츠화에 유용하게 쓰일 수 있다.

으로 부모님께 문안 인사를 드리는 풍습, 주혈 또는 앵점이라 일컬어지는 순결의 표식, 양반가에서 행해진 격식과 예의범절 등 다방면의 소재들이 근대 이후 우리에게서 잊혀 간 옛 기억을 복원시키고 새로운 상상력을 촉발시키는 원천으로 작용할 수 있다.

인식적 차원에서도 대하소설이 문화콘텐츠화에 기여할 수 있다. 문화산업은 철저히 대중적인 관점에 입각해서 기획된다. 때문에 인식적 측면에서도 대중의 성향을 반영할 수밖에 없다. 독창적이고 문제의식이 강한 작품들보다는 유형성을 띠면서도 보편적 정서를 담아내는 작품들이 문화산업화하기에 적합한 이유가 여기에 있다. 특히 국내 시장을 넘어서 세계 속으로 파고들기 위해서는 인류적인 차원에서의 보편성을 담보하는 것이 중요하다.

이 경우 대하소설이 담아내는 보편적 가치들을 주목할 필요가 있다. 고전소설이 표면적으로 내세우는 충, 효, 열 등의 윤리의식은 인류의 보편의식과 관련을 가지면서도 시대와 제도의 영향을 강하게 반영하고 있기 때문에 그 자체로 현대화하기에는 무리가 따른다. 그런데 대하소설의 경우 이러한 윤리들을 현실의 다양한 조건들 속에 결부시켜 상황과 입장 차에 따른 변주를 보여주고 그에서 파생되는 고민들을 그려내고 있기 때문에 보편윤리의 현실적 적용이라는 측면에서 시사하는 바가 크다.16)

---

16) '孝'와 관련된 문제를 예로 들어보더라도 가부장제 하에서 남성과 여성의 입장에 따라 효에 대한 인식과 상황이 달라짐을 매우 사실적으로 그려내고 있으며, 동일인에게서도 경우에 따라서는 효를 행하고자 하는 행동이 오히려 불효를 저지르게 되는 딜레마에 빠질 수도 있음을 보여준다. 이처럼 교조적이고 경직된 관념의 차원에 머물지 않고 인간 삶의 다양한 양태를 구체적으로 반영하고 있다는 점이 대하소설의 중요한 미덕이라 하겠다.

즉 인류가 지향하는 보편 윤리를 다루고 있으면서도 그것을 당위적
으로 관념화하여 제시하는 것이 아니라 생활 현장에서 그것들이 문제
되는 과정에 초점을 맞추고 상대적인 관점을 견지함으로써 구체적 진
실성을 획득하게 해주는 것이다. 이처럼 보편윤리와 현실적 조건의 상
관성을 문제 삼는 열린 의식 구조는 궁극적 선(善)을 지향하면서도 그
것이 조건에 따라 다양한 외피를 입을 수 있다는 사실을 인정하는 것이
기에 보편성과 특수성을 동시에 지향하는 대중적 욕구를 충족시키기에
적합하다 하겠다.

2) 대하소설 문화콘텐츠화의 층위

고전소설을 문화콘텐츠화할 때 원형의 보존과 가공도의 정도에 따라
층위를 나눌 수 있다. 원 작품을 그대로 살려 완전 재현을 하는 경우에
서부터 부분적으로 변용을 가하는 경우, 그리고 완전히 새롭게 재창조
하는 경우까지 다양한 스펙트럼을 예상할 수 있을 터인데 이 장에서는
그 각각의 경우 생각해 보아야 할 문제들이 무엇인지 살펴보고자 한다.
우선 전공자의 입장에서 가장 이상적으로 생각하는 것은 원전 작품
의 정체성을 그대로 유지하는 가운데 완전한 형태로 재현하는 경우일
것이다. 이는 작품 전체의 온전한 의미를 훼손하지 않으면서 매체적 환
경에 맞추어 표현 방식만을 달리하는 경우에 가능할 듯한데 가장 대표
적인 예가 고전소설 작품들을 영화화하거나 드라마화하는 것이다. 춘
향전의 경우 영화, 뮤지컬, 무용극 등으로 수없이 재현되었지만 여전히
춘향전 본래의 서사구조와 주제의식을 간직하고 있다. 아직 대중적으
로 잘 알려지지 못한 대하소설의 경우 이러한 방식의 완전 재현을 통해

그 온전한 모습을 소개하고 싶은 것이 대부분 연구자들의 일차적 바람일 것이다.

하지만 대하소설의 경우 문화콘텐츠화하기에 좋은 여건을 갖추고 있음에도 불구하고 한 편의 완결된 작품으로 재현해내는 것이 쉽지 않다. 그 가장 큰 이유는 개개의 작품이 너무 방대하고 복잡한 이야기 구조를 지니고 있어서 간결성과 선명성을 통해 대중적 흡입력을 지니기 어렵다는 점이다. 이 때문에 대하소설은 단막극보다는 여러 회에 걸쳐 방영되는 드라마에 더 적합해 보인다.17)

그러나 이처럼 작품의 서사구조를 그대로 반영하는 경우에도 재탄생한 작품이 과연 소망하는 대로 원전의 정체성을 충실히 계승하고 있는지 반성해볼 필요가 있다. 작품의 정체성은 서사구조나 주제의식만으로 결정되는 것이 아니라 고유의 미적 특질까지를 포함하는 것임을 감안할 때 매체의 변환을 통해 현대적 맥락에서 재해석된 작품이 원전의 특질을 그대로 발현하는 것이 가능할까 싶기 때문이다.18) 이를 뒤집어 생각하면 우리가 고전 원전의 보존에 대해 가지는 강박증으로부터 어느 정도 자유로워질 필요가 있다는 사실과 만나게 된다. 즉 고전은 이미 이루어진 어떤 것으로서가 아니라 현재와의 소통 속에서 생산성을 지닐 때 유의미한 것이라는 해묵은 명제를 재확인함으로써 훨씬 많은 가능성을 열어놓을 수 있게 되는 것이다.19)

---

17) 이에 대해서는 송성욱, 정병설 등이 이미 지적한 바 있다. 정병설은 연속드라마가 한편 한편이 독립적 구성을 가지는 '시리즈'와 이야기가 연속적으로 진행되는 '시리얼'로 구분되는데 대하소설은 시리얼의 대표 유형인 일일연속극과 가장 유사한 성격을 지닌다고 보았다.(정병설, 앞의 글, 232~234쪽)

18) 이는 고전을 현대화하는 과정에서 누구나 한번쯤 고민해봤을 문제일 터인데 김풍기의 앞의 글에서도 〈옥루몽〉을 애니메이션화하는 과정에서 이와 유사한 고민을 했음이 표현된 바 있다.

이 점에서 대하소설의 경우 좀 더 열린 시각으로 문화콘텐츠화에 임
할 필요가 있다고 생각된다. 즉 작품의 온전한 소개나 재현을 위한 작
업과 더불어[20] 부분적 변용이나 완전 재가공까지를 염두에 두고 보다
적극적으로 콘텐츠화 작업에 관심을 기울일 필요가 있다. 이를 위해서
는 대하소설 구성 요소를 보다 세분화, 단계화하여 분석하고 이를 소스
화하는 작업이 요구된다. 그리고 이들을 하이퍼텍스트화하여 수용자들
에게 제공할 수 있어야 할 것이다. 하이퍼텍스트란 서사구조를 해체하
여 다양한 요구에 따라 재구성될 수 있도록 한 것을 말하는데 이 자료
들은 하이퍼링크를 통하여 끊임없이 다양한 방향으로 연결될 수 있
다.[21] 열린 텍스트의 전형적 모습을 보이는 하이퍼텍스트가 아직 국문
학에서 본격적으로 시도되지 않은 데에는 기술적인 문제뿐 아니라 서
사물이 지니는 의미의 확정성이나 서사의 선형성을 허물어야 한다는
것에 대한 거부감이 작용하였으리라고 보인다.

그러나 이제 열린 텍스트로서 고전을 재인식하는 사고의 전환이 필
요하다고 생각된다. 즉 그렇게 해체되고 재가공된 고전이 자신의 정체
성을 상실하였다고 안타까워할 것이 아니라 역으로 우리의 고전이 다

---

19) 이 점에 대해서는 선행연구자들 중에도 유사한 문제의식을 지닌 경우가 많은데 고전텍스
트를 문화콘텐츠화하기 위해서는 "변형, 혹은 각색이 아니라 독창적으로 완전히 새로워져
야" 하며, "고전텍스트의 단순 복원 및 재현은 현재적 의미 생성이 불가능한 이벤트"일
뿐이라고 지적한 이지양의 논의를 참조할 수 있다.(「문화콘텐츠의 시각으로 고전텍스트
읽기-〈춘향전〉의 '춘당대 시과' 대목을 중심으로」, 『고전문학연구』 30, 한국고전문학회,
2006.12, 96~100쪽)

20) 이와 관련하여 작품 원전의 입력이 일차적으로 중요한 작업임에는 이의가 없다. 단 지
금까지의 작업들이 이 부분에서 정체되지 않기를 바라며 그 다음 단계를 논하고자 하는
것이다.

21) 함복희, 앞의 책, 25~27쪽. 여기에 '소설가 구보씨의 하루'가 하이퍼텍스트 소설화된
예를 소개하고 있는데 구보, 구보의 친구 이상, 구보의 어머니 3인의 생활을 시간대별로
구성하여 독자가 자신의 의향에 따라 자유로이 이야기를 엮을 수 있게 되어 있다.

양한 모습으로 현재적 의미를 지니면서 재창조됨으로써 우리의 삶과 더 밀접해졌다고 의미를 부여할 수도 있는 것이다. 또한 전문가에 의해 완성도 있게 재현된 작품들을 문화산업의 장에서 소비하도록 제공하는 차원뿐만 아니라 대중이 텍스트에 직접 개입하여 그 의미 지평을 확장하고 문화 행위에 참여하게 유도하는 작업 역시 텍스트에 생명력을 부여하는 것이라고 할 수 있다.[22]

　다음으로 살펴볼 것은 대하소설 문화콘텐츠화의 영역에 관한 것이다. 디지털 스토리텔링은 크게 두 가지 영역으로 나뉜다. 하나는 엔터테인먼트 스토리텔링이고, 다른 하나는 인포메이션 스토리텔링이다. 전자가 허구적인 이야기를 바탕으로 디지털 콘텐츠들을 제작하는 스토리텔링이라면 후자는 특정한 정보나 지식을 이야기로 풀어 재창조하는 스토리텔링이다. 전자에 해당하는 것으로는 영화, 애니메이션, 컴퓨터 게임, 디지털 방송 등이 있고, 후자에 해당하는 것으로는 광고, 에듀테인먼트, 브랜드 이미지, 뮤지엄, 웹 등이 있다.[23]

　허구적 이야기 구조를 근간으로 하는 소설의 경우 주로 영화나 애니메이션, 게임 등 엔터테인먼트 스토리텔링을 염두에 두고 문화콘텐츠를 개발하는 작업이 진행되어 왔다. 그러나 지금까지 고전소설을 활용하여 제작된 영화나 애니메이션의 경우 대부분 이야기 구조나 소재를

---

22) 이에 대해 롤랑 바르트가 읽혀지는 텍스트를 '작품'이라고 하고, 쓰이는 텍스트를 '텍스트'라고 지칭하면서 문화의 '소비'가 아니라 참여를 통한 '향유'를 중시했던 것을 참고할 수 있다.(롤랑 바르트, 『텍스트의 즐거움』, 연세대학교 출판부, 1990) 고전 작품 역시 문화 콘텐츠화 과정을 거쳐 텍스트로 거듭남으로써 현재 문화의 장에서도 적극적으로 향유될 수 있다면 이를 긍정적으로 받아들여야 할 것이다.

23) 김탁환, 앞의 글, 10쪽과 한혜원, 「디지털 스토리텔링의 현황 및 활용방안 연구」, 『한국 언어문화』 32, 한국언어문화학회, 2007, 33~35쪽 참조.

빌려오는 소극적인 차원의 작업이 주를 이루었고, 게임의 경우 고전소설의 삽화들을 재구성하여 좀 더 과감한 변개를 가하기는 했지만 아직 영화나 애니메이션에 비해 고전소설의 활용도가 그리 높은 편이 아니다.[24] 지금까지 그 이용률이 그다지 높지 못했던 것은 고전문학을 문화콘텐츠화하는 작업 자체가 아직 시작단계인 탓에 구조적 데이터베이스화가 충분하지 못하고 기술적인 측면에서의 접근성 또한 원활하지 못한 데 원인이 있는 것이 아닌가 싶다. 하지만 이 분야에서의 고전소설 콘텐츠의 활용도는 계속 증가할 것이고 그 활용 방식 역시 보다 적극적인 차원으로 확대되리라 생각되므로 이러한 문제는 고전소설의 문화콘텐츠화 작업이 본격화되면 차츰 해소되리라 생각된다.

　이와 더불어 앞으로 대하소설의 문화콘텐츠화 과정에서 좀 더 깊은 관심을 기울여야 할 부분이 인포메이션 디지털 스토리텔링 영역이다. 우리의 고전을 오락적인 측면에 활용하여 대중들이 적극적으로 향유할 수 있게 하고 산업적 부가가치를 창출하는 것이 분명 의미 있는 일임에도 불구하고 그것만으로는 고전의 가치를 십분 발휘하지 못했다는 허전함이 남는 게 사실이다. 고전 속에 담긴 수많은 정보적 가치 또한 무시할 수 없기 때문이다. 특히 당대인의 생활과 사회상에 대해 풍부한 정보를 담고 있는 대하소설의 경우 그 정보들을 어떻게 활용할 수 있을 것인지에 대한 다각도의 모색이 이루어져야 한다. 일례로 대하소설 속에 등장하는 문화 요소들을 추출하여 유형문화와 무형문화, 정신문화·예술문화·생활문화 등으로 나누고 그 구체적 자료들을 모아 시청각

---

24) 이에 대한 예로 홍길동전을 게임 소프트웨어 소재로 활용하여 롤플레잉 게임을 만든 경우와 대하소설의 여성 간 암투를 소재로 활용하여 독살사건의 범인 찾기 게임을 만든 경우 등이 있다.(함복희, 앞의 책, 57~59쪽 참조)

화함과 동시에 각 요소별로 소설의 내용을 바탕으로 시놉시스를 작성해 놓으면 이들을 활용하여 기존의 것과는 매우 다른 형태의 교육방식을 개발하거나 박물관을 구성하는 일 등이 가능해질 것이다.

그 점에서 대하소설이 조선 후기 당대에도 향유층들에게 단지 오락물로서만이 아니라 교양물로서 인식되었다는 사실을 주목할 만하다. 당대 여성들이 소설을 통해 재미를 추구했을 뿐만 아니라 상층의 문화적 교양을 습득하기도 하였다는 점이 논의된 바 있다.[25] 대하소설에는 사대부가 여성들이 갖추어야 할 미덕이나 예법, 양반가의 언어예절, 중국과 우리나라의 역사나 지리에 대한 정보, 시서화(時書畫)로 대표되는 문예적 교양 등의 다양한 정보가 담겨 있다. 이러한 요소들은 현재 관심의 초점이 되고 있는 생활사 연구에 중요한 자료를 제공함과 동시에 당대의 삶과 현재의 삶을 비교하고 매개 점을 도출할 수 있는 단서들로 기능할 수 있다. 특히 그 서사적 맥락을 활용한다면 일방적으로 정보를 전달하는 딱딱하고 지루한 방식이 아니라 이야기를 통해 자연스럽고도 흥미롭게 정보를 습득하도록 유도할 수 있을 것이다.

4. 더 생각해볼 문제들

이상으로 대하소설의 문화콘텐츠화 가능성과 그 방향성에 대하여 살펴보았다. 아직은 모든 것들이 불분명한 모색의 시기이기 때문에 전체적인 합의가 이루어지지 않은 부분도 많고 구체적인 방법론들이 확정되지도 못한 상태이다. 그러나 어쩌면 그렇기 때문에 더 많은 가능성들

---

25) 서정민, 「〈삼강명행록〉의 교양서적 성격」, 『고전문학연구』 28, 한국고전문학회, 2005.

을 점쳐보는 희망의 시기라고도 할 수 있을 것이다. 또한 장밋빛 미래
만이 아니라 그 이면에서 제기될 수 있는 문제들에 대해서도 진지하게
고민해 보아야 할 시기이기도 하다.

그런 점에서 인문학에 있어서 문화콘텐츠화란 무엇인가, 즉 인문콘
텐츠의 역할과 의미에 대한 원론적인 질문이 여전히 긴요하다. 인문콘
텐츠는 인문학에 바탕을 둔 교양적 내용물이라는 소재적이고 범주적인
차원을 넘어서는 그 무엇일 필요가 있다. 디지털기술을 기반으로 하는
정보혁명 시대에 올바른 내용물을 채워주고 방향성을 제시해 주는 것,
그리하여 궁극적으로는 인류 공동의 선(善)과 인간해방에 기여하는 것
이 인문콘텐츠가 지향해야 할 바이다.26) 이는 인문학이 전통적으로 수
행해왔던 임무이며, 디지털 시대에도 그 임무에는 변함이 없다.

다수가 공유하는 열린 구조로 이루어지는 디지털 문화의 특성상 표
면적으로는 민주적인 것처럼 보이지만 상대성의 논리에 의해 가치관의
혼란과 왜곡이 발생할 가능성도 있다. 그러나 그 열린 구조를 잘 활용
하면 오히려 인문적 문제의식을 다수가 보다 쉽고 재미있게 공유할 수
있도록 유도할 수도 있을 것이다. 문화콘텐츠화에 임하는 인문학자는
이를 '어떻게' 구현해낼 것인가에 대해 고민할 책무가 있다고 생각된다.

그 점에서 문화콘텐츠를 과도하게 '재화'의 시각에서 바라보고 접근
하는 현재 추세를 반성할 필요가 있다. 물론 문화콘텐츠를 통해 부가가
치를 창출하는 일은 매우 중요하다. 그러나 이를 지나치게 경제적 효용
의 측면에서만 접근하게 되면 문화콘텐츠의 또 다른 측면인 문화적 기
능을 소홀히 하게 되고 그 결과가 다시 경제적 측면에도 악영향을 미치

---

26) 김기덕, 「콘텐츠의 개념과 인문콘텐츠」, 『인문콘텐츠』 창간호, 인문콘텐츠학회, 2003.6, 21~24쪽.

게 되는 순환 구도를 형성하게 될 것임이 자명하다.27) 그러므로 문화콘
텐츠화 산업에 있어서 경제적 부가가치 창출과 문화의 상관 방식에 대
한 모색이 요구되며, 문화 정체성의 구현·강화 방안이 마련되어야 할
것이다.28)

　대하소설을 비롯한 고전의 경우 이미 문화적 가치에 대한 검증이 이
루어진 대상이라는 점에서 문화콘텐츠화의 좋은 자료가 될 수 있다. 그
러나 변화무쌍한 디지털 매체만큼이나 사고의 전환도 급격하게 이루어
지는 현실 속에서 단지 고전이라는 이유만으로 대중의 관심을 끌기는
역부족이다. 오히려 현재의 삶과는 거리를 지니는, 낡고 고리타분한 과
거의 산물로 치부될 수도 있다. 따라서 고전이 지니는 보편적 가치를
재확인하고 이를 어떻게 현재의 삶과 연결시킬 수 있도록 콘텐츠화하
는가가 매우 중요한 과제로 남아 있다.

　이 점에서 개발하고자 하는 문화콘텐츠의 보편성과 특수성을 점검하
는 일이 필요하다. 특수성을 지닌 소재는 호기심을 유발할 수 있다는
장점을 지니지만 동시에 보편성을 획득하지 못하면 그 특수성에 대한
인식을 공유하는 범위 이외의 지역에서는 오히려 배타심이라는 부작용
을 낳을 수도 있다.29) 국내에서는 성공했으나 세계무대에서는 실패한
많은 사례들이 이를 입증한다. 대하소설 관련 문화콘텐츠화 작업이 아
직은 시초 단계로서 기본 자료의 데이터베이스화와 대중적 소개에서부
터 시작하여 가야할 길이 멀지만 그 궁극적 목표는 대하소설이 지닌

---

27) 박기수, 「대중문화 콘텐츠 서사의 향유 전략 연구」, 『인문콘텐츠』 2, 인문콘텐츠학회,
　　2003.12, 200쪽.
28) 위의 글, 201쪽.
29) 송성욱, 「문화콘텐츠 창작소재와 문화원형」, 『인문콘텐츠』 6, 인문콘텐츠학회, 2005.12,
　　84~85쪽.

문화적 특수성과 인류 보편적 정서가 무엇인지를 분별해내고 이를 조화롭게 담아낼 수 있는 콘텐츠를 개발하는 일임을 잊지 말아야 할 것이다.

5. 나오며

문화콘텐츠라는 말이 더 이상 낯설지 않은 상황임에도 불구하고 그 구체적 실체에 대해서는 공유된 바가 그리 많지 않은 듯하다. 이는 아직도 이 분야와 관련하여 많은 부분들이 모색되어야 함을 의미하는 것이라 생각된다. 본고의 논의 역시 그러한 관점에서 시작되었다. 그 대상으로는 우리 소설사의 주요 부분을 차지하면서 현대의 대중문화와도 공유점이 많은 것으로 파악되는 대하소설을 선택하였다. 대하소설의 문화콘텐츠화 가능성을 강조하는 한편 대하소설을 포함한 고전소설의 문화콘텐츠화가 나아가야 할 방향을 점검했다는 데에 이 글의 의의를 두고자 한다.

대하소설은 인간 삶의 보편적인 양상을 가장 풍부하게 담아내는 문학 장르로서 구조적, 소재적, 인식적 차원에서 두루 문화콘텐츠화의 가능성을 지니고 있다. 그러나 이를 콘텐츠화하기 위해서는 작품원전의 유지와 가공 정도, 엔터테인먼트 스토리텔링과 인포메이션 스토리텔링의 구분과 활용 등 구체적인 방법론의 차원에서 고민해야 할 문제들이 많다. 그러나 무엇보다도 이를 인문학적인 차원에서 의미롭게 재창조하기 위한 원론적 고민들이 선행되어야 할 것이다.

본고는 논의의 범주를 원론적인 검토의 차원에 한정하였기에 이러한 논의를 어떻게 현실적으로 적용할 것인가에 대한 연구는 또 다시 과제로 남겨지게 되었다. 이는 보다 구체적인 차원에서 학제 간 협력과 기술적 지원에 힘입어 학술산업의 형태로 이루어질 수 있을 것이므로 학계와 문화산업계의 지속적이고 활발한 상호 교류가 이루어지기를 기대해본다.

위의 글은 『어문학』 103집(한국어문학회)에 실린 논문을 수정·보완하였다.

한국고전소설의 영상콘텐츠화 성공방안

- 영화 〈전우치〉와 〈방자전〉을 중심으로 -

신원선

1. 머리말

영상콘텐츠 산업은 기본적으로 대중문화의 속성을 갖는다. 영상콘텐츠의 상업적 성공은 대중의 보편적인 정서구조를 얼마나 잘 읽어내느냐에 달려 있기 때문이다. 바로 이러한 점에서 한국고전소설의 영상콘텐츠화의 가능성은 무궁무진하다. 오랜 시간 동안 일반 민중들이 즐기고 향유해온 한국고전소설에는 대중들의 보편적 정서를 사로잡는 요소가 담겨 있기 때문이다.

〈춘향전〉으로 대표되는 한국고전소설의 영상화는 한국고전소설의 영상콘텐츠로서의 가능성을 증명하는 대표적인 사례이다. 〈춘향전〉같은 고전소설은 오랜 시간을 두고 대중성이 검증되었다는 점에서 영상콘텐츠로서 장점을 지닌다. 하지만 역으로 대중들이 이들 작품을 너무 잘 알고 있기 때문에 자칫 식상함을 주거나 긴장감이 떨어질 수 있다는 점은 장점 이면의 약점이기도 하다.

따라서 한국고전소설의 영상화 과제는 고전소설이 가지고 있는 본래의 대중성을 담보한 채 어떻게 하면 다 아는 이야기라는 식상함에서 벗어날 수 있는가에 모아진다. 특히 2000년대 후반 들어 이루어지고 있는 고전소설의 영상화에는 대중성 이면의 식상함을 탈피하기 위한 다양한 시도들이 동원된다. 이러한 시도들 중 주목할 만 한 점은 인물 성격의 변화 혹은 배경의 현대화이다.

2005년 방영된 KBS 미니시리즈 〈쾌걸 춘향〉은 고전소설 영상화의 시대적 변화를 알리는 시발점이 된 작품이다. 이 드라마는 배꼽티에 청바지를 입은 엽기 발랄한 현대적 인물 춘향과 악인의 전형이었던 변학도라는 인물의 긍정적인 재해석으로 춘향전이라는 익히 다 아는 이야기의 식상함을 탈피하는데 성공한다.

더 나아가 최근 들어서는 대중적으로 알려진 작품이 아닌 기존 유명 작품과 유사한 계열의 작품들을 새롭게 재창작하거나 등장인물의 재해석을 넘어 주인공의 역할 전복마저 시도하는 작품들이 등장하게 된다. 이러한 대표적인 작품들이 최근에 발표된 영화 〈전우치〉와 〈방자전〉이다.

고전소설 〈전우치전〉은 〈홍길동전〉과 같은 체제의 작품이다. 주인공이 의적 혹은, 조화무궁한 도술을 행하는 것 등에서 유사하다. 〈전우치전〉은 그동안 〈홍길동전〉이나 고우영 창작 작품인 〈일지매〉[1]에 비해 긴장도가 떨어지는 에피소드적 구조로 인해 영상콘텐츠로서 주목을 받지 못했다. 하지만 기존 고전소설의 영상화가 주는 식상함을 탈피하면

---

1) 소설로 창작되지는 않았지만 역사책 속에 소개된 전기적 인물 일지매도 홍길동이나 전우치와 비슷한 류의 인물로 여러 차례 영상화 된 문제적 인물이다. 〈일지매〉는 일간스포츠에 1975년 12월 17일부터 1977년 12월 31일까지 작가 고우영이 만화로 연재한 후 여러 차례 영상화가 시도되었다.

서도 고전이 주는 대중성이라는 장점을 원했던 최동훈 감독에 의해 〈전우치전〉은 영화 〈전우치〉로 재탄생된다. 이제껏 영화나 드라마로 재창조된 적이 없었던 〈전우치전〉의 영상화 시도는 백성들의 빈궁과 질고를 덜기 위해 양반관료들을 응징하고 백성들에게 헌신한다는 의적과, 도술이라는 주요 콘텐츠의 새로운 도전임 셈이다.

영화 〈방자전〉 역시 춘향문화선양회가 춘향의 명예를 훼손했다고 상영금지를 요청할 만큼 고전 〈춘향전〉이 주는 일반적인 상식선을 벗어나 있다.

다시 말해 영화 〈전우치〉나 〈방자전〉의 겉모습만을 통해 우리는 고전소설 〈전우치전〉과 〈춘향전〉의 모습을 재구성해내기 힘들 정도로 이 두 작품들은 원전과는 간극이 있다. 그럼에도 불구하고 영상화된 작품이 아닌 원전을 익히 알고 있는 사람들에게는 이 두 작품 역시 또 다른 〈전우치전〉과 〈춘향전〉일 뿐이다.

이 글에서는 한국고전소설을 영상화한 2009년 12월 개봉작 〈전우치〉와 2010년 6월 개봉작 〈방자전〉을 중심으로 이들 두 영화가 원전과 공유하고 있는 대중성과 그 원전을 뛰어 넘기 위해 시도했던 다양한 방식들을 구조적으로 살펴보고자 한다. 연구대상을 〈전우치〉와 〈방자전〉으로 한정한 이유는 두 작품 모두 2010년 1~9월 전체 영화 흥행 상위 10위권에 링크될 정도로 대중성을 인정받았을 뿐 아니라[2] 두 작품의 차

---

2) 「2010년 3분기 한국영화산업 결산」, 『2010년 3분기(7~9월) 한국 영화산업 통계』, 영화진흥위원회 홈페이지 http://www.kofic.or.kr/cms/58.do. 이 자료에 의하면 「전우치」는 2010년 흥행순위 6위로 관객동원 수 3,612,919명을 기록하였으며, 「방자전」은 흥행순위 10위로 2,986,754명을 기록하였다. 이 기록은 2010년 통계이므로 2009년 개봉한 「전우치」의 실제 총 관객객 수는 6,108,594명으로 지금까지 대한민국에서 개봉한 영화 흥행순위 20위에 링크되어 있다. 「대한민국 영화 흥행 기록」, 『위키백과』, http://ko.wikipedia.org/wiki

별화된 이야기 구조가 한국고전소설의 영상콘텐츠로서의 가능성을 고구하는데 적절한 모델을 제시해 주고 있기 때문이다.

이를 위해 고전소설 〈전우치전〉과 영화 〈전우치〉, 그리고 고전소설 〈춘향전〉과 영화 〈방자전〉을 그레마스의 행위소 모델을 통해 분석해 보고자 한다. 각색 과정을 통해 장르가 달라진 작품들을 그레마스의 행위소 모델을 통해 분석을 시도한 이유는 그레마스의 행위소 모델이 장르 변화를 겪은 고전작품이 담아내고 있는 의미작용을 분석해 내는데 유용한 도식이기 때문이다.

이 글은 한국고전소설과 이를 각색한 영상작품의 구조분석을 통해 한국고전소설의 영상화의 가능성과 문제점을 찾아냄으로써 향후 한국 고전소설이 대중적 영상콘텐츠로서 성공할 수 있는 방안을 제시하는데 그 목적이 있다.

2. 그레마스의 행위소 모델과 의미작용

문화기호학에서 '문화콘텐츠'3)란 총체적 기표와 다양한 기의가 연결된 기호들의 연쇄적 조합이 창출하는 결과물이다.4) 따라서 문화콘텐츠를 이해하기 위해서는 기호학에 대한 이해가 필수적이다. 기호학에서 어떤 기호가 얼마나 많은 다른 의미들을 수신자에게 일으킬 수 있는가 하는 문제를 연구대상으로 삼고 있기 때문이다. 하나의 기호를 만들기 위해서는 두 가지가 필요하다. 그것이 바로 기표와 기의이다. 다시 말

---

3) 이 논문에서 쓰는 영상콘텐츠 개념은 문화콘텐츠의 하위 범주라고 이해하면 된다.
4) 백승국, 『문화기호학과 문화콘텐츠』, 다할미디어, 2004, 20쪽.

해 '기호=기표+기의'인 것이다. 소쉬르는 바로 기표와 기의의 총체를 기호라고 정의한다.[5]

전체적 의미 작용의 결정적인 요소는 내부세계에 축적되어 있는 기의이다. 어떤 기표가 주어질 때 그것에 연결시킬 적당한 기의가 없으면 의미작용은 일어나지 않는다.

의미작용(signification)은 정신적 운반체인 기표에 기의를 결합 하거나 기호에 기의를 추출하는 과정을 말한다. 이러한 의미작용은 코드화와 함께 동시에 이루어지는데 코드화란 기의와 기표 간의 관계를 정립하고 정립된 관계를 약속에 의해서 기호 사용자들에게 수용 또는 납득시키는 기호학적 조작을 말한다. 이러한 기호의 조직 원리를 코드(code)라고 부르며 다중 코드로 된 담론을 내용으로 하는 메시지를 텍스트(text)라 부른다.

하나의 텍스트를 통합체로 볼 때 두 가지 범주로 구분 될 수 있는데 하나는 사건의 주체들이고 다른 하나는 사건의 고리이다. 사건들의 고리는 먼저 사건의 주체들이 연출하는 의미 있는 역할들과 이런 행동들이 일어나는 순차로 되어있다. 러시아 민속학자 프로프(Propp)는 민화형태론 「Morphology of the Folktale」(1927)에서 신화와 같이 설화의 원초적 형태를 지닌 민화를 일정하게 통합해 내는 중요한 요소는 이야기의 등장인물 자체가 아니고 등장인물의 기능(function) 즉 그들이 행하는 역할이라고 했다[6] 그레마스(Greimas)는 기능적 관점에서 이야기에 보편적으로 6개의 배역이 나타난다고 보고 이것을 도식화시켰다.[7]

---

5) 김경용, 『기호학이란 무엇인가』, 민음사, 2004, 27쪽.
6) 전동렬, 『기호학』, 연세대학교 출판부, 2005, 133쪽.
7) 그레마스의 행위소 모델은 그의 초기 저서 구조 의미론(1966)에 제시된 도식에서 유래한 것이다. 그레마스는 구조의미론 이후 의미에 대하여 I, II,(1970, 1983) 기호학 사전(1979)

〈그레마스의 행위소 모델〉

발신자(Destinateur) → 대상(objet) → 수신자(Destinataire)
↑
조력자(adjuvant) → 주체(sujet) ← 대립자(opposant)

　여기서 주체는 어떤 가치 있는 대상 또는 욕망의 대상을 찾아 나서는 주인공이다. 이런 의미에서 주체와 대상의 관계는 욕망의 관계로 정의된다. 탐색의 과정에는 도움을 주는 자와 방해자가 개입을 하게 마련이다. 그런데 발신자와 수신자란 무엇인가 하는 문제는 그리 간단하지가 않다. 위의 도식은 대상이 발신자에게서 수신자에게로 전달됨을 나타낸다. 그레마스는 발신자와 수신자의 관계가 커뮤니케이션, 즉 전달의 축을 이룬다고 말한다. 그렇다면 주체가 대상을 찾아 나서서 결국 이를 획득하는 과정과 발신자가 대상을 수신자에게 전달하는 과정 사이에는 어떤 관계가 있는가 하는 문제가 제기될 수 있다. 주체 → 대상의 도식은 결국 대상이 주체의 소유가 된다는 것을 나타내고 있다. 그런데 발신자 → 대상 → 수신자의 도식에 따르면 대상이 수신자의 손에 들어가게 된다. 대상을 얻는 두 행위소가 둘이 되는 셈인데, 이 두 행위소, 즉 주체와 수신자가 서로 어떤 관계에 있는지 위의 도식은 제대로 말해 주지 못하고 있다.

　그레마스는 기호학 사전(1979)에서 발신자의 두 가지 기능을 명백히 구분한다. 하나는 조작하는 발신자이고 다른 하나는 심판하고 은혜를 베푸는 발신자이다. 그러나 이들 기능은 동떨어진 것이 아니라 이야기의 전 과정에서 차례차례 나타나는 발신자의 두 가지 양상에 지나지

_____

등의 저서에서 모델을 수정하며 그 의미를 좀 더 분명히 한다.

않기 때문에, 그레마스는 조작하는 발신자를 최초의 발신자로, 심판하
는 발신자를 최후의 발신자로 명명하고 있다.[8]

조작하는 발신자든, 심판하는 발신자든 간에, 우리는 발신자를 이야
기 속에 등장하는 가치체계의 관리자라고 정의할 수 있다. 이 가치 체
계에 입각해서 발신자는 주체를 탐색의 길로 인도하고 그의 행동에 대
한 평가를 내리게 된다.

그리고 이러한 해석에 따를 때 수신자와 주체는 항상 일치하게 된다.
주인공은 욕망의 대상과의 관계에서 주체로 정의되고, 발신자와의 관
계에서 수신자가 된다. 발신자는 수신자를 평가하고, 이 수신자는 주체
로서 자기가 원하는 대상에 일정한 가치를 부여한다. 이러한 행위소적
구조를 다음과 같은 도식으로 나타낼 수 있다.

발신자 → 수신자 = 주체 → 대상

이 글에서는 실제적으로 특정한 가치체계를 주체에게 직접적으로 명
확하게 전달해 주는 발신자뿐 아니라 주체로 하여금 최종적으로 어떤
가치를 지향하도록 유동시키는 정보제공자도 궁극적으로 가치체계의
관리자인 발신자로 보고자 한다.

결론적으로 이 글은 발신자를 가치체계의 관리자로 보고 수신자와
주체가 일치한다는 관점에서 영화의 콘텐츠가 되었던 원작 〈전우치전〉
과 영화 〈전우치〉, 그리고 원작 〈춘향전〉과 영화 〈방자전〉을 그레마스
의 행위소 모델을 중심으로 구조 분석을 해 보고자 한다.

---

8) 김태환, 「그레마스의 행위소 모델 수용의 문제점 : 발신자 수신자 개념을 중심으로」,
『독일어문화권연구』 10, 서울대학교 독일학연구소, 2001, 114~115쪽.

3. 〈전우치전〉의 구조와 영상화 전략

1) 고전소설 〈전우치전〉

전우치라는 인물의 정확한 생몰연대는 밝혀져 있지 않지만 조선 중기에 실재했던 인물로 추정된다. 다만 출신지에 대한 기록은 해서, 송경, 서울, 담양, 평안도 등으로 다양하다. 전우치와 관련된 이야기가 수록된 대표적 문헌으로는 이기의 『송와잡설』(松窩雜說), 유몽인의 『어우야담』(於于野談), 이수광의 『지봉유설』(芝峰類說), 허균의 『성소부부고』(惺所覆瓿藁), 홍만종의 『해동이적』(海東異蹟), 이덕무의 『청장관전서』(靑莊館全書), 이원명의 『동야휘집』(東野彙輯) 등이다.9)

이상의 여러 문헌자료에 전우치의 기이성이 다양한 방식으로 기술되어 있다는 점, 홍만종의 『해동이적(海東異蹟)』이라는 책에 한국 선도의 대표적인 인물인 토정 이지함이나 남사고, 김시습, 강감찬, 서경덕, 곽재우 등 실존 인물들과 더불어 기록되어 있다는 점을 미루어 볼 때 전우치 역시 이지함이나 남사고 등과 같은 실존 인물이었을 것으로 추정된다. 문헌자료가 전우치의 시가 아주 맑고 격조가 있었다고 증언하듯 실존 인물 전우치는 그의 기이한 행적을 제외하고는 유교적 의미의 단정한 선비에 가까운 이미지로 묘사된다.10)

---

9) 실존인물 전우치에 관한 위의 문헌자료의 내용은 조동일, 『전우치전』(시인사, 1983) 171~185쪽의 내용을 참고할 것.

10) 정환국은 「전우치 전승의 굴절과 반향」이라는 논문에서 전우치가 16세기까지 자료에서는 서경덕, 이지함 등과 같은 한국의 이인들과 일맥상통하는 모습을 보이다가 17세기부터 비판받는 존재로 변하게 되었다고 이야기한다. 그리고 이런 구체적 예로 『죽창한화』와 『천예록』 소개되어 있는 패륜적 문제아의 모습을 가진 전우치 관련 자료를 들고 있다. 정환국, 「전우치 전승의 굴절과 반향」, 『민족문학사연구』 제41권, 민족문학사학회, 2009, 234~235쪽. 전체적으로 전우치 관련 자료를 조망해 보았을 때 실존인물 전우치는 고전소설 속 전우치에 비해 좀 더 긍정적인 요소를 가진 인물임에 틀림없다.

그러나 도술에 능통하고, 병든 자를 고쳐주고, 죽었다 다시 살아났다는 문헌자료의 기록은 서로 인과 관계가 성립하지 않는 에피소드의 나열이기 때문에 하나의 이야기 구조로 보긴 힘들다. 그럼에도 불구하고 이런 실제 인물을 배경으로 한 에피소드들이 중심이 되어 후세 사람들이 〈전우치전〉이라는 고전소설을 남긴 것으로 보인다. 다만 소설 속의 전우치는 문헌자료에 기록된 사적인 영역의 도술을 지양하고 학정을 하는 임금과 부패한 관리의 기득권을 도술을 통해 희롱하는 친서민적인 도사로 각색된다.

문헌자료 속의 실제 전우치 이야기와 소설 〈전우치전〉의 가장 큰 차이는 무엇보다도 서화담이라는 전우치와 대립되는 인물의 등장이다. 그러나 서화담 역시 고전소설 〈전우치전〉의 마지막에 등장하는 대립자일 뿐 처음부터 전우치와 대립 구도를 만들어 내지는 못하고 있다. 〈전우치전〉의 전반적인 구조가 유기성을 가진 완결된 구조가 아니라 각기 에피소드적인 사건들이 나열되어 있는 그런 구조를 따르고 있기 때문이다.

이러한 구조는 각기 다른 에피소드들로 구성되어 있는 소설 〈전우치전〉 이본의 주요 공통점 중 하나이다. 현재까지 전해지고 있는 〈전우치전〉의 이본은 경판 37장본, 경판 22장본, 경판 17장본, 일사본, 나손본, 사재동 본, 박순호 본, 신문관본, 세창 서관본 『잡기유초(雜記類抄)』소재 한문본, 『죽창한화』소재 한문본 등이 있다. 이들 이본은 크게 일사본계, 난손본계, 한문본의 세 부류로 나눌 수 있다. 이중 〈전우치전〉의 대표적인 계통은 일사본계인데, 일사본계는 한문본을 토대로 이루어져 있다.[11]

---

11) 박일용, 「전우치전과 전우치 설화」, 『영웅소설의 소설사적 변주』, 월인, 2003, 239쪽.

논의의 진전을 위해 이 논문에서는 『잡기유초(雜記類抄)』에 전하는 한문본 〈전우치전〉과 일사본계의 하나인 윤세평이 주해한 국문본 〈전우치전〉을 중심으로 줄거리를 살펴보고자 한다.

『잡기유초(雜記類抄)』 한문본 〈전우치전〉

1. 조선 중종 때 전우치라는 이가 살았는데 문장이 능하고 여러 가지 재주를 지녔으나 과거에 번번이 떨어졌다.
2. 삼각산의 절에서 공부하던 중 여우로 둔갑한 소년에게 천서를 얻어 도술을 할 수 있게 되었다.
3. 사대부의 집이나 궁궐 안을 출입하며 인륜에 어긋나고 의롭지 못한 짓을 벌이고 다니던 전우치가 꺼리는 존재는 오직 두 사람뿐이었다.
4. 재주를 자랑하고 싶어 하던 전우치가 신선술을 추구하던 윤군평과의 도술에서 패하게 된다.
5. 서화담과 도술을 겨뤄보기 위해 화담의 아우 서숭덕을 찾아간 전우치는 화담과 도술 대결을 벌인 후 대패한다.
6. 서화담은 자신이 전우치의 도술을 이긴 것은 올바름이 사악함을 제압한 것이라며 전우치로 하여금 다시 함부로 요사스런 도술을 부린다면 목숨을 잃을 것이란 충고를 한다.
7. 이로부터 전우치는 자취를 감추어 세상에서는 그 종적을 알지 못했다. 사람과 함께 문장까지도 버리고 말았으니, 애석한 일이다.(전우치에 대한 작가의 평가)[12]

윤세평이 주해한 국문본 〈전우치전〉

1. 송경 숭인문 안에 사는 전우치는 높은 스승을 좇아 오묘한 이치를 통하고 신기한 재주를 얻었으나 이를 감추고 숨어 지내었다.

---

12) 박희병·정길수 편역, 「전우치전」, 『낯선 세계에로의 여행』, 돌베개, 2007, 필자 줄거리 요약.

2. 나라에 흉년이 들고 해적이 난무하고 백성이 참혹한 지경에 빠져도 조정의 벼슬하는 이들이 권세 다툼만 하자, 전우치는 천하로 집을 삼고 백성으로 몸을 삼으리라 결단한다.

3. 선관(선계의 관원)으로 위장한 전우치는 임금에게 황금 들보를 얻어 가난한 사람을 구제한다.

6. 잔치에 참석했다가 교만하게 구는 운생과 성생, 그리고 창기들의 성기를 없앴다가 사과를 받은 후 원상태로 만들어 준다.

7. 효성이 지극하고 빈곤한 사람을 많이 구한 장계창이 억울한 누명으로 처형당하게 되자 도술을 써서 구해 준다.

8. 가난한 선비인 한자경에게 신비한 족자를 주어 부친의 장사를 치르고 노모를 봉양케 한다. 한순간 욕심으로 전우치의 당부를 무시한 한자경이 궁중에 붙들려 처형당하게 되자 한자경을 구출한다.

9. 국가의 회유책인 벼슬을 받은 전우치는 선전관들이 신참례를 들어 괴롭히자 도술을 써서 선전관들을 골탕 먹인다.

10. 엄준이라는 도적이 노략질과 살상을 일삼자 전우치가 자원하여 토벌에 나선다. 둔갑술로 엄준의 항복을 받아내고 엄준과 그 졸개들을 방면하여 양민으로 살게 한다.

11. 경성으로 돌아오자 조정백관들이 모두 전우치의 공을 치하하는데 일전에게 우롱을 당한 선전관들이 아무도 보이지 않자 우치가 다시 한번 꿈을 통해 그들을 혼내준다.

12. 역모사건에 억울하게 연루된 전우치는 국문을 당하던 중 임금에게 마지막으로 그림을 그리게 해달라는 청을 한 후 자신이 그린 나귀를 타고 그림 풍경 속으로 사라진다.

13. 왕이 친국할 때 전우치를 죽이려 했던 이부상서 왕여희를 구미호로 변하게 만들어 골탕 먹인다.

14. 투기심으로 전우치의 미인도를 찢은 오생의 부인 민씨를 구렁이로 변하게 하여 뉘우치게 만든다.

15. 상사병에 걸린 친구 양봉환을 위해 수절과부 정씨를 데려오다가 강림도령에게 들킨다. 강림도령은 절부 정씨를 훼절시키려는 우치를 도술로 혼내 준 후 환형단을 주어 가난한 탓에 시집을 못간 노처녀로 정씨를 대신케 한다.

16. 전우치가 도학이 높다는 서화담을 찾아 갔다가 그의 동생 용담과 도술을 겨루어 이긴다.

17. 며칠 후 화담과 도술을 겨루어 진 우치는 화담과 함께 태백산으로 들어가 정대한 도리를 궁구한다.[13]

이상의 한문본 〈전우치전〉과 국문본 〈전우치전〉의 대략적인 줄거리를 비교해 보면 두 판본의 이야기 성격이 전연 다르다는 사실을 알 수 있다. 한문본에는 민중의 대변자이자 도사 전우치의 활약상보다는 사악함은 올바름을 이길 수 없다는 메시지를 전달하는데 주력하고 있기 때문이다. 결국 전우치의 도술은 윤군평과 서화담의 도술에 못 미치는 하급의 사술이며, 이런 사술 때문에 전우치의 뛰어난 문장까지 버리고 말아서 애석하다는 작가의 논평을 통해 한문본 〈전우치전〉이 지향하는 바를 짐작할 수 있다.

이와 달리 국문본 〈전우치전〉은 현재 우리가 알고 있는 민중의 영웅 전우치의 모습이 비교적 구체적으로 묘사되고 있다. 그러나 국문본 역시 큰 틀 안에서는 한문본 〈전우치전〉과 마찬가지로 전우치가 강림도령과 서화담보다 한 수 아래의 술사로만 치부될 뿐이다. 국문본 〈전우치전〉이 한문본 〈전우치전〉의 한계를 뛰어넘어 전우치를 민중의 마음을 대변하는 영웅으로 끌어 올리려는 노력을 했지만 결국 도학자 서화

---

13) 윤세평 주해, 「전우치전」, 『홍길동전·전우치전』, 한국문화사 영인, 흑룡강인문출판사, 1997, 필자 줄거리 요약.

담, 그리고 여인의 절개를 중요시하는 강림도령이라는 기득권의 진리를 뛰어넘고 있지는 못하다. 결국 일반 민중들에게 카타르시스를 전해주던 전우치의 통쾌한 도술은 당대의 학자인 서화담으로부터는 패배함으로써, 난세를 구할 수 있는 길은 신비한 도술이 아닌 정도임을 주장한다.

지금까지 살펴본 바대로 한문본이든 국문본이든 소설 〈전우치전〉에는 실제 전우치 관련 문헌자료에는 등장하지 않는 서화담이라는 전우치와 대립되는 인물을 등장시킴으로써 소설적 긴장감을 고조시킨다.

그러나 이러한 대립자 역시 시종 일관 소설에서 전우치의 대립자 역할을 하는 것이 아니라 후반부의 대립자일 뿐이다. 따라서 각 에피소드별로 전우치의 대립자는 임금이나, 양반기득권 계층, 윤군평, 강림도령, 서화담 등으로 매 에피소드마다 바뀌게 된다. 또한 전우치가 바라는 대상 역시 백성 구제에서 최고의 도술가로, 그리고 정대한 도리의 깨달음 등으로 각 에피소드마다 각기 다르게 변하게 된다. 또한 〈전우치전〉에는 이러한 대상에 대한 정보를 제공해 주는 발신자나 주체인 전우치를 도와주는 조력자 역시 드러나지 않는다. 발신자가 없기 때문에 발신자의 정보를 제공받을 수신자 역시 존재하지 않게 된다. 위 예문에서 살펴본 대로 한문본 〈전우치전〉 마지막 에피소드에는 서화담이라는 대립자를 통해 사악함은 올바름을 이길 수 없다거나 난세를 구할 수 있는 길은 신비한 도술이 아닌 정도임을 드러내고 있긴 하다. 따라서 이 마지막 에피소드의 발신자를 서화담으로 볼 수 있다는 논란이 있을 수 있다. 하지만 마지막 에피소드 부분의 서화담을 발신자로 보기에는 전우치가 수신자의 역할을 제대로 하고 있지 않다는 문제점이 지적될 수 있다. 전우치가 자취를 감추어 세상에서 그 종적을 알지 못하

게 된 이유가 "정도가 사술을 이길 수 있다"는 서화담의 발신을 주체인
전우치가 받아들이고 수용했기 때문인지에 대해 명확히 드러나 있지
않기 때문이다. 따라서 서화담이 이야기한 "정도가 난세를 구할 수 있
다"라는 이야기는 전우치에 대한 발신이 아닌 서화담이 등장하는 에피
소드 부분의 주제라고 보는 것이 타당하다. 앞서의 각기 다른 에피소드
들의 주제 역시 〈전우치전〉의 마지막 주제와는 각기 다른 양상을 보여
주고 있기 때문이다.

이를 그레마스의 행위소 모델식으로 도식화 시켜 보면 소설 〈전우치
전〉의 구조가 행위소 모델과는 거리가 있는 구조임을 알 수 있다.

고전소설 〈전우치전〉의 행위소 모델

발신자 X　　→ 백성구제/최고의 도술가/정대한 도리 외(대상) → 수신자 X
서화담(?)

　　　　　　　　　　　　↑

조력자 X　　→　　　전우치(주체)　　← 임금 및 양반 기득권계층(대립자)
　　　　　　　　　　　　　　　　　　윤군평/강림도령/서화담 외

이러한 고전소설 〈전우치전〉의 유기적이지 못한 에피소드식 구조는
〈전우치전〉의 소재 여부와는 상관없이 일반적으로 드라마가 될 수 있
는 기본적인 구조와는 거리가 있다. 따라서 〈전우치전〉은 그동안 현대
영상물의 콘텐츠로서 외면 받을 수밖에 없었던 것이다. 고전소설의 영
상콘텐츠화가 가능한지 아닌지의 판단 기준은 단순히 소재적 차원이
아닌 구조적 차원이기 때문이다.

2) 〈전우치〉의 영상화 전략

(1) 구조의 재구성

고전소설 〈전우치전〉이 영상화가 되기 위한 첫 번째 전제 조건은 원작이 가지고 있는 비드라마적 구조를 드라마적 구조로 전환하는 것이다. 작품구조의 전환은 작품을 새롭게 창작하는 것 이상의 고난도 작업을 의미한다. 결국 영화 〈전우치〉는 〈전우치전〉 후반부에 등장하는 전우치와 서화담의 대립구도 하나만을 제외하고는 모든 구조를 새롭게 재창조하게 된다.

영화 〈전우치〉의 구조가 어떻게 완성되고 재창조되었는지 살펴보기 위해 대략적인 줄거리부터 살펴보도록 하자.

> S① 500년 전, 신선의 수장 표훈대덕이 잡아 놓고 있던 요괴들이 미관말직 세 신선들의 실수로 풀려나고, 전설의 피리 '만파식적'이 요괴 손에 넘어가 세상이 시끄러워진다.
>
> S② 신선들은 당대 최고의 도인 천관대사와 화담에게 도움을 요청해 요괴를 봉인하고 '만파식적'을 둘로 나눠 두 사람에게 각각 맡긴다.
>
> S③ 천관대사의 제자 전우치가 둔갑술로 임금을 속여 한바탕 소동을 일으키자, 천관대사가 전우치에게 마음을 비울 줄 알아야 비로소 진정한 도사가 될 수 있다는 이야기를 한다.
>
> S④ 신선들이 화담과 함께 천관대사를 찾아가지만 천관대사는 누군가에게 살해당하고 피리 반쪽이 사라진다.
>
> S⑤ 범인으로 몰린 전우치는 신선들에 의해 자신의 개 초랭이와 함께 그림족자에 봉인된다.
>
> S⑥ 2009년 서울, 과거 봉인된 요괴들이 하나 둘 다시 나타나 세상을 어지럽힌다.

S⑦ 신부, 중, 점쟁이로 현대를 살고 있던 신선들이 요괴를 대적키 위해 화담을 찾지만, 찾지 못하고 박물관 전시품이 된 그림족자를 찾아 전우치와 초랭이를 불러내 요괴들을 잡아 오면 봉인에서 완전히 풀어주겠다는 제안을 한다.

S⑧ 전우치는 요괴사냥은 뒷전인 채 달라진 세상구경에 바쁘고, 과거 첫눈에 반한 여인과 똑같은 얼굴을 한 서인경을 만나 사랑놀음까지 시작한다.

S⑨ 요괴의 혼에 정복당해 천관대사를 살해한 화담이 현대에 나타나고 화담은 만파식적의 행방을 두고 전우치와 대적한다.

S⑩ 요괴의 수괴가 된 화담이 서인경과 키스함으로써 서인경도 요괴가 된다.

S⑪ 초랭이는 화담이 사람으로 되게 해 준다는 말에 속아 전우치의 부적을 훔쳐 화담에게 가져다준다.

S⑫ 부적이 없어 화담에게 계속 당하기만 한 전우치는 마지막 남은 부적 하나를 건물 위에서 떨어지고 있는 서인경을 구하는데 사용한다. 바로 그 순간 전우치는 부적이 없어도 도술을 할 수 있는 진정한 도사가 된다.

S⑬ 전우치와의 싸움에서 화담이 위기에 처하자, 그는 공간을 만들어 그속에 숨는다. 이 공간은 전우치에게 그동안 현대에서 화담과 싸운 일이 모두 꿈이라는 암시를 주지만 전우치는 예전에 같은 공간에서 천관도사가 죽으며 남긴 "거문고를 쏴라"라는 글이 떠올라 활을 집어 거문고를 쏘게 된다. 그 순간 초랭이와 천관대사가 사라지고, 거문고 속에 숨어 있던 화담선생이 그 활을 맞고 다치게 된다.

S⑭ 화담은 숨어 있던 공간에서 나와 남은 피리 반쪽을 찾아 붙여 불게 된다. 그리고 요괴가 갇혀 있던 호리병이 흔들리며 요괴가 호리병에서 튀어 나오려는 순간 호리병이 멈춘다. 서인경이 매화꽃을 큰 가지채로 꺾어 화담 선생의 옆구리에 찔렀기 때문이다. 500년 전 매화

꽃이 허리에 피기까지 화담이 피리를 가진다는 무당의 예언이 이루
어진 것이다.

S⑮ 자신의 패배를 인정한 화담이 스스로 그림 속에 들어가 갇힌다.

S⑯ 현 시대를 살고 있는 전우치와 서인경이 500년 전 서인경이 보고
싶어 하던 바닷가로 놀러가면서 영화는 끝이 난다.[14]

영화 〈전우치〉의 등장인물들을 그레마스의 행위소 모델로 도식화 시
켜 보면 다음과 같다.

영화 〈전우치〉의 행위소 모델

천관대사(발신자) → 진정한 도사(대상) → 전우치(수신자)

↑

초랭이(조력자) → 전우치(주체) ← 서화담(대립자)

신선들   요괴들

위 도표를 통해 알 수 있듯이 영화 〈전우치〉의 구조가 고전소설과는
달리 그레마스의 행위소 모델에 적합하게 완전히 재창조되고 있음을
알 수 있다. 이 과정에서 대립자인 서화담을 제외하고 조력자인 초랭이
와 신선, 그리고 발신자인 천관대사 등의 인물이 새롭게 추가된다.

천관대사는 진짜 도사가 되고 싶어 하는 전우치에게 "넌 결코 진정한
도사가 될 수 없다"고 선언한다. 왜 그러냐고 따지는 전우치에게 천관
대사는 "넌 마음을 비우는 법을 모르니까"라는 말을 통해 진정한 도사
가 되기 위해서는 마음을 비우는 법을 알아야 한다는 정보를 전우치에
게 제공한다. 천관대사의 정보제공에 의해 전우치가 바라는 대상은 청

---

14) 이상의 장면별 영화 줄거리는 영화 〈전우치〉의 내용을 필자가 요약 정리한 것임.

동검과 청동거울이 있어야 될 수 있는 진짜 도사에서 마음을 비워야 될 수 있는 진정한 도사로 바뀌게 된다. 겉으로 보기에는 진짜 도사나 진정한 도사라는 기표에 부여된 기의 모두 부적 없이 도술을 할 수 있는 사람이라는 현상학적으로 동일한 기의로 보인다. 하지만 이 기표와 기의가 합쳐져서 만들어지는 기호의 의미는 확연히 차이가 난다. 이 둘의 차이는 무언가를 가져야만 될 수 있는 것과 자신의 모든 것을 버려야만 될 수 있는 것의 차이이기 때문이다.

결국 영화 〈전우치〉에서 진정한 도사라는 기표와 그 기표가 의미하는 기의가 합쳐져서 만들어낸 기호는 영화 〈전우치〉를 관람하는 다양한 수신자가 처한 사회·문화적 맥락과 개인적인 경험에 따라 다양한 의미로 확대 재생산 된다.

고전소설 〈전우치전〉은 소설 제목이 〈전우치전〉임에도 불구하고 전우치의 패배, 서화담의 승리로 이야기의 구조가 마무리된다. 이와 같은 원작의 결말은 전우치의 통쾌한 도술로 기득권층을 비판하는 데에는 동의하였음에도 결국 전우치의 도술이 정도가 아니며 그러한 도술이 당시 사회를 변화시키는데 어떤 역할도 하지 못하리라는 당시 민중들의 세계관이 소설 속에 반영되어 있기 때문이다.

이와 달리 영화 〈전우치〉는 고전 원작의 통쾌한 민중들의 억울함을 풀어 주는 민중의 영웅으로서의 전우치의 성격을 가져오면서도 여기서 한 걸음 더 나아가 악동 전우치를 진정한 도사로 거듭나게 만들고 있다. 이러한 전우치의 성장은 원작 속의 정도를 표방한 서화담이란 인물을 요괴라는 악의 근원으로 전락시킴으로써 가능하게 된다.

더불어 영화 〈전우치〉는 원작에 없던 초랭이와 세 명의 신선들이란 조력자를 통해 이야기를 앞으로 진전시키고 연동시키는 데 도움을 받고 있다. 결국 전우치의 대립자인 서화담의 성격 변화, 조력자인 초랭이와 신선 등 새로운 인물의 보완은 에피소드식 이야기를 플롯을 가진 입체적 이야기 구조로 만드는데 필수불가결한 과정이었음을 알 수 있다.

(2) 미분적(未分的) 세계관의 시각화

영화 〈전우치〉를 고전소설이라는 식상함에서 벗어나게 만들고 있는 스펙터클한 장면의 원천은 영화 〈전우치〉만이 가지고 있는 다양한 시·공간의 미분성(未分性)이다. 사실 원작인 고전소설 속의 시·공간의 미분성(未分的)은 그림 속과 현실세계가 소통이 가능하다는 것 정도뿐이다. 영화 〈전우치〉는 여기서 한 걸음 더 나아가 그림 속과 현실세계뿐만 아니라 과거와 현재, 꿈과 현실, 현실과 가상공간, 사람과 사람, 사람과 동물 등 다양한 시·공간을 단절되지 않고 하나로 자연스럽게 이어지고 있다는 느낌을 통해 자유로운 시·공간의 이동을 관객들이 거부감 없이 받아들이게 만든다.

사실 한국고전소설이나 신화의 가장 큰 특성인 시·공간의 미분성(未分性)은 그동안 한국고전소설의 전근대적이고 비논리적 특성으로 인식되기도 하였다. 그러나 최근 들어 고전소설의 이러한 시·공간의 미분성(未分性)은 고전소설을 각색한 작품이 서양의 블록버스터 영화를 대적할 수 있는 스펙터클한 장면을 연출할 수 있는 영상콘텐츠의 주요 원천으로 작용한다.

영화 〈전우치〉에 등장하는 미분적(未分的) 세계관이 나타나는 구체적 사례를 살펴보면 대략 다음과 같은 세 가지 정도로 크게 분류된다.

(1) 등장인물간의 미분성(未分性)

① 인간 ⇔ 짐승(개, 말)

② 인간(서화담, 서인경, 의사) ⇔ 요괴

③ 신선 ⇔ 인간(무당, 중, 신부)

④ 인간(서화담) ⇔ 인간(점보는 아줌마)

(2) 시·공간의 미분성(未分性)

① 500년 전 조선시대 ⇔ 2009년 현재 서울

② 500년 전 조선시대 ⇔ 이국의 바닷가

③ 2009년 현재 서울 ⇔ 이국의 바닷가

④ 2009년 현재 서울 ⇔ 2009년 현재 영화 촬영장

(3) 2차원과 3차원 공간 간의 미분성(未分性)

① 사진 ⇔ 실제 사물(맥주, 술, 치킨 등)

② 영상 ⇔ 실제 사물(TV 뉴스 속 사물)

③ 그림 속 세상 ⇔ 실제 세상

원작소설이 그림 속 세상과 실제세상이 소통되는 공간적 차원의 미분성(未分性)에 국한되어 있다면 영화〈전우치〉는 여기서 더 나아가 다양한 방식의 미분적(未分的)인 세계관을 보여준다. 우선 인물간의 자유로운 미분적 소통이 그것이다.

전우치의 파트너인 초랭이는 일명 개 인간이다. 원래 정체는 개인데, 평상시 전우치와 함께 다닐 때는 인간이며, 필요에 따라 말로 변하기도 한다. 인간과 짐승 사이의 미분성을 보여주는 사례이다. 또한 인간이 요괴로 변하며, 신선이 공간을 이동하여 인간이 되기도 하며 같은 인간이라 하더라도 각기 다른 인물로 변화하는 모습을 보여준다.

이러한 등장인물간의 미분성은 우리의 건국신화인 단군신화에 드러
나는 미분적 특성과 유사하다. 단군신화를 보면 신격인 환인의 아들 환
웅이 인간이 되고, 곰인 웅녀 즉 짐승이 인간이 되고 환웅과 웅녀 사이
에서 태어난 인간 단군이 다시 산신이 되는 등, 인간과, 짐승과, 신 사
이의 소통이 자유로운 미분적인 세계관을 보여준다.15) 영화 〈전우치〉
에 등장하는 등장인물들도 신선이 인간으로, 짐승이 인간으로, 인간이
요괴로, 요괴가 인간으로 변하는 등 필요와 때에 따라 등장인물들은 자
신들의 본래 모습에서 다른 모습으로 자유롭게 변화가 가능한 모습을
보여준다.

영화 〈전우치〉속 시·공간의 이동 역시 이 영화를 지배하는 핵심적인
부분이다. 가장 큰 시·공간의 이동은 500년 전 조선시대와 2009년 현
재 서울이라는 과거와 현재를 아우르는 시·공간의 이동이다. 500년 전
과 현재에서 자신들이 가고 싶은 공간으로 이동하는 공간 이동 그리고
2009년으로 같은 현재지만 이동수단을 통한 이동이나 영화의 장면 편
집을 통한 공간 이동이 아닌 특정 지점을 통과하면 다른 공간으로 이동
되는 방식을 통해 시·공간의 미분적인 특성을 자연스럽게 보여준다.

마지막으로 원작소설에서는 단순히 그림 속 세상과 현실 속의 세계
가 서로 소통할 수 있는 정도의 미분성을 보여준 반면에 영화 〈전우치〉
는 2차원적 평면을 단순히 그림에 한정하지 않고, 그림뿐만 아니라, 사
진, TV 화면 등 현대판 2차원 평면을 부가적으로 사용함으로 관객들의
흥미를 유발하는 데 성공한다.

한국고전소설에 자주 등장하는 미분적인 세계관은 그동안 설득력이

15) 단군신화에 나타난 미분성에 대한 자세한 사항은 신원선, 「단군신화와 무속」, 『한민족문
화연구』 3집, 한민족문화학회, 1998, 1~18쪽을 참고할 것.

떨어지는 비논리적이라는 이유로 현대소설과 구별되는 대표적 차이점으로 인식되어 왔다. 하지만 이러한 미분적인 세계관은 현대인들의 구미에 맞는 다양한 볼거리와 욕구를 충족시켜 줄 수 있는 원천으로서의 가능성을 보여준다.

특히 전우치가 시종일관 보여주는 독특하고 화려한 도술부터 실감나는 요괴들의 변신 모습, 개 인간 초랭이의 변신, 그리고 영화의 후반부에 등장하는 전우치와 화담의 물과 불의 대결 장면 등은 모두 앞서 언급한 미분적 세계관에 기반을 한 것이다.

화려한 CG 역시 대부분 미분적인 세계관이 표출된 장면에서 사용되고 있는 점을 보면 한국고전소설에 나타나고 있는 미분적 세계관이 현대 영상물의 상상력과 시각적인 효과를 높이는데 유효하게 사용될 수 있는 영상콘텐츠의 원천임을 알 수 있다.

4. 〈춘향전〉의 구조와 영상화 전략

1) 고전소설 〈춘향전〉

〈방자전〉의 원작인 〈춘향전〉의 정확한 창작시기와 작자는 알려지지 않았으나 조선 영조에서 순조 때까지 이루어진 것으로 추측된다. 조선 후기 전라도 남원을 배경으로 하고 있으며, 염정 설화, 암행어사 설화 등이 합쳐져 판소리 〈춘향가〉로 발전하였고, 판소리 사설이 소설로 각색되어 전하고 있다.

〈춘향전〉의 판본은 이본(異本)이 4종, 사본이 약 20여 종, 활자본이 50여 종, 번역본이 6, 7종이 있는데 대표적인 것은 경판 〈춘향전〉과

완판 〈열녀춘향수절가(烈女春香守節歌)〉이다.16)

〈전우치전〉과 비교해 봤을 때 〈춘향전〉은 대중들이 원하는 완성된 구조를 가지고 있는 작품이다. 이러한 잘 짜인 구조 덕분에 그동안 〈춘향전〉은 영화나 드라마 등 영상 장르뿐 아니라 오페라, 뮤지컬, 가극 등 다양한 장르로의 각색이 시도되었다. 기존 구조 위에 등장인물의 성격이나 약간의 배경만을 바꿔도 손쉽게 새로운 작품으로 변형이 가능하기 때문이다.

〈춘향전〉은 각각의 판본마다 약간의 차이가 있긴 하지만 대략 다음과 같은 세 단계 정도로 이야기가 요약된다.

> S① 남원부사의 아들 이몽룡과 퇴기(退妓)의 딸 춘향이 광한루에서 만나 사랑을 나누다가 남원부사가 임기를 끝내고 서울로 돌아가게 되자 두 사람은 다시 만날 것을 기약하고 이별한다. →(몽룡이 방자와 함께 춘향의 집을 찾아 춘향모에게 춘향과의 부부의 연을 허락받는 과정에서 춘향의 일부종사에 대한 열망과 불망기 부분이 나오게 된다.)
> S② 신관사또인 변학도는 춘향에게 수청을 강요하나 춘향은 일부종사(一夫從事)를 내세워 거절하다가 옥에 갇히게 된다.
> S③ 이몽룡은 과거에 급제하고 어사가 되어 돌아와, 탐관오리 변학도의 생일 잔칫날 어사 출두하여 변학도를 봉고파직(封庫罷職)하고 춘향을 정실부인으로 맞아 백년해로한다.

〈춘향전〉에서 가장 중요한 이야기 요소는 춘향에 대한 춘향모의 일부종사를 하여야 한다는 정보제공과 춘향의 일부종사를 방해하는 변학도의 수청요구, 그리고 그 장애를 극복하고 마침내 춘향이 이도령의 정

---

16) 「춘향전」, 『위키백과』, http://ko.wikipedia.org/wiki

실부인이 됐다는 세 가지로 요약된다.

이상의 〈춘향전〉이야기를 그레마스의 행위소 모델에 따라 도식화시켜 설명해 보면 다음과 같다.

고전소설 〈춘향전〉의 행위소 모델

어머니(발신자)   → 이도령(=사랑) → 춘향(수신자)

↑

향단, 방자(조력자) → 춘향(주체) ← 신분의 미천함 = 변학도(대립자)

기생의 딸이라는 미천한 신분의 한계를 가지고 있는 춘향은 이도령이라는 대상에 대해 강렬한 욕망을 느끼게 된다. 이러한 욕망의 정보제공은 그녀의 어머니 월매로부터 기인한다. 월매는 훤칠한 외모에 글재주가 뛰어난 미남자인 몽룡에게 춘향과 백년가약을 맺겠다고 맹세하게 하고 춘향과 부부의 연을 맺게 한다.

춘향전 이본에 따라서는 생략된 판본도 있으나 다수의 판본에서 춘향모 월매는 춘향이 비록 기생 딸이지만 일부종사를 하여야하는 지체 높은 양반가의 서녀임을 강조하면서 이도령이 춘향과 첫날밤을 치루기 전에 불망기를 받는 장면이 나온다.

(아니리)

"도련님 말씀이 그러하옵시니, 기왕 육례는 못 이루었으나, 내 마음 후련 허게 혼서예장 사주단자 겸하야 증서나 한 장 써 주시지요.", "아, 글랑 그 리 허오." 연상을 다가놓고, 마노 연적 물을 따러, 수양매월 진케 갈어, 청 황모 무심필로 백릉운화 간지 상에 두어 줄 써 춘향모를 주니17)

────────────

17) 김연수 다섯 마당 전집(동초 김연수 창 판소리 다섯바탕) 24CD, 2007, Disc.6, 춘향가2,

또한 문서로 받아두는 불망기 장면이 빠진 〈춘향전〉의 이본에도 춘
향모 월매는 이도령에게 춘향이 기생인 자신의 딸이 아니라 일부종사
를 하여야할 성참판의 서녀임을 강조하며, 이도령과의 관계를 쉽게 허
락하지 않는다. 이러한 판본 역시 춘향모는 이도령이 춘향을 버리지 않
겠다는 불망의 약조를 받아낸 후 춘향과 이몽룡의 관계를 허락한다.[18]
　아래 인용문을 통해서도 춘향모 월매가 춘향의 미천한 신분에도 불
구하고 그녀를 평소에 지체 있는 집안으로 시집보내려는 마음으로 양
육하였음을 알 수 있다.

　　내 딸 춘향을 곱게 길러 요조숙녀는 군자의 짝으로 가려서 금실을 벗하
　여 평생을 동락하올 때에 사랑에 노는 손님 영웅, 호걸, 문장들과 죽마고우
　벗님네들과 주야로 즐기실 때 내당의 하인 불러 밥상 술상 재촉할 때, 보고
　배우지 못하고는 어찌 곧 등대하리요? 안사람이 민첩치 못하면 남편의 낯
　을 깎는 것이니 내 생전에 힘써 가르쳐 …….[19]

　결국 춘향모 월매는 평상시에 춘향이 기생인 자신의 딸이지만 그녀
의 본분은 양반이며, 그러한 양반에 합당한 배필로 양육하면서 춘향에
게 자신의 신분을 극복하기 위해 양반의 배필이 되어야 한다는 정보를
제공해 주고 있었던 것이다.
　앞서의 도표를 통해 알 수 있듯이 주체인 춘향은 어머니가 간절히

<hr>

　03트랙 "춘향모 이도령의 만남, 불망기" 사설 중에서.
18) 한국고전문학 편찬위원회, 「춘향전·심청전」, 『한국고전문학대계』 2, 1980, 44~45쪽
　참조.
　설성경 역주, 「춘향전」, 『한국고전문학전집』 12, 고려대학교 민족문화연구소, 1995,
　68~73쪽 참조.
19) 설성경 역주(1995), 47쪽.

원하던 지체 높은 미남자에 문장가인 이몽룡을 배필로 받아들이고 이
몽룡에게 일부종사하기로 마음을 먹게 된다. 만약 춘향모의 허락이 없
었다면 춘향이 이몽룡을 배필로 선택하지 않았을 거라는 사실 만으로
도 춘향이 얼마나 전적으로 어머니 월매의 정보를 의지하고 있는지를
알 수 있다. 그런데 여기서 이몽룡이라는 대상은 단순히 이몽룡이라는
특정한 남자를 지칭하는 것이 아닌 하나의 기표로서 작용한다. 그리고
이 기표에는 춘향이 마음을 다해 그리워하고 소망하는 대상이 투영되
어 표상된다. 그것은 일부종사가 불가능한 기생 딸이라는 신분에서 구
원해 줄 구체적 대상이기도 하면서 그만큼 자신을 신분이라는 세상적
인 것과 상관없이 그 자체로서 사랑해 줄 대상에 대한 열망이다.

결국 춘향이 궁극적으로 열망하는 대상은 신분의 귀천과 상관없이
오로지 자신만을 사랑해 줄 세속적인 조건을 극복할 수 있는 순수한
사랑이다. 춘향은 방자와 향단이라는 조력자의 도움을 받아 자신이 갈
망하는 대상에 한 걸음 다가간다. 그런데 춘향이 변학도라는 대립자를
만나기 전에 만난 이도령은 단순히 자신을 신분의 질곡에서 구원해 줄
기표로서의 의미만을 지녔다고 할 수 있다. 하지만 춘향의 신분 극복이
라는 과제를 도와주고 본인 역시 신분 차별이라는 기성세대의 관습을
뛰어넘어 신분이 미천한 춘향을 정실부인으로 맞이한 이몽룡은 변학도
출현 이전의 이몽룡과 달리 순수한 사랑이라는 기의를 만들어낸다. 결
국 조건을 뛰어넘는 이몽룡의 순수한 사랑이라는 기의가 만들어낸 감
동이 〈춘향전〉이 가지고 있는 시대를 초월한 대중성의 중요한 기호로
서 작용하게 된 것이다.

2) 〈방자전〉의 영상화 전략

〈춘향전〉은 확실한 대립구도와 발신자, 조력자 등의 역할에 힘입은 잘 짜인 구조 덕분에 지금까지 수십 차례에 걸쳐 영상화가 진행되어 온 대표적 고전소설작품이다. 〈춘향전〉처럼 잘 알려진 동일 작품이 반복적으로 영상화가 시도되어 왔던 이유는 각 인물들이 맡고 있는 고유의 기능을 유지한 기본적인 구조 아래 인물의 성격이나 시대적 배경 등 약간의 변화만을 통해도 새로운 느낌의 작품으로 변모가 가능했기 때문이다.

〈춘향전〉은 1923년 일본인 감독 조천고주(하야카와 고슈)에 의해 만들어진 이래 한국 고전문학 사상 가장 많은 영상화와 드라마화가 시도된 작품이다.

춘향전을 영상화한 대표적 작품들을 시기별로 열거해 보면 다음과 같다.

1. 춘향전(1923) 감독 : 조천고주
2. 춘향전(1935) 감독 : 이명우
3. 그 후의 이도령(1936) 감독 : 이규환
4. 춘향전(1955) 감독 : 이규환
5. 대춘향전(1957) 감독 : 김향
6. 춘향전(1958) 감독 : 안종화
7. 탈선 춘향전(1960) 감독 : 이경춘
8. 춘향전(1961) 감독 : 홍성기
9. 성춘향(1961) 감독 : 신상옥
10. 한양에 온 성춘향(1963) 감독 : 이동훈
11. 춘향(1968) 감독 : 김수용

    12. 춘향전(1971) 감독 : 이성구

    13. 방자와 향단이(1972) 감독 : 이형표

    14. 성춘향전(1976년) 감독 : 박태원

    15. 사랑 사랑 내사랑(1984년) 감독 : 신상옥

    16. 성춘향(1987년) 감독 : 한상훈

    17. 춘향전(1994년, KBS 추석특집 드라마, 2부작)

    18. 성춘향뎐(1999년) 감독 : 앤디 킴

    19. 춘향뎐(2000년) 감독 : 임권택

    20. 신암행어사(新暗行御史)(2004)

        감독 : 시무라 조지(Joji Shimura), 안태근

    21. 쾌걸춘향(2005, TV 드라마 17부작)

    22. 향단전(2007, TV 드라마 2부작)

    23. 방자전(2010) 감독 : 김대우 20)

    위 영상화 사례의 예에서도 알 수 있듯이 〈춘향전〉이 영상화된 23편의 작품 중 원작인 〈춘향전〉의 이름을 그대로 고수하고 있는 작품은 조천고주 감독의 〈춘향전〉(1923), 이명우 감독의 〈춘향전〉(1935), 이규환 감독의 〈춘향전〉(1955), 안종화 감독의 〈춘향전〉(1958), 홍성기 감독의 〈춘향전〉(1961), 이성구 감독의 〈춘향전〉(1971), TV 드라마 〈춘향전〉(1994년), 임권택 감독의 〈춘향뎐〉(2000년) 등 모두 8편뿐이다.

    그만큼 〈춘향전〉은 영상화 과정에서 대중에게 익히 알려진 식상함을 극복하기 위해 제목에서부터 시대적 배경과 인물의 성격 등 가장 많은 변화를 시도한 작품 중 하나이다.

---

20) 이상의 자료 중 드라마를 제외한 영화 관련 자료는 한국영상자료원 한국영화 데이터베이스를 참고한 것이다. 따라서 위에 열거한 영화자료 중 좀 더 자세한 사항에 대해 알고 싶으면 한국영화 데이터베이스(http://www.kmdb.or.kr/)를 참고하면 된다.

특히 2005년 이후에 발표된 드라마 〈쾌걸 춘향〉이나 〈향단전〉, 〈방자전〉등에는 그동안〈춘향전〉을 극화하는 과정에서 다양하게 시도되었던 인물성격의 변화, 시대의 변형, 등장인물의 역할 바꾸기 등 중심 키워드들이 집약적으로 함축되어 있다.

그중 2007년 발표된 〈향단전〉과 2010년 발표된 〈방자전〉은 조연의 주인공화라는 새로운 트렌드를 반영하고 있다. 특히 2010년 6월 개봉된 영화 〈방자전〉은 '지금까지 알고 있는 춘향전은 거짓이다'란 카피를 전면에 내세운다. 남원 지역단체의 항의가 있을 정도로 방자와 춘향, 몽룡과 향단이 벌이는 애정행각은 '정숙한 춘향이, 선비다운 이도령'의 이미지를 완전히 뒤집는다. 이 주조연의 역전 과정에서 〈방자전〉은 완전히 새로운 방자, 춘향, 이몽룡 등 캐릭터를 선보임으로써 관객들의 시선을 사로잡는다. 특히, 원작에 없던 인물인 방자의 연애 스승으로 등장하는 마영감과 어리숙하면서도 냉혹한 캐릭터를 선보인 변학도는 자칫 무겁게 흐를 수 있는 이야기에 풍자를 통한 웃음을 주입하면서 영화의 균형을 잡아준다. 방자와도 이도령하고도 정사하는 춘향, 이도령과 정사하는 향단, 19금영화를 표방한 이 영화는 파격적인 정사 장면으로 주목을 받은 것도 사실이다.

하지만 이러한 겉모습 속에 숨겨진 영화 〈방자전〉의 대중 코드의 진실은 인물들의 역할 바꾸기를 통해 새로움을 추구하되 이야기의 기본적인 구조는 그대로 살리고 있다는 점이다.

〈방자전〉은 앞서 그레마스의 행위소 모델로 분석해 보면 〈춘향전〉의 구조를 그대로 답습하고 있다. 다만 원작 〈춘향전〉이 '춘향'의 관점에서 이야기를 풀어나간다면 〈방자전〉은 이도령의 하인인 '방자'의 관점으로 이야기를 풀어 나간다는 차이점이 있을 뿐이다. 그동안 방자는 이도령의 말을 전해 주는 사자, 춘향을 떠보는 역할에 불과했다. 그러나 〈방자전〉의 '방자'는 자신의 주인인 이 도령의 여자를 가지고 싶은 방자한 캐릭터로 변모한다.

〈방자전〉은 주체가 춘향에서 방자로 바뀌었기 때문에 원작에서 딸의 신분 상승 욕구를 부추기던 정보제공자로서의 월매 대신 주체인 방자의 정보제공자로서 마노인이 투입된다.

〈방자전〉의 내용이 원작 〈춘향전〉과 어떤 차이점을 지니는지 살펴보기 위해 〈방자전〉의 대략적인 줄거리부터 살펴보도록 하자.

> S① 이몽룡을 따라 청풍각에 간 방자가 기생의 딸 춘향을 보고 한 눈에 반해 버린다.
> S② 이몽룡 역시 춘향을 마음에 두고 있다는 사실을 알고 방자는 춘향에 대한 마음을 접으려 하지만 자신을 무시하는 이몽룡에 대한 적개심으로 춘향을 먼저 가지겠다고 마음먹는다.
> S③ 춘향 역시 방자의 남자다움과 매력에 흔들리고 마침내 방자는 이몽룡 보다 먼저 춘향을 품는데 성공한다.
> 이 과정에서 방자의 연애 스승인 마노인은 여자를 얻는 방법은 남자의 얼굴이나 돈, 명예가 아닌 여자의 마음을 읽을 줄 알아야 한다는 정보를 방자에게 제공한다.
> S④ 하지만, 신분 상승의 꿈을 접을 수 없는 춘향은 몽룡이 과거 시험을 위해 한양으로 떠나기 전 정인 서약을 맺는다.
> S⑤ 이도령이 떠난 후 남원에 남게 된 방자는 춘향과 사랑을 불태운다.
> S⑥ 장원 급제한 몽룡이 돌아와 춘향에게 더 큰 출세를 위한 미담을 만들기 위해 모종의 거래를 제안하게 된다.
> S⑦ 춘향은 이몽룡과의 계략대로 변학도의 고문을 참아내고 이몽룡의 암행어사 출두를 이끌어 낸다.

S⑧ '미담'의 주인공으로 떠오른 몽룡은 2계급 특진하고, 춘향 역시 정실
부인이 된다.

S⑨ 그러나 방자와 헤어질 수 없다는 춘향의 제안에 의해 이몽룡과 춘
향, 방자는 셋이 함께 지내는 어색한 생활을 하게 된다.

S⑩ 방자와 함께 하는 생활을 참을 수 없었던 이도령이 춘향을 폭포 아래
로 밀어 버리고 춘향은 그 후유증으로 어린 아이의 지능이 되어 버
린다.

S⑪ 기억을 잃은 춘향을 데리고 도망을 다니던 방자가 자신들에게 실제
있었던 이야기가 아닌 아름다운 춘향의 이야기를 써 달라고 장안의
이야기꾼인 색안경에게 부탁한다. 이것이 〈춘향전〉이 탄생한 진짜
이면의 이야기이다. 21)

이상의 〈방자전〉이야기를 그레마스의 행위소 모델에 따라 도식화시
켜 설명해 보면 다음과 같다.

영화 〈방자전〉의 행위소 모델

마노인(발신자) → 춘향(=사랑) → 방자(수신자)

↑

향단(조력자?) → 방자(주체) ← 신분의 미천함= 이몽룡(대립자)

변학도(대립자?)

위 도표에서 확인할 수 있는 바와 같이 〈방자전〉에서는 원전인 〈춘향
전〉속의 주체였던 춘향의 자리에 방자가 대입되며 춘향이 바라고 열망
하던 이도령이라는 대상 대신 춘향이라는 대상이 그 자리를 차지하게
된다. 위 구도를 보면 〈방자전〉의 행위소 모델은 원전과 다른 구도를

21) 이상의 장면별 영화 줄거리는 영화 〈방자전〉의 내용을 필자가 요약 정리한 것임.

보여주는 것처럼 보인다. 하지만 이 구조를 심층적으로 조망한다면 춘향과 방자가 바라는 대상이나 대립자가 동일한 원천임을 알 수 있다.

방자가 간절히 원하는 대상은 신분이 미천한 기생의 딸이긴 하지만 자신이 상전으로 모시는 이도령의 여자이기 때문이다. 방자가 춘향을 온전히 사랑하지 못하게 방해하는 요소는 방자의 상전이 이몽룡이라는 인물이기도 하지만 천민이라는 방자의 신분이기도 하다. 상전의 여자를 범한다는 것은 결국 고정불변의 신분 질서의 벽을 넘어보고 싶다는 방자라는 인물의 간절한 욕망의 발현인 셈이다. 춘향이 자신의 목숨을 걸고 이도령을 위해 절개를 지키며 이도령을 원했던 것 역시 자신의 신분을 넘어보고자 했던 춘향의 욕망이라는 점을 생각한다면 〈춘향전〉의 춘향과 〈방자전〉의 방자는 동일한 의식을 가진 인물임을 알 수 있다.

실제로 〈방자전〉이 취하고 있는 액자식 구성 중 〈방자전〉 이야기의 앞뒤를 이끌어 가고 있는 통속이야기 작가인 '색안경'은 방자의 이야기를 최고 가문의 도령을 상대로 이긴 하인의 이야기라고 평한다.

방자에게 이처럼 신분을 뛰어넘는 위험한 사랑을 적극적으로 조장한 인물은 원전인 〈춘향전〉에는 없는 마노인이라는 인물이다. 마노인은 생전에 2만 명의 여자와 잠자리를 했다는 전라도의 한량 장판봉이라는 인물을 스승으로 둔 인물이다. 마노인은 양반인 이몽룡을 이기고 춘향을 차지하고 싶다는 방자를 적극적으로 도와주는 인물이면서도 결국 여자를 얻는 방법은 남자의 얼굴이나 돈, 명예가 아닌 여자의 마음을 읽을 줄 알아야 한다는 정보를 방자에게 제공한다.

결국 방자는 감옥에 갇힌 춘향에게 사랑한다는 진심을 담은 고백을 한다. 이몽룡을 이기기 위해서라는 애초의 목적과 달리 춘향을 진심으로 사랑하게 되었기 때문이다. 그리고 방자는 춘향의 행복을 위해 자신의 욕망을 포기하더라도 춘향이 행복할 수 있는 길을 선택하고자 한다.

원전인 〈춘향전〉 역시 춘향이 이도령을 위해 목숨을 걸고 자신의 절개를 지킨 것은 반상의 신분을 초월하고 싶다는 춘향의 내면의 욕구를 반영한 것이기도 하지만 궁극적으로는 기생의 딸인 춘향과 양반자제인 몽룡의 '신분의 차이'를 뛰어넘은 순수한 사랑 때문에 가능했다는 점과 같은 맥락이다. 어느 시대에든 불가능했던 신분의 차이를 뛰어넘은 현실적으로 불가능해 보이는 사랑은 대중들에게 대리만족을 주기 때문이다.

〈방자전〉을 그레마스의 행위소 모델로 봤을 때 원전에서 중요한 대립자 역할을 했던 변학도라는 인물의 의미는 축소된다. 그런 이유로 변학도라는 인물은 원전과 달리 희화화 되며 관중들에게 어이없는 웃음을 주는 코믹한 인물로 전락하고 만다.

그럼에도 불구하고 〈방자전〉의 중요한 대립자의 역할을 하는 이도령과 마찬가지로 변학도는 방자와 대립되는 중요한 특징을 보여준다. 둘 다 과거에 급제한 양반이라는 신분상의 우위를 가지고 있으면서도 춘향이라는 한 여자를 자신의 욕망을 만족시키려는 도구 이상으로 생각하지 않고 있기 때문이다. 이도령은 춘향과의 신분을 뛰어넘는 순수한 사랑이라는 미담을 조작해 자신의 출세를 위해 이용하였으며 변학도에게 춘향은 자신이 정복해야만할 다수의 여자 중 하나였을 뿐이다.

결국 마노인의 여자는 남자를 선택할 때 얼굴이나, 돈 때문에 선택하는 것이 아니라 마음을 읽어주는 남자를 선택한다는 정보는 여자가 아닌 영화를 보는 관객들에게도 공통적으로 해당되는 내용이다. 사람들이 영화를 통해 궁극적으로 얻고자하는 대리만족은 외부적인 여건에도 흔들리지 않는 순수한 사랑 그 자체이기 때문이다.

이처럼 〈방자전〉은 원전의 구조 그대로 동일 인물들의 역할만을 교환한 채 원전과 동일한 주제의 이야기를 하는 식의 새로운 각색 구조를 따른다.

〈춘향전〉의 기존 영상화 전략이 원전과 같은 이야기 구조 아래 인물이나 배경의 변화를 통해 원전과 다른 새로움을 대중들에게 주고자 했던 반면 영화 〈방자전〉은 원전과 동일한 구조 아래 인물의 역할 교환이라는 또 다른 전략을 취한다. 이러한 전략은 드라마 〈향단전〉(2007)에서부터 시작된 방식으로 〈춘향전〉이 다 아는 이야기라는 대중들의 식상함을 벗어나기 위한 좀 더 적극적인 방식이다.

역할의 전복이라는 새로운 각색 방식을 통해 만들어진 〈방자전〉과 원작 〈춘향전〉의 겉모습은 확실히 차별화된다. 이러한 역할 바꾸기를 통해 조건과 사랑 모두를 가지고 싶어 했던 춘향, 자신의 명예를 위해 한 여자를 전략적으로 이용한 이몽룡, 원작 춘향전 속의 순수한 사랑을 나누던 두 주인공은 〈방자전〉속에서 여지없이 세속적이고 이해타산적인 인물로 전락한다. 그럼에도 불구하고 〈방자전〉이 또 다른 하나의 춘향전일 수 있는 이유는 원작의 조연이었던 방자의 주연화를 통해 원작이 가지고 있는 신분을 초월한 순수한 사랑이라는 원작의 잘 짜인 구조를 그대로 〈방자전〉이라는 영화 속에 살려냈기 때문이다.

5. 결론

〈전우치〉와 〈방자전〉은 한국고전소설의 영상화 가능성의 두 가지 실례를 적절하게 보여준 대표적 사례이다. 고전소설 〈전우치전〉이 그동안 현대 영상물의 콘텐츠로서 외면 받을 수밖에 없었던 가장 큰 요인 중의 하나는 이야기 전체가 하나의 유기적 구조를 띠지 못하고 분절적인 에피소드식의 구조를 이루고 있었다는 데 있다.

결국 영화 〈전우치〉는 〈전우치전〉 후반부에 등장하는 전우치와 서화 담의 대립구도 하나만을 제외하고는 모든 구조를 새롭게 재창조함으로 써 영상화에 성공한다. 또한 한국고전소설의 비논리적 특성으로 인식되 기도 했던 시·공간의 미분성을 시각적으로 영상화하여 스펙터클한 장 면을 만들어내기도 한다. 이러한 영화 〈전우치〉의 영상화 사례는 에피 소드식이나 단편적인 이야기의 나열에 머물러 있는 다수의 한국고전소 설을 영상화하기 위해서는 무엇보다도 구조의 재편성이 필요함을 말해 준다. 〈전우치전〉같이 그동안 영상화가 전무했던 고전소설의 영상화는 그동안 같은 이유로 영상화가 진행되지 않았던 고전소설 작품들의 영상 화 전략에 하나의 방향성을 제시해 준 대표적 사례라고 할 수 있다.

〈전우치전〉과 비교해 봤을 때 〈춘향전〉은 대중들이 원하는 잘 짜인 구조를 가지고 있는 작품이다. 그동안 〈춘향전〉은 수십 차례에 걸쳐 다 양한 방식의 영상화가 진행되면서 원작이 가진 기본 구조를 변형하지 않고 인물의 성격과, 구체적인 사건, 혹은 배경을 바꾸는 식의 각색 방 법을 통해 대중들이 익히 다 아는 이야기라는 식상함을 벗어나려는 노 력을 해왔다. 이처럼 〈춘향전〉의 기존 영상화 전략이 원전과 같은 이야 기 구조 아래 인물이나 배경의 변화를 통해 원전과 다른 새로움을 대중 들에게 주고자 했던 반면 영화 〈방자전〉은 원전과 동일한 구조 아래 인물의 역할교환이라는 또 다른 전략을 취한다. 이러한 전략은〈춘향 전〉이 다 아는 이야기라는 대중들의 식상함을 벗어나기 위한 좀 더 적 극적인 방식이다.

이상 〈전우치〉와 〈방자전〉의 사례를 통해 살펴본 대로 한국고전소설 의 영상콘텐츠화의 성공 유무는 소재적 측면에 있지 않고 구조적 문제와 그 구조가 만들어내는 의미 작용에 있음을 알 수 있다. 결국 한국고 전소설이 영상콘텐츠로 성공하기 위해서는 단순한 소재적 측면의 발굴 이 아닌 완성된 이야기의 구조와, 그 구조 안에서 주체가 지향하는 대 상을 통해 구현된 정확한 의미작용의 완성이 필요하기 때문이다.

위의 글은 『민족문화 논총』 46집(영남대학교 민족문화연구소)에 실린 논문을 수 정·보완하였다.

영화 〈장화, 홍련〉에서
여성에 대한 기억과 실제

- 고소설 〈장화홍련전〉 이본 연구 관점에서 -

이정원

1. 여성에 대한 '집합 기억'과 〈장화홍련전〉 이본군

고소설 〈장화홍련전〉 창작의 계기는 1656년에 평안도 철산 지방에서 일어났던 살인사건으로 알려져 있다.[1] 계모를 들인 가정에서 일어난 살인 사건을 전동흘(全東屹, 1610~1705)[2]이 해결하였는데, 그 과정에서 원귀의 존재가 입에 오르내리며 국문본이 형성되었고, 한문본인 박인수본을 거쳐 다시 여러 국문 이본들이 파생되었던 것이다.[3]

---

1) 고소설 〈장화홍련전〉의 형성 과정에 대해서는 다음의 논문들을 참조하기 바란다. 김태준·박희병 교주, 『증보 조선소설사』, 한길사, 1990, 178쪽 ; 전성탁, 「장화홍련전의 국한문본과 한문본의 내용 및 저작연대에 관한 고찰」, 『춘천교육대학논문집』 8, 춘천교대, 1970, 56쪽 ; 박태상, 「〈장화홍련전〉의 구조적 의미」, 『고소설의 구조와 의미』, 새문사, 1986, 235쪽 ; 김재용, 『계모형 고소설의 시학』, 집문당, 1996, 95쪽 ; 이기대, 「〈장화홍련전〉 연구」, 고려대학교 석사학위논문, 1998, 25~29쪽.
2) 전동흘의 개인사와 〈장화홍련전〉과의 관계에 대해서는 다음의 논문을 참조하기 바란다. 김준영, 「전동흘과 장화홍련전」, 『전라문화논총』 5, 전북대학교 전라문화연구소, 1992, 1~8쪽.
3) 〈장화홍련전〉 이본에 대한 연구는 다음을 참조하기 바란다.
김재용(1996) ; 이승복, 「계모형 가정소설의 갈등 양상과 의미」, 『관악어문연구』 20,

그리고 계모와 함께 사는 자매에 대한 이야기는 2003년 김지운 감독의 공포영화 〈장화, 홍련〉4)으로 거듭나게 되었다. 그런데 〈장화, 홍련〉이 〈장화홍련전〉과 무관하다는 언급5)은 부당하다. 그러한 생각은 〈장화, 홍련〉의 공포영화로서 독자적인 성취를 강조한 영상 중심적 편견이거나, 스토리 차원의 이질성에 주목한 서사 중심적 편견이다. 화소(話素)의 구성이나 정체와 같은 스토리 차원의 차이뿐만 아니라 작품 전체의 이념적 또는 미적 지향이 설혹 완전히 다르다 하여도, 〈장화, 홍련〉은 제목에서부터 감상의 원천을 〈장화홍련전〉에 두고 있음을 밝히고 있다. 즉, 〈장화, 홍련〉은 〈장화홍련전〉이 전제하는 가부장제 사회와 가정 안에서의 권력관계, 가족 구성원끼리의 심리적 친소(親疎) 관계, 그리고 이 모든 것을 가능하게 하는 향유층의 서사적 분신으로서 주인공의 위상 등을 고스란히 물려받은 채 스크린에 빛을 비추기 시작하는 것이다. 만약 〈장화홍련전〉이 없다면, 계모 은주의 정체, 수미와 수연 두 자매의 심리적 연대, 그리고 아버지 무현의 무관심 등은 보다 자세한 영화적 설명이 필요했을 것이다. 하지만 그 많은 설명이 있었다 하더라도 수용의 이질감과 공백은 남았을 것임이 분명하다. 왜냐면, 영화 속 갈등에 대해 은주가 계모이고 그래서 수미와 수연이 마치 장화와 홍련과 같다는 '문화적 기억'만큼 효율적이고도 설득력 있게 그 원인을

서울대학교, 1995, 271~291쪽 ; 이기대(1998).

4) 2003년 개봉된 영화 〈장화, 홍련〉에 대해 다음의 디브이디 파일을 분석텍스트로 삼았다.(김지운, 『장화, 홍련』, 우성엔터테인먼트, 2005.9.)
　　이 논문에서는 편의상 영화 〈장화, 홍련〉에 대해서는 〈장화, 홍련〉으로, 고소설 〈장화홍련전〉에 대해서는 〈장화홍련전〉으로 지칭하겠다.

5) 대표적인 것으로 다음을 꼽을 수 있다. 유운성, 「감독의 장르적 상상력, 〈장화, 홍련〉」, 『씨네21』, 2003.6.10 ; 이효인, 「〈장화, 홍련〉 전래동화와는 아무 상관없네…반칙이다」, 『씨네21』, 2003.7.1 ; 정성일, 「기이하고 불안한, 반(反) 페미니스트 영화」, 『월간 말』 205, 2003.7. 204~207쪽.

제시할 수 있는 것은 없기 때문이다.

그러나 분명, 둘은 기본적인 존재 조건이 다르다. 영상과 문자라는 매체의 차이, 그리고 봉건 조선과 근대 한국이라는 시대적·사회적 차이, 자발적인 필사나 방각의 형태로 유통됨으로써 생산-소비의 자본주의적 속성이 미약했던 것과 달리 문화 산업 자본의 재생산 과정으로서 치밀하게 생산-소비가 기획되었다는 데에서 추정되는 향유 기제의 차이 등은 두 작품에 대해 하나의 관점과 입장에서 접근하는 것을 어렵게 한다.

이에 대해 조현설 교수는 〈장화, 홍련〉에 대해 "거시적인 관점에서 볼 때 영상서사 역시 문학서사의 일부"이므로 "이본연구의 관점"에서 "고소설 연구자들의 참여는 미뤄둘 수만은 없는 것이다"라고 주장한 바 있다.6) 〈장화, 홍련〉의 스토리가 〈장화홍련전〉과 완연히 다르므로 〈장화, 홍련〉이 〈장화홍련전〉에 대해 고소설 학계에서 인정할 수 있을 만한 일반적인 '이본적 차이'를 넘어서고 있음은 분명하지만, 〈장화, 홍련〉의 창작과 수용 과정에서 원천적인 기대 지평이 되었을 〈장화홍련전〉의 연구자들에게 〈장화, 홍련〉에 대한 최소한의 발언권을 허용하는 것은 〈장화, 홍련〉의 사회적 수용에 기여할 것임이 분명하다.

그 사회적 수용의 가장 핵심이 되는 것은 〈장화홍련전〉의 연구에서 줄기차게 다루어졌던 '가정'과 '여성' 그리고 '가부장제'의 문제이다. 즉, 가부장제에서 가족의 존속과 여성의 삶은 어떠한가에 대한 담론으

---

6) 조현설, 「고소설의 영화화 작업을 통해 본 고소설 연구의 과제-고소설 〈장화홍련전〉과 영화 〈장화, 홍련〉의 사례를 중심으로-」, 『고소설연구』 17, 한국고소설학회, 2004, 57~58쪽. 조현설 교수는 〈장화, 홍련〉과 〈장화홍련전〉의 관계에 대해 ①〈장화, 홍련〉과 〈장화홍련전〉는 제목이 유혹하듯 어떤 식으로든 매개되어 있고 ②관객이 알고 있는 장화와 홍련의 이야기가 영화의 안팎에 배수진을 치고 있으며 ③영화는 소설이 표현한 가족 내부의 갈등이라는 주제의식의 연속선상에 있다는 점을 들었다.

로서 두 텍스트는 비록 형식은 다르지만 '이본군'을 형성하고 있는 것이다. 구체적으로 이 이본군을 형성하는 구심점은 '여성'에 대한 '집합 기억(collective memory)'7)이다. 〈장화, 홍련〉이나 〈장화홍련전〉는 모두 가부장제 사회에서 여성의 정체성에 대하여 개별적 기억을 형성하기 위한 기본 조건들을 서사의 형태로서 제시하는 일종의 매체 텍스트인 것이다.

더구나, 〈장화, 홍련〉에서 이러한 매체적 성격은 텍스트 구성에서 보다 본질적 요소가 되고 있다. 즉, 어머니의 자살과 동생 수연의 죽음에 대한 기억은 수미의 현재를 구성하는 경험적 토대인데, 상업 영화로서 〈장화, 홍련〉의 효용 가치는 과거와 현재를 잇는 그 기억 행위에 내재된 공포성에서 비롯되고 있는 것이다. "기억이란 한 주체가 자신의 과거를 자신의 현재와 관련짓는 정신적 행위 및 과정이다. 기억은 과거를 한편으로는 지나가버린 것으로 확정지우면서도 동시에 현재화함으로써 과거의 시간적 지위를 변화시킨다."8) 수미에게 기억의 이러한 역동적 특성은 보다 강렬해서 그녀가 보이는 현재의 자기 정체성은 온전히 과거에 얽매여 있을 뿐 미래를 기획하는 능동성은 상실되어 있다.

문제는 수용자들이 수미의 기억 행위를 통해 현실을 이해하고 자신

---

7) '집합 기억(collective memory)'은 프랑스 철학자이자 사회학자인 알박스(Maurice Halbwachs, 1877~1945)가 창안한 개념이다. 그는 개인의 내적 본성처럼 보이는 기억은 실은 사회적 산물이라고 보았다. 즉, "기억이란 사회적으로 구성되고 집단의 성격에 따라 다양할 수 있으며 각종 집단의 정체성 구성에 있어 중요한 역할을 한다고 말한다." 이동후, 「국가주의 집합기억의 재생산」, 『언론과 사회』 11권 2호, 성곡언론문화재단, 2003.6. 74쪽. 알박스의 이론에 대해서는 다음의 논문을 참조하기 바란다. 김영범, 「집합기억의 사회사적 지평과 동학」, 한국정신문화원 편, 『사회사연구의 이론과 실제』, 1998, 157~211쪽 ; 김영범, 「알박스Maurice Halbwachs의 기억사회학 연구」, 대구대학교 사회과학연구소, 『사회과학연구』 6집 3호, 1999, 557~594쪽.
8) 전진성, 『역사가 기억을 말한다』, 휴머니스트, 2005, 44쪽.

과 타인들을 기억하게 된다는 데에 있다. 영화라는 대중 매체가 제시하는 하나의 이야기는 다른 모든 이야기와 마찬가지로 정치적이다. 우리는 이야기하기를 통해 어떤 대상을 구성하고 의미를 형성한다. 과거에 객관적으로 존재했던 무엇인가에 대해 말한다는 것은 하나의 가치체계라는 거름망을 통해 대상을 걸러내는 일이다. 따라서 이야기하기에는 그 대상에 관계된 권력들이 침투하여 갈등한다. 한 편의 이야기는 그러한 권력 갈등의 산물이며, 권력의 위계에 대한 반영물이다. 가령, 2차 대전 당시 일본군 성노예 여성들에 대한 '증언'은 '자발적 상업 행위'라는 담론에 대항한다. 그러므로 어떻게 말하느냐, 무엇을 말하느냐는 결코 중립적이지 않다. 그 중립의 추를 자기편으로 기울게 하기 위해, 그리하여 말하고 듣는 사람의 정체성을 포섭하기 위해 사회의 온갖 이데올로기들은 이야기에 침윤되며, 또한 그 이야기의 기억을 통해 우리의 정체성도 그 이데올로기에 침윤된다.

〈장화, 홍련〉은 알다시피, 죄의식에서 비롯된 수미의 환상으로 이루어져 있다. 그것은 개별 기억의 형태를 띠고 있지만, 우리 사회가 가진 집합 기억의 소산이다. 과연 그 기억들은 진실한가, 과연 그 기억들은 정당한가를 탐색하는 것이 이 논문의 목적이다. 그러므로 우리는 가족사에 대한 수미의 기억 행위와 그것에 대한 이야기에 침투한 권력의 정체가 무엇인지 살펴보아야 한다. 수미의 이야기로써 우리도 그 권력 이데올로기에 감염될 것이기 때문이다.

그러나 사실 이러한 분석 작업은 상당히 섬세하고도 전문적인 식견을 요구한다. 호숫가 일본식 목조 가옥에서 벌어진 일이 무엇이었는지 아직도 의견이 분분하기 때문이다.[9] 필자는 고소설 연구자로서 영상

---

9) 정성일은 미쳐 날뛰는 수미에게 아버지가 "이제 그만 하자. 수연이는 이미 죽었잖니."라

텍스트 분석에 대한 전문적인 식견이 전무하리만치 부족하다. 그러므로 우선 필자가 이해한 영화의 내용을 정리하고, 이를 전제로 계모와 함께했던 자매의 이야기에 침윤된 이데올로기를 말하고자 한다.

2. 영화 〈장화, 홍련〉 분석의 전제

〈장화, 홍련〉의 분석에 앞서 전제해야 할 것은 크게 세 가지이다.

① 이야기의 순서는 순행적이다.
② 계모 은주와 동생 수연은 수미의 환상이다.
③ 그렇다고 원귀가 없는 것은 아니다.

①은 실상 매우 어처구니없는 전제이기도 하다. 왜냐면 서사의 분석에서 '역순행적'인 것이 까다롭지, '순행적'인 것이 까다로운 경우는 드물기 때문이다. 그러나 이 작품은 역순행처럼 보이지만 순행의 구성을 취하고 있다.[10] 이 작품이 '역순행적'인 것으로 오해될 수 있는 까닭은 두 가지이다. 첫째, 첫 장면에 등장한 환자가 머리카락으로 얼굴을 가려 '수미'인지 '계모 은주'인지 알기 어렵다. 약간 마른 몸매에 껑충해 보이는 키는 '은주'처럼 보이기도 하지만, 실은 그녀는 분명 수미이다. 환자가 계모인지 수미인지 모르게 함으로써 이 영화는 관객에게 수용 의욕을 불어 넣고, 끊임없는 '가설 설정 과정'을 유발함으로써 몰입과 이완의 심리 작용을 유도한다. 관객은 앞으로 펼쳐질 이야기가 '누구'

___

고 하는 말을 두고 김지운 감독이 "이제 그만 하자. 영화가 말이 안 되잖니."라고 말하는 줄 알았다고 했다. 그만큼 이 영화는 기본적인 독해 과정이 어렵다. 정성일(2003), 205쪽.
10) 이러한 착각은 작품에서 중요한 의미가 있기도 하다. 이는 5장에서 논의될 것이다.

의 이야기인지에 집중할 뿐, '언제' 벌어진 이야기인지에 대해서는 방심하게 되는 것이다.

두 번째는 정신과 의사가 "자기가 누구라고 생각해? 그날 일에 대해서 얘기해 줄 수 있을까?"라고 말하자, 환자가 고개를 들며 일반적인 영화 기법처럼 새로운 이야기가 펼쳐짐으로써 과거 회상이 시작되는 것처럼 보이기 때문이다.

그러나 분명 이 영화의 구성은 순행적이다. 그 증거는 의사가 제시한 사진이다. 아빠, 엄마, 두 자매, 그리고 간호사였던 은주가 찍힌 이 사진은 나중에 수미가 '실제로' 찢어버린다. 그러므로 만약 정신과 의사의 면담 장면이 차를 타고 집으로 가는 장면보다 뒤의 사건이라면 사진은 '찢어질 수 없다.' 물론, 이런 물증 말고도 집에 돌아 온 수미에게 은주가 '너 다 나은 게 아니었구나.'라고 말하는 데서 사건의 진행이 '병원→집→병원'으로 이어지고 있음을 알 수 있다.

②는 영화의 말미에 교차 편집된 화면들을 통해 '충분히' 설명된다. 차에서 내리는 소녀, 호숫가 선착장에 앉은 소녀, 식탁 위의 수미, 침대 위의 수미, 시체가 담긴 부대를 끌고 가는 수미 등 여러 장면들이 다시 짧게 반복되면서 실은 이 모든 일이 수미의 죄의식에서 비롯된 환상이었음이 밝혀지는 것이다. 물론 중간 중간에 계모와 수연이 실존하지 않는 인물임을 암시하는 셔레이드[11]나 미장센도 등장했다. 가령, 첫 장면에서 생명의 상징인 빨간 옷을 입은 사람은 수연뿐이었다. 그리고 연한

---

11) '셔레이드(charade)'의 사전적 의미는 '몸짓으로 어떤 단어를 설명하여 알아맞히는 놀이'이다. 영화나 드라마에서는 '무엇인가를 의미하기 위해 제시하는 시각적 장치, 몸짓'을 가리킨다. 가령, 〈장화, 홍련〉에서 집에 돌아온 수미와 수연이 계모 은주를 만났을 때, 수미 뒤로 몸을 숨기려는 수연의 행위는 계모에 대한 경계심, 갈등 관계 등을 의미한다. 두 자매가 입는 잔잔한 무늬의 흰 잠옷은 그들이 여린 감성을 지녔음을 의미한다. 이런 행위나 장치 등을 셔레이드로 볼 수 있다.

황토색(죽은 나뭇잎의 색깔)의 상의를 입은 수미는 빨간 꽈리 열매를 따 먹었다. 꽈리는 살았을 때는 파랗고 죽으면 빨갛게 된다. 수미와 수연이 집안에 들어서자마자 등장하는 것은 브론즈 여인상인데, 늘씬한 몸매의 여인상은 계모의 셰레이드다. 즉, 요염한 사람처럼 보이지만 실은 허상인 것이다. 그리고 등장한 계모는 호사스런 비단 블라우스를 입었지만 역시 연한 황토색의 옷을 입었다. 한편, 식사 후 아버지 무현이 약을 주는 장면에서, 아버지는 계모 은주 앞에 놓는다. 배우 김갑수의 인터뷰를 보면 이 장면은 의도된 설정이었다고 한다. 수미 초점화로 진행되는 이 미장센에서 식탁에는 아버지, 계모, 수미, 수연 모두가 앉아 있는데, 아버지는 수미가 아니라 계모에게 약을 건넨다. 즉, 계모가 환자이고 수미인 것이다.

③은 다소 복잡하다. 먼저 원귀를 목격한 사람은 수미, 환상 속 수연, 환상 속 계모, 선규의 처 미희, 그리고 실제 계모이다. 원귀는 녹색 옷을 입은 소녀와 검은 원피스를 입은 여인이다. 즉, 죽은 수연과 어머니이다. 원귀의 등장이 복잡한 까닭은 환상 속 수연과 환상 속 계모가 원귀를 만나는 장면을 어떻게 이해해야 할지 난감하기 때문이다. 가장 간단하게는 수미의 환상 속 환상이었다고 보면 되는데, 이 경우 실제 인물들이 목격한 원귀와 환상 인물들이 목격한 원귀를 같은 존재로 처리해야 할지 다른 존재로 처리해야 할지가 문제가 된다. 영화는 같은 존재로 처리하고 있다. 이 작품에서 남자들은 원귀를 체험하지 않는다.

3. 아버지의 더러운 손

〈장화, 홍련〉에서 어머니의 죽음은 극단적으로 형상화되기는 했지만

한 자궁 공동체의 파괴를 보여준다. 즉, 친어머니의 죽음은 그것이 자살의 형식을 취했든 아니면, 〈장화홍련전〉에서처럼 병사(病死)의 형식을 취했든 복합 가정에서 한 자궁 공동체의 구심점의 상실을 의미한다. 그리고 그것은 얼마든지 있을 수 있으며, 있어 왔던 일이라는 점에서 현실적이다. 문제는 그러한 트라우마적 사건이 남은 자들에게 어떻게 해석되고 수용되는가이다. 〈장화, 홍련〉은 사실 어머니와 동생의 죽음에 대한, 그리고 그보다 앞서 이런 결과를 낳은 근본적인 원인이라 할 통제할 수 없는 성욕을 지닌 '아버지의 존재'와 그의 '후처들이기'라는 문제적 사건에 대한 소녀의 수용 과정을 제시하는 영상 서사이다.

아버지가 과연 통제할 수 없는 성욕을 지닌 존재인가에 대해 반론이 있을 수 있다. 왜냐면 영화에서 아버지 무현은 그렇게 '충동적'인 인물이 아니기 때문이다. 아버지 무현의 캐릭터를 구성하는 요소들은 너무나 중후하고 건실하며 합리적이다. 그는 숱 많은 새치와 낮고 분명한 목소리의 소유자이고, 시골에 관리인까지 둔 별장과 같은 저택을 소유할 정도로 안정된 벌이가 있는 약사이다. 그러면서도 그는 몇 년 묵은 낡은 차를 몰고 청바지를 즐겨 입는다. 환자인 큰딸 수미의 반항적인 태도 앞에서 여간해서는 화를 내지 않고 자신의 '후처들이기'에 대해 잘못을 시인한다. 꽃무늬가 화사한 벽지로 장식한 실내와 밤이면 정원 등이 켜지는 일본식의 목조 건물은 아버지 무현이 안정되고도 세련된 중산층임을 보여준다.

이와 같은 아버지 무현의 캐릭터를 구성하는 요소들 중에서 가장 핵심적인 것은 역시 그가 계모 은주를 선택한 것에 대해 큰딸 수미에게 진심으로 용서를 구한다는 점이다. 이러한 아버지의 속죄는 물론 진실된 것이기에, 무현은 '후사'를 위해 어쩔 수 없이 후처를 들여야 했다는

〈장화홍련전〉의 배 좌수에 비해 보다 진보적인 캐릭터이다. 그래서 수미는 아버지를 비판하고 그에게 반항하면서도 죄책감을 보이는 아버지이기에 그를 연민하기도 한다.

그러나 아버지 무현의 캐릭터의 구성에 관여하는 이데올로기가 여전히 남성 이기주의인 것은 분명하다. 오히려 후사를 잇기 위해 후처를 들인다는 배 좌수의 명분이 당대의 독자층 모두를 향하여 설득력을 발휘하는 솔직함을 보인다면, 용서를 구하는 무현의 태도는 은밀하게 원죄를 정당화한다. 환상 속 계모와 한바탕 갈등을 겪고 울고 있는 수미에게 무현은 손을 내민다. 그러나 수미는 "그 더러운 손으로 건들지 마란 말야!"라고 말한다. 자신의 말을 들어보라고 네가 왜 그러는지 속 시원히 말해 보라는 무현에게 수미는 변하는 것은 없다고 한다. 무현은 수미가 조금도 받아들이지 않고 있다고 말한다. 그러면서 자꾸 그러면 다시 아프게 될 것이라고 경고한다.

부녀간의 이 말다툼 장면은 환상 속에서 다중 인격을 체험하고 있는 수미와, 수미의 고통스런 현실을 알아차리지 못하고 있는 아버지 무현에게 끔찍한 과거가 어떻게 기억되고 있는지를 보여준다. 〈장화, 홍련〉의 아버지는 병약한 아내를 두고 아내의 간호사와 바람이 난다. 그러자 그 아내이자 두 딸의 어머니인 여자는 아무런 '저항 없이' 목을 매어 '아내'와 '어머니'의 자리를 내주고 만다. 아버지의 불륜과 어머니의 자살은 이 영화에서 모든 사건 전개의 출발점이라는 점에서 의미가 있다. 수미는 아버지의 행위를 더럽다고 하고, 그것 때문에 빚어지는 계모의 박해에 힘들어 하면서도, 그것을 변하지 않는 것, 바꿀 수 없는 것으로 이해한다. 놀라운 것은 아버지 무현이 자신의 행위를 부도덕한 것으로 이해하면서도 그것이 초래하는 자식의 심리적 공포에 대해서는 무지하다는 사실이다. 아버지 무현에게 자신의 불륜이 초래한 일이란 아내의 자살과 작은딸의 우연한 사고사(事故死)라는 객관적인 경험일 뿐이다. 수미의 공포와 아버지의 무지 사이에 드리운 심리적 심연에 대해 텍스트는 수미의 입을 빌어 '바뀔 수 없는 것'이라는 진단을 내린다. 그 바뀔 수 없는 것에 도전하는 행위는, 그것이 비록 바뀔 수 없다는 것을 알면서도 행해지는 자족적인 저항일지라도 일종의 '병증'일 뿐이다. 그리고 합리적인 아버지의 그 판단 앞에 '살아남은 딸'은 무기력하다. 환자가 되기 싫으면 그 '어쩔 수 없음'에 순종해야 한다.

〈장화, 홍련〉은 합리적이고 중후하며 그리고 세련된 아버지조차 합법적이고 도덕적이긴 하지만 생기 없는 배우자 대신에 불법적이고 부도덕하긴 하지만 생기 있는 배우자를 얼마든지 취할 수 있는 존재이고, 그러한 선택은 저항할 수 없다고 전제한다. 수미가 아버지를 연민하는 것은 아버지 또한 그 고통스런 전제에 저항하지 못하기 때문이다. 그래서 수미는 은주에게 '나가라'고 말하지 않는다. 수연이 죽던 날, 옷장이 넘어지는 소리를 듣고 이층에 올라온 은주에게 수미는 '이젠 엄마 행세까지 하려고 하네. 안방은 일층 아냐?'라고 할 뿐이다. 이 말에 돋친 가시는 그러나 너무나 자발적으로 은주에게 '안방'을 선사하고, 아버지에게 새로운 배우자 선택에 대한 면죄부를 부여하고 있다. 수미와 아버지의 다툼은 아버지의 원죄에 대한 다툼이 아니라 거기에서 비롯된 필연적인 죽음이나 우연적인 죽음을 어떻게 수용할 것인가에 대한 다툼일 뿐이다.

문제는 '후처들이기' 이후 살아남은 가족들이 동일한 기억으로 과거와 현재를 연결하지도 않을 뿐더러 그 기억들에 위계가 주어져 있다는 점이다. 기억을 둘러싼 이 다툼에서 아버지는 수미의 트라우마가 무엇인지도 모르는 채 그것은 '질환'이며, 네가 정상인으로 살려면 이 모든 것을 '받아들여야만 한다'고 말한다. 그런데 수미가 받아들여야 할 것이 단지 엄마와 동생의 죽음이라는 '사실'일까? 그것은 아버지가 받아들인 과거일 뿐이다. 수미에게 그 과거란 원귀가 출현하는 고통스런 것이다. 아버지는 자신의 기억을 수미도 받아들이면 그녀가 정상이 될 것이라고 믿지만, 그런 기억이 소통되거나 공유될 수 없음은 분명하다. 왜냐면 사람은 기억 행위를 통하여 현재의 자기 정체성을 구성하기 때문이다. 그러므로 수미는 수연이가 죽었다는 아버지의 확언에도 불구하고 환상에서 헤어 나오지 못한다. 수미의 기억은 그러한 '객관적 사실'이 아니라 '딸·언니·여성'이라는 자신의 정체성과 결부되어 있기 때문이다.

하지만, 아버지는 어서 수용하라고 다그치고, 수미는 수용의 조건으로 아버지에게 "앞으로 이 집에서 일어나는 모든 일들, 아빠가 불러 놓은 이 더러운 일, 아빠가 책임져."라고 말한다. 그러나 아빠가 책임져야 할 일이란 결국 수미를 '환자'로 인정하는 일일 뿐이었다. 정상과 병리의 대립 구도 속에서 수미가 비난하는 아버지의 '더러운 손'은 이미 용서되고 있다. 더러움은 '어쩔 수 없는 더러움'이고, 그래서 '순종할 수밖에 없는 정상'이기 때문이다.

정리하자면, 〈장화, 홍련〉에서 아버지의 죄책감, 아버지에 대한 비난은 실상 아버지의 통제할 수 없는 성욕을 은폐하는 수단일 뿐이며, 이러한 은폐 기제를 작동하는 것이야말로 남성 이기주의가 침윤한 흔적이라 하겠다.

4. 수미의 죄의식

〈장화, 홍련〉에서 초현실적 존재는 두 가지 영역에서 제시된다. 하나
는 수미의 죄의식이고, 다른 하나는 현실 그 자체이다. 수미의 죄의식
에서 환상이 비롯된다는 이 영화의 설정에 대해 그 죄의식을 유발한
행위의 실체가 무엇인가, 둘은 상응하는가라는 물음을, 그리고 후처들
이기 이후 두 가족 구성원이 죽어 버린 현실에서 원귀가 출현한다는
설정에 대해서는 원귀의 출현을 정당화하는 '원한'은 무엇인가라는 물
음을 던질 수 있다. 각각의 물음을 통해 우리는 환상과 초현실이 들어
찬 수미네 집이라는 현대 한국 사회의 중산층 가정을 지배하는 집합
기억을 확인할 수 있기 때문이다.

이층에 올라온 은주와 말다툼을 하느라 죽어가는 동생을 외면한 데
서 유발된 수미의 죄의식은 사실 과장되어 있음이 분명하다. 동생의 죽
음에 대한 책임은 계모 은주를 향한 적의와 연결되었으며, 책임의 상당
부분은 진실을 알리지 않은 은주에게 있기 때문이다.

수미의 죄의식에 들어찬 그 심리적 과장의 빈자리를 채우는 것은 이
영화 흥행의 주 타겟이었다는 소녀들[12]의 여리고 섬세한 도덕률일 것
이다. 하지만, 이것만으로는 곤란하다. 왜냐면 이러한 설명은 이 영화
가 흥행하게 된 기가 막힌 전략을 설명할 수는 있어도, 집합 기억을 구
성하는 문화 텍스트로서 이 영화의 정체에는 어울리지 않기 때문이다.

---

12) "영화 〈장화, 홍련〉의 마케팅을 담당했던 박혜경 마술피리 마케팅 실장은 "처음에는 다
　　양한 관객층을 의식한 마케팅을 했지만 티저 포스터가 나간 뒤 소녀들의 반응이 뜨거웠다.
　　영화 상영 중반부터는 철저하게 10대 위주로 전략을 다시 짰다. 아마 다시 호러영화를
　　한다면 처음부터 10대를 타깃으로 할 것 같다"고 말했다." 박수진, 「소녀들은 왜 공포영화
　　를 찾는가」, 『한겨레21』 제569호, 2005.07.21. http://h21.hani.co.kr/section-021015
　　000/2005/07/021015000200507210569074.html

더 구체적으로는 10대 소녀들의 여린 감수성은, 〈장화홍련전〉이 전처 집단의 위안 심리에 따라 환상적으로 그려짐으로써[13] 가부장제의 실체 적 진실을 왜곡하고 은폐했던 것처럼 현대 사회 가족의 실상을 왜곡할 수 있기 때문이다.

그 왜곡의 예는 물론 앞서 분석한 아버지의 더러운 손이다. 여린 감 수성은 무현에 대해 '아버지'로서의 부도덕함을 비난하기는 했지만, 수 미의 죄의식에 매몰되어 '남성' 또는 '남편'으로서의 욕망에 대해서는 연민하고 있는 것이다.

그렇다면, 수미의 죄의식과 환상은 어떻게 상응하는가? 죽어가는 동 생의 애원을 듣지 못했다는 것, 그것이 계모와의 말다툼 때문이었다는 것에서 수미는 악랄한 계모와 그에게 핍박받는 수연을 환상한다.[14] 죽 어가던 수연을 지켜 주지 못 했다는 죄의식 때문에 수미는 수연을 보호 하는 존재가 된다. 그리고 계모는 악랄한 여인이 되어야 했다. 왜냐면 악랄한 계모에게 죽음의 책임을 전가함으로써 옷장 쓰러지는 소리를 들은 모든 식구들은 방관자로 자리매김할 수 있기 때문이다. 이러한 면 죄부 발행의 방식은 〈장화홍련전〉는 물론이고 다른 가정소설에서도 흔 히 발견되는 것이다.

그러므로 수미의 죄의식은 악랄한 계모에 의해 자신마저 죽임을 당하 는 것으로써 완성될 수 있다. 가정의 파탄을 온전히 아버지의 새 여인에 게 전가함으로써 수연의 죽음에 관여된 자신의 우연한 불찰은 용서될 뿐만 아니라, 주체할 수 없는 성욕을 가진 아버지를 용인하는 '정상적'

---

13) 이정원, 「〈장화홍련전〉의 환상성」, 『고소설연구』 20, 한국고소설학회, 2005, 99~135쪽.
14) 악랄한 계모와 핍박받는 전처 소생의 구도는 가정소설의 전형적인 인물 구도이다. 이점 에서도 〈장화, 홍련〉은 가정소설의 현대적 이본이라 할 만하다.

현실을 통찰하지 못한 채 오로지 계모에게 저주를 퍼부었던 자기 자신 또한 정당화되기 때문이다. 그러므로 수미는 계모 은주가 자신의 또 다른 인격일지도 모른다고 의심하게 되자, 자기의 또 다른 인격인 계모에게 자기를 '죽임으로써 도와 달라'고 말하는 것이다. 계모가 석고상을 들어 수미를 내리치는 것이 수미를 돕는 행위가 되는 까닭은 그것이 동생의 죽음을 온전히 계모의 악행 때문인 것으로 자리매김하고, 자신도 그 운명에 동참함으로써 죄의식을 씻어버릴 수 있기 때문이다.

그런데 수미의 환상을 이런 식으로 이해하였을 때의 문제는 어떻게 환상 속의 존재인 수연과 계모 은주조차 원귀를 체험할 수 있는가이다. 앞서 밝힌 것처럼 환상 속 인물들이 체험하는 원귀와 실제 인물, 그러니까 실제 계모 은주와 실제 외숙모 미희가 체험하는 원귀는 같은 존재이다. 과연 수연이 체험한 원귀는 환상 속 환상일까? 그렇다면 수미가 겪은 계모 인격이 원귀를 체험하는 것은 무슨 까닭인가? 어째서 원귀는 수미의 환상 속에까지 나타나는가? 어째서 수미는 그러한 원귀 체험을 정당하다고 환상하는가?

녹색 옷을 입은 아이 원귀가 출현하는 것은 누구의 도움도 받지 못한 채 그가 억울하게 죽었기 때문이다. 그리고 이때의 도움은 보다 은유적으로 해석되어야 할 것이다. 왜냐면 어머니의 시체와 옷장의 무게를 물리적으로 이해하게 되면, 옷장 쓰러지는 소리에 소극적으로 반응한 가족들에게 원귀는 나타날 수 없기 때문이다. 오히려 어머니로 하여금 자살을 선택하게 하는 현실의 무게에 대한 가족들의 무관심이 그 원한의 대상이 될 것이다.

그러나 한편으로 이러한 해석은 죽어가는 사람은 도와야 한다는 식의 온정주의에 기반하고 있다는 점에서 충분하지 않다. 즉, 그런 온정주의에 기대어서는 아버지와 외삼촌 즉, 남성 가족에게는 그 원귀들이 등장하지 않는다는 점을 해명할 수 없는 것이다. 더구나 엄마 원귀는 오직 수미의 꿈에서만 나타났다.

성별에 따른 원귀 출현의 제한성에서, 우리는 〈장화, 홍련〉의 남성 이기주의에서 비롯되는 자학적 여성성을 만나게 된다. 〈장화, 홍련〉은 가족의 파탄에 대해 남성들과의 소통을 가정하지 않는다. '억눌린 존재의 귀환'이 갖는 사회 소통적 기능[15]은 오로지 여성들에게 한정된다. 문제는 이러한 소통의 편파성이 남성들로 하여금 문제적 현실에서 비켜서게 하는 '가정서사'의 본질적 문제를 답습하는 데에만 있는 것이 아니다. 오히려 여성들로 하여금 자신의 성 정체성, 그리고 그에 기반한 사회적 정체성을 두려워하도록 하는 데에 있다.

'생리하는 원귀'는 그러한 불안 심리의 반영이다. 수미가 꿈에 만난 엄마 원귀는 목을 매어 죽은 자세로 다가온다. 삐거덕거리는 목매는 소리와 함께 다가온 원귀에게 가위 눌린 수미는 원귀의 다리 사이로 선명한 생리 혈이 흐르는 것을 목격한다. 그리고 그 치마 속에서 하얀 손이 삐져나와 수미를 움켜쥐려는 순간 꿈은 깨고 만다. 그런데 바로 이날은 수연이가 초경을 하는 날이었고, 계모 은주와 수미 자신 또한 생리를 하는 날이었다. 물론 세 사람이 실은 수미의 다중 인격이라는 점에서 이는 자연스러운 일이다.

문제는 왜 '생리하는 원귀'는 수미가 생리하는 날에 나타났으며, 이러한 수미 자신의 생리적 징후가 왜 수연의 초경으로까지 환상의 범위가 확대되는가이다. 수연, 수미, 계모와 친모는 생리라는 여성성의 징표로

---

15) 원귀의 소통적 성격에 대해서는 다음의 논문을 참조하기 바란다. 강진옥, 「원귀설화의 담론적 성격 연구」, 『고전문학연구』 22, 한국고전문학회, 2002, 35~65쪽.

범주화 되고, 수미는 이러한 성숙의 과정에 개입되는 남성 이기주의를
엄마의 자살을 통해 확인한다. 즉, 여성이 된다는 것은 수미의 가정에
서 언젠가는 스스로 목을 매어야 하는 두려운 징표를 새기는 일임을
수미는 체험했다. 여성성에 대한 이러한 자학적 공포야말로 어머니 원
귀를 귀환하게 하는 심리적 근거이고, 이 무서운 근거 앞에서 수연 또
한 포획될 수밖에 없었던 것이다.

5. 결론 : 미장아빔에 갇힌 여성

〈장화, 홍련〉은 순행적 구성을 취한다. 그런데 병원에서 집으로 그리
고 다시 병원으로 이어지는 이 순차는 무한 반복의 형태를 띨 것임이
분명하다. 그것은 마치 마주 본 두 거울이 만들어 내는 것과 같은 무한
반영의 심연, 즉 미장아빔(myse en abyme)[16]의 환경을 수미에게 부여
한다. 수미는 치료를 받기 위해 병원에 가야하고, 다시 집으로 돌아와
수연을 보호하고 계모와 갈등하고 그리고 원귀들에게 가위 눌려야 하
기 때문이다.

그러므로 수미가 병원에서 이별 인사를 하는 은주에게 가지 말라고
손목을 잡는 까닭은 그 미장아빔에서 벗어나기 위해서이다. 살아 있는
진짜 계모를 직시하는 일이야말로 자신을 힘겹게 하는 악랄한 계모와

---

16) '미장아빔(Mise en abyme)'은 '어떤 이미지나 구조가 작은 상동체(相同體)를 내포하고
    있는 상태'를 가리킨다. 가령, 영화에서 이 용어는 비슷한 의미나 양상이 이어지는 꿈 속
    꿈을 가리키기도 하고, 소설에서는 유사성을 띤 외화(外話)와 내화(內話)로 이루어진 액자
    구조를 가리키기도 한다. 이에 대해서는 다음의 논문을 참조하기 바란다. 신혜경, 「미장아
    빔(Mise en abyme)에 관한 소고」, 『미학 예술학 연구』 16, 한국미학예술학회, 2002,
    119~140쪽.

불쌍한 수연이라는 죄의식에서 벗어나는 유일한 방법이기 때문이다. 물론, 악랄한 계모에게 죽어 죄의식을 완성하는 방법도 있다. 그러나 그것은 말 그대로 죽어야만 가능한 일이다. 수미는 정상인으로 살고 싶어 한다. 그러나 은주는 이 애원을 뿌리치고 간다. 그리고 다시 수미는 수연과 해후하며 죄의식의 눈물을 흘리게 된다. 수미는 다시 환자가 되고 만 것이다.

이러한 미장아빔의 의미는 무엇인가? 〈장화, 홍련〉에서 아버지와 계모는 수미의 죄의식을 이해하지 못한다. 아버지의 기억과 수미의 기억은 정상과 병리로 구별되고, 그리하여 아버지는 수미의 환상에 무지하다. 그 무지의 심연을 정당화하는 것, 그리하여 미장아빔을 유지하고, 그래서 반대급부로 유지되는 것은 물론 정상과 병리를 나누는 남성 중심적 현실일 것이다. 아버지와 계모는 기성(旣成)의 현실에 있을 뿐 수미의 환상에 접근하지 않는다. 이러한 불소통 때문에 수미는 병원과 집의 반복, 그리고 거짓된 치유와 병증의 발발이라는 미장아빔 속에 갇히게 된다. 수미의 죄의식을 희생양 삼아, 수미의 죄의식에 병증이라는 합리적 이름을 붙임으로써 아버지의 새로운 가정은 유지되고, 건강한 여성을 향한 남성들의 비인간적인 욕망은 은폐된다. 그리고 딸의 정신 질환에 적절한 치료를 제공하는, 부모로서 마땅한 자애를 실천함으로써, 아버지의 욕망은 그리고 이를 묵인하는 현실은 대속(代贖)되는 것이다.

위의 글은 『한국고전여성문학연구』 15집(한국고전여성문학회)에 실린 논문을 수정·보완하였다.

〈변강쇠가〉의 영화적 변용과 그 문화적 의미

황혜진

1. 서론

　고전소설이나 판소리로 향유되던 이야기가 영화 매체로 변용(adapta
-tion)되는 현상은 한국영화사 초기부터 발견될 수 있다. 영화라는 매체
의 새로움과 낯섦을 상쇄하기 위해 영화 매체는 익숙한 이야기를 필요로
했으며 그 원천(source)을 판소리나 고전소설에서 구하였다. 한국에서
제작된 최초의 영화인 〈춘향전〉을 비롯하여, 20~30년대에 걸쳐 나온
초창기 영화의 상당수가 고전소설의 이야기를 그 내용으로 삼았음을
확인할 수 있다.[1]

　영화사 초기부터 각색 대상이 된 고전소설은 현대에도 여전히 영화

---

[1] 20~30년대 영화화된 고전소설을 연도순으로 나열하면 다음과 같다.
　〈춘향전〉(早川孤舟, 1923), 〈놀부흥부〉(김도성, 1925), 〈심청전〉(이경손, 1925), 〈운영
전〉(윤백남, 1925), 〈장화홍련전〉(김영환, 1925), 〈숙영낭자전〉(이경손, 1928), 〈홍길동
전〉(김도봉, 1934), 〈춘향전〉(이명우, 1935), 〈그 후의 이도령〉(이규환, 1936), 〈홍길동전
(후편)〉(이명우, 1936), 〈심청전〉(안석영, 1937), 〈장화홍련전〉(홍개영, 1939). 자료는 한
국영상자료원(http://www.koreafilm.or.kr)에서 검색한 것이다.

매체에 콘텐츠와 상상력을 제공하는 중요한 문화적 자원이 되고 있다. 최근 10년 간 영화화된 고전소설을 꼽아보아도, 〈춘향전〉, 〈장화홍련 전〉, 〈심청전〉, 〈구운몽〉, 〈콩쥐팥쥐전〉, 〈홍길동전〉, 〈전우치전〉 등 상당수이다. 2000년대의 영화들은 고전소설의 영화적 재현에 관심을 집중하였던 초창기 영화와 달리 고전소설과 다양한 관계 맺기의 방식 을 보여준다.

영화보기의 관습적 규약을 학습·경험한 현대의 관객들은 고전소설 을 영상물로 '번역'하는 데 관심이 집중된 초창기 관객보다 세련되어 있다. 또, 2000년대 들어 고전소설의 서사적 내용이 그대로 영화의 재 현 대상이 된 적이 없다는 사실은 그만큼 관객의 기대 수준이 높아졌음 을 방증한다. 이러한 시점에서 고전소설의 영화화를 논하는 것은 '무엇 을 어떻게 영화적으로 변용했는가' 하는 기술적인 연구에서 한발 더 나 아가야 할 필요가 있다.

본고는 고전소설이 제기한 삶의 문제에 대해 영화가 어떤 응답을 하 였는지에 주목하려 한다. 이는 영화적 변용의 해석학적, 주제론적 탐구 라고 할 수 있다. 현대의 영화 생산자들은 고전소설을 서사 내용으로, 모티프로, 혹은 창조적 영감의 원천으로 삼아 자신들의 영화를 만든다. 이 과정에서 이들은 문화상품으로서 영화의 흥행성을 필수적으로 고려 했을 터이나, 수익성 계산 이전에 변용하고자 하는 작품에 대한 해석적 열정이 있었을 것이다.

해석적 열정은 시대를 거쳐 반복되는 보편적인 삶의 문제에 대한 주 제론적 질문에 맞닥뜨린 곤혹감, 인물 형상화 및 사건의 연쇄를 가능하 게 한 감성구조의 이질감, 고유의 작품 세계를 구성하는 시공성의 낯섦 들이 추동하는 내면의 '울림'을 동반한다. 영화 생산자들은 그 울림에 대한 강력한 되울림으로써, 동시대인들에게 자신의 (재)해석을 펼쳐 보이고 공유하려는 시도를 하여 한 편의 영화를 만드는 것이다.

이러한 관점에서 본고는 고전소설의 영화적 변용을 고찰하는 데 있어 주목해야 하는 것은 영상물로 '번역'하는 매체 전환 방식이라기보다는 영화 생산자들의 해석적이며 창조적인 변용 과정이라고 판단한다. 특히 고전소설의 의미와, 영화적 변용물의 의미 및 의미화 방식의 긴장 관계는 생산자들의 해석이나 창조적 개입의 방향을 파악하기 위해 필수적으로 검토해야 하는 영역이다.

위와 같은 관점으로 이 연구에서 다루려는 대상은 〈변강쇠가〉의 영화적 변용물이다. 영화 텍스트의 선행 텍스트로서 많은 고전소설이 있음에도 불구하고 〈변강쇠가〉를 주목하는 이유는 다음과 같다. 이 작품은 모두 다섯 차례에 걸쳐 영화화되었다.[2] 영화로 제작된 횟수가 곧 영화의 문제성을 말해 주는 것은 아니나 작품에 대한 해석이 지속적으로 시도된다는 사실은 〈변강쇠가〉가 지닌 주제론적 질문이 그만큼 도전적이고 흥미로운 것임을 말해 준다.

〈변강쇠가〉는 변강쇠와 옹녀를 주인공으로 한 이야기를 담고 있는데 두 인물의 무게가 비등하다. 서사적 관습에 의해 어느 한 인물을 주인공으로 삼아 서사 전개를 따를 경우 다른 인물의 서사가 가지는 의미가 잉여적인 것이 된다. 뿐만 아니라 작품 전체 내용의 구성도 전반부는 변강쇠와 옹녀와의 성애가 중심을 이루고 있으며, 후반부는 변강쇠의 죽음과 시신 처리 문제가 중점적으로 다루어진다. 그래서 이 이야기가

---

2) 이 연구에서는 비디오로만 출시된 영화를 배제하고 극장에서 개봉된 것만 다루었다. 본고에서 다루는 자료로 삼은 영화는 다음과 같다. ①엄종선 감독, 〈변강쇠〉(1986) ②엄종선 감독, 〈변강쇠(속)〉(1987) ③엄종선 감독, 〈변강쇠3〉(1988) ④고우영 감독, 〈가루지기〉(1988) ⑤신한솔 감독, 〈가루지기〉(2007).

파격적인 성애에 대한 것인지, 끔찍한 죽음에 대한 것인지 제재적인 초
점을 맞추기 어렵다. 또한, 이 작품은 그 미적 특질에 대해서 '기괴미
(奇怪美)'라고 지적되듯이 썩 명쾌하게 설명되지 않는 느낌을 들게 한
다.3) 이와 같은 텍스트적 자질은 수용자로 하여금 의미 확정을 불안하
게 하고 지연시키며, 보다 나은 해석에 도전하게끔 하는 요인이 된다.4)

한편, 〈변강쇠가〉가 성애의 문제를 다루고 있다는 점이 무엇보다 수
용자의 흥미를 끌고 있음을 간과해서는 안 될 것이다. 이 문제는 개체
뿐만 아니라 그들이 속한 다양한 '문명(civilization)'5)이 떠안고 있는
것이기도 하다. 성 본능의 에너지는 문명의 요구에 따라 순치되고 승화
되어야 하기 때문이다.6) 또, 문명이 본능을 다스리는 방식은 끊임없이
재구되고 재편되기 마련이다. 따라서 〈변강쇠가〉에서 확인할 수 있는

---

3) 〈변강쇠가〉의 텍스트 특성에 대한 자세한 분석은 정하영(「〈변강쇠가〉 성담론의 기능과
   의미」, 『고소설연구』 19, 한국고소설학회, 2005)을 참조할 수 있다. 이 연구에서는 장르적
   정체성 귀속의 어려움, 서사 구조의 비일관성과 중심인물의 혼란 등을 텍스트의 의미 확정
   을 힘들게 하는 요인으로 분석하였다.

4) 신동원은 변강쇠가가 황당무계하고 어수선하며 체계가 잘 짜여 있지 않은 것처럼 보이는
   이유에 대해 19세기 세계관과 20세기 세계관 사이에 양립할 수 없는 단절이 있기 때문이라
   고 하였다. '그들'은 공감했는데 '우리'는 공감하지 못한다는 것이다.(신동원, 「변강쇠가로
   읽는 성·병·주검의 문화사」, 『역사비평』 67, 한국역사연구회, 2004, 331쪽.) 이러한 시
   각에서 보면, 〈변강쇠가〉의 텍스트 자질은 결함이 아니라 적극적인 이해와 해석의 대상이
   된다.

5) 프로이트는 문명에 대해 '동물적 상태의 삶과 우리의 삶을 구별해 주는 것'으로 포괄적으
   로 규정한 뒤, 첫째, 자연으로부터 인간을 보호하며, 둘째, 인간의 상호 관계를 조정해
   주는 등 두 가지 목적에 기여하는 규제와 성취의 총계라고 정의하였다.(프로이트, 김석
   희 역, 『문명 속의 불만』, 열린책들, 2003, 264쪽.) 본고에서 말하는 '문명'은 프로이트의
   용법을 따른다.

6) 성 본능은 문명적 가치를 고려하지 않는, 만족 자체를 목적으로 하는 만족을 추구한다.
   그래서 문명의 입장에서 성 본능은 금지되어야 하고 그 목표를 굴절시키는 변형이 필요하
   다. 마르쿠제는 성 본능의 전면적인 충족이 효과적으로 포기되었을 때에 문명이 시작된다고
   하였다. 또한, 그는 본능의 근본적인 변형을 통해 동물적인 인간은 인간다운 인간이 된다고
   하였다.(H. 마르쿠제, 김인환 역, 『에로스와 문명』, 나남출판, 2004, 31~40쪽 참조)

성 본능에 대한 견해와 그 처리 방식은 특정 문명사회에 한정된 것으로서 사회문화적 상황이 변모함에 따라 재검토되고 변형될 수 있다. 또한, 한 작가의 견해라도 시간에 따라 변하기도 하고, 또 다른 작가에 의해 다른 견해가 논쟁적으로 덧붙여질 수 있다. 본고는 그 결과가 〈변강쇠가〉의 영화적 변용물로 생산되었다고 본다.

〈변강쇠가〉는 인간의 본능과 문명의 갈등을 다룸으로써 제재적 중요성을 획득하였으며, 〈변강쇠가〉의 영화적 변용은 바로 이러한 문제에 대한 나름의 응답이라고 할 수 있다. 이러한 관점에서 본고는 〈변강쇠가〉를 선행 텍스트로 삼아 제작·개봉한 영화들을 분석하며 〈변강쇠가〉에 대한 주제론적이며 해석학적인 응답을 재구해 볼 것이다. 이어지는 장에서는 주제론적 논점을 분명히 하기 위해 〈변강쇠가〉의 의미 구조를 분석하도록 하겠다.

2. 〈변강쇠가〉의 주제론적 질문과 답변

1) '문명'과 '본능'의 갈등 구조

이 절에서는 〈변강쇠가〉[7]의 주제적 의미를 '본능'과 '문명'의 갈등이라는 측면에서 조명하고자 한다.[8] 서사물의 갈등을 분석하는 것은 곧

---

[7] 자료는 〈변강쇠歌〉(강한영 교주, 『신재효 판소리 사설集(全)』, 민중서관, 1971)로 삼는다. 이후 인용 쪽수는 이 책을 따른다.

[8] 이 연구에서 주제를 파악하는 입장은, 〈변강쇠가〉의 의미를 사회사적으로 밝히는 연구나 신화·제의적인 측면에서 규명하는 연구와는 구별된다. 선행 연구들이 제시한 역사적 근거의 신뢰성과 타당성에도 불구하고, 자리를 달리하여 작품의 주제를 재론하는 까닭은 통시적인 변강쇠 이야기의 수용사를 다루기 위해서는 특정 역사 시기에 한정되지 않는, 보다 근본적인 틀이 필요하다 판단했기 때문이다. 한편, 본고와 같이 변강쇠의 반문명성에 대한 논의가 있어 눈길을 끈다. 하은하는 장승과 강쇠의 대결을 중심으로 강쇠의 반문명성

작품의 서사가 지닌 주제론적 질문을 재구하는 작업이기도 하다. 결국
서사적 갈등은 곧 '갈등의 축이 되는 두 힘 중 어느 쪽이 우세하며 정당
한가', 그리고 '이 갈등은 어떻게 해결되어야 하는가'라는 질문으로 환
원될 수 있기 때문이다.

  본고는 〈변강쇠가〉의 서사를 진행시켜 나아가는 원리가 되는 갈등을
의미론적 차원에서 고찰하되, 문명의 작용을 ㉠으로, 성 본능의 작용을
㉡으로 삼아 전체 내용을 구조화하였다.9)

  [1] 파격적 만남
      ㉠ 옹녀가 마을에서 쫓겨남
      ㉡ 강쇠와 옹녀가 만남
  [2] 도회 살림의 파탄
      ㉠ 강쇠와 옹녀가 도회지에서 살림을 차리기로 함
      ㉡ 강쇠가 옹녀가 모은 돈을 탕진함
  [3] 장승을 뽑음
      ㉠ 강쇠와 옹녀가 산속으로 들어감
      ㉡ 강쇠는 게으름을 부리며 장승을 땔감으로 뽑아옴
  [4] 장승 동티를 두려워하지 않음
      ㉠ 옹녀가 장승을 보고 놀라며 강쇠를 비난함
      ㉡ 강쇠와 옹녀가 장승을 패 군불을 넣고 성교함

을 드러내었으며(「변강쇠의 위반과 반문명적 성격-장승과 강쇠의 대결을 중심으로」, 『태
릉어문연구』 7, 서울여자대학교, 1992), 전신재의 연구(「〈변강쇠가〉의 비극성」, 『선청어
문』 18, 서울대학교 국어교육과, 1989)는 강쇠와 장승의 대결을 원초적 본능과 초자아의
대결로 보았다. 본고는 이러한 시각을 서사 전체로 확장하여 적용하려 한다.
9) 참고로 이러한 방식은 김일렬이 〈숙영낭자전〉을 애정과 효의 갈등으로 분석하면서 시도
했던 방법인데(김일렬, 『조선조 소설의 구조와 의미』, 형설출판사, 1984), 갈등을 함축하
는 서사의 역동적인 움직임을 구조화하는 데 효과적이라 판단하여 차용하였다.

[5] 장승 회의

　　㉠ 장승들이 힘을 모아 강쇠를 응징하기로 함

　　㉡ 강쇠가 근방 장승들을 다 땔감으로 쓰겠다고 함

[6] 강쇠의 죽음

　　㉠ 장승들이 강쇠에게 온갖 병을 주고 감

　　㉡ 강쇠가 죽으면서도 옹녀에 대한 강한 집착을 보임

[7] 죽음 이후의 소동

　　㉡ 죽은 강쇠가 치상을 도우려던 이들을 차례로 죽게 함

　　㉡ 사람들을 땅에 붙게 함

　　㉡ 시체가 등에 붙음

[8] 결말

　　㉠ 뎁득이가 강쇠의 시체를 갈이질 함

　　㉠ 뎁득이의 떠남과 색(色)에 대한 경계

　성 본능과 문명의 갈등이라는 의미 구조로 작품의 서사로 보았을 때, 옹녀가 마을에서 쫓겨나는 '맹랑한 일'로 서두를 삼는 구성은 의미심장하다. 이를 통해 작품의 전반적 주제를 드러내는데 그것은 곧 성 본능에 휘둘리는 남성들은 죽음이라는 대가를 치르게 되고, 성 본능을 자극하는 대상은 공동체로부터 추방된다는 것이다. 그러니까 작품 전체 서사의 중심 의미를 이 일화로써 압축적으로 보여주고 있다고 이해할 수 있다.

　이 서두는 의미론적 갈등을 함축하고 있다. 쫓겨나면서도 옹녀는 "삼남 좃은 더 좃타"(534쪽)라고 악을 쓰며 오기로 맞선다. 이처럼 문명의 권위에도 쉽게 굴하지 않는 본능의 힘을 보여줌으로써 이 일화는 작품이 다루는 문제에 대해 서사적 탐구가 필요함을 역설하며, 이후 진행될 서사 내용을 암시하고 준비한다. 그러므로 옹녀가 중심이 되는 이 서두

의 일화는 중심인물을 혼란시키는 미흡한 구성적 자질을 보여준다기보다는 전체 서사를 아우르는 전주곡적인 성격을 가진다고 할 수 있다.([1]-㉠)

옹녀와 변강쇠를 만나게 한 것은 서사적 실험의 성격을 갖는다. '북녀(北女) 제일의 명기(名器)'라는 '옹(甕)'녀와 남남(南男)으로 강철 같은 양물의 소유자인 '강쇠'가 만난다면?'에 대한 관심으로 촉발된 서사는, 단지 공연예술적인 흥행성을 노리거나 관객의 성적 환상을 충족시키기 위함만은 아니다. 옹녀에 대한 문명의 처분이 내려진 뒤에 이루어진 만남은 '강력한 성적 에너지를 가진 이들이 결합해 과연 문명과 어떻게 겨룰 것인가?'라는 가치론적 흥미 대상이다. 이런 관점에서 볼 때, 강쇠와 옹녀가 대낮의 노상에서 벌이는 성교는 남녀의 성적 관계를 '규제'하기로 한 문명의 '성취'에 대한 도전이자 문제제기이다.([1]-㉡)

강쇠와 옹녀는 문명에 기여하는 사회적 경험이 거의 없었다. 그럼에도 이들이 도회지 살림을 도모하는 이유는 비교적 세련되고 복잡한 도회의 사회적 관계에서라면 이들이 기생할 수 있는 여지가 있기 때문이다. 이렇게 이들은 문명을 필요로 하는 것이다.([2]-㉠) 그렇지만 이들이 노동이나 자녀 출산 등 문명의 재생산을 도운 것은 아니었다. 오히려 이들은 사회적 규범에 균열을 내는 반사회적 행위를 일삼는다.([2]-㉡)

이처럼 성 본능 및 공격 본능에 충실한 이들(특히 강쇠)의 삶의 방식 때문에 도회의 문명은 이들을 포용해 줄 수는 없었다. 그래서 강쇠 부부는 산속으로 가는데 본고는 이를 문명적 가치가 반사회적 이들을 추방하는 것으로 파악했다. 산속에서 이들은 노동을 통해 스스로 의식주를 해결해야 한다. 즉, 불완전하고 연약한 몸을 보호하고 유지해야 하는 숙명[ananke]을 감당해 내야 하는 것이다.([3]-㉠)

강쇠 부부는 문명한 도회에서의 실험을 실패로 끝내고, 이제 자연 속에서 인간의 숙명을 감당할 수 있느냐 하는 새로운 서사적인 실험 단계에 놓였다. 만약 이들이 산속 생활을 성공적으로 해냈다면 〈변강쇠가〉는 문명 비판적인 주제를 가질 수도 있었다. 강쇠의 생각에도 문명 비판적인 요소가 다분하다. "일츌이쟉(日出而作) 요슌 복셩 엇디 편타 홀슈 잇나."(546쪽)라는 강쇠는 문명을 의식적으로 거부한 바 있다.

그런데 강쇠가 문명의 요구이자, 성원 다수가 믿고 있는 삶의 가치를 부정했지만 그가 정작 바라는 것은 '좋은 의복, 갖은 패물, 예쁜 계집, 좋은 주효(酒肴), 잡기' 등이다. 나열된 것들은 문명에 속한 것으로서, 다른 사람들이 문명을 일구기 위해 포기했던 본능에 대한 일종의 보상으로, 그것은 강쇠의 몫이 아니다. 그러니까 강쇠는 문명적 가치는 우습게 여기면서 문명이 보상적으로 제공하는 '단물'만을 향유하겠다고 하는 것이다.

게다가 강쇠는 게으르다. 〈변강쇠가〉의 서술자도 강쇠에 대해 "평싱 힘셰 일ㅎ야 본 놈이냐 낫이면 잠만 ㅈ고 밤이면 비만 타"(542~544쪽)는 게으름뱅이로 묘사한다. 문명적 가치를 의식적으로 거부하고, 문명을 일구는 일을 소홀히 하는 강쇠가 나무 내력을 현학적으로 읊어대며 땔나무 구하기를 포기한 것도 자기의 게으름에 대한 거창한 핑계일 뿐이다. 이런 강쇠도 옹녀의 핀잔이 두려운지라 장승을 뽑아 땔나무로 지고 갔다. 공동체의 어귀에 서 있는 장승은 공동체 문화를 수호하는 신으로서 부락공동체의 문명적 가치의 상징이다.[10] 강쇠는 장승을 뽑으

---

10) 장승의 의미에 대해서는 다음과 같은 선행 연구의 성취를 참조할 수 있다. 강쇠를 유랑민으로 본 서종문은 장승을 관권을 상징하는 것이라 보았고(「변강쇠가 연구」, 『판소리사설 연구』, 형설출판사, 1984), 박경신은 장승을 부락 전체의 공동체 의식의 상징이라 파악했으며(「무속제의 측면에서 본 변강쇠가」, 『국문학연구』 72, 서울대학교, 1985), 정병헌

면서 전혀 머뭇거림이나 두려워하는 기색이 없었다. 오히려 "야 네 이놈 뉘 압패다 싀긔ᄒᆞ야 눈망울 부릅드니 삼남 셜츅 변강쇠를 일흠도 못 드런다"(550쪽) 호통을 칠 정도였으니 문명을 거스르는 태도의 양양함을 확인할 수 있다.([3]-ⓛ)

옹녀는 금기에 대한 의식을 가지고 강쇠에게 민간적인 처방을 내리지만([4]-㉠), 이 말에 전혀 신경을 쓰지 않는 강쇠는 장승을 패 군불을 지피고 방사를 행한다. "밥상을 물인 후에 독치 들고 달여 들어 쟝승을 쾅쾅 픠여 군불을 만이 너코 유정 부부 훨셕 벗고 사랑가로 농창치며 긔폐문(開閉門) 절례판(傳例板)을 맛잇게 ᄒᆞ엿꾸나"(552쪽)라는 대목은 문명적 가치에 대한 모독처럼 보인다.([4]-ⓛ)

한편, 장승들은 강쇠를 벌주기로 한다. 함양 장승이 대방 장승에게 원정을 하고, 대방 장승은 먼저 대표 회의를 한 후, 문제의 심각성을 절감하여 팔도 장승을 모으고자 통문을 돌린다. 새남터에 모인 팔도 장승들은 합리적으로 토의하여 방안을 내고, 대방 장승이 처리 과정의 혼란을 막기 위해 강쇠의 몸을 나누는 방식을 정한다. 이렇게 격식과 절차를 갖춘 장승들의 의견 수렴 과정은 이들이 문명적 가치의 수호자적 존재임을 환기시켜준다.([5]-㉠)

장승 회의의 결정과 다가오는 파국을 모르는 강쇠는 옹녀의 성기를 보며 조왕 동증이 났다고 하고 자신의 것에 목신 동증이 생겼다며 문화적 금기 자체를 희롱한다. 그러면서 근방 장승을 다 뽑아 땔감으로 쓰

은 지배계층의 이념 및 체계로 분석했다.(『신재효 판소리 사설 연구』, 평민사, 1986) 김종철은 장승을 분해되어 가던 농촌공동체의 지배집단으로 보다가(「19C 판소리史와 〈변강쇠가〉」, 『고전문학연구』 3, 한국고전문학연구회, 1986), 공동체의 안전한 삶을 수호하는 존재로 그 의미를 재규정했다. 이런 장승을 훼손하는 강쇠의 행동은 삶의 안전성 일반에 대한 부정이 되는 것이다.(김종철, 「변강쇠가의 미적 특질-기괴미의 추구와 관련하여」, 『판소리연구』 4, 판소리학회, 1993)

겠다고 장담하는데 이는 강쇠가 문명적 가치와 겨룰 힘이 아직 남아 있음을 보여준다.[11]([5]-ⓛ) 그러나 문명적 가치를 대변하듯 강쇠의 몸에 병을 주는 데 있어서도 가지각색의 병증을 신체 기관별로 분류하고 분업하여 신속히 일을 처리하는 장승들의 힘 앞에 강쇠도 하릴없이 죽어간다.([6]-㉠)

문명을 거스르는 개체의 죽음이라는 결말로 〈변강쇠가〉의 전반부는 마무리되는 듯하나 문명으로 제어될 수 없는 본능의 화신인 강쇠는 죽어가면서도 강한 본능적인 의지를 보여준다. 옹녀에 대한 강렬한 집착을 드러내는 것이다. 앞서도 강쇠는 옹녀에 대해서만은 충실했다. 옹녀를 넘보는 눈웃음을 피해 차라리 산속으로 가려했으며, 옹녀의 핀잔을 듣기 싫어 장승이라도 뽑아 갔다. 그러나 강쇠의 집착이 일부일처제의 가치와 관련되는 것은 아니다.

강쇠의 집착을 사랑이 아니라고 할 수 없지만 문명이 원하는 방식의 사랑은 아니다. 사랑하고 사랑받는 삶의 방식은 인간이 행복해질 수 있는 가장 현실적이고 확실한 길이긴 하다. 그러나 문명의 목적은 개인의 행복을 증진시키는 데 있지 않다. 오히려 둘만으로 너무 충분하면 다른 사회적 관계를 맺지 않으려 하거나 사회적 책무 수행에 소홀해지기 때문에 연인들의 성애는 문명이 경계해야 될 대상이 된다.[12]

---

11) 김종철은 이 부분을 들어 강쇠의 뒤틀린 성격을 설명하기도 하였다. 그에 의하면 강쇠는 방향성 없는 맹목적인 저항의식이 몸에 배어 기질로 고착된 룸펜프로레타리아와 상통하는 면이 있는 인물이다.(김종철, 앞의 글, 1993, 283쪽.) 본고도 이러한 강쇠의 성격을 인정하나 그의 본능적 성향이 특정 역사 시기에 룸펜형의 인물로 나타날 뿐이라 여긴다.

12) 에로스를 개별자들의 일체화 과정이라고 이해할 때, 문명적 에로스는 '우리는 하나'라는 동일시를 요구하며, '네 이웃을 네 몸같이 사랑하라'고 명령한다. 그러나 개체의 성 본능에 충실한 에로스는 확실한 만족감과 행복감을 주는 한 대상을 찾았을 때, 둘만의 관계에만 머물며 다른 사회적 관계로 나아가지 않으려는 경향이 있다. 이러한 상태에서는 "두 사람 사이에 태어나는 아이조차도 그들이 행복해지기 위해 반드시 필요한 존재는 아니다."(프로

성애에 대한 문명의 입장에서 볼 때, "스나히라 명칙하고 십 세 젼 아히라도 즈닉 몸에 손듸거느 집 근쳬에 얼는하면 즉각 급슬홀 거시"(570쪽)라 하면서 옹녀의 성기를 쥐고 우뚝 서는 장면은 죽은 이후에도 남아 있는 성 본능과 공격 본능을 드러내는 위협적인 것이다. 특히 이 부분은 '기괴미(奇怪美)'와 관련해 주목되었는데,13) 이런 미감(美感)은 문명화된 우리가 강렬한 본능의 혐오스러운 형상을 무섭게 마주 대하는 충격과, 그럼에도 불구하고 그것이 희극적으로 느껴지는 알 수 없는 감정에서 비롯되는 듯하다.([6]-ⓒ)

강쇠의 죽음은 곧 본능이 문명에 패했음을 의미하지만, 본능은 죽음을 '초월하여' 그 위력을 드러낸다. 강쇠의 본능적 힘은 승려, 초란이, 풍각쟁이들을 죽이고, 사람들을 땅에 붙게 하며, 시신을 뎁득이의 등에 북통처럼 들러붙게 한다. 본능이 얼마나 질기고 끈끈한 것인지는 갈이질로써 남은 강쇠의 시체를 없앨 수 있었다는 데에서 절감할 수 있다. 이처럼 본능은 문명에 패했지만 만만치 않은 힘을 갖고 있는 것이다.([7]·[8])

요컨대, 〈변강쇠가〉는 문명으로 제어될 수 없는 본능의 화신인 변강쇠를 주인공으로 삼아 문명과 본능의 갈등을 제재로 탐구한다. 강쇠는 본

이트, 앞의 글, 285쪽) 이런 점에서 볼 때 성 본능에 충실한 에로스는 반문명적인 성격을 갖는다고 이해할 수 있다.

13) 김종철은 〈변강쇠가〉가 괴기미를 집중적으로 추구한 작품이고 불명료한 결구는 바로 이 미감 창출을 위해 마련된 것이라 파악하였다.(김종철, 앞의 글, 1993, 315쪽.) 이 밖에 기괴미에 대한 논의로, 김창현, 「〈변강쇠가〉의 해결될 수 없는 갈등과 그로테스크」, 『성균어문연구』 31, 성균관대 국어국문학과, 1996 ; 서유석, 「변강쇠가에 나타나는 기괴적 이미지와 그 사회적 함의」, 『판소리연구』 16, 판소리학회, 2003 ; 정환국, 「19세기 문학의 '불편함'에 대하여-그로테스크한 경향과 관련하여」, 『한국문학연구』 36, 동국대학교 문화학술원 한국문학연구소, 2009 ; 이주영, 「기괴하고 낯선 몸'으로 〈변강쇠가〉 읽기」, 『고전과 해석』 6, 고전문학한문학연구학회, 2009 참조.

능을 충족시키려는 욕망이 강한 한편, 문명적 가치를 알면서도 의식적으로 거부한다. 서사는 이런 반문명적인 그를 도회에서 살게 해 보지만 강쇠는 도회에서 버티지 못한다. 산속에서 살 때에도 강쇠는 생명 유지를 위한 노동도 회피하다가 결국 문화적 금기마저 위반한다. 이런 강쇠에게 문명은 죽음이라는 형벌을 내리지만 강쇠가 표상하는 본능의 위력도 만만치 않아 강쇠의 시신이 갈이질로 없어질 때까지 지속되었다.

2) 갈등에 대한 판단

아직 '뎁득이는 왜 죽지 않았으며, 강쇠의 시신 처리에 결정적인 역할을 할 수 있었는가?'라는 화제는 충분히 논의되지 않았다. 뎁득이는 〈변강쇠가〉에서 비교적 바람직한 인물로 그려지고 본능이 야기한 문제를 감당할 만한 능력을 가졌다. 우선 뎁득이는 강쇠의 시신과 정면 승부하기보다는 꾀를 낼 줄 안다. 그는 강쇠의 눈을 감기려 할 때나 시체를 쓰러뜨릴 때, 시체를 몸에서 떼어낼 때 도구를 사용하는 지혜를 발휘하였다.

뎁득이는 강쇠의 시신을 두려워하면서 중간에 그만 두려고도 했다. 그리고 도망가려는 그를 붙잡는 옹녀의 유혹에 "미인 보면 정이 있다가 송장을 보면 정이 써러지오."라면서 인지상정의 속내를 솔직히 표현하였으며, 옹녀가 울며 매달리자, "우지 마소, 우지 마소, 아니 감시, 아니 감시. 죽으면 늬가 죽제 자늬 죽게 ᄒ것ᄂ가"(596쪽)라고 할 정도로 정에 흔들리는 마음을 갖고 있다.

또, 뎁득이는 혼백들에게 잘못을 깨닫게 하는 한편 그들의 입장에서 원통함을 대신 말해 주면서 짐꾼에게 붙은 시신을 떼어낼 수 있었다. 여기서 볼 수 있는 것은 도덕적 문제 상황에 대한 상식적 판단 능력과 공감 능력이다. 갈이질 사설도 시신을 갈면서 부르는 노래라고 보기엔 의미심장한 내용을 포함하고 있다. 쇠방아고의 갈이질, 문장공부 갈이질 등과 "오입 참고 갈이질"이 연속된 까닭은 갈이질이 곧 본능을 갈고 닦는 성찰적 작업과도 관련되기 때문이다.

뎁득이는 이처럼 꾀가 있고, 상황에 따라 본능 충족을 단념하기도 하고, 자신의 감정을 솔직하게 표현한다. 또, 약자에 대해 연민의 정을 느끼며 그를 도우려 한다. 그리고 그에게는 복잡한 상황을 단순하게 이해해 판단하는 '도덕적 지혜(moral wisdom)'[14]와 타인의 입장을 이해하고 함께 느끼는 공감 능력이 있다. 그리고 위험을 모르고 본능에 휩싸여 행동하려는 자기의 내면을 갈이질해야 한다는 성찰적 기획도 할 수 있다.

물론 뎁득이가 문명이 기대하는 최고의 인간형은 아닐 것이다. 마누라와 자식이 있음에도 옹녀의 미색을 듣고서 업무 수행 중 딴 길로 들어 찾아온 뎁득이는 이미 규범적이지 않은 인물이다. 그러나 뎁득이는, 적어도 〈변강쇠가〉가 제안하는 본능과 문명이 공존하는 방식을 보여준다고 판단된다. 이런 점에서 본능의 문제에 상황적으로 대처할 줄 알며 타인을 배려하고 자신을 돌아보는 뎁득이의 능력이 주목된다.

그의 능력은 문명의 요구와 본능의 충동 사이에서 행복하게 살아가기 위해 필요한 것이다. 문명의 요구를 그대로 따르기엔 본능의 희생이 너무 커서 행복해지기 힘들고, 본능대로 사는 것은 강쇠의 죽음이 보여주듯 그 대가가 크다. 장승처럼 뻣뻣한 문명과 강쇠처럼 불끈한 본능 간에는 대립과 충돌, 그로 인한 어느 한쪽(대부분 개인)의 희생이 있을 뿐이다. 그 사이 어딘가에 유연하게 자리를 잡는 것이야말로 행복한 삶의

---

14) John Kekes, *Moral Wisdom and Good Life*, Cornell University Press, 1995, p.5.

길임을 〈변강쇠가〉는 뎁득이의 형상을 매개로 제시하고 있는 것이다.

덧붙여, 〈변강쇠가〉의 후반부는 문화적 범주로 공존하기 힘든 태도와 감정들이 양가적으로 제시되는데 이 역시 문명과 본능, 어느 한 편에 손을 들어 주지 않으려는 작품의 입장을 대변하는 듯하다. 치상을 하려는 옹녀의 교태, 도움을 주려 하는 사내들의 음심, 엄숙한 죽음에 대한 희화화 등이 혼란스러운 난장(亂場)처럼 펼쳐지는데, 이런 상황은 만만치 않은 문명과 본능의 힘이 어지러이 공존하는 삶의 진면목(眞面目)이다.

강쇠의 죽음이 여러 사람들의 죽음으로 이어지고 강쇠의 시신에 많은 사람들이 들러붙었다는 내용은 본능이 강쇠에게만 속한 것이 아님을 암시한다. 이렇듯 문명에 위협적인 본능은 모두가 갖고 있는 것이다. 개인의 사회적 발달 과정에서 본능은 사회적 '성격'으로 변하게 되지만, 사회화가 어느 정도 이루어진 성인도 삶의 여러 국면에서 불쑥불쑥 나타나는 본능과 문명의 갈등을 경험하기 마련이다.

한편, 본능의 처리 문제는 강쇠가 살고 있는 서사 세계에만 속한 것은 아니다. 대부분의 문명사회는 성원들이 자기 본능에 이끌려 사는 방식을 규제하는 동시에 이 에너지를 문명의 것으로 전유해야 한다. 또한 개체 발생이 계통 발생을 되풀이하기에 문명은 새로운 성원에 대해 문명의 전략을 반복적으로 구사해야 한다. 따라서 〈변강쇠가〉가 다루는 문제는 시대와 사회를 막론하고 보편적이라고 할 수 있다.

이 연구는 이런 보편적인 삶의 문제가 서사 전승의 핵심적인 동력이라고 여기며, 고전과 현대적 변용물이 의미론적 긴장 관계를 갖기 위해서는 바로 이 문제와 씨름해야 한다고 파악한다. 변강쇠(혹은 그와 같은 유(類)의 인물)를 주인공으로 삼는 서사가 어떻게 변형되든 이 문제를 전승의 핵심 화제로 삼아 대화적 관계를 가져야 한다는 것이다. 다음 장에서는 이 삶의 문제가 각 편의 영화에서 어떻게 그려지고 있으며, 이에 대해 어떤 답변을 마련하였는지를 중심으로 고찰하도록 한다.

3. 영화적 변용의 양상

1) 엄종선 감독의 '변강쇠 시리즈'

〈변강쇠〉는 1986년에 서울에서 10만 관객 이상을 모으며, 이 해 개봉한 영화 가운데 8위를 차지했다.[15] 이 영화의 감독은 엄종선, 시나리오는 박수일, 주연은 변강쇠 역의 이대근, 옹녀 역의 원미경 등이다. 강쇠와 옹녀가 만나는 앞부분의 내용은 〈변강쇠가〉와 같기에, 도방 살림을 하는 내용의 줄거리를 소개하도록 하겠다.

옹녀가 생계를 책임지며 도회에서 떡장수나 들병이를 하는데 남자 손님들을 질투하는 강쇠는 강짜를 부린다. 옹녀가 번 돈으로 노름판에 다니던 강쇠는 한 부잣집 노인이 옹녀를 첩으로 구한다는 말을 듣고 노름에 필요한 돈을 위해 옹녀를 팔아넘긴다. 노인이 죽은 뒤, 옹녀는 노름판에서 행패를 부려 여러 사람들에게 매를 맞는 강쇠를 보며 울음을 터뜨린다. 옹녀는 주막을 차려 강쇠와 다시 결합하지만 강쇠의 강짜는 여전하다. 그는 마을

---

15) 1986년에 개봉한 영화로서 1위를 차지한 영화는 이장호 감독의 〈어우동〉으로 서울 관객 기준 47만 9천 여 관객을 동원하였다. 참고로, 2위는 〈아마데우스〉, 3위 〈외인구단〉, 4위 〈겨울나그네〉, 5위 〈내시〉, 6위 〈고래사냥 2〉, 7위 〈뽕〉, 8위 〈변강쇠〉, 9위 〈길소뜸〉, 10위 〈돌아이 2〉, 11위 〈황진이〉 등이다. 이처럼 1986년 영화시장에서 한국영화가 차지하는 비중이 상당히 높았음을 확인할 수 있으며, 한국영화 중에서도 〈어우동〉, 〈내시〉 등 소위 '에로사극'의 약진이 두드러졌다. 〈변강쇠〉의 흥행도 이러한 맥락에서 이해할 수 있는 측면이 있다.

에서 상여가 나가기만 해도 옹녀를 패면서 "저 상여가 누구 상여여?"라고
윽박지르며 옹녀를 때린다. 이후 강쇠는 마을의 여인들과 무수히 관계하는
데 이 사실이 들통 나 매를 맞고 마을에서 쫓겨나게 된다. 임신한 옹녀와
산속에 들어가 살게 된 강쇠는 건실한 사냥꾼이 되었다. 옹녀의 해산을 앞
두고 미역을 사오려던 강쇠는 기분이 좋아 술을 마신다. 만취한 상태에서
앞을 가로막는 장승과 시비 끝에 강쇠는 장승을 뽑아 온다. 그날 밤 정사
중에 강쇠가 죽는다. 옹녀는 무당을 청해 원통히 죽은 강쇠의 혼을 위로하
려 하는데 남자 무당을 질투한 강쇠가 옹녀의 몸을 빌려 무당의 목을 졸라
죽게 만든다. 옹녀가 실신한 듯 눈밭 위를 헤맨다.

이 영화에서 강쇠는 〈변강쇠가〉의 강쇠처럼 힘과 정력이 빼어난 사
내로서 성 본능에 충실하다. 그러나 그는 고전의 강쇠와는 달리 문화적
소양이 모자라며, 의식적으로 문명적 가치를 거부할 수 있는 자기 논리
를 가진 것은 아니다. 또, 씨름과 싸움에는 능하지만 노름을 하기엔 아
둔하여 힘으로 행패만 부릴 뿐이다. 자신이 가진 재산은 한 가지뿐이니
옹녀가 부잣집을 돌며 양반네들을 도와주고 삯을 받아오라 할 정도로
생활 능력이 없고 게으르다.

옹녀는 비록 웃음을 팔며 술을 따를지언정 외간 남성과 성관계를 갖지
않는다. 그래서 옹녀는 성 매매를 하겠다고 돈을 받아 놓고도 몰래 불을
놓고 "불이야" 하며 도망가기도 하였다. 그러나 강쇠는 〈변강쇠가〉에서
처럼 "남의 계집 바라보고 눈웃음 하는 놈"에 대해 살기어린 질투를 하며
싸움질을 일삼는다. 옹녀가 상부하는 과정에서부터 옹녀와 강쇠가 도방
살림을 하는 부분까지는 〈변강쇠가〉의 서사와 크게 다르지 않다.

〈변강쇠가〉(1986)의 한 장면

그러나 이후 내용은 선행 텍스트와 갈린다. 〈변강쇠가〉에서 강쇠와 옹녀가 도방 살림을 접는 부분에서, 이 영화의 서사는 강쇠가 철저하게 타락하는 방향으로 더 나아간다. 강쇠는 옹녀를 첩으로 파는 파렴치한 면모를 보이고, 노름판에서 행패를 부리다가 몰매를 맞는 굴욕을 당한다. 또, 강쇠는 옹녀에게 빌붙어 살면서도 강짜를 부리고, 마을에서 상여가 나갈 땐 옹녀를 의심하여 주먹을 휘두른다. 또, 〈변강쇠가〉와는 달리 마을 여자들과 닥치는 대로 관계한다.

이로 인해 도방 살림은 완전한 실패로 끝나 강쇠는 임신한 옹녀와 함께 도회에서 쫓겨난다. 그런데 이 경험은 강쇠를 크게 변화시켜 놓았다. 무인지경 산속에서 옹녀와 둘만이 살아가는 강쇠는 매우 건실한 남편이 된 것이다. 사냥을 하여 생계를 책임지며, 곧 태어날 아이의 신발을 만들기 위해 등잔불 밑에서 바느질을 하기도 한다. 그의 표정은 순해지고 그의 힘은 오로지 가족을 먹여 살리고 옹녀를 사랑하는 데에만 쓰인다.

이렇게 그의 본능은 충분히 순치되었다. 〈변강쇠가〉에서 장승들의 힘과 죽음으로도 제압하지 못했던 강쇠의 본능적 위력은 그 안에서 스스로 약화된 것이다. 이러한 강쇠의 변화를 초래한 것은 옹녀의 헌신적인 사랑과 그에 대한 강쇠의 미안함이다. 오해로 옹녀를 팬 이후로 강쇠가 마을에서 마구잡이로 여성들을 상대한 이유는, 강쇠에게 생소하고 불편한 죄책감을 위악(僞惡)적인 행동으로 잊으려 하는 것으로서 이는 파탄이 예정되어 있는 자기징벌이었다.16)

죄책감을 가지게 된 강쇠는 더 이상 '천하잡놈'이 아니다. 그는 옹녀를 성애의 대상을 넘어 태어날 아이의 엄마로 책임지고 보살펴야 할 존재로 여긴다. 산중에서 그는 건실한 직업인[사냥꾼]이자 산모의 미역을 손수 준비하는 자상한 남편, 아이의 신발을 직접 바느질하는 아버지가 된 것이다. 장승을 빼온 일도 만취한 상태에서 저지른 실수였을 뿐, 그의 게으름이나 반문명적 태도를 보여주는 것은 아니었다.

그런데도 왜 이 영화에서 장승 동티로 인한 죽음이 필요했던 것일까 궁금해진다. 본능을 극복하고, 비록 문명사회와 공간적으로는 떨어져 있는 산속이지만 문명적 가치, 특히 자본주의를 지탱하는 가족주의를 순연히 구현하는 그를 굳이 죽일 필요는 없었다. 그것도 끔찍해지는 모습으로 죽어감, 그 뒤에 이어지는 어지러운 굿, 거기서 벌어지는 살인, 소복을 입은 채 눈밭을 헤매는 만삭의 옹녀 등 다소 괴기스러운 설정까지 덧붙여 그를 벌할 필요는 없는 것처럼 보인다.

이렇게 개과천선한 강쇠가 우연한 실수로 죽게 하고 전후에 충격적

---

16) 이런 해석이 과도한 것일 수 있으나 이렇게 강쇠의 마음에 큰 변화가 일어났다는 것이 전제되어 있지 않으면 갑자기 순하고 책임감 있는 사냥꾼 남편이 된 강쇠의 산중 생활을 서사의 논리로 엮을 수 없다. 비록 이 영화에서 강쇠의 심리적 변화가 충분히 암시되거나 묘사되지는 않았으나 영화 자체의 논리로 보면 강쇠의 심경 변화를 이와 같이 해석해 볼 수 있다.

이고 끔찍한 맥락을 설정한 것에 대해서는 서사적인 논리 이외의 다른 이유가 있을 듯하다. 추론하기에는 조심스러우나, 고전을 영화화하겠다는 기획에 맞게 장승 동티로 인한 강쇠의 죽음을 어떻게든 영화의 내용으로 수용해야 한다는 고려, 영화 안에서 과도하게 분출된 성애의 에너지를 그만큼의 강렬하고 충격적인 에너지로 상쇄시키는 역학적 구성 방식에 대한 계산, 변강쇠와 옹녀의 성애를 관음적으로 즐겼지만 즐긴 것만은 아니라며 '에로' 영화를 보는 관객들의 죄의식을 덜어주기 위한 배려, 아무리 강쇠가 개과천선을 했다고 해서 이들 부부가 저지른 반사회적 행위의 업보를 받지 않고 행복하게 살 수는 없다는 전통적 윤리 감각[17] 등의 요인이 복합적으로 작용하지 않았을까 한다.

이 영화를 '본능과 문명의 가치 갈등'이라는 관점에서 정리하면 다음과 같다. 전반부의 강쇠는 본능에 휘둘리며 문명적 가치에는 무심한 반사회적 인물로 그려진다. 관계하는 남성마다 죽게 하는 옹녀도 그러하다. 그러나 옹녀는 강쇠라는 안정적 성애의 대상을 만나면서 더 이상 자신의 의도와는 상관없이 날뛰는 '색살'을 극복했다. 그리고 자신이 품을 수 있는 유일한 상대인 강쇠에 대해 헌신하여 강쇠에게 죄책감을 갖게 하였다.

문명이 본능을 포기하게 하는 가장 정통한 방식인 죄책감이 강쇠의 마음에 심어지자 강쇠는 갑자기 변화하기 시작했다. 그는 더 이상 본능의 화신이 아니라 문명이 바람직하다고 여길 만한 가장상(家長想)을 보여주는 인물이 된 것이다. 비록 도회에서 본능적 삶의 방식은 실패로 끝났지만 그 실패로 인해 문명적 가치를 체득한 이들은 이제 문명한 사회와 떨어진 산속에서 비로소 문명적 가치에 따라 살 수 있게 되었다.

---

17) 이는 "積善之家 必有餘慶, 積不善之家 必有餘殃"으로 이해될 만하다.

그러나 이들은 비극적 최후를 맞는다. 이 비참한 결말은 문명을 거역한 이들이 아무리 개과천선한다고 해도 결국 하늘의 심판에 따라 자신의 업보를 받게 되리라는 강력한 메시지를 전한다. 〈변강쇠가〉는 옹녀에게 하직하며 떨쳐내고 돌아가는 뎁득이를 개과천선한 이라 추켜세울 뿐이었지 이런 강력하고 위협적인 메시지는 없었다. 이렇게 영화 〈변강쇠〉는 자유롭고 파격적인 성애를 보여주되 이를 압도할 만한 문명적 힘을 강조하고 있다.

이 영화의 성공에 힘입어 엄종선 감독은 연이은 후속작들을 내놓게 된다. 속편들의 〈변강쇠(속)〉(1987)과 〈변강쇠 3〉(1988)이다. 이들 영화에서는 〈변강쇠(속)〉은 서울 관객 기준 13만 명 이상을 동원하여 전편보다 흥행에 성공하였으며, 3편도 올림픽이 열리던 해 개봉된 영화로 많은 관객을 동원하진 못했으나 1988년도 흥행 순위 8위에 올랐다. 〈변강쇠(속)〉의 주연은 김진태와 원미경이 맡았으며, 〈변강쇠 3〉에서 여주인공은 하유미가 맡았다.

〈변강쇠(속)〉(1987)의 한 장면

　두 영화는 비슷한 점이 많은데 강쇠와 옹녀가 따로따로 살다가 결국
만나는 희극적 결말, 부드럽고 선한 인상의 김진태가 연기하는 강쇠의
성격, 영화의 서사적 진행과 큰 관련을 맺지 않는 독립적 일화들을 삽
입한 구성, 웃음을 유발하는 과장의 강화 등이 그 사례이다. 두 영화의
유사성은 영화생산자들이 강화시키려고 한 요소들이 무엇인지 보여주
기에 이를 중심으로 논하도록 하겠다.

〈변강쇠3〉(1988)의 한 장면

　먼저 두 영화는 'U자형'의 플롯을 취하면서 이 작품의 희극성을 강화
하였으며, 이를 위해 원작의 서두 부분, 즉 변강쇠와 옹녀가 만나는 데
까지만 이야기를 진행시켰다. 성애를 나눌 만한 이를 찾지 못해 문제를
일으키고 다녔던 이들이 짝을 만나 행복해진다는 것이다. 여기서 변강
쇠 이야기가 그치면 더 이상 문명과 본능의 갈등에 대한 진지한 탐구나
답을 기대하는 것은 무의미해진다.

　특히 배우 이대근의 얼굴에서 찾을 수 있었던 진지함이나 약간의 표
정 변화에서 감지할 수 있었던 고뇌 등은 김진태의 선량하고 익살스러

운 얼굴에서는 잘 드러나지 않는다. 김진태가 연기한 강쇠는 '익살스러운 사기꾼(trickster)' 역할에 더 잘 어울린다. 봉사의 아내와 오입을 위해 봉사를 업고 마당을 몇 차례 돌아 문 앞에 두고선 남편이 오는지 잘 감시하라고 할 때 특히 그러하다.

옹녀와 강쇠의 만남까지 서사가 진행되기에 이 두 작품에서는 독립적으로 '고금소총류'의 소화(笑話)들이 삽입되었는데 봉사를 속이는 일도 이와 같은 맥락에서 이해할 수 있다. 웃기려 하는 의도는 영화적인 과장이 점점 심해지는 데에서도 발견할 수 있다. 〈변강쇠 3〉에서는 지구가 흔들려 산책하던 외국 부부가 나뒹굴며, 북극곰이 얼음판에서 추락한다. 또, 옹녀는 강쇠의 아이[아비처럼 강하지 말라는 의미에서 '약쇠']를 낳는데 그 이름과는 달리 오줌발은 하늘 높이 치솟는다.

앞서 이들 영화를 홍보할 때, '소문'이라는 말이 화두처럼 쓰였는데, 〈변강쇠 3〉의 포스터에서도 확인할 수 있듯이 이제는 쑥덕이는 소문이 아니라, "큰소리가 난다! 이젠, 삼척동자도 다 아알 그 소문!"처럼 누구나 변강쇠와 옹녀가 얼마나 강한지 알게 되었다. 그래서 세 번째 시리즈물에서는 옹녀 역할을 맡은 배우가 교체된 것으로 보인다. 예고편에서도 여주인공의 출생지, 나이까지 소개될 정도이니 이제 영화는 여배우를 바꿔 다 아는 얘기를, 포스터의 홍보대로 '색다르게', '뜨겁게', '웃기게' 보여줄 뿐이다.

2) 고우영의 〈가루지기〉(1988)의 경우

이 영화는 만화가인 고우영이 감독한 것으로, 그는 자신이 그린 만화를 스크린으로 옮겨 놓았다. 만화를 각색의 대상으로 삼는 영화는 많으나 만화가가 자신의 작품을 직접 연출한 사례는 대중문화 역사상 유일

무이한 일이 되지 않을까 한다. 같은 제목의 만화인 〈가루지기〉는 1987
년 일간스포츠에 연재되었는데 연재가 끝나자마자 고우영은 영화 〈가
루지기〉의 감독을 맡았다.

만화 〈가루지기〉(1987)의 등장인물

　영화의 내용은 만화와 대동소이하나 일간지에 연재된 만화에 비해
영화는 압축적이며 통일적이다. 영화 〈가루지기〉는 만화의 기법을 많
이 차용하였다. 만화적 상상력을 표현하기 위해 애니메이션을 삽입하
고, 자기 만화에서 만화 컷의 위, 아래 논평적이고 요약적인 서술을 하
듯 영화에서도 서술자를 등장시켰다. 또, 강쇠의 모습을 만화와 유사하
게 표현하기 위해 옷을 부풀렸으며 꽃을 물고 다니게 했다. 기법뿐만이
아니라 서사적인 내용도 잔가지를 많이 쳐냈을 뿐 만화와 크게 다르지

않다. 만화에서처럼 영화도 옹녀의 탄생으로 시작한다. 줄거리는 다음과 같다.

옹녀는 사마귀와 거미의 살을 안고 태어난다. 옹녀는 어렸을 때부터 동네 사내의 관심 대상이었다. 옹녀의 초경이 시작되자 그 아비가 죽게 된다. 이후 옹녀는 남편들을 차례로 여의고, 관계하는 사람마다 죽게 하여 마을에서 쫓겨난다. 강쇠와 청석골에서 만난 옹녀는 번화한 법성포에 정착하여 살아보려 하지만 강쇠가 옹녀를 넘보는 쇠돌이를 죽인 후, 지리산에 들어가 산다. 강쇠가 나뭇짐을 하러 갔다가 별 생각 없이 장승을 뽑아 장승 동티로 죽게 된다. 오열하는 옹녀에게 노승이 찾아와 위로한다.

만화와 영화는 강쇠보다는 옹녀를 주인공으로 삼아 이야기를 전개시킨다는 공통점을 갖는다. 그래서인지 '가루지기'라는 제목도 옹녀의 성기 모양이 남들과 달리 가로로 되어 있기 때문이라고 설정한 데에서 연유한다. 영화의 서사 내용도 당랑과 지주의 살을 타고난 옹녀가, 자신의 각성과 강쇠의 도움으로 살을 극복한다는 것으로 요약될 수 있다. 이런 서사를 본고에서 초점을 맞춘 문명과 본능의 관계로 파악해 보기로 한다.

영화 〈가루지기〉(1988)의 한 장면

영화에서 옹녀의 강한 성욕은 당나귀와 거미의 살(煞)을 타고난 운명 때문이라 설명된다. 이렇게 살로 설명되는 본능은 더 이상 인간의 자연에 속한 것도, 인간이 통제할 수 있는 것도 아니다. 옹녀는 수정된 때의 우주적 기운이 마련한 운명의 굴레에서 살아가야 하는 존재로서 자기의 충동적 본능이 아니라 운명적 살의 작난(作亂)에 휘둘리는 것이다. 이런 옹녀는 성 본능을 통제하고 극복하지 못하는 반문명적인 존재가 아니라 살이 낀 운명의 희생자일 뿐이다.

이 영화에서는 주로 강쇠가 성 본능을 대변한다. 강쇠는 자신의 육체적인 힘과 성적 능력만 믿고 사는 천둥벌거숭이다. 이런 강쇠는 문명이 만든 제도와 윤리를 거부하기는커녕 의식조차 않는다. 술집에서 닥치는 대로 먹고도 돈을 낼 생각도 하지 않으며, 씨름판에서 우승해 받은 황소를 헐값에 넘겨도, 그 돈으로 노름판에서 다 잃어도, 살인을 해도 별 후회나 거리낌이 없다. 이렇게 강쇠는 사회적 계약에는 아랑곳하지 않고 본능에 따라 맘대로 살며 죄의식을 갖지도 않는 존재이다.

타고난 색(色)으로 뭇 남성들의 본능을 자극하며 살 때문에 스스로도 본능의 충동을 통제할 수 없는 옹녀와, 애초에 문명적인 것을 학습한 적도 없어 보이는 강쇠가 만나 본능에 따라 사는 것이 이 영화가 탐구하려는 문제이다. 영화의 서사는 옹녀와 강쇠의 삶의 방식이 문명한 사회에서 불가능함을 보여주기 위해 강쇠가 질투에 휩싸여 무자비한 살인을 하게끔 하고 이들을 문명사회에서 쫓아냈다.

〈변강쇠가〉에서처럼 이들은 산중 생활에도 적응하지 못한다. 다행히 기와집을 발견해 주거는 해결되었지만 계속되는 정사로만은 추위와 굶주림을 면할 수 없었다. 강쇠가 이런 상황에서도 아무 일도 하지 않으려하다가 장승을 뽑아 와 동티를 입게 된다는 설정은 〈변강쇠가〉와 같다. 그런데 강쇠가 죽으면서 옹녀에 대한 속내를 독백처럼 드러내는 부분은 원작과 다르다. 강쇠는 "좋아했던 한 명의 인간"인 옹녀를 위해 마치 잘 조준한 총으로 목표물을 맞히듯 사마귀와 거미의 살을 제거하는 최후의 정사를 마치고 죽었다.

이 영화가 옹녀의 운명 극복을 중심 내용으로 한다면, 옹녀의 살을 없애 운명을 극복하는 데 도움이 되는 이들이 필요하다. 영화에서 이런 조력자들은 몇 부류로 나눌 수 있는데 첫째, 종교인, 둘째, 예술인이다. 원래 심의용 시나리오에는 어머니도 포함되어 있었다. 결말 부분에서 노선비가 노승이 알려준 대로 목탁을 들고, 어머니를 데리고 등장하여 옹녀로 하여금 살에서 놓여나게 하는 데 결정적 역할을 했다. 따라서 조력자로 어머니도 포함하여 어떤 역할을 하는지 고찰해 보겠다.

먼저, 종교인인 중과 노승은 옹녀와 강쇠의 이야기에 서브플롯을 구성하는 인물들이며 작품의 주제를 대변한다. 우주의 기운을 읽고 옹녀의 운명을 알게 된 노승은 그 운명을 극복할 방법도 알고 있다. 노승에게 들어 가련한 옹녀의 처지를 알게 된 중은 옹녀에게 살을 억제할 목탁을 전해주러 갔다. 목탁을 받지 않으려 했음을 노승에게 고하니 노승은 어쩔 수 없는 일이라 했다.

노승 중심의 서브플롯은 결말 부분에 메인플롯과 결합한다. 옹녀를 찾아온 노승은 강쇠가 죽고 울고 있는 옹녀에게 목탁을 주며 말했다. "색은 스스로의 마음속에 있고 마음은 선과 악이 섞인 것이다. 그러니 본시 선이니 악이니 하는 것은 모두 없는 것이다." 이를 문장별로 풀이하면, '살이니 색이니 하는 것은 결국 마음이 짓는 것이다. 선과 악도 마음이 나누는 것이니 그 실체가 없다.'는 것이 첫째 의미이고, '네 마음을 가져와 보라' 하는 선문답처럼 마음도 없다는 것이 둘째 의미가 아닐까 한다.

노승의 말로 이 영화의 결미가 장식되는 것은 그만큼의 중요성을 나타낸다. 모든 것은 마음이 짓는 것이며, 더 나아가 마음도 없다는 전언을 문명과 본능의 갈등이란 관점에서 보면 다음과 같은 의미를 갖는다. 본능이라 하는 것도 마음이 만들어내는 것이니 마음먹기와 마음공부에 따라 그 힘을 줄이거나 없앨 수 있는 것이다. 여기서 문명과 본능의 갈등을 개인의 자기 수양으로 극복할 수 있다는 작품의 주제를 발견할 수 있다.

다음으로, 노선비나 어머니도 본능을 다스리는 문명의 편에 가까운 존재들이다. 노선비는 옹녀를 보고 다른 사내들처럼 음심을 품지 않고 시를 짓는 영감의 원천으로 삼는다. 이는 본능적 에너지를 문명에 이로운 방식으로 전유하는 '승화'의 대표적인 방식이다. 한편, 원래 시나리오는 옹녀의 어머니도 옹녀의 각성에 기여한다.[18] 노승이 노선비에게 옹녀의 어머니를 찾으라 하면서 한 말은 "암컷의 정상(正像 혹은 頂上)은 어머니시다."였다. 여성성[sexuality] 대신 모성을 가지라는 것이다. 이들은 이렇게 지금까지 본능적으로 살아온 옹녀에게 문명성을 가르치고 있다.

요컨대, 이 영화는 〈변강쇠가〉가 지닌 문명과 본능의 갈등 문제를 독특한 방식으로 풀어가고 있다. 옹녀를 중심인물로 삼은 서사의 진행은 옹녀를 본능에 따라 살려하는 반문명적 존재로 보지 않고 자신의 의지

---

18) 심의용 시나리오에서는 노선비가 주도적 역할을 한다. 노승에게 옹녀를 구할 방도를 전해 듣고, 목탁을 건네받고 옹녀의 어머니를 찾아서 옹녀의 집으로 간다. 마침 옹녀는 강쇠와 마지막 정사를 하고 있었는데 노선비와 목탁 소리, 어머니를 보고 충격적인 각성을 하였다. 이 장면은 영화에 구현되지 않고, 영화는 노승이 강쇠가 죽은 뒤 찾아와 옹녀에게 선지식을 전해 주는 것으로 끝난다.

와 상관없는 운명적 살이 그 본능을 주재하는 것으로 처리했으며, 그 살을 다소 일관되지 않은 강쇠의 '순정'으로 일차적으로 제거했다. 그러나 궁극적으로 살을 없애는 것은 옹녀의 마음인데, 그 마음의 문명적 순치를 위해 '본능적 욕망 줄이기', '예술적 승화', '자녀 출산과 양육의 사회적 과업' 등이 제안되었다.

3) 신한솔 감독의 〈가루지기〉(2008)의 경우

2008년도에 개봉한 신한솔 감독의 〈가루지기〉는 가장 최신작이면서 20여 년 전에 인기몰이를 했던 '변강쇠'를 다시 스크린으로 불러오려 했다는 점에서 개봉 전부터 주목을 받았다. 특히 주인공인 강쇠 역에 봉태규를 캐스팅했을 때 변강쇠로서 외형적 특징을 구비하지 못한 이 배우가 보여줄 변강쇠에 대해 궁금증도 유발되었다. 또, "변강쇠, 그 탄생의 비밀"이란 홍보 문구는 기존의 변강쇠 이야기와는 다른 서사적 지점을 점하고 있음을 암시했다.

그러나 영화는 실패하고 말았는데, 관객들의 영화평을 보면, '기대했던 바와 너무 다르다'는 배신감이 확인된다.[19] 관객들은 변강쇠를 남성성의 화신으로 기억하며, 발달된 문명의 세련된 본능 통제로 인해 억압당한 남성성을 영화에서 멋지게 보여주어, 그 형상을 통해 해방감을 느낄 수 있기를 바랐다. 그러나 영화는 범람하는 성적 이미지들에 비해 그리 자극적이지도 않고, 게다가 성 본능 자체가 이미 문명적 가치들로 훼손된 것처럼 보였다. 줄거리는 다음과 같다.

---

19) '네이버 영화'의 '한줄평' 참조. 한편, 이 영화에 대해 평론가들의 평은 그리 나쁘지 않았는데, 이 영화를 '에로'가 아니라 '멜로'로 보고 독특한 뮤지컬 사극으로 평가할 수 있는 면모도 있기 때문이다.

　　강쇠는 형인 강목과 함께 떡 장사를 하며 살아간다. 정력이 약해 동네 여인들의 놀림감이 되어 괴로워하던 강쇠는 왜군에 끌려갔다가 탈출해 마을에 흘러들어온 달갱이의 모습을 보고 사랑에 빠지나 달갱이 앞에 나서지 못한다. 강목은 달갱이와 강쇠를 혼인시킬 작정으로 달갱이를 집에 데려온다. 강쇠는 달갱이를 형수로 잘못 알아 괴로워하다가 신비의 명약을 마시고, 며칠 동안 깨어나지 못한다. 강쇠가 잠든 사이 형은 강쇠 대신 징집되어 끌려간다. 깨어난 강쇠는 약 덕분에 진정한 '변강쇠'로 다시 태어난다. 강쇠는 온 마을의 남정네들이 군에 간 상태에서 마을 여자들과 관계한다. 그러면서도 달갱이와는 잠자리를 하지 않는데 어느 날 달갱이가 합궁이 필요하다는 처방을 받자 달갱이와 관계한다. 이후 달갱이는 임신을 하지만 원래 신열이 있는 데다 마을에 가뭄이 심해 위험한 상태에 처한다. 그러던 중 형이 한쪽 다리를 잃은 채로 마을의 남자들과 함께 돌아왔는데 강쇠는 형을 볼 면목이 없어 집에 들어가지 않는다. 심한 가뭄이 산속의 암컷 곰[웅녀] 때문이라 여긴 사람들은 웅녀와 성관계를 할 사람을 찾는데 강쇠가 위해 자원한다. 웅녀와 관계하러 굴에 들어간 강쇠가 나오지 못하자 마을 여자들이 주동하여 신명나는 노래와 춤으로 기우제를 지내자 비가 내린다. 이후, 강쇠는 뱃사공이 되어 자신의 소문을 듣고 빙긋 웃는다.

　　이렇게 영화는 〈변강쇠가〉의 전사(前史)를 구성해 변강쇠가 어떻게 탄생되었는지를 주요 내용으로 삼고 있다. 이처럼 선행 텍스트에서 다루지 않은 일들, 즉, 앞 이야기, 뒷이야기, 빠진 이야기, 주인공 아닌 사람들의 이야기 등을 구성하는 것은 창조적 해석의 방식이 될 수 있다. 그러나 변강쇠의 경우에는 전사 구성을 하면 오히려 인물의 매력이 반감된다. 본능의 화신인 변강쇠가 어떤 사회적 관계의 이력을 거쳐 왔는지 보여주는 것 자체가 하늘에서 뚝 떨어진 것 같은 변강쇠 캐릭터를 왜곡하는 것이다.

이 영화에서 변강쇠의 본능적 힘이 손상된 원인은 복합적이다. 우선, 그는 형에 대한 강한 열등감을 가지고 있다. 형인 강목은 강쇠에 비해 육체적으로나 성격적으로 월등하다. 그런데 형은 강쇠의 남근을 손상시킨 주범이기도 하다. 강쇠의 바지에 붙은 불을 꺼주느라 그런 것이다. 그러니 강쇠는 형을 원망할 수도 없고, 순연한 애정을 가질 수만도 없다. 그래서 강쇠는 형에 대

영화 〈가루지기〉(2008)의 한 장면

해 공순하기 위해 형에 대한 원망을 내면으로 돌려 자기 파괴적 공격성을 갖는다.

또, 강쇠는 본능에 따라 행동하기에는 문명적인 관념을 너무 많이 가지고 있다. 달갱이가 목욕하는 장면을 우연히 동네 남자들과 함께 볼 때도, 사랑은 마음으로 하는 것이라며 홀로 의연한 태도를 가장한다. 이처럼 육체적 사랑과 정신적 사랑을 나누는 분류 자체는 근대 문명의 산물로 연애라는 말이나 관념이 생소했던 시대를 배경으로 하는 사극에서는 썩 어울리지는 않는다. 변강쇠에게는 더욱 그러하다.

또, 강쇠는 사회적 금기에 대한 의식이 지나치게 강하다. 아무리 형과 혼인할 상대라고 오해를 했다지만 자신의 의사를 한 번도 표현하지 못할 뿐더러 달갱이가 사실을 얘기해도 받아주지 않았다. 금기라 여긴 영역에 담긴 결정을 재검토하는 것조차 불경스럽다고 믿었기 때문이다. 이렇게

문명의 요구를 강박적으로 수용하는 강쇠가 우연히 강력한 성적 능력을 얻었다 한들 그것을 제대로 부리기 기대하는 것은 무리이다.

무엇보다 그는 성 본능이 충족되어도 행복감을 느끼지 못한다. 그의 강한 성적 능력은 약을 잘못 먹은 부작용처럼 보일 뿐 이로 인해 강쇠가 행복해진 것은 아니다. 오히려 자신에게 달려드는 여인들을 부담스러워하고, 사랑한다고 고백하는 여자 앞에서 화를 벌컥 내면서 육체적인 사랑은 사랑이 아니라 한다. 성적 능력이 없었을 때나 생겼을 때나 우울하기는 매한가지인 것이다. 아무도 이런 강쇠와 동일시되기 원하지 않는다.

심지어 강쇠는 공동체를 위한 희생 제의의 재물이 되길 자청한다. 이런 강쇠는 더 이상 본능과 아무런 관련이 없다. 문명을 위해 본능의 일정 부분을 포기하는 것이 아니라 자기 목숨까지 내어주려는 하는 강쇠는 문명을 위한 순교자로 숭고미를 자아낸다. 그래서 강쇠의 성(聖)적인 죽음에 대해 감화 받아 마을 여인들은 기우제를 지낸 것이다. 이렇게 이 영화의 강쇠는 지금까지 강쇠 중에 가장 위축되어 있으며, 관념적이고, 불행하며, 도덕적이다.

이상의 논의를 종합해 볼 때, 이 영화는 문명과 본능의 싸움을 애초에 포기했다고 말할 수 있다. 강쇠라면 마땅히 가져야 할 본능의 힘은 이미 문명적 가치의 작용으로 거세된 상태이다. 이 영화는 변강쇠의 전사(前事)를 구성하여 강쇠가 어떻게 탄생하였는지 보여준다고 했다. 그러나 열등감과 자책감으로 위축되고 우울하며, 사랑은 몸이 아니라 마음으로 하는 가치관을 가지고 있는 강쇠가 아무리 출중한 성적 능력을 소유한다 하더라도 그는 결코 '변강쇠'가 되지 못할 것이다.

4. 결론 : 변강쇠 이야기 전승의 문화적 의미

〈변강쇠가〉는 "조선 문학 사상 가장 음란한 작품"이다. 본고는 이런 〈변강쇠가〉의 음란성을 적극적으로 인정해야 한다고 여긴다. 이 음란성 자체가 〈변강쇠가〉의 문제적 본질이라고 했을 때, 음란하다는 것은 성 본능이 감히 문명과 정면 대결을 하려 한다는 발칙함의 다른 표현이라 할 수 있다. 이에 본고는 〈변강쇠가〉를 문명과 본능의 갈등이라는 관점에서 그 의미를 구조화하고, 〈변강쇠가〉가 서사적으로 탐구하려는 문제를 제시하였다.

문명과 본능의 갈등이라는 의미 구조를 지닌 작품으로 〈변강쇠가〉를 보았을 때, 이 작품은 '강한 성적 본능을 지닌 남녀가 문명과 어떻게 겨루는가?'라는 탐구 주제를 갖고 있다. 문명을 의식적으로 거부하고 반사회적 행동을 일삼는 강쇠가 죽는 것으로 문명이 일단 승리한 것처럼 보인다. 그러나 강쇠의 힘은 사후에도 이어져 사람들을 그 시신에 들러붙게 할 정도로 강력했다. 결코 만만치 않은 싸움이다.

이 싸움은 뎁득이에 의해 종료되었다. 뎁득이는 문명의 요구에 순응하지도, 본능적 충동에 휘둘리지도 않았다. 그는 장승처럼 뻣뻣한 문명과 강쇠처럼 불끈한 본능 중 어느 한쪽에 속하기보다는 상황에 따라 유연하고 지혜로운 대처 능력을 가지고 있으며, 인간적 도리에도 무심하지 않았다. 이런 뎁득이의 형상이 문명과 본능의 갈등에 대한 보편적 해법은 아니지만, 〈변강쇠가〉는 뎁득이를 통해 문명과 본능 사이에서 갈등하는 우리들이 행복해질 수 있는 길을 제안하고 있다.

강쇠의 죽음이 여러 사람들의 죽음으로 이어지고 강쇠의 시신에 많은 사람들이 들러붙었다는 내용은 본능이 강쇠에게만 속한 것이 아님을 암시한다. 또, 본능의 처리 문제는 강쇠가 살고 있는 서사 세계에만 속한 것은 아니다. 문명과 본능의 갈등이라는 문제는 어떤 시대와 사회에서도 되풀이될 수 있다. 그러나 그 갈등을 다루는 방식이나 제시한 해법이 다를 수 있는데 본고에서는 이를 중심으로 변강쇠를 주인공으로 내세운 영화들을 고찰하였다.

우선, 엄종선 감독의 1986년 작 〈변강쇠〉는 '정력남 변강쇠'라는 대중적 이미지를 만들어내는 데 기여한 영화이다. 이 영화에서 강쇠는 〈변강쇠가〉처럼 의식적으로 문명을 거부하는 것은 아니지만 본능의 위력을 충분히 보여주는 존재이다. 그러나 강쇠는 각성을 거쳐 변화하는 인물이다. 도회 생활에서 겪은 뼈저린 실패의 경험과 옹녀의 헌신적 사랑으로 인해 강쇠는 죄책감을 갖게 되고 이로 인해 그의 본능은 순치된다.

산중 생활을 할 때의 그는 소시민적 가장으로서 면모를 보이며, 강렬한 쾌감보다는 일상적 안정감을 추구한다. 문명에 의해 길들여진 것이다. 이런 강쇠 부부에게 비참한 결말을 마련한 서사는 문명을 거역한 이들이 아무리 개과천선한다고 해도 결국 하늘의 심판에 따라 자신의 업보를 받게 되리라는 강력한 메시지를 전한다. 이렇게 영화 〈변강쇠〉는 자유롭고 파격적인 성애를 보여주되 이를 압도할 만한 문명적 힘을 강조하고 있다.

이후 속편으로 나온 작품들은 강쇠와 옹녀의 만남까지만 이야기를 진행시킴으로써 문명과 본능의 갈등을 심도 있게 탐구할 만한 서사적 계기들을 많이 놓치고 있다. 그러나 속편의 관객 수가 더 많았다는 사실은 관객들이 변강쇠 영화에서 주로 기대하는 요소가 무엇인지 말해준다. 영화 평론가 정성일은 이 영화를 '남자의 본능'에 대한 영화로 파악했다.[20] 본능이 비록 어리석은 것을 알기에 웃지만 그것이 분출되었을 때의 통쾌함이야말로 이 속편의 매력이 될 수 있다.

고우영이 직접 감독한 〈가루지기〉(1988)는 자신이 그린 만화 〈가루지기〉를 스크린으로 옮겨 놓은 것이다. 이 영화에서 강쇠는 남근의 모습을 모티프로 그려진 만화의 캐릭터처럼 성 본능에만 충실할 뿐 문명한 사회의 계약이나 관습, 규범에는 전혀 아랑곳지 않는 인물로 나온다. 거의 바뀌지 않는 표정과 의상, 걸음걸이도 만화 캐릭터와 닮았다. 강쇠의 운명은 만화에서처럼 문명적 힘에 패배하는 것으로 끝난다.

그러나 이 영화에서 강쇠는 옹녀의 운명을 그리기 위한 보조적 존재일 뿐이다. 영화는 옹녀가 타고난 살을 어떻게 극복하느냐에 초점을 맞추고 있다. 도화살, 청상살을 지닌 옹녀가 운명을 극복하는 방식은 대단히 문명적이다. 그 요체는 본능을 다스리는 자기 수양이다. 이를 위해 '본능적 욕망 줄이기', '예술적 승화', '자녀 출산과 양육의 과업을 감당할 모성' 등이 제안되었다.

가장 최근에 제작된 영화 〈가루지기〉(2008)는 천하의 변강쇠가 어떻게 탄생했는지에 관한 내용을 다루고 있다. 그런데 변강쇠의 성장과 가족, 애정 등 인간관계 등을 다루노라면 인간의 자연으로의 본능을 제대로 그려내지 못한다. 게다가 이 영화의 강쇠는 우연히 강력한 성적 능력을 얻었을 뿐, 열등감과 금기 의식에 긴박되어 있으며, 본능이 깃든

---

20) "이 야담코미디는 재미있다. 남자의 본능―어쩔 수 없는 그 본성을 야유한다. 사나이는 어리석다. 옹녀가 유혹하거나 능동적 액션을 보이지 않아도 자석에 끌리는 쇠붙이처럼 찾아가 묘혈을 판다. 남자관객은 공감의 웃음을 참을 수 없다. 나 스스로도 남자 본능의 '愚'란 시대를 넘어서는 것이구나 하고 새삼 절감하는 것이다. …… 결미, 히로인과 타이틀롤의 사나이가 드디어 상면한다. 해피엔딩, 라스트에는 또 다른 개그가 기다린다. 이것은 통쾌하다. 시나리오와 연출의 히트다. 이 결정타적 개그는 만루홈런감이다. 상견례 후 부부가 된 사고뭉치 남녀가 야외 정사를 벌인다. 요란한 진동, 지구가 흔들리는 것이다. 폭소의 라스트."―정영일, 〈변강쇠(속)〉 전단지.

몸보다는 정신을 중시하고, 본능의 충족의 쾌락을 기꺼이 향유하려 하지 않는다. 이미 문명화된 본능은 문명과 대결할 기력이나 의지도 갖지 못하는 것이다.

이렇게 〈변강쇠가〉의 영화적 변용물을 문명과 본능의 갈등이라는 측면에서 고찰해 본 결과, 문명이 본능에 작용하는 영향력이 강화되었으며 그 방법이 다양해지고 내면화되었음을 확인할 수 있다. 〈변강쇠〉(1986)의 죄책감과 가족주의, 〈가루지기〉(1988)의 본능적 욕망 줄이기, 문명화된 방식으로 승화시키기, 자녀 출산과 양육의 사회적 과업에 충실하기, 〈가루지기〉(2008)의 정신적 사랑을 중시하기 등은 현대 문명이 본능을 다스리는 방식이다.

공통적으로 이 영화들은 죽은 변강쇠의 시체가 부리는 조화를 보여주지 않았다. 강쇠가 죽고도 남아 쉬 사라지지 않을 위력을 지닌 본능의 작용을 영화 서사에 포함시키지 않았다는 것이다. 그러나 강쇠의 죽음 이후는 문명에 패했지만 결코 패하지만은 않은 만만치 않은 본능의 힘을 보여주기에 중요하다. 강쇠의 죽음에서 끝나는 서사에서는 아직 본능의 반격이 시작되지 않은 것이다.[21]

현대 사회가 과거보다 성적으로 개방되어 있음은 명약관화한 사실이다. 그러나 성이 드러나 있을지언정 오늘날의 성 본능 자체는 〈변강쇠가〉에 표상되었거나 그것을 자연스럽게 향유했던 관중들에 비해 약화되어 있는 것으로 보인다. 이에 대해 전문적인 분석은 하기 어렵지만,

---

21) 물론 이는 영화생산자의 역량을 넘어서는 문제일 수 있다. 대중이 강쇠의 끔찍한 죽음과 무섭게 변해버린 본능의 맨얼굴을 직면하기보다는 고개를 돌릴 것이라는 영화생산자의 판단이 옳을 수 있기 때문이다. 또, 정신활동도 물질적 영역의 연장에 불과하다는 세계관을 가진 현대인들은 시체를 돌같이 여기며 그 힘을 더 이상 믿지 않는다.(신동원, 앞의 글, 329쪽.) 이런 점이 현대의 대중문화에서 강쇠의 죽음 이후를 다루는 것을 어렵게 하지 않았나 싶다.

변강쇠 영화들에서 본능을 다스린 방식들이 영화의 서사에서 유효했고 대중의 공감을 얻거나 인정할 만한 것이었다면, 이 방식들이 우리의 내면에서도 작동하고 있다고 할 수 있지 않을까 한다.

위의 글은 『고소설연구』 31집(한국고소설학회)에 실린 논문을 수정·보완하였다.

참고문헌

한국 고소설 텍스트의 존재 방식과 소통　　　　　　　　　p.13

1. 자료

김진영 외 편저, 『토끼전 전집』 1~3, 박이정, 1997.

송　영, 〈자라사신〉, 『별나라』 1927년 10월호.

심의린 저, 신원기 역해, 『조선동화대집』, 보고사, 2009.

인권환 역주, 『토끼전』, 고려대학교 민족문화연구원, 1993.

『每日申報』, 1912년 4월 27일~7월 11일자.

『별주부전』, 신구서림, 1913.

『옥중화』, 박문서관, 1912.

『토의간(별주부가)』, 박문서관, 1916.

2. 논저

권순긍, 『활자본 고소설의 편폭과 지향』, 보고사, 2000.

_____, 「〈토끼전〉의 인물형상과 풍자」, 『판소리 연구』 14집, 판소리학회, 2002.

김기진, 「대중소설론」, 『동아일보』 1929년 4월 17일~4월 18일자.

송　영, 「해방 전의 조선아동문학」, 『조선문학』 1956년 8월호.

유탁일, 『완판 방각본 소설의 문헌학적 연구』, 학문사, 1981.

_____, 『한국 문헌학 연구』, 아세아문화사, 1990.

이주영, 『구활자본 고전소설 연구』, 월인, 1998.

이창헌, 『경판 방각본 소설 판본 연구』, 태학사, 2000.

_____, 「이야기책의 표기형식과 유통방식」, 『이야기 문학 연구』, 보고사, 2005.

이효성, 『대중매체의 이해와 활용』, 한나래, 1993.

인권환, 『토끼전·수궁가 연구』, 고대 민족문화연구원, 2001.

정출헌, 「봉건국가의 해체와 〈토끼전〉의 결말구조」, 『고전소설사의 구도와 시각』,

소명, 1999.

천정환, 『근대의 책 읽기』, 푸른역사, 2003.

고전소설 연구의 대중화 방안   p.37

고 훈, 「게임소설과 영웅소설의 서사구조 연구」, 『연민학지』14, 연민학회, 2010.

구본기·송성욱, 「〈고전문학과 문화콘텐츠의 연계방안〉사례발표-조선시대 대하소설을 통한 시나리오 창작소재 및 시각자료 개발」, 『고전문학연구』25, 한국고전문학회, 2004.

김경미·조혜란, 「고전문학의 웹 콘텐츠」, 『한국어문학연구소 정기학술대회 : 국어국문학과 웹서비스』, 이화여자대학교 한국어문학연구소, 2004.

김성룡, 「고소설의 환상성」, 『고소설연구』15, 한국고소설학회, 2003.

김용범, 「고소설의 문화콘텐츠화 전략-전남 곡성군과 심청전」, 『한국언어문화』33, 한국언어문화학회, 2007.

김유중, 「『삼국지』와 컴퓨터 게임」, 『한중인문학연구』16, 한중인문학회, 2005.

김탁환, 「고소설과 이야기 문학의 미래」, 『고소설연구』17, 한국고소설학회, 2004.

김풍기, 「고전문학 작품의 정체성과 그 현대적 변용-〈옥루몽〉의 애니메이션 제작 과정에서의 문제점을 중심으로」, 『고전문학연구』30, 한국고전문학회, 2006.

노윤영, 「여성영웅소설의 교육적 가치 및 교재화 연구-〈방한림전〉을 중심으로」, 영남대 교육대학원 석사학위논문, 2010.

서유경, 「디지털 스토리텔링을 활용한 고전소설교육 설계」, 『고전문학과 교육』10, 한국고전문학교육학회, 2005.

송성욱, 「혼사장애형 대하소설의 서사문법 연구」, 서울대학교 박사학위논문, 1997.

_____, 「고전소설과 TV드라마-TV드라마의 한국적 아이콘 창출을 위한 시론」, 『국어국문학』137, 국어국문학회, 2004.

신선희, 「고전 서사문학과 게임 시나리오」, 『고소설연구』17, 한국고소설학회, 2004.

양민정, 「디지털콘텐츠 개발을 위한 고전소설의 활용 방안 시론-「숙영낭자전」을 중심으로」, 『외국문학연구』19, 한국외국어대학교 외국문화연구소, 2005.

_____, 「디지털 콘텐츠화를 위한 조선시대 애정소설의 구성요소별 유형화와 그 원형적 의미 및 현대적 수용에 관한 연구」, 『외국문학연구』27, 한국외국어대학교 외국문화연구소, 2007.

유현주, 『하이퍼 텍스트 : 디지털미학의 키워드』, 연세대학교 출판부, 2003.

윤종선, 「고전문학과 문화콘텐츠 교육방법론 연구」, 『비평문학』 35, 한국비평문학회, 2010.

윤채근, 「중세 동아시아 소설에 나타나는 방황과 미로의 유형들과 그 의미」, 『한문학논집』 21, 근역한문학회, 2003.

_____, 「『기재기이』의 창작방법과 그 소설적 의미」, 『고전문학연구』 29, 한국고전문학회, 2006.

이병기, 「조선어문학명저해제」, 『문장』 19, 1940.

이상택, 「명주보월빙 연구 : 그 구조와 존재론적 특성」, 서울대학교 박사학위논문, 1981.

이인화 외, 『디지털 스토리텔링』, 살림, 2005.

이지양, 「문화콘텐츠의 시각으로 고전텍스트 읽기-〈춘향전〉의 '춘당대 시과' 대목을 중심으로」, 『고전문학연구』 30, 한국고전문학회, 2006.

이지하, 「〈현씨양웅쌍린기〉 연작 연구」, 서울대학교 석사학위논문, 1992.

_____, 「대하소설의 문화콘텐츠화에 대한 전망」, 『어문학』 103, 한국어문학회, 2009.

임치균, 「고전소설의 대중화 문제」, 『정신문화연구』 25권 제1호, 한국학중앙연구원, 2002.

정병설, 「고소설과 텔레비전 드라마의 비교」, 『고소설연구』 18, 한국고소설학회, 2004.

정창권, 「대하소설 〈완월회맹연〉을 활용한 문화콘텐츠 개발」, 『어문논집』 59, 민족어문학회, 2009.

_____, 「고전을 활용한 광고 콘텐츠 연구」, 『인문콘텐츠』 14, 인문콘텐츠학회, 2009.

조동일, 『신소설의 문학사적 성격』(6쇄), 서울대학교 출판부, 1994.

조재현, 『고전소설의 환상세계』, 월인, 2009.

조현설, 「고소설의 영화화 작업을 통해 본 고소설 연구의 과제」, 『고소설연구』 17, 한국고소설학회, 2004.

조혜란, 「다매체 환경 속에서의 고소설 전략 연구」, 『고소설연구』 17, 한국고소설학회, 2004.

한국문학교육학회, 『정전(문학교육총서 2)』, 역락, 2010.

한길연, 「대하소설의 '요약(妖藥)' 모티프 연구」, 『고소설연구』 24, 한국고소설학회, 2008.

한길연, 「대하소설의 환상성의 특징과 의미」, 『고전문학과 교육』 20, 한국고전문학교육학회, 2010.

_____, 「대하소설 속 독특한 여성공간의 탐색을 통한 문학치료」, 『문학치료연구』 19, 한국문학치료학회, 2011.

한용환·변지연 옮김, 『인터랙티브 스토리텔링』, 안그라픽스, 2001.

장 보드리야르, 하태환 옮김, 『시뮬라시옹』, 민음사, 2001.

캐스린 흄, 한창엽 옮김, 『환상과 미메시스』, 푸른나무, 2000.

페터 지마, 서영상·김창주 옮김, 『소설과 이데올로기』, 문예출판사, 1996.

「서한연의」의 전래와 향유 양상 p.81

1. 자료

「초한연의」, 이헌조 소장 53장본(한문필사본).

「셔한연의」, 국립중앙도서관 소장 16권 16책본(국문본).

「초한젼」, 완판본, 1907.

「장자방실기」, 조선서관, 1913.

「홍문연」, 회동서관, 1916.

「초패왕전」, 이문당, 1918.

김팔봉, 「초한지」(3권), 어문각, 1984.

김홍신, 「소설 초한지」(5권), 대산출판사, 1999.

박재연·이재홍 교주, 「셔한연의」, 학고방, 2007.

이문열, 「초한지」(10권), 민음사, 2008.

정비석, 「소설 초한지」(5권), 고려원, 1984.

2. 단행본 및 논문

권영철, 『규방가사각론』, 형설출판사, 1986.

민관동, 『중국 고전소설의 전파와 수용』, 아세아문화사, 2007.

이재홍, 「국립중앙도서관소장 번역필사본 중국역사소설 연구」, 연세대학교 박사학위논문, 2007.

이형대, 「초한고사 소재 시조의 창작 동인과 시적 인식」, 『한국시가연구』 제3집, 한국시가 학회, 1998.

이홍란, 「구활자본 초한전의 서사구조와 의미」, 『우리문학연구』 32집, 우리문학회, 2010.

정한기, 「초한가와 우미인가의 작품내적 특징과 역사적 전개」, 『배달말』 36, 배달말학회, 2005.

조희웅, 『고전소설 이본목록』, 집문당, 1999.

_____, 『고전소설 연구보정(상)』, 집문당, 2006.

이해조의 〈소양정〉과 고전소설의 교섭 양상 연구 p.113

---

1. 자료

『매일신보』 1910.8~1913.11.

〈토론소설 즈유죵〉, 『신소설·번안(역)소설』 4, 아세아문화사, 1978.

〈고목화〉, 『신소설·번안(역)소설』 6, 아세아문화사, 1978.

고려대학교 도서관 소장 〈소양뎡긔〉

연세대학교 도서관 소장 〈봉선루〉, 동양대학당, 1923.

완판 43장본 〈쇼디셩젼이라〉, 『영인고소설판각본전집』 1, 국학자료원, 1996.

완판 104장본 〈조웅전〉, 『영인고소설판각본전집』 3, 국학자료원, 1996.

2. 단행본 및 논문

강진옥, 「〈신계후전〉의 예비적 검토-삽화결합양상을 통한 이야기 구성 원리 규명을 위한 시론-」, 『이화어문논집』 9, 이화어문학회, 1987.

권순긍, 『활자본 고소설의 편폭과 지향』, 보고사, 2000.

김기현, 『한국문학논고』, 일조각, 1972.

김명식, 「〈김씨열행록〉과 〈구의산〉-고전소설의 개작 양상-」, 『한국문학연구』 8, 동국대학교 한국문학연구소, 1985.

김영권, 「'첫날밤 신랑 피살담'의 서사적 양상과 의미」, 『한국문학논총』 44, 한국문학회, 2006.

김영민, 『한국 근대소설의 형성과정』, 소명, 2005.

김일렬, 『숙영낭자전 연구』, 역락, 1999.

김일렬, 『고전소설신론』, 새문사, 2001.

류우선·김춘섭, 「개화기소설에 수용된 고대소설의 구조 유형」, 『용봉논총』 12, 전남대학교 인문과학연구소, 1982.

박일용, 『조선시대의 애정소설-사실과 낭만의 소설사적 전개양상』, 집문당, 2000.

송민호, 『한국개화기소설의 사적 연구』, 일지사, 1975.

오종호, 「개화기 소설의 대중화 과정 연구」, 대구가톨릭대학교 박사학위논문, 1999.

오윤선, 「신소설 서지 데이터베이스의 분석과 그 의미」, 『우리어문연구』 25, 우리어문학회, 2005.

_____, 「고소설과 신소설의 관련성-계모형 가정소설을 중심으로-」, 『한국학연구』 25, 고려대학교 한국학연구소, 2006.

유탁일, 『한국고소설비평자료집성』, 아세아문화사, 1994.

이영아, 「1910년대 『매일신보』 연재소설의 대중성 획득 과정 연구」, 『한국현대문학연구』 23, 한국현대문학회, 2007.

이용남, 『이해조와 그의 작품세계-신소설의 갈등 양상 연구』, 동성사, 1988.

이원수, 『고전소설 작품세계의 실상』, 경남대학교 출판부, 1996.

이은숙, 『신작 구소설 연구』, 국학자료원, 2000.

이정은, 「〈김씨열행록〉 연구」, 『한민족어문학』 15, 한민족어문학회, 1988.

이주영, 『구활자본 고전소설 연구』, 월인, 1998.

임 화, 『임화문학예술전집2-문학사』, 소명, 2009.

전광용, 『신소설 연구』, 새문사, 1986.

전용문, 「〈조생원전〉과 〈김씨열행록〉의 상관성」, 『어문연구』 51, 어문연구학회, 2006.

전은경, 『근대계몽기 문학과 독자의 발견』, 역락, 2009.

정종현, 「딱지본 대중소설에 나타난 '만주'의 표상」, 『한국문학연구』 33, 동국대학교 한국문학연구소, 2007.

정준식, 「추노계 서사문학의 전개양상과 사회적 의미」, 부산대학교 박사학위논문, 1998.

조동일, 『신소설의 문학사적 성격』, 서울대학교 출판부, 1973.

_____, 『한국소설의 이론』, 지식산업사, 1977.

_____, 『한국문학통사』 4, 지식산업사, 2005.

최수일, 「〈소학령〉 연구-통속성의 서사내적 원리」, 『비교어문연구』 10, 비교어문학회, 1999.

최운식, 「〈김학공전〉 연구」, 『국어국문학』 74, 국어국문학회, 1977.

_____, 「〈김씨열행록〉연구」, 『국제어문』 11, 국제어문학연구회, 1990.

최원식, 「이해조 문학 연구」, 서울대학교 박사학위논문, 1986.

최원식, 「〈화성돈전〉 연구-애국계몽기의 조지 워싱턴 수용」, 『민족문학사연구』 18, 민족문학사학회, 2001.

한기형, 『한국근대소설사의 시각』, 소명, 1999.

함태영, 「1910년대 『매일신보』소설 연구」, 연세대학교 박사학위논문, 2008.

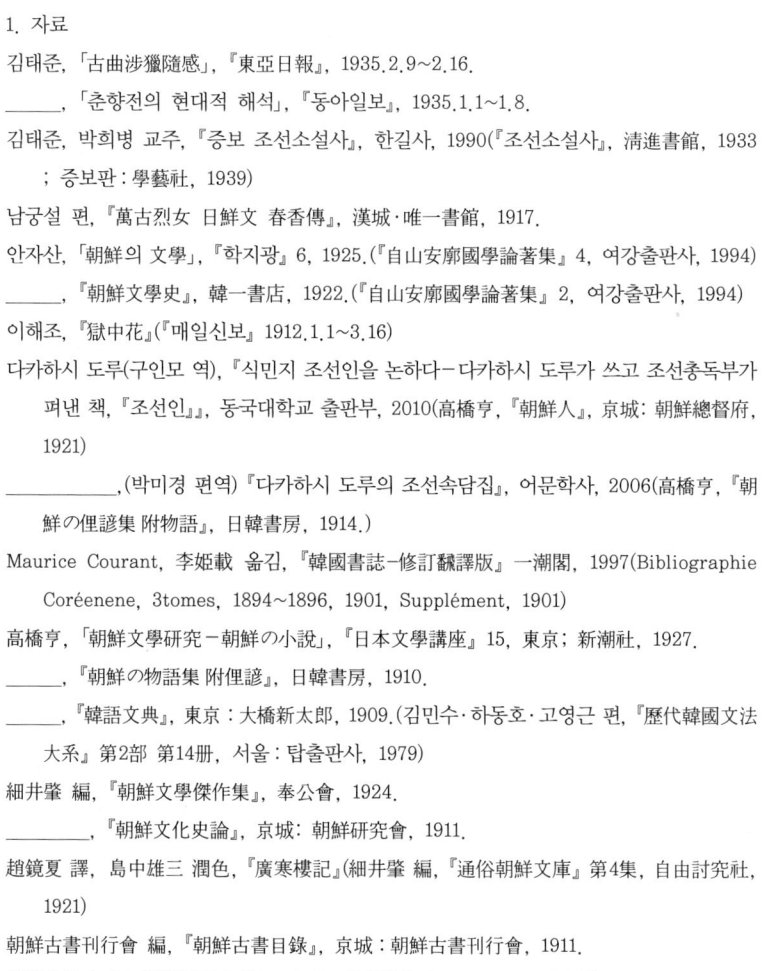

〈춘향전〉 소설어의 재편과정과 번역   p.143

1. 자료

김태준, 「古曲涉獵隨感」, 『東亞日報』, 1935.2.9~2.16.

_____, 「춘향전의 현대적 해석」, 『동아일보』, 1935.1.1~1.8.

김태준, 박희병 교주, 『증보 조선소설사』, 한길사, 1990(『조선소설사』, 淸進書館, 1933
  ; 증보판:學藝社, 1939)

남궁설 편, 『萬古烈女 日鮮文 春香傳』, 漢城·唯一書館, 1917.

안자산, 「朝鮮의 文學」, 『학지광』 6, 1925.(『自山安廓國學論著集』 4, 여강출판사, 1994)

_____, 『朝鮮文學史』, 韓一書店, 1922.(『自山安廓國學論著集』 2, 여강출판사, 1994)

이해조, 『獄中花』(『매일신보』 1912.1.1~3.16)

다카하시 도루(구인모 역), 『식민지 조선인을 논하다-다카하시 도루가 쓰고 조선총독부가
  펴낸 책, 『조선인』』, 동국대학교 출판부, 2010(高橋亨, 『朝鮮人』, 京城: 朝鮮總督府,
  1921)

_____,(박미경 편역)『다카하시 도루의 조선속담집』, 어문학사, 2006(高橋亨, 『朝
  鮮の俚諺集 附物語』, 日韓書房, 1914.)

Maurice Courant, 李姬載 옮김, 『韓國書誌-修訂飜譯版』 一潮閣, 1997(Bibliographie
  Coréenene, 3tomes, 1894~1896, 1901, Supplément, 1901)

高橋亨, 「朝鮮文學研究-朝鮮の小說」, 『日本文學講座』 15, 東京; 新潮社, 1927.

_____, 『朝鮮の物語集 附俚諺』, 日韓書房, 1910.

_____, 『韓語文典』, 東京:大橋新太郎, 1909.(김민수·하동호·고영근 편, 『歷代韓國文法
  大系』 第2部 第14冊, 서울:탑출판사, 1979)

細井肇 編, 『朝鮮文學傑作集』, 奉公會, 1924.

_____, 『朝鮮文化史論』, 京城: 朝鮮研究會, 1911.

趙鏡夏 譯, 島中雄三 潤色, 『廣寒樓記』(細井肇 編, 『通俗朝鮮文庫』 第4集, 自由討究社,
  1921)

朝鮮古書刊行會 編, 『朝鮮古書目錄』, 京城:朝鮮古書刊行會, 1911.

朝鮮總督府 編『朝鮮圖書解題』, 京城:朝鮮總督府, 1915, 1919(增補).

E. J. Urquhart, *The Fragrance of Spring*, Seoul:Korea 時兆社, 1929.

H. H. Underwood, "A Partial Bibliography of Occidental Literature on Korea",
  Transactions of the Korea Branch of the Royal Asiatic Society 20, seoul :
  Korea, 1931.

J. S, Gale, "Fiction", *The Korea Bookman*, 1923, 3.

_____, "What Korea Has Lost", *The Christian movement in Japan Korea and Formosa*, Kobe, 1926.

_____, "Choonyang", *The Korea Magazine*, 1917.9~1918.7(소장처 : 국회도서관 자료형태 : 1 microfilm; 35 mm)

_____, "Korean Literature(1) – How to approach it", *The Korea Magazine*, 1917. 7.

_____, "Korean Literature(2) – Why Read Korean Literature?", *The Korea Magazine* 1917. 8.

_____, "Korean Literature", *The Christian Movement in Japan, Korea, and Formosa*. Kobe, 1923.

_____, 『辭課指南』(*Korean Grammatical Forms*), Seoul : Trilingual Press 1894 (初版), Seoul : Methodist Press 1903(再版). Seoul : The Korean Religious Tract Society, 1916(改訂版)(김민수, 하동호, 고영근 편, 第2部 第4冊, 탑출판사, 1979)

R. Rutt & Kim Chong-un trans., "The Song of Faithful Wife, Ch'un-hyang", *Virtuous women : three masterpieces of traditional Korean fiction*, Seoul : Korean National Commission for Unesco, 1974

W. G. Aston. "On Corean popular literature", *Transactions of the Asiatic Society of Japan* vol. XVIII, 1890.

W. M. Royds, "Introduction to Courant's "Bibiliográpie Coreene"", *Transactions of the Korean Branch of the Royal Asiatic Society* 25, 1936.

2. 단행본 및 논문

강진모, 「〈고본 춘향전〉의 성립과 그에 따른 고소설의 위상 변화」, 연세대학교 석사학위논문, 2003.

권순긍, 『활자본 고소설의 편폭과 지향』, 보고사, 2000.

권혁래, 「다카하시(高橋) 본 춘향전의 특징과 의의」, 『고소설연구』 24, 한국고소설학회, 2007.

김신중·김용의·신해진, 「나카라이 도스이 역『鷄林情話 春香傳』 연구」, 『일본어문학』 17, 한국일본어문학회, 2003.

김종철, 「한문본 〈춘향전〉 연구」, 『인문논총』 6, 아주대학교 인문과학연구소, 1995.

김태웅, 「1910년대 전반 조선총독부의 취조국·참사관실과 '舊慣制度調査事業'」, 『규장각』 16, 1993.

김태웅, 「일제 강점 초기의 규장각 도서정리사업」, 『규장각』 18, 서울대학교 규장각 한국학
     연구원, 1995

도태현, 「『朝鮮圖書解題』의 목록적 특성에 관한 연구」, 『한국도서관 정보학회지』 34권 2
     호, 2003.

박상석, 「추풍감별곡 연구 : 작품의 대중성을 중심으로」, 연세대학교 석사학위논문, 2007.

박상현, 「번역으로 발견된 '조선(인)'–자유토구사의 조선 고서 번역을 중심으로」, 『일본문
     화학보』 46, 한국일본문화학회, 2010.

_____, 「제국일본과 번역–호소이 하지메의 조선 고소설 번역을 중심으로」, 『일어일문학
     연구』 제71집 2권, 한국일어일문학회, 2009.

박윤희, 「『朝鮮圖書解題』의 수록도서에 대한 서지학적 고찰」, 이화여자대학교 석사학위논
     문, 1992.

사재구·전상욱, 「춘향전 이본 연구에 대한 반성적 고찰」, 설성경 편, 『춘향전 연구의 과제
     와 전망』, 국학자료원, 2004.

서신혜, 「일제시대 일본인의 古書刊行과 호소이 하지메의 활동–고소설 분야를 중심으로」,
     『온지논총』 16, 온지학회, 2007.

서유석, 「20세기 초반 활자본 춘향전의 변모양상과 그 의미–〈옥중화〉계통본을 중심으로」,
     『판소리연구』 24, 판소리학회, 2007.

송경미, 「여규형본 〈춘향전〉 각본의 형성과 독서물로의 수용전환」, 『판소리연구』 28, 판소
     리학회, 2009.

오윤선, 「춘향전 영역본의 고찰」, 『판소리연구』 23, 판소리학회, 2004.

_____, 「『옥중화』를 통해 본 '이해조 개작 판소리'의 양상과 그 의미」, 『판소리 연구』 21,
     판소리학회, 2006.

_____, 『한국고소설 영역본으로의 초대』, 지문당, 2008.

이만열·류대영·옥성득, 『대한성서공회사』 II, 대한성서공회, 1994.

이병근, 『한국 근대 초기의 언어와 문학』, 서울대학교 출판부, 2005.

이상현, 「근대 조선어, 조선문학의 혼종적 기원–「朝鮮人의 心意」(1947)에 내재된 세 줄기
     의 역사」, 『사이』 8, 국제한국문화/문학회, 2010.5.

_____, 「알렌 〈백학선전〉 영역본 연구–모리스 쿠랑의 고소설 비평을 통해본 알렌 고소설
     영역본의 의미」, 『비교한국학』 17권 1호, 국제비교한국회, 2012.

_____, 「언더우드의 이중어사전 간행과 초기 한국어의 재편과정」, 『동방학지』 151, 연세
     대학교 국학연구소, 2010.

_____, 「『조선문학사』(1922) 출현의 안과 밖–재조 일본인 고소설론의 근대 학술사적 의
     미」, 『일본문화연구』 40, 2011.

이상현·류충희, 「다카하시 조선문학론의 근대학술사적 함의-다카하시 도루의 「朝鮮文學 硏究－朝鮮の小說」(1932)을 중심으로」, 『일본문화연구』 42, 동아시아 일본학회, 2012.

이주영, 『구활자본 고전소설 연구』, 월인, 1999.

이창헌, 『경판방각소설 춘향전과 필사본 남원고사의 독자층에 대한 연구』, 보고사, 2004.

정대성, 「『춘향전』 일본어 번안 텍스트(1882~1945)의 계통학적 연구-〈원전〉의 전이양상 과 다성적(多聲的) 얽힘새」, 『일본학보』 43, 한국일본학보, 1999.

조재룡, 「'번역문학'의 정치성에 관한 고찰-직역과 의역의 이분법을 넘어서」, 『비교한국학』 17권 1호, 국제비교한국학회, 2009.

조희웅, 「서구어로 씌어진 한국설화·한국설화론」, 『이야기문학 모꼬지』, 박이정, 1995.

최재우, 「이광수 〈일설 춘향전〉의 특성연구」, 설성경 편, 『춘향전 연구의 과제와 전망』, 국학자료원, 2004.

최혜주, 「한말 일제하 재조일본인의 조선고서간행사업」, 『최남선 다시 읽기-최남선으로 바라본 근대 한국학의 탄생』, 현실문화, 2009.

황호덕, 「번역가의 왼손, 이중어사전의 통국가적 생산과 유통-언어정리 사업으로 본 근대 한국(어문)학의 생성」, 『상허학보』 28, 상허학회, 2010.

황호덕·이상현, 『개념과 역사, 근대 한국의 이중어사전 : 외국인들의 사전편찬사업으로 본 한국어의 근대』 1~2, 박문사, 2012.

_____, 「번역과 정통성, 제국의 언어들과 근대 한국어」, 『아세아연구』 145, 2011.

니시오카 켄지(西岡健治), 「일본에서의 『춘향전』 번역의 초기양상」, 『어문논총』 41, 한국 문학언어학회, 2004.

사이토 마레시(齋藤希史), 황호덕·임상석·류충희 역, 『근대어의 탄생과 한문-한문맥과 근대 일본』, 현실문화연구, 2010.

월터 J. 옹, 이기우·임명진 옮김, 『구술문화와 문자문화』, 문예출판사, 1995.

R. King, "Western Missionaries and the Origins and the Origins of Korean Language Modernization." Journal of International and Area Studies 11 (3), Seoul: Institute of International Affairs, Graduate School of International Studies, Seoul National University, 2005.

고전소설의 다시쓰기 출판물 연구 시론 p.193

1. 자료

장덕순·이가원·김기동 외 편, 『한국고전문학전집』, 희망출판사, 1965.

전규태 편, 『한국고전문학전집』, 세종출판사, 1970.

김기동·박성의·양주동·이가원·장덕순, 『한국고전문학전집』, 省音社, 1970~1972.

정병욱·이태극·이응백·조두현 편, 『정선 한국고전문학전집』, 서영출판사, 1978.

김기동·전규태 편, 『한국고전문학전집 100』, 서문당, 1984.

정재호·소재영·조동일·이동환 외 편, 『한국고전문학전집』, 고려대학교 민족문화연구원, 1993~2006.

심경호·장효현·정병설·류보현 편, 『한국고전문학전집』, 문학동네, 2010.

『소년소녀고전문학』, 대일출판사, 1990.

『만화로 보는 우리고전』, 능인, 1992~1994.

『새롭게 읽는 좋은 우리고전 시리즈』, 청솔, 1994.

『우리나라 고전 시리즈』, 가정교육사, 1994.

『책동네 고전동화 모음』, 책동네, 1996.

『은하수문고 명작·고전』, 계림문고, 1994.

『우리 고전문학』, 지경사, 1996.

『초등권장 우리 고전 시리즈』, 예림당, 1999.

『만화고전』, 지경사, 1999.

『소설만화 한국고전 시리즈』, 문공사, 2000.

『웃음보따리 만화 우리고전』, 지경사, 2000.

『우리가 정말 알아야 할 우리 고전 시리즈』, 현암사, 2000~2006.

『국어시간에 고전 읽기 시리즈』, 나라말, 2002~2009.

『세계문학전집』, 민음사, 2003.

『재미있다 우리고전 시리즈,』 창비, 2003~2008.

『이야기 고전 시리즈』, 지경사, 2003~2006.

『책세상문고』, 책세상, 2003~2005.

『한겨레 옛이야기 시리즈』, 한겨레아이들, 2004~2007.

『푸른담쟁이 우리문학』, 웅진씽크빅, 2005.

『찾아 읽는 우리 옛이야기 시리즈』, 대교출판, 2005~2008.

『우리가 읽어야 할 고전 시리즈』, 푸른생각, 2005~2008.

『꼭 제대로 읽어야 할 우리고전』, 종문화사, 2005.

『초등학생이 꼭 읽어야 할 논술 대비 한국고전문학 대표작』, 홍진미디어, 2005.

『중학생이 되기 전에 꼭 읽어야 할 우리고전 시리즈』, 영림카디널, 2006.

『샘깊은 우리고전』, 알마, 2006.

『참좋은 우리고전 시리즈』, 두산동아, 2006.

『논술세대를 위한 우리고전문학 강의 시리즈』, 계림, 2007.

『천년의 우리소설』, 돌베개, 2007.

『나의 고전책꽂이』, 깊은책속 옹달샘, 2007~2008.

『교과서에서 쏙쏙 뽑은 우리고전』, 생각의나무, 2008.

『국어과 선생님이 뽑은 한국고전 읽기 시리즈』, 북앤북, 2008.

『우리 겨레 좋은 고전』, 꿈소담이, 2008~2009.

『지만지 고전선집』, 지만지 출판사, 2008.

2. 단행본 및 논문

권혁래, 「고전소설의 현재적 독자와 다시 쓰기의 문제」, 『동화와 번역』 9집, 건국대학교
　　동화와 번역 연구소, 2005.

신선희, 『우리고전 다시쓰기-고전 서사의 현대적 계승과 장르적 변용』, 삼영사, 2005.

＿＿＿, 「〈심청전〉의 현대적 수용과 변용」, 『고소설연구』 9집, 한국고소설학회, 2000.

한국 패러디 소설의 현재성 고찰 : 고전 담론의 현재적 전용　　　　　p.229

1. 자료

김영하, 『아랑은 왜』, 문학과지성사, 2001.

황석영, 『심청-연꽃의 길』, 문학동네, 2003.

2. 단행본 및 논문

고명철, 「서사의 갱신, 멀고도 험난한 여정-젊은 작가의 최근작을 중심으로」, 『'쓰다'의
　　정치학』, 새움, 2001.

＿＿＿, 「환골탈태하는 리얼리즘의 '물건들'-황석영의 20세기 3부작 읽기」, 『비평과 전망』

제8호, 2004년 상반기.

고현철, 『현대시의 패러디와 장르이론』, 태학사, 1997.

권택영, 「패러디, 패스티쉬, 그리고 독창성」, 『현대시사상』, 1992년 겨울.

김경복, 「자기반영성, 혹은 새로운 문학 형식의 예고-90년대 시의 패러디/패스티쉬를 중심으로」, 『오늘의 문예비평』, 1993년 여름.

김경수, 「근대와 젠더, 그리고 해한(解恨) 이야기의 발견-황석영의 근업에 대하여」, 『작가세계』, 2004년 봄.

김기현, 「아랑형설화 재론」, 박용식 외, 『고전산문의 계보적 연구』, 국학자료원, 2001.

김미현, 「다시 쓰는 소설, 덧칠하는 언어-패러디소설에 나타난 여성의식」, 한국현대소설학회 제10회 발표, 1998.

김병익, 「소설가는 왜 소설을 쓰는가-이청준·김영현·김영하의 경우」, 『문학과사회』, 2001년 겨울.

김영성, 「추리소설의 근대성과 문학적 가능성-김영하의『아랑은 왜』를 중심으로」, 『한국언어문화』21권, 한국언어문화학회, 2002.

김정환, 「황석영 문학환갑 유감-쾌감」, 『작가세계』, 2004년 봄.

김종회, 「황석영의 소설과 근대성, 또는 그 극복의 서사」, 『작가세계』, 2004년 봄.

김준오 편, 『한국 현대시와 패러디』, 현대미학사, 1996.

김진석, 「패러디냐 자살이냐」, 『문학과 사회』, 1993년 가을

김진영·김현주 역주, 「심청전과 구원의 문제」, 『심청전』, 박이정, 1997.

김태환, 「이미지와 실체 또는 소설과 현실-김영하론」, 『문학과사회』, 2001년 봄.

김현실, 「운명적 사랑과 자아성취에 대한 현대적 물음」, 김현실 외, 『한국 패러디 소설 연구』, 국학자료원, 1996.

김현실 외, 『한국 패러디소설 연구』, 국학자료원, 1996.

류보선, 「모성의 시간, 혹은 모더니티의 거울」, 황석영『심청-연꽃의 길』해설, 『문학동네』, 2003.

문선영, 「현대문학의 정체성 재고-표절/패러디/패스티쉬의 문예학적 고찰을 중심으로」, 『오늘의 문예비평』, 1993년 여름.

박철화, 「우리 문학의 새로운 미학」, 『우리 문학에 대한 질문』, 생각의나무, 2002.

박혜주, 「글 읽기와 글 쓰기-다시 쓰는 「허생전」」, 김현실 외, 『한국 패러디 소설 연구』, 국학자료원, 1996.

서영인, 「삶의 진실을 보는 몇 가지 이견」, 『창작과비평』, 2001년 여름.

서영채, 「창녀 심청과 세 개의 진혼제-황석영의『심청』읽기」, 『문학동네』, 2004년 봄.

송경빈, 『패로디와 현대소설의 세계』, 국학자료원, 1999.

오태호, 「탈리얼리즘 소설의 전개 양상-김형경, 황석영, 김영하, 성석제의 장편소설을 중심으로」, 진석 박이도교수 정년퇴임 기념논총 간행위원회 편, 『21세기 문학의 새로운 방향성』, 2003.

_____, 「서사의 진화, 작가의 시선과 평론가의 응시가 빚어낸 풍경-황석영 문학 해석의 역사」, 『작가세계』, 2004년 봄.

이미란, 『한국현대소설과 패러디』, 국학자료원, 1999.

이진경·신현준 외, 『철학의 탈주』, 새길, 1995.

이형식, 「이질적 장르의 합성과 패러디」, 『문학과 사회』, 1993년 가을.

이형철, 「새로운 사진 활동에 대한 비평적 소고」, 『문학과 사회』, 1993년 가을.

장경렬, 「작가의 죽음과 독자의 탄생」, 『문학과 사회』, 1993년 가을.

장수익, 「최근 소설에 대한 비평적 접근」, 『한국 현대소설의 시각』, 역락, 2003.

장양수, 『한국 패러디소설 연구』, 이회문화사, 1997.

정끝별, 『패러디시학』, 문학세계사, 1997.

정문순, 「포주의 시선에 포획된 여성의 몸-황석영의 『심청』」, 『비평과 전망』 8호, 2004년 상반기.

최영석, 「강신(降神)과 축귀(逐鬼)-동아시아론의 서사화」, 『작가세계』, 2004년 봄.

최원식, 「채만식의 고전소설 패러디에 대하여」, 『민족문학의 논리』, 창작과비평사, 1982.

한혜경, 「익숙한 이야기 다르게 읽기-채만식의 「흥보씨」와 최인훈의 「놀부뎐」」, 김현실 외, 『한국 패러디 소설 연구』, 국학자료원, 1996.

한혜선, 「최인훈의 「춘향뎐」을 읽는다-다시 읽기의 즐거움」, 김현실 외, 『한국 패러디 소설 연구』, 국학자료원, 1996.

_____, 「춘향이의 두려움- 임철우 「옥중가」」, 김현실 외, 『한국 패러디 소설 연구』, 국학자료원, 1996.

홍기돈, 「심우도를 보며 문학권력 논쟁을 말하다」, 『비평과 전망』 7호, 2003년 하반기.

홍승찬, 「음악에서의 창조와 모방」, 『문학과 사회』, 1993년 가을.

황도경, 「우리 시대의 처용-처용의 소설적 수용과 변용」, 김현실 외, 『한국 패러디 소설 연구』, 국학자료원, 1996.

황순재, 「90년대 소설의 표절과 패스티쉬의 양상」, 『오늘의 문예비평』, 1993년 여름.

린다 허천, 김상구·윤여복 옮김, 『패러디 이론』, 문예출판사, 1992.

미하일 바흐찐, 전승희·서경희·박유미 옮김, 『장편소설과 민중언어』, 창작과비평사, 1988.

에드워드 사이드, 박홍규 역, 『오리엔탈리즘』, 교보문고, 1991.

월터 J 옹, 이기우·임명진 역,『구술문화와 문자문화』, 문예출판사, 1995.

자크 라캉, 민승기·이미선·권택영 옮김, 『욕망이론』, 문예출판사, 1994.

조르쥬 비가렐로, 이상해 옮김, 『강간의 역사』, 당대, 2002.

캐서린 맥키넌, 케티 콘보이 외 엮음, 조애리 외 편역, 「강간 : 강요와 동의에 대하여」,
    『여성의 몸, 어떻게 읽을 것인가』, 한울, 2001.

퍼트리사 워, 김상구 옮김, 『메타픽션』, 열음사, 1989.

지그문트 프로이트, 김인순 옮김, 『꿈의 해석 상·하』, 열린 책들, 1997.

고전대하소설과의 연계성을 통해 본 TV드라마의 서사 전략과 주제　　p.261

1. 자료

정해룡 연출, 조정선 극본, 〈며느리전성시대〉(http://kbs.co.kr/drama/age/)

윤군일·백수찬 연출, 박현주 극본, 〈황금신부〉(http://tv.sbs.co.kr/goldbride/)

2. 단행본 및 논문

구본기·송성욱, 「신문명 사회에 있어서 국문학과의 제도적 개혁과 학문적 쇄신 문제 ; 〈고
    전문학과 문화콘텐츠의 연계방안〉 사례발표 : 조선시대 대하소설을 통한 시나리오 창
    작소재 및 시각자료 개발」, 『고전문학연구』 25, 한국고전문학회, 2004.

백민정, 「담화 욕구의 문학 양식적 파생 양상 고찰」, 『어문연구』 46, 어문연구학회, 2004.

송성욱, 「고소설과 TV드라마」, 『국어국문학』 137, 국어국문학회, 2004.

장장식, 「금기 설화 연구」, 『한국민속학』 17, 한국민속학회, 1984.

정병설, 「고소설과 텔레비전 드라마의 비교」, 『고소설연구』 18, 한국고소설학회, 2004.

조광국, 「〈유이양문록〉의 작품 세계」, 『한국고소설학회 제82차 정기학술대회(2008. 7.
    1~2)』, 2008.

_____, 「다중결연구조의 양상과 의미 : 〈창란호연록〉·〈청백운〉·〈임화정연〉을 중심으로」,
    『국어교육』 121, 2006.

조희웅, 『한국설화의 유형』, 일조각, 1983.

한소진, 「텔레비전 드라마의 설화수용양상 연구」, 중앙대학교 박사학위논문, 2003.

앨빈 커넌, 최인자 역, 『문학의 죽음』, 문학동네, 1999.

대하소설의 문화콘테츠화에 대한 전망   p.289

김기덕, 「콘텐츠의 개념과 인문콘텐츠」, 『인문콘텐츠』 창간호, 인문콘텐츠학회, 2003.6.

김탁환, 「고소설과 이야기문학의 미래」, 『고소설연구』 17, 한국고소설학회, 2004.6.

김풍기, 「고전문학 작품의 정체성과 그 현대적 변용-〈옥루몽〉의 애니메이션 제작 과정에
　　　서의 문제점을 중심으로」, 『고전문학연구』 30, 한국고전문학회, 2006.12.

박기수, 「대중문화 콘텐츠 서사의 향유 전략 연구」, 『인문콘텐츠』 2, 인문콘텐츠학회,
　　　2003.12.

서정민, 「〈삼강명행록〉의 교양서적 성격」, 『고전문학연구』 28, 한국고전문학회, 2005.

송성욱, 「고전소설과 TV드라마-TV드라마의 한국적 아이콘 창출을 위한 시론」, 『국어국문
　　　학』 137, 국어국문학회, 2004.9.

_____, 「문화콘텐츠 창작소재와 문화원형」, 『인문콘텐츠』 6, 인문콘텐츠학회, 2005.12.

우정권 편, 『한국문학콘텐츠』, 청동거울, 2005.

이지양, 「문화콘텐츠의 시각으로 고전텍스트 읽기-〈춘향전〉의 '춘당대 시과' 대목을 중심
　　　으로」, 『고전문학연구』 30, 한국고전문학회, 2006.12.

이지하, 「현씨양웅쌍린기 연작 연구」, 서울대학교 석사학위논문, 1992.8.

정병설, 「고소설과 텔레비전 드라마의 비교」, 『고소설연구』 18, 한국고소설학회, 2004.12.

조혜란, 「다매체 환경 속에서의 고소설 연구 전략」, 『고소설연구』 17, 한국고소설학회,
　　　2004.12.

최용호, 「인문학 기반 스토리 뱅크 구축을 위한 서사 모델 비교 연구」, 『인문콘텐츠』 11,
　　　인문콘텐츠학회, 2008.6.

한혜원, 「디지털 스토리텔링의 현황 및 활용방안 연구」, 『한국언어문화』 32, 한국언어문화
　　　학회, 2007.

함복희, 『한국문학의 문화콘텐츠화 방안』, 북스힐, 2007.

롤랑 바르트, 『텍스트의 즐거움』, 연세대학교 출판부, 1990.

한국고전소설의 영상콘텐츠화 성공방안   p.313

1. 자료

영화 〈전우치〉(Woochi, 2009), 감독 : 최동훈.

영화 〈방자전〉(The Servant, 2010), 감독 : 김대우.

한국영화 데이터베이스(http://www.kmdb.or.kr/).

김연수 다섯 마당 전집(동초 김연수 창 판소리 다섯바탕) 24CD, 2007.

2. 단행본 및 논문

김경용, 『기호학이란 무엇인가』, 민음사, 2004.

김태환, 「그레마스의 행위소 모델 수용의 문제점 : 발신자 수신자 개념을 중심으로」, 『독일
    어문화권연구』 10, 서울대학교 독일학 연구소, 2001.

박일용, 「전우치전과 전우치 설화」, 『영웅소설의 소설사적 변주』, 월인, 2003.

박희병·정길수 편역, 「전우치전」, 『낯선 세계에로의 여행』, 돌베개, 2007.

백승국, 『문화기호학과 문화콘텐츠』, 다할미디어, 2004.

신원선, 「단군신화와 무속」, 『한민족문화연구』 3집, 한민족문화학회, 1998.

설성경 역주, 「춘향전」, 『한국고전문학전집』 12, 고려대학교 민족문화연구소, 1995.

설성경 편, 『춘향전 연구의 과제와 전망』, 국학 자료원, 2003.

윤세평 주해, 「전우치전」, 『홍길동전·전우치전』, 한국문화사 영인, 흑룡강인문출판사,
    1997.

전동렬, 『기호학』, 연세대학교 출판부, 2005.

정환국, 「전우치 전승의 굴절과 반향」, 『민족문학사연구』 제41권, 민족문학사학회, 2009.

조동일, 『전우치전』, 시인사, 1983.

한국고전문학 편찬위원회, 「춘향전·심청전」, 『한국고전문학대계』 2, 1980.

3. 웹사이트

「2010년 3분기 한국영화산업 결산」, 『2010년 3분기(7~9월) 한국 영화산업 통계』, 영화진
흥위원회 홈페이지 http://www.kofic.or.kr/cms/58.do

「대한민국 영화 흥행 기록」, 『위키백과』, http://ko.wikipedia.org/wiki

「춘향전」, 『위키백과』, http://ko.wikipedia.org/wiki

영화 〈장화, 홍련〉에서 여성에 대한 기억과 실제　　　　　　　　　p.349

1. 자료

DVD자료 : 김지운, 〈장화, 홍련〉, 우성엔터테인먼트, 2005.09.

2. 단행본 및 논문

강진옥, 「원귀설화의 담론적 성격 연구」, 『고전문학연구』 22, 한국고전문학회, 2002.

김영범, 「알박스 Maurice Halbwachs의 기억사회학 연구」, 대구대학교 사회과학연구소, 『사회과학연구』 6집 3호, 1999.

김영범, 한국정신문화원 편, 「집합기억의 사회사적 지평과 동학」, 『사회사연구의 이론과 실제』, 1998.

김재용, 『계모형 고소설의 시학』, 집문당, 1996.

김준영, 「전동흘과 장화홍련전」, 『전라문화논총』 5, 전북대학교 전라문화연구소, 1992.

김태준·박희병 교주, 『증보 조선소설사』, 한길사, 1990.

데이비드 버스, 홍승효 옮김, 『이웃집 살인마』, 사이언스북스, 2006.

박수진, 「소녀들은 왜 공포영화를 찾는가」, 『한겨레21』 제569호, 2005.7.21.

박태상, 「〈장화홍련전〉의 구조적 의미」, 『고소설의 구조와 의미』, 새문사, 1986.

신혜경, 「미장아빔(Mise en abyme)에 관한 소고」, 『미학 예술학 연구』 16, 한국미학예술학회, 2002.

유운성, 「감독의 장르적 상상력, 〈장화, 홍련〉」, 『씨네21』, 2003.6.10.

이기대, 「〈장화홍련전〉 연구」, 고려대학교 석사학위논문, 1998.

이동후, 「국가주의 집합기억의 재생산」, 『언론과 사회』 11권 2호, 성곡언론문화재단, 2003.6.

이승복, 「계모형 가정소설의 갈등 양상과 의미」, 『관악어문연구』 20, 서울대학교, 1995.

이정원, 「〈장화홍련전〉의 환상성」, 『고소설연구』 20, 한국고소설학회, 2005.

이효인, 「〈장화, 홍련〉 전래동화와는 아무 상관없네…반칙이다」, 『씨네21』, 2003.7.1.

전성탁, 「장화홍련전의 국한문본과 한문본의 내용 및 저작연대에 관한 고찰」, 『춘천교육대학논문집』 8, 춘천교육대학, 1970.

전진성, 『역사가 기억을 말한다』, 휴머니스트, 2005.

정성일, 「기이하고 불안한, 반(反) 페미니스트 영화」, 『월간 말』 205, 2003.7.

조현설, 「고소설의 영화화 작업을 통해 본 고소설 연구의 과제-고소설 〈장화홍련전〉과 영화 〈장화, 홍련〉의 사례를 중심으로-」, 『고소설연구』 17, 한국고소설학회, 2004.

〈변강쇠가〉의 영화적 변용과 그 문화적 의미　　　　　　　p.367

1. 자료

〈변강쇠歌〉(강한영 교주, 『신재효 판소리 사설集(全)』, 민중서관, 1971)

엄종선 감독, 〈변강쇠〉(1986)

엄종선 감독, 〈변강쇠(속)〉(1987)

엄종선 감독, 〈변강쇠 3〉(1988)

고우영 감독, 〈가루지기〉(1988)

신한솔 감독, 〈가루지기〉(2008)

2. 단행본 및 논문

김일렬, 『조선조 소설의 구조와 의미』, 형설출판사, 1984.

김종철, 「19C 판소리史와 〈변강쇠가〉」, 『고전문학연구』 3, 한국고전문학연구회, 1986.

_____, 「변강쇠가의 미적 특질-기괴미의 추구와 관련하여」, 『판소리연구』 4, 판소리학회, 1993.

김창현, 「〈변강쇠가〉의 해결될 수 없는 갈등과 그로테스크」, 『성균어문연구』 31, 성균관대 국어국문학과, 1996.

박경신, 「무속제의의 측면에서 본 변강쇠가」, 서울대학교 석사학위논문, 1985.

서유석, 「변강쇠가에 나타나는 기괴적 이미지와 그 사회적 함의」, 『판소리연구』 16, 판소리학회, 2003.

서종문, 「변강쇠가 연구」, 『판소리사설연구』, 형설출판사, 1984.

신동원, 「변강쇠가로 읽는 성·병·주검의 문화사」, 『역사비평』, 2003.

이주영, 「'기괴하고 낯선 몸'으로 〈변강쇠가〉 읽기」, 『고전과 해석』 6, 고전문학한문학연구학회, 2009.

전신재, 「〈변강쇠가〉의 비극성」, 『선청어문』 18, 서울대학교 국어교육과, 1989.

정병헌, 『신재효 판소리 사설 연구』, 평민사, 1986.

정하영, 「〈변강쇠가〉 성담론의 기능과 의미」, 『고소설연구』 19, 2005.

정환국, 「19세기 문학의 '불편함'에 대하여-그로테스크한 경향과 관련하여」, 『한국문학연구』 36, 동국대학교 문화학술원 한국문학연구소, 2009.

하은하, 「변강쇠의 위반과 반문명적 성격-장승과 강쇠의 대결을 중심으로」, 『태릉어문연구』 7, 서울여자대학교 국어국문학과, 1992.

황혜진, 「문화적 문식성 교육을 위한 고전소설과 영상변용물의 비교 연구 : 〈장화홍련전〉

과 영화 〈장화, 홍련〉을 대상으로」, 『국어교육』 116호, 한국어교육학회, 2006.

H. 마르쿠제, 김인환 역, 『에로스와 문명』, 나남출판, 2004.

J. Kekes, Moral Wisdom and Good Lives, Cornell University Press, 1995.

S. 프로이트, 김석희 역, 『문명 속의 불만』, 열린책들, 2003.

[집필진] 한국고소설학회

  권순긍(세명대학교 한국어문학과 교수)
  한길연(경북대학교 국어교육과 교수)
  장경남(숭실대학교 국어국문학과 교수)
  서혜은(대구대학교 기초교육연구원 초빙교수)
  이상현(부산대학교 점필재연구소 HK연구교수)
  권혁래(용인대학교 교육대학원 교수)
  오태호(경희대학교 후마니타스칼리지 객원교수)
  조광국(아주대학교 국어국문학과 교수)
  이지하(성균관대학교 국어국문학과 교수)
  신원선(동덕여자대학교 교양교직학부 교수)
  이정원(경기대학교 국어국문학과 교수)
  황혜진(건국대학교 국어국문학과 교수)

고전소설의 소통과 교섭

2013년 1월 31일 초판 1쇄 펴냄

집필진 한국고소설학회
발행인 김흥국
발행처 도서출판 보고사

책임편집 이유나
표지디자인 오동준

등록 1990년 12월 13일 제6-0429호
주소 서울특별시 성북구 보문동7가 11번지 2층
전화 922-5120~1(편집), 922-2246(영업)
팩스 922-6990
메일 kanapub3@chol.com
http://www.bogosabooks.co.kr

ISBN 978-89-8433-571-4　93810
ⓒ 한국고소설학회, 2013

정가 28,000원